大鱼

有爱的青春陪伴者

ZUIJIA ZUI
罪加罪

著·

送你一枝野百合

上

Son ni

Ye Baihe

四川文艺出版社

图书在版编目（CIP）数据

送你一枝野百合 / 罪加罪著 . -- 成都 : 四川文艺
出版社 , 2024.3

ISBN 978-7-5411-6792-8

Ⅰ . ①送⋯ Ⅱ . ①罪⋯ Ⅲ . ①长篇小说 – 中国 – 当代
Ⅳ . ① I247.5

中国国家版本馆 CIP 数据核字 (2024) 第 031523 号

SONGNIYIZHIYEBAIHE

送你一枝野百合

罪加罪 著

出 品 人	谭清洁
责任编辑	梁祖云
特约编辑	欧雅婷
装帧设计	孙欣瑞
责任校对	段 敏

出版发行　四川文艺出版社（成都市锦江区三色路 238 号）
网　　址　www.scwys.com
电　　话　0731-89743446（发行部）　028-86361781（编辑部）

排　　版	长沙大鱼文化传媒有限公司		
印　　刷	天津睿和印艺科技有限公司		
成品尺寸	145mm×210mm	开　本	32 开
印　　张	18.5	字　数	481 千字
版　　次	2024 年 3 月第一版	印　次	2024 年 3 月第一次印刷
书　　号	ISBN 978-7-5411-6792-8		
定　　价	62.80 元		

上卷

我们之间的距离

目录

下卷
直到世界的尽头

目录

上卷

我们之间的距离

·第一枝百合·
她的男神

///

　　工作室里热火朝天，男人低沉的声音交错着女人清脆的声音，高高低低，似是争论，但不似争吵。屋里装着三盏吊灯，此时齐绽放，过于璀璨的光芒映在窗明几净的玻璃上，反射出这些声音的主人。疲惫如同这夜的天气预报，时间到了，雨也来了，那些光鲜亮丽的打扮早就被黑眼圈抢去了风头。

　　眼下已经凌晨三点。

　　"人呢，人呢？Miss Song（宋小姐）人呢？"已经熬了两宿的朱皑皑爆发了，一巴掌拍在桌子上，"她躲哪儿去偷懒了？我们在这里要死要活，她这个品牌总设计躲哪里去了？"

　　唯一的男苦力姜丞呆滞地仰望灯光，边揉着太阳穴，边有气无力道："轻点声，都几点了。"

　　"我去找吧。"工作室老幺虞是如一脸平静地起身，顺便问道，"有要加咖啡的吗？"

　　"要！"

　　所有人都举手，虞是如推了推眼镜，转身离开。

　　休息室的门关着，还特意挂着"请勿打扰"字样的牌子，但对于他们来说，这牌子等同于：不要脸，老大就在里头，赶紧抓人！

虞是如端着一杯刚冲好的摩卡，敲了敲门："颂姐，在吗？我进来了哦。"

里头没声音，她等了一会儿，小心翼翼地推门而入。

屋里只开着一盏地灯，虞是如适应了好一会儿才看到靠坐在落地窗前的身影。那人手里拿着手机正目不转睛地看着，像是完全没听到她进来一般。

虞是如走到那人身边，瞥见对方突然按灭了手机屏幕，刚才那瞬间，她好像看到屏幕上是建筑大神单凛的新闻。

她没多想，用平缓的声音说道："摩卡，双倍巧克力粉，双倍奶。"

真的是小朋友口味了。

终于，那人抬起了头，地灯的橘色光芒柔和了她的面庞，她忽而弯起嘴角，笑道："小如如啊，谢谢啦，辛苦你了。"

虞是如也蹲坐下来，把咖啡递到宋颂面前："姐，别坐地上，地上凉，不然你这个月来例假又要疼了。"

大前天宋颂还在 B 市帮着影后沈馨馨设计参加年底时尚慈善晚宴的造型，前天又飞到纽约采购布料，今天回到工作室，马不停蹄地交出五张设计稿。近期工作室接了一个活儿，为当红小生梵戈设计出席华鼎奖颁奖礼的行头，他们是女装品牌，接了个男艺人的服装设计，有些人觉得匪夷所思，但宋颂接下了，大家都在猜会不会是为后续推出男装品牌布局，她本人对此却模棱两可。

就这样连轴转，是个人都熬不住，可宋颂还撑着。她对梵戈的设计特别重视，虞是如觉得有点重视过头了，平日里宋颂工作的时候总是嬉皮笑脸的，这回少见地正经起来。来回几次沟通，对方已经认可了，倒是宋颂对设计方案不满意，反复修改的手稿堆了一地。

比起现在流行的电脑设计，她还是偏爱手稿。人味和人情味，都能让一件衣服变得更有魅力。

虞是如不忍道："姐，要不先休息下吧？"

宋颂伸了个懒腰，宽松的卫衣向上缩了缩，露出一小截平坦的小腹："我这不已经偷懒过了吗？朱白雪又在那儿叫唤我了吧？唉，怎么就这么离不开我呢？"宋颂无所谓地揉了揉肩膀，站起来，"过去吧。"

虞是如觉得宋颂今天心情好像不太好，可能她平时总是一副精力充沛的模样，所以当她有心事的时候，就像是没加糖的咖啡，苦得特别明显。

可转眼她又笑眯眯地招呼虞是如过去，好像什么事都没有。

宋颂回到办公室，刚进门，朱皑皑就冲她吼了一嗓子："你掉厕所里了吗？我刚打电话给曾总，他说赶过来救你。"

宋颂揉了揉耳朵，捧起杯子，喝了一大口甜得发腻的摩卡，笑眯眯道："曾总半夜三点被你吵醒，过来也是追杀你的。"

朱皑皑懒得跟她扯皮："行了，我的大姐大，你到底选哪一套啊？再不定下来，梵戈就要裸着走红毯了！"

"裸着？哎哟，我好想看啊，他身材好像很好。"宋颂一屁股靠坐在皮椅上转了一圈，矫揉造作地摆出一脸期待的姿态。

朱皑皑朝姜丞伸出手："把我的刀拿来。"

姜丞："……"

宋颂挑起眉梢，还是笑眯眯地看着朱皑皑："跟你说实话，我还没想好呢。"

朱皑皑瞪大了眼睛，气极反笑："我要给曾总打电话！"

"对了，有件事我差点忘了跟颂姐姐汇报。"虞是如适时化解了这场吵闹。

宋颂立即回过头，略感诧异："嗯？难得你也会忘事。"

他们的老幺可是 T 大建筑设计专业的高才生，毕业后跑到他们这里当工作室助理，还真是有点浪费人才。

"有个 VIP（贵宾）客户昨天要定制一套西装。"

宋颂以为自己听错了："西装？"

"对。"

"我们是女装品牌，这个 VIP 客户没弄错？"

"人家当然知道我们是女装品牌。"朱皑皑拿过虞是如的 iPad，看了眼客户资料，顿时两眼放光，"你知道他每年砸多少钱给你吗？颂啊，别犹豫了，赶紧的，梵戈挑剩下的给他一套。"

宋颂忽然严肃道："这位客人是男人还是女人？是女人的话，抱歉，我们不提供超出能力范围的服务；是男人的话，更加抱歉，我没打算给梵戈之外的男人设计衣服。"

虞是如被她正经八百的样子弄得一愣，马上回道："男人。"

宋颂这话一出，朱皑皑下意识地跟姜丞互换了个眼色——听到没，老板刚才说了什么？只给梵戈设计衣服！有蹊跷啊。

朱皑皑不死心："可是，这是'金主爸爸'啊。"

宋颂愣了愣，可她岂是为五斗米折腰的人，马上又开始转起皮椅，笑道："但他也不能'逼良为娼'啊。"

朱皑皑狠戳她的腰："你小学怎么读的，别乱用成语。"

宋颂东躲西闪，笑得岔气，跳到一边，说："就这么定了，回头这位'爸爸'再来问，好好跟他解释。"

众人："……"

宋颂确实有点累了，待到这个点，她决定先回家睡一觉。

"到底选哪一套啊？大王来问，我顶不住啊。"朱皑皑死拽着她不放。

宋颂一寸寸往门口挪，扭过头嫌弃地掰开她的手："我会在梦里决定的，让大王到梦里找我。"

"我送你回去。"姜丞连忙起身。

宋颂背朝他们挥了挥手："不用了，你帮白雪把早春发布资料整理好就回去休息吧，明天的事明天再说。"

夏末初秋的清晨五点，天还是黑的，气温宜人凉爽，整座城还在酣睡，宁静得让人想就这样迎着微风，看着太阳从地平线上升起。

宋颂努力睁着一双大眼睛在马路上寻找出租车。她不喜欢开车，一般都是打车，有时候姜丞会负责接送，但人家毕竟有位"白雪公主"女朋友，不好总是霸占他们的独处时间。

宋颂拿出手机打算叫车，可这个点，周围既没有出租车也没有专车。

"啧，都在家里睡觉吗？"宋颂跺了跺脚，锲而不舍地换了个叫车软件。

一辆白色SUV缓缓停到宋颂跟前，宋颂抬起头，辨认出这辆车，顿时满脸诧异。

车窗落下一半，里面的人俯下身，以便对上她的视线："上车，我送你回去。"

宋颂走近两步，感慨道："白雪真不怕死。"

曾佑轻笑:"外面凉,快上来吧。"

宋颂飞快地坐上车,感激涕零道:"谢主隆恩。"

曾佑微微蹙眉:"怎么又熬这么晚?"

宋颂靠着窗,迎着风,感受清晨的微凉,摇头感叹:"没灵感啊。"

曾佑压根儿没把她的话当真:"是因为要给梵戈设计,太追求完美了吧?"

宋颂转过头,曾佑目视前方,任由她打量。他可能是被人从梦中叫醒,没来得及打理短发,刘海垂在额前,反倒比平时看上去年轻些,而挺直的鼻梁再到线条分明的下颌,轻而易举地就让这张侧脸打90分。宋颂对上镜好看的脸特别容易着迷,曾佑是她心中上镜排名前三的人,还有一个就是梵戈。

宋颂答道:"他啊,路子太广,长得好就算了,气质还好,还有身高,我得好好琢磨。"

曾佑分出心,瞥她一眼:"你对他评价这么高,这次的合作不会是因为私心吧?"

宋颂摊手,一脸坦荡:"难道不是吗?这是事实,他现在可是顶流。我跟千万女生一样,就是喜欢,就是要给他设计衣服。"

这话要是被记者听去可就麻烦大了。

曾佑神色如常:"那他是你认识的最好看的人?"

宋颂愣了下:"那倒不是。"

曾佑不经意地追问:"那是谁?"

宋颂又愣了下,没答。

车子恰好遇到红灯,曾佑侧过脸笑道:"不会是我吧?"

他笑起来是很好看,但宋颂拍拍他的肩:"曾老大,你是没睡醒就出来了吗？"

曾佑也没生气，收回视线，重新开动车子。

宋颂人懒，又不开车，却偏偏租了一处离工作地点还挺远的房子。公司的人都让她换，她偏不，说是住惯了，喜欢那地方。曾佑刚好有朋友的房子就在公司附近，打算出租，可以便宜租给宋颂，她也不要。

这个点路上很空，差不多二十分钟就到了。宋颂解开安全带，再次感激道："多谢老大，无以为报，明天请您吃晚饭，地点任您挑。"

曾佑看上去挺受用："好。快去休息。"

下了车，宋颂一溜小跑进了楼，回头看了看，朝车子的方向挥了挥手，曾佑的车才缓缓驶离。

她和曾佑认识很多年，当初是曾佑毅然决定投资她的工作室，那时候，他的事业也刚起步，风险不可谓不大。现在想来，正因为有他，她的梦想才没有夭折。

于她而言，曾佑是不可多得的老板、朋友、导师、合作伙伴，也是她的贵人。她想着要好好为这位大老板多赚点钱，多给点回报，然后最好再帮他找个媳妇，那才算是报答感恩。

宋颂困到极致，回家简单洗了个澡，从浴室出来，直接飞奔向床，缩进被窝，把自己团成一只虾。当周围都静下来后，她的大脑没有马上停止工作，反而产生了兴奋过度的后遗症——睡不着。宋颂烦躁地翻了个身，半分钟后，又翻回去。她脑中乱七八糟一团，可跳出的不是给梵戈的设计手稿，而是微博的本地热门新闻：建筑神坛年轻传奇，单凛成T大最年轻的教授。

先炸开锅的是T大的学生，狂挖这位大神的个人简历，简历多是获奖经历，被人"吐槽"完全是神开挂的人生，还是别多看，看了容易自我嫌弃。他的背景很官方，没有值得可以八卦的，但坊间一直传闻比起其他的经历，他的颜值更加开挂，但网上竟找不出一张他的生活照片。

他不爱拍照，甚至厌恶，只要镜头对准他，他立马能察觉，毫不留情地黑脸。

他的神秘，为他带来了更多的关注。

宋颂翻来覆去到天明，才渐渐入眠，但好死不死，刚触碰到梦境，手机就响了。

宋颂蒙着头，只伸出手抓过床头的手机，闭着眼接通电话，在被子里冲那头的人抱怨："能让我睡满五个小时吗？"

"'金主'要跑，你说我要不要给你打电话！"

宋颂一手按着额角，清醒了点："什么东西？"

朱皑皑的声音提高了几分："刚才总店的人说，VIP客户执意要求定制西装，不然就不再光顾。"

从感情上说，宋颂是想骂娘的，但现在她只想睡成"一具尸体"。

"他想怎样？"

"希望你跟他见个面，沟通下定制方案。"

虽然VIP客户是品牌的衣食父母，SONGSONG也一直讲究客户至上，但坦白地说，宋颂很不喜欢被人无理地逼着去做一件事，这很容易激发她的叛逆心理。

但曾佑说过，她现在是品牌主理人，必须用更加成熟的方式处理问题。一路走来，她在磕磕绊绊中也摔了不少跟头，吃了许多闷亏，体会了隐忍的艰难，人生在世，不得不在某些时刻低头。

宋颂头痛不已，压着火气，低声道："他想怎样就怎样？"

朱皑皑以为她拒绝了，一时间找不到话，却听她很快又说了句："将时间、地点发给我。"

"给，咖啡。"

宋颂坐在车里，不断地打着哈欠，接过小如同学递来的咖啡，擦去眼角困出来的眼泪，道了声谢。

她现在正往"金主爸爸"指定的地点赶。"金主爸爸"很着急，说是上午就要见面，地点定在距离她家十万八千里的五星级酒店。

"唉！"宋颂不禁叹了口气。

虞是如不由得问道："颂姐，叹什么气？"

宋颂忧伤地摇了摇头，说："悲哀啊，你姐姐我过去怕过什么呀，现在，还是得去抱'金主爸爸'的大腿。"

虞是如看到宋颂这模样不禁觉得好笑："不是有曾老板吗？"

宋颂撇嘴："曾老板是个生意人，精着呢。"

曾佑其实不太出面管 SONGSONG 的事，给予宋颂充分的自主权，但每个季度的财报和新品发布他会很认真地审查，也会不定期地教宋颂怎么管理，只是宋颂总是一只耳朵进一只耳朵出。

"你决定给 VIP 设计吗？"虞是如问。

宋颂喝了口咖啡，目光冷淡地望着窗外，轻哼道："你觉得我是会向他低头的人？"

"那是拒绝吗？"虞是如疑惑。

"人嘛，识时务为俊杰，但也要讲点原则。我的原则就是，我不乐意，就说不，但我现在会好好说。"宋颂若无其事地拍了拍裤腿上不存在的灰，漂亮的眼睛里藏着淡淡的坚持，"既然他不饶人，我也不跟他硬来，我们就亲自上门，以理服人。"

她宋颂活到现在，就没屄过——姑且算是没屄过吧。所以，这次也一样。

两人穿过半个城，终于抵达酒店。宋颂拎上包，先下了车。她的包有点大，因为习惯长年随身携带一台莱卡相机。她对外的名头是"跨界设计师"。除了服装设计，摄影是她的另一项技能。

作为国内大热的独立时装品牌创始人兼主理人，宋颂通常都是穿自己品牌的衣服。SONGSONG 自创立以来的定位就是从简、从心，率性自然，知性大气，每一处的设计感都很强，所以品牌刚出来，不少人以为是国外设计师创立的。很多品牌爱给自己做加法，但 SONGSONG 喜欢做减法。这一年，宋颂尝试把一些人文情愫融入自己的设计中，越来越把穿着体验放在首位。

宋颂今天穿了一身 SONGSONG 秋冬"日照 × 暖"系列限量款米白色薄衫，腰侧的两条淡金刺绣图腾是点睛之笔，高冷中透着微妙的细腻，非常抓人。宋颂又高又瘦，有着不输模特的身材，穿上自己品牌的衣服，大概没几人比她更能驾驭 SONGSONG 的风格。

走进大堂，她回头问自己的助理："几号房来着？"

"8211。我打电话过去让人来接一下。"

虞是如打电话的空隙，宋颂无聊地张望起大厅。这家酒店她之前来过，参加业内的一次晚宴。大堂里架着一块液晶屏，她稍微调整了下角度，看清上面的字："WI"设计奖暨年度建筑巅峰论坛。

宋颂忙点了下虞是如的胳膊："你看。"

虞是如刚挂了电话，走过去打量了一番，笑道："竟在这里召开论坛，我记得我导师前年受邀出席做了演讲。"

宋颂跟她打趣："很怀念？放弃老本行可惜啊。"

虞是如收起目光，一脸认真："改行，我从来都是认真的。"

宋颂有时候真拿虞是如没办法，她不过是开个玩笑，虞是如就马上表忠心，凡事都太认真，但这也是虞是如的优点。

"奇怪，刚才接电话的是个女的。"

"莫非是 VIP 客户的老婆？这个 VIP 先生叫什么？"宋颂问。

虞是如打开 iPad 确认道："我记得姓'庄'，庄海生。"

宋颂把最后一口咖啡喝完，顺手将纸杯丢到电梯口的垃圾桶。这时电梯门开了，一个女人从里头急匆匆地走出，直奔前台。

"您好，久等了，请问是虞小姐吗？"

宋颂回过身，略作打量。女人留着棕金色长波浪，穿着干练的职业装，一条及膝的短裙，露出匀称的小腿，配着一双起码有八厘米的黑色高跟鞋。

虞是如和她握了握手："是。"

女人微微弯腰，态度很客气："实在非常抱歉，让你们这么急着赶来，谢谢。"

宋颂抱臂在后面听着，还以为 VIP 客户会很强势，没想到见了面挺礼貌。

虞是如也客气道："这次确实出乎我们的意料，我们也想把这件事当面好好沟通清楚。可是，根据我们的资料，应该是庄先生要定制服装吧？"

林蕾面上微笑，可心里苦啊，这个活儿真不是人干的，但她没办法啊，只好解释："没错，我是他的秘书，但今天要量身定做西装的是他的合伙人。"

虞是如一头雾水，这关系怎么搞得这么错综复杂。

林蕾努力解释道："简单说来，就是我们的大老板要定做西装，我们的小老板是你们的 VIP 客户，他替我们大老板做了预约。"

宋颂笑出声，绕口令吗？承蒙大小老板关照，这么看得起她的 SONGSONG。

应该是听到了后面的动静，林蕾回过头，恰好对上宋颂看过来的视线，顿时一怔，脑中当即闪过：好漂亮的女人。

宋颂幸运地拥有一张经得起镜头考验的小脸。美人在骨不在皮，难得的是她的皮相和骨相都堪称完美，艳而不俗，令人过目难忘。

虞是如连忙走到宋颂身边，为林蕾介绍："这位就是我们的品牌创始人，宋颂小姐。"

林蕾大为惊讶，没想到 SONGSONG 的品牌创始人这么年轻漂亮，又忽然理解了这个品牌的风格是怎么来的了，这完全就是创始人给人的感觉。她因为小老板的原因，对这个品牌还算了解，小老板几乎把他们家每季的新品都买了，到了盲目狂热的地步。正因此，传言小老板是他们公司排行第一的钻石好男人，成天给女友买衣服。

"你好，宋颂。"宋颂大方地主动伸出手。

林蕾立即回握住，笑道："林蕾。麻烦您亲自前来，实在是大老板抽不出时间。"

宋颂忍不住暗自腹诽，你们大老板抽不出时间，我就很闲是吧？

可她表面上依然礼数到位："那我们别浪费时间了。"

林蕾带着她们来到8211号房，进门前突然回过身，严肃地交代道"……有几个事项，我想跟二位先交代一下。我们大老板很有个性，对一些细节很在意。在他面前，尽量少说话，说话不要大声，避免肢体接触。哦，还有，不能拍照。"

林蕾尴尬地笑了笑，悄悄观察了眼宋颂的神情。

美人似笑非笑，不知作何感想。

宋颂朝小如如看了眼，小如如也恰好回了一个眼神："金主爸爸"有点厉害。

宋颂：厉害？简直是有病，碰上一个事儿妈。

宋颂调整好面部表情，不管怎么腹诽，都要把这关过了。她在心里把说辞又酝酿了番，争取一遍过吧，她一会儿还要去把梵戈的最终稿定掉，不然朱皑皑真要跟她翻脸了。

林蕾慎重地敲门，宋颂看她的模样颇有点视死如归的味道，不由得感到好奇，这大老板有这么可怕吗？

里头没有反应，林蕾又敲了两下，再不敢多敲。

宋颂看了看时间，上午十一点过十分，问道："会不会去吃饭了？"

林蕾肯定地说："不会，大老板一向十二点吃饭。而且订餐是我的工作，他今天的午餐还没送到。"

宋颂只好露出一个不失礼貌的微笑。

就在这时，门后传来一个低冷的声音："谁？"

"单总，是我。"林蕾连忙说，"设计师到了。"

听到"单"字，宋颂猛地抬头，漫不经心的神情忽然僵住，心脏不由自主地收缩，加速了血液循环，脸颊开始不受控制地发热，眼前的景物都有点发虚。

但她很快自嘲，不会这么巧吧，可脑中很快想起大堂的液晶屏，好像是说有个建筑论坛在这里召开……就在这时，门开了，但只开了一半，有个身影站在门口，里面的光线比外面亮，逆光之下，宋颂不由自主地眯起眼，还是看不清脸，但他的身形令她呼吸一窒，紧接着，整个人都僵硬了。

一旁的林蕾一刻不敢耽误，立马恭敬道："单总，耽误您一点时间，庄总说一定要在今天把方案定了，不然来不及参加仪式。"

男人冷淡地朝她身后看了一眼。

宋颂耳边嗡嗡作响，察觉到对面看过来的目光，她也面无表情地看回去。可谁知，人家的视线根本没在她脸上停留超过一秒。

"单总，这位是国内现在最火的独立设计师品牌 SONGSONG 的创始人宋老师，今天特地请她过来沟通……"

林蕾话还没说完，就被男人打断，语气冷淡："谁让你选这个品牌的？"

林蕾攥着手心，后背已经开始冒汗："庄总说……"

"庄总是我吗？"

"……不是。"

"让她们回去。"

单凛说着就要关门，一只手突然伸出，挡住了他关门的动作。

宋颂抢身上前，似笑非笑地抬起头："自我介绍一下，宋颂，单总好。"

单凛很高，很自然地以一种高高在上的姿态睨着宋颂，这距离，她终于看清楚了他的脸。

已经过了很多年了，对单凛的印象，还停留在象牙塔，十九岁的他有着没完全褪去的少年感和逐渐成熟的男人味。

　　他看起来五官变化不大，气质却越发沉冷孤傲。黑发黑瞳黑睫，反衬得他的肤色极白，眼底透着标志性的冷漠，只有薄唇偶尔的牵动，透露出不屑一顾的讥讽，才让人感觉到他身上少有的生气。

　　眼下，他只穿了一件白色衬衣、深黑色的西裤，扶在门框上的右手腕，袖口佩着小小的银色袖扣，全身黑白，再无多余色彩，简明到冷冽。

　　今天凌晨，曾佑还问，谁是她见过的最好看的。

　　她没答，不是没答案，而是知道答案，却不想说。

　　只是没想到，这么快，答案就在她眼前。

　　宋小姐心中最爱颜排行第一，也是宋小姐腹黑小本本，性格最烂排行第一。

　　单凛，名字就够独孤求败，不愧是双料冠军，与世无争。

　　单凛根本没耐性跟宋颂继续瞎扯，手上的力气继续加大，一点都没怜香惜玉的意思。虞是如和林蕾都看出来这两人在较劲儿，但没一个人敢上去劝说，两人都尴尬地站在原地，手足无措。

　　宋颂连忙伸出脚卡在门口，脚上暗暗使力，脸上笑得和气："庄总一再恳请我们来为单总定制西装，不然就从我们店撤走每年的服装置办费用。"

　　单凛不耐烦道："跟我有关系？"

　　虞是如开始有点吃不消单凛冷漠刻薄的态度，蹙起眉头。他们虽然算不上大牌，但好歹在时尚圈有一席之地，宋颂刚被评为年度新锐女设计师，现在就连影后沈磬磬也很青睐他们的品牌。

　　但宋颂压根儿没当回事，笑道："本来呢，我是打算来说服单总，别为难我们一个女装品牌。但现在我改主意了，单总这气质，一看就是我们品牌的目标客户啊。我们正在酝酿男装品牌，可以免费为单总定制全套服饰，从里到外，从上到下。"

宋颂一番话直把虞是如说得一愣一愣的，小如同学惊呆了，这跟来的时候说的不一样啊。

不是说好了有原则的吗？要好好拒绝"金主爸爸"吗？不管心中多诧异，虞是如还是很本分地呆站在原地，不敢出声。

宋颂一脸真挚，单凛却不为所动："不用，请离开。"

能用一个"请"字，比以前有礼貌。

宋颂已经用上全身的力气，脸上的表情也逐渐紧张起来："单总，我看你也没有时间再选其他品牌了，不如给我们一次机会，保证让你满意。"

单凛漆黑的瞳孔似淬着冰，不耐之色渐浓："林蕾，叫保安。"

"哎呀，怎么都站在门口呢？快进屋说。"

楼道里又来了一个人，远远看到他们就开始招呼。宋颂不敢回头，怕一松懈，这家伙就把门关上了。

而林蕾看到来人，激动得表情都有点扭曲："庄总，您来了。"

庄海生一眼就看明白局势，但还是装作不解，疑惑道："怎么了这是？"

林蕾赶紧朝庄海生那边靠去，能离单凛远点就远点，紧接着开始解释："庄总，按您的指示，我把SONGSONG品牌的设计师请来了，但单总似乎对品牌不是很满意。"

"不满意？"庄海生似有些惊讶，"怎么会呢？单凛，赶紧让人进去，人家品牌创始人都亲自上门了，快让开。"

庄海生一点都不怵单凛，宋颂没法回头看他，但在心里敬他是条汉子。

单凛沉着脸："你的账一会儿算，先把人给我带走。"

庄海生岿然不动，继续跟他耍嘴皮子："我的单教授、单老板，没时间了。你要跟我算这笔账，那我也要算一笔账，你说你这个衣服啊，多费钱啊，是不是？你自己又不出面，都是我张罗……"

他不动声色地朝单凛看去，单凛的脸色仿佛下一刻就要大发雷霆。林蕾不是第一次见单凛发火，他脾气并不好，但因为低调，对外相对克制，所以只有公司里的人知道单总有多难相处。单凛平时给人的印象就是冷漠，话不多，话只说一遍，你如果没听明白，问第二遍，要么立刻麻溜地自动离开，要么等着被扎心到血流成河。公司里一般没人敢单独找他汇报，大多数都要拖着庄海生一起去挡雷。庄总已经练就金刚不坏之身，被雷多劈几次，就当渡劫了。

林蕾已经下意识地屏住呼吸，等待雷霆降落。

突然，单凛的手松了，当即转身进屋。

林蕾没料到情形有了反转，来不及松口气，连忙招呼虞是如进去。

宋颂还使着劲，单凛这一松手，力还没收回，整个人以一种高难度的俯冲姿势跌进房间，还好庄海生眼疾手快地从背后拉住她的胳膊。

宋颂反应很快，迅速整理好大衣，把滑落的背包带扶正，又笑着跟庄海生道谢。

可能因为她是 SONGSONG 的品牌设计师，庄海生又是 SONGSONG 的忠实 VIP，所以他落在她身上的目光停留的时间特别长。末了，他伸出手，笑道："宋颂？原来品牌名就是你的名字。

没想到你还是个大美女。该我说谢谢,我们的要求太过分、太任性,但你也看到了,不任性点,没法搞定那位。"

这位庄总说起话来还挺讨人喜欢的,宋颂跟他握了握手,低声道"说得也是,对有些人,就应该强硬点。"

庄海生朝她眨了眨眼,回道:"看来你对付这类人,也很有经验嘛。"

某人已经不高兴了,在房里催促道:"愣着干吗,还不滚进来。"

这一层都是商务套间,外头有个小型客厅,里面是卧房。这位单总已经坐回到书桌前,头也不抬地干起他自己的事。

庄海生走到书桌前,伸手合上单凛的笔记本电脑,说:"你先把工作放下行吗?先和宋美女沟通下需求。"

单凛推开椅子,不客气道:"我不需要。"

宋颂笑容不变,好像没听到他的话一样:"你的三围是多少,我们量一下吧。"

"不需要。"单凛冷着脸,又重复一遍。

庄海生不得不放低姿态劝他:"量一下,听话。你说我容易吗?一天到晚帮你干这干那,我都快成你保姆了,这要是让我……"

不知他们咬了什么耳朵,单凛猛地站起身:"进里屋。"

庄海生立马冲宋颂使了个眼色:"进去吧。"

宋颂拿出记事本和皮尺,把背包留给虞是如,跟着单凛进了里屋,并且带上了门。

单凛背对着她站在床边,背影瘦削孤高,一副拒人于千里之外的样子。

她曾经无数次在现实里拥抱这个背影,俯身倾听他为她欢愉的心跳，他的身影也曾经无数次闯入她的梦中，霸道地侵扰她一整夜的好眠。

"不要浪费时间。"

宋颂回过神，脱口而出："98-75-95。"

别问她是怎么知道的，对于他的身体，就没有她不知道的地方。

宋颂不紧不慢地进屋，打量起这间卧室，极具单凛的风格。整间屋子一尘不染，丝毫没有人气。唯一不属于酒店的东西，是床头的机械钟。不管到哪儿，他都会带着。

单凛转过身，似有一层薄雾笼罩在他的眉间，始终没有消散，看着她神色泰然地四处张望。

宋颂的手指在电视机上轻轻敲过，轻松道："我看你身材没怎么变，三围应该和之前一样吧？"

单凛冷着脸，沉默地看着她慢慢走到自己面前。

她不矮，可他很高，她还是要抬起头看他，知道他不喜欢别人靠太近，她偏偏站在离他不到半米的地方，仔细感受，能听到对方的呼吸声。

单凛果然敏感地朝后退开一步："你可以走了。"

手里的皮尺软软地敲打在另一只手的手心，宋颂笑了笑："我之前还担心你突然消失不见，会不会出什么事。我给你写了整整三百六十四封邮件，并不是要求什么，只希望知道你还健在。可你一封都没回我。"

若不是看到她脸上始终不变的微笑，光听她的声音，真是既忧伤又委屈。

笼罩在他眉间的薄雾慢慢在整间屋子蔓延。

单凛错开宋颂的视线，没有多大耐心听下去，不论是冷淡的表情还是抱臂的姿势都已经显示出他的抗拒："麻烦你搞清楚，我们分手很久了。"

宋颂欣然点头："分手后不是还能做朋友吗？"

单凛不加掩饰地嘲讽："这么傻的问题你也说得出口。"

宋颂眨了眨漂亮的大眼睛："可我真这么觉得。"

她心态很好的样子，还能笑嘻嘻地看着单凛。单凛冷着脸，薄唇抿成一条线，讥诮更甚。

宋颂绕开了这个话题，转到正事上："衣服什么时候需要？"

"不需要。"

宋颂装作没听见，继续道："这样，今天周一，我明天要飞 B 市，大概周五才能回来，这期间我会把设计稿发你。如果没问题，我会争取在半个月里把衣服制作出来。你留个联系方式，微信、邮箱、手机？"

他忍了忍，万般不情愿地说："给林蕾。"

单凛的回答在意料之中，宋颂也没强求："你的喜好我会看着办。"

她不打算公事公办地问他，反正肯定屁都问不出。

"无所谓。"单凛有些烦躁地抬起手，看了看表，"你可以走了吗？"

他下了逐客令，丝毫不懂得委婉。

宋颂大方道："立马滚，不用送，请留步，单……教授。"她转身往门口走，潇洒地打开门，离开前忽然回过身，正色道，"欢迎回来，后会有期。"

她一如既往地干净利落，笑起来的时候，不仅仅是嘴角，就连眼角都像是洒上了阳光，是这间房里唯一的亮色。

单凛没马上出去，站在窗前，面无表情。他的视线没有焦点，虚虚地望着楼下的车来车往。

不一会儿，响起敲门声。他懒得回应，对方也没当回事，权当敲门是个形式，直接开门。

庄海生靠在门边，也不走进来："我费尽周折把人请来，你给这么个脸色。我容易吗我？知道这个女设计师现在多火吗？知道她从不设计男装吗？"

单凛没接他的话。

庄海生做好了心理准备，以为单凛今天不把他骂死不会罢休，可单凛一言不发，好像更可怕。

"宋小姐说了，这周就能搞定，你的就职仪式不会被耽误。"

单凛慢慢转过身。

庄海生看到他冰冷的眼神，下意识地挺直了后背，手臂上的汗毛当即竖了起来。

"我数三下，一，二……"

"我马上滚。"

单凛还没数完，庄海生已经麻溜地跑了。

单凛忽然扶住窗台，像是累极了，在沙发上坐下。

"这些年，很少见你心情这么恶劣了。"

妖娆的女声从门口传来，单凛仿若没听到一般，唯有按着窗台的手指倏然收拢，骨节发白。

"不问我怎么进来的？"女人见单凛不看她，很不高兴，哆着声音责备他。

"怎么，见到她，你心绪难宁了？"她还在那儿喋喋不休，甜到发腻的嗓子令整个房间的空气都变得黏糊糊。

女人踩着高跟鞋，一步步走近单凛，绕到他的背后。见他一副冰雕的样子，她使起坏心眼儿，故意俯身趴在他肩上，凑近他的耳畔吹了口气，挑衅道："不喜欢我提她？"

窗上反射出女人多情艳丽的眼，长发垂到他胸口，单凛的瞳孔骤然收缩，两只手死死抠着窗沿，强压下心头的怒意，好不容易吐出两个字："出去。"

虞是如像是经历了一场心灵的震荡，跟着宋颂回到办公室的时候整个人还是蒙的。

她先是见到了心目中的超级偶像，还没来得及高兴，就发现这个被外界传得神乎其神的大神，竟是如此冷淡刻薄；再是她没想到自己的老板对着这么刻薄的脸，突然像被人打傻了一样，突然上赶着倒贴起来。

虞是如忧心忡忡，把来龙去脉都跟朱皑皑描述了一遍，谁知这位运营总监放声大笑："好啊，她总算是开窍了。我就说嘛，跟钱过不去是最傻的，她就是有点理想主义，是该碰个硬钉子，吃吃教训。"

虞是如："……"

第二天，宋颂回到办公室就把自己关起来。通常她创作的时候不太希望被人打扰，手机也设置了静音，但曾佑打来电话的时候，她略一停顿，还是接了起来："老板，有何吩咐？"

"听说你去给一个VIP上门量身定制了？"

"消息传得这么快？"

"能让你屈尊，不简单。"

宋颂停下创作，这个电话已经打断了她脑中对单凛的想象。

她一本正经地说："没办法，我自己任性就算了，总不能让大家跟着我饿肚子。"

曾佑听着蹊跷，不觉得宋颂会这么乖，但还是宽慰道："不过是个VIP，不至于。"

宋颂倒是没料到曾佑这回这么宽容："你的意思是，我不乐意，可以不接这单？"

曾佑不紧不慢道："毕竟你现在也是有身价的人。"

宋颂笑出声："有你这句就够了，不过这单我还是要接的。"

"听上去，你还挺高兴接了这单。"

宋颂下意识地摸摸脸："有吗？"

曾佑岔开话题："说正事，《完美登场》你还是不打算参加？"

宋颂伸了个懒腰，不感兴趣道："上次不是开会讨论过了吗？真人秀不适合我。"

"乔裴卓已经确定参加。"

"你这是激将法？"

"我只是觉得，你需要证明自己，这是个不错的舞台。"

"我需要通过和一群戏精演一出戏证明自己？"宋颂挑眉，语调上扬。

"这对公司有好处。而且，我听说，宁末离也在关注这个节目。"曾佑的声音依旧平稳，宋颂甚至能想象他此时正在某个窗明几净的办公楼里，气定神闲地喝着咖啡，不疾不徐地游说她。

"宁皇帝?"宋颂总算端正了点态度,"他关注这个干吗?"

"宁末离淡出大众视野有段时间了,但最近他在圈子里频繁现身,可能有大动作,预计最快明年年初就要启动电影投资项目。听说他对这次项目要求很高,他还在挑服装造型总监,不断有人在找机会向他递橄榄枝。"

宁末离是谁?这个走在娱乐圈食物链顶端的男人,被人尊称也好,笑称也罢,"宁皇帝"三个字足以说明他的地位。他是一个传奇,就没有他做不成的事;想当演员了,在黄金时期,把该拿的奖都拿了;突然觉得演够了,想转幕后了,毫不含糊地就隐退。当众人还沉浸在为他惋惜过早放弃演艺生涯时,他已经悄然建立了自己的文化娱乐帝国。

不过,他现在更喜欢被人称作"沈磬磬的老公"。

神隐这么多年,宁末离终于有了动静,能不叫人期待吗?

宋颂也很迷宁末离,对于这样一位高高在上,远在天边的大神,她跟寻常小迷妹一样,无原则相信偶像都是好的。她从未想过自己会跟宁末离有什么交集,直到半年前,机缘巧合之下,她开始有机会为沈磬磬提供品牌服装,现在更是受到沈女王钦点,算是沈磬磬半个造型团队的人。

沈女王,这就是娱乐圈的另一个传奇。不得不说,相较于完美无缺的宁末离,宋颂现在更加喜欢和钦佩这位影后。她实在是太有魅力了,比她惊艳的女星有不少,但她身上散发出来的魅力让人为之倾倒,自信又不失优雅,强大又不失率真。在宋颂眼里,沈磬磬就是有这么好,宁末离专爱于她不是没有道理的,你很难逃脱她散发的磁场,一旦被圈中,唯有把心奉上。

这一对夫妻在娱乐圈，他们有自己牢不可破的世界，是极为传奇的存在。

"在听吗？"曾佑问。

宋颂收回思绪："在。"

曾佑劝说道："乔裴卓那边已经开始主动接洽。你最近不是要跟沈磬磬见面吗，可以旁敲侧击一下。"

宋颂皱眉："怕不行，我感觉他们在工作上还是比较独立的，而且，我跟沈磬磬还没熟到这个份上。"

"不是还有梵戈吗？沈磬磬现在可是力捧他，他的团队选了你……"

察觉到宋颂的沉默，曾佑停下了话语，少顷，才说："你不愿意就算了，但你要知道，很多事都是要靠运作的，利用一切可以利用的资源。"

宋颂叹了口气："节目的事，我会考虑。沈磬磬和梵戈的事，我现在不会去做。"

资源是需要利用，可对梵戈有任何负面影响的事，她都不会做。

听到她松口，曾佑见好就收，缓缓道："好，你忙吧，我先挂了。"

宋颂放下手机，她这些年和曾佑配合得很好，但也会有意见相左的时候。曾佑是商人，身居高位，有时候会强势些，宋颂爱随性子来，难免有摩擦。坦白说，她懂人情世故，也明白左右逢源才能招财广进，但或许是她看多了世态炎凉，便更加想要抽身事外，所以，有时候便不太喜欢曾佑的做事风格。

回到手头的工作，给单凛设计衣服并不难，他的脸和身体，她都不用刻意回想，头脑中就能自动自发地勾勒出他身上的每一个细节。她曾无数次想如果模特是单凛，她该会为他设计出一套怎样的衣服。以前，能力有限，每一次设计她都觉得不满意；现在，她能很快为他设计一套衣服，甚至会因为想法太多，而无法控制自己亢奋的情绪。

宋颂摇了摇头，强行摆脱不合实际的幻想，笔下的黑丝绒西装已有轮廓，没有过多花纹，有一股子克制的美感，和他冷傲的气质相配，天衣无缝。

她将手稿稍作修饰，自我肯定了一番。时间不晚，现在还来得及发给单凛。

她很快找来庄海生的电话，毫不犹豫地打了过去，那头也很快接起："您好，哪位？"

"宋颂。庄总，单总的联系方式方便给我吗？我的稿子设计好了。"

"这么快？"那头庄海生惊讶道，"这才一天。"

宋颂解释道："您不用怀疑，这个方案我是百分之百用心，这个跟时间长短没关系，时间拖得长了，出来的作品未必是好的。"

庄海生自然没什么意见，又不是他穿："行，我把单凛的号码给你，但别说是我给的。"

宋颂跟他有点自来熟，笑道："庄总放心，我不会说的。顺便把他的微信也发我吧？"

"哈哈！"庄海生也被她的直接逗笑了，"敢直接联系他的不多。我冒昧问一句，你们以前认识？"

宋颂自认为自己今天没露出什么破绽，笑着反问："庄总怎么会觉得我们认识？"

庄海生也是个脑筋转得快的："就是觉得，你对付他挺有一套的。"

"说笑了，我怎么敢对付单总。"

挂了电话，他们俩先加了微信，随即庄海生把单凛的号码和微信名片都推送了过来。

单凛早已不用最初的号码，宋颂后来也要不到，这回要到了，心情却不如预期的那么激动，反倒有些紧张。

单凛的微信名片就在眼前，昵称也很简单，就是"SL"。

宋颂从位置上站起来，来回踱步，左手拿着手机，右手食指轻轻划过屏幕，刚点下去，就缩了回来，再次点下去，又缩了回来。她咬牙握紧手机，闭上眼，暗暗憋了股劲，死命默念：怕个鬼，大不了被拉黑，打一架。

"晚饭吃什么？"门外朱皑皑的声音响起，"你晚上还要赶飞机，我只是来提醒你一下，别忘了时间。"

宋颂一咬牙，用力点下添加好友，发送，随即手里像是有个什么烫手的东西似的，慌慌张张地把手机丢到了沙发上。

"你们吃什么我就吃什么，我晚上六点走。"

"收到。哦，还有，梵戈那边，你别忘了联系。"

宋颂一拍额头，还真给忘了。她直接给梵戈的经纪人大王打电话过去。

上午，她已经把定稿发给梵戈，一共三套，供他选择。正如她对庄海生说的，方案设计时间越长，并不一定是好事，给梵戈的设计她就是太小心翼翼了，反倒消磨了些灵感，好在她及时调整回来，最终的效果不错。

大王接电话的声音很轻，大概是在录制现场，宋颂也长话短说，大王很快回复，他们倾向第二套方案，造型比较出挑。毕竟谁不想在这场颁奖礼上大出风头，分一波流量，但梵戈还没时间看，最后需要听他的意见。

宋颂没发表意见，虽然她个人倾向第三套礼服，她给出的主题是"重构"，黑银双色交错，极强的立体感设计，至于"重构"这个主题，她觉得梵戈比谁都能理解。

挂了电话，微信上除了多了几条信息，她依然没有得到最想得到的回复。

吃了晚饭，她又处理了好几桩工作，SL 依然没有验证通过。

宋颂憋得难受，而她不是个能憋很久的人，决定直接打电话过去。她连说辞都想好了，只要单凛接起电话，她就开门见山，以公事作为突破口……电话被挂了。

被、挂、了！

宋颂盯着手机，不太确定，她又打了一遍，铃声刚响起，电话就被掐断了。

她估摸着单凛正在忙，于是给他发了一条短信，大意是设计稿已好，不知道林蕾的联系方式，请他通过下微信好友验证，她把图发过去。

公事口吻，看起来没毛病。至于她既然能要到他的电话，为何要不到林蕾的电话，这就不是她考虑的了。

然而，直到宋颂登上飞机，也没有接到单凛的回复。她在此期间还给他打了两次电话，这两次更绝，直接是："您拨打的电话暂时无法接通。"

宋颂严重怀疑单凛把她拉黑了，有喜有忧：喜的是，这么多年，至少他还记着她的号；忧的是他这老死不相往来的态度，有点令人抓狂啊。

单凛看着手机上的四个未接来电、一个好友申请以及一条很长的短信。

手机屏的光反照在他脸上，令他看起来如同不可侵犯的白色雕塑。

他没动，等着屏幕自己暗下。这也是房里唯一的光源，一瞬间，他整个人隐在黑暗中，慢慢将手机放置床头。

房里寂静无声，就连他的呼吸声也被压抑到微不可闻。

半晌，单凛动了动，缓缓躺下，身体却无法放松。刚躺下，他身后便有人欺身上来。

女人诡异又温柔的声音，如同黑暗中蚕食理性的毒药："睡了？今天这么早，才九点。"

单凛紧紧闭上眼，沉默以对。

"你把她拉黑了？这样才对。我的孩子没了，我不知道该怎么办，你要永远在我身边。"

女人温热的呼吸就吐在他的后颈上，单凛纹丝未动，紧锁的眉头像是永远打不开的死结。

宋颂在 B 市的行程很赶，B 市第一家品牌店开张，她必须要去现场盯一下。本来是要在那里待三天，但宋颂心里有事，把工作不断往前赶，在周四就赶回家。

刚下飞机，她就给庄海生打电话："我说你们单总交友门槛真高，我的方案怎么都给不到他，一会儿我发给你，麻烦庄总给单总看一下。"

庄海生瞧了眼旁边正沉着脸听报告的人，低声笑道："你在哪儿呢？"

"刚下飞机。"

"一起吃晚饭？我把他叫上。"

宋颂站在路边等着接她的车，闻言二话不说："地址，我这就过去。"

"我马上发你。"

不一会儿，宋颂收到庄海生发来的定位。她低头看了眼，餐厅名不太熟悉，随手上网查了下，是一家本地的小饭店，一对老夫妇开的，评价颇高，需要提前订位才能吃到。

姜丞的车很快就到，他下车帮宋颂拿行李，顺便问道："直接回家，还是先去工作室看一眼？"

宋颂坐上副驾驶座，松了松围巾，笑道："都不去，我要先吃饭。"

姜丞低头看了眼宋颂手机上的定位，脱口而出："这餐厅啊。"

"你知道？"

"嗯，很有名，预订都要提前半个月，不然吃不到。"

宋颂调侃他："看来你和白雪公主早已抛弃同僚，吃过了。"

姜丞不好意思地摸了摸鼻子，扯开话题："晚上有约会？"

"是啊，是啊。"

她答得快，姜丞倒是不信了："什么时候组个局，大家好一段时间没浪了。"

宋颂是出了名的大方，也很能玩，一般都是她牵头做东，没她发起，大家觉得玩得没劲。

"行啊。"宋颂想了想，又道，"等忙完这阵吧，各个颁奖礼、巅峰夜，还有新一季服装发布，挤破头了。我先睡会儿，累死姐姐了，到了叫我。"

说完，宋颂把座椅放倒，拉上帽子，遮住光，还真是说睡就睡。直到车子开到这家其貌不扬的小饭店时，她都没醒过来。可车一停下来，她似有感觉，不用姜丞提醒，已经懒洋洋地掀起帽子，眯着眼朝窗外看。脑袋还有点昏昏沉沉的，反应像是松了的皮筋，宋颂缓缓抬手擦去玻璃上的薄雾，外头的景象立刻清晰起来，竟然下雨了。

"你带伞了吗？"姜丞问道，"要不我把车留给你？"

"不用，我朋友会送我回去。"

宋颂一边心里已经有了计较，一边松开长发，重新绑了马尾。她平时比较喜欢舒适的打扮，今天也只化了个淡妆，但因为这段时间熬夜太多，又刚下飞机，脸有点肿，气色不太好，她来不及补妆，只匆匆给自己抹了点唇膏。

宋颂拉上帽子，准备冲下去："我下车了，你帮我开后备厢。"

"等等，我帮你送回家去吧。"姜丞打着伞追下车。

宋颂朝他摆手，缩着脖子把行李搬下来，立刻冲进了饭店。

小饭店门面出人意料地小，门口都是等位的人，大家互相挨着，尽量缩着脚尖，试图避开从屋檐不断垂落的雨帘。宋颂跟门口的服务生报出桌号，被人带进去。里头是很朴素的装修，看得出有点年份了，墙上还挂着时代感极强的年历，再然后是一眼就能数完的六张桌子。

服务生很快回头提醒道："六号桌在最里面。"

宋颂看向最里桌："谢谢，我朋友已经到了。"

单凛本不怎么想出来吃饭，他手头上的活已经堆成了山，但庄海生非要拽着他出来吃，说是马上要去 C 市出差了，这一去估计得一周，吃不惯那边的辣，这两天得吃够本才行。庄海生半个月前订了位置，本来也没想找单凛吃，不巧这两天女朋友跟他闹脾气，正好便宜了单凛。

虽然他是这么想的，但实际上单凛只是觉得他太烦，烦得人头疼，与其被他烦死，还不如忍着脾气跟他来吃饭。

单凛只对吃饭的时间有要求，每天饭点，林蕾都会按照他的要求订好餐，但他对吃什么不怎么挑剔。

这一桌的家常菜，不比大餐厅精致，却胜在地道。庄海生看得食指大动，单凛兴味索然地脱了外套，拿起筷子随意夹了一块眼前的清炒山药。

庄海生自顾自地点了两瓶啤酒，开始跟单凛介绍这里的菜肴。单凛寡言，一时间只有庄海生在那儿说得起劲。

啤酒送来的时候，庄海生没找到起盖器，正打算叫服务生，一只白皙纤细的手从庄海生手里拿过酒瓶，另一只手握着开瓶器，轻松撬开瓶盖，随后绕到单凛这边，往他的玻璃杯里满上啤酒。金黄的液体缓缓上升，白色的泡沫快要漫到杯口的时候，瓶口一转，停得刚刚好。

单凛拿筷子的手停在半空，眼底被突如其来的墨色浸染。片刻后，目光冷冷地顺着那只手向上看去。

"单总，庄总，外头下雨，路上堵，我来晚了，自罚一杯。"

宋颂给自己也倒了一杯，庄海生面露讶色，还来不及阻止，就见宋颂毫不犹豫地喝下，酒杯很快见底。

"好酒量啊。"庄海生忍不住拍手，"宋大师赶快坐。菜刚上来，都热着，先吃。啤酒凉，对胃不好。"

可她这一杯并没有让单凛脸色好多少，筷子不轻不重地被他搁在白色骨碟上，发出令人胆寒的脆响。

"呵呵，小凛啊，干吗呢？这一桌好菜，可都是托了宋小姐的福，要不是她提前订了位置，我们哪能吃得上。来来来，干一杯。"

宋颂一个没忍住，呛了口，这庄海生牛啊，脑子转得可真快。她立马意会，又满上一杯酒，举杯："单总，我敬你。"

一左一右，一男一女，表面热情，可心里都没底，因为中间这位大爷已经演化成一尊带刺的冰雕，随时可能炸裂。

单凛酒杯里的泡沫消得差不多了，他却动都没动一下，片刻后，重新拿起筷子。

庄海生尴笑一声，开始解围："宋大师，你拖着这么大一行李箱下了飞机就赶来，我敬你。"

宋颂跟着碰杯，瞬间，就变成他们两人干杯。

中间那位闷头吃自己的，与世隔绝。

宋颂又喝了半杯，笑道："庄总客气，叫我宋颂就行。"

"那你也别跟我客气，叫我'大海'，或者'海生'都行。"

这时，服务生端上来一锅黄鱼汤，腾腾热气带出了浓郁香味。

庄海生立马对单凛说："这个汤就是给你点的，你不是不爱吃肉吗？"

单凛充耳不闻，顺手夹了一块咕咾肉。

庄海生："……"

完了，这人脾气上来了。

庄海生预料到单凛会不高兴，甚至想到他会直接撂挑子走人。

庄海生对单凛这种自我的个性见怪不怪，干脆不理，跟宋颂聊起来："这回你是从 B 市回来？"

宋颂找了个干净的碗，盛了满满一碗黄鱼汤，放到单凛手边，后者连个眼神都没给。

她完全不在意，回答起庄海生的问题："对，我们家新店在 B 市开张，我就是去看一眼，到个场，发个红包。"

"牛，恭喜啊，走一个。"

两人继续碰杯。

"听你口音，不像是 S 市人。"

宋颂解释道："我是 Z 城人，从小在那里长大，大学是在这边读的，不过没毕业就去了美国，在那边学了服装设计，三年前回国开了品牌工作室。"

庄海生一脸兴奋："巧了，单凛高中前都是在 Z 城读书，大学考回了 S 市。你是在哪所高中？"

"一中。"

庄海生迫不及待道："太巧了，单凛也是一中的，我和他是大学同学。我们必须要干一杯，小凛啊，大家都是校友，今天别矜持了，喝一点。"

"你们非要这样吗？"从头到尾一句话没说的人，终于开口了，一开口就满是无情的嘲讽。

单凛看向庄海生，不近人情道："你明明知道她是我前女友，装什么装？"

宋颂怔了怔。

庄海生撇嘴，一脸委屈，欲言又止。

单凛又侧过脸，看向宋颂。宋颂心中一跳，从过去起，他的侧脸就是绝杀，线条近乎完美，从冷峻的眉峰到鼻梁侧落下的浅淡阴影，从眼角的寡情到唇边勾起的冷漠疏离。

这个人就像是从照片里走来，从来都没有多少人味。

一如他现在说的话："宋颂，我们不可能，做朋友，也不可能。"说完，直接起身就走。

"等一下。"

宋颂顾不上行李，跟着单凛冲出门外。

单凛从容地打着伞，大步走向他的车。宋颂冒着雨跟在他身后，质问他："为什么做朋友也不可能？"

单凛没理她，打开驾驶座的车门。

宋颂上前一把将门推回去，单凛不得不转过身看她。

她没戴上帽子，雨水已经把她的头发打湿。

单凛面露厌烦，不耐烦道："我不想见到你。"

他自认为言尽于此，收了伞，正欲重新上车。突然，宋颂抢过他手中的钥匙，解了锁，迅速坐上副驾驶座。

她颇有仪态地捋了捋长发，一点都不受他冷言冷语的影响，说："雨太大了，麻烦送我回去。"

单凛站在雨里，他们就这样静默相望了好一会儿。雨水将他们之间的视线切成无数根细密的线条，每条银色的雨线又和这些线条编织成过往的片段。可还未等人回忆起那些尘封已久的情愫，单凛突然关上车门，直接弃车而走。

宋颂愣在车上，没料到她狠，他更狠。后视镜里，他走得毫不犹豫，头都不回，大雨不断冲刷后车窗玻璃，他的背影越来越模糊。

宋颂无法形容此刻的心情，她觉得自己的心就像是一颗酸梅，胀到极点，却找不到一道发泄的口子。

副驾驶座的车窗外响起敲击声，宋颂回过神，庄海生就在外头，他指指后面，随后绕到后备厢，把宋颂的行李放上去，然后坐上后座。

庄海生顺手抖落肩上的雨水，急切地问："他人呢？"

宋颂平静地回他："走了。"

庄海生没明白："走了？可他的车在这儿。"

宋颂状似无所谓地耸了耸肩："没错，车给我了，他走了。"

庄海生的表情顿时一言难尽。

他有点犹豫，但还是问道："我一直很好奇，你当初为什么甩他，到底伤得他多深？"

宋颂倏然回头，嗤笑一声，笑声带着嘲讽。半晌后，她悠悠道："庄总，你是不是弄错了，被甩的人，是我。"

庄海生如遭雷劈，震惊了半晌才讷讷地暗骂一句。

宋颂知晓他误会了，反问："怎么，你一直以为是我甩了他？"

庄海生又暗暗把单凛里里外外骂了个遍，尴尬道："他对你避而不谈、讳莫如深，我以为……"

他说到这里悄悄打量起宋颂，她长发束起，露出光洁的额头，妆容清爽，但还是掩不去五官的惊艳。从始至终，她都带着笑，不论单凛怎样不留情面，她似乎都不太在意。

作为单凛最好的，恐怕也是唯一的挚友，庄海生一直很为单凛感情问题担忧。大学的时候，他是知道单凛有个一直在谈的女朋友，两人感情应该很好，因为那时候的单凛个性虽也不怎么样，但还不至于像现在这般不近人情。在他软磨硬泡了半个学期后，单凛甚至答应找时间带女朋友出来一起吃个饭。但没过多久，单凛的情况急转直下，他都没来得及问，单凛就突然休学了，整个人凭空消失了。

单凛再回来的时候，好像并没什么不同，可庄海生觉得他有哪里变了。然而，学神就是学神，单凛一个学期就把落下的学分都补上了，可无人再敢问他女友的事，问一次翻脸一次。

再后来，单凛几乎把命都搭在工作上，对男女之事，很是厌烦。

至于，他怎么知道宋颂的，那是后话了。

这回换宋颂主动发问："庄总，你什么时候知道我是他前女友的？"

庄海生摸了摸下巴，拣了个稳妥的说法："这个嘛，上次见过你之后，我猜的。"

宋颂有个疑问："我不太明白。你猜到我是他前女友，又觉得我甩了他，你还找我给他设计服装，这不是给他找虐吗？"

"哈，你说得对。我不清楚你过去对单凛有多了解，可我知道他不是个轻易肯接纳亲密关系的人。我想着，做生不如做熟，对吧。"庄海生顿了顿，试探道，"再来，我看你好像对他也有点想法，我没看错吧？"

宋颂玩味地琢磨了一番，坦然承认："那庄总能帮我一把？"

"好说好说。"

"宋庄联盟"正式达成。

　　单凛步行了很长一段路才打到车，回到家的时候，裤脚、衣袖都湿了。刚进玄关他就开始脱衣服，潮湿的衣裤令他很不舒服，心情非常恶劣。

　　一进屋，他先去厨房给自己倒了杯水，喝着喝着，不由得发起了呆。

　　"怎么身上都湿了，快换衣服，不然要着凉感冒了。"

　　女人口中说着关心的话语，行动上却很懒散，进到厨房，在他身边转了一圈。

　　"你呀，在这儿生什么气，还不是自己不够决绝，让人有机可乘。不喜欢了，要断就断干净，不要给她一丝希望，我看她一直是个厚脸皮，普通方法是没法打发走的。更何况，她在这个时候盯上你，怕是别有用心吧。"

　　单凛突然重重地放下马克杯，杯中的水晃出了杯沿，洒在台面上。

　　女人的声音戛然而止。

　　"不要来烦我。"

　　单凛径直走入书房，反锁上门。

　　手机响了一声，庄海生的微信：车子我明天开到事务所。

　　单凛没回只言片语，但握着鼠标的手渐渐停下。

　　今日在饭桌上他说的那一番话，没有一个字作伪。

　　对于宋颂这个人，他是一丁点儿都不想见到。

　　LS建筑设计事务所，"L"和"S"取自两个合伙人名字中的一个首字母。当时庄海生还说这个名字单凛占了大便宜，因为怎么看这个 LS 都是单凛名字的首字母掉换过来。LS 目前在业界口碑非常强势，大多源于神级人物单凛，但他一般不出面，只负责项目方案，对外交际全靠八面玲珑的庄海生，两人分工明确，配合默契，LS 近年来蒸蒸日上。

第二天一早，庄海生到事务所的时候，单凛已经到了。

庄海生一进单凛办公室，就把车钥匙抛给他。单凛反应极快，抬手接住，不太友善地看着他。

庄海生拉开座椅，不客气地坐下："你昨天过分了啊，人家一下飞机就赶来了，你好歹送人家回去嘛。"

单凛低声警告："庄海生，这件事你再插手，我就换合伙人。"

庄海生哼笑，没当回事，威胁谁不会："单凛，你可以换合伙人，但下个月你也别指望我去刷卡。"他起身走向门口，"我今晚的飞机去 C 市，你爱怎么作怎么作。再见！"

庄总要飞，其他人要废，谁敢直面大老板啊，事务所里顿时愁云惨淡，人心惶惶。

林蕾很焦虑，她给单凛送晚饭的时候，见他完全没有要下班的意思，她战战兢兢地问："单总，您还有什么吩咐吗？"

单凛戴着眼镜，正对着电脑专心地处理文件，电脑屏幕的亮光反射在镜片上，看不清他眼底的神色。

他头也没抬："你走吧。"

林蕾松了口气，赶紧退出办公室。

办公室里静谧得仿佛时间都静止了，只剩下单凛一个人。通常他的生活就是工作，事务所是他最常待的地方。家，不过是个洗漱、睡觉的地方。更有时候，他会彻夜失眠，然后干脆熬夜加班到天亮，公司特地给他准备了一间小卧室，就是给他洗澡、休息用的。

他工作的时候很容易忘记时间，再次从电脑屏幕前抬头，已是晚上十点。

单凛摘了眼镜，稍微转动僵硬的脖颈，差不多该回去了。他乘坐电梯来到地下车库，很快找到他的车，黑色的宝马X6乖乖地等着他的主人。这车不是他挑的，他对身外之物都不太在意，前年庄海生刚好要买车，就顺带一起买了。

他带着伞下来，打算先将伞置于后备厢，可后备厢刚打开，他的脸色立刻变得很难看。

后备厢里躺着一只银色的行李箱，上面贴满了涂鸦贴纸，充满了无辜和无赖的趣味，就好像它主人的目光。

"庄海生！"

单凛拿起手机就给庄海生拨去电话，那头很快传来温柔的女声："您拨打的电话已关机。"

行李箱明显是宋颂的，她把行李箱落在他车上，意图很明显，就是逼着他去找她。

单凛脸上阴晴不定，压着火气，她又跟他玩这套。

单凛果断绕到驾驶座，上车，发动。发动机传出低低的嗡鸣声，单凛的右手紧扣变速杆，却迟迟不见下一步动作。

手机就在这时响了，单凛眉头更紧，不爽被这恼人的铃声打扰到。他低头看去，是一串陌生号码，他没接，这铃声就持之以恒，坚持不懈地响着。单凛垂眼，再次看向手机，心中的某个角落如同海中的暗礁，随着铃声，一次次被海水冲刷，不得一刻平静。

终于，他拿起手机，接通电话："喂。"

"下班了？"

宋颂的声音很好辨认，甜而不腻，语调里都带着笑意。

单凛抿唇，不作声。

那头就自顾自地说："我就在你们事务所门口，过来吧。"说完就挂了。

与其给他机会被刻薄一顿，不如什么都别让他说。宋颂站在事务所门口，这天一到晚上就开始下雨，她打着伞，不在意飘进来的雨滴溅湿了她的长发，还不住地打量着这栋建筑。LS 事务所的办公楼依然出自单凛之手，这还是他在读书时的创作，当时就一举夺得国内建筑大奖。

夜幕雨帘重围下，这栋建筑仿若不似人间之物。而宋颂只盯着 LS 这个 Logo（标志）久久无法移开眼。

庄海生说得没错，单凛一般晚上十点左右下班，如果十点也不下班，估计就是通宵了。

她记得他的睡眠向来糟糕，过去晚上十点必须上床睡觉，睡不着也会逼着自己睡，现在怎么就如此放任了？

过了大概十分钟，单凛的车终于从地下车库驶出，大灯很亮，宋颂下意识抬起手遮住光线。

车停在宋颂身前，后备厢当即打开，车上的人没下来，宋颂也就站着，不去拿行李。

双方僵持了一会儿，终于，驾驶座的人下了车，绕到后面，将她的行李箱拿出来。

宋颂看着单凛淋着雨，把行李箱推到她面前，她立刻走过去替他打伞："我要去机场，这个点打不到车，能送我吗？"

她坚持不懈地想要上他的车。

外面很冷，单凛的瞳孔仿若也蒙上了一层霜，居高临下地看她，无甚感情。

宋颂仰着头，撑高了伞，替他挡去雨，伞下的世界，稍稍隔绝了嘈杂的雨声。

他忽然抬手，宋颂惊了下，没敢动，他的手指修长，骨节分明，直接握上伞柄，然后不由分说地将伞推向宋颂，将自己完全暴露在雨中。

"宋颂，自贱不适合你。"

他如果说些什么刻薄难听的话，宋颂还好应对，但他忽然淡淡地说这么一句，宋颂瞬间没了反应。

黑色宝马很快消失在雨夜。

宋颂站在雨里，茫然地望着前面。雨越下越大，砸在伞面上的声音越来越密，越来越重，她不知是这把伞快要撑不住，还是她的手快要撑不住。

宋颂仰天长吐一口气，身体已经冻到麻木，手指也僵了。手机一直在响，是姜丞打来电话，她没去接。

其实比起六年前，现在真不算什么，那时候她才叫惨，现在充其量只是有点可怜。

宋颂干脆靠着行李箱开始等，这个点这个天气，很难叫到车，她也不急。

手机再次响起，这次是曾佑。

宋颂迟缓地接起："喂，老板好。"

她的声音并无异样，曾佑却在那头沉默了一会儿："在哪儿？

姜丞说你不接电话，距飞机起飞只剩一个半小时。"

"我改签吧，让他们先过去。"

对方很敏锐："出什么事了？"

"没事啊。"宋颂故作轻松道，"放心，我一定准时出现在沈磬磬面前……"

她忽然没了声，曾佑觉察出不对劲，追问："怎么了，我听不见你说话。"

"老板，回聊，我的车到了。"

宋颂放下手机，静静地看着黑色宝马重新停在她面前。

后备厢自动打开，车里的人没下来。她不敢耽搁，也不知道自己怎么突然蛮力暴增，连拉带拖地把行李箱放到后备厢，然后飞快坐上副驾驶座。

进到车里，太安静了，车门一关，几乎把外头的雨声全部屏蔽，宋颂觉得这车里最大的声音就是她无法自控的心跳声。

谁都没先说话。

宋颂忍不住侧过头去看驾驶座上的人。单凛穿着一件黑色衬衣，恰到好处地贴合他的颈部线条，托起他冷傲的侧颜。他打着方向盘，目视前方，车里光线太暗，她辨不清他的神色。

"安全带。"

单凛的声音低低响起，说这话的时候，他也没看她。

宋颂一愣，立即系上安全带。

随着安全带扣下发出的清脆声，宋颂笑嘻嘻地道谢："等了半天没车，多谢啊。"

单凛看着左后视镜，没理她。

她便就这样看着他，以前她就喜欢这么看着他，就连每一根睫毛都不放过，脑中不停地构思着他拍照的场景，偏偏他不爱拍照。

单凛肃着脸，冷冷道："你再盯着我看，我就把你扔下去。"

这种吓不到人的话宋颂才不听呢，不过她没问他为什么回来，是同情还是内疚，都没关系。

"你是不是把我拉黑了？"

宋颂今天换了个号码给单凛打电话，他就接了。

单凛没什么耐心，更不想回答她任何问题："闭嘴。"

要是放过这绝佳的机会，她就不是宋颂。

她不提分开的事，就说自己去了美国后的事，也不说自己吃了多少苦，就说自己学了些什么，见识了些什么。

"你知道我一直想当服装设计师，以前以为国外比国内有更多资源，到了那儿才知道世界是大了，困难却更多了。"

"我不是不喜欢英语嘛，光是练英语就把我练吐了。"

"我觉得会拍照很有用，我现在还随身带着相机，水平比以前好了不止一点点。"

"我在那边吃了太多甜品，胖了十斤，回国后好不容易瘦下来。不过真的很好吃。你不爱吃甜的，只吃巧克力，我给你推荐一家餐厅，如果你去纽约，一定要去尝一尝他们家的巧克力塔，非常好吃。"

说了半天，都是她唱独角戏。宋颂喝了口水，润了润嗓子，眼看着机场快要到了，她脑子还在转，想着还能说些什么。

车子开到国际航站楼停下，单凛这回下了车，替宋颂把行李搬了下来。

宋颂接过行李箱："谢谢。"

她觉得单凛不会说什么，或者他在酝酿怎么拒绝她。

她不会给这个机会，脑中的想法一闪而过，她甚至来不及细想后果，身体已经做出动作。

她是宋颂，她怕什么。

宋颂踮起脚，右手强行揽过单凛的脖颈，她看到他不断放大的脸庞以及他黑眸中的震惊。

她几乎是撞上去，义无反顾，牙齿磕到了他的嘴唇，隐隐作痛。慌乱中，她只来得及轻咬住他的下唇，舌尖用力舔过。

单凛猛然反应过来，当即抓住她的手臂，用力推开她。

她还咬着他的下唇，力道不小，当即咬破一个口子，两人口中瞬间弥漫开血腥味。

单凛的唇色偏淡，下唇破开的口子尤为明显，鲜红的血珠惊世骇俗地欲滴未滴，凝在嘴唇上，看着格外疼。

宋颂跟跄着连连倒退，她喘着气，舔了舔嘴唇，口腔里全是他清冽的味道和血腥气，刺激着她全身的血液都冲向了头顶，心跳越发狂乱。

他的脸色发白，唇线连着下颌线高度紧绷，昭示着风雨欲来。

宋颂却没在怕，还笑了笑："单凛，我们还没完。"

她的笑容一如十三年前，她扬着头，脸上写满了自信，对他说："单凛，总有一天我要你主动扒光了，心甘情愿让我拍。"

他恍神，再回过头，她已经进了航站楼。

后面的车开始鸣笛催促，单凛回到车上，瞥见副驾驶座上留着一个文件袋。他把车开出机场，忍了忍，还是先在停车场停下。

单凛靠在座椅上，让自己稍微冷静了一下，对着镜子看了看，嘴唇上的血迹凝成一片鲜红。他凝视半天，舌尖轻舐过，丝丝痛意针扎般刺入皮肤，仿若伤口下长了一颗心脏，每跳动一下，就痛一次。

而她嘴唇的柔软、舌尖的湿润，还有牙齿的坚硬，所有的触感似乎都还停留在他伤口上。

单凛猛地别开眼，不断深呼吸。

再看向那个文件袋，他有些粗暴地拿过来，扯开封口。

里面装着一沓手稿。

他怔了怔，手下的力道不由得轻了几分。

手稿比他想的要多，恐怕有五十页，里面的服装设计从正装到休闲，再到运动，面面俱到。

而这些衣服的模特，虽只有寥寥几笔，但实在太过传神，一眼便能看出是谁。

每一页手稿的右下方都有小小的签名落款和日期。

他一页页翻过去，发现最早的日期是在六年前，最新的，是昨天。

翻着翻着，他竟耐着性子把所有手稿尽数看完，最终他的目光定在最后一张稿子上。不知过了多久，外头的雨似乎停了，他才慢慢抬起头，眼神失焦一般不知望向何方，捏着那张纸的手微微发抖。

画面很简单，树、阳光、男生。

看上去不是设计手稿，倒像是一脸懵懂的学生混入了专业模特队。

落款：宋颂初次见到她的男神。

·第二枝百合·
我家的野百合

///

镜头里的天空碧蓝如洗，真是难得，就连云都不知躲到哪儿偷懒了，只见偶尔飘来的云絮，懒散又从容地拥有整片天空。

宋颂躺在阁楼，眯起一只眼，手里举着相机，取景器里恰好对上这几缕云絮。她把呼吸放得很慢，要不是楼下的争吵声实在令人无法忽视，她还能再躺一会儿。

"什么叫没办法，公司都这样了，你还有心情晚上去喝酒？"

"不喝酒，哪里来的业务？"

"一喝就是三天啊，三天喝死在哪个女人怀里啊？"

宋颂从地上坐起来，挑选了两张比较满意的照片，其他的都删了。

她拎起书包，走下楼，经过厨房的时候，打开冰箱找了找，没东西，还是去外头吃吧。

"喂，你弟呢？"

老妈总算从主战场撤出来，有空看一眼自己的女儿。

"住朋友家。"

"一老一小都这个死样子。晚上叫他回来。"

"我联系不上。"

"所以叫你去学校把他抓回来。"

宋颂坐在玄关低头穿鞋。

老妈的声音提高了八度："听见了没？"

"知道啦。我上学去了。"

宋颂还没把门关上，里头又传出了争吵声，她赶紧用力关上门，世界清静了。她抬头看了看天，阳光很好，这人的心里怎么就不能多明媚点呢。

走到路口，李小蛮已经等在那儿了，见了她忙抬起胳膊打招呼："快点，要迟到了。"

宋颂加快了点脚步，李小蛮见她还一副优哉游哉的样子，忍不住拉上她小跑，不忘回头关心一下："早饭吃了吗？"

"没，家里弹尽粮绝，去路口那里买个蛋饼吧。"

"又吃蛋饼？"

"那吃包子？"

"……还是蛋饼吧。"

李小蛮左看右看，忍不住问："你弟呢？"

"找不到，不知他到哪儿疯去了。"宋颂想到这个弟弟就烦，百无一用，还老给她添麻烦。

"我听说他最近和他们班的席乐眠走得很近。"

乍听这个名字，宋颂有点没反应过来，想了片刻，隐约有个模糊的轮廓："哦，那个挺漂亮的短发女生。"

"你不知道？你怎么都不关心下你弟？"

"关心啊，怎么不关心，我还帮他们 Cosplay（角色扮演）设计服装。今天我就要去把他逮回家。"宋颂低着头摸出手机，"你帮我买个蛋饼，我去打个电话。"

吴歌的手机一直关机，宋颂暗骂要是被她逮住，非打断他的狗腿，家里都吵翻天了，这小子就知道躲。

她低头给吴歌发消息，言辞极其狠：小歌歌，老娘耐心有限，你今晚要是不出现，我就……

还没发完，宋颂一头撞在一堵"墙"上，手机直接砸在地上——屏裂。

初秋的太阳势头不比盛夏弱，烤得宋颂后脖子一阵阵冒汗，这汗烤着烤着就变成了火气。

被撞到的人也没动，就这么站着，一双白色的板鞋入眼，连鞋带都一尘不染。

宋颂揪心，头还没抬起就直接道："走路不看着点？"

对方没反应。

宋颂猛一抬头，怔了怔。她已经不矮，但对方比她高不少，需要低头看她，黑瞳里像是淬着碎冰，自带降温效果，只是凉凉地扫了她一眼，她就莫名感到后脖子发凉。

男生戴着耳机，半侧着脸，白 T 恤，黑裤，背后是一株梧桐，繁茂的树枝正巧漏出一束光，编织成美妙的光网，松松地罩在他身上。

这幅构图比例真好。

关键是他脸更好。

宋颂第一次看到比吴歌更适合入镜的脸。

但还没等宋颂沉溺在美好构图多久，男生开口了："该看路的是你。"

说完，他转身走了。

走、了……宋颂低头盯着自己的手机，心里堵着千言万语。

李小蛮捧着两个蛋饼回归，见她一脸踩了狗屎的表情，问："怎么了？"

宋颂深吸了口气，把手机揣进兜里，说到底是她自己不小心，只能自认倒霉："没事，我撞了个人，手机屏摔碎了。"

她回想起那张冷淡的脸，男生没穿校服，也不知道是哪个学校的。

李小蛮和宋颂踩着铃声进教室，这一整天，宋颂的手机时好时坏，自动关机三次后，她放弃了，反正吴歌的手机打不通，还是去他们教室一趟吧。

高一年级在隔壁教学楼，宋颂要先下到二楼，穿过连廊，她嫌麻烦，所以一般都不会去找吴歌。吴歌更懒，有事都是直接给她打电话，基本上他们不会同框，再者一个跟妈姓，一个跟爸姓，所以，学校里知道他们是姐弟的并不多。

李小蛮待在教室做作业，过了十五分钟，宋颂回来了。

她头也没抬，问："找到你弟了？"

"没，他去打球了，白跑一趟。"

"那怎么办？再去一趟？"

宋颂白跑一趟，心情不佳，拿出扇子扇风，又抓过水瓶喝水，含糊道："吃饱了撑着，不去了，我给他留了字条。"

都是手机通信时代了，却还要靠传字条，想想都郁闷，可更让宋颂郁闷的是，吴歌放学后压根儿没在后校门出现。宋颂等了半天，想着这小子果然不靠谱，很可能又溜了，只能又跑了一趟。

等她再次来到八班，看到教室门都锁了，哪儿来的人？

回家无法复命，又要被老妈说一顿，宋颂觉得吴歌这回哪怕是送她一台莱卡相机都救不了他的狗腿。

第二天，宋颂原本打算直接去八班堵人，却被李小蛮拉住。

李小蛮一脸古怪地看着她，宋颂眨了眨眼："怎么了？"

"你昨天早上是不是跟一个男生撞了一下，所以你的手机摔坏了？"

"对，你看到了？"

李小蛮艰难地咽了咽口水，继续道："你昨天下午是去找你弟？"

宋颂奇怪地看她一眼："废话，你不是知道吗？"

李小蛮扶额，一脸沉痛："你是怎么说的？"

宋颂不明就里，回忆了一番，昨天课间，八班教室没几个人，她就随手招来一个靠近门口的学妹。

宋颂拉住李小蛮的手，重新演绎了一遍："我就跟她说，来，请把这张字条交给你们班最帅的男生。"

李小蛮的表情越来越一言难尽。

宋颂嫌弃道："你这是什么表情？"

李小蛮摇着她的胳膊，无语道："你为什么要说最帅的男生啊？"

宋颂理所当然道："我弟不是全校最帅的吗？他自己也在家说他是班草、校草，我去验证一下啊，有错吗？"

李小蛮有时候真不知道宋颂是真心大，还是真心大。

"……你知不知道高一那边已经传开了。"

宋颂不明所以："什么？"

李小蛮深吸一口气，拍了拍宋颂的脸蛋儿，语重心长道："一中一姐，从不追人，可昨天破例，大家都在传，你在追新来的转校生。"

宋颂的大眼睛瞪得又圆又亮："转校生，什么玩意儿？"

"单凛啊。"

"谁？"

"转校生，新来的，上个礼拜，超级超级——"李小蛮加重了语气，"帅。"

"……"

"所以，校草在上周已经易主了，你不知道？"

"……"

李小蛮提醒道："宋颂，你是不是该去澄清一下？"

然而，宋颂的脑回路跟李小蛮不太一样，她的关注点有点偏离路线。

宋颂修长的手指在桌面上来回敲着，意味不明道："那个转校生很帅？"

"是啊。"

"比我弟还帅？你见过？"

"……我没有。"李小蛮摇头。

宋颂停下敲击的动作，鄙夷道："那你刚才在那儿义正词严个鬼。"

"可高一那边都这么传。等等，现在问题不是那个转校生有多帅……"

"当然是。"宋颂已经站了起来，"敢比我弟还帅，我弟不是要哭死？难怪他这两天没脸回家了，牛皮吹破了。不行，我要去看看。"

宋颂直奔教室外，李小蛮叫都叫不住她："你不是已经见过了吗……"

就那个撞了你手机的男生……

宋颂走路带风，马尾辫在她脑后扫出一道弧线。穿过连廊，找到八班，班里的学生东倒西歪地坐在位置上。她朝黑板看了眼，上一节是体育课，她立刻了然，估计是被体育老师操练得够呛。

她一出现在八班教室门口，整个班级一下子静了。

宋颂，一中校花，也是一中一霸，高三传奇人物，跟他们高一这些青葱隔着几座高峰，他们入学就是听着她的故事过了一个军训，颇有点只可远观的意味。前两年学校全是宋颂的头条，据说她当初拒绝了第一学霸，搞得人家很是神伤，一个月后的期末考，差点丢了头名。最夸张的是，她走在路上被星探拦住，被塞了好多次名片。

哦，她爸还给全校每个班级捐了一台柜式空调。

反正，就是很风云了。

这么个人物三番五次找到他们八班，传言莫非是真的？

宋颂可不知道这些小学弟小学妹心里的激情澎湃，她叫住一个从她眼前路过的男生：“你们班最帅的，在哪儿？”

男生被太阳晒得发红的脸莫名更红了，看了眼宋颂，支支吾吾道：“……就在你后面。”

宋颂抱臂挡在了教室门口，闻言，猛一回头，马尾直接甩在了身后人的下巴上。对方来不及躲闪，但依然面色不改地站在门口，好像刚才什么都没发生。

比上一次还要近的距离，男生的五官在她眼里被放得更大。

因为他皮肤很白，所以脸上晒后的红晕越发明显，额前的短发被主人随意捋过，露出光洁的额头，他垂着眼。这个角度看，他的内双眼睛很明显，睫毛长而翘，遮住了些眼底的冷漠。

大概是他刚洗过脸，发上的水滴顺着脸颊滑落至线条分明的下颌，悬在下巴挣扎了两下，轻轻滴下。

这么近的距离，甚至能感觉到他身上散发的热气。

百闻不如一见，帅得无懈可击。

宋颂觉得看够了，淡定地回过头："不是他。"

男生："……"

"让让。"

后面的人嗓音低而冷。

宋颂回过头，端出一脸好学姐的笑容："Please."

男生面无表情，冷漠地看着她。

宋颂内心吐槽，这个男生一点都不可爱。

"不会说请吗，学姐教你。"

她就站在门口，他不说请，她就不让，看他怎么办……结果，看到他径直转过身，然后，从后门进去了。

宋颂："……"

单凛坐回到位置上。他是插班生，来的时候大家的位置都安排好了，所以他独自坐在最后一排靠墙的位置。这也没什么不好，清静。

站在门口的女生还没走，他大概感觉得到，她的目光一直跟着他，但他压根儿不在意。

门口的男生觉得自己有义务缓解下尴尬："宋……学姐，你不是找单凛，那是找谁？"

他以为宋颂会生气，谁知宋颂对他笑了笑，吐出两个字。

"吴歌。"

原来在宋颂心里，吴歌是最帅的。

哎哟，这是不是新八卦啊？

下一秒，宋颂收起笑脸："麻烦你转告他，今天要是我再见不到他，小心他的狗腿。谢谢。"

男生："……"

过了不到一分钟，吴歌跟哥们儿有说有笑地刚踏入教室，忽觉班上的人看他的眼神都很诡异，连这两天在跟他闹脾气的席乐眠都朝他多看了两眼。

吴歌抖了抖鸡皮疙瘩，什么情况？

"那什么，刚有人找你。"副班长蒋博云走到他面前，推了推眼镜，神色不明地说，"是高三的。"

吴歌立马反应过来："宋颂？"

蒋博云惊讶："你真认识她？"

打娘胎出来后他就认识了。

"她说什么？"

蒋博云艰难地把宋颂的话复述了一遍。

吴歌的脸瞬间黑了。

"吴帅，没想到你连一姐都认识，什么关系啊你们？"熊大伟满脸暧昧地拿笔尖戳吴歌后背。

吴歌转过身一把抓过笔："滚滚滚，没见我正烦着吗？"

他这一回头，正好看到边上的单凛。这个转校生个性臭得要死，成天一副死人脸，把他校草位置挤没了不说，现在还闹出个宋颂缠上他的八卦，厉害了啊。

吴歌气正不顺，席乐眠不理他，家里老爸老妈吵得要死，姐姐说要打断他的腿，还被人谣传欣赏低年级小学弟。他姐究竟会不会打断他的腿另说，但有人诬蔑她，就不行。

宋颂就是他心里的一枝野百合，百合虽好，就是野了点，但再野，也是他家的百合，人家可劲想攀关系都攀不上，还被人八卦，疯了吧。

"喂，你在外面瞎传什么呢？"吴歌倒坐在单凛面前。

单凛正在看物理课本，耳朵里戴着耳机，不知是真没听见还是假装没听见。

吴歌见他这副德行，火气上来了，一把扯下他的耳机。吴歌的力道有点大，一个没留神，耳机直接掉到地上。

单凛目光先是定在地上的耳机，随后缓缓抬眼，沉着脸看向吴歌。

"问你话呢。"

"吴歌，你别乱指责人。"

"什么？"

吴歌本来凶狠地回头反驳，可一见是席乐眠，秒怂，可又不敢怂得太过分，硬是装作不屑一顾。

席乐眠澄清道："昨天确实是宋学姐主动给单凛递了字条。"

昨天接过字条的是她的同桌。

"什么字条，她说给单凛了？"

"她说给班里最帅的。"说完，席乐眠脸一红，偷偷朝单凛看去，又立马别开眼。

不说还好，她一说，还脸红，吴歌能忍？

吴歌当即扭头，摊手："字条拿出来。"

单凛往后一靠，冷眼看着吴歌，慢慢吐出三个字："凭什么？"

"因为那是给我的。"

蒋博云回忆了下，恍然大悟："哦，对，刚才宋颂又来找人，是说找最帅的，然后点了你的名。"

"听见了吗？"吴歌甩了甩手，摊在单凛面前。

单凛薄唇一动，这回吐出两个字："扔了。"

吴歌一阵胃疼，这个单凛上辈子跟他是世仇吧，完全不对盘。

单凛垂眼，看了看地上的耳机，淡淡道："捡起来。"

吴歌以为自己听错了："你再说一遍。"

"你聋了？"

"……"

"聋就算了。"

单凛右手一勾，把耳机线捞了起来。

这应该是单凛入班后，第一次对人这么刻薄。

吴歌正要发作，班主任进来了，将教案一放，厉声道："都站着干吗呢，没听见上课铃？"

吴歌憋着气往位置上走，熊大伟还不死心，凑上来找死："你跟宋颂什么关系啊，真是她在追……"

吴歌打断他："别乱说，她是我姐，亲的。"

熊大伟受到了巨大惊吓："你姐？你现在才说？"

坐在边上的人握笔的手顿了顿，又动了起来。

教室里的空调就在他身后，吹得他背上的汗很快都没了。讲台上，班主任已经开始讲课。

单凛翻着课本，目光停在某页上，他的注意力被一样东西吸引住。

一张字条夹在第 12 页和第 13 页之间。

他把字条拿出来，展开又看了一遍，上头的字倒是很漂亮，但笔画多是连着，落笔也很重，大概写的时候挺急。

"放学后在后门等你，敢不来试试。颂。"

宋颂再次去高一教学楼的事还是传开了。

午休，李小蛮做数学卷子做烦了，拉着宋颂在操场上散步。操场上人不多，毕竟天还热，一般人都喜欢往阴凉处躲。宋颂用手搭了个棚遮阳，自怜道："咱能不自虐吗？中午晒什么太阳？"

李小蛮挽住她，不让她跑："这里说话方便。我问你，怎么越传越离谱了？说你为了找面子，不承认单凛是全校最帅的了？"

"我本来就没承认过。"宋颂掏出一罐牛奶，插上吸管，有滋有味地喝起来，过瘾后，才又把刚才的事复述了一番。

李小蛮目瞪口呆："你就这样无视他，说不是他？他真的不帅吗？"

李小蛮的重点很狭隘。

"帅。"

"……那你什么逻辑？"

宋颂舔了舔嘴唇，霸气道："给我弟找场子，我弟在我心里可加 100 亲情分。虽然他很让人讨厌。"

明白了，所以，扣了这 100 分，单凛完胜。

"唉，可惜啊。"

"可惜什么？"

李小蛮捂住胸口，情真意切："他比我们小啊，要是我们也高一就好了。你说，你弟也是高一的，怎么好看的都这么小，每天想洗洗眼睛，还要穿越一个楼道，哀伤。"

宋颂推她一把："你想多了吧。"

"说起来，他对你追他的谣言，有什么反应啊？"

"我哪知道，跟他又不熟。"

"那他看到你呢，什么反应？"

宋颂想起单凛那张能把人冻住的脸，也挺难想象他有其他什么表情。

"只有一脸你挡我路的嫌弃。"

"长得帅了不起了。"李小蛮凑近道，"我听说，他是从S市来的，来的时候，就一个人，连父母都没陪同。"

"S市？这么近，转什么学？"

李小蛮朝宋颂使了个眼色，宋颂凑过去。

"八班的人说，他好像是在S市出了什么事，待不下去了才转过来的，但父母都还在S市，又不想儿子到太远的地方，所以才转到我们这儿。"

宋颂一愣："乱传的吧，不是说上个礼拜他才转过来吗？他们消息那么快？"

李小蛮说得有鼻子有眼："就是那么巧，好像是有人认识他原来学校里的人。"

宋颂还是不以为然："别是看人家帅，乱黑一把。"

李小蛮朝她坏笑："你不是看他不顺眼吗，怎么帮他说起话来了？"

宋颂晃了晃空了的牛奶罐，眯起眼："我没看他不顺眼。只是觉得，这么帅的人，不能为我所用，有点可惜啊。"

宋颂这天一放学就直奔高一（8）班，幸运的是，他们班拖堂了。她便很放心地靠在走廊上，望着教室里一群可爱的小学弟小学妹，就像一群嗷嗷待哺的雏鸟，接受着老师毫不留情面的批评。

"这次测验 90 分以下的，全部给我把每道错题的详解写一遍，家长签字，明天检查。"

教室门没关，数学老师说完下课，一帮孩子像是准备好似的，一个个背上包就往外跑。

宋颂叉着长腿，目睹着吴歌慢悠悠地整理着桌面，她实在受不了他这个磨叽劲，两天内第三次走进八班教室。

"吴歌，磨蹭什么呢？"

班里还有不少人，便看到一中最大牌美女明晃晃地站在他们班门口，闪瞎一帮小子的眼。

吴歌看到宋颂的那一刻，顿觉生无可恋。他这个老姐成天以戏弄他为乐，老看他不顺眼，这回把他捉回家，怕是少不了一顿打。

"今晚不住我家了？"熊大伟拿笔戳了戳吴歌后背。

"你戳上瘾了？"吴歌回头瞪他，随即马上泄气，"不了，今晚回家。"

"你姐很厉害？"

熊大伟忍不住往门口偷瞄，真人比照片还漂亮，开学典礼的时候，他望见过天仙模糊的身影，今天算是大开眼界，不多看几眼，对不起这福利。

"呵呵，你不会想知道的。"

宋颂见吴歌还在那儿嘀嘀咕咕，刚要上前帮他把书包收拾了，眼前飘过一个身影。

单凛目不斜视地从她面前走过，身高优势，大长腿三步就迈出教室。

宋颂没来得及细想，已经跟着他走了出去。

"单凛。"

单姓，她还是第一次碰到，念起来有点拗口，单名凛，莫名和他很搭，傲气得很。

单凛停下脚步，慢慢回转过身。他总是一副冷漠到欠揍的表情，宋颂都能给他这张表情配音：少来烦我。

宋颂单刀直入："字条在你手上吧？能否还给我？"

她的目的很简单，不想被人抓着什么把柄。反正她没打算追他，把错误的信息纠正过来，才是正确的做法。

单凛觉得这对姐弟不愧是姐弟，脑回路都一样，烦。

"扔了。"

宋颂挑眉："真扔了？"

她比吴歌要精明些。

单凛不语，唇微微紧抿。

宋颂打量他片刻，忽而笑道："扔了也行，那么我们就没什么误会了。"

她笑起来的时候很容易露出嘴角的梨涡，小小的，浅浅的，比起她不笑时一脸美艳不可方物，笑起来的她反倒很孩子气。

单凛在原地站了一会儿，宋颂已经回过身重新去找她家小弟。她的马尾辫扎得很高，随着她的脚步，左右划过可爱的弧度。

但它甩在脸上的时候，真的很痛。

高三的生活，水深火热，但对于宋颂来说，都一样，反正她怎么挣扎分数都不可能上一本线，老爸老妈也是随她自由发展。

"喂，你能不能有点形象管理？好歹是一中校花，让别人看到你这副死猪的样子，说出去都丢人。"

吴歌一脸嫌弃，下楼拿了罐可乐，就见自家老姐穿着 T 恤短裤，散着长发，瘫在沙发上，手里捧着相机不知道在倒腾什么。

宋颂斜眼看他，朝他勾了勾手指："这里有别人吗，过来。"

吴歌警惕地退后一步："干吗？"

宋颂皱眉："别废话，死过来！"

吴歌拖着步子靠近，宋颂不耐烦，伸手把他拽过来。

吴歌像是被强抢的民妇，慌里慌张地叫道："你别动手啊，我明天还有篮球比赛。"

宋颂趁他不备，抢过他手里的可乐，灌下一口，舒爽得眯起眼，这才松手。

吴歌怒道："……你就是想喝可乐啊，自己不会拿吗？"

宋颂甩开吴歌的手，脑海里浮现出单凛汗湿的头发，微红的脸颊，挑眉："你们班新来的那个什么情况？"

"什么什么情况？"吴歌不爽道，转念一想，觉出点不对劲，"你关心他干吗？"

宋颂撑起半边身子，靠在沙发上，继续斜睨他："你看看你啊，先说成绩，我听说人家在原来的学校排第三，我看你不用比就已经一败涂地了。再说长相，席乐眠都觉得他是全校最帅，你唯一能拿得出手的就是脸，竟然还输了，你这个不争气的东西。"

姐姐这话说得扎心了，吴歌憋着气，胸膛起伏，可一时间竟是哑口无言。

吴歌好不容易缓过神，开始争辩："你是不知道，他那破性格，脸长得再好都是浪费。"

"哦，是吗，我倒是觉得，那是可以被原谅的。"

"……"

"明天篮球比赛，他上吗？"

"……不知道。"

"你不会又被他挤掉首发吧？"

吴歌一脸吃屎的表情。

宋颂安慰道："被挤掉也没事，别跟人闹僵，显得你气量小，回头你帮我跟他要个号码。"

吴歌一惊："姐，你真想追他啊？"

宋颂伸手拍了下他脑门儿："瞎说什么呢，我看他跟看你是一回事，都是小弟。我打算搞个毕业影集，他的脸可以一用。"

"不是定了我是男主角吗？"

宋颂无辜道："不好意思，貌不如人，你刚被人顶替了。"

"……"

吴歌一把关了客厅的空调，恼羞成怒："你就等着吃瘪吧。"

"有志者事竟成。"宋颂倒是很有信心，紧接着话锋一转，"对了，Cosplay 是明天拍定妆照？"

吴歌立马换上一副不好意思的表情，支支吾吾地说："是明天吧，席乐眠跟杨老师关系好，借到了活动教室。"

宋颂眼睛一眯，切换到家姐模式，语重心长地教导她家小弟："既然你答应了人家，就别不好意思。我都鞍前马后，又是设计衣服又是给你们拍照，你争气点，别又被单凛抢去了风头。"

吴歌："……"

他为什么要回家找虐，有这么个姐姐在，他还有翻身之日吗……

Cosplay 二次元的梦幻，吴歌自认为他一个大男生又要化妆又要戴假发，实在有违他对自己高端大气的定位。要不是席乐眠找他帮忙，他才不忍辱负重跟宋颂签了一学期的不平等条约。

一中的校风很严，官方认可的学生社团不多，宋颂牵头的摄影社团算一个。她爸是学校家长委员会会长，她又长得好，基本上方圆五公里，小姐姐畅行无阻。

宋颂胸无大志，但也不想浑浑噩噩，她这人从小喜欢漂亮的东西，尤其是老妈衣柜里的衣服。而她爸年轻的时候是个文艺青年，玩得一手好摄影，家里留了几台不错的相机，她没事的时候就偷过来玩。后来，她爸下了海，文人变商人，再也文艺不起来了。好在这个基因没断，宋颂对摄影和设计总归有那么点天赋。

一开始宋颂也不过是为了打发无聊的时间，后来是真有点喜欢上，尤其是当家里面的争吵越演越烈，她躲在阁楼，戴上耳机，构思着一幅幅画面，一画就是一夜。

第二天一早，宋颂顶着黑眼圈，慢吞吞地走进校门，李小蛮戳了戳她的腰："你昨晚做贼去了？"

宋颂打着哈欠："是啊，干了一晚上坏事……"

她这个哈欠还没打完，单凛单肩背包，略低着头，正好从她身边走过。

宋颂："……"

她怎么觉得刚才单凛瞥了她一眼，眼神还有点轻蔑？

回到教室，李小蛮突然想起一个问题："中午篮球赛，你弟是不是要上场？"

这场篮球比赛，是高一高二年级对抗高三年级，高一就只有吴歌被选中。

宋颂翻开英语书，看了两眼，头晕，又闭上，干脆趴倒在桌上："是吧。"

"我听说，单凛也被选上了。"

宋颂刚闭上的眼睛倏然睁大："他不是才来两个礼拜吗，轮得到他？"

李小蛮消息广："好像是前两天体育课上，他盖了吴歌'火锅'……"

宋颂恍然，难怪昨天那小子听到"单凛"两个字，就像猫被踩了尾巴，全身的毛都乍开了。

听说球赛是篮球校队队长跟校长求了半天情才争取来的。一中的篮球校队很牛，今年拿下了市里第二，但老队员即将毕业，想借这个比赛，遴选几个储备队员。比赛好不容易获得批准，一时间被炒得很热，对于学习至上的一中学生来说，是方便面里的调料包。

但宋颂还是没想到火爆到这种程度。

李小蛮目瞪口呆："我记得上一场没这么多人吧？"

宋颂撩了撩马尾辫，气定神闲地打量起里三圈外三圈的篮球场。不多时，她就锁定了目标："阿高，给我留两个位置！"

高山正在给队员做最后的鼓劲，听到有人叫他，还有点不爽被打断，可回过头看到宋颂，他那张方脸立刻扯出了个灿烂的笑："有位置。"

高山赶忙派了个替补队员过去保驾护航，宋颂从人群里挤到最前排。有女生黑着脸，不满地嘀咕道："怎么乱插队，大家都是先到先得，凭什么你能挤到前面去了？！"

宋颂回过头，笑眯眯地道歉："对不起啊，我是校报的，要拍照。"

反正校报的人经常找她要照片，她也不算撒谎。

那女生愣了下，脸颊微红："学姐好。"

"乖呀，一会儿帮你拍照。"

宋颂拉着李小蛮来到队员区，反正这几个哥们儿她都认识，高山就是他们班的，还有四个主力是三班和五班的，见到宋颂都围过来打招呼。

宋颂抬起相机就抓拍了两张，今天的光线很好，就是热了点。

"宋颂，一会儿记得给我们多拍几张。"

宋颂侧过头，看到高山递过来一瓶冰水，她笑着接下："没问题啊，高老大加油！"

三班的王梓桦临上场还特地跑来问："宋颂，那边的吴歌真是你弟？"

吴歌是宋颂的弟弟，这个消息已经传遍整个学校，都是人，怎么这姐弟的基因就特别优越呢？

宋颂大方地承认："是啊。"

"那可就别怪我们欺负小兄弟了。"

在外人面前，宋颂护短得很："谁欺负谁还不一定呢。"

这边五人准备就绪，那边的五人也隆重登场。

果不其然，单凛也在首发。

他穿着白色球衣、白色球鞋，他的肤色本就白，跟其他队员一比，连小麦色皮肤的吴歌都被衬得黑漆漆的。

然而，他和场内热烈的氛围好像格格不入，外界怎样嘈杂，都跟他没有关系。

他旁若无人地蹲在场边，修长的手指穿过白色的鞋带，不紧不慢地系好，一个结不够，又打了一个结。

不知为何，宋颂忽然想起过年的时候去 Y 市，在山上采风时拍到的"独叶草"。在繁花似锦、枝繁叶茂的植物世界中，独叶草是最孤独的，论花，它只有一朵，数叶，仅有一片，真是"独花独叶一根草"。

就像现在的单凛。

宋颂屏住呼吸，缓缓蹲下，斜过身子，举起相机。镜头里的男生额发略微遮挡了他眼里的锋芒，手臂肌肉线条流畅匀称，他的沉冷与他身后啦啦队的火热形成了奇妙的反差，在他抬头的一瞬，宋颂飞快地按下快门。

然而，就在这一瞬，单凛猛地朝宋颂这边看来，眼神如鹰。宋颂手一抖，表面淡定地放下相机，佯装调整镜头。

啧，刚才那张虚了。

宋颂等了会儿，悄悄抬起头，没想到单凛已经站起身，依然冷淡地睨着她，准确地说，是她手里的相机。

"单凛，开始了。"

单凛收回目光，走到场中央。

宋颂蹲得腿发麻，歪着身子，手撑地站了起来，掸了掸运动裤上的灰。

"喂，你刚才是不是在拍单凛啊？"李小蛮凑到宋颂边上，悄声问道。

宋颂若无其事地找着好角度，一会儿望天，一会儿看地："是啊，刚才那角度正好。"

李小蛮微讶，但看宋颂神色如常，犹豫了下，还是闭上了嘴。

比赛开始，高山人如其名，山一样魁梧的身材，不费吹灰之力拿下跳球。他这一下，力气奇大，王梓桦已等在球路经过的地方，准确地接到球，他们俩配合了三年，默契极佳。

场边高三学生一阵欢呼，接下来的剧本，就是王梓桦带球轻松上篮，夺下首分。

就在大家期待着王梓桦出手的时候，一个身影如鬼魅般闪过，王梓桦刚抬起手准备投篮，表情明显一愣，手中顿时空了，球已在转瞬之间被夺走。

"啊！单凛！"

宋颂震惊地望向高一场地，那边的女生不知什么时候拿出了一堆加油神器，呼喊声气势如虹。

李小蛮抓住宋颂的胳膊："妈呀，学妹都这么猛！"

宋颂却已经回过神，眼睛一瞬不瞬地盯着场内的那个身影。单凛带球奔跑的爆发力犹如猎豹，神色冷峻，动作灵活迅猛，高山想要拦他，却被他连续两个假动作晃过。

宋颂敏锐地端起相机，仰起头，飞快地对准焦距。镜头里的人飞身起跳，在她面前挡住了阳光，画面立刻被割裂成光影两部分，冲击着她的视觉神经。

场内再次爆发排山倒海的尖叫声。

宋颂的心跳和连拍快门的声音出奇地吻合，快到辨认不出次数。

"这也太帅了。"李小蛮喃喃自语，已经沦陷。

宋颂还举着相机，镜头里的人正朝着她，一步步地靠近。

意识到不对，宋颂护着相机往后退，然而，眼前的人没有给她这个机会，抢过相机，宋颂没料到单凛的力气这么大，被带着往前跟跄一步。

"把相机还给我。"

宋颂伸手去抢，单凛利用身高优势，把相机举高，手指飞快地点着几个按钮。

"你干什么呢？"

吴歌冲了过来，一把夺下相机。

单凛依然看着宋颂，冷漠道："还有两张，删了。"

宋颂给很多人拍过照，一般人最大的反应就是不好意思，回避镜头，或者礼貌地来跟她商量删掉，从未见过像单凛这么强硬的人。

要是平时，碰上其他人，宋颂大概也就删了。可今天，宋颂也有点火气上头，要她删可以，但他这种态度，她还就不想答应了，也不打听打听，她宋颂小姐是好惹的吗！

宋颂从吴歌手里拿过相机，不冷不热地回道："我只是给大家拍照，难免会把你拍进去……"

单凛不耐烦地打断她："你拍其他人，我不管，我的，删掉。"

"谁说我拍的是你了？"宋颂一步也不让。

"好，你打开，让大家看看。"

"这是我的相机，我偏不呢？"

单凛也不废话，直接上来抢。

这回没那么容易，吴歌往前跨了一步挡住他："单凛，你还敢动手了是吧？"

单凛冷笑:"好狗不挡路。"

宋颂暗叫不好,第一反应是去拉吴歌,果然,吴歌一怒之下情绪有点失控,眼看就要冲上去。

虽然宋颂也很恼火,但还是拉住了吴歌:"你冷静点,还在比赛。"

吴歌怒目回瞪宋颂:"你叫我冷静?"

单凛还在那儿火上浇油:"你还挺会叫。"

吴歌猛然挣开宋颂的手,宋颂整个人晃了晃,手里的相机猝不及防摔在地上。

这一下,所有人都安静了。

吴歌僵在原地。单凛一副事不关己的样子,看着宋颂捡起相机,慢慢走到自己面前。

宋颂把碎裂的镜头举到单凛面前,不怒反笑:"你看怎么办?"

单凛看都没看一眼,回敬一句:"自己手不稳,跟我有关?"

吴歌简直要炸了,宋颂也好不到哪里去,但众目睽睽之下,她犯不着跟单凛动手。

三人僵持不下,篮球队的人都围了过来,裁判老师也跑了过来。

裁判老师板着脸:"怎么了,都堵在这儿干吗?还比不比了?"

高山跑过来就看到刚才那一幕,魁梧的身躯往宋颂边上一站:"单凛,马上道歉。"

其他几个高三的队员一股脑全站在宋颂身后,几个高二的不知所措地站在外围,不一会儿,也默默地往宋颂那边靠去。

单凛面不改色,瞳色漆黑,冷眼扫过眼前每一个人,最后停在宋颂脸上。

他一个人站在一边面对他们一圈人。

宋颂不由得联想到外婆家后面的防空洞，小时候她和吴歌打赌，谁输了就要去防空洞里喊"我是笨蛋"。吴歌输了，站在防空洞口，吓呆了，死活不进去，哭着跑回去找外婆。宋颂回头看了一眼，那洞口如同怪兽之口，随时会扑出无数魑魅魍魉，她腿脚发软，慌慌张张地喊着吴歌，也跑了回去。

单凛的瞳孔如同那随时会扑出无数魑魅魍魉的漆黑洞口，叫人不敢直视。

所有人都看着他，心思各异，有人嫌他一个大男生矫情，拍两张照的事，非要闹得比赛都打不下去；有人不爽他一个新生敢这么蛮横，敢挑衅高三的学长学姐；有人只是单纯想看这个长得好看的男生出糗。

倒是有几个女生想给单凛声辩，刚起了个头，立刻被旁边的人拉住。

宋颂看不透单凛面无表情后面的情绪，莫名烦躁，不知为何，她开始后悔自己刚才的坚持，不就是张照片嘛，不过是自己面子挂不住，删就删了，何必把事情搞大，把人逼到这个份上。

然而，单凛忽然一笑，无尽嘲讽："学姐，你可真厉害！"

"妈啊，没看出来，单凛傲得能上天啊！"

这已经是李小蛮一个小时内第三次发出感叹。

距离篮球赛临时终止，不过一小时。比赛成了一场闹剧，以单凛单方面罢赛离场结束。

宋颂怎么都想不通，自己哪里得罪单凛了。哪怕他不喜欢拍照，就不能好好说话，他那副咄咄逼人的样子，她看着不高兴也很正常。

宋颂烦得不行，望着黑板发呆。

"喂，你想什么呢？你刚才可是给了他一个下马威，让他看清楚，谁才是我们一中的……"

"行了，我压根儿没想给他这个下马威。"

李小蛮观察了下她的脸色："怎么了，心疼了？"

"……你胡说八道什么！"宋颂背过身，不理李小蛮，"让我静静。"

"我胡说八道什么，我说的是你的相机！修的话很贵吧？"

宋颂："……"

一下午，宋颂都没什么精神，直到自习结束，她的心情才稍微好点。她本身是个乐观的人，郁闷的情绪不会持续太久，今天还真是奇了。

李小蛮一边收拾书包，一边问她："你今天要等你弟吗？"

"我跟他约了有点事。你先回吧。"

"行，那明天见。"

宋颂答应了吴歌要帮他们拍 Cosplay 定妆照，相机摔坏了是他们始料不及的，好在吴歌趁着午休，赶回家又给她拿了一台。

然而，她不太高估吴歌的智商，他给她拿了一台长焦镜头的"大炮"来，是不是蠢，她无力吐槽。

"我觉得这个最厉害的样子，其他的我也认不全。"

"我不是把型号和位置都告诉你了吗？"

"我没找到……"

"……"

活动中心，一帮人已经在化妆了。宋颂深吸一口气，把吴歌推开："化你的妆去，我到外面试试镜头，你们好了叫我。"

宋颂跑到走廊上，拿着这台"大炮"一脸无奈，长焦镜头视野较小，对构图造成了不便，但现在也没办法了，先试试手感吧。

不过，还算吴歌有脑子，拿了三脚架过来。宋颂架起三脚架，把相机架上，对着对面的教学楼找找感觉。

她不过是随便找了个方向试镜头，并不知道那里到底有什么。所以，当宋颂在镜头里看到裸着上半身正准备穿衣服，并且恰好抬头看过来的单凛时，默默抬头，脑中响起一首歌：黄河在咆哮……

赵主任有点哭笑不得，他给自己的茶杯加了点热水，端起来吹了口气，不由得又想到屋里的那两人，真是好一出戏。

隔壁小吴老师探出个脑袋，挤眉弄眼，好奇道："赵主任，怎么，还没闹完？"

"没呢。"赵主任摇着头，"一个比一个厉害，一个说没偷拍，一个说被偷拍了。"

吴老师咋舌："现在的学生厉害啊，裸照？"

"嗯。"

"那女学生不是要闹死？这可闹大了，通知家长了？"

赵主任一愣，抬起头："谁跟你说被拍的是女生？"

房间里，宋颂一脸似笑非笑，跷着二郎腿，靠在椅子上，目光一直看着对面的男生。对面的人压根儿不看她，那脸冷得像是她下午喝的冰镇矿泉水。

门被推开，教导主任重新走了进来，手上端了两杯茶，一人一杯。

啊，来得正好，她刚好有点口渴了。

"冷静点了？"

赵主任看看这个，又看看那个。女生不用说了，老师们都知道，一中一姐，校霸……王花，长得很漂亮，听说都有星探找上门来，高一高二这么多新进小学妹，都无法撼动她的地位，可见一斑。不过，这个女生个性张扬了点，是个不太好管理的学生。

男生呢，有点特殊，都开学大半个月了，突然从 S 市转校过来，令人印象比较深的是，他是一个人来办的入学。据有人汇报，他一来就直接成了校草。

宋颂捧起茶杯，热的，她问："主任，好烫啊，有没有冰红茶？"

赵主任跟宋颂挺熟，她拍的照片很不错，学校里不少宣传照片都是出自她的手。

赵主任故意虎着脸："就你事多。"

宋颂撇撇嘴，只好捧着杯子吹热气。

单凛眼皮都没掀一下，也没去碰茶杯，依然冷淡地坐着。

那头宋颂立刻趁势而上："主任，对不住啊，刚才我激动了点。"

呵呵，哪里是激动啊，根本是暴动。一个冷枪，一个热箭，要不是他及时把这两个炸弹分开，指不定他这间办公室不用等到年底就能提前申请装修了。

单凛坐着没动，冷脸看着对面的女生一会儿笑颜如花，马屁张口就来，一会儿皮笑肉不笑，嘴上不饶人，真是翻脸比翻书快。

赵主任也拉开一张椅子坐下："讲清楚没？"

宋颂勾了勾嘴角，委屈道："我都说得很清楚了，这就是个误会。"

"误会?"单凛终于开口了,一开口就是一股超强冷空气,"每一张都能拍得那么清楚,技术挺好啊。"

宋颂自带防风系统,还得意地扬眉:"学弟真觉得我拍得好?多谢夸奖啊。"

他一口一个"学姐",现在她还回来一个"学弟"。

单凛:"……"

宋颂耐着性子又说了一遍:"之前你也知道,我的相机摔坏了,刚换了一台,我在试手感而已,根本没在意镜头对着哪儿。"

单凛一副你当我三岁小孩的表情,如果没有篮球场的事,他可能还会信,现在,他可以基本确定宋颂是故意的。

这边的宋颂懒得再说,翻了个白眼,端着茶杯喝起茶来。

敲门声响起,赵主任喊了一声进来。

门刚一开,就闯进来一个男生和一个女生,男生第一时间冲着宋颂过去,女生没跟着过去,就站在中间。

"你没事吧?"吴歌抓着宋颂一阵检查。

宋颂一愣:"你怎么来了?"

吴歌不满道:"有人一而再咬着你不放,我能不来吗?"

下一秒,吴歌怒目瞪着对面一声不吭的男生:"单凛,你有病吧?"

单凛冷淡地看着他。

赵主任一阵头疼,又来一个宝贝:"你这孩子怎么说话的,会不会好好说话。还有,没让你来,你来凑什么热闹。"

"赵主任,我能不急吗?他这是污蔑啊!"吴歌指着单凛义正词严道，"她偷拍你裸照？你没弄错吧？我的裸照她都不屑拍，轮得到你吗？"

单凛："……"

赵主任："……"

宋颂一个没忍住突然笑出声。所有人都朝她看，她立刻整了整面色，然后抬手就给了吴歌后脑勺一下："说什么大实话呢？没大没小！再说，那不是裸照，关键点都没露呢。"

单凛："……"

赵主任："咳咳，宋颂，女孩子说话注意一点。"

单凛觉得今天自己是开了眼界了。

席乐眠尴尬地站在一边，看看不怎么高兴的宋颂，又看看另一个当事人，全身都带着冷刺。她中午也在篮球场，知道这两人闹得很凶，所以越发小心翼翼地跟单凛解释："宋学姐是受我们拜托，给我们拍照的。可能是相机不称手，所以她先让我们化妆，自己到外头试试镜头，这里头肯定有什么误会。"

单凛掀起眼皮，冷冷地看向席乐眠："误会？"

吴歌走到他面前："不是误会是什么，你有被害妄想症啊？神经病！"

单凛神色微变："你敢再说一遍？"

"再说一遍怎么了？"吴歌就是跟他杠上了，"你有被害妄想……"

赵主任脸色一沉，训道："吴歌，你当这是哪儿？"

宋颂连忙把吴歌拉回来："赵主任，这件事我也有不对的地方，但也不是我一个人的问题，大家各退一步。"

赵主任见宋颂松口，忙拍案了断："你呢，一个姑娘家矜持点，好好说话，就不会把误会闹大。照片都删了吗?

"删了，一张不留。"宋颂从善如流地答道。

赵主任转向单凛："你呢，一个男生，别大惊小怪的样子。你刚转学来，多跟同学交流，我们学校主导的不仅仅是成绩，更注重培养学生的综合素养。就比如你宋颂学姐，摄影是她的个人爱好，组了全校第一支摄影兴趣组，你可以借这个机会参加一下嘛。"

赵主任已经开始想办法让这两个学生握手言和。宋颂在心里翻了个白眼，得了吧，看这小子一脸任何人都欠他十个亿的表情，赵主任就等着被打脸吧。

果不其然，单凛起身。他很高，肤色极白，眼睛微微内双，瞳色极黑，五官棱角分明，面容天生很冷感，也正因为这样的面相，连带着感觉他说话的语气都越发显得刻薄："不必。"

但也算是不再追究了。

赵主任觉得这天还是别聊下去了。

宋颂起身，恭恭敬敬地给赵主任鞠了一躬："耽误主任时间啦，打扰您晚上休息了。要不这样，回头您要是拍全家福，我免费来给大家拍。"

宋颂笑起来那叫一个漂亮，嘴巴甜起来说的话也好听得很，赵主任听得心里舒服，面上也和缓不少，开始跟她打趣道："当然免费，你还想要什么奖励不成?"

几个人出了教导处，宋颂站在楼道上，伸了好大一个懒腰。这一天闹两场，真够累人的，最怕听不懂人话的人。她回过头，正好看到单凛走出来。

单凛径直越过她，宋颂忽然叫住他："喂，你别走啊，我还有话要说呢。"

单凛停下脚步，半侧过身，不知她还有何贵干。

两人之间的距离比刚才还要近，客观地说，这张脸，这身材，确实很能勾起她拍摄的欲望。

于是，话到了嘴边，她就这么说出来了。

"我还真挺喜欢你的。"宋颂猛然冒出这么一句，单凛不由得一怔。

宋颂走到他面前，仰起头，漂亮的脸蛋儿扬起一个意味不明的笑容："单凛，总有一天我要你主动扒光了，心甘情愿让我拍。"

单凛看着她带笑的眼睛，莫名沉默了片刻。

"你做梦。"

单凛挑衅高三学姐权威，和宋颂势不两立。

一开始的画风还是宋颂很喜爱这个新晋校草，打着找弟弟的名号，三天两头往高一（8）班跑。过了两天，画风跑偏了，篮球场上两人不知怎么吵了起来，宋颂的相机被单凛摔坏。当天晚上，画风急转直下，单凛对宋颂的骚扰忍无可忍，把宋颂告进了教导主任办公室。

然而，单凛也没有讨到什么好，宋颂还没发话，高三就已经有人开始找他麻烦。

单凛这个转校生，因为宋颂，名声大噪，也烂事缠身。他已经连续三天被人围堵在回家路上，跟人干了三场架，再次被赵主任叫进了办公室。但他打架的事，不知为什么被压了下来，所以宋颂知道的时候，已经过了一个礼拜。

宋颂直接冲到吴歌房里，吴歌从床上跳起来，慌里慌张地扯过棉被："你进屋不会敲门啊？"

"在我面前不用藏，一会儿继续看。"宋颂双手叉腰，问弟弟，"单凛被打了？"

"不知道。"

"吴小歌，你皮痒啊？信不信我把你藏在床下的珍藏版都抖到妈面前？"

吴歌敢怒不敢言，揪着被子，只能认尿："……我真不清楚，看他的样子，没什么异常。你不应该去问曲同天吗？他打的人。"

"我问过了，两个被打得牙都碎了，他没伤到？"

"看不出，都挺正常。"

看吴歌不像是撒谎的样子，宋颂终于放过他。

"哎，你这么关心单凛干吗？哎，你明天请假了吗？"

"请好了。"

周末S市有一个漫展，本来宋颂要补课，实在是吴歌太会碎碎念，说定妆照都拍了，不差再拍几张现场照，何况服装也是她帮忙设计的，要是现场出什么问题，她这个造型总监必须负责。

宋颂嘴上嫌弃吴歌，实际心里还是很罩着自家弟弟的，再加上补课太无聊，便跟老师请了假。

单凛站在火车站站台，鞋尖抵着黄色的安全线，耳机里的音乐掩盖了边上人无聊的聒噪声。气象预报说周末冷空气来袭，不少人开始穿上了薄外套，他穿着一件黑T恤，外头罩了件宽松的衬衣。

他把头上的鸭舌帽又压了压，正好遮住别人看过来的视线。

他在等开往S市的动车，偶尔看向列车驶来的方向，却正好看到楼梯上下来五六个学生，手里提着大包小包。

单凛别开视线，继续低头盯着地上的黄线。

那边的学生渐渐靠近，声音也大了起来，单凛拿出手机，把音乐声调大了些。

"喂，快看那边。"

宋颂侧过头，立刻看到一个孤高的身影。

不顾吴歌的阻拦，席乐眠犹豫了会儿，还是走过去跟单凛打了声招呼："单凛，你也去S市？"

单凛瞥过来，低声"嗯"了一下。

"哦，你是回家吧？"席乐眠想起来单凛是S市人，随即主动解释他们这边的情况，"我们是去参加漫展。"

单凛其实没太听清席乐眠在说什么，音乐声太响。席乐眠见单凛一直不作声，神色有点畏怯，班上的人一半不敢跟单凛说话，一半不喜欢跟单凛说话。

"眠眠，你带别针了吗？"

席乐眠回头，宋颂适时给她递了一个台阶，她连忙回到他们这拨人里。

单凛自顾自地继续等车，宋颂他们也没再理会他的存在，就是吴歌一直看他不顺眼，觉得跟他坐同一趟车相当晦气。

吴歌半开玩笑："别一会儿跟他一个车厢，那才叫真晦气。"

然后，当他们在6号车厢看到单凛的时候，宋颂白了吴歌一眼："就你的狗嘴最灵。"

吴歌："……"

单凛像是没看到他们，在自己位置坐下。他在第一排，宋颂他们在第七排。

吴歌他们在聊天，宋颂有一搭没一搭地聊着，心思却飘到了第一排的人身上。和吴歌说的一样，光看着，他表面上没什么异样，胳膊腿都健全。

动车开过三站后，宋颂发现一个情况，单凛始终一个人坐在靠窗的位置，他右手边的位置始终空着，他坐下后就低着头，没怎么动过。

"姐，一会儿下车，我们怎么过去？"

"你们定。"宋颂心不在焉地应道，"我去前面看看。"

"你去干吗？"

吴歌想要拉住宋颂，但没拉住，宋颂已经奔着第一排去了。

宋颂神态自若地走到单凛边上，一屁股坐在他身边的位置上，她转过头，先是看到单凛手里的书，原来是在看书，没在睡觉，好像是一本图册，随后她往上瞄，对上某人冷漠的眼睛。

宋颂先发制人，伸手不打笑脸人，她笑着问："单凛同学，听说你是S市人，一会儿我们下了车要去S市会展中心，想问怎么走比较合适？"

单凛也跟着轻笑，似被乌云遮去的月光，他的脸色比往常更加阴沉，显然是觉得她这个开场白很无聊："这里有人。"

宋颂装作左顾右盼："我没看到。"

单凛从包里拿出两张车票，在宋颂面前晃了晃。

虽然她有所猜测，但真看到车票的时候，还是忍不住吐槽这人奇葩得要死。

宋颂比刚才还要坦荡地摆好坐姿："别那么小气嘛，我坐后面头晕。"

宋颂有个优点，那就是能屈能伸得很。脸皮这种东西，拉一拉就厚了，达到目的就行。

听说过坐大巴晕车，没听说坐动车头晕的。

单凛不想跟宋颂纠缠，戴上耳机，干脆不理她，自讨没趣够了，她自然会离开。

宋颂打量了他一会儿，今天刚看到他的时候就觉得奇怪，戴了这么顶帽子，还压得那么低，眼睛都看不见。

她脸色一变，想到什么，趁单凛不备，突然抬手摘了他的帽子。

"你干什么！"

他很快抢回帽子，但就这么一瞬，宋颂看到他额角的伤。

吴歌骗她。

单凛重新戴好帽子，脸色阴沉："你能不能不烦我？"

宋颂渐渐收起笑脸："除了脸上，身上还有伤吗？"

单凛倒是似笑非笑起来："学姐明知故问。"

他每次喊她"学姐"，一点都没有尊敬的感觉，反倒像触动了一个机关，一下子弹出的都是怪味道的嘲讽。

宋颂一愣："你不会以为，我叫他们打你的吧？"

单凛轻蔑地勾了勾唇："一中一姐，失敬。"

眼看他是深信不疑，宋颂不知为何，背上起了一层薄汗，有点无奈，又有点好笑："你一定要这么说话吗？本来拍照的事，你不愿意，我也不会故意拍，大家好好说，就不会惹出这么多事。现在，整个高三都觉得你太嚣张……"

"让他们来，"单凛冷眼看着宋颂，淡淡道，"有本事，弄死我。"

宋颂被噎得一下子接不上话，他漠然的表情，是真的无所谓，他说的话都像是带着棱角能伤人。想到高三那几个男生都伤得龇牙咧嘴，他不过是额角挂彩，看来确实很能打。

单凛玩味地看着宋颂阴晴不定的脸色，所有人都一样，想要窥探他的世界，想要逼他屈服，想要让他听话。但他早就明白一个道理，只要你足够强，就没有人能把你高傲的面具摘下来。

打架是这样，学习是这样，生活也是这样。

"那我怎么舍得呢。我要的是心甘情愿，不会做强人所难的事。"宋颂倏地缓和了神色，微微一笑，转而道，"你看的什么书？"

她笑起来的时候，有两个梨涡，浅浅地窝在唇边，漂亮又有点可爱。

猝不及防间，单凛怔了下。

·第三枝百合·
不一样的烟火

///

宋颂趁着单凛愣神的片刻，抢着去看书名。

"柯布西耶……"

单凛猛地盖住书。

宋颂有点惊讶："你看建筑学的书？"

单凛第一次拿正眼看她："你知道？"

呵呵，小看她。

"我爸的书柜里有。你以后想学建筑？"

单凛没否认，却道："跟你有关吗？"

宋颂眼珠一转："单凛同学，多一个朋友，多一条路。我爸是做房地产这块的，认识的建筑师会少吗？我可以帮你找两个牛人问问。"

"不用。"

单凛低下头打开书，重新进入闲人勿扰模式。

宋颂也从包里拿出随身带着的绘本和笔，这里头有为这次Cosplay设计的服装稿，还有一些她有感而发随意画的，都不怎么成型，但创意不错。她翻到某页，开始接着没画完的部分继续构思。

两个人安静了好一会儿，路过的乘务员推着手推车来回询问了两遍是否有要买零食的乘客。

宋颂冷不丁地转过头："你在偷看我吗？"

单凛："……"

宋颂大方地拿起绘本："你要看跟我说啊，我不会拒绝的。"

这一次，单凛面无表情地站起来，拿着书走到两节车厢之间的过道，他压低了帽檐，靠在门边继续看书。

哎呀，她都把人逼走了，这怎么好意思，人家可是破费买了两张票，就是为了图个清静。

过了一会儿，宋颂走过去，拍了拍单凛的肩膀："你过来吧，我坐回去。"

说完，她便朝自己的位置走去。

单凛依然靠在那儿，只不过略偏过头，透过低低的视线，看着宋颂的背影。她走到位置上的时候，她那个弟弟不满地跟她说了什么。她笑了笑，揉了揉吴歌的脑袋，吴歌连忙往边上躲，她不依不饶，非要揉个够本。

她好像经常带着笑，哪怕在篮球场上跟他对峙，也是笑眯眯的。

忽然，她抬头朝他这边看来，他没动，跟她对视片刻，才压低视线，盯着玻璃门看了一会儿，再慢慢地重新把目光放到书上。

阳光闯过车窗，变成金色的光束，轻巧地在页面上翻滚，亦不如她刚才微笑时灿烂。

单凛一时间竟忘了看到哪里了。

那边，吴歌好不容易推开宋颂的"爪子"："姐，你去找单凛干吗？"

一旁的席乐眠和其他几个女生都忍不住看过来。

宋颂放过吴歌，又抓过他手里的薯片："去给自己洗白，他以为是我找的人打他。"

吴歌捋了把头发："他绝对有病，被害妄想症。他算个什么东西，还要你找人去对付他？"

宋颂淡定道："行了，你别给我惹事，我已经解释清楚了。一个班的，要相亲相爱。"

吴歌做出一副要吐的样子，被宋颂一巴掌拍在了后脑勺。

之后这一路基本相安无事，动车准点抵达 S 市火车站。

宋颂背上自己的包，跟着吴歌下车。人流慢慢地往前挪动，但第一排的某人却一直没动，大概打算人都下光了再走。

路过的时候，宋颂主动打招呼："先下了，拜拜。"她还拍了拍前面的吴歌，"说再见。一个班的，装什么看不见？"

吴歌："……"

单凛："……"

他们一行六人，火车站里人很多，但好在高峰期出租车来得也多，一辆接一辆，不一会儿就排到他们。

几个年轻人按捺不住兴奋一路聊个不停，宋颂有点心不在焉，时不时看手机，然后又像是没事一样，回过头跟他们聊天。

另一边，单凛走出车站，一言不发地坐上接他的车。

来接他的司机章叔看了眼后视镜，神色微变："小凛，你的脸怎么了？"

单凛闭上眼，拉下帽子遮住脸，双臂环在胸前："没什么，打篮球伤的，走吧。"

十五分钟前，单凛见下车的人走得差不多了，便起身拿行李架上的包。他刚挪开包，就看见后头竟有一台相机。

怕别人认不出似的，相机背带上挂着一个牌子，上面用蓝色的钢笔写着两个字：宋颂。

后面附带一串电话号码。

她的相机怎么会落在这儿？

很快，单凛忍不住冷笑，他很难不怀疑这是她故意落下的。

可又是在什么时候？

单凛把刚才的情景飞快地过了一遍，他只离开了一次座位，就是站在过道看书那会儿。

他盯着这台相机好一会儿，眼中的情绪晦涩不明，直到车上乘务员提醒他抓紧时间下车，他才不得不一把揪过相机。

车上，单凛稍稍抬起帽檐，垂眼看去，相机乖巧地躺在他边上。

而它主人的那张笑脸，一直在他心上撒野。

宋颂平时会看漫画，但要说参加漫展是第一次。S 市的漫展已经举办了好几届，据说是要打造全国乃至国际最有影响力的品牌。还没到会展中心大门口，沿途就全部都是动漫的海报、易拉宝，路灯上挂满了宣传旗帜。因为前面人太多，他们在半道下车走进去，越接近会展中心，受氛围影响，大家越发雀跃。

宋颂又看了眼手机，里面只有刚到 S 市时，通往运营商发来的欢迎短信。那小子不会真的视若无睹吧，人品不会差到这地步吧……

吴歌回头叫她："姐，你的手机又坏了？"

宋颂加快脚步跟上，神色自若道："没事，看下时间。"

这个时候的 Cos 表演刚兴起，大社团有，但基本上是一些学生爱好者，十分不专业，又十分热情。席乐眠不算是他们这些人里最专业的，黄倩蓉是 Cos 发烧友，她一路看到什么都要议论一番。

会场一共分三层：一层分国内展区和国际展区，听说这次有各国展出的漫画手稿；二层是产业博览，有各位大神坐镇签售；三层设有周边产品售卖区，正不正版另说，氛围是很热烈的。

想着还有点时间，席乐眠和黄倩蓉带头去买了 KFC，宋颂跟在最后头，吴歌时不时回头看一眼，生怕她走丢似的。

"姐，可以开始拍了。"吴歌递给她一个鸡肉卷。

"……你还真拿我当跟拍啊。"宋颂接过鸡肉卷，把他往前推，"知道了，你们只管走，我会找时机的。"

没相机，拍个鬼。

宋颂一直以为单凛是个不太有耐心的人，但她这回错估了他的耐心，他大概猜到相机不是无意落下的，该急的是她，所以，他完全没有必要主动联系。

啧，这男生还真是有点难搞，宋颂狠狠咬下一口鸡肉卷。

黄倩蓉召集大家到二楼准备区换衣服，几个女生已经在来时化好妆，男生死活不肯，哪怕到了现场，也是一副上刑的模样，拼命唠叨：够了，少弄点，可以了。直到宋颂出马，没一个敢啰唆的了。

"衣服都在这两个袋子里吗？"

化好妆，宋颂蹲下身帮他们把服装道具理出来。他们 Cos 的是国内动漫，说是要支持国漫，古风的服装，又要讲求还原，宋颂没少花心思帮忙挑布料，找配饰。

"眠眠的，蓉蓉的，歌歌的。"

吴歌："……你能正常说话吗？"

"哦，小歌歌的。"

吴歌："……"

"学姐，能帮我一下吗？"

"好，一个个来。"

宋颂帮忙做的衣服相当精致，从里到外有三层，而且当初做的时候特地放宽了尺码，怕到时人选有变，所以席乐眠穿的就不是很合身。宋颂熟练地拿过几个别针，又顺手拿了针线，替席乐眠临时修改不合身的地方。

席乐眠对着镜子转了一圈："学姐，你怎么这么厉害，不仅会设计，还会自己做。"

宋颂转过身开始帮黄倩蓉调整："这没什么，我外婆原来是个裁缝，很喜欢做衣服。小时候都是她带的我，跟着看，慢慢就会了。"

宋颂手指灵活地在衣服的腰线上做了个隐蔽的褶，再把腰带打个漂亮的结，完全看不出异样。

席乐眠盯着宋颂专心致志的脸，一时间有点入迷。都说宋颂是一中的一座女王峰，他们刚入学的时候，听了不少关于她的传言：一方面说她在学校里很吃得开，一方面也说她太高调，酸不溜丢诋毁她的人不占少数，听下来只觉这个女生不好惹。

可真实的宋颂根本不是这样。

"行了，女生都好了，我去男生那儿看看。"

宋颂放开裙摆，从地上站起来，这一下起猛了，一阵头晕，她脚下不稳，连着倒退了两步。

忽然，一只手扶住了她的胳膊。

宋颂呼出一口气，转过头正想跟后面的人道谢，却突然愣住了。

男生很高，隐在帽檐下的脸，有不豫之色，也不知站在那儿多久了。似乎不满她盯着他看，他刻意别开视线，冷声道："站好了。"

"哦，谢谢。"宋颂反应过来，"你怎么来了？"

单凛松开手，退后一步："你说呢？"

宋颂故作思考："你对漫展也有兴趣？"

演，接着演。

单凛抱臂好整以暇地站着。

刚才他到的时候，找了一圈才找到他们的位置，本想直接上前，却在看到宋颂的时候，不由得停下了脚步。

这里是 Coser（扮演者）做准备的地方，很多女生都已经打扮好了，就连席乐眠也化了个非常惊艳的妆容，就她素着脸，肌肤却比上了妆的多一分通透清爽。她的眼睛长得特别漂亮，自带笑意，哪怕静静地看着你，也给人一种开心的感觉。

她一直在帮其他人打理衣服，自己很随意地穿了件卫衣，牛仔裤包裹着修长笔直的双腿，黑长发绾起，可总有几绺不听话的发丝俏皮地落在颊边，惹得她时不时要将它们别到耳后。

可能过了三分钟，也可能五分钟，他记不太清看了多久，直到她突然起身。

他知道她在装傻，可看到她笑眯眯的样子，竟发不出火。

半晌，他低声道："你手机呢？"

宋颂这才想起，刚才手机揣在裤袋里硌得难受，她就放回包里了，这下拿出来一看，三个未接来电。

她立刻双手合十，真诚道歉："你给我打了电话？抱歉，刚在忙。"

单凛第一次觉得自己做了一件蠢事，他今天可能没带脑子出门，不然怎么会连饭都没吃，就跑到这个鬼地方来。

"你找我？"宋颂问。

单凛抬手压了压帽檐，顺便克制下情绪。

看到单凛，其他人也很惊讶，而且单凛显然是特地来找宋颂的。

他们都不敢上前，只有吴歌撩开假发，站到单凛面前："你又来找我姐麻烦？"

单凛神色越发冷淡："是她找我麻烦。"

说罢，他从包里拿出相机，递到宋颂面前。

"我的相机？"宋颂佯装诧异，忽地掩唇，接过相机，"是落在车上了吗？你捡到的？你还特地给我送来？"

单凛淡漠地看着她，这个女生比他想象中还要能演。

吴歌狐疑："姐，这真是你相机？"

宋颂把相机从包里拿出来，点头："没错，是我的。"

"如果我没看到，你是不是又要认为我故意弄丢了你的相机？"

他不像是开玩笑，她看了眼他左额角的伤口，仔细看才发现，那里还贴着纱布，不知会不会留下疤痕。

她便也敛了点笑："我想的是，如果你看到了，应该会帮我拿下来。"

难道凡事不该往好的方面想？宋颂奇怪单凛怎么会有这么多诡异的猜疑。

"那边开始签到了，我们要不要先过去？"

一直在旁边围观却不敢靠近的男生提着他的长衫，实在忍不住，过来打断他们的对话。

"那赶紧过去吧。"席乐眠回过神，连忙再次检查了自己的衣服。

"帮我拿一下。"

宋颂自然地把相机塞到单凛手里，走过去帮席乐眠整理头饰。

单凛猝不及防，站在原地，看了看相机，又看了看宋颂，脸色沉得难以言喻。

宋颂满意地看着眼前几位学弟学妹，可以说是漫画原型本人了，笑道："可以了，都很漂亮，非常好。"

"单凛，帮我把地上的包也拿一下，就是那个黑色的双肩包，上面挂着一只小熊。"宋颂帮席乐眠提着裙摆，回头招呼单凛。

男生站着没动，宋颂立即反应过来，笑道："忘记说谢谢了。"

单凛默默深吸一口气，突然反手把相机按到一旁吴歌的怀里，撞转身就走。吴歌始料不及，手脚并用才抱稳当。

吴歌冲他的背影骂道："你不会说一声啊。"

宋颂脸上的笑意淡了些，看着单凛转身就走，连句再见都没说。

她只好跟席乐眠说："你先拎着，我去拿下包……"

席乐眠忽然打断她："学姐，你后面。"

宋颂预感到什么，心中一跳，忙回头，单凛单手提着她的包，动作算不上客气，包上的小熊荡在空中，不断摇晃。

男生挑着眉，不耐烦道："还要什么？"

宋颂不喜欢按套路来，所以她真的把单凛当一个劳动力。

"哦，我有点渴了，能帮我买瓶水吗？我看一楼那儿有自动贩卖机。"

单凛想看看她还有什么套路，然后又被没按套路的套路套中。

宋颂还加了句："包里有钱包，你看看里头有没有零钱。"

据吴歌回忆，当时单少爷的表情可以说是非常精彩。

Cos 表演即将拉开帷幕，跟那些有名有号的大社团比，他们不过是一群有爱的业余人士，配乐、编舞、服装都是自己弄的，在他们能力范围做到了最好。

"我好紧张啊。"黄倩蓉看了前面的表演，焦虑地拽住席乐眠的手。

宋颂看着场内汇聚了越来越多的观众，不少人做了应援牌，荧光字体在暗处也熠熠发光，她又看向候场的各支队伍。这次的 Cos 虽说是个比赛，但总体水平参差不齐，尤其服装道具方面，他们就胜了不止一筹。

她安慰道："你们已经排得非常好了，不过是个表演，玩得开心就行，我去找个位置给你们拍照。"

她这时想起相机还在单凛手里，转过身找人。令人郁闷的是，单凛今天穿的是黑色衣服，还戴了黑色帽子，宋颂找了两圈都没看到。

突然想到，她手机里有他的号码，赶紧摸出手机打了电话过去。

响了两声那头便接起，但没出声。

"你在哪里？"

"买水。"

"……"

不反将她一军，他大概咽不下这口气。

"我的相机是不是在你那儿？"

她记得吴歌候场前又把相机塞给了单凛。

单凛淡淡道："不止相机，你的包和水，都在我这儿。"

宋颂走到电梯口，看到单凛左肩背着自己的包，右肩背着她的包，左手拿着一瓶水，右手拿着手机，脖子上还挂着一台相机。

这几样物件瞬间减弱了他身上冷傲的气场，多了些他这个年纪的男生该有的少年感。

单凛等了一会儿，不见她说话，蹙起眉："你又要什么？"

"没要什么，等你呀。"

宋颂的声音并不是从手机里传来，单凛敏感地抬起头，就见她站在二楼入口，嘴角憋着笑，看到他抬头，硬生生收回去，可眼中的笑意没来得及掩藏。

单凛放下手机，表情看上去已到忍耐的边缘，人还没到，先是把水抛了过去。

宋颂稳稳地借住，当场打开喝了一口："谢了。"

她主动上前，他警惕地往后退，她的手停在空中，顿了片刻，笑道："我拿相机。"

单凛把挂在脖子上的相机和背在肩上的宋颂的包都取下："都拿回去。"

"可能还要麻烦你一会儿。"宋颂只接过相机，"前面人比较多，你看我身上都是其他人的家当，我还要帮他们拍照，实在不方便。"

她侧过身，指了指后背的三只包，前面还斜挎了一只，包比她人都大，可怜兮兮的。

"得寸进尺"这个词的含义，单凛今天算是深刻领悟到了。

单凛受够了，语气不善："我为什么要帮你？"

宋颂为难地看着他："因为我实在背不下自己那只包了。"

一个真实又合理的理由。

单凛陷入一阵古怪的沉默，她果断地脱下左肩背着的包，挂到他肩上，又脱下右肩那只递到他手上，顿感轻松："我们进去吧。哦，对了，你吃过饭了吗？"

他应该是下了车就追到会展中心给她送相机，从时间上算，大概还没来得及吃中饭。

单凛一人肩负几个包，脸色实在好看不起来："你现在问我有没有吃中饭？"

宋颂："我只是想说，我包里还有一个没吃的鸡肉卷，你饿了可以吃。"

单凛："……"

她说完就重新入场了，单凛站在门口，冷漠地望着里面花花绿绿的展牌、身着各色奇装异服、喧闹欢腾的学生党的笑脸，烦躁一点点爬上心头，直到现在他都没搞懂自己怎么就被带到这个坑里来了。

吴歌他们的演出瑕不掩瑜，虽说没有其他几组乐器表演加成，但论颜值，绝对碾压。尤其是吴歌扮演的贵公子执扇出场的时候，宋颂立刻听到周围的女生一阵低呼，窃窃私语。

这小子还是很拿得出手的。

这么想着，宋颂又给他多拍了两张。

三分钟的演出很快结束，宋颂好不容易从人群中挤出来，跑到后场，却见吴歌已经被闹哄哄的人群包围，他来者不拒，左右逢源，很能适应被人瞩目的状态。

这就是人和人的差异，要是换作某人，估计马上要爆发了。对了，某人呢？宋颂没看到单凛，依照他的个性，应该不会挤到会场，难道还在老地方？

宋颂跑回二层南边电梯口，来往的人不少，并没有单凛的身影。她沿着外围找过去，摸出手机准备打电话，没走几步，便看见落地窗前站着一个人。

边上摆了几张沙发，只用来放包，人却靠窗站着，这一处背阴，窗外的阳光并不强，他更是精准地站在了一块三角阴影区里，帽檐依然被压得很低，遮住了大半张脸，戴着耳机，捧着书，像是要将自己融于暗处，为世人遗忘。

唯一看得清的，是那双捧书的手，骨节分明，修长白皙。

宋颂压下按快门的冲动，走到单凛面前，抬手轻轻扯去他左边的耳机线："你在这里。"

单凛抬起头，漆黑的瞳孔冷静地看着她，并没有她以为的惊讶或不耐烦。

这一瞬，宋颂觉得他的眼神是空的，仿佛灵魂没在这个躯体里，游离于这个尘世的边缘。

最后是他先动，合上书。

他问："好了？"

宋颂手里还捏着耳机线，立即松开，好像无事发生一样，回头在几个大包里找到自己的两个，背到肩上："嗯。这里面有他们的衣服，我先背过去，其他的麻烦你帮我拿一下。"

单凛摘下耳机，没说什么，不紧不慢地拿起剩下的几只包，跟在宋颂后面。

当看到宋颂在前，单凛在后，身上都挂着包走近时，席乐眠他们都明显被惊到。

宋颂拍拍手，打断他们的诧异："自己过来认领衣服。"

"姐，他怎么还没走？"吴歌拉住宋颂的胳膊，瞥向单凛。

宋颂拍开他的手："他要是走了，你姐也就累死了。"

这话正好被席乐眠听到，小姑娘当即红了脸："学姐，对不起，这么多东西都让你看，还要麻烦你拍照。"

宋颂本意不过是跟亲弟弟日常相互嫌弃，并没有生气的意思："没事，有人帮我，不麻烦。"

席乐眠悄悄朝单凛看去，他没多大反应，正把包一个个放到地上。平时独来独往，全身散发着别来烦我气场的人，今天竟帮他们看了一下午包，她还以为他刚才就走了，实在令人难以置信。

他和宋颂之前闹得这么凶，高三的人还追着他打，两人怎么突然相安无事了？

单凛把负重全部卸下，淡淡道："我走了。"

宋颂喊住他："等一下。"

"你够了吧！"

他这一声来得突然，黄倩蓉吓得手一哆嗦，衣服掉在了地上。

宋颂愣了下："我只是想说，我送你。"

单凛不再看她，一刻不停留，扭头就走。

宋颂跟了上去，吴歌气不过，拦着她，不让她走："这人脾气说来就来，谁受得了，你送什么送，去送死啊？"

宋颂推开他："别挡路。"

单凛走得很快，会场里人又多，宋颂好不容易没跟丢，眼看要追上的时候，单凛突然停了下来，宋颂紧跟着停住。

他似乎遇到了什么人，隔着不远，宋颂听到那人鄙夷的声音：
"单凛，你不是滚去 Z 城了吗，还有脸回来？"

宋颂换了个角度，看到单凛对面的人，不止一个，有四个，两男两女。

那个破口大骂的男生站在最前面，虽然骂了，可神色却不是那么回事，明显带着畏惧。

后头的女生拉了他一下，似是有些怕单凛："郭雷，别说了。"

郭雷还是嘴硬："明明是他的错，说都不能说了吗？怕什么，难不成他还能在这里把我打死不成？"他又看了眼单凛，突然嗤笑，"又挂彩了，你还真是走到哪儿打到哪儿啊？单凛，我奉劝你一句，做人留一线，你这样下去，谁敢跟你做朋友。"

对方说了那么多，单凛只冷淡地吐了一个字："滚。"

他说完就想绕开他们，叫郭雷的男生偏偏挡住他的去路："你还没给余波道歉。"

单凛高出郭雷半个头，垂眼睨着他，傲慢道："应该是他跪在我面前道歉。"

宋颂这才看到单凛的表情，心中不由得发冷。

这个时候的他就像是会随时出鞘见血的冷兵器，发出令人颤抖低鸣。

"你……"

"单凛，我在那边转了圈，没找到要买的东西，你这附近都看过了吗？"

宋颂的出现适时打断了这场诡异的对峙。

郭雷看到突然冒出来的漂亮女生，不由得一怔。宋颂笑眯眯地看着他，若有所思地问："你们是单凛的朋友？"

单凛瞥了宋颂一眼，看她跟看那些人没什么区别，他依然想走，宋颂不动声色地拉住他的手。

碰到他手的时候，宋颂怔了下，他的手很凉，握在手里像是块冰。

单凛蹙眉，温热的触感像是一股电流刺入他的皮肤，他本能地用力想要挣开，但宋颂比他想的要厉害，使了劲不松手，还含笑瞪了他一眼，那眼神像是在说：老实点，姐姐是来给你救场的。

郭雷身后的女生看到宋颂拉住单凛的手，眼神暗了下去，勉强笑道："我们以前是同学。"

"哦，我们现在是同学。"

宋颂厚颜，学姐也算同学吧。

郭雷后面的男生一直没吭声，这时忽然冷声道："余波还躺在病床上昏迷不醒，你带妹子来漫展玩？"

单凛竟笑了下："他最好别醒来。"

不说其他人，就连宋颂也愣了下。

郭雷后头的男生也怒了："单凛，你说什么？"

"有话好说！"宋颂大呼一声，眼疾手快地挡在他们中间，"同学们，冷静，冷静。"

郭雷后面的男生还算有点理智，拉着郭雷退后两步，却把目光放在宋颂身上："你别被他的外表骗了。你知道，站在你边上的是个什么人吗？"

不等宋颂开口，郭雷接道："他是个疯子。"

"郭雷！"他边上的女生突然爆发，出声制止，她又飞快看了眼单凛，单凛没看她，她脸色发白，"单凛……"

她想说什么，可看到宋颂拉着单凛的手，又停住了。

"我们走吧。"

女生转过身，几乎是小跑着离开。郭雷见她走了，也没心思再管单凛，追了上去。另外一个女生一副跟她没什么关系的样子，跟着走了。只有最后那个男生，盯着宋颂沉默半晌，说："你知道他为什么转学吗？"

宋颂觉得她最好不要回答这个问题，可脑中已经想到李小蛮提过，单凛是在原来的学校出了事，才转到他们学校。

"他把他最好的朋友打到半死，被学校开除。"

宋颂感觉到单凛的手忽然握紧，力气不可谓不大，她不由得吃痛，面上却不露分毫。

男生见她没反应，失望地摇了摇头："送你一句忠言，人不可貌相。"

这个男生还真是少年老成，宋颂淡笑："也送你一句良言，日久见人心，我有自己的判断能力。"

人都走光了，宋颂和单凛沉默以对，站在原地，谁都没有先开口。

宋颂思忖着她该装什么都没发生呢，还是做一次人生导师呢？最怕撞破别人的秘密，可秘密自己撞上来，她也无能为力，反过来想，如果是她被人道破过去的黑历史，不当场恼羞成怒就不错了。

可她真的没想到，单凛能这么狠。

"能松手吗？"

"要不要晚上一起吃个饭？"

两人异口同声，宋颂先反应过来，松开手，又怕单凛跑了，迅速换位站到他面前。

单凛只是把手插进裤袋，并没有打算走。

宋颂观察了下他的脸色，比想象中平静，就是一如既往的冷淡。

最后，她还是决定装作刚才无事发生："我们打算晚上就回去，在这附近吃一点东西，一起吧？"

他看了她一眼，阐述了一个事实："我本来中午就能到家，现在已经耽误了四个小时。"

宋颂也爽快："那下次。"

单凛没答，宋颂也不介意，反正就是这么一说，谁知道下次是什么时候。

宋颂的手机在这时响了，是吴歌的电话，她没马上接起，而是忽然正色道："对不起。我是说篮球场拍照的事，我不知道你这么反感拍照。但偷拍，是真冤枉了我。"

该她认错的部分，她不推诿；不是她的"锅"，她也不背。

手机铃响了多久，他便看了她多久。

宋颂捉摸不透他的意思，但也坦然相对。

铃声终于停了，单凛也终于开口："相机型号发我。"

"啊？"

单凛已经往门口走去，宋颂还想问，吴歌的电话又来了。等她打完电话，哪里还有单凛的人影。

漫展行还算顺利，多认识了几个可爱的学弟学妹，跟某人的误会也算是解开，宋颂很满意。

回到学校，一切回到正轨，也回到了八卦的江湖中。

她跟单凛的纠葛，非但没有消停，反倒越传越离谱：宋颂追求不成反被嫌，一怒之下找人围堵单凛，把他打得脸上都是伤。

陆陆续续开始有高一的学生站在单凛这边，指责宋颂作为高三学姐，败坏校风，欺压一年级新生。

高三那头自然不服，回击，单凛连学姐的相机都要抢，抢不过还要打，这还有理了？就是欠教育！

某天中午，宋颂被赵主任叫到了办公室，一起的还有她的班主任徐老师。

"宋颂，喝茶还是冰红茶？"

"我没找人打单凛。"

赵主任左手拿着茶叶罐，右手拿着冰红茶，一脸尴尬："你这孩子，怎么这么直截了当呢？"

边上的徐老师推了推眼镜，不满地看着宋颂。

宋颂一脸诚恳："赵主任，不用客套。坦白说，我哪有这本事，还能找人去打单凛三次。再说，我跟单凛没什么过节。"

赵主任腹诽，本事你是有的，不用这么谦虚。

"真没什么过节？"赵主任意有所指的小眼神朝宋颂不断瞟来。

宋颂把"锅"甩回去："上次不是在主任的调解下我们和解了吗？还是，有谁指认是我干的？"

"那倒没有。"赵主任把冰红茶递给宋颂，给自己泡了茶，想了想，说，"实话告诉你，那天单凛和那些人来的时候，我也问了，我是分开问的，我还没问曲同天他们，他们就说跟你没关系。"

"……"

宋颂为即将参加高考的他们的智商堪忧。

"至于小单嘛，他说，没证据前，不能乱下结论。"

宋颂拿冰红茶的手顿了顿，脑中乍现单凛在动车上似笑非笑的模样：一中一姐，失敬。

"这件事造成的影响非常不好，学校考虑到高三学生的特殊性，不想在这么关键的时候，影响大家的学习，所以只通报批评。但这对单凛是非常不公平的。学校不希望你们两个的事演化成两个年级的争端。"

一旁的徐老师也发了话："你现在处于高三关键时期，也需要收收心，多把心思放在学习上。当然，我知道，你们家是有安排你出国的打算，可你也不能影响到其他人。"

赵主任忙说："徐老师，你这话说重了，打架这件事跟宋颂可能没关系。但宋颂也是原因之一，她在学生里面很出挑，应该带个好头。"

她能带个好头赵主任是不奢望的，别惹事就行。

和平会谈十分钟结束，宋颂从赵主任的办公室出来，轻轻吁了一口气，赵主任对她还算和善。

刚一回头，就看到罪魁祸首正一脸焦急地等在门口。

"老师没找你麻烦吧？我都说了，跟你无关。"曲同天见宋颂出来，急忙上前询问。

宋颂心里叹气，曲同天跟她关系挺铁，一开始是他追她，没成功，后来就成了半个哥们儿。

所以事情一出，大家都觉得是宋颂授意他干的。

他们一同站在走廊上，宋颂说道："你这么说，我更加有嫌疑。"

曲同天一愣："难道是单凛告状？"

"他应该没有。"

曲同天想到单凛就恨得牙痒："这小子阴得很，出手很重。"

"别跟高一学生计较了。"

曲同天又一愣："你就这么放过他？"

宋颂白他一眼："是你追着他打。"

曲同天有点得意："他小子再厉害，挨了打还不是不敢吭声。"

"人家不吭声，你才能不挨处分，不然这个时候记过，看你爸不打死你。"

宋颂往高三楼走，之前她还觉得奇怪，单凛的性格看着闷声不响，实际上是个一点亏都不肯吃的主，吃了这么大的亏，不可能不找回来，为什么被压下来了？现在她有点明白了，他在 S 市因为把人打到下不了床而被开除，那么，来这里不管是不是他挑起，说起来还是打架，影响恶劣。

看来，他也不是全然不在意。

开学两个多月，风起云涌，在校方的干预下，总算是趋于平静。宋颂被班主任和赵主任紧紧盯着，基本上没再去过高一那栋楼，但还是会在家里听到吴歌吐槽单凛，两人仍是不对盘。

转眼到了年底，这期间关于单凛最火爆的消息就是他在期中测试中一举拿下年级第二，与第一名只差 3 分。

文能考，武能打，脸还好，个性差也是人家的"美德"，不然太完美，还给其他人活路吗？

宋颂又看了一眼最近一次自己模考的试卷，默默地把卷子塞进抽屉。她已经放弃国内高考，家里正在安排她出国，所以最痛苦的事莫过于考雅思。直到生日那天，她下午还在上雅思班，晚上好不容易到 KTV 跟李小蛮他们会合。

宋颂生日是 12 月 31 日，跨年夜，这天不疯，她就不是宋颂。

一进包厢门，宋颂还没来得及把围巾摘了，就被起哄："寿星，你可算来了！你再不来，蛋糕就没了。"

李小蛮调侃她："你怎么脸色这么差，英语这么伤你？"

"别提了，我快吐了。"

宋颂被簇拥着坐在最中间，抓起一杯饮料喝起来。

曲同天见状，也拿起一杯，嘿嘿一笑："十八岁生日，干一杯！"

"可以啊。"宋颂笑眯眯地说，随手又拿了瓶饮料。

高山虽然长得比曲同天高大，心思却比他细腻，不赞同道："先吃点东西，慢慢喝。"

宋颂举起饮料，朝周围晃过一圈："没事，高兴，先敬大家一个，谢谢来陪我过生日。"

"我先来。"曲同天兴奋得不行。

难得出来放风，一帮人玩得很火，边上的王梓桦已经开始号上了，这边玩游戏的说话都得靠喊。

"三个六。"

"不信，开。"李小蛮两眼放光，"颂儿，你又输了，喝。"

宋颂今晚手气不怎么样，吹牛皮一直爆破。她也不矫情，饮料一杯接一杯。眼看着三瓶下肚，宋颂觉得胃里胀得难受，打住道："先切蛋糕吧，我怕一会儿吃不下。"

高山把蛋糕放到桌子中央，李小蛮把蜡烛插上，不知是谁已经把音乐切到了《生日歌》。

包厢里的灯光五彩斑斓，旋转着落在蛋糕上，原本洁白的奶油不停变换着颜色，就如同他们的青春，每天都充满朝气。红色的果酱裱着"宋颂美女，生日快乐"几个字，格外诱人。

宋颂闭上眼，双手合十，耳边李小蛮嘀咕着"好好许一个，想好了再许"，可她不一会儿就睁开眼，一口气吹灭了蜡烛。

"这么快，你许的什么愿啊？"曲同天忍不住问。

"这能告诉你？"李小蛮笑他。

宋颂不在意道："没什么，也就是能过雅思吧。"

李小蛮："……这么重要的日子，你能重新许吗？"

曲同天趁兴感慨道："宋颂，我们也认识三年了。你拒绝我，没事。我们现在是哥们儿，但你究竟喜欢什么类型，我到底差在哪里？"

宋颂平时肯定就打个马虎眼敷衍过去了，但这晚还真的认真思考了会儿，回答他："还没遇到。"

"不会是单凛那种吧？"

宋颂一愣，怎么就扯到单凛身上了，她已经快有一个多月没见到他了。

然而，她脑中却不假思索地闪过他冷淡入骨的脸。

"你到底有没有追过他？"这个问题，曲同天在心里憋了好久。

宋颂眯着眼笑："我怎么也不会看上一个高一的呀。"

曲同天："那怎么都在传你追他？现在还有好多人觉得你是追不到，才对他怀恨在心。我气不过，才找人去打他的。今天我就告诉你个事吧，我帮你问过那小子，问他喜不喜欢你，那小子嘴可真硬啊，就是不吭声。"

宋颂黑脸："你能不干这些无聊的事吗？没那回事，我们早和解了。"

"你真不喜欢他?"

李小蛮也挺好奇,宋颂对单凛确实挺不一样,以前没见过她对哪个男生特别上心。

宋颂被这帮人烦死了,举手发誓:"真不是,他在我眼里,跟我弟一模一样。"

曲同天趁胜追击:"那你现在敢不敢给他打个电话?"

"这都几点了,他肯定睡了。"

她开始找手机,看了眼时间,快十一点了。

"你不打,就是喜欢他。"

曲同天平日里也不敢跟宋颂这么硬杠,这晚上氛围烘托到了这份上,什么话都敢说了。

"打打打,他接不接,我管不了。"

同样,要不是这天晚上一时冲动,宋颂也不会给单凛打这个电话。

本来宋颂觉得打个电话没什么,可翻手机通讯录的时候,可能包厢空气不太好,忽然觉得眼前有点糊,这手指也开始不听使唤,在搜索栏里输入"S"时,输了三遍才成功。

单凛的号码跳了出来,宋颂不由自主地吸了口气。

曲同天凑过来:"打没打?"

"打了!"

宋颂眼一闭,按下呼叫键。

手机里的等待铃音无限漫长,宋颂的心慢慢放下,她跷起二郎腿,满不在意地朝众人笑了笑:"响三声了啊,没人接。"

一双双眼睛齐刷刷地盯着她。

李小蛮："再等等。"

"响了五声了，他肯定睡了，不会接的……"

她话还没说完，铃音突然断了。

"喂。"

这个低冷声音，带着电流清晰地传入她的耳中。

宋颂倏然觉得头顶的斑斓灯光停止了转动，音响里的歌声仿佛被消了音。

她的世界安静了。

"接了？"

见宋颂愣住，李小蛮第一个反应过来。

可宋颂置若罔闻，因为电话里的声音再次响起："宋颂？"

宋颂浑身一颤，突然站了起来，拨开这帮人跑到包厢门口。

"你干吗去？"

她捂住话筒，冲他们说："你们太吵了，我听不清。"

说完，她飞快地出了包厢，也不看方向，就一直沿着走道往前走，脚步越来越快，后来几乎是连走带跑，看到有洗手间，立马拐了进去。

宋颂站定在化妆镜前，平复了下呼吸，这才若无其事地回道："是我。刚有点吵，我换了个地方。你还没睡？"

"睡了。"

"……"

说实在的，她也不知道该跟他说什么，因为她没料到他会接电话，但既然接了，不说点什么，太对不起按下呼叫键的那只手指。

宋颂看着镜子里脸红红的自己，眼睛比平时还要亮："今天晚上可是跨年夜，怎么也得等过了零点再睡吧。"

那头沉默了会儿："什么事？"

"就是跟你说声新年好。"

"挂了。"

"等等。"

"有话就说。"

"今天是我生日。"

她顿了顿，等那边的反应。单凛若有似无的呼吸声就在耳边，半晌，他应了一声："嗯。"

宋颂也没期待他能说什么，接着道："我想请你看个烟火，还有半个小时，在江边。"

"我很困。"

"那是要喝红牛还是咖啡？咖啡罐装的可以吗？咖啡店都打烊了。"

那头又有段时间没说话。

背后的厕所隔间突然传出一阵冲水声，然后走出来一个女人。那女人奇怪地看了宋颂一眼，宋颂往边上让了让，手机紧紧贴着耳朵，生怕漏了什么。

终于，单凛低缓地说了一句："最好不是耍我。"

说完，电话就挂了。

听筒里持续传来"嘟嘟嘟"的声音，宋颂对着镜子好一会儿才反应过来，他这是……答应了？

不会是她出现幻觉了吧？

猛一看时间，已经十一点十分，宋颂不敢耽搁，急忙往外走，一边跑到路边拦出租车，一边给李小蛮打了个电话。

"你去哪儿了，电话打完了？"

"说了两句就挂了，顺便上了个洗手间。但家里突然有事，刚给我打电话让我马上回去，我的东西你后天上课的时候帮忙带到学校，就这样，拜。"

这个时间很难打车，宋颂的围巾和大衣都落在包厢里，但她要是回去拿，肯定会被他们扣下盘问。她咬牙在冷风中等车，冻得直哆嗦，口中呼出的全是白色雾气。可能老天看在今天是她生日的份上，很快来了辆空车，她几乎是手脚并用地拦下。

上了车，宋颂好长一段时间还在哆嗦，实在是太冷了。司机师傅忍不住看向后视镜里的她："小姑娘，你外套呢？"

宋颂搓着手臂："落在其他地方了。"

这么一说，倒是提醒了她。

她立马又给单凛打了个电话过去，这次那头接得还挺快："喂。"

"你出来了吗？出来就算了。"

"还没。"

"能带件厚一点的外套出来吗？顺便带点钱。"

他的声音听起来有些深深的无语："你被打劫了吗？"

宋颂尴尬："不是……就是急着出来，什么都没带。"

"……"

路上车辆不多，一路开到江边也是绿灯畅行，快到的时候，她又给单凛打了电话。

"我快到了，你到哪儿了？"

"到了。"

"这么快，那你看到了一辆出租车吗，车牌尾号是 907。"宋颂不断地朝窗外张望，外头已经聚集了一些人，"师傅，麻烦开慢点，我找下人。"

"你在这里下好了，前面人多，我开不过去。"

"我没钱……"

司机师傅："……"

电话那头的人应该都听见了，宋颂好像听到他哼笑了一声，但想想又不太可能，大概是自己听错了。

过了会儿，单凛忽然道："我看到你了。"

"你在哪儿？"

"让车子停下。"

"师傅，麻烦就在这里停。"

很快，一个穿着黑色运动外套的男生朝这边走来，手里还拎着一个大袋子。

宋颂马上放下车窗，朝他招手："这边。"

单凛绕到副驾驶边，车窗已经落下，他弯下腰，问道："多少钱？"

"十六块。"

单凛把钱付了，宋颂笑眯眯地跟司机师傅道了谢。

司机师傅调侃道："小姑娘，见'男朋友'也别那么急，这大冷天的，衣服还是要穿好。"

宋颂一愣，忙解释："不是男朋友。"

她立马下车，单凛单手插着裤袋，脸上没什么表情，也不知道听到没。

她紧紧抱着手臂走到他面前，单凛瞥见她冻得发红的鼻尖，很快把袋子递过去。

宋颂赶紧拿出里头的衣服,是一件很厚很长的白色羽绒服,她快要被冻哭了,迫不及待地穿上。

他的衣服很大,袖子长出好大一截,下摆也几乎拖到脚踝。当她被厚厚的羽绒服包裹住,整张脸都能埋在衣服里,鼻尖似乎还闻到衣服上淡淡的冷冽气息时,心脏一下比一下有力地撞击着胸腔,全身的血液都在加速循环,热量一点点地重新充盈到身体里。

本城的跨年烟花盛典将在晚上十一点五十分开始,好的位置是要收门票的,他们临时起意来,只能站在外围,能看到多少,全碰运气了。

外围的人也聚了不少,大多数是情侣,也有些学生三五成群凑在一起。宋颂凭借着摄影的经验,找了个位置,算是满意道:“就这儿吧,看过去角度不错,可惜了,应该带相机出来。”

“先把衣服带上再说。”

他这张嘴从来不饶人,宋颂把羽绒服的帽子也戴上,只露出两只眼睛,困难地转过头:“刚才在KTV,怕你说我耍你,急着赶过来,所以才没拿。”

单凛淡淡地瞥了她一眼:“你们够会玩的。”

宋颂笑道:“生日啊,难得。”

单凛回过头直视前方,恰好左侧脸对着她。宋颂凑近了一点看:“额角的伤好了?”

夜色中,他的侧颜被模糊了棱角,显得不那么冷漠。

“嗯。”

“太黑了,我看不太清,没留下疤吧?”

好像是嫌她啰唆，他侧过脸不耐烦道："一个多月了，骨头断了都长好了。"

宋颂不由得感慨："一个多月了啊……听说你考了年级第二，恭喜啊，不愧是能看懂建筑学书的学霸。我只求下个月雅思能过。"

"雅思？"单凛终于主动反问了一句。

"哦，我不打算参加高考了，家里人安排我出国。"

话音刚落，气氛陡然冷了下来，宋颂以为他会问去哪个国家，或者雅思考了多少，但他一个问题都没问。

宋颂只好自顾自地说下去："我打算去学服装设计，英国有两所学校不错，但要求比较高，我的成绩不一定能上，还没申请，不行就先过去。"

"什么时候去？"

"那肯定要等毕业，大概 8 月吧。你呢？是考国内的大学，还是出国？"

单凛的态度出人意料的漠然："无所谓。"

"你成绩这么好，想去哪里都没问题。"宋颂望着他融于夜色的侧脸，又去看他的眼睛，可惜夜色太重，灯火不明，实在难以看清，"我虽然对学习不怎么感兴趣，但知道自己喜欢什么，总要去试一下。"

她说了这么多，单凛像是听见了，又像是没听见。她好几次去看他，他的目光都没有落在她身上。

他总是喜欢一个人沉思，把别人隔离在外。

她看了看手机："还有十五分钟我的生日就过完了。跟你说件很搞笑的事，本来我妈是想把我生在 1 月 1 日的，可她实在没忍住，还是在 31 号把我生了下来，为此她每年都要烦一遍。你什么时候生日？"

单凛慢慢转过脸，倏然，天空中炸开一朵红色的烟火，周围立刻发出此起彼伏的惊呼。

宋颂惊了下，想要抬头看天，却怎么都挪不开视线。

这一下之后，紧随其后的响声如哨，一束束火光接二连三冲上云霄，打碎了夜空的沉寂，绽放千奇姿色，比天上星辰还灿烂。

然而，她却只看到他漆黑的眼眸，映出点点火光。

此番人间烟火胜却无数良辰美景。

她怕是糊涂了吧，不然怎么可能看到他眼里的自己，一脸傻笑。

她想停下来，却好像停不住。

他的薄唇轻轻启合："明天，是我的生日。"

好一会儿，她瞪大了双眼，不可思议道："真的吗？太神奇了！也就是再过十分钟就是你的生日？"

"嗯。"

"生日快乐，单凛。"

他静默片刻，望着她笑吟吟的双眼，在零点前送上最后的祝福。

"生日快乐，宋颂。"

烟火盛开十五分钟，精彩纷呈，再次把安静还给天空的时候，许多人意犹未尽，迟迟没有离开。

宋颂也是，脑中全是火树银花，思绪有点连不成线，十八岁的生日，超乎她的想象。每一年的生日，她都过得很充实，却都不如今天给她带来的悸动。

人群开始渐渐散去，宋颂才不太情愿地说："走吧。"

两人跟着人流走，不知道人流是去往哪里，他们之间的距离忽而近，忽而远，可谁都没说话。

宋颂把刚才的情景回忆了一遍，忽然发现有什么不对："你刚才是不是叫我名字了？"

单凛没理她。

宋颂跳到他面前，一面倒着走，一面直视他，问："是不是？"

他放慢了脚步，面前的人穿着他的羽绒服，裹得跟一只缩小版的北极熊一般，有点好笑。

"你想我叫你学姐？"

宋颂一噎，从他嘴里吐出来的学姐，怎么听都有一股嘲讽味。

她歪过头想了想，有了个主意："叫姐姐好了，你跟吴歌同龄。"

单凛眯起眼，硬邦邦地朝她吐了两个字："做梦。"

宋颂却笑得很开心："梦还是要做的，万一成真了呢？"

见他还是不理她，她又问："你跟我弟现在关系有多差？他就是个话痨，但人很好，比较单纯。不过，要是有你这样的弟弟，那我可以考虑换一换的……"

他忽然停下脚步："你大半夜把我叫出来，就是为了说这个？"

宋颂也收住脚步，不明白他的意思："什么？"

"二位，麻烦让一让。"

宋颂和单凛同时回头，那边有人拿着相机对着他们一脸无奈地笑道："还是不小心拍到了。"

很快，相机下面吐出一张照片。宋颂眼前一亮，跑过去："拍立得？"

那人夹着照片一角慢慢扇风，照片上的图像逐渐显露，恰好是他们猛一回头的样子，意外入镜。宋颂小脸通红，神色略显迷茫。单凛倒是很淡定，只不过因为刚才跟她不太愉快的对话，让他的眉头还蹙着，但依然好看。

"我怎么这么难看？"她马上反应过来，跟人道歉，"不好意思，我们没看见，挡到你们了。"

那人好脾气地笑笑："没事。"

宋颂盯着照片上的单凛，趁机问："这张照片可以给我们吗？我可以帮你们拍照。"

这照片对别人来说也没什么用，那人爽快地答应了，他们有四个人，有宋颂帮忙，正好可以拍张集体照。

宋颂顺利拿到照片，走回单凛边上，拿给他看："这张把我拍得太丑了，我的脸有这么红吗？"她抬手摸了摸脸颊，确实有点热，"不过你倒是拍得不错。"

她早就说过，他的脸无死角。

单凛扫过一眼，没发表意见。宋颂观察他的神色："这照片，我能留着吗？"

这回他答得果断："不能。"

宋颂装作没听到，作势要把照片放到口袋里，可他动作更快，瞬间拿走。宋颂不甘，伸手去抢，奈何穿得太笨重，他避开得很轻松。

强取不行，她便来软的："给我吧，就当是我的生日礼物？"

单凛已经把照片放入口袋，淡淡道："今天是我的生日。"

"……"

宋颂手机铃声响起，每次一到关键时刻，她这个弟弟就要来横插一杠，不知道他是跟单凛有仇，还是跟她有仇。

"你在哪儿？知道现在几点了吗？为什么还不回家？李小蛮说你早就跟他们分开了，你现在跟谁在一起？"

他嗓门大，单凛都能听得一清二楚，朝她看来。

宋颂觉得太丢人，侧过身，压低了声音回道："你吵什么？生日都不让我过个痛快。"

吴歌得意地说："我特地等过了零点打的，生日特权已失效。"

"马上回了，睡你的觉吧。"

宋颂挂了电话，若无其事地问："你怎么回去？"

单凛反问："你怎么回去？"

"打个车吧。"

"一样。"

两人一直走到大马路上，在空旷的公交站边等车。

是夜，寂静撩人。

橘色的灯光把两人的影子拉长，宋颂往左边动了动，他们的脑袋隐隐重叠，透着无声的亲密。她暗暗发笑，可马上又觉得做了什么羞耻的事，悄悄抬眼，见单凛在专心打车，没有发觉，迅速又往右边挪开一步。

就这么等下去，好像也不错。

可没等多久，出租车就来了，单凛先一步上前，打开后座的门，示意她上车。

宋颂坐进车里，跟他道别："那我先回去了，衣服我下次还你。再见。"

然而，他却没跟她说再见，关上车门后，坐上副驾驶座。

宋颂故作受宠若惊的样子："你送我回去吗？"

单凛："你有钱吗？"

请赐她一瓶烈酒，醉到不省人事吧，太丢人了。

但宋颂的优点就是，心里嫌弃自己，但面上从容依旧，还有脸说："我忘了，我现在身无分文。"

其实，吴歌还没睡，她完全可以叫吴歌等她，或者让他借她一百元，但她没说。

他也没提。

宋颂先报了家里地址，顺便问单凛："你家在哪儿，顺路吗？"

"江边。"

他说完后，只是支起右胳膊，撑在耳侧，从右后视镜里可以看到他闭上了眼，开始休息。

她愣住，他家就在江边，难怪刚才他比她早一步到，而现在，他恐怕真的是为了送她回家而上的车。

意识到这一点，宋颂忽然有种从未有过的感觉，心上像是洒了细密的糖屑，有点痒，又有点微妙的甜。她把脸缩在衣领里，手指无意识地揪着过长的袖口。这个人这么冷，可他的衣服很温暖。

宋颂家离江边也不算远，车子开到她家的时候，她看了看时间，才过了十五分钟。

"今晚我很高兴，新年快乐。"她弯下腰，跟坐在副驾驶座的单凛说，"对了，衣服现在还你。"

她正要脱下羽绒服，却被他阻止："下次吧。"

出租车开走了，宋颂站在门口望着车子的尾灯在拐角处划过一道曲线，然后消失，她还有些没回过味。

"你站着发什么呆？"

二楼传来吴歌的声音，宋颂猛地抬头，瞪他："小声点，知道几点了吗？"

"你还知道几点啊，这么晚才回。"

宋颂赶紧开门进屋，吴歌穿着睡衣从二楼下来，站在楼梯口："爸妈不在，你就放肆。"

虽然父母都很忙，但生日这么重要的日子，他们都会在家陪伴，昨日实属特殊，二人在外地，航空管制，飞机滞留，赶不回来。老妈给她打了电话，说是一定回来补偿她。

宋颂换了鞋，准备上楼，打量着弟弟的臭脸："我就爱放肆，你管不着。怎么，没带你一起，你心里不舒服吗？"

"谁要跟你……你身上这衣服是谁的？"吴歌不该敏感的时候倒是挺机灵。

宋颂推开他，跑上楼："我的，你看上了也不会给你。"

吴歌冲楼上喊："你别避开话题，这是男款！"

回应他的是关门声。

回到屋里，宋颂靠在门上，在黑暗中深呼吸，过了会儿才打开灯。门边竖着一块落地镜，映照出她被裹得严严实实的身影，脸依然发红，是被热的。

不知道单凛穿上这件衣服是什么样，想了想，她脱下羽绒服，将它挂进衣橱。

洗漱出来后，已经过了半个小时，她爬上床，手里捏着手机，把头缩进被窝。

被窝里的热气很快让手机屏蒙上一层雾气，宋颂用手指抹去一层，不一会儿又是湿漉漉的。

已经深夜一点多了，她犹豫了下，还是发了条短信过去：到了吗？

等了会儿，那头没有反应。

她也困顿，又发了一条：睡了，晚安。

手机刚放到床头，突然响了一声，宋颂飞快地抓过来看。

单凛：晚安。

宋颂盯着那两个字看了很久，心跳在寂静的夜里尤为清晰。手机屏幕逐渐暗下。宋颂翻了个身，大眼睛望着黑漆漆的前方失神。

单凛回到家的时候，刚过午夜十二点半。家里就他一个人，这里离学校并不近，他租在这儿，只是因为站在卧室一眼就能望见江水，沉寂空旷，任人想象着暗潮汹涌。

回到卧室，他换下外套的时候，摸出口袋里的照片。

他对自己拍得好不好看没什么感觉，他厌恶镜头，甚至可以说生理性排斥。

但照片里的另一个人，裹得跟一只可爱的小怪兽一般，没有她说的那么难看。

单凛神色淡淡地把照片放在床头，走去浴室冲了个澡，回来的时候，又看了眼照片，没去动，正要伸手关灯，手机振动。

他点开收件箱，里头躺着两条短信。

单凛本不想回，但过了会儿，还是打下两个字，终于可以躺回床上。

他睡眠一直非常不好，也不愿意用药，像今晚有了睡意，实属难得，可人算不如天算，好端端被人从睡梦中叫醒，在寒风里看了十五分钟烟火。

　　他该是很恼火的，更何况只要他一抬头就能看到满天的烟火，可他还是去了。

　　从头到尾也就两个小时。

　　很长，又很短。

　　他已经很久没过生日了，今年的这个生日，有一个不一样的开头。

·第四枝百合·
生活给的巧克力

///

生活就像巧克力盒子，你永远不知道下一颗是什么味道。

——《阿甘正传》

那夜的绚烂烟火还未在记忆里消散，事情就突然发生了。

单凛看着吴歌空着的位置，不知道在想什么。

正值期末，宋颂和吴歌两姐弟已经有一周没来学校，这在学校里面引起了不小的流言。他记得和宋颂最后的联系还是她跟他约时间还衣服，后来突然说有点事，便再也没有消息。他起初并不在意，然而，当她一周都没来学校的时候，他开始有些犹豫要不要去问一问。

"宋颂和吴歌的爸爸死了。"

单凛知道这个消息的时候，正收拾东西准备放学，同班同学的王飞冲进教室来，突然神神秘秘地说道，他没什么顾忌，甚至还跑去熊大伟那里求证。

熊大伟没好气地回道："我不知道。"

"你不是跟吴歌最好吗？"

熊大伟忍着气，说："这种事有什么好说的？你又是从哪里打听来的，别胡说八道。"

王飞撇了撇嘴："他爸是开房地产公司的，我爸的公司是他们公司的合作单位，早几天发生的事，但他们家里一直在压消息，现在压不住，爆出来了，千真万确，说是公司资金链断了，建筑设计也出了问题，现在还欠了一屁股债。"

因为已经放学，班上只剩下打扫卫生的同学，听到的人不多，全都是一副震惊、愕然的表情，但也不乏一丝好奇、窥探究竟的兴奋。

单凛是其中看似最置身事外的一个，他把包的拉链拉上，单肩背上，面无表情地走过熊大伟，在王飞面前突然停下脚步。

王飞还在跟熊大伟争辩，他觉得自己不过是传递了个消息，有什么错，确实死人了，而且吴歌爸爸死前还隐瞒了一屁股债务，害得关联公司苦不堪言。熊大伟跟吴歌关系很铁，这事他不知道，可见吴歌有多受打击。他劝王飞积点口德，都是同学，不要造谣。

所以，当单凛突然在王飞面前停下的时候，王飞一时间没反应过来，满脸疑惑地看着他。

单凛睨着他，讥诮道："你废话真多。"

王飞一愣，一时间没反应过来，平时多说一句都嫌累的人，怎么突然骂到他头上了。他当然本能地反击："关你什么事？"

单凛难得浪费自己宝贵的时间在无聊的人身上，呛回去："又关你什么事？"

熊大伟在一旁看得目瞪口呆，不明白单凛怎么跟王飞杠上了，他是在帮吴歌吗？可他不是跟吴歌对着干的吗？

王飞的嘴皮子哆嗦了两下，敢怒不敢言。单凛是个狠角色，跟高三学生都敢横，对着曲同天都下得去手，哪里会把他们放在眼里，他瞪了半天，愣是没敢接着骂。

单凛这才走出教室。

熊大伟和王飞全都一脸蒙。熊大伟咽了口唾沫，默默地记下这一笔，回头得记着跟吴歌说。

期末考试那一天，吴歌出现了。他的脸色很差，隐隐发灰，一进教室谁都没看，直接坐到位置上，闷头就睡。

很显眼的是，他的胳膊上戴着黑纱。

考试的时候，吴歌是第一个交卷，然后就不见踪影。

考试那两天，吴歌几乎没跟班里的人说话，熊大伟跟他说了几句，他也没回两句。

最后一场考试结束，熊大伟叫住吴歌，问："一起回去？"

"不了，我要去医院。"

"你生病了？"

吴歌摇头，哑声道："我姐，肺炎，已经烧了一个礼拜，醒不过来。"

单凛抬头，吴歌恰巧也看过来，两个人都没什么表情，很快都收回视线。

寒假期间，这年过得几家欢乐几家愁。

单凛回 S 市，单父很少回家，但年还是要过的，单母身体不好，精神状态一直时好时坏，见单父回来，在年里头又大闹一场。

单父气不顺，找单凛谈出国的事，还有以后的专业、家业，他听不进去，两人吵了一架。

最后，单凛在家里待了不到三天，年初四就一个人坐车回到 Z 城。

他就是在回家的路上见到宋颂的。

女生坐在他家附近的便利店玻璃窗前，正在吃泡面，看到他经过，连忙从店里冲出来拦住他。

单凛看着她漂亮的瞳仁，愣了好一会儿。

她瘦了，素颜，脸颊明显小了一圈，显得眼睛越发大。她的眼睛很亮，晌午金色的阳光中，分辨不出里头有多少悲伤。她看上去精神头还好，碰到他像是有些惊喜，然后被他难得的诧异表情逗笑了，但这个笑容里藏着说不透的疲倦。

"你怎么在这里？"

他的心情不怎么好，焦灼感一直在心里徘徊，猛地见到她后，忽然有点忘了刚才的烦躁。

单凛恢复如常："该是我问你。"他朝前面抬了抬下巴，"我家在那边。"

"我正要去景区。"宋颂顿了下，还是说了出来，"那里有座很有名的寺庙，我去拜拜。饿了，就先吃一点东西。"

他大概猜到她去寺庙的原因："吴歌呢？"

没想到他会提起吴歌，宋颂笑道："他没来，在家里陪我妈。"

说完这句，两个人相对无言，陷入一阵沉默。

单凛的目光越过她，看向便利店："你去吃吧。"

"哦，好，那我过去了。最近太忙，忘了跟你说春节快乐。"说完，她转身走了。

"宋颂。"

她在店门口回过头，看到他单手插在裤袋，很随意的样子："那里我也还没去过。"

　　景区很难打车，他们坐公交车上去，在附近的一站下车，春寒料峭，枯树逢春，他们沿着缓坡，拾级而上。

　　如果不是宋颂胳膊上还戴着黑纱，他根本看不出来她家里发生了大事，因为在她脸上看不出什么异样。她没跟他提家里的事，反过来问他这个年怎么过的，他不喜欢别人打听他的事，但她问了，他便答了。

　　"除夕回去，今天刚从家里过来。"

　　"才大年初四，你父母不过来吗？"

　　她听说他一直一个人住，之前还有点不信，哪会有父母舍得让孩子一个人在外生活，但听他的口气，他是一个人住。

　　"你一个人住，平时吃饭什么的都自己弄？"

　　"嗯。"

　　宋颂诧异，以前感觉他是个大少爷脾气的人，能在江边租下一套房子，可见家里条件不差，但没想到他一个人能料理好自己的生活。

　　也可能正是这样的生活环境，造就现在的他。在他身上，孤傲、冷僻、尖锐的痕迹太重，外人往往还没来得及拨开他身上第一件铁罩，就被吓退了。

　　大多数时间，都是她问，他答，两人就这样漫不经心走到了寺庙门口。

　　这一路有好几处寺庙，最大的在最下面，香火旺盛，人流不息。再上来，还有三座，他们去的是最后一座。

　　比起下面的两座寺庙，这里宁静许多。

　　两人排队买票，单凛在宋颂前面付账，宋颂连忙拉住他的手，摇头道："这个还是各付各的吧。"

单凛凝视她片刻，回头跟窗口的工作人员说："一张。"

他们并肩进入寺庙中，单凛抬头望着黑底金漆的牌匾，上面写着"大雄宝殿"。

她进来后，说话的声音不由得变轻了许多，好似怕惊扰了佛祖。他不懂规矩，她笑说她也不是很懂，往年都是妈妈来敬香，求平安的，她跟着来过一两次。

去年家里一起出国过年，没来。

他听出了她的言外之意。

他们在门口一人拿了三支清香，各自点上，朝着殿门鞠躬，敬香。

宋颂朝着四面都认认真真地拜了拜，直到香燃过四分之一，才小心翼翼地插到中央的大香炉中。他看到她非要插得稳当，不免被香熏得迷了眼，呛得连连咳嗽，把眼泪都逼出来了，还是一脸坚持地把香牢牢插入香炉。

"进去吧。"

他站在殿门一侧，看着她走进殿内，等在众人身后，不紧不慢地排着队，一直抬头望着如来金身。轮到她的时候，静静地跪拜在地，双手合十，眉头微蹙，口中念念有词。仿若只有这时，她才把心中的苦痛轻轻释放。殿外阳光自她头顶倾泻，金光笼罩，顶上如来金身巍峨，平静安然地垂眸望着芸芸众生。

他看着她三叩首，每一拜都极尽虔诚，停顿时间颇长，像是要在这短短数秒中将心底愿望念上无数遍，只求在上神明在众生庞多夙愿中听到一二。

他在这方面看得极淡，他见过最疯狂的执念和癫狂，也深知不可抗的自然规律给人带来的无限恐惧。

可看到她纤瘦的背影，他觉得若能保佑一二，也很感恩。

她起身的时候一下子没站稳，因为身子还是有些虚，腿脚无力，但她反应很快，左手立即撑着拜垫，而右手肘已被人扶住。

宋颂仰头，单凛低头垂目，黑瞳黑睫，幽深似潭，面上淡淡，左手稳稳地架住她。

她微笑："谢谢。"

她在庙里求了四枚平安符，送给单凛一枚。他没有拒绝，手插在裤袋里，符被捏在手心里。

从寺里出来的时候，他听到她轻声笑道："生日许愿，我要是不那么浪费就好了。"

是笑，也是苦。

她说，她不出国了，不用考雅思了。

寒假里，他们便没再见过面，两人终于互换联系方式，彼此发些消息，寥寥数语，道不尽宋颂心头的千言万语。

春暖花开，新的一个学期来临。

开学第一天，宋颂便被班主任叫去单独谈话，或者说谈心更合适。徐老师难得和颜悦色地跟她促膝长谈了半个小时，单看表情，她倒是轻松，徐老师一脸凝重，她还安慰徐老师："老师，我没事，既然打算参加高考，这学期我会尽力的。"

但怎么可能完全没事呢？

资金链断裂，老爸在筹措资金的路上脑梗而亡，公司撑了两个月，还是宣告破产。宋颂和吴歌像是被人套了麻袋暴打一顿，完全蒙了。

老爸从来不在他们面前提工作上的事，也就是这一年他不在家的次数越来越多，跟老妈争吵的次数也越来越多，夫妻俩原本挺和谐的关系，逐渐变得岌岌可危。但他们怎么都没想到事情糟到了这个地步。他们把能抵押的不动产都抵押了，老妈把手里的股票、债券也都尽数抛光，只留了基本生活的费用，剩余的全都还债了。家里的有些亲戚本来在公司谋职混饭，舒服日子过惯了，一下子没了饭碗，不仅不帮忙，还落井下石，露出了豺狼之色，都想来刮一点是一点。

家宅不宁，外头还要吃官司，水深火热，能熬死人的日子一天又一天。

他们现在租了一套两室一厅的小房子，宋颂和老妈住一间，吴歌单独一间。

直到现在，偶尔清晨醒来，她还以为自己一直在做梦，茫然无措地望着黑漆漆的周围，分不清现实与梦境，更无从知晓，这里是哪儿。卧室像是被挤压过后的行李箱，填塞了书桌、衣柜、化妆台等，试衣镜、沙发可怜无辜地缩在一处，显得很多余。

搬家的时候，母亲发现了宋颂衣柜里那件白色羽绒服，还奇怪怎么小歌的东西到了宋颂这里，但仔细看又觉得不像，吴歌的衣服大多是她买的，对于这件没什么印象。

宋颂冲回房里，一把抓过衣服，展开看了看，装模作样地喊吴歌："你的衣服怎么到我这儿了？"

吴歌闻声而来，挑眉，姐弟俩默契地对视一眼，吴歌没戳破，接过去说："忘记了，我打包到我的行李箱里。"

等到了新家，趁着母亲收拾房间，他就把宋颂抓到卧室："谁的衣服？这下你总肯说了吧？"

宋颂甩开他的"爪子"，淡淡道："先放你这儿。"

吴歌威胁："宋颂，你不说，我可就要告诉妈了。"

宋颂抱臂看着他："随你。"

还治不了他，哼。

他们姐弟从小玩闹，哪怕再苦再悲，哭过了，也会咬着牙取笑对方刚才哭的时候流了鼻涕，丑出天际。

也是从那个时候起，宋颂和吴歌的关系变得更亲密，血肉至亲，不离不弃。

宋颂看着那件羽绒服，一转眼快两个月了，确实该找个时间还给单凛。

这么想着，她便给单凛发了消息过去：明天放学后有空吗？我把衣服还你。

过了一会儿，那边回复道：好。

羽绒服已经干洗过，她仔细地叠好，放在一只大袋子里，但觉得这么拿去学校有点显眼，打算晚自习后先回家，跟他约在外头见面。

这个学期对宋颂而言，太艰难了。

哪怕她再淡然，可依旧无法完全无视同学的那些目光，他们不敢直接问她，便在她背后议论：说她怎么每天还笑眯眯的，老爸都死了；说她家里的钱都还债了，出不了国了，之前周末逃课，现在乖乖来上课；说她憔悴了很多，没以前漂亮了；说她之前这么高调地对单凛死缠烂打，追不上就打人，现在她还敢吗……

那是宋颂第一次体会到，虎落平阳被犬欺，人言可畏。

她每天走路挺直背有错吗？她笑也有错吗？她哭的时候不需要别人看见，她笑的时候也不需要别人围观。

一帮子朋友心疼她，但看她还是跟往常一样上课、吃饭，反倒不知道该怎么安慰她。

好像她并不需要安慰。

然而，老妈吴琴不过是个家庭主妇，面对突如其来的变故，措手不及，这段时间战战兢兢，生怕走错一步。她精神压力过大，整夜失眠，不得不听信公司里的叔伯，前两天绷不住哭了好几场，搞得吴歌一下子受了刺激，也跟着眼睛发红。

这时候哪里还轮得到她哭天抢地，难道要家里再多个"自来水龙头"，好把苦日子变得更悲壮点吗？

宋颂忽然觉得自己十八岁的意义在这个时候变得尤为巨大。她和吴歌不过是被优渥家庭保护得很好的无知少年。突遭变故之时，他们自以为是的随性自由都变成了傻到家的天真烂漫。她站在父亲遗体前，脑中一片空白，心里竟是毫无波澜，反射神经被某种奇怪的抑制素压抑，她没有真实地感受到眼前这个面色灰白，身体冰凉的人，是她那个爱开玩笑的老爸。

世界在无声倾塌，她站在世界中央，望着周身坠落的碎片粉尘，却没有一点颗粒碰触到她。

她不能理解这一切是怎么发生的。

直到爸爸遗体火葬那一天，当木质的骨灰盒传到她手上的时候，她手中忽然一沉，这份重量出乎她的意料，她陡然感觉自己摇摇欲坠。

她所在的世界中央忽然没有了保护一般，掉落的碎片砸在她的肩膀上，接二连三的碎片砸下，甚至划破了她的手臂，血痕顷刻出现。她这才反应过来要躲避，抱着头四处逃窜，却发现，偌大的世界，已无安然之处。

她不是不需要安慰，而是她没有时间寻求安慰，她现在满脑子就是高考、赚钱，老妈的身体，吴歌的学业，她突然很想一夜长大，而不是一个什么都不懂的高中女生。

她也考虑过既然以她的成绩考不上好大学，干脆就不读了。她长得还不错，之前有星探找她拍杂志，应该能赚点。可这个想法她只说了一半，就被吴歌情绪激动地拒绝了。

吴歌发狠道："别忘了我们家还有一个男人，哪怕我出去搬砖，也绝不会让我姐姐辍学。"

此事便作罢。

晚自习，宋颂绞尽脑汁做完了一套数学模拟卷。一打铃，她飞快收拾了东西往家里跑，路上跟单凛约了在江边见面。可他好像还没回家，说在她家附近。

宋颂一愣："我搬家了。"

那头的人也是一阵静默："现在住哪儿？"

新家在老城区，离学校有段路程，毕竟学区房又老又贵，以他们现在的条件租不起。

他听她报完住址后，说："知道了。"

宋颂看着手机，这是要过来的意思？

她坐公交车回到家里，心里有些焦急，她怕他先到又要等，今天天气挺冷的，老让他等怪不好意思的。

一下车，她连走带跑进了小区。老房子没电梯，爬楼梯到三层，突然觉得不对，四楼传来激烈的争吵声，好像是从她家传出来的。

宋颂脸色一变，加快脚步跑上楼，还没到家门口，猛地被里头砸出来的座机吓得往后一跳，险险避开，她的眼睛盯着开裂的电话机，心还在突突跳着。

猛地，老妈尖锐的怒骂声炸起："你们是要逼死我们母子三人吗？我能给的都给了。"

"嫂子，别生气，我们这不是好好商量吗？大哥生前是去筹措资金了，我听说八九不离十了。这笔钱在哪儿，你拿出来还债的钱里没有这笔。"

宋颂赶到的时候，就看到二叔宋子强笑眯眯地坐在沙发上，边上站着几个手下。他看起来温文无害的模样，可无法掩盖他贪婪歹毒的目光以及每一句能把人心口撕裂的话。

似乎没人在意她的出现。

"对外人就算了，我们是一家人，我投了的钱，总要拿点回报。"

吴琴冷笑，没想到外头讨债的还没上门泼油漆，自家人倒先来索命："我没钱，你看看我们现在住的地方，我哪还有什么钱。"

宋子强一脸不认同："你们这不是还有房子住吗？地段也挺好的。"

宋颂知道自己的二叔非常精明，外头投资了很多生意，小时候对他们姐弟也很大方，然而知人知面不知心，大难临头，才看得清一个人的真面目。以前宋颂还觉得二叔面白脸圆，很慈善，现在看这脑满肥肠的恶毒样，真是瞎了她的眼。

"你难道还要我们露宿街头？"

"大嫂，你这话说得就不好听了。但你也体谅体谅我，我下面也养了上百号人不是。"

吴歌一直把老妈护在身后，少年的肩膀还显瘦弱，却必须成为一个家的脊梁骨。他冷硬地对这帮人说："你们再不走，我们就报警了！"

"小伙子怎么这么沉不住气。"宋子强忽然脸色一变，沉声道，"给我搜。"

三个面无表情的男人闻声而动，一人进了一间屋，简单粗暴地拉开所有抽屉，桌面上的东西直接被扫在地上，屋子里被翻得"砰砰"作响。

宋颂脸色惨白，目瞪口呆，简直不敢相信二叔干得出这种厚颜无耻的事。

"宋子强！你别欺人太甚！"吴琴怒不可遏，浑身发抖。

宋子强不以为意，跷着二郎腿。

吴歌眼睛发红，呼吸急促，胸口起伏明显。这段时间以来受的委屈和悲伤，快要将他逼到死角，眼下的一切点燃了他心中蓄积的愤懑，他手背上的血管突起，就在他即将暴起去追打那几个人的时候，手腕突然被人死死握住。

他愤然回头，却见宋颂铁青着脸，一只手已经拿起手机，贴在耳边，镇定地说："喂，您好，我这里有人入室抢劫，我要报警。"

吴歌说要报警可能是威慑，但宋颂不玩虚的，直接打了110。

宋子强早看到宋颂回来了，但这个侄女在他看来就是个绣花枕头，而吴歌是个小炸药包，不足为惧，家里的主心骨是吴琴，吴琴崩溃了，他就能为所欲为。

可他没想到，反倒是这个绣花枕头一样的侄女，说干就干。

宋子强眯起眼，不辨喜怒道："颂儿，乖，趁叔叔跟你们好好说话的时候，把手机放下。"

宋颂依然拿着手机："地址吗？地址是……"

宋子强猛然放下跷着的二郎腿，圆脸上戾气暴增："给我拦下她！"

宋颂已经慢慢退到门边，眼看屋里头的两个男人闻声跑了出来，她当机立断转身就逃。吴歌手脚并用，用身体挡在门口，替她拦住那两个男人。

宋颂心跳冲到嗓子眼儿，脚下一刻不停地往楼下跑。楼道里光线不好，她踩空了好几级台阶。一楼的铁门门锁生了锈，拉开的时候发出"嘎吱嘎吱"的声音，听得宋颂直起鸡皮疙瘩。

她一直跑到小区外头的马路上，抬头看着四楼自家窗户。然而，一楼的大门突然被踢开，她的视线忙往下移，吴歌跌跌撞撞出来，宋子强不紧不慢地走在最后面，看到她，抽动了下嘴角。

宋子强仔细打量起宋颂，小姑娘这两年抽条似的长个，脸蛋儿越来越漂亮，看起来脾气也越来越大。

宋颂见宋子强身边的男人盯着她的手机，立刻把手机藏到身后，原地打转，挑衅道："干吗？还想抢啊？想打我，打啊，你们打啊。"

吴歌护在宋颂身前，警惕地看着几个男人，可宋颂料定宋子强不敢在马路上干什么出格的事。

"丫头长大了。"宋子强悠悠道。

宋颂笑得天真无邪，倏然表情一收："是啊，不长大，难道还要继续被你骗，再帮你数钱吗？"

虽然是晚上，这一片又比较僻静，但还是有街坊邻居路过，匆匆地瞥向路灯下的几个人，两个穿校服的学生和四个五大三粗的男人对峙着，气氛剑拔弩张。

忽然，宋子强古怪地笑了笑："呵呵，小朋友，你以后的路还长，叔叔可以帮你们的地方还有很多，颂儿不是打算出国吗？我可以资助你所有的学费。"

宋颂不咸不淡地笑了笑："我还看不上那点资助。"

而吴歌更是怒极反笑："帮你们吞了我爸的公司吗？"

"话不可以乱说。"宋子强没有被轻易激怒，"今天，你们好好想想，怎样才对你们最有利。"

他带人把他们家搅了个天翻地覆，然后气定神闲地走了。

吴歌冲着他的车子狂骂，宋颂第一次知道自家弟弟知道这么多流氓词汇，一脸震惊，可又觉得骂得挺爽。骂过后，却是深深的无力感。

吴歌回过身，问道："姐，没事吧？你真报警了？"

宋颂苦笑，捶他脑袋："没，吓他们的。你呢，有跟他们肢体接触吗？"

"没，他们不敢真打我。"吴歌脸色很不好，有种逞强后的虚脱感，"上去吧，妈还在家里哭。"

"好……"宋颂刚转身，余光扫到了街角暗处的一个身影，她顿住脚步，跟吴歌说，"你先上去吧。我去边上超市买点吃的。"

吴歌皱眉："行，你赶紧回来，别去太久。"

不知道单凛在这里站了多久，看了多少她家这出闹剧，不尴尬是假的，她感觉自己好像被人扒光了衣服，羞耻地暴露在他面前。

宋颂握着手机的手微微发抖，她深吸了口气，调整了下僵硬的表情，慢慢朝他走去。

走到单凛面前，宋颂已经换上了轻松的微笑："你来了，怎么没给我打电话？"

单凛从阴影处走出一步。宋颂低着头，盯着他的白色球鞋，脑子里不合时宜地想着，他的球鞋怎么什么时候都能保持那么干净，这也是他自己打理的吗？

"打了，占线。"

他的声音自头顶传来，夹带着晚上略低的温度，和平时没什么不同。

她想到刚才自己一直给吴歌打电话，假装是报警。

"那你等下，我去拿下衣服。"

她没敢看他，匆匆忙忙跑上楼。家里的门半掩着，吴歌正在房里安慰老妈，她轻手轻脚跑到吴歌房里。房间里一片狼藉，衣柜门大敞，白色的羽绒服刺眼地躺在地上，宋颂一愣，蹲下身捡起来，立马看到胸口的一个脚印。

宋颂捧着羽绒服，闭上眼，压下心里的烦躁，转身出门。

单凛依然站在路边等着她，听到脚步声，侧过脸，神色淡淡。路灯昏黄的光芒轻柔地洒在他的身上，他惯有的冷漠似乎也在这一刻被暖化。

"家里有点乱，搬家的时候衣服好像又蹭脏了，我洗好了再给你吧。"

单凛没说什么，算是同意。

宋颂打量了下他的神色："你一直没回家？"

"嗯，刚好在外面有点事。"他没多做解释。

宋颂想了想，犹豫了片刻，装模作样地捋过后脑勺的马尾辫，问道："那你吃过了吗？想吃泡面吗？"

"饿死了，我觉得上晚自习特别费脑，这也是一种体力活吧，我回到家就饿了。"宋颂把调料包全倒入杯面中，斜过眼，"你不来一碗？"

单凛嫌弃的表情说明了一切。

"你吃点什么吧，你这么看着我吃，我压力很大啊。"

等了一会儿，单凛终于挪动他的大长腿，在便利店里转了圈，回来的时候，手里拿了两罐酸奶，一罐搁在宋颂手边，一罐自己打开，若无其事地喝了一口。

宋颂有点意外，手指摸上酸奶冰凉的外包装，心里突如其来被烫了一下，有点不好意思地说了声："谢了啊。"

她跟店家讨了热水，泡了面后，把叉子往盖子上一插，等待开水和泡面的亲密相融。

宋颂一只手支着脑袋，另一只手无意识地抚着泡面杯盖上的广告语："曲同天跟我说，泡面最好只泡三分钟，你戴手表了吗？"

曲同天？单凛对这个名字有点印象，但又想不起具体的人脸。

宋颂好心提醒："就是追着你打的那个大个子。"

"……"

单凛有点后悔跟宋颂进到这里，装作充耳未闻的样子，抬起右手看了眼："还有两分半钟。"

等待的时间照理来说应该很短，却不知为何又有些漫长。单凛喝了一口酸奶后，就靠在椅子上，视线低垂，两根手指捏着瓶子慢悠悠转着，他的睫毛长又黑，落下的剪影竟让他的脸多了几分生气。

"现在呢？"

"一分钟。"

宋颂想着他对泡面不置一词的态度，问："你不喜欢泡面吗？"

单凛还是那副不屑的神情："谁喜欢泡面？"

某人一点都不以为耻："我。"

单凛嘲讽她："防腐剂吃多了，小心高考脑子不够用。"

宋颂不以为然："除非把你的脑子换我脖子上，不然怎样都是不够用的。"

她脸上带着浅笑，说起话来多少有点无所谓的样子，好像在她看来什么事都不是大事，单凛一时间无法分辨她是真无所谓，还是跟他打马虎眼。

单凛干脆单刀直入："你打算考哪里？"

被插了一刀的宋颂回想了下自己一模活见鬼的成绩，叹气："还没定。"

想到她喜欢设计，单凛试探地问："艺术类院校？"

"报名了，但一些美术班学生都有功底，我没系统学过，最近在突击，肯定吃亏。"宋颂不怎么抱希望，"去试一下吧。"

"那第二手准备？"

"打算冲一下三本院校。你这是什么眼神……"宋颂睨了单凛一眼，抬手挡住他的视线，"我就这水平，不好高骛远。泡面到时间了吗？"

单凛："……"

宋颂彻底撕开杯盖，扑鼻而来的香味让人食指大动。当然，在有些人看来，这无非是开水泡了调味包的劣质香味。

宋颂买的是重辣口味，辣这种刺激性味道，天生有一种让人着迷的魅力，哪怕不能吃辣的人，对它也是又爱又恨。它能麻木感官神经，口腔中、食道、肠胃，只有火烧一般的刺激，把自己辣得涕泪横流，才算是把胸腔里不堪重负的烦闷释放出一部分。

她才吃了两口，就觉得后脖子开始冒汗，腾腾的热气混着辣味呛得她鼻尖发痒，她忍不住倒吸一口凉气给舌尖降温。

她老爸自从下海后就忙得脚不沾地，家里的条件是一年好过一年，从小平房搬到别墅。平时基本上把他们姐弟甩给了老妈，偶尔在家，老妈就理直气壮地去美容院，老爸对着嗷嗷待哺的两个巨婴，拿出了看家本领——泡面，问题是他不讲究在锅里好好煮煮，或者加个蛋，中午吃红烧牛肉口味的，晚上吃八珍海鲜口味的，他自己还特意配了瓶辣酱，吃得津津有味，相当自得地跟姐弟俩说："有肉有鱼，今天的伙食太丰盛了。"

人走茶凉并不可怕，可怕的是落井下石。

宋颂以前没觉得自己是个多愁善感的人，可最近发现，原来自己的泪腺挺发达。

眼前的杯面有点模糊，她眨了眨眼，刚清晰了没一会儿，就又糊上了。

便利店自动门开关时发出的音效一刻不停，附近的居民或是路人，行色匆匆地钻进小店，目标明确地拿过一瓶矿泉水，或是挑选着关东煮，迫不及待地吃上一口。

不知道是这里的灯光太温馨，还是泡面的辣味太刺激，或者是边上的人太"善解人意"一直保持安静，她有点没法控制自己的眼泪。

宋颂仰起头，睁大了眼睛，拿手扇风："这个口味太辣了。"

好不容易把眼泪擦干抹净，宋颂也不避讳红眼睛，反正今天该丢的、不该丢的脸都丢过了，她懒洋洋地偏过头，意外地发现单凛并没有看她。他不过是低着头，姿态随意地靠着椅子，视线低垂，盯着自己手中的酸奶，浓密纤长的睫毛仿若一层神秘的卷帘。他忽而抬眼，卷帘后的黑瞳，带着惯有微薄的凉意，置身事外般看向她。

宋颂下意识地别开视线，可做出这个动作过后，才发现欲盖弥彰，有什么好躲避的，于是又重新转过头："喂，今天的事不准说出去。"

单凛的目光似能看透人心，把宋颂看得心里发毛。

然而，他避开了她的话题，反倒是没头没脑地突然来了句："我家附近的市图书馆分馆人很少。"

宋颂觉得自己是不是最近防腐剂吃多了，还是在题海里泡久了，脑子有点不够用。她把单凛这句话一个字一个字拆分解剖，还是不太确定他的意思。

"去不去？"单凛动了动上半身，换了个姿势，朝边上的人看去，不太耐烦地捏了捏半空的酸奶杯。

宋颂回过味来，一时间形容不出自己的心情，答案在舌尖逗留了一会儿，冒出了声："去。"

此时距离高考只剩下三个月。

宋颂成为家里的重点保护对象，吴琴再脆弱，也努力收敛起情绪，不太在她面前哭泣。吴歌虽然还是偶尔跟她作对，但基本上对她百依百顺，这么说奇怪了点，可事实上，吴歌实力宠姐的特性好像就是从那个时候开始的。

周末的时候，宋颂上完学校的培训班，还要上美术突击班，再跟着单凛去图书馆自习，连轴转得跟陀螺似的，每晚睡眠不足五个小时，有时更少。对于在学习上没怎么吃过苦的宋颂而言，这简直是非人的折磨。

周日的时光，变成了雷打不动的图书馆日。每次，她都会跟单凛在江边会合，然后一起去图书馆。

后来，当所有人都说单凛并不在乎她，什么都要她迁就的时候，她只要想起他一个人在江边等她的样子，便会淡淡一笑："我在乎就行。"

那时少年一身白T恤，迎风而立，皱着眉，对越来越炽烈的太阳无声表达着心里的不满。她慢慢走近，还未出声，他便有所察觉，转过身，视线不经意看过来，却总能精准地落在她的脸上，那副冷淡嫌弃的表情无须配音，已经呼之欲出：你还能再晚一点吗？

但每次，她不管怎么提早，都是他早到。

哪怕很久以后，宋颂再回忆起这一段时光，依然觉得美好得不像是在为了高考，悬梁刺股，在她找不到委屈的发泄口，想要伪装长大又不得其法，被人误解没心没肺不懂人情世故的时候，这个冷漠傲慢，总是不耐烦和自带小脾气的人，不声不响地陪她走过了最难熬的春夏秋冬，并且在后来的很长一段时间里，用他最大的能力，保护她。

回到那个时候，跟着单凛跑了一个月图书馆，宋颂终于知道单凛究竟有多学霸，他真的是那种可以坐在书桌前两耳不闻窗外事，一心只读圣贤书的人。而他看的书压根儿不是什么高一课本，建筑学的居多，还是英文原版。原本以为两人不过是搭个伴泡图书馆，互不相干的宋颂，惊讶地发现，单凛的英语水平直接秒了她所有试卷，在他偶尔看不下去，冷漠嫌弃讽刺吐槽式"教学"下，宋颂的英语成绩有了突飞猛进的提升，她简直要怀疑自己是不是有受虐倾向。

当然，单凛也有自己的事要做，比如做做数学的题库，他会一道道算，宋颂曾好奇他的程度，拿过来翻看两页，顿时两眼发晕，满脑子问号。

"看得懂？"他低头算着，一心两用地问她。

宋颂："你打算参加奥数竞赛？"

"没。"

"那你做这个干吗？"

"休息一下。"

"……"

宋颂当即把书丢回给他。

过了会儿，他把题做完了，开始对答案。宋颂偷偷瞄过去，猜想他能神到什么地步，就见他一边对答案，一边不动声色地摇头。

宋颂乐了："错了几道？"

单凛置若罔闻，合上书，放到自己的右手边，又拿起一本心理学的书看起来，低声道："管好你自己。"

宋颂来了兴趣，悄悄伸手去拿他的书。他眼都没抬，一掌拍下，两个人同时一愣，单凛的手恰好抓住宋颂不怀好意的"爪子"，他的手骨骼分明，指节修长，把宋颂的手包裹住，掌心干燥，却意外冰凉，反倒是宋颂的手温热，在他掌心里柔软又安静。

这好像是他们第二次有肌肤的接触，有这么两秒钟，两个人都没敢动。

如果是别的女生，估计早就羞恼得手足无措，可宋颂不是别的女生，她马上反应过来，依然不死心地慢慢将手伸向那本奥数题集。

单凛也不寻常，面不改色地握着她的"爪子"，手中的力道渐重，她发出轻轻的抽气声。这一声恰到好处地让单凛犹疑了一秒，趁着这一瞬，宋颂猛地抽出手，顺利把书拿到手，得意地挑起眉，挑衅地当着他的面翻开来。

"我来看看，嗯，不错嘛，嗯……"宋颂越看越不对劲，看到最后，她震惊地发现，压根儿没有错题，全对！

宋颂乐趣大减，瞪着单凛高深莫测的脸，不满道："都对了，你还藏什么。"

单凛勾了勾嘴角："保护有些人的自尊心。"

宋颂盯着他的唇边，那里仿佛还残留着他刚才浅笑的印记，可再仔细看，他还是一张冷淡脸，好像天崩地裂都跟他毫无瓜葛。

一个词在她脑子里一闪而过：要完。

宋颂低头翻出自己的卷子，扑面而来的绝望，忽然有感而发："我算是明白我弟为什么那么讨厌你了。我收回之前的话，我不拿吴歌换了，还是你这个弟弟比较好……"

话还没说完，身边的人忽然打断了她："谁想当你弟弟。"

宋颂莫名其妙地看着单凛前一秒还疑似千年铁树开花，给了个笑脸，后一秒就跟她直接翻脸了。

当真是翻脸比翻书还快。

"开个玩笑嘛。"宋颂拿胳膊顶了顶他，"但你是比我小，叫声弟弟也没错啊，我下半年就读大学了，你还是高中生。"

单凛侧过脸，先是盯着她和他相碰的手肘，神色诡异，谈不上生气，但就是有种令人不寒而栗的气息，慢慢渗透到图书馆冷清的空气中。

紧接着，单凛忽然一声不响地起身，自顾自地开始收拾东西。

宋颂简直目瞪口呆，可她完全不知道自己哪里说错了。

她追着单凛出去，他走得极快，她怀里抱着卷子，纸页被风吹得猎猎作响。

宋颂跟上他："怎么了？"

单凛根本不理会她。

到现在，宋颂也算是有点了解单凛的臭脾气，她不跟他计较，干脆闭嘴，他走多快，她就走多快了，他往左，她就跟着往左，也不问去哪儿。4月的气温爬上了"2"字头，现在是傍晚，空气里还带着余热，宋颂全身着火，连带着心里也开始有点冒烟。

就这么冷战了十分钟后，宋颂发现他们走到了单凛家附近。

她忽而觉得挺没意思，停下脚步："饿了，先吃饭行吗？"

前面的人依旧往前走，她就赌他会不会停下来，抱在怀里的卷子被她捏出了褶皱，她在心里默默数着，如果数到五的时候，他还不停下，她就立马滚蛋。

"一……二……三……四……"

她数得越来越慢，在她就要脱口而出"五"的时候，他总算是站定，转过身。宋颂暗暗松了口气，一刻不敢耽搁，连忙跑过去。

宋颂见他冷静点了，开口问："你在跟我耍性子吗？"

她用的是开玩笑的口吻，想试探他一下，不料他的神色越发难看。她今天估计是跟他犯了冲，说什么都无法让这位少爷顺心。

宋颂摸出纸巾擦了擦额上的汗，说："好吧，那今天我们先各自回家。"

她悄悄观察他的神色，却发现他的额上竟也渗出细微的汗珠，她没多想，抬手替他拭去。

单凛怔了下，阴沉的脸瞬间换上错愕，他当即退了半步，同时，左手飞快地捉住她的手腕。

她的手悬停在他的脸侧，等了片刻，感觉到手腕上的力量松懈下来后，她才又试着动了下，大着胆子轻轻地替他擦去最后一点汗。

"还是一起吃了饭再回去？"她仰起头笑眯眯地看着他漂亮的眼睛，"既然你数学这么好，不如再帮我讲两道题？"

她看到他立刻皱起眉，略一垂眼，露出内双眼皮好看的弧度，他握着她的手腕慢慢放下，左手拇指恰好贴着她手腕的脉搏，脉动与心跳同步，比平时快了一些。

在图书馆里没事，可这时候，她热得手心冒汗，大概是刚才跑太快了。宋颂终于忍不住扭动手腕挣了挣，诡异的事发生了，没挣开，她以为是自己不够用力，后来发现是他又加了力道。

"……"

"啰唆。"半晌，他终于问道，"吃什么？"然后，轻轻松开手。

在单老师的"悉心"教导下，宋颂终于在最后一次模考的时候，越过了 500 分的门槛。

看到成绩的时候，她简直要给成绩单跪了，一脸欲哭无泪的表情把李小蛮吓到了。

"你不是考得挺好吗？"

"太累了，我快要死了。"

"你每天看书到几点啊？"

宋颂举起两根手指："还要练习画画。"

"我的妈呀，你不要命了？"

"要啊，考上大学才有命。"

"其实也不是非要考上大学才有出路的……而且考不上，还能复读。"

李小蛮的成绩也不是特别好，但比起宋颂，她至少还能混个一本。宋颂过去实在是太过放任自由，落下的功课不是一点点。

家里出事后，宋颂几乎把全身的精神气都提到了顶点，丝毫不敢泄气，连病都不敢生。欠债风波总算是平息了小半，宋子强又来找过他们几次，吴琴从第一次的战战兢兢到后来都麻木了。邻居受不了他们家总是被人找上门，找房东投诉，母子三人差点要流落街头。好在，后来宋子强可能发现他们确实是山穷水尽，愤愤不平地走了，顺带还砸了他们家的电视和宋颂的两台相机。再后来，公司被人低价收购，转眼宋子强成了新公司的股东，这个消息还上了本地的报纸。

吴歌气得浑身发抖，怒不可遏地找狐朋狗友去外头浪了一晚，还是宋颂去把他接回家的。

他的情绪依然不好，质问宋颂："姐，你怎么一点都不生气？那浑蛋把我们家的家产都骗了去，把爸坑没了命，你怎么一点都不生气？"

宋颂揪过他的耳朵，大吼："没本事的时候，就专心做好眼前的事！"

吴歌忽然蹲在地上，差点被骑车而过的人撞到。那人骂骂咧咧地拐了个弯，吴歌却好像什么都没发生似的，只顾着红着眼圈看着宋颂纤瘦却笔直的背影："姐……"

宋颂折过身，冲吴歌抬了抬下巴："别傻站在那儿了，姐姐我还要回去做卷子呢，快滚过来。"

　　吴歌撑起身子，歪歪扭扭地跑到她身边，勾住她的手臂，把头蹭到她脖颈处："以后……以后，我一定要他……要他宋子强吃屎！"

　　宋颂无奈地拖着"巨型犬"回家，伺候好吴歌上床睡觉，她熬到三点才把卷子做完。

　　第二天晚自习，她已经困得趴在桌上打哈欠，脑子里一片混沌。

　　李小蛮在她耳边叽叽哇哇半天，她猛然捕捉到几个关键词：单凛，暧昧，谈恋爱。

　　"什么？"

　　李小蛮重复一遍。

　　宋颂回过神："谁说我跟单凛在谈恋爱的？"

　　李小蛮凑近了说："有人看到你们周末在一起吃饭。"

　　宋颂心中一跳，面上云淡风轻地否认："没有的事。"

　　"那人拍了照。"李小蛮摸出手机，献宝似的把那张好不容易搞到手的照片给宋颂看。

　　那个时候还没智能手机，但彩屏手机已经屡见不鲜，照片像素很差，可架不住宋颂和单凛颜值太能扛，其他人被这镜头拍到绝对惨不忍睹。

　　宋颂眼睛都没眨一下，坚决否认："不是我。"

　　"我看就是。"

　　"不是。"

　　"可很多人都觉得是。"

　　"那也不是。"

　　"你是不是喜欢他？"

冷不丁地，李小蛮戳了一刀过来。

宋颂毫无防备，差点没接住，神情古怪地反问："你怎么会这么问？"

"上次你生日时给单凛打了电话后突然走了，我怎么想怎么不对，你是不是偷偷去见他了？"李小蛮柯南附身，"然后，上周日吴歌给我打电话，问我是不是跟你一起补习，我替你圆了过去。"

宋颂一愣："你怎么没跟我说？"

"我现在不是在问你吗？"李小蛮指了指照片，"老实交代。"

宋颂觉得这件事还真不好交代，她考虑了下，慢吞吞地解释道："就是找了个学霸辅导学习。"

"你真的……"李小蛮还没说完，就被宋颂一个眼神阻止，她立马意会，压低声音道，"跟他在一起？"

宋颂义正词严地纠正道："掌嘴，不是在一起，是在一起学习。"

"……不是啊，颂儿，你什么时候跟他……和解的？"

李小蛮对两人的印象还停留在宋颂和单凛前几次火星撞地球的阶段。宋颂表面上无所谓，心里肯定暗戳戳想要弄死单凛或者把单凛弄到手，单凛自带冷傲三匹强劲动力，眼高于顶，看谁都是蠢货，加上吴歌这个搅屎棍，他俩不应该是互看不顺眼，见面要爆炸的关系吗？

宋颂佯装淡定道："我们没矛盾，那天刚好在一个图书馆碰到，就是这样。好了，你这题做出来没，卷子拿出来让我看看。"

李小蛮不依不饶地凑到宋颂面前，盯着她的眼睛——宋颂以前是个没太多心眼儿的人，是就是，不是就不是，这般岔开话题，有问题！

李小蛮手托腮，开始幻想："喜欢他也没什么，长得这么帅，又是学霸，篮球还打得好，你之前不是一直追着他不放吗？"

宋颂忍不住翻了个白眼："拜托，我那不过是看上他的脸。再说，他比我们小，我看他就跟看我弟一样。"

"啊，你会这么觉得？"李小蛮深入幻想了一番，好像觉得有点道理，"想想我们马上就考大学了，他们还是一群高中小屁孩，是有差距。"

宋颂鄙夷："你现在也还是高中小屁孩。"

这页算是被宋颂掀过去，可她和单凛消停了很久的谣言，又开始死而复生，且传得颇为火热。就连赵主任好几次对着宋颂，一脸欲言又止，可想到这孩子身上的不幸和最近突飞猛进的成绩，眼看就要高考了，他又把话咽下了。

倒是高一这边，吴歌先有所反应。

本来他对这种消息是嗤之以鼻的，他姐姐到哪儿没点绯闻，加上他们家又出了事，学校里多少双眼睛盯着宋颂。可他没想到，扯来扯去，她又跟单凛扯上了关系，这人是水蛭吗？沾上了就抖不掉，还是有人故意兴风作浪？

直到他看到那张照片，他的脸色瞬间跟吃了一口屎一般，随即他又有了一个惊天大发现，他把照片不断放大，单凛穿的衣服牌子有点眼熟，这牌子那时在国内不常见，就连Z城的大商场里都没得卖，估计S市才有。可他觉得在哪儿看见过，究竟在哪儿呢？

猛然，吴歌的脸色直接从吃了一口屎变成了吃了一坨屎。这不是一直藏在他衣柜里的那件羽绒服的牌子吗？

宋颂是什么时候把这衣服穿回家的？好像是她生日那天，也就是说小半年前，他姐就和单凛这死样怪气的家伙扯上不清不楚的关系了？

吴歌铁青着脸坐在位置上，看着单凛目不斜视地走进教室。

这学期，不知道是老师脑子缺根筋，还是爱心泛滥，竟然把单凛安排到吴歌后头，说是希望他们两人友好相处，顺便麻烦单凛带动一下这一片的学习氛围。

吴歌每天都觉得如芒在背，难受得要死。

"喂，出来下。"

早自习还没开始，吴歌转过身，敲了敲单凛的桌面，也不看他的反应，带头出了门。

单凛冷漠地放下包，按他的脾气，绝不会跟着出去的。他原本也是这么打算的，不紧不慢拿出课本。可就在这时，他不经意看到吴歌包上挂着的平安符。他盯着看了一会儿，食指关节无意识地在书面上敲了几下，突然起身走出了教室。

两人一前一后走到顶楼天台的铁门前，这会儿不会有人到这里。

吴歌一屁股坐在台阶上，屈着两条长腿，双手交握，黑着脸，居高临下地看着单凛，脑子里盘算着如何质问他。

单凛就站在台阶下，单手插袋，下颌微抬，斜眼看吴歌。这表情落在吴歌眼里，怎么看怎么欠揍。

吴歌冲单凛没好气地问："上个礼拜天，你怎么会跟我姐在一起？"

单凛没犹豫："碰巧。"

"你放在我家的那件羽绒服，什么时候拿走？都要发霉了。"

"随便。"

"……"

吴歌以为单凛好歹会掩饰一下，谁知道这人完全有恃无恐啊，就这么招了。

"你！"吴歌直接从台阶上跳起来，冲到单凛面前，"你跟我姐什么关系？"

"没关系。"

"没关系？没关系她生日的时候跟你一起待到凌晨？没关系她每个礼拜都跟你一起出去？"吴歌像是打通了任督二脉，突然把这段时间的种种给联系上了。他死死盯着单凛不带感情的黑色眼眸，"你别烦我姐，她马上要高考了。"

吴歌站得太近，单凛不适地蹙起眉，毫不犹豫地推开吴歌，往楼下走。

就说这么些废话，他竟然还跟了过来，真是跟蠢人待久了，智商受到了连累。

"喂。"

吴歌再次冲到单凛面前，单凛的耐心值已跌破零点，他绕开吴歌，继续往楼下走去。

"你是不是喜欢宋颂？"

单凛猛地停下脚步，缓缓回过头，逆着光看向吴歌，虚虚眯起眼："你说什么？"

宋颂被赵主任叫到办公室的时候，还在心里嘀咕，难道是照片的事闹大了？可当她看到两个脸上挂彩的人，背对背坐在办公室里，周身都散发着我要弄死你，但我现在不能动手的恐怖气息的时候，彻底无语了。

"姐。"吴歌一见到宋颂,立刻跟块狗皮膏药似的黏上去,转脸就指着单凛骂,"他先动手的,你看他把我打成这样。"

宋颂看着吴歌裂开了一条口子的嘴角,眼皮一跳,很想把那口子再撕开些。

单凛面无表情地坐着,他只在宋颂进门的一刻,稍微掀起点眼皮,吝啬地看了一眼,而后继续做他的冰雕。

赵主任揉了揉太阳穴,又摸了把光秃秃的头顶,心中无奈,跟唯一也许能把话听进去的宋颂说:"他们我已经训过了,家长……"这两人的家庭情况都特殊,赵主任只能说,"我就不叫了。宋颂,你把吴歌带回去,你马上就要高考了,别因为其他的事分心。"

他刚才软硬兼施,但这两个小子愣是一个比一个嘴硬,都不肯说为什么打架。他是知道两人关系很差,上学期好几次差点动手,这学期消停了些,原本以为没事了,谁知道他们憋着大招呢。

宋颂觉得屋子里的气氛很吓人,态度诚恳地跟赵主任道歉,转向单凛的时候,后者有所感应似的看向她。

他伤在鼻梁,宋颂看到他手里还捏着止血用的纸巾,上头留有暗红的血迹,他的指尖也沾着血迹。宋颂的眼睛被这抹红色刺到,却见单凛稍稍动了动手指,把纸巾团成一团。

宋颂回过神,抬起头,正好对上单凛淡漠的视线,以他们现在的关系,这视线算得上很陌生了。

憋了半天,她也只能说一句:"抱歉。"

"姐,你跟他道什么歉……"

宋颂狠狠瞪着吴歌，吴小弟立马闭嘴了。她抓着吴歌的胳膊，将他拖出教导主任办公室，气势汹汹地穿过高一教室，一直把他拖到操场上才一把甩开他的胳膊。

正好下课，操场上还有不少人，上一堂体育课踢足球的学生还没舍得离开大草坪，他俩就躲在满是藤蔓的围墙下，互相瞪眼。

"你又犯什么毛病？"

"你跟单凛什么情况？"

姐弟俩冲着对方异口同声地问道。

宋颂立刻反应过来，抢白："我跟单凛什么情况？你瞎想什么呢？"

吴歌激动起来："我瞎想？姐，铁证如山啊，别告诉我家里那件破羽绒服不是他的，回去我就给扔了。你连我都瞒，你知道我有多恶心这人，你还跟他不清不楚。他当众不给你面子的时候，你不是还跟他针锋相对吗？怎么一转眼就被他迷得五迷三道了？"

宋颂没料到吴歌对单凛意见这么大，少年心性，一个看另一个不爽，起初可能也就只是有点小矛盾，到后来不是你死就是我活地较劲儿，他们差不多忘了为什么这么斗狠，反正就是不能让那人得了好。

宋颂下意识地不愿跟吴歌多解释，把矛头重新转回到吴歌身上："你跟他怎么打起来的，是不是你先动的手？"

吴歌气鼓鼓地扭过头："没有，他先打的，我问他是不是喜欢你，他不承认，还恼羞成怒打我，我能饶他？"

什么鬼话，宋颂愣了下，随即戳他脑门儿："你有毛病啊，问他这个干什么？"

吴歌来回躲闪，连连后退："干吗？还不是你们行踪可疑，我问问都不行？"

宋颂一巴掌拍掉他的手："可疑个屁，没影的事。"

吴歌反手握住宋颂的手："你发誓不喜欢他。"

宋颂额头的神经突突跳着，连着被人逼问这个问题，搞得她很焦灼。她原地转了一圈，让自己保持冷静："我再说一遍，我跟他没情况。你也说了，他是你同学，那么在我眼里，他和你一样，就是我弟弟。"

"好，这可是你说的。"吴歌瞬间变脸，笑嘻嘻地凑上来揽过宋颂的肩膀，"这就对了嘛，这才是我的好姐姐。"

宋颂翻了个白眼，挡掉他的胳膊，懒得搭理他，他又耍赖地黏上来，姐弟俩拉拉扯扯地进了教学楼。

吴歌和单凛打架的事立刻传得满天飞，谣言很多，最多的是吴歌看不爽单凛和宋颂在一起，为姐狠出手。

这几乎命中事情真相了。可即使有这流言，也有很多人不信。毕竟宋颂和单凛起冲突的事大家都看在眼里，这两人的关系不可能一下子质变到这种程度。

然而，三个当事人倒在这次流言中显得很淡定，尤其是宋颂，她现在不能为其他事分心，还有两个礼拜就高考了。

吴歌老大不爽地站在走廊上吹风，熊大伟站在他边上劝道："单凛这狗脾气，全班都知道，大家都习惯了，你主动上去惹他干吗？还是，你姐真的……"

"滚！"

熊大伟立即摆手："又不是我说的……我跟你说个事吧，其实，单凛可能没你想的那么差。之前你家出事，王飞那嘴不是到处乱喷粪吗，我都还没来得及骂回去，单凛先把他捍回去了。"

吴歌一愣，总算拿出点正形来："什么？"

吴歌看着楼下单凛的背影，忽然觉得很别扭，好像欠了他什么似的。

那一年的高考，对宋颂来说是绝无仅有、不可复制的记忆。她把每一个细节都记在了脑子里，就连考场教室两边有几扇窗户，头顶有几台风扇，她坐的那张桌子上贴的编号，桌面凹下去的小坑的形状，监考老师穿着的黑色职业裙，都能精准地描绘出来。

6 月的天说热不热，说凉快也不凉快，但考场里的孩子们对气温已经失去了感知力，一门心思地做题。宋颂以为这两天会很难熬，可两天眨眼就过去了，再回过味去想想数学卷子上的最后一题，只能感叹时间过得太快，没来得及把答案再复算一遍。

宋颂走出考场的时候，边上的姑娘见到校门口的妈妈扑上去就哭了，哭着说没考好，昨天数学考砸了，今天英语也没考好，把她吓了一跳。

或许对于那个时候的孩子来说，高考就是天大的事，顶不住天塌下来的预感。

宋颂其实也紧张，如果考不好，她只能读个大专，可能还要考虑后续升本科的学习，或者复读，这都要钱。但她心态调整得还算好，给自己定的目标也不高，只要发挥出最后一次模拟考试的水平，考上一个三本应该勉强够格。

高三的学生考完都疯了，宋颂回家的路上就接到李小蛮的电话，约她出去撒欢。宋颂回复晚点到，家里妈妈已经准备了晚饭，说是要好好庆祝她脱离苦海。

挂了电话后，宋颂翻看起手机短信。自从被赵主任叫去办公室后，她对单凛就忽然有些说不清道不明的感觉，她原本并没有太在意，但一个人若是老被人提醒：你是不是喜欢他？

一次还好，就如同火柴点火，一开始只擦出了零星火花；第二次，擦出些许白烟；第三次，火苗"嗖"一下点亮了心底的茫然。

短信停留在上周六晚上，她主动给单凛发的消息：最后一周我想休息下，调整状态。

她并不是怕那些流言，也不是太担心赵主任，而是吴歌盯得她太紧了，她摆脱不掉，想着没两天就要高考了，这一周不去图书馆也没什么。

单凛就回了两个字，还是隔了一晚上回的：收到。

然后，他们就没再联系。

直到高考前一天，宋颂也不知道自己在等待什么，为什么要等待，但最终，她什么也没等到，他没发来一条祝福短信。

她以为他们已经挺熟了，算是朋友，可这时候她才发现，她并不怎么了解他，甚至差点忘了，他是个极度冷感，不喜交往，对他人不会付诸关心的人。可能，她觉得所谓的熟悉，不过是她的自以为是。

所以，她在期待什么呢？就算他主动发消息祝她考试顺利，又能怎样呢？难不成她还真喜欢他，想跟他有点什么？

宋颂停下脚步，望着地上斑驳的树影，亮点和阴影随风摇曳，就如同她心里漂浮不定的小舟，那上面坐着一个难以想明白的她，起起落落，没有一个着陆点。

　　但他没有任何联系的举动，还是让她不爽，但她也没什么理由不爽，这就让她更加不爽。

·第五枝百合·
心中的小船，摇摆不定

///

踏过高考炼狱的高三学生，如同脱缰的野马，以为前面就是朗朗乾坤，天高海阔任我行。疯玩了三天后，一些人开始收心预估成绩，然后忧愁和期待每一天都出现在不同的家庭中。

宋颂一帮人在必胜客里一边吃着比萨，一边对着答案，估分也差不多出来了。比起李小蛮的630分，她的540分不值一提，而高山和王梓桦都有体育特长加分，估计都能考上心目中的F大。

李小蛮问宋颂："你打算报哪两所学校？"

宋颂靠在沙发上，喝着果汁，开玩笑说："哪所学校收我，就去哪所。"

李小蛮嫌弃她的吊儿郎当："留在本地吗，还是去外省？"

"S市吧，那里学校比较多。"

实际上宋颂已经研究过了，她之前报名的艺术类院校联考只通过了两所，其中一所还是S市的三本学校，艺术设计类专业还不错，她可以去碰碰运气。

"你要去S市吗？我爸说让我去B市，我舅舅在那边，以后也好有个照顾。怎么办，以后我们要分开了。"李小蛮刚才还因为分数而喜悦的心情忽然间低落。

最好的大学几乎都在 B 市，宋颂没敢想，更何况，这些日子，老妈的身体一直不好，她不敢走得太远。

高山比较乐观："没事，上了大学就自由了，我们可以找时间聚，回头宋颂可以来 B 市找我们玩，我们也可以到 S 市找你，以后到哪儿都有同学，不挺好吗？"

宋颂也附和："是呀，再说不是还能网上联系吗？"

那时候他们可能还不知道，人生就是不断地途经分岔路，有些人与你一路行至于此，也只能陪伴到此，说了再见，可能这一生都不会再遇见。你会在下一个路口遇到新的同伴，他们会陪伴你走过下一段旅程，或长或短。幸运的话，有些老朋友还能在接下来的未知路口再次与你相遇，但更多的时候，你将会发现，一直留在你身边的人，寥寥无几，更显得弥足珍贵。

高考出分的那个晚上，吴歌帮宋颂打了查分电话。宋颂坐在一旁，抱着靠枕，咬着手指，看着吴歌神情紧张地在纸上记录分数，吴琴也焦急等待着。

"538 分，538 分！颂儿，你太棒了！"

吴琴激动地抱过女儿，宋颂看着计算器上的数字，也露出了微笑，算是超常发挥，跟预估差不多。

接下来，就是紧张的填报志愿环节，宋颂不敢大意，把所有能填的志愿都填了。李小蛮的成绩不上不下，第一志愿有点悬，也谨慎地把志愿填满。

各大院校公布分数线的时候，学生们简直比查分数还紧张，根据往年的经验，宋颂的分数上报考的学校应该问题不大。可能上天听到了她的祈愿，给了她些许的慈悲，她过线了。

跟老师报喜，和同学庆祝，在宋颂的既定人生里，曾经不会出现的环节，现在却成了她最值得高兴的一件事。她再次捧出相机，在各种场合里捕捉镜头，原来说好的毕业影集，没有了最初恢弘的设定，却在最后别样的心情中，拍出了特别的欢颜笑语。

她借着这个理由也在高一混迹，找席乐眠等人拍照，这期间不可避免地，或是别有心机地，碰上了某人。

宋颂正打算和席乐眠他们合影，单凛正好从教室里出来。席乐眠几乎是第一时间去看宋颂，大家都听说了宋颂和单凛的传闻，可单凛本就是个生人勿近的人，情绪从不外露，根本没法从他那里确认什么。再看宋颂，这学期几乎不来高一年级，而吴歌对宋颂的事只字不提。

所以，这两人的关系，真的是传说的那样吗？

然而，宋颂看到单凛，很自然地喊了他一声："帮忙拍个照。"

她把相机递过去，随后指了指自己和周围的几个女生。可能是她的表现太自然了，毫无破绽，其他人的好奇心被撩拨到了顶点，痒得不得了，然后全都看向单凛，想从他身上看出点名堂。

单凛这天情绪很低落，家里出了事，急着叫他回去，他来学校不过是因为老师一定要他把假期作业拿回去，他现在赶着去坐动车。

所以，宋颂看到单凛的脸色时，心里"咯噔"一下，他的烦躁和阴郁直接挂在脸上，成为他周身防御的刺，但她已经把相机递到了他面前。

席乐眠他们毕竟和单凛同班了一年时间，基本上单凛这副表情，就意味着今天最好别惹他。

席乐眠当即拉了宋颂一把，打圆场道："要不然，我们找吴歌吧，他去厕所了，应该很快回来。"

宋颂心领神会，正要收回相机，不料单凛先一步接过，低头熟悉了下按键，低声问："怎么拍？"

席乐眠愣住，不可思议地跟边上的女生对了个眼色。

宋颂指了指操场："就在这儿好了，操场是背景，这里光线可能不太好，需要调下光圈。"

她走到单凛身侧，拿过相机教他怎么调整："可以了，然后帮我们拍半身就行。谢谢。"

单凛端起相机，帮他们对镜头："我数三下，一，二，三。"

他连拍了三张，又检查了一遍，这才把相机还给宋颂。她接过的时候，指尖不小心碰到他的，掌心顿时泛起潮意。

宋颂低着头没敢看他，假装翻看了两张，赞叹："角度很好，你水平不错啊。"

单凛只简单地说了句没什么，立即转身离开。

"他现在就回去了吗？"黄倩蓉奇怪地问。

"不清楚，他好像请假了。"席乐眠也不太确定。

她们的声音若有似无地传进宋颂的耳中，她正低头看着照片，一点点放大。看着镜头里自己的笑脸好像还挺自然，但只有她知道，看到单凛的一瞬，心上即刻被点燃了一把火，心跳陡然加速，有什么自心房破腔而出，血液都跟着躁动起来，兴奋又紧张。

宋颂没料到，不过是大半个月没见，视野中再次出现单凛的身影，会让她产生这么大的心理反应。她有点贪婪地回忆他的模样，明明刚见到，却又有点想不起来了，最好他时时刻刻都在面前。

但现在，她稍稍冷静了些，他只是拍了张照，平淡无奇，没说任何话语，她等着他问一句考得如何，或者说一句恭喜毕业都可以，然而什么都没有说，他匆匆离开的背影疏离又冷漠。

她心里那艘小舟所在的水域忽然起了大浪。几个浪头过来，差点要将她淹没。

这般大起大落，毫无着落，这般在意，又不敢泄露分毫的感觉从未有过，宋颂看着照片里自己笑得格外甜的样子和迟迟无法平复的心跳，猛然意识到自己无法再自欺欺人。她总是声称不过是喜欢单凛的外貌，她喜欢一切好看的事物，所以她打着这个幌子，肆无忌惮地找单凛。别人追问起来，她便拿这个搪塞，再加上一句：他比我小，我不会喜欢比我小的弟弟。

可是，如果不是喜欢，她现在难过个鬼啊。

"学姐，你在想什么？我们还要再拍几张吗？"

宋颂回神，马上笑道："好啊，要不去礼堂那边？有两处景色还不错。"

正说着，手机在裤袋里振动。

宋颂边走边看手机，忽然停下脚步。

"眠眠，你们先过去，我马上过来。哦，相机你先带去。"宋颂慌慌忙忙地把相机推给席乐眠，转身就跑。

单凛：毕业快乐。

宋颂低头又把短信看了几遍，抑制不住地想笑，潮起潮落，把她心里的那艘小船掀到了顶点。她跑到校门口，四处张望，不见人影，立刻躲到阴影处，没有丝毫犹豫，给那个她能够倒背如流的号码打了电话过去。

宋颂坐在花坛边上，右手抚过草叶，铃声响一次，她就摸一下，嘴里还喃喃自语："快接啊。"

"喂。"

宋颂冲口问："你在哪儿？"

"去火车站的路上。"

宋颂一怔："你今天就回家了？"

"嗯。"

"我的分数过了 S 大，应该能被录取。"

"恭喜。"

"也不算什么很好的大学。"

单凛总是惜字如金，好像每次她很兴奋时，而他都很平静，甚至有点冷淡。宋颂掐着叶子的手不由自主地用力，折断了半片草叶。

可心里的兴奋劲还没完全过去，她继续道："多亏你最后跟我一起复习，我还没好好跟你道谢。你什么时候回来，我请你吃饭吧？"

"假期不会回去。"

拇指一阵瘙痒，她低头一看，发现叶子边上的锯齿割破了点皮。

宋颂脑中一片空白，哪怕在高考考场上，她都没有这般无措过。如果说他假期不回来，那么开学后，她就会到 S 市，他又会回到 Z 城。

那么，他们还是没法再见。

她组织着措辞，却发现不知道该怎么说。

"你都没问过我考得怎么样，之前也没祝我考试好运。"她忽然有点委屈，咬着唇故意抱怨。

"宋颂。"

他唤她名字，声音低沉婉转，每个字都沁着冰镇冰红茶的凉意，缓慢清晰地传入她的耳中。

她指尖微颤，下意识地放软了声音，应道："嗯？"

"你开学的时候，我应该还在 S 市，我知道 S 大在哪儿。"

很多人都说高考后的这个暑假将会是你人生中最轻松的日子，想玩多疯都可以，家长还会送各种好东西，发红包，给零花钱，让你玩。

但这里头显然不包括宋颂。S 大的学费不便宜，加上后续的各种生活费，吴琴虽然替她准备了，可她觉得自己不应该就这么浪费时间。她在网上找了摄影兼职，帮一些摄影工作室打打下手，或是做一些简单的拍摄工作，比如给淘宝网店拍点宣传照，修个图什么的。同时，她还在之前突击学习的画室找了份兼职，顺带还能继续学点东西。

这事吴歌知道后，跟她抗议过多次，但都被她镇压了。她要这位兄弟认清现实，他们家不同以往，需要钱，而她作为家里第二个成年人，有责任承担一部分经济压力。至于他，麻烦他别一天到晚动歪脑筋，好好学习，考个好学校，省点学费，才是最大的帮助。

暑假期间，宋颂几乎没有闲着，等到开学的那天，她基本上攒下了一个月的生活费。开学后，她也打算继续这样半工半读。虽然妈妈很心疼她，死活不让她这么辛苦，但她愿意承受这样的辛苦，或许这就是生活教她学会的成长。

十八岁之前和十八岁之后的生活让她感受了巨大的落差，她不在意别人知道她经历的挫折，但她的傲气还在，她必须让自己越来越强，不仅是课业上的强大，更需要内心的强大。

开学的时候，原来班上的 QQ 群还很活跃，大家都放出了自己的动态，从此真的是各奔东西了。吴琴和吴歌执意把宋颂送到学校。

S 大面积不大，进了学校就有人迎新，宋颂刚进学校，立刻被两三个学长包围。吴歌笑嘻嘻地看着自家老姐，看来老姐的大学校园生活会很丰富多彩了。

宋颂没她弟脑子里花样多，只关心学校的情况。学长跟她介绍着所到之处的建筑，放眼看去校舍陈旧，说得好听点是有老校园的古朴味，宋颂心不在焉地听着，走着走着便到了宿舍。

她到得最晚，同宿舍的三人都已经到了。宿舍是那种有年代感的老房子，头顶上只有一台积了灰的电扇，连台空调都没。她本来就没多大期望，所以也不失望，跟着老妈开始打扫。

宋颂个性比较开朗，跟室友们很快熟悉，三人中没有 S 市本地人，也没有 Z 城人，大家都来自不同地方。1 床的蒋落晴是 N 市人，人出落得很水灵；2 床的景妍是 W 市人，特别能吃辣；3 床的孟之侬是 G 市人，带着点港腔。

这是宋颂对三个室友的印象，但三个室友对她的印象是，这一家子都太扎眼了。尤其是宋颂、吴歌姐弟俩的高颜值，艺术学院本就出才子佳人，但他们的颜值依然可以碾压众人。

这两天，陪宋颂报到后，一家人又在 S 市逛了逛，但吴琴心疼住宾馆太浪费钱，没两天就带着吴歌走了。

看着以前养尊处优，几乎不知柴米油盐贵的老妈，宋颂心酸不已。回到学校的时候，宋颂已经收拾好心情，跟室友去食堂吃了顿晚餐。女生们叽叽喳喳聊了一下午，很快按着年龄排好了序，宋颂排老三。

晚上是班级破冰活动，宋颂坐在角落，心思全在这两天刚接到的活儿上。他们班基本上都是女生，只有三个男生，很快就推选出其中一个当班长。

宋颂随大流地自我介绍了下，本想快速结束，没想到被人缠着问了好几个问题。回到宿舍的时候，蒋落晴算是比较大方的，拉着宋颂悄声说："我刚才听到好几个女生在问你叫什么，说你特别漂亮。你没发现班长都多看了你好几眼吗？"

宋颂还真没注意，笑道："我们班的特点难道不就是美女多吗？"

"但你这长相，可以去考表演专业，干吗选设计专业？上隔壁戏剧学院，都妥妥的。"

宋颂挑起长发，一脸义正词严："这不是冲着理想来吗？"

接下来几天，选课、学前教育，随之而来的就是军训。

女生多的专业就是这点麻烦，一个个出操前如临大敌似的，把露在外头的皮肤都涂上了防晒霜。宋颂也免不了俗，用防晒霜把自己武装好。

学校要求清晨五点出操，操练了个半死。等到中午，宋颂算是领教了什么叫饿得前胸贴后背。可偏偏还不是你想吃就能吃，哪个连表现得最好，才能优先去食堂吃饭，所有人冲上食堂楼梯的时候都饿急了眼。然后，下午最热的时候教官容许大家休息一会儿，再到教学楼的阴凉处继续出操，等太阳落山了，就拉到外头练。晚上继续到教室里唱军歌。

连着三天，已经有不少女生中暑昏倒，校医院开始人气爆棚。

宋颂望着教官勒得很紧的细腰窄臀，出神地想，她的大学生涯就这么开始了，平淡到令人无所适从，不算好的大学，不算好的专业，就业率也令人堪忧，她不过是这些普通学子里的一员，有点算不上多出众的小才华，也不知道能发扬光大到什么地步。

她突然想到单凛，吴歌说他又考了年级第一。一中的年级第一，基本上可以锁定全国最好的大学，而以他的英语水平，想出国也不是问题。

毒辣的太阳晒得她脸上发烫，她却不想低头。

她曾经说过，等她上了大学，他还是高中生，他俩的差距立刻显现。

然而，等她上了大学，她才发现，他们确实会有差距，却是他甩开她的差距。

假期的时候，她偶尔会发些消息给他，他回得都挺及时，然后她也告诉了他开学的时间，暗示他别忘了约定。

可现在，她忽然一点都不想催他来了。

军训第五天的时候，不幸的是，宋颂的"好亲戚"提前串门儿，一大早她就开始萎靡。她每次"亲戚"来了，小腹都会痛。天气这么热，大家狂买冷饮，就她还在那儿找热水喝。

午休的时候，景妍和落晴滚到床上就死瘫着动不了了，宋颂找了半天，发现宿舍里没卫生巾了，看了眼1床和2床，没去打扰她们，回头看孟之侬还在擦脸，便轻声问："有卫生巾吗？"

孟之侬马上在柜子里找了找，也没找着。宋颂认命，只好捂着胀痛的小腹去学校超市补货。

孟之侬连忙放下毛巾，挽着宋颂的胳膊："我陪你吧。"

宋颂有气无力地扯出个笑脸："谢谢侬侬。"

学校的超市里人头攒动。他们这里本就不大，一共也就两个超市，住在西边的学生都往一个超市挤。宋颂目标明确，拿了一包卫生巾就走，结账的队伍排了老长。

"宋颂，你看那儿。"孟之侬忽然拉了拉宋颂的袖口，"有个男生好像一直在看你。"

宋颂这几天已经对这话免疫了，学校里来找她要号码的，除了同一届的新生，还有其他年级的男生。

所以，她头也没抬，靠着孟之侬的肩膀，有些厌烦地说："我有什么好看的。"

"他真的在看你。喂，他好像朝这边走来了。宋颂，你快看看，很帅。"

经过这几天的了解，比起蒋落晴无底线的审美，能被孟之侬称之为帅的，那一定是非常标致了。

可宋颂实在是心有余而力不足，懒洋洋地说："很疼，看不动。"

"什么很疼？"

猝不及防，宋颂悚然一惊，飞快抬起头，差点因为用力过猛，把马尾辫给甩出去。

单凛神色淡淡地站在超市门口，穿着白T恤、灰色休闲裤，再简单不过的打扮，却如同夏日送来的一抹清凉。在周围一群历经军训洗礼，黑成炭的男男女女中，他的肤色白到发亮，顺带把方圆一公里的审美拉高了数个档次。

"到你了。"单凛提醒道。

宋颂回过头，果然轮到她了，她的右手正捏着一包日用卫生巾，还是加长的那种。此时此刻，她心里苍茫一片。

"同学，你的东西。"收银阿姨好心提醒。

宋颂几乎要把手里的卫生巾捏变形，下一秒，她若无其事地把卫生巾放到收银台上："多少钱？"

"十六块八。"

宋颂递上校园卡付了钱："麻烦给个袋子。"

"两毛。"

"哦……"

孟之依在一旁看着，都深深感到了宋颂的不易。她虽不清楚这个帅哥和宋颂是什么关系，但这场景，换谁谁尴尬。

宋颂走出超市，假装刚才什么都没发生，朝单凛微微一笑："你怎么突然来了，都没跟我提前打个招呼。"

单凛挑眉："不可以吗？"

他这颇有点挑衅的反问让宋颂一愣。不是不可以，是很不可以！宋颂虽然没照镜子，但已然能够想象自己现在这副熊样——被炭烤了五天的肤色，已经黑了三个色号，别说防晒霜不管用，人家是防晒伤，不防晒黑。再碰上生理期，脸估计大了两圈，还有刚操练完，没来得及梳洗，大油田就不说了，发型也乱了，浑身还带着汗味。

她的颜再能扛，也快要被军训磨去棱角。一中一姐，颜值担当，估计真的要幻灭在传说里了。

"你同学？"孟之依将单凛打量了两圈后，忍不住问宋颂。

"嗯，高中同学。"宋颂悄悄看了单凛一眼，见他没异议。

"也在S市读大学？"

宋颂含糊道："他家在这边。依依，你帮我把东西带上去，我跟同学聊一下。"

"不了。"单凛打断道，"你回宿舍休息。"

"没事，我刚吃完中饭有点犯困罢了。"

单凛盯着她发白的嘴唇看了一秒，不由分说道："我明天再来。"

听他这么一说，宋颂心里安定些，转而道："那我送你出去。"

"你，回去，马上。"

说完，他转身就走了。

孟之依意味深长地看着单凛的背影，戳了戳宋颂的胳膊："他只是你同学？"

"嗯……"

孟之依不信，望了望天："这么毒的太阳，他特地跑来看你欸。"

宋颂粗略解释道："之前他说过要来的。"

两人一路聊着回到宿舍，宋颂梳洗完后，爬上床，却怎么都睡不着，翻来覆去，木板床不断发出轻微的"嘎吱"声。

"怎么了？"对面的孟之依轻声问。

"吵到你了？没什么，抱歉。"

宋颂闭上眼，强迫自己睡一会儿。突然，枕边的手机振动了下，她猛地睁开眼，忙不迭地抓过手机。

单凛：明天什么时候空？

宋颂想了想明天的训练，可以借口身体不适，把晚上的时间空出来。

宋颂：晚上吧。

单凛：好。

宋颂：你后天开学了吧？

她听吴歌提到过。

单凛：嗯。

宋颂：明晚回去吗？

单凛：不急。

宋颂想了想，又发了一条过去：今天你白跑一趟，明天请你晚饭？

单凛：好。

放下手机后，宋颂奇异地觉得腿不酸了，肚子不疼了，脑袋清醒了，现在要是把她拉到操场上，还能站个一小时军姿。

第二天，宋颂依旧奇异地精神抖擞，要不是为了晚上请病假，她只能勉为其难地装一装虚弱。

关于单凛的事，孟之依没有在宿舍提起，宋颂还是挺感激的，她是个容易招绯闻的人，但不代表她喜欢绯闻。

孟之依给了她一个你知我知的眼神："嘿嘿，我懂的，难怪你对我们学校的这些男生一点兴趣都没。"

"……"其实，宋颂不太确定她懂了什么。

好不容易熬到了下午，宋颂找到教官和辅导员请假，还算顺利。

宋颂火急火燎地赶回宿舍，途中还婉拒了宿舍好友帮忙带饭的好意以及不知道哪个专业冒出来的几个男生的亲切慰问。过五关斩六将地回到宿舍后，她立刻冲到澡堂洗了个澡，换上一身T恤配短裙。

她正打算吹头发，单凛的信息发来了：到了。

宋颂：马上。

她草草吹了吹，长发半干，不好扎起来，只好披着。进了大学后，不知道是不是艺术学院的关系，好多女生都开始化妆，宋颂不怎么会，但也被景妍"安利"了好几套，她犹豫了下，算了，单凛又不是没见过她素颜，不矫情了。

最后，宋颂给自己抹了点唇膏，匆匆出门。

她约了单凛在校门口见。既然是请他吃饭，那怎么好意思吃食堂，她提前调查过了，学校边上有一个商场，里面有几家餐厅还不错，从这边打车过去十五分钟能到。

宋颂跑下楼，路上还在整理她的发型，到了宿舍门口，猛然刹住车。

单凛就站在宿舍门口，依旧是白T恤，但不是昨天那件，他好像格外偏爱白色或黑色的衣服，两个极端，但穿在他身上都很合适。

这时候正好是吃饭的高峰期，不少高年级的学姐从楼里出来，看到单凛的时候，都忍不住偷瞄两眼。

单凛对于打量他的目光置若罔闻，他惯于面无表情，看到宋颂出来的时候，脸上也没什么变化。

宋颂走到他面前，略有吃惊，他这两天给了她不少意外："怎么找进来的？"

单凛一副你怎么读了大学也没点长进的表情："问路。"

"……走吧。"

单凛拉住她，眉头蹙起："你的头发。"

宋颂的注意力还在他的手上，直到他又说了一遍："上去，吹干了再下来。"

"没事，天这么热，一会儿就干了。"

单凛也不说话，就这么一动不动地看着她，看得她没脾气。

宋颂投降，重新上楼，抓过吹风机把还湿着的长发全部吹干，这才下楼。

"可以了吧？"她还原地转了半圈，跟"老师"展示作业完成结果。

　　单凛一本正经地点点头："走吧。"

　　宋颂："……"

　　夏末初秋的晚风吹在身上还有点烫，宋颂带着单凛逛了逛校园。他们学校没什么特色，四平八稳，她自己了解得也不多，有一句没一句地介绍。

　　两个人走在林荫道上，保持着一个拳头的距离。偶尔对面有人经过，宋颂往单凛这边靠了靠，两人的手臂就这么不经意地碰上了。

　　他的皮肤很凉，她的很烫，一触即分。

　　宋颂低头看了看两个人的胳膊，忽然感慨："我的天，我这是黑了多少，你都比我白那么多了。"

　　她把胳膊伸到他面前，非要他伸出来比比。

　　单凛不留情面道："你本来就比我黑。"

　　"……"

　　宋颂收回胳膊："吃饭吧。新城广场那里有几家餐厅不错，我们打车过去吧。"

　　单凛却说："我来的时候看到学校后面有美食街。"

　　宋颂本来也考虑过，但想到单凛这难搞、挑剔的个性，怕被他嫌弃："也行，那边小吃居多，像样点的也就一家煲仔饭吧。"

　　"那走吧。"

　　美食街其实就是"堕落街"，学生吃腻了食堂，就来这里觅食，但也都是些不正宗的小吃，挂着某某祖传烧饼或者哪儿哪儿的正宗黄焖鸡。

　　两人进了那家煲仔饭的店，别说里头人还不少，他们在门口等了一会儿，才在最里头找到一个位置。

宋颂抬头看了看风扇的位置，说："我怕热，你坐那儿吧。"

单凛却在她中意的位置上先坐下："我也怕。"

宋颂还在那儿干瞪眼，他已经翻看起餐单，也算不上菜单，一共也就五款煲仔饭，外加几个没什么诚意的炒菜。

"我选好了。"

他把菜单递给宋颂，宋颂在他对面坐下，猛地抽出几张纸巾擦汗，没好气地说："我也选好了。"

服务生过来，两人各自要了一份煲仔饭，宋颂还想点瓶饮料，却被单凛阻止了："两杯温水。"

宋颂："……"

起初宋颂还有点老大不高兴，可她仔细琢磨了下，开始有点明白了，如果不是她自恋，莫非他是顾及她生理期？

应该不会吧。

宋颂默默拿起茶杯抿了一小口温水，眼神四处乱飘，却总是忍不住去看对面的人。

单凛没发觉她的脑洞，难得起了个头："你好像对自己的学校不太满意？"

宋颂一愣，没想到他的观察这么敏锐："倒也没有，就是觉得跟想象的不太一样。"

"什么意思？"

"说不上来。可能是还没进入状态吧，大学还挺自由的，这学期的课也不是很繁重，我打算找点兼职，好像我们学院还有不少比赛，我也想去试试，过段时间就好了。"宋颂把话题扯回到他身上，"你假期都在家？没出去玩？"

虽然她觉得以他的个性，应该不太喜欢往外跑。

果不其然，单凛说："没有。"

"一直待在家里，不是很无聊，光看书，光做作业？"

说起来，她对他的家庭情况一无所知，也不知道他有没有兄弟姐妹。

"嗯。"

单凛只回一个字就表明了他不太想提这个话题。

煲仔饭在这时上了桌，宋颂从筷筒里抽出两双一次性筷子，递给单凛一双："S 市哪里有好吃的，你给我推荐推荐呗。"

单凛低头检查了下筷子的卫生情况，随意道："下次带你去。"

宋颂刚掰开筷子，两只手僵在空中，一时间不知道该把重点放在"下次"，还是"带你"。

"宋颂，你不是在军训吗，怎么……"

就在宋颂心猿意马的时候，刚冒头的小心思被人打断。她回过头，认出面前的人是学长章浩瀚，她马上笑道："学长好，我有点事，请假了。"

章浩瀚立刻看到她对面的单凛。估计单凛的颜男女通杀，学长看到他的时候明显顿住，单凛抬眼，没什么反应。

章浩瀚一脸自以为领会了什么的表情，笑眯眯地问宋颂："朋友？"

"是。"

他在他们隔壁桌坐下，饶有兴趣地问："也是我们学校的新生吗？"

宋颂耐着性子答道："不是。"

其他的她真不想多说，可有些人就是没有眼力见："那是哪所学校的？"

宋颂踟蹰了下，有点不知道该怎么回答，只能还是用那个含糊的答案应付："不是 S 市的大学。"

"哦，那是哪里？"

"……"宋颂真想不通，这人看起来挺聪明，怎么就这么不懂得察言观色呢。

或许是宋颂沉默太久，这位学长终于反应过来，怕是这位长得很好看的男生高考失利了吧。

他倒是体贴地说："也没什么，高考嘛，明年再来过。"

宋颂：还有完没完了。

又聊了几句，章浩瀚总算把注意力放回到自己那桌的菜上去了，宋颂也松了口气，回过头，却被单凛的脸色吓了一跳。

单凛似笑非笑地望着她，讽刺味扑面而来，他看了她一会儿，随后一言不发地低头吃饭，期间宋颂找机会跟他说了几次话，都被不冷不热地顶了回来。

这顿饭两人吃得很快，单凛吃了一点就放下筷子，宋颂硬着头皮又撑了五分钟，终于放弃。单凛起身结账，边上的章浩瀚还惊讶他们怎么这么快吃完，宋颂尴尬地笑笑，单凛已经径自走了。宋颂追上去想说她来请客，但看他瞥来的眼色，她把话咽下了。

两人一前一后走出店门，晚上正是学生出来活动的好时候，马路上熙熙攘攘，单凛孤高的背影在人群中依然醒目。宋颂穿着小高跟皮鞋，颇为吃力地跟在他身后。走了一段路，她实在受不了了，冲他喊道："你给我停下，有话直说。"

宋颂忍不住想，单凛的原生家庭是不是不太和谐，不然怎么教得出他这般古怪的个性，脸色说变就变，一点过渡都没有。

单凛侧过身，沉着脸看她。

宋颂走上前，气笑了，但她没真敢笑出来，蹙眉问："我又说错什么了？"

单凛往边上一站，撇过头，冷淡地反问："你没说错什么吗？"

坦白说，宋颂因为家里有个弟弟，跟男生打交道还算得心应手，在学校里一直以来都跟高山他们篮球队的男生混，还有像曲同天这样追她的男生，基本上是被人捧着的，几乎不用费神去小心猜测对方是什么心思，哪句话该不该说，直来直去，大家都习惯了。

但单凛很不一样，他与生俱来的高智商和孤僻的个性，让他和众人格格不入，或者说，是他刻意竖起一道屏障，把自己保护得很好，也对别人没有兴趣，这就导致跟他相处的人很难猜到他在想什么。

宋颂也有不少大小姐脾气，但碰上单凛，她才发现，自己个性不要太棒啊。

宋颂喜欢坦诚交流，敛了笑，也不跟他打哑谜了："你直说吧，我不想绕圈子。"

她笑起来的时候，眉眼弯弯，嘴角还有小梨涡，所以经常给人美人有点甜的感觉。但当她收起笑，你会发现，她的五官其实不是可爱女生那一类的，漂亮又大气，并不软糯。

两人互不相让，对峙了一会儿后，单凛先收回视线，冷冷地看向马路对面麻辣烫的招牌。

"你就是不想让人知道我比你小，还是个高中生。"

宋颂傻眼，他在气这个？

她当即辩解："我不是这个意思。"

他追问："那你是什么意思？"

"是你太在意吧？上次我就开了个玩笑，说你可以当我弟弟，你就不高兴，难道不是吗？"

宋颂也是吃了两次瘪才察觉到，只要她说他像弟弟之类的话语，他马上翻脸，所以她现在哪里敢再说。

"弟弟？"单凛几乎是咬牙切齿地把这两个字念出来，"宋颂，你玩我吗？"

宋颂张了张嘴，忽感呼吸有点困难。她隐约意识到什么，身上的毛孔一个接一个炸开，然后，听到他说着能将她炸飞的话。

"我以为你心里明白。"

单凛的黑发被风吹乱，脸上的怒意像是含着冰的一团火，让人看了又冷又怕。

"你生日那晚，你把我叫出来，而我出来的时候，我的态度就很明确了。"

在宋颂和单凛的这段关系里，一直因为她的主动而延续，所以她也以为，他们关系的开始或结束，都会是因为她的前进或后退。

如果放在半年前，她压根儿不会想太多，有心思就有心思，不是什么丢人的事。但经历了变故之后，哪怕是她宋颂，也不得不逼迫自己丢掉天真烂漫，正视苍白无力的现实，她确实有点想往后退，在他还没发现的时候，把自己的小心思先收一收。

可她还没想好该拿单凛怎么办，他猝不及防地，抢先一步捅破了他们之间的窗户纸。

　　单凛说完后，便不再看她。

　　宋颂先是震惊得说不出话来，心中潮起潮涌，她那一叶扁舟被掀到了浪尖。

　　她猛然想起，自那晚起，他对她的称呼变成了宋颂。

　　宋颂整个人还有点蒙，耳郭里海潮汹涌，周围人潮的声音逐渐消弭，只能清晰地听见自己的心跳声，她快要把不住小舟的方向，海潮一浪高过一浪，急不可耐地催促她给出一个回答。

　　有科学理论证明，人在面对心念之人时，瞳孔会扩大45%。她不知道现在自己的眼睛看起来如何，但单凛望向她的黑眸，少有的清亮，如今晚的皎月。

　　但她毕竟不是两年前的宋颂，生活的酸甜苦辣都如同一滴水，无声地落入湖中，有时惊不起一丝涟漪。但在她心中，慢慢凿出一个坑。

　　她忍住了最强烈的情绪，心跳总算有所回落，海潮触壁，逐渐平息，迅速理清思路，一字一句把心中所想说出来："或许，我们可以尝试再多了解一段时间。"

　　这话一出，单凛的脸色越发难看，那表情显然是隐忍到了临界点。少年人高傲的自尊心，不允许也无法接受拒绝，自尊是一座座高山，他从家走到这里，就是迈过了这些将他保护在中间的高山。

　　以为踏出去后是平湖静月，谁知她直接在他面前划出一片沟壑险峻。

　　宋颂虽不清楚这短短几秒，单凛内心的波澜，但在他脸色还没彻底变黑之前，赶忙试着去拉他的手，这算是很大胆的举动了。他放在身侧的手握成拳，她坚持不懈，他的拳头稍稍松开些，不大情愿似的，勉强接受了她这个示好。

她仰起头，硬是让他看向自己，赶紧补上一句："我们做个约定如何？"

单凛绷着脸，不答。

"好不好吗？"她干脆开始要赖，拉着他的胳膊，仰着头笑。

单凛既没拒绝也没回应。片刻后，紧抿的唇终于动了动："什么约定？"

宋颂松了口气，总算是把人哄好了，立刻解释道："虽然你成绩很好，但是距离高考还有一年多，我们可以从长计议，先把学业完成，怎么样？"

单凛竟又蹙起眉："这还能耽误我学习？"

学霸不允许自己的信心和智商被人侮辱。

宋颂有太多单凛毒舌的经验了，不慌不忙地说："你这么优秀，怎么可能被影响。当然是担心我，我们大一的课程特别紧。"

她这话根本骗不了单凛。他低头看她，眼中的墨色渐渐化开，不如刚才清亮了，甚至比往日更加浓重。

宋颂想了想，不再开玩笑，认真道："我从来没把你当弟弟看，也真的希望，现在这个阶段，我们以学业为重。放心啦，我等你。"

冷傲少年垂眸，似乎在做思考。他如此聪慧，自然明白宋颂的意思。宋颂是个很干脆的人，Yes 或 No 在她这里没有模糊地带，她这样说，一定是为他考虑更多。

宋颂见他脸色逐渐转好，抓住机会，勾过他的胳膊，指着旁边的小店说："我还想吃甜点。刚才你乱生气，害得我都没吃饱。"

单凛淡淡道："我刚想问，为什么军训期间你反而胖了？"

"……"

宋颂有时候觉得这人真的一点都不可爱。

话虽这么说，但单凛还是陪着她又找了一家甜品店。

宋颂故意点了一块巧克力蛋糕："我就要吃。"

单凛抱臂坐在她对面，一副胖死你我不管的态度。

宋颂的大脑现在处于极度兴奋状态，整个人都有点发飘，回想起以前自己内心的纠结，她还是有点郁闷，借这个机会，忍不住问道："那你现在可以跟我说说，为什么高考前完全不联系我，假期也不联系我，我不联系你，你是不是就一直不联系我了？"

然后，他们是不是就真的如两条线短暂相交之后，奔着各自的方向，渐行渐远。

宋颂拿着小勺，漫不经心地挖一块巧克力蛋糕，抬眸朝单凛看去。

对面的人经历了刚才的情绪起伏，现在已经十分淡定。他望着宋颂，女生面若桃花，顾盼生姿，比平日里的模样还要明媚，嘴角笑吟吟。

单凛是个不爱表露的人，脾气又极端，别人读懂他，他会觉得抵触；别人读不懂他，他会觉得是对方很蠢。伤人伤己，但多数时候，这些问题，症结在他身上。

在那样的家庭环境下，他有自己的一地城池。

很多人急于强迫他打开城门，窥视他的内心。他们把他臆想成一个需要救赎的孩子，强迫他接受他们的关爱。然而，他的父亲又十分惶恐外人知晓他们家的私密，便将他包装得精美无比，隔着玻璃窗，向众人展示。他的母亲，仅仅将他当作一件私人物品，作用在于满足自己的安全感和向他父亲宣战的战利品，并不顾及他的死活。

殊不知，单凛早已看透成年人的这些把戏，心中鄙夷、厌恶、倦怠。他想摆脱父母，又想向他们证明自己，总是陷入古怪的自我矛盾中。

所有人对他或冷眼漠视，或害怕躲避，或反感对立。

可能也有人喜欢，但他们的喜欢大多抱着猎奇的征服欲，想要打破他的外壁，占领他的城池。

他并非没有试着去接受他人的好意，但付出的代价却是背叛。在最糟的时候，他带着满身满心的伤，从 S 市转到 Z 市。

然后，遇到了宋颂。

单凛有点难以形容他对宋颂的感觉，这个女生不知从哪里冒出来，肆无忌惮地彰显着她的自由和洒脱，几次三番没有按着他以为的套路走，让他很烦躁。

如果说他的地界是一处无光的堡垒，那么宋颂就是透明的玻璃房，里面阳光充沛，鸟语花香。

他向来对这样的人避之不及，就像一个在暗处待久了的人，突然被阳光刺到，第一反应便是想躲。可她并没有要强行进入他的城池的意思，她在城池的外围游走一圈，对他的态度，似敌似友，似喜又似不喜。他听说她喜欢找入镜好看的人，所以，他在她眼里，也可能只是一个单纯长得好看入了她眼的学弟，但长得好看，未必就会喜欢，仅此而已。

单凛想到这里，思绪慢慢回笼，今日他本没打算说那样的话，却在那样的场景下，恼羞成怒脱口而出。

说完，他是后悔的。

如果宋颂尴尬地回一句：我只把你当学弟。

到时他该如何？

可现在，他又不后悔了。

单凛并未急着回答宋颂的话，反问："那你之前，是不是故意找我拍照？"

先前全校都在传宋颂在追单凛，不过，她跟他要回那张字条，言明他们没什么误会了。

宋颂可没那么好糊弄："我先问的。"

单凛着实不太想答这个问题，但宋颂一口接一口地吃着巧克力蛋糕，目光却执着地定在他的脸上。

"我不喜欢主动联系别人。"

宋颂："……"

"你有事可以直接联系我，没有特殊情况，我都会回。"

宋颂默默停下了动作，颇有种掉入坑里爬不起来的感觉。

单凛想了想，又说："周末没事，我会回 S 市，去学习。"

他故意重点强调了后面三个字。

换作其他女生，大概立刻要跟单凛计较，宋颂总归是不大一样，她不怎么矫情，也习惯了单凛的冷感，更何况是她提出，他们现阶段要好好学习，互相扶持。

"那以后，我们都只有周末见了。"宋颂转念一想，"我课时比较自由，平时也可以回家。"

单凛睨她一眼："你不用刻意跑回来，管好自己，多读书，刚才还说课业重。"

宋颂觉得自己被教育了，好像单凛比她大上几岁一般。

"你要不要也来点？"为了不让他继续教育她，宋颂把注意力放到了吃上，"刚才你也没吃多少，再点点什么？说起来，我还不清楚你喜欢吃什么。"

"巧克力。"单凛神情淡然。

宋颂看着自己吃了一大半的巧克力蛋糕,恍然大悟:"你要吃,不早说。"她回头招呼服务员,"麻烦再拿个勺子,算了,麻烦再来一块巧克力蛋糕。"

"不用这么麻烦。"

单凛在宋颂目瞪口呆的表情下,抓过她的手,用她的勺子挖了一块蛋糕,然后淡定自若地吃了。

他还仔细品尝了一番后,评价道:"味道一般。"

宋颂怔怔地望着自己的勺子,忽然意识到,哦,还是有点不一样的。

夜色渐浓,单凛不得不回去,他把宋颂送到宿舍楼下。楼上的各间宿舍的灯都亮了,看来练军歌的大部队都回来了。

今晚的月光格外温柔,细碎地洒落在他们周身。

"你明早赶回去来得及吗?"

"嗯,家里会送我过去。"

"哦。"

宋颂低头看着自己的高跟凉鞋,鞋尖对着他那双白色板鞋。

"上去吧。"

单凛已经看到宋颂的腿上被蚊子亲吻了几个包,但宋颂还是不太愿意回去,拉着他站在花坛边继续喂蚊子。

"哦。"她应了声,还是没动。

单凛沉思片刻,道:"假期里,我家有点事。高考前,我和吴歌有个赌约,所以不方便联系你。你若是不联系我,我可能不会那么快联系你。"

宋颂猛然抬头，他这是在回答她之前的那些问题？

单凛的面庞在如银霜般的月光下，清俊无瑕，惯有的漠然，此刻无迹可循。

宋颂垮下脸："你真不会联系我啊？"

单凛很怀疑宋颂高考语文是怎么过关的，这个阅读理解能力，难道她不该问一句，他和吴歌的赌约是什么吗？

"是不会那么快，家里有点事。"过多的事情，他不方便透露，"快上去吧，这里蚊子毒。"

宋颂就是想跟他多待一会儿，多找点真实感，她在谁那儿不是坦荡自如，唯独见了他，什么娇羞都跑出来了。

那个时候的单凛，好耐心怕是全给宋颂了，他只好又说了一句："我不喜欢主动联系别人。"

她不明所以地看向他，甚至有些不开心，她刚才已经听明白了，怎么又提一遍？

单凛看着她微微不满地咬着唇，心中塌陷了一块，终是低声道："但你不是别人。"

"但你不是别人。"

单凛的这句话，让宋颂心里开满了芬芳的山花。他这张嘴能不气死人就不错了，所以，这句话成为宋颂心里最宝贝的话之一。每一次她快要支持不下去的时候，便闭上眼，念一念这句话，心里的不安和犹疑便被压了下去。

宋颂大一，单凛高二这年，他们的生活好像渐渐入了正轨，两个人之间像是相互独立又有牵绊的云，专注于自己的学业，挂念着对方的生活。后来她才弄明白，原来当初单凛和吴歌打了个赌，单凛不得在她高考前主动联系她，打扰她复习，如此，吴歌也发誓在这段时间里不跟单凛抬杠。

像 S 大这样不上不下的大学，大一的课程并不紧，宋颂安排好学习的同时，开始琢磨目前生活第一大计：赚钱。

虽然说学校里设有各种奖学金，但宋颂觉得人还是要量力而行，她还是不要把期望放在这上面为好。

宋颂想过很多条路，勤工助学，或者去校外店铺打工，很多小店都招学生打零工。但这些都很耗费时间，而且薪酬不高，宋颂还是想要在专业上有所提升，所以，最后还是选了条自己擅长的路——摄影。

她的摄影水平不错，也有拿得出手的作品，在各大 BBS、校内外论坛都发了工作征求帖，还在原来混迹的小部分摄友圈子，都发了邀请。起初，来尝试的有小部分是学校里的同学，其中不少是男生，大概因为有人挖出楼主是一年级新生里最漂亮的女生，于是，抱着看美女的心态，给宋颂发了约片私信。

宋颂当然来者不拒，而且她才刚开张，给同学的优惠很大。起初，一些人看到宋颂，有点不相信她是干这个的，然而，宋颂出工时非常利落，一身简便装束，鸭舌帽，T恤，运动鞋，完全就是干活的标配。她一个人背着大包，跟着人，随处抓拍，她的个性也很放得开，跟谁都能熟起来。基本上，一个工作流程下来，宋颂就多交到几个朋友，其中不乏有人是想借这个机会追她，追得还很凶，但宋颂都婉拒了。

总而言之，宋颂逐渐小有名气。也亏了不少朋友仗义相助，她的接单率越来越高，偶尔还接到一些淘宝店的邀约，但活儿都不轻松。要知道，搞摄影不是那么容易的，先不说长枪短炮都要背着，为了取景，跪着趴着躺着，雨里风里烈日下，每时每刻都在思考构图，是份脑力加体力活。拍完还有成堆的原片要修，常常要熬通宵。加上白天还要上课，宋颂越来越忙不过来。

拍照赚钱这事，宋颂没有怎么跟单凛交代，她太忙，忙着赚钱，忙着专业课，有时候他们一周也就发几条信息，打一通电话，简单聊下近况。宋颂忙着忙着就没太在意这个频率，她这般辛苦的事连家里人都没告诉，对单凛更加没有透露丝毫。

大一下半学期的时候，她认识一个大四的学长，牟虔，是一个立志专业搞摄影的男生，一张富有棱角的艺术家的脸，特意留着小辫，故作个性。他自己正式开了工作室，已经在外头接商业活。在一次学校大型活动上，他跟同样作为摄影工作人员的宋颂认识，两人一见如故，他邀请宋颂加入自己的工作室，但被宋颂婉拒了，她打算在大二的时候，跟着学长学姐参加一些服装设计比赛，将更多的精力花在专业上。

但牟虔依然对宋颂很关照，明眼人都看得出，他这是在追宋颂。他给宋颂介绍了不少活，也帮宋颂抬高了身价，宋颂是很感激的。但她也察觉到，牟虔不是无条件帮她，她不想欠这样的人情，找了机会跟他暗示了一番。然而，牟虔是个把妹高手，对宋颂这样不好追的大美女，他打的策略很聪明，宋颂拒绝，他不甚在意，反而觉得这女生如此矜持，更有征服欲，更何况追宋颂的人多，可她现阶段确实没有男朋友，所以他照样给她介绍工作，关系把握得恰到好处，宋颂也放下了些戒备。

这回，牟虔给宋颂介绍了一个拍写真的活。他自己在外头活儿接不过来，便立刻想到宋颂，觉得这又是一次拉近他们关系的好机会。

　　这单生意出价不低，但恰好是周六，单凛跟她好久没见面，这回约了一起去图书馆。宋颂犹豫了很久，那时候她正看中一台手绘板，如果接了这单，正好能买下。宋颂当然两边都不想落空，协调了半天，总算是把拍摄时间提前，这样中午就能收工，可以约单凛吃饭。至于单凛这儿，她编了个理由，说是团委有活动，请不了假，单凛没多问，只说他周六上午回，到时去学校接她。

　　到了周六，宋颂一早起床，带齐了工具赶去约拍地点，是在拍摄对象的家里。

　　宋颂搭了公交车过去，下了车又走了五分钟，这才找到那栋半新不旧的酒店式公寓。宋颂还没进去，就见这楼下没个正式保安守着，她推开玻璃门进到 A 楼等电梯。电梯门打开，出来两个浓妆艳抹的女生，这时候已近 5 月，天气开始热起来，她们就穿了件吊带，外头罩了件宽大的衬衣，斜眼瞧了瞧宋颂，手挽手出去了。

　　宋颂进了电梯，里头一股子浓烈的香水味，令人联想到夏日劣质的果汁，她稍稍掩鼻，按了"12"。电梯里挂着的广告牌还是一年前的，头顶的灯也坏了一盏，就一个角落有亮光，还有些乱七八糟的涂鸦，也不知是哪个熊孩子画上去的。

　　怎么感觉怪怪的。

　　宋颂来到指定的房门前，按下门铃，没人理，她又按了两次，里头总算有人应了，门一开，竟是个裸着上身的男人。

　　宋颂明显一愣，以为自己走错了，低头看着牟虔给她的字条："不是谢小姐吗？"

　　"你哪位？"男人叼着香烟，一脸困倦的模样，眯着眼地打量她。

　　"我是摄影师。"

男人反应过来，稍微站直了点，夹着烟，喷了一口，笑道："早说，进来。"

宋颂偏过头，躲过那口烟，男人已经转身进了屋。宋颂低头看了看玄关散乱的鞋，有男有女，忽然有点不想进去，可牟虔跟她说这是个急单，所以价格高，她临时推了，怕是不守信用。

宋颂跟着进了屋。酒店式的公寓都是精装修，两室一厅，还算大，但实在凌乱不堪。宋颂瞧了瞧沙发上堆满的脏衣服，茶几上已经铺不下的啤酒罐，地板上随处堆着乱七八糟的杂志画报，宋颂只看了一眼，就收回了视线，全是一些黄色期刊。

裸身男在沙发上拨拉开几件衣服，施施然坐下，里屋又出来个男人，身材矮胖，三十出头，他倒是把衣服穿全了。

矮胖男人一看到宋颂，就立马从她的装扮上判断出身份："摄影师？那就可以开始干活了。"

裸身男跷着二郎腿，说："人都没。"

"两个丫头呢？"

"下去买烟了。"

宋颂立刻联想到刚刚从电梯里出来的两个女生。

"那等一会儿。"矮胖男冲宋颂道，"你先准备下。"

宋颂一直站在原地没动，脚下没地方给她放东西，她只好问："打算在哪里拍？"

矮胖男冲她招手："浴室，跟我来。"

宋颂又是一愣，跟着他走过去。眼前的浴室不足三平方米，墙面贴着老式瓷砖，因着潮湿水渍，不少已经泛黄剥落，里头堪堪摆了一个浴缸，拉着一张浴帘，下摆都是霉点。浴缸边上好不容易挤着一个马桶，正对着的方向有一面镜子，下头是洗手台。

"我想了想，这里最能拍出那种港式老电影的味道，你觉得呢？"矮胖男拿手比画了一番，回头问宋颂。

这女孩子可真年轻啊，不仅年轻，还很漂亮啊，比阿美和阿敏漂亮多了。只做个摄影，不做模特，还真是可惜了。

宋颂没在意他的目光，专注于这破旧的小浴室，她拿出简易打光板，端出相机找角度。

"楠哥，她们回来了，开始吗？"

裸身男不知什么时候出现在宋颂背后，弓着背，一手搭着门框。

宋颂一个激灵，避开两步。

他痞痞地勾了勾嘴角，侧着身硬是挤进了这个小空间，一屁股坐在浴缸边缘，一边打开水龙头蓄水，一边对宋颂抬了抬下巴："小妹妹，第一次接活，行不行啊？"

宋颂抬了抬鸭舌帽，素着脸，挺烦被人小瞧了，笑了笑："行，怎么不行。"

要是知道二十分钟后发生什么，宋颂咬了舌头都不会说这种打脸的话。

"阿美，阿敏，还抽烟，赶紧过来，开始了。"

"来了。"女生拖拖拉拉的调子从身后传来。

宋颂立刻闻到一股子浓烈的香水味，这屋子里没开冷气，天已经开始闷热，小浴室里又潮又湿，就墙上一个窗户，还打不开，加入这股香味，宋颂早上没吃东西，这时候胃里一阵翻江倒海。

两个女生都化好了妆，宋颂不予置评，她正想开口询问这回拍摄的主题，却见两个女生不约而同开始脱衣服，先脱了上衣，再脱牛仔短裤。这还没完，裸身男也站起来开始脱，上身已无衣可脱，就脱裤子，脱下的裤子丢给矮胖男。

叫阿敏的女生直接跨坐在男人身上，阿美也站在他一侧，俯下身，露出一对巨乳，伸手勾过男人的脸作势要亲。

宋颂算是比较玩得开的女生，这大半年来也出了不少外景，可她好歹是个二十岁不到的姑娘，哪里见过这种过火的场面，当下她脑中轰然炸开，脸上烧起来一般，本能地扭过头，问："你们这是搞什么？"

"拍照啊。"矮胖男好笑地反问道，"你干吗呢，还不拍？"

宋颂深吸一口气，道："我接到的单子是拍写真。"

"是写真啊。"

宋颂简直想骂娘，这哪里是写真啊。她不知是牟虔搞错了，还是故意为之。她平息了下心情，摸出手机："我打电话确认下。"

可不料，因为心里着急，手机滑出掌心，直接落到了浴缸里……浴缸里已接满水。

"呵。"裸身男发出了一声不合时宜的笑。

宋颂怔了会儿，立即弯腰去捞，然而已经来不及，手机无论如何重启不了。

裸身男不怀好意地笑道："小妹妹，你这么纯情，怎么玩这行啊？"

宋颂倒没那么容易被他激着，甩了甩手里的水，淡定道："我经验不够，你们重新找人吧。"

说完，她埋头就要往外走，可矮胖男不干了，堵在门口，黑下脸，道："耍我们，老子钱都付了。"

"退给你。"

"呵,你知道这活急,退我钱有个屁用,说好了不拍就赔违约金。"

"多少?"宋颂开始不耐烦。

"一万块。"

宋颂猛地抬头,看着矮胖男利欲熏心的脸,下意识反问道:"多少?"

"一万,听清没,要走可以,一万搁这儿。"

那时候对宋颂而言,一千都是巨款。

时间在这一间混杂着不可言喻的汗味、香水味、潮味的浴室凝固了。

宋颂还是不肯,让他们联系牟虔换人,可这个叫楠哥的胖子咬死了不认识牟虔。

楠哥皮笑肉不笑道:"我可警告你小姑娘,你要是敢再耽误我们,要么赔一万,要么就给我乖乖拍片子。"

宋颂压根儿不想跟他继续谈,推着他肥硕的身子就想往外走。谁知楠哥反手就是一掌,宋颂被打得一个跟跄,为了护住相机,整个人撞到浴缸边缘,胳膊肘硬磕在陶瓷上,忍不住闷哼一声。

马桶上坐着的裸身男冷声道:"楠哥,我看这小妹妹真不行,换人吧。"

"你小子给我闭嘴,不然,你替她出这一万。"

此话一出,裸身男也不敢再出声。

"这位大哥,你也别想吓我,怎么,还想把我困在这里不成?"宋颂倒也不怕他们,就是恶心。

楠哥步步紧逼:"可以啊,你不拍,那你这相机也是没用了。"

宋颂脸色一变,护着相机,脑中飞速盘算,这个楠哥看起来不好惹,边上的三人更是不会帮她。她算是着了道,好汉不吃眼前亏,要是因为这么个事，坏了一台相机，可要了她的命了。

后来的一个小时，宋颂木着脸，脑中一片空白，压根儿不知道自己在拍什么。

"好了，最后一个场景了。"楠哥指挥着两个女生躺到浴缸里，又对裸身男说，"阿文，你也躺进去。"

他还没说完，门口突然响起了门铃声，楠哥没打算理会，可那门铃响得如夺命鬼在追一般。

"哪个赤佬？"

楠哥走出去开门，顺手带上浴室的门。

一时间，浴室里的气氛越发尴尬，两个女生从冷水里钻出来，开始低声骂骂咧咧。宋颂靠着洗手台，她的鸭舌帽刚才已经被打落，沾了水，看得出她雪白的脸色。她低着头，第一次手里捧着相机，却没去看里头的照片。

忽然，她听到外头起了争执声，有脚步声离浴室越来越近，没来由地，宋颂心跳越来越快。

门被人一把推开，进来的不是楠哥，那人一眼就看到浴缸里裸着的两女一男，脸色阴沉至极。

他猛一转头，看向宋颂这边。

"单凛……"

宋颂心跳到了嗓子眼儿，这般不堪的场面，万万没有想到单凛会出现。

单凛脸上风雨欲来，眼神冷若冰霜。宋颂白着脸，镇定了番，慢慢站直了身体。

"你是什么人？"楠哥从后面冲上来。

浴缸里的阿文眯起眼，饶有兴味地看着单凛，两个女人看到单凛都下意识地遮住了胸部。

"单凛，你听我说。"

单凛盯着宋颂，根本不想听她说，一个箭步上前，拽过她的胳膊，直接往外走。

楠哥故技重施，堵在门口不让他们走。

"你个赤佬，阿文，还不过来给我按住他。"

叫阿文的男人动也不动，一副看好戏的样子。

而这边，单凛只用一只手，就掐着楠哥的脖子，他的手劲很大，强横地推着楠哥走出浴室门，一甩手，楠哥重重摔在地上。

楠哥捂着脖子，大声咳嗽，指着单凛的背影骂道："你、你敢出这个门，我……"

单凛突然停下脚步，回过身，宋颂以为他要去揍人，不料他捡起了她搁在地上的背包，随后走到楠哥面前，一脚踹在楠哥肥硕的肚子上，冷声道："你能怎样？"

说罢，他继续拽着宋颂走，宋颂还有些发蒙地看着楠哥捂着肚子在地上打滚。

单凛一手拽着宋颂，另一只手提着宋颂的背包。宋颂低头看到他手臂上的青筋毕现，她不敢出声，乖乖跟着他走。

单凛走得很快，也不看她，拽着她胳膊的手始终没有松开。直到走出这条街，他倏然手上用力，她没有防备，直接被他扯到面前。

太阳当空，宋颂只觉得一阵眩晕，喉咙干得恶心。

单凛背着光，下颌线绷得快要断裂一般："脑子呢？"这一声他压着嗓子，然而下一声，几乎是吼的，"我问你，脑子呢？"

宋颂脸色发白，她明明在阳光里，却更像是迎着寒风，头痛、胳膊肘痛，现在被他拽着的手腕更痛。她不知道该怎么说，遭了这一趟罪，她心里本就惊恐，难受得不行，被他一吼，本来还想笑一笑跟他讨个好，现在干脆一句话都不想说。

然而，下一秒，他把她拉入怀中，把她的头按在自己肩上。

"为什么不接我电话？"他故意靠近她问。

"手机掉水里了。"她哑着嗓子回道。

"为什么接这种活儿？"

"我来前不知道……"

"是不是傻？"

"……"

宋颂委屈劲上来了，鼻腔里还残留着浴室里难闻的味道，单凛身上冷冽好闻的味道，瞬间治愈了她的头痛。

"你怎么来的？"她闷声问。

他冷哼："打车来的。"

宋颂："……"

"你的账，一会儿算。"单凛的声音疏离了些。

宋颂一愣，抬起头，只见一辆出租车停在他们面前，牟虔和他兄弟下了车。

"宋颂，没事吧？"

牟虔看到宋颂被一个男生抱着，他愣住了。印象里，宋颂是个非常独立的女生，对待男生都跟兄弟一般，从不矫揉造作，这还是第一次看到她这副小女生的模样。

宋颂很快跟单凛分开了些，她撩了撩长发，瞬间收起了刚才的表情，换上一脸似笑非笑："学长，你可没跟我说，这次写真这么刺激。"

宋颂简单地把情况跟牟虔说了一遍，牟虔越听越心惊，更别提，她边上的男生一直冷眼盯着他。

牟虔也是心塞，他哪知道自己兄弟接的是个这样的活。

"德航，活是你接的，什么情况？什么乌七八糟的活儿你都接？"牟虔转脸就冲边上的男生骂。

陆德航本就抱了捉弄下宋颂的心，他就是看不惯宋颂跟牟虔拿好处，却不肯答应做牟虔女朋友，所以明知这单有问题，还是给牟虔推荐了过去。牟虔最近忙得焦头烂额，没时间仔细核对，心里又想着宋颂，便转手给了宋颂。

陆德航憋了半天，憋出一句："我、我没想到，到这种程度。"

牟虔气急了，一拳打了过去，转头跟宋颂道歉："宋颂，对不起，我要是知道，绝对不会让你来。"

刚才，他接到一个陌生电话，对方劈头盖脸就问他宋颂在哪儿。他起初心里挺不舒服，想着什么人啊，可转眼就见陆德航一脸紧张，时不时瞥向他这边，他忽然觉得情况有点不对。

宋颂还是相信牟虔的，她也不想跟他撕破脸皮："学长，片子都在相机里，你要就拿去，之前你帮我这么多忙，这事就算了。"

"谁说算了。"单凛一把按下宋颂手中的相机，"牟虔学长，是吧？"

"你是？"牟虔明知故问。

单凛比牟虔年纪小，牟虔大四了，已经进入社会，要比单凛成熟不少，但单凛身高比他高，虽说单凛一身的少年感，但气场很强，现在的气势甚至强于牟虔。

"跟你没关系。"单凛面沉如水，强硬道，"照片一张都不会留下，违约金你们自己想办法。"

牟虔自知理亏，咬牙应下。

"还有，离宋颂远一点。"

牟虔变了变脸色，但看着宋颂苍白的脸，还是应下了。

单凛不再理会他们，拉着宋颂就走。他在路边打了辆车，带着宋颂离开。

宋颂想着牟虔也是好心帮她，还是想跟单凛解释一下："学长之前帮了我不少……"

单凛闭着眼，冷声道："你现在最好一句话都不要说。"

宋颂乖乖闭嘴。

单凛跟司机报了一个地址，宋颂不知道那是哪里，但跟他在一起，她总算是松了口气。

车子开了二十分钟，在一处公寓楼停下，单凛付了车费，先行下车，也不管宋颂有没有跟上。

宋颂仰头看了看这栋高楼，这块区域她有所耳闻，寸土寸金。

"站着干吗？"单凛开了门，不耐烦地看着她。

宋颂站着没动，问道："这是哪儿？"

单凛冷笑："那种地方，你问都不问就进去了，我带你来的地方，你倒是戒备。"

宋颂被他噎得无法反驳，又知他现在心情很差，今天这关绝不好过，她不跟他争，闷头跟着他上了楼。

单凛带她进了屋，他直接脱了鞋就踩了进去，她有样学样。

这是间单身公寓，上下两层，开放式格局，家具简单，只有生活必备的东西，其他一概没有。宋颂总觉得空间过暗，有点压抑，观察了一圈，恍然发现，屋里窗帘紧闭。

单凛兀自从冰箱拿出一瓶水，拧开盖，仰头就喝，喉结上下滚动，好像把这么多水喝下去才能把体内的火浇灭。好一会儿，他才重重放下水瓶，掀起眼帘，看向玄关的宋颂。她背着大包，肩挎相机，脚上没穿鞋，就这么站着，望着他。

他又拿了一瓶水，走到她面前，也不看她，侧过身，单手打开玄关唯一的柜门，拿出一双拖鞋，弯腰放在她面前。

他没给自己拿鞋，转身走到沙发边坐下，整个人几乎陷到这张软沙发里，把手里的水瓶放在中间的茶几，指了指对面的位置，对宋颂说："过来。"

宋颂拖着步子坐到单凛对面，把包和相机搁在地上。沙发太软，她没靠下去，盘起腿，和他面对面。

有时候，她真搞不明白，为什么单凛气场这么强，明明她比他长两岁，可总有种他比她更成熟的错觉。

气氛冷了一会儿，宋颂叹了口气，主动道："你是想听我解释呢，还是你有想问的？"

单凛不语，深陷在沙发中，屋里光线很暗，窗帘遮去了落地窗外玫瑰色的晚霞，她看不清他的神色，便竖起耳朵，很快微弱的呼吸声和心跳声交织响在耳郭处。

单凛一如既往地冷傲自我，嘴上不饶人，但她感觉得到，他也努力在用他的方式调整自己配合她。这般生气，还是头一回。

他突然问："找你拍一次照，多少钱？"

他的声音还算平静。

宋颂坦白道："同学的话友情价一百块，要是出外景两百块，外面接的活，高的话三百块。"

"今天呢？"

"一千块。"

"你没想过为什么价给得这么高吗？"

"写真，一般要加价，而且这是个急单。"

宋颂确实也想过，但之前跟学长配合得不错，都挺靠谱，所以没想那么多。

"你这段时间都在忙这些？"

"嗯。"

单凛忽然起身："跟我上来。"走到一半楼梯，他又补了一句，"带上相机。"

宋颂抓过相机，不明白他要做什么，但还是照做了。

二楼只有一张大床，孤独得令人不敢躺上去，这是单凛的卧室。宋颂刚迈上二楼，就见单凛背对着她开始脱衣服，T恤被他直接丢在地上。

宋颂惊得差点一个踉跄跌下楼，连忙抓住扶手。

单凛半转过脸，侧颜淡漠，动作不停，继续脱裤子。

宋颂意识到不对，血液上涌，上前抓住他的手："你做什么？"

她抓得并不紧，所以，单凛只是稍微挣了下，继续脱裤子。直到他把长裤丢弃一边，他才走到窗边，稍微拉开些窗帘，落日娇艳如玫瑰，立刻在地板上留下缕缕光束。

随后，他随意地靠坐在床上，抓了把头发，微偏过头，在光线下，露出漂亮的额头和脸部轮廓。

宋颂目瞪口呆地站在原地，虽然她知道在这个时候不应该傻在那里，但她的目光始终没法从他身上挪开。

少年整个人如冰雕美人一般。宋颂忽然有点后悔刚才没把茶几上的那瓶水拿上来，她艰难地抿了抿唇，好渴啊。

二楼不大的空间仅剩下一室静谧。

她手里紧捏着相机，屏息注目，比起刚才那浴室里昏暗、毫无美感的画面，眼前的景象随手一拍，都是极品。

但她还是克制住了。她低头，俯身捡起他的衣服递过去，尽量装作没什么大不了的样子，笑道："别这样，快穿上。"

她手心泛起潮意，对上他看过来的黑色双眸，刚一接触，她的心脏就不争气地狂跳。

静默三秒后，单凛猛地抓过她的手，用力把她拽到面前。

眼看着要趴到他身上，宋颂连忙弯下膝盖，堪堪半跪在他面前。

她仰起脸，恰好他俯下身，他的鼻息就在她的面前，那双融入了夜色的眼睛，一瞬不瞬地盯着她。

"你要拍照，我给你拍。我主动扒光了，心甘情愿让你拍。"

宋颂脑中炸开一道白光，恍然想起那日她说的话——

"单凛，总有一天我要你主动扒光了，心甘情愿让我拍。"

"你是跟我赌气吗？"她迎上他的目光，思忖后问道。

单凛不耐烦："拍不拍？"

但宋颂不怕他："真的？"

"不拍算了。"他佯装要起身。

宋颂总算反应过来，连滚带爬从地上站起来。

"不许后悔。"

话是这么说,但她已经拿起相机对着他连拍三张。像是怕下一秒,这位男神突然说到此为止,宋颂几乎不停顿地各种角度都拍了一气。单凛也没变过姿势,将身体沐浴在最后的日光之下,任她拍。

可拍到一半,宋颂慢慢停了下来,低头看着相机里的照片。他真的是无死角,每一张都令她心动不已。可他怎么想都觉得这不像是他会做的事,他这么讨厌拍照,虽然她不知晓原因,但之前篮球场上,抓拍了几张都能惹恼他,现在算是怎么回事。

宋颂凑到他跟前,眨巴着眼睛,笑道: "你这不会是在安慰我吧? "

单凛淡淡道: "给你洗眼睛。"

"……"

随即,他挑衅道: "光拍就够了吗? "

宋颂哪里见过单凛这一面,这时候已经分辨出他不生气了,便露出了本性,兴奋地嬉笑道: "给摸吗? "说罢,一只手假装在他腰侧戳了戳。

谁知,这一下单凛忽然变了脸色,本能地躲开,这表情看上去奇怪得很。

"你怕痒? "宋颂大为惊奇,像是发现了新大陆,她两只手齐上。

单凛不断往后退,表情严肃: "够了。"

宋颂哪里肯放过他,这个惯以高冷示人的家伙,可算是被她找到一个弱点。

·第六枝百合·
心之所向

///

单凛挣扎着起来，宋颂立刻跟着爬起来，观察他的神情，问："这是不生气了？"

单凛没理她，自顾自地开始穿衣服。无奈身后的牛皮糖贴得太紧，他只好停下动作："你先放开我。"

"偏不。"宋颂胆大包天，开始蹬鼻子上脸。

单凛满腹无奈，却没有不耐烦。

宋颂见好就收，坐到一旁，说："我以后还是会继续拍照赚钱。我妈不好找工作，她也不是能吃苦的人，家里的开销还有学费，都需要考虑。"宋颂将下巴搁在他肩上，缓缓道，"但这件事，不能让吴歌知道。他的个性，你也清楚，一定会冲过来烦我。"

单凛坐在床沿，侧过脸："你就不怕我？"

宋颂立马嘴上抹蜜："你能理解我的，对吗？"

她现在有点能拿捏单凛的心态了，他听后，果然只是抿了下唇，问："你需要多少钱？"

"钱不嫌多，四年学费，加上生活费，还有家里补贴。"宋颂盯着他长长的睫毛，笑道，"别跟我说，你借我钱，你还不是拿家里的。

我干摄影是因为喜欢，正好又能赚钱，两全其美。"

单凛看出她的努力，这个女生总是能把很辛苦的事说得轻松惬意，笑起来时微颤的睫毛，犹如快乐鸟儿丰满的羽翼。

他故作冷淡地吐出三个字："想得美。"

这别扭的个性，宋颂笑道："谢谢。"

在他恼之前，她已松开手，跳下床，拿起相机开始研究那几张惊艳的照片。

宋颂靠坐在墙角，护着相机，跟单凛做最后确认："照片我会保留好，你不准耍赖。"

单凛闻言，沉默了半晌，等到他把衣服都穿好，就站在原地，低缓地说："我父母关系不和，从我出生起，我母亲为了吸引我父亲的关注，一天二十四小时，无时无刻不在给我拍照，我必须按照她的要求摆出各种姿势，我的生活完全暴露于镜头下，直到我上了初中住校。"

他面无表情地说完这些，言语简单克制，但已是超乎寻常地对触及他底线的私人问题做了解释。

宋颂大感意外，她想过不少可能性，甚至连狗血的什么照片外露，遭人跟踪都猜测过，却不料事实是这样私密难言。

单凛从不对外述说他家里的事，他在所有同学眼中就是个神秘的转校生，没人知道他在 S 市发生了什么才转学，更没人知道他家里情况。他总是孤独而来，孤独而去。

宋颂忽然意识到，自己在他心里，可能比她以为的，还要重要。

"我爸妈年轻时感情很好，但后来老爸做生意，两个人就开始经常吵架，搞得小歌都不爱住家里。可是我爸出事后，我才知道，虽然我妈总是骂我爸，但最爱的还是他。可能，每个人的表达方式不一样吧。"

"我们家不一样。"单凛不想再谈下去，"照片你喜欢就留着。"

他淡淡地丢下这么一句，开始往楼下走。

宋颂连忙追上去，拉住他的胳膊："你在镜头里很好看，我可以肯定，任何喜欢拍人的摄影师看到你都会有控制不住想要拍你的冲动。但我只希望镜头里的你是自然真实的你。你不愿做的，我不会强迫。"

她的目光澄澈，阳光从身后的窗户洒进来，将她周围空气中的粉尘染上无数玫瑰色光芒，她的笑容就在这淡淡的绮丽背景下，坦然明亮，令他永远无法回避。

他给了她最大程度的承诺："随你。"

宋颂就像她所说的那般，依然做着兼职，打理着她的个人摄影业务。牟虔来找过她两次，请她吃了个饭，郑重道歉。据说那个单子是陆德航故意接来恶心宋颂的，后来谁接进来的坑谁去填。

牟虔虽然是撩妹高手，但也有自己的底线，他看出单凛不简单，没兴趣继续。

权衡之下，牟虔还是想和宋颂保持朋友关系。而宋颂，少了牟虔就少了很多活儿，她犯不着跟钱过不去。再说，牟虔对她心有愧疚，只会把更好的活儿安排给她。

虽然这件事让单凛不高兴了很长时间，但在宋颂的软磨硬泡下，最终他还是尊重了她的意见。

转眼，宋颂上大二，单凛也进入了高中最后一年的关键时刻，两个人都更加忙碌。宋颂忙着赚钱，还有上各种专业课程，什么美术基础、服装设计学、服装材料学、服装工艺、打板及剪裁……还有不少美学、历史学的课程，这些都是为了提高审美和创意而充实的必要知识储备。她在这个学期还成功进入学院最牛老师的工作室，平时帮他打打下手，捞捞时尚干货。

晚自习结束，宋颂和室友景妍一起往宿舍走。景妍是她们宿舍里最神秘的一个，成天见不到人，据说她家里就是开服装厂的，本来想把她送出国，可大小姐不乐意去资本主义帝国吃洋快餐，混了个高考，就和宋颂成了室友。但她这个爱吃辣的妹子个性特别爽朗，反倒和宋颂走得最近。

"你打算参加设计大赛？"景妍问。

"我已经报名了。"

"我听说大三很多学姐参加了，我们有些专业课还没上，你还真厉害。"

"反正就是去锻炼一下。"

宋颂看起来挺不以为意，但还是下定了决心，想要冲一下。

景妍看过她的设计初稿，若有所思地点了点头，说："不过你的作品创意很好。"

"可是老吴说完成度不够，可能没什么希望。"

景妍愣了下："老吴这么说？看来他要求很高啊。"末了，她忍不住又问了件其他的事，"论坛那事怎么处理？我看今天还有人跟帖，我又在下头跟他们大战了三百回合。"

"学院老师已经出面要求删帖了，内部处理，我下午就在跟他们开会。"宋颂想到下午会议室里吵得不可开交的场面，脸色难看了几分，"碰到这种事，真是活见鬼，一张嘴无中生有，说得有鼻子有眼，没见过这么不要脸的。"

景妍一脸义愤填膺："陆德航就是个小人，劈腿渣男。那个女的拎不清，还替他开楼黑你。"

见到景妍这样子，宋颂反倒开怀了不少，两人边吐槽边回到宿舍。宋颂跑到天台给单凛打了个电话。单凛是个冷感的人，通常而言两个人相处是宋颂更为主动。

宋颂站在天台，恰好正对着学校西面的足球场，夜色沉静，犹如巨大的帷幕，守护着校园的宁静，偶尔传来夜归的学生发出的嬉闹声，除此之外，只有一盏盏橘色的路灯和一些自习室里的白炽灯亮着，默默守候着校园的静谧。

电话响了三下就被接起，对面的声音一如既往地平淡："喂。"

"你在干吗？"

对面沉默了一会儿，道："睡了。"

宋颂猛然想起今天她下自习晚，已经过了十点半，而单凛通常这个时候已经睡了。这个习惯雷打不动，哪怕在高三最后一个学期，临近高考，其他考生都拼命熬夜刷题，单凛依然该睡就睡。只不过，躺在床上能否睡着就是另一回事了。

她忙了一天，把这事给忘了："把你吵醒了？"话虽这么说，但她并没有打算结束这通电话，"三模成绩出来了？"

"嗯，昨天出了。"

"年级第一？"

"嗯。"

毫无新意，宋颂不得不感慨人与人之间的差距，人家天天到点就睡，照样考高分，不知他的同班同学作何感想。

黑暗中，单凛开了灯，起身靠坐在床头，橘色的灯光淡淡地罩在他的脸上，很是平和："今天怎么这么晚？"

"今天和老大她们自习完后在外面吃了个夜宵。"她随意编了个理由。

然而，这里没人，宋颂对着没有星光的夜空笑了笑。如果单凛在她面前，就会发现她眉宇间难以藏住的疲惫，在别人面前，她好像永远都是一副万事尽在掌握的样子，有用不完的精力，就像早上九点的太阳。

可她也会累。

这些天过得一言难尽——她寄予希望的作品被老师批得一文不值不说，另一头的摄影工作也出了麻烦，起因是她和陆德航的矛盾，她找牟虔借胶片机，谁知道牟虔借给她的是陆德航的，还回去的时候，陆德航怒气冲冲地找她说相机坏了。她也不是吃素的，两个人就争了起来，牟虔没想到两个人积怨这么深，现在后悔都来不及。可就在他两头调解不成的情况下，竟然有人在学校论坛发帖子大肆往她身上泼脏水，这个楼已经盖了很高，往死里黑她，列举三宗罪：一、仗着有学长撑腰，工作室里窝里横；二、专坑自己学校的同学，要价黑心贪得无厌；三、自己没技术，好多照片还是抢了别人的创意。

宋颂一天到晚忙着兼职其他工作，还要超前学专业课，每天给单凛打电话都是下了夜班抽空打的，实在忙得焦头烂额，要不是室友跟她说学校论坛这个帖子已经连着几天高挂顶楼，她压根儿没想到自己已经被人拖出去鞭尸几百下了。

宋颂从小到大做人原则便是人不犯我，我不犯人，不惹事，也不好惹。这回已经不是隔空打脸，而是按着她的脸往地上摩擦，她这还不反抗？直接下场撕。

这个事情闹到学院里老师都知道了，今天老师给她的参赛作品提意见的时候，也意有所指地提醒她，既然要参赛，做事就要用心，不要在外头乱费心思做些有的没的。

她平时确实爱跟单凛聊天，但基本上都是小事，反倒是这种大事她基本上都不会跟单凛说。单凛和她不一样，她是个消化能力很快的人，不开心的事睡一觉就没了，但单凛不行，和他相处了快两年时间，他什么脾性，宋颂算是摸透了。这人心性捉摸不定，好像对什么都冷淡拒绝，但实际上心思很沉，如同一座密不透风的古堡，每一个房间都有密码。一开始你会郁闷走不进去，但后来你又会担心被他锁在房间里，你不经意的一句话都有可能被他记上好长时间，到了某个时候，突然被他翻出来说。

横竖她都能处理好，这些事没必要拿出来跟他抱怨，他马上就要高考了，不能分心。但她心里还是憋屈，这份屈辱压着火，找不到出口，如果他在身边就好了，他们能相互理解对方，可能跟他聊聊，天大的委屈都不值一提了。

宋颂将夜空看作黑色的画布，在上头用思念勾勒出单凛的模样，千言万语最后汇聚成一句话："你要是在这里就好了。"

单凛一直闭着眼靠在床头，听到这里，忽然睁开眼，卧室里很安静，唯有她的声音在耳侧轻响。

一到晚上宋颂总会给他打电话，这个是他们之间的默契，然后一打就是很长时间。一开始他十分好奇她怎么有那么多话，可现在他也习惯了，隐隐地，一天最期待的好像就是这一通电话。然而他话不多，大多数时间便是听着，就连他自己也觉得不可思议，平日里听别人多啰唆两句就没耐心，听她说话倒是从不会嫌烦。

他不禁坐直了身体，床头的灯光落在了他的后背，他的神色重新隐在了暗处，晦涩不明："你出什么事了？"

宋颂没料到单凛如此敏感，她开始耍赖："没事啊，就是想跟你聊会儿天。"不待那头有什么反应，她接着说道，"今天太晚了，你睡吧。我也洗洗休息了。"

宋颂先挂了电话，转身下楼，可还没迈出门槛，单凛的电话就拨了回来。

她立马接起来："嗯？"

对面人的语气听起来不太高兴："我话还没说完，你就挂了？"

宋颂态度端正，认错及时："哦，我错了，您还有什么指示？"

那头短暂的沉默后，清晰又缓慢地说："我会尽快回去。晚安。"

"等等！"宋颂连忙喊住他，"你再说一遍，我刚才没听清。"

单凛恢复了冷漠，直接无视她，这回他先挂了电话。

宋颂拿着手机站在黑漆漆的楼道里，猛然蹲在地上，埋头抱膝，有点手足无措地傻笑了好一会儿。她回到宿舍的时候，傻笑还挂在脸上。景妍刚好从盥洗室出来，看到她这德行，诧异于她恢复心情的速度，转念一想，立马暧昧地捅了捅她的胳膊"哟，高兴什么呀？"

宋颂正了正脸色，可手机这时候振动了一下，是单凛的微信：别傻笑，早点睡。

宋颂再次破功。

单凛看起来不懂人情，但只有宋颂知道，他用自己的方式努力和她保持一个频道，确实他发消息字能省则省，言语犀利，但不会冷落她任何一条信息。对于煲电话这种毫无营养并且浪费时间的事，他也严厉谴责过，期间还威胁她挂电话不下五六次，但宋颂老毛病再犯的时候，他照样还是陪她度过了一个又一个深夜。

他们见面的时间很少，大家都是学业优先。见上面的时候，两人干脆窝在单凛的公寓，一待就是一整天，一人守着半张书桌，好像较劲儿谁学得更专注。两个人都懒得出门，吃饭问题就变成了生存大事。宋颂虽然有心，但对做饭这件事实在无力，单凛冷眼旁观了几次，毫不留情地嘲讽她，然后大包大揽地把这件事接过去了。

后来想想，和她在一起的单凛，真的是最好的单凛。

第二天一天她都心不在焉，憋到下午，宋颂不管三七二十一，开始收拾行李。

这一路，她也预料到单凛见到她未必高兴，这人不喜欢惊喜，对于超出掌控的事，他都不喜欢，但她管不了这么多了，她就想见他。

抵达 Z 城后，宋颂直奔单凛江边的家。这个时间点，他估计还没下晚自习，她到的时候也没给他发消息，在楼下找了个空位置坐下，拿出画本，不声不响地等人。

或许是到了单凛附近，她的心就定了。外头的斜阳不慌不忙地向着西边归隐，照在后背上隐隐发烫，宋颂下意识躲向阴影里，手中的画笔却未停下，时间在她的笔触中安静流淌，而她浑然未觉天渐渐完全黑了。

"你为什么会过来？"

"当然是来看你啊。"

"你怎么可以一个人出来？"

"怎么不可以？我就想来看看你，难道不行吗？"

宋颂听着耳熟，这一男一女的声音里有单凛的，她倏然抬头，果然看到了他的背影。而另一个女人很面生，她看不真切，只觉得女人的脸部轮廓很漂亮，对着单凛说话的声音也很温柔，甚至有些说清道不明的撒娇。

单凛却一副很严肃冷漠的态度，回道："我让章叔来接你。"

"我不，我就要住在你这里。反正你马上要高考了，我也想来帮你。"

"我能照顾好自己。"单凛已经拿出手机准备打电话。

那女人上前一步要抢单凛的手机，单凛早有提防，仗着身高优势避开她的动作。女人一下子急了，声音也不如刚才那般温柔如水，拔高了音调道："你是不是跟你爸冷战了？你就不能听听你爸的话吗？去美国有什么不好？"

单凛的回答相当冷硬："我不去。"

忽然间，女人呆立在原地，泫然若泣道："小凛，你是不想去，还是不想和我一起去？你是不是嫌弃我，不爱我了？"

宋颂大惊，本能地往后退。这个时候她已经意识到这个女人的身份，她没想到自己会撞到这么诡异的母子吵架一幕，还好单凛没有看到她，她缩在角落，她大气不敢喘一下。

不知为何，她觉得单凛不会希望她看到这一幕。

那边单凛整个身体都是僵硬的，面对突然到访的母亲和她的质问，单凛忽然想起小时候在自家游泳池呛水的经历。他在池水里用尽全力挣扎，呼喊救命，那天的太阳极其刺眼，在水面上反射出道道白光，他透过扭曲的水面看到岸边母亲似惊似恐似悲地望着他，却始终没有施以援手，直到章叔发现了异样，从屋里冲出来。他被拖上岸，水挤压着他的鼻腔、胸腔，他甚至觉得自己的肺都被水浸透，整个人因为无法呼吸而剧烈抽搐。这个时候，母亲突然冲上来一把抱住他，痛哭流涕："你不要离开我，为什么要离开我？"

他仰望着天上的太阳，阳光和煦，照在他身上却只有冰冷，而他明明刺痛到睁不开眼，却偏偏要强撑着死死地盯着那令人炫目的光束，眼角被逼出的是水还是泪，他记不清了，一如他永远想不明白究竟是她要他离开，还是他想要离开。

以后每次见到母亲，他都有一种快要呼吸不上来的感觉，单凛强压下不适，说："我送你回去。"

"不要，我不要！"女人突然尖叫，仿佛单凛做了什么令她崩溃的事，竟抱着胳膊浑身发抖地说，"你不要碰我，我不会跟你走的。"

但单凛好像已经对她的状况习以为常，任凭女人怎么哭闹都不为所动。

若不是亲眼所见，宋颂简直不敢相信一个人变脸可以变得这么面目狰狞。

许是觉得在这里拉扯太过难堪，单凛竟转身走出了小区。女人一见他离开，在原地哭了一会儿，忙又跟了上去。

直到他们走远了，宋颂才挪着小步子从阴影里出来，手里攥着一把汗，已经把画纸完全捏变了形。

曾有人传言单凛家很神秘，而单凛之前也跟她提过，他母亲全心都在他父亲身上，甚至不惜拿他做诱饵。然而，还是太令人匪夷所思了，他们的对话不像是正常母子的对话，他母亲对他像是有很深的依恋又像是有极大的敌意。

她好像撞破了单凛的一个不小的秘密，但这件事她恐怕得死死咽进肚子里。

宋颂茫然地坐着公交车回到家，脑子里都是单凛，也不知如何走到家的。吴歌看到她站在门外的时候吓了一跳，狠狠咽下嘴里的鸡腿，问道："你怎么回来了？"

宋颂还在想单凛的事，也没注意吴歌神色不对，不耐烦地推开他："我回自己家还要跟你报备？"

"不是……姐，等下。"

吴歌返身要拦，可家就这么大，哪里拦得住。

宋颂进到屋里，一眼就看到四方的餐桌上还摆放着丰盛的晚餐。吴琴听到动静正站起来，此刻看到宋颂，尴尬地捋了捋头发，抹了口红的嘴唇扯出一个笑："不是说这两天课业紧张，要到高考那天才能回来吗？"

然而，宋颂的目光只在老妈新做的发型和抹了口红的嘴唇上稍作停留，立刻看向了坐在主位上的另一人。

"姐，你等等。"

宋颂怒从心起，挣开吴歌的手，骂道："走开，你长本事了，之前考艺校不跟我商量也就罢了，你的人生，你想要走哪条路，你有选择权。可现在家里有人登堂入室了，我却还不知道，你们当我不存在啊？"

吴歌只穿着一双拖鞋就追出来，别扭地跟在宋颂身旁，解释道："就怕你这反应，妈才不敢告诉你。"

"你呢，你就轻而易举接受了？爸才走了多久，这个家怎么就能让另一个男人进来？"宋颂气炸了。

吴歌脸色一白："不是你想的那样，你就不能换个角度看问题？杨叔叔是熟人，对我们很好，也有能力帮我们。你以为宋子强不来找我们麻烦，是他发了善心？你已经不在妈身边，高考后，我可能也马上要去 B 市，妈身体又不好，有人照顾难道不好吗？"

吴歌这一连几个反问倒是颇有说服力，可宋颂显然不这么认为，杨祥是她爸生前的朋友，确实是熟人，可朋友妻不可欺，这道理他们不懂？

她望着路边的花坛，不屑道："他这么好，为什么还要瞒我？"

吴歌噎了下。

宋颂回过头，冷哼："一个还没离婚的男人，你是要让妈被人耻笑吗？我跟你说，这件事没得谈！"

吴歌也急起来："他和老婆早一年多前就在闹离婚，对方不愿意离，在走法律程序，要两年才能正式离，还有两个月就离了。而且，妈还没跟他在一起，等他正式离婚之后再说……"

两个人争了半天，各有立场，宋颂念在吴歌再过一周就要高考，主动熄火："这件事等你高考完再说，但我的立场是不会变的。我警告你，不准拿他一分钱，生活费我会给你，学费我也会想办法……"

吴歌忍不住打断她："姐，我知道你要强。可我不想你天天为了家里累死累活打工，你看你都瘦成什么样了？我为什么考艺校，我就是想出名，以后我赚钱养你，养这个家。"

吴歌是真难受，他的姐姐曾经也是天之骄女，哪里吃过这样的苦。

宋颂却是听笑了，心中怒火在荒草上肆意蔓延，照亮了她心底沉寂已久的痛苦。她闭上眼，让火苗慢慢熄灭后，才开口："都两年了，你还转不过弯，这世道，只有靠自己争，没有苦不苦。另外，"宋颂戳了戳吴歌的额头，"你以为当明星这么简单，长得好看的人还少吗？"

"我可是过了四面的人，老师说我很有表现力。"吴歌揪住她的手指得意道。

宋颂私心里当然是想他好的，可这条路并不好走，他们家根本没这方面的人脉背景，谈何容易。但她还是同意了他的志向，就这么一个弟弟，怎样都要护着的。只不过，有一点，她必须跟他讲明白："你记住，你姐姐我不需要靠谁养，你若不是真爱这行，就趁早转行，不用勉强。"

"我明白。"吴歌见宋颂态度回暖，趁机问，"今晚回家住？"

"不了，我还是回学校了。"

"你不是特地回来的吗，就这么回去了？"

宋颂愣了下，她是来见单凛的，没想到不仅撞见了单凛不同寻常的家事，还撞破了自家的隐秘，当真是出门不利。

宋颂敷衍道："本来也就是想给你加个油，下周我还会回来。"

这一路往返，宋颂折腾得有些够呛，拖着包回到学校的时候，已经是晚上九点半了。她捏着手机，反复敲打，到底要不要给单凛打个电话。

每天他们都会通话，不打，显得反常；打，她怕他现在情绪不佳。

就在她摇摆不定时，手机先响了，来电显示：凛哥来电快接快接。

宋颂看了好一会儿才确定真的是单凛打来的："喂？"

"地上有钱？"

"没有啊，为什么这么问？"

"还是掉了东西？"

"也没有啊。"

"那你低着头走路干吗？"

宋颂猛一抬头，看到对面站着的人。单凛似笑非笑地看着她错愕的表情，走上前，伸手在她面前晃了晃："傻了？"

他看起来和平日里没什么不同，眉眼疏冷，唯有看她的时候，唇边不经意泛起笑意，大约是有些高兴的。

"你特地来看我吗？"宋颂立马开始表演。

单凛对于她这种不要脸的行为已经习以为常，淡淡地反问："不是你说想要见一面？"

宋颂激动得一跃而起，躁动不安了一天的心终于找到了归处："想。"

这天晚上，宋颂跟着单凛去了他的公寓。

他们俩待在一块儿大多数时候就是各干各的，单凛是个做事情非常专注的人，他们坐在书桌两端，单凛可以一坐就是半天，头都不抬一下，宋颂受不了，时不时要拿瓶饮料，找点零食，或者骚扰单凛。起初他还会恼，后来习惯了，我自岿然不动。

不过今天宋颂老实了不少，单凛起身倒了杯水，发现她竟然没有反应，倒是稀奇。单凛望着被她铺满整个桌面的图纸，微微蹙眉，随即在一堆手绘稿中发现了一张设计大赛的海报。

他突然想到，宋颂前段时间是跟他提起过要参加个什么比赛，据说奖金很高。

宋颂正低头重新绘图，针对这次比赛她已经出了三个系列的创意，但还是不太满意，总觉得作品里缺些什么。她的专业课老师，也就是现在她所在的工作室的老板，认为她对作品内涵的把握还欠火候，甚至劝她最好不要盲目投稿。

宋颂不信邪，正在收尾，忽然听到一串快门声，猛然抬头，竟然看见单凛淡定地用她的相机，拿她当模特。

"你偷拍我？"

单凛若无其事地回道："试试手感，这个拍人像还不错。"

正说着，他又拍了两张。

宋颂震惊，不得不说单凛被她带坏了。她丢下笔，扑上去抓他，桌上的水杯被她吓得晃了晃身子，然而单凛还是轻松避过。

宋颂扒着他的领口，硬的不行，就来软的，撒娇道："你给我嘛，让我看看拍得好不好看。"

单凛故作疑惑："好不好看难道不是因为模特？"

他被她缠得不行，终于松开手。宋颂拿过相机迫不及待地翻起来，没翻两张就笑岔了气，可硬是要做出一副生气的样子："拍的什么鬼，为什么我的半张脸是糊的？"

"因为你在动。"

"这张呢，我头发这么乱你也拍？"

单凛凉凉道："你画图的时候，不是向来嫌麻烦，头发乱扎吗？"

宋颂放下相机，扑上去作势要打他："你什么时候话这么多？"

单凛倒在地上，象征性地挡了两下，便由着她撒野。宋颂没多久就停下来了，警惕地狐疑道："你今天怎么这么好欺负？"

"你觉得我好欺负？"

单凛仰面看着她，似笑非笑，真肤白貌美好颜色，但这眼神，这口气……宋颂眼角一抽，敏锐地意识到不对，连忙往后靠，可还是晚了一步。下一秒，单凛的力气可不是闹着玩的，凭她细胳膊细腿挡不了两下就被制住了。

宋颂边笑边做出挠痒痒的动作："你干吗？我要攻击咯！"

单凛淡定地抓住她的手腕："攻击什么？"

宋颂立马能屈能伸，做出娇羞可爱委屈状："小哥哥轻一点，我还指望着晚上把稿子改好呢。"

过了会儿，他平静地开口："很快我就会考回 S 市，到时候，你搬过来吧。"

"啊？"

宋颂刚有点犯困的大脑，猝不及防地清醒了，别看她平时作风挺豪爽，真到关键时刻，还是很谨慎。

她想到下午的情形，斟酌着用词试探道："你确定会考回 S 市？B 市的学校更好，N 市的也不错……出国也是条路。"

单凛冷淡地回应道："出国？我的成绩需要出国？难道不是成绩不好的人才需要出国镀金吗？"

宋颂："……"

"你不想我考回来？"

宋颂连忙表忠心："怎么会，我天天盼着你高考完，但是搬过来这事……要交房租吗？"

"……"

他就知道她嘴里说不出什么好话，也不知道她这脑子里成天想的都是些什么玩意儿。单凛直接放开她，宋颂哪里肯，今天他可真温柔，她来了个缓兵之计："等你高考完了再说吧，其实学校里的生活也挺愉快的，不住校不方便跟同学联络感情。"

这话是认真的，象牙塔生活就那么几年，宋颂不希望单凛孤僻的个性更加严重，原本还想着他到了大学换个环境能多接受些善意和友情，怎么能纵容他再次把自己缩到一个独立空间呢？

单凛只是瞥来一眼，有些疑惑："你在学校愉快吗？"

宋颂不假思索道："哈哈哈，我到哪儿都愉快啊。"

"我以为你今天并不开心。"

宋颂难得怔了怔："……没有啦，你怎么会这么想。"

单凛把她的反应看在眼里，女生掩饰得很好，别人可能看不出，但在他眼里，她百分之一的失落，都不可能看错。

"你说想见我一面。"

宋颂没料到单凛这么敏感，她略心虚，赶紧耍赖："我就想着大家最近忙，很久没有一起学习了。"

单凛吃多了她这套，已经有抵抗力了："你不想说就算了。但是，我并不像你想的那样总是不耐烦，我也不需要你每天照顾我的情绪。"

宋颂傻了好半天，望着他平静的侧脸，忽然发现不知什么时候男生的脸上除了满满的少年感，更透出越来越多的坚毅。她以前还总奇怪，为什么单凛能如此自立，有着超出同龄人的成熟，也有让人难以理解的尖锐，今天撞见他母亲，她算是窥见了一二。原生家庭关系的扭曲，在一个孩子身上烙下太多的痕迹，单凛的疏离、冷漠、不可一世，甚至偶尔流露出的厌世，都在他的家庭关系中有迹可循。

她明白，这是单凛在暗示她，不要拿他当弟弟，他不喜欢被人小心翼翼地照顾着，是她疏忽了，以为他不愿意多承受不属于他的烦恼和负能量。

宋颂歪过头，脸上夸张的笑意慢慢收起来："也没什么，就是老师不太待见我的作品，然后，有人在论坛里污蔑我，说我拍照恶意开高价，还说我乱搞男女关系，占用他人资源，我当然不干了，就杠上了。还有我妈以后可能会跟一个男的在一起，我觉得不靠谱，我弟却极力支持，我跟他吵了一架。"

其他的单凛听着反应都正常，就听到男女关系这里，他敏锐地蹙起眉头，宋颂反应极快："我都拒绝了……"

"很多人追你？"

"没……"

"你真觉得我很好吗？"

单凛突然翻身，俯视宋颂，他头发最近长长了，额前的碎发不经意垂落，挡住了暗藏锋芒的视线，他的神色有点不同寻常的严肃。

宋颂伸手撩开他烦人的额发，很自然地回道："好啊！要说不好，就是脾气太烂。不过人无完人嘛，给你进步的空间。"

他看着她的模样像是经历了场长途跋涉，终于寻到绿洲的水源，洗净了一身不为人知的污垢和不堪，短暂地拥有了一尘不染的明亮之躯，敢在世人面前袒露心里藏得极深的期盼。

宋颂望着他的眼睛，竟第一次发现那里头洗过铅华般透着难以言说的亮。

"宋颂，你可别后悔。"他低哑着嗓音警告她。

宋姐姐张扬的笑声再次响起："哈哈哈，跟我玩激将，怕你啊，来啊，我才不后悔，你可别后悔！"

后来究竟是谁后悔了，又是谁一直在坚守承诺。

那时候单凛是不是有那么一瞬想要地久天长。

宋颂很想问问，却再也找不到人问了。

高考终于到来，匆匆三天，又带着无数学子的期盼离开。

单凛考完后，情绪波澜不惊，对他来说，高考不过跟平时做一套卷子一样简单，甚至更简单，因为边上没有宋颂骚扰。

分数出来后，他以全校第一的成绩登榜，并且顺利被 T 大录取。在这之前就有老师动员他考 B 大或者 Q 大，甚至在高考后，有不少高等学府老师亲自登门拜访抛来橄榄枝，但他都宠辱不惊地拒绝了。

然而，诡异的事发生了，宋颂连续三天联系不上单凛，两地公寓里也没见人。宋颂心里预感不好，她和单凛绝不会超出一天不联系，他们基本不吵架，吵架了也不会冷战超过一天，一来是宋颂自己忍不了不联系，二来是单凛的脾气被宋颂带得好了不少。

宋颂只觉是单凛家里出事了，联想到他母亲那次到访，他很有可能是被家里限制了自由。可是，当她想要找他的时候，她竟不知道他在 S 市的家在哪儿，单凛从不主动提及家里的事，而她隐隐感觉那是他绝不可触及的禁区，一旦触及必死无疑，便装作什么都不知道。

可现在她实在是没办法，思来想去，忽然想到单凛原来在 S 市有很要好的同学，但出了事才去了 Z 城。如此说来，他原来是哪所高中的？

宋颂回忆了半天，总算记起之前和李小蛮八卦时聊到的情报，立刻坐不住了，收拾了书包，跟边上的孟之依招呼了一声："我有点事先走了，位置不用帮我留了，不回来自习了。"

"哎，你等等，你不是说下午要找老吴交最后的参赛稿吗？"

"我刚发到他邮箱了，也请假了，你下午见到他帮我再说一下。"

"什么事这么严重？你放老吴鸽子，他会生气的。"

宋颂摇了摇头："不多说了，我得走了。"

她急急忙忙赶到 S 市二中门口，想着碰碰运气，这两天大多数学校的学生都会返校填报志愿，果不其然，二中也是。二中是 S 市最好的高中，每年重点大学上线率极高，在这里读书的学生只看能不能考上 Q 大、B 大之类院校，其他的学校都算不上挑战。

二中门口立着一排郁郁葱葱的香樟，红色校舍隐在一片碧绿深绿之后，相得益彰，青春就像这一丛丛蓬勃的绿植，掩藏不住这群少男少女的生命力。

这天是学校开放日，有不少高三学生就没穿校服返校，宋颂跟在几个女学生后头混了进去。宋颂一直在回想那次在漫展上碰见的几个人叫什么，她对那个暴跳如雷的男生有点印象，还有一个女生，但女生叫什么，她一点印象都没有了，那个男生好像叫……郭雷？

高三教学楼还挺好找，宋颂也不浪费时间，拦住一个学生便问："请问你知道高三的郭雷是几班的吗？"

可接连问了几个都说不知道，宋颂也不气馁，正当她打算找前面的同学打听的时候，背后有人拍了拍她的肩膀。

宋颂回过头，身后站着一个很高的男生，也没穿校服，松垮地穿着一件超大白 T 恤，运动裤，耐克板鞋，单肩背着书包，寸板短发，一双眼睛特别大，是个帅男生，就是眉梢有一处伤疤，还挺显眼。

"你找郭雷？"

"对，同学你知道他在哪里吗？"

那男生笑眯眯地打量宋颂，不答反问："你是他朋友？"

"是啊。"

"那怎么不打他电话？"

宋颂面不改色地说："我没带手机。"

小样想套她话，宋颂姐姐是那么单纯好骗的吗？

"哦，那跟我来吧。"男生主动带路，"你不是我们学校的吧？"

"不是。"宋颂也不多说。

"你今天跟他约了吗？一会儿我们有帮朋友跟他约了出去玩。"男生一直在打量宋颂，似乎觉得这么个漂亮女生来找郭雷，有点稀奇。

"我临时有点事找他。"

"哦……"

男生正要说什么，迎面有个男生跟他打招呼："余波，牛啊，听说你的分数线够上 B 大法学院了。"

男生推了他一把，不客气道："你少来，拿成绩单出来比比，输了的连请一周烧烤。"

宋颂猛然抬头，精准地盯上男生眉梢的伤疤。

有时候上天安排好的剧本就是这么精彩，宋颂原本只是想找到一个跟单凛有关的人，可没想到撞上了跟他最有渊源的人。

"余波？"

余波回过头，见宋颂直直地看着他，好笑地问："怎么，你也认识我？"

就是这个人，被单凛打进了医院，从兄弟到反目成仇。关于这个人，单凛只字未提，就如同他家里的事一样讳莫如深。那一刻，宋颂心里犹豫了几百次，她仿佛看到她和余波之间忽然出现的一道隔离线，在警告她不要越界，可是，这个人知道单凛家在哪儿，更可能知道单凛深藏不露的秘密。

要问吗？该问吗？问了，她也会落到被单凛恨之入骨的境地吗？

余波只觉得这个女生一时间脸色变得很古怪，瞬间从惊讶到警惕，最后竟一言不发地盯着他露出深思状。

在余波疑惑的目光中，宋颂做了决定，坦然回视他的目光，说道："问你也可以，你知道单凛住在哪里吗？"

余波的脸上瞬间裂出一道狰狞的恨意。

就在大家以为单凛出什么事的时候，压着填报志愿的截止时间，单凛出现了。吴歌看到他一直低着头，戴着鸭舌帽，大半张脸都看不清，旁若无人地填了志愿表，交给老师，然后也没跟任何人打招呼，直接走人。

宋颂坐在学校旁的奶茶店，百无聊赖地点了杯珍珠奶茶。她正在等吴歌，这小子还算争气，文化课没掉链子，不过很快他就要离开家，越是临近开学，越是显露出奇怪的分离焦虑症，宋颂都没想到自家弟弟这么黏自己。

说是在等吴歌，实际上她也是在等单凛。

一中还是那个一中，有不少学子搂着老师在校门口合影留念，阳光绚烂，配合着少男少女们的笑脸，随手一拍都是青春无敌的好作品。她依稀记得两年前的这个时候，她也是从那里头走出来，结束了自己高中三年的生涯。只不过那时候她还在经历人生震荡的余波，跟人拍照的时候，她最积极，笑得没心没肺，好像越这样笑就越能遮掩心里的不安。

单凛呢，他的个性看似冷漠，实则极端。

那天，余波最后还是不肯告诉她单凛家在哪里，他不想再牵扯进单凛的事里，他的神色不像装出来的，他是真的恐惧单凛。他对她只有一句警告，听得宋颂莫名其妙：他们一家都是疯子，逃得越远越好。

五天了，她联系不上单凛的日子，给他打电话已经变成了一种习惯，习惯性地拨通号码，习惯性地接受关机提示音。这五天，也给了她充足的时间去考虑余波的那些话。不过，她没考虑太多，人吧，想太多就容易犯错，单凛是怎样的人，她自己会用眼睛看，用心感受，他在她最脆弱的时候不声不响地陪伴，是一场拯救枯败百合的春雨。如果单凛真的会伤害她，那么直到那一天到来，其他人说的，她都不会相信。

就在她快要把一杯奶茶喝完的时候，她看到单凛快速地走进学校。大概二十分钟后，他就从学校里走了出来，宋颂刚想跑出去，却见到他身后还跟着吴歌和他们班上其他的同学，有两个她还认识，像席乐眠和熊大伟。

吴歌带头跟单凛说了两句，他似乎没怎么回应，然后席乐眠拿出一本本子递给单凛。大概过了三秒，单凛才接过，低头在上面写了些什么，很快又还给席乐眠。

他看起来不愿多待，宋颂就在这时推门而出，隔着条马路喊住他："单凛！"

她这一声不小，对面的人都看了过来，吴歌更是诧异，自家老姐不先喊他，喊单凛做什么？

单凛当即停下脚步，转身看向宋颂，帽檐下神色不清。

宋颂左右看了看路况，直接穿过马路，大步走到单凛面前，边走还边指着他问："不会给我打个电话吗？"

听到这话，单凛还没给出多大反应，吴歌他们直接目瞪口呆，席乐眼呆在原地，回过神后赶紧拉了拉吴歌。可吴歌比她还震惊，完全只顾着看眼前的两人。这里谁见过有人敢这么指着单凛鼻子骂的，还这般理直气壮。

宋颂不过是装腔作势，做做生气的样子，冲口而出的时候语气不由自主重了些。其实她心里明白单凛这些天不联系她肯定是出了事，但这些日子她过得也很焦躁，他在家里如果没法联系她，她理解，可现在他好端端出现在学校里，难道还没办法跟她联系一下？

她对这点有点不开心了。不，是很不开心，甚至有些生气。

然而，当她真的站定在单凛的面前时，心里那一点伪装的小火苗也瞬间熄灭，还保持着她张着嘴的状态，只顾盯着他看。

单凛很快低下头，避开了宋颂的目光，帽檐下，她只能看到他的嘴唇苍白，咬合肌因为用力而突出了一些，还有沿着侧脸淌下不正常的汗。

宋颂很快反应过来，伸手抓住单凛的手腕，强势道："跟我走。"

吴歌大梦初醒，醒后觉得自己被这个世界抛弃了，姐姐竟然看都没看他一眼。

吴歌脑子里想的全是"背叛"，临着毕业对单凛心存的那一点点冰释前嫌瞬间丢去喂狗了，对宋颂气急败坏道："你敢就这么带着他走了？"

宋颂一副我爱干啥就干啥的模样："这是我男朋友，我有什么不敢？"

宋颂拉着单凛疾步走了老长一段路，这期间两个人都没说话，单凛跟着她，一言不发。

日头正当空，直直地照在两个年轻人身上，两抹跃动不安的灵魂在光的注视下，别扭地害羞着。

沿途熟悉的小店，依然拥挤的公交车站，大概走了有十分钟，距离一中过了两个路口，宋颂放慢了脚步。

她走在前面没有回头，他们的手依然牵着，不知是谁掌心的潮意，让心跳越发躁动。

她问："现在是回你江边的公寓，还是找个地方坐下说？"

静默片刻，单凛终于开口，冰冷的声音低得她差点听不清。

"回去吧。"

单凛这个时候根本不想见人，但宋颂的突然出现，让他不得不控制住自己极度恶劣的心情。他一声不响地走到路边，招手拦了辆出租车。宋颂一路上一直不肯松手，他也就任由她握着手腕，闭目靠坐在后座，而他脸上不正常的汗越来越多。

"你这汗流得也太夸张了，哪里不舒服吗？"

宋颂盯着他看了好两回，意识到不对劲，抬手要替他擦汗，可他像是有感知一般，眉头紧蹙，先一步挡住，紧接着反握住她的手。他的掌心也全是汗，宋颂的心"咯噔"一下，像是被凉水淋过，潮湿一片。

好不容易到了家，单凛竟像是昏睡过去，宋颂叫了他好几声，他才睁开眼，辨认了下窗外的景色，好像不太确定自己的位置。

一进门，单凛背包还未来得及脱下，直接跌坐在沙发里，但很快，他还是撑起了半边身子，只是歪坐着，就像被暴雨摧残后，随时会折断的青竹。

宋颂换了鞋，走到单凛身边坐下，她想去摘他的帽子，又担心触犯到他。这两年，他的脾气在她的调教下算是好了不少，但唯独生病和缺觉到极限会导致心情极度恶劣，那是碰都不能碰，仿佛一碰就会让你灰飞烟灭。

单凛吃力地侧过头，半睁着眼看向宋颂。他知道自己状态不好，努力控制着身体里横冲直撞的气焰，说："前两天我手机丢了，但现在你也看到了，我这个样子，给你打电话也没什么意义。我睡一觉就好。"

这个时候，宋颂发觉不能完全依着他："这是睡一觉就能好的事吗？你到底怎么了，生病了？"

单凛苍白的嘴唇动了动，眼神无光。进入这个房间之后，他的一切都像是被黑暗吸走了，这让宋颂很不安。

"没什么。我的志愿填好了，还是 T 大。"

"现在是说志愿的时候吗？"宋颂讨厌他转移话题。

他竟轻笑了下："我可是拼了命才填上这个志愿。"

他抬起眼，看她的眸色深深，像是把周围的光都吞入了无尽的黑暗，脸色又极为苍白，有种诡谲的偏执，可他说这话的时候还是那副淡然的样子，好像真的不过是拼了条命罢了，反正命不值钱。

宋颂看得心惊，压下情绪，试探问道："你家里反对吗？"

"呵。"单凛不屑地冷笑一声，却还是没就家里的事多说一个字。

宋颂开玩笑道："那你是为了我吗？"

单凛斜过眼，一脸"瞧把你得意的，真幼稚"的嫌弃表情，淡淡道："我不爱听家里的。"

其他女生大概要碎了一地玻璃心，但宋颂不意外，摇头撇嘴："我就知道。"

单凛望着她挂下来的嘴角，恶劣的心情稍有缓解，难得顺了她一次："但你也是一个原因。"

"承认有这么难？做人就是要多说实话。"宋颂立马翘起了尾巴，重新往他那边凑近了些，一脸心疼地打量他的脸，"你是几天没吃饭吗，好像脸瘦了一大圈。"

偏偏说者无心，单凛因为这一句话面色一僵，但他很快若无其事地起身走向浴室。宋颂反应极快，连忙岔开话："都过中午十二点了，你想吃什么，我去弄点？"

"不用。"单凛刚回答完，想了想，又补充道，"你饿的话，可以去附近吃点，不用管我。"

他稍微动了下身子，像是要去喝水，宋颂刚想说帮他倒，却被他按住肩膀，用力颇重，他没说话，自己走进厨房取了水杯。

一时间，她也说不出自己心里什么滋味。

他的倔强与自尊，不容许他在其他人面前放下姿态，可能这就是为什么他宁可让她误会，也不愿给她打一通电话，让她知晓他现在的状态。

宋颂转过头，抓过一旁的靠枕，出气似的打了一拳，可突然视线里出现了一小摊红色血迹。白色靠枕沾上了些许血迹，不明显，但绝对是刚沾上的。

宋颂以为自己眼花，不可置信地盯着那处血迹，再次确认后，她飞快地回过头。单凛正背对着她，黑色的 T 恤这么看上去并没有什么异样，可仔细一看似乎有一块地方颜色深一些。

她几乎要脱口而出：你怎么受伤了？

但余波的话在这一刻闪入她脑中：他不会让你知道他是什么样的人，有什么样的家庭，你越关心他，越是挑战他的底线，他可能越厌恶你，甚至恨你。

她控制住了自己的情绪，却无法控制自己不去乱想。短短一周的时间，她的男生就一脸快要死掉的样子出现在她面前，不仅面如白纸，身形消瘦，身上还出现了莫名的伤！

许多禁忌的带着犯罪意味的词一股脑儿地在她脑中炸开，她不想胡乱猜忌，但她没有办法不去想：单凛是不是被家里软禁，并且被施加了暴力？

单凛没有发现宋颂的异样，喝过水后，看上去舒服了一些，说："我先去洗一下。"

"单凛。"

单凛平静地看着她，等了会儿，见她就光喊他名字不说话，露出惯有的嫌弃表情，说："别捣乱，一会儿再说。"

他再次背过身去，她恍惚觉得，这一个转身就将他们隔开好远，正如余波所说，他究竟是什么样的人，她真的清楚吗？

单凛洗澡去了，洗了很久，宋颂一度担心他昏倒在浴室，哪里敢去买吃的，守在门口一刻不敢离开，脑子里还想着那块血迹，那就像是在她心上凿了个小口子。好在浴室的门终于开了，单凛正低头拿着浴巾擦头发，猛一抬头看到宋颂跟尊门神似的坐在门口，不由得愣了下："你干吗？"

宋颂亮出手机上的计时器："帮你计时。还好，你没打破我洗澡的用时纪录，不然，我会怀疑我们的性别。"

"傻。"单凛走到她面前，生出点气力，抬手揉了揉她的发顶。

单凛动作缓慢地坐到床上，而宋颂还盘坐在地上，眼睛盯着浴室的门，说："你休息会儿，我去帮你把衣服洗了。"

"不用。"

"你出了那么多汗，衣服放着会发臭的。"

宋颂半开着玩笑，边说边要走进浴室。单凛丢开浴巾，立刻拉住她："就放着，我不习惯别人帮我洗。"

宋颂回头，挑眉："别人？你再说一遍？"

单凛黑白分明的瞳仁让宋颂想起生日那晚，漫天绽放的烟花，星光月光火光，将他的脸照得分明，绚烂的不仅是天空，她过度兴奋，当时没有发现他望向她时，眼中异于平常的神采。

宋颂靠近一些，搂住他的腰，仰起头，半是威胁半是撒娇地又问了一遍："我是别人，嗯？"

单凛偏过头，他像是海平面下的冰山，宋颂不知道他心中还隐藏了多少秘密。他未干的短发时不时有水珠流下，滴在宋颂脸上，他反应过来，自然地抬手替她抹去，指腹停留在她的脸颊，轻轻摩挲，出乎意料的温柔。同样温柔的，还有他的声音："你刚才说，我是你男朋友？"

宋颂这回正经了许多："你不是吗？"

整整两年，春夏秋冬，光阴里寄托着他们的秘密，那是被束之高阁的宝盒，要等待合适的那一天，被郑重开启。她期待这一天的到来，可以光明正大牵住他的手。

宋颂毫无畏惧地迎上他的目光，她就是这雪线上的烈日，将他一身厚重的冰冷尽数消融，用这份滚烫紧紧贴着他麻木的心脏。

单凛低下头，在宋颂的怔忪中，将脸埋入了她的脖颈："宋颂，我可能不太好。"

他停下声音，像是在黑暗甬道里寻找光明的出口，于是，他把能够看到的那束光抱在怀里："我不喜欢这个世界，但我喜欢你。你是我的。"

如果这个世界有魔咒，这可能就是单凛给宋颂下的咒，往后余生，她都无法摆脱，好像在这一刻，她的身心已然与他的灵魂达成了牢不可破的契约。

她的心跳为这个契约兴奋地歌唱，她抱他抱得很紧："我也喜欢你呀。你也是我的。"

宋颂太喜欢这样无所顾忌的拥抱，得寸进尺，使出了"无尾熊抱绝技"，手上还故意乱摸，这一下不可避免地碰到他的后背。单凛起初只是装个样子半推半就，可下一秒脸色一变，反手捉住她不安分的手："别闹。"

宋颂心里一沉，面上还是一脸无辜："刚才你还说喜欢我呢。"

他居高临下地看着她，黑眸渐深，黑发微垂，在她眼前晃动了下。

她眨了眨眼，好像有什么闪过脑海，心跳突然不受控制地加速起来。

他的唇冰凉又柔软，吻在唇上，疯狂地穿透她的肉体，仿若吻在她快要爆炸的心上。

单凛的吻并无太多技巧，却十分强势，攻城略地，宋颂在短暂的错愕后，很快回应他。他的唇上似有电流，每吻她一下，这股电流就迅速蹿遍她周身，让她微微战栗。

单凛的手不由自主地捧上她的脸，轻轻吮吻她的上唇，似是上瘾一般不愿舍离，好一会儿才慢慢撑起身子。

宋颂的脸红到发烫，面上还挺镇定，可一对上单凛的眼睛，就觉得自己又要原地爆炸了。

跟他待在一块，真是需要一颗强大心脏。

然而，单凛在触及她目光的瞬间，竟悄然别开了视线。他神色很淡，看不出情绪，要不是他的肤色太白，脖子连着耳根泛起的微红出卖了他，宋颂还真的差点被骗过去，以为他波澜不惊到令人叹为观止的地步。

单凛默不作声地直起身，岂料宋颂重获自由的双手突然搂过他的脖子，一把将他拉下，在他的唇上连亲两下。

宋颂搂着他不松手，撒欢道："我怎么就这么喜欢你呢。"

单凛："……"

"你应该知道我这几天为了你有多着急吧，你真的打算什么都不跟我说吗？"宋颂趁着这个时机，借着"女朋友"的身份，很自然地把话题带向了正轨。

单凛的表情一下子就淡了，他慢慢将宋颂放在他后背的手拉到身前，稍微拉开两人的距离。宋颂也没纠缠，退后一步，他身上沐浴后的清爽味道也一下子淡了，气氛被推到了一个不冷不热的境地。

她知道不可以，但是，她怎么忍得住，她从来都喜欢有一说一，在经历丧父之痛后，她以为不会有什么能让她的心再为之震颤，可现在愤怒、难过、心疼、震惊让她无法装作什么都不知道。他们如果真的彼此珍惜在意，就应该相互支持，而不是戴着伪装的面具，只愿展现自己最好的一面，她愿意去接纳他藏在阴影里的不堪。

"你这么聪明，应该知道我不想说。"

他说这句话时，眉眼迅速冷淡。

宋颂只是保持微笑："那你高估我了。所以你是双标咯，你希望我把自己的烦恼跟你说，你说我是你的，但你可以不跟我说。"

她笑得有些不自然，可如果她这时候也不肯退让，真的生气，他们可能会因此陷入不可预期的冷战。

他们才刚刚确认心意。

"即便如此，我还是爱你的，等你想说的时候再说吧。"宋颂软下态度，笑眯眯地凑上前，趁单凛没反应过来，亲了一口，"等你开学，我搬过来住吧。"

就在前一刻，单凛以为她必定要生气了，可她及时缓解了僵持的气氛。他被偷亲了都没反应，只是望着她的笑眼，心里顿感迷茫。

从他出生至今，接受的都是来自身边人对他满腹心机的恶意。

他在他们眼里可能是一只用于显摆的花瓶，可能是一个可利用的诱饵，可能是一个不成器的木疙瘩，没有人把他当作宝，他早对这个世界没有什么期望。很多时候，他感觉自己是凌驾于这个世界的，冷眼看着那些想要讨好、想要控制，想要毁灭他的人，伤害他们，对他而言是件极具快感的事，他甚至不会为这种扭曲的感觉感到丝毫痛苦。

可没有人能像眼前这个人这样，敢触碰他的底线，但不挑战他的底线，进退之间，完整地维护了他的自尊心，还送给他一份难以忽视的爱恋。她每次对他露出笑颜的时候，他几乎都会有瞬间失神，想沉溺在这笑容里再也不出来。

单凛垂下眼，突然说道："我习惯了，事情没你想的那么可怕，只不过是和我爸打了一架，跑了出来。他让我滚远点，我巴不得。就这样。"

说完，他轻轻笑了下，像是自嘲，又像是显示自己的无所谓。

这或许是他现在能说的极限，但宋颂无法不激动。她突然明白，他考回 S 市，于他而言又谈何容易，只要他愿意，他可以考到离家千里外的城市。

但他说，他拼了命，选择了跟她一座城。

他之前轻描淡写地让她搬去同住，这怎么可能是拿她当外人，他想要跟她在一起，或许更甚之。她在期待着今天，他又何尝不是。

他极度渴望她的陪伴。

宋颂陪了单凛三天，这三天单凛像把一座黑暗森林披在了身上，阴沉得令人不敢靠近。这也是宋颂第一次深切体会单凛个性极差，不能冤枉吴歌，他老吐槽单凛脾气臭，可信度很高。

单凛因为晚上几乎睡不着，白天就会肉眼可见的黑脸，甚至会突然莫名其妙暴躁。宋颂第一次见到他这个状态，从起初的惊讶到接受，她用最短的时间去理解和包容。他可能也知道自己状态不好，所以能不说话就不说话，而且也事先提醒宋颂：没事不用特地找他说话。

宋颂尽可能换位思考，觉得单凛孤僻的个性，应该更需要自己一个人待着消化情绪，但当她跟他提出要离开的时候，这位哥哥不冷不热地"嗯"了一声，就把宋颂晾在那儿了。

宋颂呆在原地回味着那个"嗯"，这算哪门子事？她当即在客厅里暴走了一圈，仰天长叹，而后走进他的卧室。

房间里黑漆漆的，他总是喜欢把自己隐藏在暗处。

她一进门，单凛就翻过身，低声道："怎么不敲门？"

宋颂坐在床边，白了他一眼，但想到他现在看不到，又觉得自己那一眼可惜了，只好对着暗处的人说："我在外面，不会回去，你需要我，就叫我。"

她算是明白了，他既不想她走，又不想她看着他，可又不好意思叫她留下。所以这人心思太重，偏偏还只爱用微表情表达，扯出来的冷笑、微笑、淡笑都是一个弧度，她还得破密解析，实在是平白耗费了好多脑细胞。

"躺下。"

"嗯？"

宋颂以为自己听错了，下一刻就被人用力拉到了床上。

他把她裹进薄被中，下巴自然而然地蹭到她的额头。宋颂不踏实地动了动，被他一把抱住："安静。"

宋颂："我鞋还没脱呢。"

单凛："赶紧……怎么还动？"

宋颂："你是不是没刮胡子，有点扎。"

单凛："……"

宋颂："你现在要我滚，我也不会滚的。"

单凛："……那就闭嘴。"

宋颂闭上眼，轻轻笑了下，往他怀里挤了挤，仰起头在他的下巴上不客气地轻咬了一口。

室内安静无声，只有窗外阵阵蝉鸣有节奏地传来，这时候倒成了绝好的催眠曲。单凛还是有些烦躁，宋颂环抱住他的后背，轻轻拍打着，一下又一下，也不知过了多久，两个人都彻底安静了。

等单凛身体好些了，他们一起坐车回了S市，单凛的心情也明显好了不少。既然单凛这边没事了，宋颂开始记挂起她的作品。

宋颂给吴老师打过好几个电话，但都没有接通。宋颂又给孟之侬打电话，那头接起来后，她马上单刀直入："你那天见过老吴吗？"

"见是见到了，但老吴很忙，我也没说上两句，他说他会看的。你后来没联系他？"

"打不通电话。"宋颂烦躁地原地踱步，"要不我直接提交得了，不管了。"

孟之侬犹豫地劝道："不好吧？老吴挺霸道的。你忤逆了他的意思，他会不高兴的。"

宋颂也无奈："可今天是最后截止时间了。先这样吧，我马上回学校。"

单凛在一旁闭目养神，听到她的电话，睁开眼："什么事？"

宋颂边刷着手机里的消息，想看看有没有漏看的，边回道："哦，就是上次那个比赛，我得回学校赶快把稿子提交了。"

单凛拍了拍她的肩："别急，我先送你回去。"

有时候她恍惚觉得他比她大了十岁，宋颂靠过去挽住他的胳膊："还是先回你家，不然不顺路。"

单凛就这么睨着她，勾着嘴角，那表情宋颂太熟悉了，她叹了口气，跟司机师傅说："师傅，麻烦先去S大。"

车子一路开到S大艺术设计学院大楼门口，宋颂推开车门，急急忙忙地跟单凛说："我处理完事情就到你那儿去。"

"我在这儿等你。快上去。"说完，单凛继续闭目养神。

宋颂不敢耽搁，直奔老吴的办公室。办公室的门半开着，老吴在里头跟学生说话，宋颂在门口敲了敲门，老吴看到她，没什么表情，但还是很快结束了这场对话。

宋颂歉意地跟之前的同学打招呼，随后立马跟老板哭泣式道歉："吴老师，对不起，那天我家里突然出了很重要的事，您别生气啊。"

宋颂打量着老吴的神色，老吴脸上倒是带着笑，眼角的褶皱深刻得有点扎眼。

宋颂硬着头皮继续顶着厚脸皮笑着问："吴老师，我的作品……您觉得还有什么需要修改的？"

老吴回答得很爽快："没必要修改了。"

宋颂愣了下，心中一喜："那……"

老吴打开电脑，调出宋颂的稿子，说："因为不可能过得了第一轮评审，主题松散，创意没有内核，你到底想表达什么都看不出来。你最近根本没把心思放在学业上，总想着一些猎奇取巧的门道，论坛上的事对学院也造成了很大的影响，黄老师找你协调这件事，你总说家里有事。你很聪明，自身条件也很优越，但不在学业上用心，把基础打扎实了，不论你多有天赋，都无法取得好成绩。"

宋颂像是被人闷头打了一棍，脚底的血液直冲脑门儿，万万没想到老吴对她的评价如此尖锐，她面上有点挂不住，可还是快速理清了老吴的话，回道："这次比赛的主题是'时代的节奏，青春的脉动'，我想以超未来的角度切入，用了一些比较有科技感的设计，五套衣服因为要契合青春的主题，色彩上我主要突出了亮银，虽然剑走偏锋了些，但整体逻辑和意义我改了又改，应该还是紧扣主题的。"

老吴耐心听完，还是维持原来意见："你这个不叫科技感，超未来，怪异倒是有，但比赛不是凭怪异就能博出位的。你毕竟还没学大三的专业课，能做到这样已经很不错了，但我不建议你上报作品，学院里参赛名额有限制，本身就是大三的人集中精力参赛，你就当练练手了。"

"可是……"

"你是不相信我的判断？我也是为你好，不要盲目消耗自己的才能，出手，就要打有把握的仗。"老吴话锋一转，"另外，我听说你参加比赛主要是为了奖金？这没什么错，但只是为了钱，你觉得你的设计能保持几分灵气？在我这里帮忙，我也不会亏待你，好好沉下心学。"

宋颂察觉到老吴语气里的不耐烦，权衡之后，还是客客气气地说："多谢吴老师关心，我明白了。论坛的事，我会好好处理，不会让学院受到影响。"

老吴的脸色顿时好了不少，觉得宋颂还算是情商比较高、识时务的学生，最后语气缓和，鼓励了她几句。

宋颂听懂了，她参加比赛的一部分原因确实是为了奖金，但要说她被钱蒙了眼，也太过了，她若不是真心喜欢这个专业，又怎么会这么拼命？

她死死地攥着拳头，几欲脱口而出，可是，老吴后面那半句话掐住了她的命门。在他的工作室，她确实能触及不少资源，老吴在外头人脉广，接了不少活，给他们的补贴确实不算少。

如果真的惹到了他，她这条路就被堵死了。

那时候的宋颂只是个象牙塔里的普通女生，不过是经历了些普通女生没经历过的，见了些世态炎凉，但终究还是个二十出头的小姑娘。她心里有傲气，这个傲气在生活日复一日的打磨中，渐渐被收敛在了开朗无畏的笑脸之下。她不是不敢反抗，而是看到了一时爽快后更加难以收拾的后果。

曾经，她看不惯隐忍的人，觉得他们太胆小、没骨气、不痛快，人活一世，不就是为了自己高兴吗？但她现在明白，率性不是无脑，隐忍也不是怯懦。毕竟随时让自己高兴的资本不是人人都有的，至少当下的她不想留下一堆烂摊子等着未来的自己收拾。

避一时风雨，等一世骄阳。

宋颂走出教学楼，出租车果然还停在原地等她。

单凛听到开门声，睁眼，转过头去，第一眼就看到宋颂的笑脸，他的眉眼也不由自主地柔和了几分："好了？还顺利？"

宋颂坐上车，让司机师傅先开车，随后回道："好了，算不上顺利吧，被老吴教育了番，说我没水平，没灵气，怎么办，我有点烦，你请我吃饭吧？"

单凛这里的烦，可能是两分的烦，但他能表现出八分，但宋颂这里的烦，可能是八分的烦，但她表现出的只有两分。

他看出来了，所以，他刮了刮她的鼻子，笑道："想吃什么？"

这是他这些天第一次露出由衷的笑容，宋颂顿时精神大振，一扫老吴给她留下的心理创伤："泡面啊，我上次买回家的还剩两包吧，赶紧回去煮，记得要打个蛋，还要加火腿肠。"

单凛揉了揉眉心，忽然不是很想理她。

·第七枝百合·
佛前的愿望

///

　　宋颂在论坛上的事总算告一段落，但最后上升到两个学院开始骂战。宋颂在学院里人缘不错，有不少同学，还有学长学姐，乃至学弟学妹帮忙说话，可人数越多，牵扯面就越广，最后不得不由两个学校的老师出面，这个帖子也被管理员强行删了。

　　好在牟虔站在宋颂这边，宋颂也不是吃素的，关系网不断蔓延后，有人爆出陆德航脚踏两只船，原本跟老母鸡一般护着他乱咬人的女友顿时变成了全校的笑话。陆德航后院起火，女友掉转枪头大义灭亲，揭他老底，曝光陆德航网上买论文刷学分，学院也找上他麻烦，此渣男自顾不暇。

　　宋颂经历了这一遭网络暴力，算是领教了人言可畏的真谛，好在马上进入暑假，她能从风口浪尖里逃离一段时间。

　　但这里的浪刚退，家里又开始浪打浪。

　　吴歌对她隐瞒真相，不顾姐弟感情之举，令她非常愤怒。宋颂才不管他喜不喜欢她的男朋友，她喜欢就行，两个人不见面冷战，见面就吵，加上老妈执意要跟杨叔叔在一起，家庭成员关系竟变得异常紧张。整个暑假宋颂基本都和单凛待在一起，她算是正式搬过去和单凛同住。而这几乎可以算得上是她最快乐的一段时光。

单凛这个人从头到脚充满着矛盾，明明看起来什么都不在乎，全身都带着伤人的刺，但这两个月，他称得上"二十四孝"好男友，有时候竟能用"温柔"形容。宋颂从受宠若惊到有恃无恐，几乎是没带停顿地就过渡到位。

她以前一直与一家靠谱的淘宝店合作帮忙上新拍摄，后来聊着聊着，当创始人知道她是服装设计专业的学生，干脆跟她开始了这方面的合作，宋颂能从中分成。她经常要往来于这家店的工作室和单凛家，有时候会弄到很晚，单凛嘴上没说什么，几乎每次都会去接她。他不爱到工作室里被人围观，就会在附近的咖啡厅等她，再一起回家。

在别人眼中，宋颂有一个颜值爆表的男友，一副看起来不太好相处的样子，再看宋颂对他很迷恋的样子，大多数人都暗暗觉得这两人之间完全是宋颂被吃得牢牢的。可是，观察了一段时间就发现，只要宋颂来这里工作，他必定会来接，不论多晚都会等。

而最让宋颂意外的是，单凛提出带她去旅行。

都说情侣间合不合适，单独去旅行一次就见分晓。

十五天的时间，他们从 S 市出发，一路向西，不着急旅程，只在乎沿途风景。单凛在这一路只要见到有特色的建筑就会跟她说起这背后的故事，平时能少说一句是一句的人，这个时候倒是有说不完的话，如数家珍。

单凛对这些古老建筑极为着迷，很多时候他们会在一地逗留许久，就为了能再多看几眼此处令人神往的建筑。而宋颂前段日子被束缚在一成不变的摄影棚工作中，看到无垠的神山圣水，听到风中传来的诵经声，当地人脸上露出的质朴笑容，亦是心情随之开阔，仿佛有无数的灵气毫不吝啬地涌入她的身体，高山、洁云、碧水、白雪，自然给予她无数的灵感，每一次轻轻按下快门，便是人间美景胜却无数。

这天夜里，宋颂半夜醒来，本打算转个身继续睡，却无意间瞄到隔壁床上的被子是掀开的。宋颂登时惊醒了，撑起身子在房间内环顾了一圈，唤了一声"单凛"，没有得到回应。宋颂立马下了床，打开房门，他们订的民宿不大，胜在古朴，房间在一楼，中间有个小院子，抬眼就能看见远处影影绰绰的布达拉宫。

夜里，院子里漆黑一片，宋颂适应了一会儿，才依稀辨出那边长条木桌的轮廓以及桌边背对着她坐着的人影。

她望着单凛入定一般的背影，忽然有些不敢靠近。他整个人都快要被浓郁的黑色吞没，而黑色仿佛实质化半流动的液体，堂而皇之地侵入他的身体，又好像随时会激变一般，从他的身体里爆发出无数的尖锐触角，将周边的事物一同拉入无底的深渊。

犹如夜行怪物。

"吵醒你了？"

单凛的声音及时打断了宋颂怪异的想象，她如梦初醒，后背竟满是凉意，又眨了眨眼睛，眼前无非是单凛和一处小院，天上月朗星疏，无端的安宁幽静。

宋颂走到他身边，在离他还有点距离的地方坐下。

"你又睡不着？"

和单凛同住以后，她才真实感受到他的睡眠有多糟糕，但他似乎已经习以为常。她曾建议他去看医生，他异常抵触，也不肯吃些安神的药。每天同一个点睡下，同一个点起床，不论这一晚睡没睡着。

"你坐那么远干吗？"

单凛侧过脸，看不清神色，但声音沾上了夜的凉意。

宋颂不好说自己刚才胡思乱想过头，立即往他那边靠过去，碰到他的胳膊，很凉，也不知他在外头待了多久。

"知道我为什么喜欢建筑吗？"

宋颂没答，她知道他只是自言自语，牵起一个话头。

"因为它们真实、稳固，可以几十年不变，从里到外都能被剖析得一清二楚，不会骗人。设计师本人只需要与自然对话、与历史对话、与人文对话，与自己的精神世界对话，所表达的，能看懂的自然能看懂，看不懂的，大家都不在乎。就像这里的寺庙，尤其体现了佛教的崇高意念，融合了设计者对神佛理念的理解和对地域自然的敬畏，穿透这些土木，就好像能距离佛境天堂近一些。"

所以，比起活物他更喜欢死物以及赋予死物生命的那些手笔。

后来，当单凛的名字越来越频繁地出现在各项获奖名单里，越来越受人追捧之时，宋颂越发明白，单凛绝对的傲和不耐世俗的独，非但没有让他丧失人性，他得天独厚的天赋支撑了他一切的特立独行，令他更为专注地去体察自然和人性，也让他的作品独一无二。

也可能是他不愿取悦人，只问内心的纯粹，成就了他。

在当时，是单凛带着她走向了他内心另一处世界，在他成为著名大神之前，第一次向人展示他的理念。他说到最后，侧过头看她，东方天空如鱼肚泛白，宋颂在那一刻，看到了他嘴角隐隐的微笑，和他眼中对未来事业的向往。这份宁静和刚才快被黑暗吞没的沉重感使他判若两人。

宋颂有过疑惑，但当时并没有多想。

"未来的单大建筑师，趁着今晚月色这么好，不如我们做个约定？"

单凛一听她的语调就知道没好事："不想。"

"别嘛，你现在还没成名，等你成名后就来不及了，我得抢先预定一下，以后你给我设计一栋房子呗，不收费的那种，然后，这栋房子的主题就是'LS'。"

单凛起身回房。

宋颂跟在他屁股后面，一个劲地要承诺："好不好吗，就这么定了，如何？"

"不知道你在说什么。"

"你说 LS 吗，就是爱宋颂。"

单凛在床沿坐下，屋里开着灯，他坐着，她站着，他仰头看她，光影在他脸上不经意勾画出一张精妙的图，就连他的取笑都变得赏心悦目。

"LS，爱宋颂的单先生？亏你想得出。"

宋颂毫不在意，扶着他的肩膀，低下头，故意压低了嗓音："LS也可以是，爱单凛。要不我用这个做主题，以后帮你设计一套高定服装，一套换一套，都不吃亏。"

一套衣服换一套房，确实是不吃亏，还有的赚。

宋颂特别大方地给他又出了个主意："你就拿这个做求婚礼物好了，我一定会答应的。"

单凛拍掉她不安分的手，又迅速在她脑门儿上弹了一下："还在做梦的话，再睡一会儿。"

说完，自己先躺回了床上，还不到他起床的时间。

宋颂揉着额头，这人手下真不留情。她壮起胆子，掀开他的被子就钻了进去，从背后抱住他，开始挠他痒痒："那好，分手礼物也行，我也一定会答应的。"

单凛刚要阻止她捣乱的手，猛地僵住，紧扣她的手腕越来越用力。宋颂吃痛，忍不住踢了他一脚："疼，你轻点，我不挠你了。"

单凛突然松开手，冷声道："下去。"

宋颂却没理会，贴着他的后背给他顺毛："看看，说一说你就生气。好了，我知道了，原来你这么想要跟我一直在一起。"

宋颂现在已经清楚单凛的底线在哪里——他比她想的，更喜欢她。

"宋颂！"

单凛忍无可忍，翻过身，不期然被某人的笑脸晃了眼。

宋颂笑眯眯地回应他："我在。"

单凛怔住。

"单凛，我想有座房子，只属于我们的，要有很多落地窗，可以拥有很多的阳光，不要有那么多房间阻断视线，屋子里越通透越好。卧室最好朝南，有一张大床。哦，还有一间超级大的工作室。我们可以在一起工作，累了我就看看你，就当休息。每一个房间都拥有不同的风格，充满新鲜感。然后我要在家里挂满相片，所以必须要有一个暗房怎么样，以后你帮我造一个？"

单凛无声地望着她，被面从他身后滑落，他也无动于衷。

他们所处之地，是信仰中心，方圆百里，皆有禅意，自然神圣，不可妄图，不得诳语。

说出的每一句，可能都会被佛祖听去。

他的沉默让这一天的天明来得格外漫长。

她不太明白，为何他明明不愿意与她分离，她开个玩笑都不行，但他又不太愿意给出承诺，他这样的行为很容易被误会为渣男，只愿女方付出，自己不肯有一点担当。

但宋颂没有多想，帮他把被子拉好，还习惯性地给自己找台阶下："等你真学了专业课再说吧，现在问你是太难了。"

就在窗外响起第一声鸟鸣的时候，他终于说道："到那时，你就知道了。"

暑假结束后，单凛读大一，吴歌读大一，宋颂读大三，好像一切都步入了正轨。

可宋颂从没想过这一年，会这么难。

宋颂的大三生活开启魔鬼课程，老吴这里的工作量也越来越大，同时她投入各种大赛，她还要操心吴歌。吴歌如愿考入戏剧学院，在那一届新生算得上是颜值最高的，她一再叮嘱弟弟别老想着投机出名，先把该学的学了，机会来了才不至于因能力不足而错过。至于老妈，那就是夕阳下老树开新花，母女俩互相给对方洗脑，但谁都没成功，天要下雨，娘要嫁人，宋颂拦不住。

宋颂忙得没脾气，回到家就累得瘫死，多吃一口饭都懒得，单凛在还好，再嫌弃，也还是要护到底，不能眼看着她饿死，但他偶尔也要在学校里住。这时候，宋颂就放任自我了。这头答应了单凛好好吃饭，那头又饿着熬通宵赶稿。

久压之下，她几乎每个月都要到医院报到一次。

当她第三次发高烧被送到医院挂水的时候，单凛直接发怒，强行要求她停掉外面的兼职。宋颂还是有点舍不得，毕竟她这段时间和店家的合作非常愉快，甚至谈到她毕业后，联合创个品牌的打算。单凛根本不听她啰唆，她还想争辩，直接被他骂到不敢开口。

宋颂自知理亏，受了骂也听了话，毕竟打是情骂是爱嘛，她心态很好地宽慰自己。

这天宋颂乖乖在家休息，单凛晚上有课，宋颂研究了下家里的冰箱，还是决定到小区附近的面馆凑合填饱肚子，顺便买点零食。单凛不允许她乱买零食，搞得家里很乱。吃完不收拾的人，没有资格往家里囤货。

宋颂趁他不在买了些零食，正在电梯里绞尽脑汁地琢磨一会儿得把这些东西藏哪儿，反正等单凛睡下后她再吃好了。电梯门在十八层打开，宋颂摸出钥匙，刚一抬头，差点慌不择路地卡在电梯口。

家门口站着一位戴墨镜的女士，肤白貌美，身材高挑，很不低调地穿了一件粉白色的连衣裙，外头罩了一件米白色的长大衣，一身百里挑一的好气质，这个距离看起来，她大概也就三十出头的模样。而她已经看见了宋颂，并且停下了继续按门铃的动作。

宋颂第一眼就认出这位是单凛的母亲，并且在第一时间做出判断自己应该闪人。开玩笑，在没有男朋友在场的情况下单挑"婆婆"，自己这是往火坑里跳。

宋颂假装疑惑地看了看这位美丽的阿姨，然后抬头又看了看楼道里的数字，又假意地问了句："这里是十九楼吗？"

美丽的阿姨和蔼地冲她一笑，回道："十八楼。"声音温柔细腻，完全和之前发飙的样子判若两人。

宋颂道了谢，又自言自语自己下错电梯。美丽的阿姨静静地看着她，嘴角含笑，优雅地将墨镜摘下。宋颂被盯得心里发毛，也不知道她在笑什么，只好不失礼貌地朝她笑了笑。

"你确定是去十九楼吗？"

宋颂转过头，一下子被她的眼睛吸引住。这双眼睛她太熟悉了，眼形优美，有着明显的内双，瞳色和睫毛都极黑，美得像北极圈的极夜里的极光。这是她五官中最出色的部分，而这一双眼睛与单凛如出一辙，唯一不同的是，这里头透着与美貌不符的老态。

"是。"

"小姑娘，你这张嘴骗起人来真是不打草稿的呀。"

她的口音有着S市人说话软糯的腔调，但这话一出，就带着一股子不客气。

宋颂装傻："阿姨，您在跟我说话吗？"

美丽的阿姨上前一步，用娇俏的指尖点了点宋颂的手臂："你这件大衣，我见过我们家凛凛穿，而且这件是限量版的，领尖上绣着他的名字。"

"……"

单凛的衣服，宋颂偶尔会偷拿出来穿，下楼买个零食什么的，图方便。单凛刚要吐槽，她抢白道：我的衣服，你也可以拿去穿。

然后，单大少爷就放任自由了。

今天，她正好随手捞了一件。

美丽的阿姨倒没为难她，而是指了指1801的门，说："开门吧，我们进去说说，关于你的事。"

宋颂脑子转得很快，根据上次单凛的态度，他应该不愿意母亲干涉他的生活，而且，他母亲没有家门钥匙，那她更加确定了，单凛不愿意母亲进门。

在得罪男朋友和得罪"婆婆"之间，宋颂很快站好队，笑道："阿姨，您是？"

"我是单凛的妈妈。"女人骄傲地抬了抬下巴。

宋颂从善如流地拍马屁："哦，阿姨您好，难怪我看着您这么亲切，您可真好看，一点都看不出有单凛这么大的儿子。"

宋颂自认为这马屁拍得不算好，但也中规中矩没有错挑，可谁知单凛的母亲顿时变了脸色，连声音都尖锐了许多："怎么，你是说我年纪轻就生了单凛，讽刺我呢？"

宋颂还是第一次碰到被夸年轻不高兴的，这是什么逻辑？她立马觉得还是遁走为妙。

"阿姨，我真的是在十九楼，这衣服……我以为是我男朋友的，哦，我知道了，可能是前两天他找单凛借了衣服参加演出，大概就是这件。我就说怎么不像是他的品位，他品位才没有那么好呢。您放心，我立马回去脱了，洗干净送回来。电梯来了，我先上去了，阿姨再见。"

单凛母亲哪里还有一开始的和颜悦色，忽然揪住宋颂的胳膊，怒道："你给我站住！说，你到底是不是单凛的女朋友？你竟敢住到他家里来，我都没有进去过，你怎么能……不对，凛凛怎么会喜欢女孩子，他跟他爸不一样，不会把女孩子放在眼里的。你凭什么穿着他的衣服住在他家？凭什么？"

突然，单凛母亲像被抽了魂魄一般，愣在原地，她像是在看宋颂，又像是穿过宋颂的身体，看着后面的某一处，宋颂后背升起一股凉意。

"你怎么在这儿？你想干什么？"

单凛母亲的气焰突然降了下来，一副泫然欲泣的表情，絮絮叨叨地不知道是在自言自语还是跟宋颂哭诉。

宋颂看得目瞪口呆，这是什么神操作，这简直不正常啊。

这一刻，宋颂突然想到余波之前跟她说过的话：单凛这样的人，你敢跟他谈恋爱？他们一家子都不正常，说一句就把我打得半死，要说他会杀人都不奇怪。

他说话的时候还隐有怒气，宋颂觉得他说的这些气话大概占了七分。然而，当单凛母亲扇了她一耳光，精致的指甲刮过她脸上时，宋颂本能反应就是这女人脑子有病吧？

这一巴掌来得令人猝不及防，上一秒还在哽咽的女人，下一秒目光凶狠。

宋颂右半张脸火辣辣地痛，好像还破皮了，被人莫名其妙骂了也就罢了，现在还动手了，哪怕这个人是单凛的母亲，她也没法再继续遵从尊老爱幼的传统礼仪。

但她还是忍着脾气，抬手挡住女人的再次攻击，冷静道："阿姨，您没事吧？是不是有什么误会？"

然而，单凛母亲的样子根本没在听宋颂说话，她茫然地环顾着四周，像是在确认自己所处的环境，宋颂在她面前仿佛是个透明人。

就当宋颂开始考虑接下来该怎么办，是不是要联系单凛的时候，电梯门开了，走出三个男人。一看到她们，其中两个立马围住单凛母亲，二话不说就要带她走。

宋颂虽然挨了她一巴掌，但这个时候也不能看着她被人这么拉走，立即上前阻止："你们是什么人？要干什么？"

然而，另一个男人马上挡在单凛母亲面前，看起来四十出头，头发一丝不乱，穿着一丝不苟的西装，客客气气地对宋颂说："这位姑娘，不用担心，我们是她家人，这是带她回去的。"

"别开玩笑了，我眼瞎吗？如果你们是她家人，她为何不愿跟你们回去？"宋颂冷笑，指着正在挣扎的女人。

那男人盯着宋颂受伤的脸，又看了看她身上的衣服，还有手里提着的购物袋，慢慢道："你是小凛的朋友？"

这人还挺敏锐。

"你是？"宋颂很谨慎，不答反问。

男人温和地笑了笑："这里不方便说话，我们聊聊吧。"

晚上，单凛回到家的时候，屋里并没有人在等他。宋颂下午就给他发了消息，学校里有事，她得赶回去，大概要大后天才能回来，她没说具体是什么事。

单凛一边路过客厅，一边脱去外套，脱到一半，停下了动作。客厅的茶几上放着一只购物袋，里头是快要满出来的零食，光薯片就买了三种口味，竟然还有棉花糖，真是小学生口味……

她连零食都来不及藏好就走了，看来是挺匆忙的。

也不知为何，看到这袋子零食，就好像看到那个人的笑脸一样，他心情莫名松快起来，零食歪倒在桌上的模样自带喜感，给这冷清暗沉的屋子平添了生气。

单凛对着这袋零食拍了张照，发给宋颂：挑衅？

宋颂秒回：您请先挑，给我各留一份就行。

单凛站在原地兀自轻笑一声。片刻后，他破天荒地拿起一袋薯片，好像这个黄瓜芥末味的是某人最爱，他又拍了张照过去：这个试试。

宋颂立马抓狂：放过它，让我来！

单凛很满意地拆开包装。哪怕不好吃，他也会抱着愉悦的心情吃完的。

宋颂去药店买了点消肿的药膏，然后直接回宿舍避两天。

宿舍里就景妍在，她正盘着腿看剧，嘴里还啃着鸭脖。见到宋颂回来，景妍不忘扭过头打趣她："哎呀，我们的大美女怎么舍得抛下自家小男友回来了？"

宋颂自从搬出去那天，就宣告天下，她谈恋爱了。其实，宿舍里的姐妹都是小机灵鬼，早就看出她和单凛之间不同寻常的气氛，宋颂脱单，男友绝不可能有其他姓名。

宋颂低着头走回到自己的位置，回道："这不是想你们了吗？怎么，就你一个？"

"老大还在自习吧。侬侬跟你一样，谈了个男朋友。估计在约会，早把我们忘了。"

宋颂拉开椅子坐下，正打算顺手开电脑，忽然看着空空如也的书桌，顿时送自己一个白眼，暗骂一声，电脑落在单凛家，没带回来。

"怎么了？"

"电脑没带回来。"

"哈哈哈，你要笑死我啊，叫单凛送过来呗，正是男友派上用场的时候。话说回来，你上学期就答应我们带他来见见'娘家人'，一起吃个饭，怎么还在金屋藏娇？放心，我们不会吓着他的。"

宿舍几个姐妹倒是都见过单凛，但都是匆匆一瞥，也就是这个学期，宋颂要搬去单凛那儿，单凛过来帮忙搬东西，原本她们宿舍闹腾得很，单凛一出现，瞬间没人敢说话。短暂的相互认识后，其他三个女生默契地开始玩电脑，偷偷观察这个在传说里的人。宿舍里只有宋颂嘴巴没停下，中间还吐槽单凛穿了件衬衣，放不开手脚，男生竟然没有反驳。

这天之前，她们脑中：宋颂是怎么拿下这个人的？宋颂对他太好了，男生怎么会珍惜？

这天之后，她们脑中想的是：真情侣不假！

宋颂在单凛面前想说什么就说什么，男生话很少，但回敬很犀利，可只要宋颂一耍赖，到最后还是让着她的。

宋颂之前说过，单凛对她很好，她们终于有点理解了。反正那天宋颂只是动嘴皮子，偶尔搭把手还要被"嫌弃"笨，理所当然的，她一滴汗都没浪费。

回过头，景妍提出要请单凛吃个饭，大家熟悉熟悉，不然每次见面都拘谨得不行，像什么话？

宋颂觉得没问题，就是最近单凛很忙，大家凑不好时间，说："他最近挺忙的，我再问问他。"

景妍看着宋颂在那儿纠结电脑的问题，不由得打趣她："怎么了，叫他送一下东西，怕他说你？"

宋颂摇摇头："不是这个原因。"

"哦，我正好想给你看个东西，你电脑没带，就看我的吧，等下，我找出来。"

"什么东西？"

景妍迅速在网页里搜索着关键词，说："就是上个学期的比赛，你不是也报名了吗，我们学校好像就大四的一个学姐得了全国优秀奖。不过，第一名的那套作品，我看着跟你的很像。"

有关那个比赛的事，宋颂起初还关注过一段时间，后来忙得不行，着手参加其他比赛，就慢慢淡忘了。

"找到了，你看，是不是有点像，不过我没看到你的最终成稿，但我记得你也是以未来为主题的吧？"

宋颂一开始不过是转过身打算看两眼，没当回事，但当她看到第一张图的时候，漫不经心的眼神骤变，推开椅子，直接扑到景妍的位置上，盯着电脑屏幕上的获奖作品。

景妍被她吓了一跳，慌忙退开一点位置，把鼠标递给她："是很像吧？"

宋颂没回答，握着鼠标不断把图片放大，一个细节都不放过，眉头越蹙越紧。第一眼看这个作品确实和她的很像，但细看，又会发现有许多巧妙的不同。核心主题、设计创意确实类似，但在成品配色、完成度上，这位选手做得更好，这套作品的时尚感和可穿度确实比宋颂的作品高了几分，而且还选用了环保面料。

在一个比赛中，有可能出现相似度如此之高的两套作品吗？而且宋颂这套设计与第一名的作品相比，反倒更像是抄袭高级货的赝品。如果她把作品交上去了，这两个作品撞在一起，会有怎样的后果？

宋颂头皮发麻，不寒而栗，觉得自己的作品被抄袭了。她问心无愧，整个作品都是她的心血，就算是老吴也没有给她一些有价值的指点。那么这个第一名——T大设计学院的乔裴卓，她又是怎么创作出这幅作品的？

可是，她没有证据。而且，现在是人家正式发表了作品，她的作品还躺在电脑里。当然，也有可能是她敏感过度，天下就是有这么巧的巧合。

景妍见宋颂看了这么久，脸色越来越阴沉，知道有些不对劲，神色严肃起来："颂儿，怎么回事？"

宋颂摇了摇头："不知道，但确实太像了。"

"你的作品除了我们，还给谁看过吗？"

"就你们、老吴、单凛看过，在图书馆的时候，可能也被周围的人看到过。"

"我们肯定不会跟外人说，而且就算是说了，也不可能还原度这么高，这应该是拿了原稿。"

"不知道。"宋颂露出茫然的表情。

难道是老吴？当初他一再劝说她放弃比赛，现在想起来确实有些反常。就算她的作品再糟糕，去尝试一下，就能把学校的脸丢光？

可他为什么要帮着外人对付自己的学生呢，这有什么好处？于情于理都说不通。

宋颂绷着脸，忍不住道："不行，我要去问问老吴。"

景妍怕她闯祸，忙劝道："你别激动，老吴可不好惹。"

宋颂这两年来，在老吴的工作室里人缘不错，她本来性子就外向，跟人相处起来很轻松，溜须拍马这一套用得也不错，老吴对她态度也好了很多。可是，当她意识到自己可能被"尊师"卖了，还整天做牛做马帮着他做项目，心里就恼火。

宋颂知道自己不能想得极端，但她这口气迅速积郁在胸口。这个时间点老吴应该还在办公室监督手下的学生们干活，她恰好请了病假，才得以休息。

果不其然，老吴办公室的灯还亮着，宋颂在门口深呼吸了三次，恢复微笑后，敲了门。

老吴回了声进来，宋颂听音辨别，感觉今天老吴的心情不错，音调挺温柔。

宋颂推门而入，办公室里一股很重的烟味，屋里的窗都关着，老吴叼着烟，眯着眼一个人在那儿看电脑，眼皮周围的褶子全皱在一起，颇有一副老谋深算的味道。

老吴朝她瞄了眼，有点意外："宋颂，你不是请假了吗？"

宋颂一边露出一些虚弱，一边保持微笑："吴老师，突然有点事，想听听你的意见。"

老吴挺受用，灭了烟，说："什么事？"

烟灰缸里泡着水，烟头就在里头半死不活着，宋颂瞄了眼脏污的烟灰缸，胃里一阵恶心。

"上学期的比赛公布了获奖作品，我看着第一名的作品，跟我的创意很像，吴老师你对这套作品有什么看法？"

这话说完，办公室里的烟味仿佛都凝固了。

老吴斜眼看着她，那表情微妙得很，像是一只鄙夷人类的老猫。

景妍被宋颂召唤出来喝酒，她到的时候，宋颂已经点了一堆烤串儿，坐在位置上把长发高高束起，一副要大干一场的模样，光这么看着倒不像有什么异常。

景妍看了看宋颂后头的人，拘谨地点了点头，先一步走了进去。

"十点了，你确定要吃这么多？"

宋颂抬起头，露出笑脸："吃啊，我还点了啤酒。"

景妍脱下外套，以免沾上太多味道，然后一屁股坐下来，拿起一串烤韭菜。她也不是个喜欢绕弯子的人，直接问："老吴怎么你了？"

宋颂丢下一根竹扦，轻哼，随即又拿起一串烤蛏子，笑道："我们吵了一架，不欢而散。他还觉得自己做了件大好事，别人的作品完成度那么高，我的报上去，呵呵。他没直说，但我听出来，他一开始就觉得我的作品不完全是原创，他这人脑子是什么结构，有这么怀疑自己学生的吗？"

说到这里，宋颂灌了一大口冰啤酒，她满不在乎地撑着腮帮子，继续道："每一张图，每一个细节，都是我熬了无数个晚上想出来的，他把我这些努力全部否定了。我算是想明白了，他一直不待见我，可能老早就觉得我是个抄袭者，可他凭什么这么认为？"

景妍越听越蹊跷："不对啊，他这么认定你的作品是抄的，肯定是有原因，难道是他早一步看到过另一个作品？"

宋颂已经喝完了一瓶啤酒，这一瓶下去，她终于找回点理智，刚才一路上，她气到浑身发抖。

她又开了一瓶，说："有可能。所以，这才说得通为什么他老敷衍我，不让我报名参加比赛。"

"那他是保护你？"

"保护？"宋颂冷笑，狠狠把杯子砸在桌上，啤酒晃荡到了桌上，"我谢谢他的保护，想到这一年我跟个傻子似的对他各种言听计从，蠢到家了。他现在的项目还不都是我们在帮他做，最后署他的名，他有什么本事？喝酒，拉关系，找项目？"

"可能出了社会，这真的也是一种能力，不是所有人都有强到可以无视一切的专业技能，这个社会，没人是不可替代的。"

宋颂被景妍说得一愣，她家是开厂的，所以她应该早就见惯了这些所谓成年人的商业游戏。比起还在象牙塔里只关心绩点、追剧、论文的一帮姐妹，景妍的想法要更加成熟，或者说更加社会。

宋颂知道景妍是对的，这让她心头莫名窝火又无力，因为她自己就没法真的撂下所有，不够强大，就不得不向现实低头。

景妍见她不语："你现在打算怎么办，老吴可是系主任。"

宋颂压下火气，反问："全专业就他一个老师了？"

"我们专业也就他在国内还排得上名号，所以大家都想跟着他混。"

宋颂冲景妍抬了抬下巴："你不就没跟他混吗？"

景妍摆摆手："我无所谓啦，反正毕业就要回家里干活。"

"你做老板了，有空缺职位，记得招我，我什么都能干。"宋颂打趣她。

"以后，我肯定是招不起你的。"景妍突然很认真地评价了一句。

宋颂没在意，端起酒杯道："来，老板娘，干杯。"

她刚仰头喝了一口，杯子就被人强行夺去，宋颂想发作，猛一抬头，傻眼了。

单凛从边上搬来一张凳子，在她们这桌坐下。原来，景妍接到宋颂电话后，立刻下楼赶去"堕落街"，恰巧在楼下碰到给宋颂送电脑的单凛。本来单凛是想给宋颂一个惊喜，可没想到听到了这么一番对话，所以单凛坐下来的时候，脸色也不大好看。

宋颂很快反应过来，指了指自己的电脑包，说："这么晚了，我本来打算明天回去拿的，你怎么给我送来了？"

单凛没答她，而是跟景妍说："我有几句话，想单独跟宋颂说。"

"OK！"景妍爽快地开溜。

景妍刚走，宋颂就收到她的消息：我只跟他说了你去找老吴，他一路上没说过话，你自求多福。

老实说，宋颂现在最怕见到的就是单凛，比起作品抄袭带来的冲击，她觉得单凛更加难以应付。作品的事带给她很多无法宣泄的愤怒，敢正面硬杠，但单凛早已是她心头最柔软的部分，但凡涉及他的事，她都会更加慎重。这一次，她竟然慎重到了有点不知所措的地步。

宋颂第一次没有在两人之中做暖场的那一个，单凛见她不说话，以为她情绪不好，意识到自己脸色过于严肃，稍微调整了下表情，然后右手伸向盘子。可是修长的手指僵在空中，颇有点无从下手的味道，这一串串油腻的食物，他实在是挑不出来，最后拣起一串还能看的烤土豆片。

他这一举动，立刻就把宋颂逗笑了，她拿过那串土豆片，帮他吃了，说："我给你点些其他的吧，不爱吃烧烤就别吃了。"

单凛抽过一张纸巾，慢慢擦拭掉指尖的油腻。单凛有一个习惯，别人紧张大多会加快语速，他却偏偏喜欢放慢了一切。于是，见她总算是笑了之后，他心中一松，正要开口，突然发现不对劲，抬手扳过她的下巴："脸上怎么回事？他打的？"

宋颂龇着牙，笑道："这个真不是，就是路上赶得急，跟人撞上了蹭到了。"

"蹭哪儿了，能把皮都蹭破了？"

"好像蹭到那人的书包链上，挺疼的。"宋颂撒起谎来特别镇定。

单凛又端详了片刻，算是相信了，但还是忍不住吐槽："眼睛长在前面，就是看路用的，多看着点。"

而后可能想到她今天遇到了那么糟心的事，他马上打住，转而道："别再去给那个姓吴的打工，之前我不管你在外面怎么折腾，但现在你就给我安心于学业，钱我借你。"

宋颂刚想反驳，单凛打断她："难道你觉得给那种人卖命，好过跟我借钱？"

宋颂一直不想跟单凛借钱，无非是不愿破坏他们之间的关系，一旦牵扯了钱，关系多少会变味。但宋颂也不是死脑筋的人，如果是昨天，她会马上答应。

宋颂拿过菜单，翻到炒菜那页，问单凛："来份炒粉干？"

单凛以为她还在跟他固执，哪里肯让她糊弄过去，直接掀了菜单。他本就不是温柔的人，当即冷下脸，问："宋颂，你到底在想什么，连那个牟虔帮你，你都接受，我帮你，你要想那么久？"

宋颂笑眯眯地又把菜单拿过来，顺着坡下："我这些年也有些积蓄。"

对于单凛而言，这不是借钱的问题，而是宋颂拒绝了他伸出的援手，一次两次就算了，但他们认识四年，她对他有着天然的保护欲，很少主动向他寻求帮助。

单凛按住她的手，强行要她正视他的问题："我再问你一遍，听不听话？"

他的面颊清瘦，平时只是表情冷淡，一旦严厉起来，立刻锋芒毕露，尤其一双眼睛直盯着你，黑色的瞳孔深沉又凌厉，显得特别凶。

宋颂轻咳一声，正要拿起杯子，又被他按下。

"你的钱也是家里的。再说，我现在住你那儿，吃你的，用你的，够了啊。"

单凛冷笑："我的钱是家里的，但他们除了给我钱，还能给我什么，用点钱算得了什么？"

宋颂看着他的眼睛，忽然想起第一次在他们班级门口，回眸的惊鸿一瞥：眼睛的轮廓优美，内双很明显，眼尾很长，略微上挑，神光内敛。他垂着眼，睫毛长而翘，遮住了些眼底的冷漠。

而她眼前，现在莫名重叠了另一双眼睛，同样的优美，却透着不同寻常的疯狂。

她又想起余波说的话：他们一家子都是疯子，杀人不偿命的那种。

宋颂条件反射地哆嗦了下，回过神，单凛还在用那种执拗的眼神盯着她，她立马笑开："我一开始是很气，但刚才吐槽过了，你也知道的，我这人不会让自己难受。真没事，我不会再去老吴那儿了，反正已经大三了，明年找个实习的地方，慢慢开始找工作。"

单凛握着她的手腕，手劲很大，他猛地别开脸，同时放开手，面色冷淡地看着眼前破旧的墙面，说："今天跟我回去吗？"

宋颂噎了下，明显感觉这是一道送命题。

"我明天还要去学院处理点事……"

单凛打断她："明天一早，我送你回来。"

平时单凛没这么执着，可今天宋颂一反常态，他也一反常态。两个人僵持了一会儿，宋颂还是说："我已经跟舍友说了留下来，老大和二姐都会回来，我们也很久没聚了。另外，你弄疼我了……"

单凛愣了下，下颌微抬，不是很自在地点了点头，算是同意："那好，明天回来吗？"

宋颂："后天吧。"

单凛虽然不是很满意，但宋颂一直不改口，就是她真的有事。他不再就这个话题说什么，指了指桌上的杯盘狼藉，问："还吃？你的体重管理表贴冰箱上是摆着好看的吗？"

"是啊，冰箱贴嘛。"宋颂见他要发作，立马咽下最后一口，说，"吃好了，走吧。"

单凛送宋颂回宿舍，这一路倒是单凛说得比较多，很难得。

宋颂得出一个结论："你是在安慰我吗？"

"……"单凛觉得自己真的浪费了好多口水。

"其实我生气、愤怒，不过是自己能力不够，还不够强，才觉得很无力……"

单凛毫不犹豫道："不是，是这个世界不公，人生来就注定有差异。"

宋颂生怕单凛偏激："大环境是这样，可能没有背景和人脉，就只有靠能力咯。"

单凛突然停下脚步，宋颂不明所以地跟着停下，回头看他。

他望着她漂亮的侧影，纵使心情很恶劣，依然是笑意盈盈的模样，再多的棱角和冷漠都在这一瞬悄然瓦解。

"不需要。"

宋颂疑惑："什么？"

"我会变得足够强。"

强到可以为你对抗整个世界。

宋颂克制了一个下午的情绪，此时此刻差一点热泪盈眶。这个男生啊，她该说他什么好，说她要强，可真正要强的是谁？

宋颂一时间不知道该用什么表情面对他，他口中的强，究竟是怎样的强？又究竟要有多强？最重要的是，有谁知道他要做到这份强大，需要付出多少？

她有个坏毛病，就是太过感情用事，总是一时冲动，所以她想要花几天好好思考单凛的问题。只有在看不到他的时候，她才能跳脱出他们的关系冷静一下。

她不想做圣母，她需要很认真地去看待他们的未来——她有没有这个能力和情感去接受这个"单凛"。

不仅如此，她对于单凛而言，是不是最适合的那个人，他愿意接纳她接受这个"单凛"。

然而，此时，宋颂笑了，一个飞身扑向单凛，经典的无尾熊抱。难得的是，单凛今天没嫌弃，还主动接住了她。

"唉。"

单凛蹙眉："叹什么气？"

宋颂抿唇摇头："我果然不适合多思多虑，思考不出结果。"

单凛被她说得莫名其妙。

"强不强再说了，先送一个吻吧。"说罢，她就凑上去吻他。

"你到底吃了多少蒜，还有酒味……"单凛偏过头。

宋颂贴着他的嘴唇不肯松口，强硬道："这才是真爱的味道！"

单凛："……"

嘴里说着不乐意，但吻她的时候，他丝毫没有敷衍。他吻上的是这个姑娘炙热的灵魂，她的气息似海岸线上的微风。

可能未来的她会斥责现在的她莽撞。

也可能未来的她会庆幸现在的她勇敢。

这两天宋颂不在，单凛便也回宿舍住。他这一出现，倒是把同宿舍的兄弟吓了一跳，三个舍友正在打游戏，齐齐回头看着单凛开门进来，直到他主动提醒他们游戏人物快要死了，他们才反应过来——"神龙"露脸了。

单凛这样的长相，在学院里是藏不住的，更别说他拒绝了 B 大保送，高考成绩是全省第三，据说没发挥好，不然该是状元。军训过后，单凛就火了，但因为他不住校，个性孤僻，几乎不参加集体活动，导致除了宿舍里的人，其他同学跟他都不熟，女生想搭个讪什么的都找不到机会。

宿舍里，也只有庄海生跟他能说上几句话，这得益于庄海生个性大条，话痨，不在意单凛的白眼。还有很重要的一点，庄海生是班长，他得肩负起团结友爱同学的重任。

第二天下课回宿舍的路上，庄海生骑车跟着单凛，忍不住问："你女朋友这两天不在？"

"嗯。"

他就知道，这位神人只有在见不到女朋友的时候才会想起还有宿舍三个兄弟。说起来，他很好奇，单凛的个性不用了解就能看出来——生人勿近，冷淡到暴躁之间没有过渡，可以说很难伺候。当然，他这是没见识过八年后的单凛，才敢说大一的单凛难伺候。

这个暂且不表，庄海生对单凛的女朋友非常好奇，打从一开始单凛就没避讳他有女朋友的事，并且他不常回宿舍住，也是因为女朋友。知道单凛有女朋友的时候，男生们窃喜少了情敌，女生神伤没了男神。以他的条件，有女朋友不奇怪，稀奇的是他看起来对这段关系特别在意，很难想象，这个好像对什么都无感的人，跟女朋友通完电话，或者收到对方消息的时候，都会不由自主地笑一下。究竟什么样的女生能让他这么死心塌地？

于是，他不怕死地提议："什么时候带你女朋友出来跟大家认识一下呗。"

他不过是随口一说，他经常不过脑子胡言乱语，然后说过就忘，所以话出口，他也没寄予多少希望。不料，单凛听进去了，并且思考了一番，给出了回应："她的舍友们也说一起吃饭，那就正好一起。"

庄海生猛蹬脚踏板，一阵兴奋，忍不住吹了声口哨："她是艺术学院的？那她的舍友应该都很漂亮。什么时候？要不这周六吧。"

单凛正要回他，手机响了，他的手机铃声还是系统自带的那种，单凛不得不停下车，单脚点地，从背包里摸出手机看了眼，又放了回去，继续骑车。

铃声响了很长时间，执着得可歌可泣，也不知响到第几声，终于停了，但没停多久，再次响起，这一回又响了很长时间。

庄海生听得有些烦了，催他："你接一下吧，可能真有事。"

单凛还是没理会，过了会儿，手机终于安静下来，转而发出了短信提示音。

两人正好到了宿舍楼下，单凛一边推着车，一边不太耐烦地再次拿出手机，然而，这一次，他原本没什么表情的脸骤然剧变。

庄海生已经停好车，回头见单凛还站在原地，问道："怎么了？"

单凛像是没听见他的话一般，只是盯着手机屏幕。地下车库光线很暗，屏幕上的光直接突兀地照在他脸上，他眼下是极重的阴影，像是被魍魉吸尽了血色，脸色尤为苍白森冷。

庄海生看得心中发毛。

下一刻，单凛跨上单车，头也不回地冲了出去。

庄海生追了几步，望着单凛快要消失的背影，摸了摸脑袋："我就说要接电话嘛，肯定有急事。"

宋颂咬着笔杆子坐在图书馆里自习，吴歌的航班晚点了两个小时，她又多待了一会儿，画了几张图，却总是定不下心，感觉这两天事情接踵而至，总觉得还没完。都说人倒霉起来，一茬接着一茬，还有什么事等着她。

今天，吴歌是上飞机前才告诉她：给你个惊喜，在学校等我！

宋颂一大早刚从被窝里爬出来，睡眼惺忪地看到这条消息，恨不得把手机丢下楼！吴歌突然从 B 市飞来，不会有什么好事，宋颂猜测，大概是为了老妈再婚的事。

前段时间，家里把宋颂叫回去一次，和杨祥正式见面吃饭，也借此机会告诉她，两位长辈打算领证，鉴于大家都这把年纪了，酒席就不摆了，低调完婚。

宋颂本来就反对他们交往，因为这事跟老妈闹得挺僵，现在全家人都站在她对立面，好像就她冥顽不灵阻碍了一段美好的夕阳红。杨祥倒是比较平静，只是跟她承诺会对她母亲好，并且保证有能力供她出国留学，实现她未了的心愿。

宋颂当场就拒绝了，她的心愿外人知道什么，再说，她也不需要外人施舍。这顿饭不欢而散，宋颂一口都没吃就跑了出来，但她知道，事情不会因为她的抗拒而有所改变。老妈是为了家里好，她没有稳定的收入来源，没有个男人撑着，日子会很艰难，更何况杨叔叔跟她情投意合，与吴歌也很投机，经济实力也不错，名下有三套房，在海外有投资，听说宋颂和吴歌过去都计划去美国留学后，已经着手安排举家搬到美国。

但宋颂觉得她和吴歌都长大了，再熬个两年，等他们都工作了，一切都会好的，凭什么这个时候要接纳一个外人叫"爸爸"？

反正那时候宋颂在这个事情上偏激得不行，闹得两个人一直没敢领证。

吴歌这是又来当说客了。

"姐，说真的，你既然这么喜欢自己的专业，就应该抓住机会出国深造。"

吴歌背着双肩包跟在宋颂后头，一见面就开始碎碎念，宋颂站在大马路上打车，充耳不闻。

"你今晚住哪儿？酒店订了吗？"

"你别绕开话题。"吴歌不依不饶道，"你之前还骗我说不喜欢单凛，转头就跟他好了，我有说什么吗？我再不喜欢他，还不是同意了？你倒是说说，妈怎么就不能和杨祥在一起？"

宋颂成功拦下一辆车。上车后，立马跟吴歌开战："这是两回事，我跟单凛恋爱很正常，妈和杨祥不仅仅是谈个朋友这么简单，还是两家人的问题。杨祥的官司刚结案，他前妻之前一直找妈麻烦，保不准以后还要出什么幺蛾子。他还有个女儿在国外，鬼知道是个什么样的主，到时候家宅难安，找谁说理去？再说，我爸就一个，别想让我叫其他人爸！"

吴歌战斗力也超强："他们都离干净了，杨祥跟妈结婚，就是我们一家子过日子，妈在这里受尽了白眼，杨叔都安排好了，只要你答应，他和妈先过去，安顿好后，帮你联系学校，你毕业后立马就能去美国。还有，你是不是被恋爱冲昏头脑了，你跟单凛在一起就简单了？我看他家里问题也不少，以前学校里就有传闻说他家里情况复杂，父母关系很恶劣，才把他养成这么个破德性。你要是跟他玩玩，我没意见，你要是真打算跟他一直好下去，我可得劝你想明白，跟这种人一辈子，就问你累不累？"

宋颂抬手就掐着他的耳朵，把他揪到自己面前："我乐意。你从哪儿听来这些不三不四的消息？"

"疼……疼，你松手！"吴歌抵死反抗，"他要是跟家里关系好，能一个人在外头住？"

宋颂推开他，嫌弃地甩了甩手腕，说："这叫自主、独立。"

吴歌气急："你真是长了双狗眼。我就问你，他执意要考回 S 市，是为了你吗？"

宋颂得意地晃着脑袋，笑道："是啊。"

"那你不会为了他不肯出国吧？"

老实说，宋颂没料到吴歌会这么敏锐，单凛为了她放弃了很多更好的选择，现在叫她说走就走，抱歉，她做不到。

宋颂应付道："当初是老爸看我成绩不行，希望我出国镀金，现在没这个必要了。"

"哦，没这个必要了，那你房间里还留着一堆美国设计学院的招生简章？"

"你找死，到我房里去干吗？"

吴歌迎着宋颂杀人般的目光，坚持道："反正你出国的事，我们都支持，姐，就看你自己了。你现在这学校什么水平，你自己心里清楚。"

杨祥很聪明，拉拢了吴歌，吴歌也很聪明，拿出国做诱饵跟宋颂谈条件，但宋颂依然不肯松口。

这两天，宋颂一边要应付吴歌，一边要对付学校里老吴给她穿的小鞋，然后等她稍微空一点，发现单凛连着两天没有回她的消息了。

上一次出现这种情况是半年前，他高考那段时间。

宋颂打电话过去，单凛的手机竟然关机。

她跟他说过两天后就回去，可家里没人。她匆忙放下的零食，还躺在茶几上，其中有一包薯片被拆开过，现在仍保持着这个状态。

看来他从那晚后也没回过家。

之前吃过一次亏，所以宋颂跟单凛要过紧急联系人的电话，就怕又联系不上他。可单凛说宿舍没电话，再者他也不太回宿舍，联系室友没什么用，他绝口不提家里，又跟她保证绝不会再发生这样的事，拖到宋颂忘了这事，蒙混过关。

现在宋颂越想越后悔，还是应该跟他要一个室友的电话。

这一次，宋颂没想到单凛消失得这么彻底，直到11月过去，12月来临，她还是联系不上单凛。

然而，宋颂没联系上单凛，吴歌倒是无意间碰到了单凛，只不过，他第一时间没认出来这个人不人鬼不鬼的家伙是单凛。

吴歌到S市找姐姐，还充分利用了时间，顺便见了一圈朋友，一点没落下。这帮小子上了大学，就像是脱离了动物园牢笼的猴子，没了管束，释放所有的自由天性。

吴歌和熊大伟，还叫上了另外两个同学，从晚饭开始喝，一趴不够，又去宵夜，越喝越嗨。熊大伟见到吴歌太高兴了，傻乎乎地把自己灌趴下了。吴歌也喝大了，脑子里一团糨糊，被熊大伟这一倒激出几分清醒，另外两个人自身难保，只有他还有余力带熊大伟去医院。

凌晨的医院，急诊室里白晃晃的灯和墙壁显得异常刺眼，吴歌看着看着，脸色像要融入这片白色，他强忍着不适带着昏死过去的熊大伟见过医生，又拖着这大块头去输液室挂上水，这才溜到厕所狂吐不止。

吴歌站在医院后门吹风，这时候已经深夜两点了，医院后面那条街孤寂清冷，四下安静。热闹过后，他的思绪如夜空中飘浮的棉絮，地上除了他的人影就只有树影。吴歌出来只是想让自己清醒清醒，突然听到不远处一阵惨叫。

吴歌闻声望去，马上看到几个扭打在一起的人，准确地说，是一个人对三个人。但这一个人够狠，把对面三个打得毫无还手之力，现在他就揪着一个倒在地上的人揍，起初揍一下那人号一声，但揍到最后，那人的声音越来越轻，呻吟渐停。边上两人从地上爬起来，要去阻止，被他直接一脚踹翻在地，然后，这人就开始转移目标，开始揪着第二个人往死里揍。

吴歌打的架也不少，但从没见过这么狠的，简直是要人命，自己也不要命的打法。这大半夜的，整条街都被那人的戾气镇住，让人喘不上气。吴歌不想惹是非，反正旁边就是医院，死不了人。

可是，他越看越不对，眯起眼盯着那处，这哥们儿有点眼熟啊。

那边被打的人有点招架不住，半爬半跑，后头那人立刻追上去。借着路灯，吴歌终于看清了，单凛？

吴歌顿时清醒了大半，那真的是单凛吗？

单凛一身黑色衬衣，黑暗仿若化成了他的铠甲，银月冰冷的光芒镀上他的脸庞，同时带走了他身上的生气，让他看起来形同鬼魅。

单凛斜眼看着吴歌，一双眼睛像是没了眼白，黑洞洞的，更为诡异的是，他像是没认出吴歌，眼神冰凉陌生，吴歌被他看得一哆嗦，后背发凉。

单凛喉头一动，只吐出一个字："滚。"

吴歌从没见过这样的单凛，以前他就是看不惯这人装相，但从没怕过。

可当下，他竟有点不敢靠近这个人。

但表面上，吴歌没有露怯，壮着胆子骂道："单凛，你发什么疯，我是没心情管你死活，但你这样子，要是被我姐看到了，怎么交代？我姐见过你这疯狗样吗？"

刚才分明神鬼勿近的人，神色明显怔了下。

"你在外头有什么仇家，是你的事，但别连累我姐。"吴歌并不了解眼下的情况，但单凛这副鬼样子令人心悸。

单凛站着没动，他的视线像是落在吴歌身上，又像是看着别处，他的精神如同干涸的河床，理智挣扎着爬上岸边，但很快被横冲直撞的疯狂吞噬。

吴歌朝他靠近一步，小心试探道："喂，我跟你说话呢。"

这时候，冲出来一辆车，从车上下来三个男人，为首的是个四十岁左右的男人，戴着一副眼镜，斯斯文文，一身高档大衣，见到这番惨烈的状况，脸色一沉。

单凛突然动了，侧过身，目光压抑，唇边却带着不屑的冷笑："算他们命大。"

男人露出痛心的表情，说："你这样又有什么用？"

单凛不带感情地说："出气。"

"你……"男人看到吴歌，犹豫了下，没把原先要说的话说出来，转而道，"你冷静一点，先跟我回去。"

单凛懒得跟他废话："滚，不然连你一起废了。"

那男人极有分寸，心知今天不能再刺激单凛，便招呼了身旁的人带上倒地不起的三个人撤到一边。

吴歌看这架势，明白单凛是有话要跟自己说，当即抢先一步："你这样，我姐见识过吗？"

他以为单凛不会这么好说话，以单凛的个性，八九不离十会回一句：凭什么，你以为我会怕？

可今天，单凛竟没有出口反驳。

吴歌以为自己喝多了，眼睛和耳朵都不好使，可等了一会儿，确定单凛没有反驳，整个人犹如一条街黑暗的中心。

单凛的沉默让吴歌越发肯定他自认理亏，加上酒精刺激了大脑神经，之前那些为了不让宋颂难过而憋在心里的话，这个时候像是打开了阀门的水龙头，一个劲地往外冒："我没看错，你真是不简单，学校里的学霸都是装的。"

单凛木着脸，未置一词，随后缓慢地在路边坐下，长腿随意屈起，略侧过脸，眼角上挑，从下往上看着吴歌。

吴歌在他这双眼中看出了一片空洞，不由得心惊。他们同校三年，纵使知道单凛在他父亲过世的时候帮他说过话，他心存感激，有些对单凛刮目相看。但他还是觉得单凛是危险品，捉摸不透的个性、传言古怪的家世，全都是不安定因素。今晚发生的一切，越发证明了他的感觉是对的。宋颂在他面前毫无保留，而他呢，他就像一只带着邪气的黑色蝴蝶，把宋颂的三魂六魄都勾走了，却从没让宋颂看过他暴戾的真面目。

"宋颂没跟你说过吧，我们全家都会去美国，但她现在因为你不肯去。你要是真为她好，麻烦别挡她的路，给她选择的自由。"

他这话几乎等同于劝分，绝不敢让宋颂听见，宋颂非剥了他的皮不可。

单凛这天晚上的反应很反常，他对吴歌的出言不逊从头到尾都没有反击，时而看吴歌，时而不知望着何处，口中似乎喃喃有声，最终竟像是当吴歌不存在一般，自顾自地走了。

吴歌这天晚上喝得太多了，也跟做梦似的，陪着熊大伟挂水到天明，迷迷糊糊睡了一觉，醒来后头痛欲裂，思来想去，不太确定昨晚是否真遇到单凛了。这时候，他才发出了一个正常人的疑问：单凛怎么出现在医院？

单凛失联的第二十天，宋颂已经有种陷入绝望的感觉。

她去 T 大找过他，混进了建筑专业的教学楼。一打听，单凛已经连续半个月没在学校里出现，但因为他本身就不住校，神出鬼没，所以同学之间没引起关注，还说这挺正常，过两天他就会出现了。

宋颂不断回忆跟单凛最后几次见面的场景，怎么都想不出异常的地方，尤其是最后一次见面，她还讨走了好几个吻，不要太开心！

难道是他家里出事了？

宋颂立马想到了上次碰到的西装斯文男，还好当时留了一个号码。可是，宋颂连续打了三个电话，一直没人接，直到第四个电话，那头终于响起了一声回应。

"您好,我是宋颂,我们之前在单凛的公寓门口碰到过。我找单凛,我最近一直联系不上他。"

宋颂也不含糊,直接说明情况,她太着急了。

对方闻言,温和地回道:"抱歉,我也没见过他,我跟他不常联系。"

言尽于此,对方礼貌地挂了电话,宋颂愣神地看着手机,蹲在公寓的阳台上,忽然不知道自己接下来该做什么。

之前,每当她或者单凛要晚回家,对方都会时不时到阳台看一眼,等人回家,她不止一次看到单凛的身影出现在阳台落地窗边。反之,她也会等他,看到他的身影出现在小区的林荫道上,距离越来越近,她就会觉得特别心安。

然而,现在楼下只有小区里的妈妈和她们的宝宝。她们围在一起,可能在讨论今天熊孩子又做了哪些让人头疼的事。

宋颂看了好长时间,实际上她也不知道自己在看什么,脑子里全是幻想,幻想单凛从小路的那一头突然出现。然而,单凛没回过这个家,也没去过学校,她甚至回过Z城,跑去他的住处,还是一无所获。

就在这个时候,吴琴送了她一份"大礼"。吴琴也没敢给宋颂打电话,而是发了条短信,告诉她自己和杨祥去领证了。

这摆明了先斩后奏,就怕宋颂炸,可宋颂还是炸了。

更夸张的是,杨祥有美国绿卡,两人领证后,吴琴打算立刻跟着他去美国。她在国内这两年过得太压抑,受尽了冷嘲热讽,恨不得离开这个是非伤心地,重新开始生活。

所以,他们才一个劲地要把宋颂也带出去。

宋颂火冒三丈，狠狠把手机丢到沙发上，扭头就要去整理行李，打算连夜赶回家。

只不过，她刚转身，手机就响了两声。

也不知为何，宋颂的心脏像是被一只手提到了半空，她重新跑回客厅，途中差点被茶几绊倒。

宋颂抓起手机，点开最新的短信，立刻看到了那个让她热泪盈眶的名字，单凛。

然而，他发来的这一句话却让宋颂提到半空的心，一下子狠狠坠落在地。

"不用等我，我们结束吧。"

史上最令人摸不着头脑的分手，被宋颂撞上了。

没有先兆，没有原因，没有告别。

在宋颂二十一岁生日这一年，经历了不亚于父亲过世那一年的人生震荡。

"被分手"第一天，她震惊、气愤、不解、焦急，她用不同的语调分析"不用等我，我们结束吧"，想要知道单凛究竟是在一种什么心境下说出这么句话的。然后，她整个人陷入了一种非理性状态，她一直自诩洒脱，但那段时间，她就像电视剧里失恋后不甘心的女孩，疯狂地给单凛打了很多电话，纵使那头都是"已关机"的提示音。然后，她给他发了很多短信，发到后面都有些魔怔了。

起初，她还有点没反应过来，感觉这个事情有点不真实，可能睡一觉，一切就能恢复如初了。但当她从单凛房里醒来，窗台上深灰的窗帘让外面的阳光没有一丝可乘之机，宋颂蒙蒙地望着灰褐色的冷色调墙面，第一次觉得这个房间如此压抑。

外头开始下雨了，根据天气预报说，这段时间会连着下。

而雨，总是能把人的负面情绪无限放大。

衣柜里，左半边是单凛的衣服，黑、白色调为主，上头有他身上惯有的冷冽气味，最后一次见面时他穿的那件黑色外套不在这里。冰箱里，冷冻室还留着两周前买的雪花牛肉，他不爱吃肉，牛肉还能接受。她在逛超市的时候，特地买了澳洲进口的牛肉，最后一次吃的时候，他胃口很不错，把宋颂剩下的半块也吃了。书柜上，宋颂的家当排成一排，其中有一台莱卡相机专门用来拍单凛，已经拍了五卷胶卷，洗出来的照片被放在一本专用的相册里，他说只准私藏，不得外泄。

宋颂盘坐在客厅的地上，目光所及之处随时都能联想到单凛。她还想起在藏地那个夜晚，幽静的月色下，院子里悄然无声，他们相视而笑，他被夜浸透的背影和慎重的许诺。

宋颂倏然笑了笑，但很快又垮下脸。右手边是已经变潮的薯片，是之前单凛打开的那包，没吃完，她无意识地一片接一片地吃。吃了一包不够，她泄愤似的把其他几包都拆开来吃了，吃到胃里的食物快要顶到喉咙口，她冲到卫生间一阵干呕，胃部隐隐作痛，喉咙火辣辣地痛，不断用水漱口，最后瘫坐在洗手台边的地砖上，莫名失笑。

如果身体的难受能够减缓心理的一点点痛苦就好了。

她摸了摸脸，没有眼泪。

这一年的冬天，对"欲哭无泪"这四个字，宋颂刻骨铭心。

单凛就这么从宋颂的生活里消失了。

宋颂每天都住在他的公寓里，睡在他的房里，像是要把自己跟这间房融为一体。

然后，宋颂开始每天给他发一封邮件。邮件内容从一开始的质问，生气，言辞激烈，到后来的妥协、劝说，然而全都没有回应。宋颂每天坐在电脑前查收邮件，每一次都是失落。到后来，查收邮件只是变成了日常的惯例。她明知道不可能刷出他的回复，却还是忍不住。

这件事是瞒不住的，宋颂的颓废和焦虑以肉眼可见的速度增长，最初几天，她把自己关在房里，后来班长找到她，她不得不去上课，但状态跟之前差太多了，匆匆来，匆匆走，学院里的活动也都推脱了，私活儿也不接了，一颗小太阳突然不亮了，绝对是发生了什么事。

宿舍里的人最先发现，景妍跟宋颂的反应很像，一个劲地反问：不可能吧？怎么会？好像比宋颂还不能接受，毕竟她那次亲眼看到单凛大晚上主动跑来给宋颂送电脑。

老大落晴一直觉得这段关系本身就是宋颂倒贴，开始拿网上的帖子劝宋颂："男生都喜欢冷处理，然后回避，不见面，这根本就是渣男的表现，不敢当面说分手。所以找比自己小的就是不靠谱，平时当姐当妈，最后还要被嫌弃啰唆、烦人、年纪大，到头来还不是所学校，调教好以后，都被学妹享用了。"

景妍也开导她，天下最不缺的就是男人。

宋颂本来就没什么胃口，听到这些话，立刻放下筷子："他不是这样的人。"

"你是陷在里面看不清事实。再说，两个人读不同学校，你根本不清楚他在学校里发生了什么。"

宋颂还是坚决替单凛说话："不会，他的个性我太了解了，一定是发生了什么。"

落晴是过来人，觉得宋颂还是尽快走出来比较好，所以说的话也比较直白："你怎么还帮他说话，现在是他说消失就消失。每次我看你给他打电话，都是你哄着他。宋颂，以你的条件，凭什么要吊在他这棵树上要死要活？再说，我们马上要毕业了，社会上多的是优质男生，到时候你还未必看得上单凛呢。"

话虽然不好听，但都是实在话，可在一个失恋的人面前，无疑是捅了心窝。

"你以后就知道了，不管你替他找多少理由，实际上，都不过是，他不喜欢你了。"

宋颂想过很多原因，唯独不相信这一句：他不喜欢你了。

后来，单凛休学了。

一个人若是想要躲起来，世界就会变得无限大。

宋颂寒假回 Z 城，李小蛮通知她高中同学举办聚会，高中圈子里几个要好的都知道她和单凛的事，这次原本是大家想要聚一下，趁机起他们俩的哄。宋颂在电话里很冷静地跟李小蛮交代了她和单凛分手的事，李小蛮大惊，语无伦次地开始开导她。虽然和宋颂不在一个城市，但两人平时依然保持联络，她知道宋颂有多喜欢单凛，先前有多喜欢，现在就该有多伤心。那一年的同学会，原本最喜欢聚会的一中一姐，第一次缺席。

宋颂好像进入了另一个阶段，经历了那种撕心裂肺，让人喘不过气的痛苦之后，开始否认事实，不相信单凛是出于真心提出分手，继续给单凛发邮件。

吴歌知道这件事的时候，反应有些出乎宋颂的意料，她以为这小子会非常激动，压抑着雀跃，故作同情，说两句安慰的话。可吴歌像是吃了一惊，有点不敢置信，神情颇为慌乱。

宋颂似笑非笑地呛他："你不高兴吗？天天想着我们分手，这下你如愿了。"

吴歌脸色一白，解释道："我没……没想到你们真分手……他提的？他竟然提了分手……他还说什么了吗？"

还说什么，她倒是想他再多说几句。

人倒霉起来，好像是没有底线的。

大三下半学期，跟老吴决裂后，表面上没什么，可宋颂毕业论文选导师四处碰壁。学院里本来与几家公司挂钩了，为学生提供实习机会，宋颂一个也没轮上。她因为单凛缺课，导致好几门课被扣了考勤分，考试成绩本就是低空飞过，差一点挂科。而她寄予厚望的几个设计大赛，基本打了水漂，只有一个进入了全国入围奖，但也就止步于此。老吴看她的时候，脸上写满了"你就这水平"。过年的时候，老妈和吴歌跟着杨祥去美国过年，她死活不去，又跟家里大闹一场，母女俩的关系降到二十一年来的冰点。

在最艰难的时候，她给单凛写了三百六十四封邮件，他一封未回。

写到第三百六十五封的时候，她突然终止了。

这一年来，每一天，都是她向他迈进一步，可她却看不到终点，她走了三百六十四步，最后一步应该留给他。

邮箱发件箱的时间，永远停留在那一年的 12 月 31 日，再也跨不过新的一年。

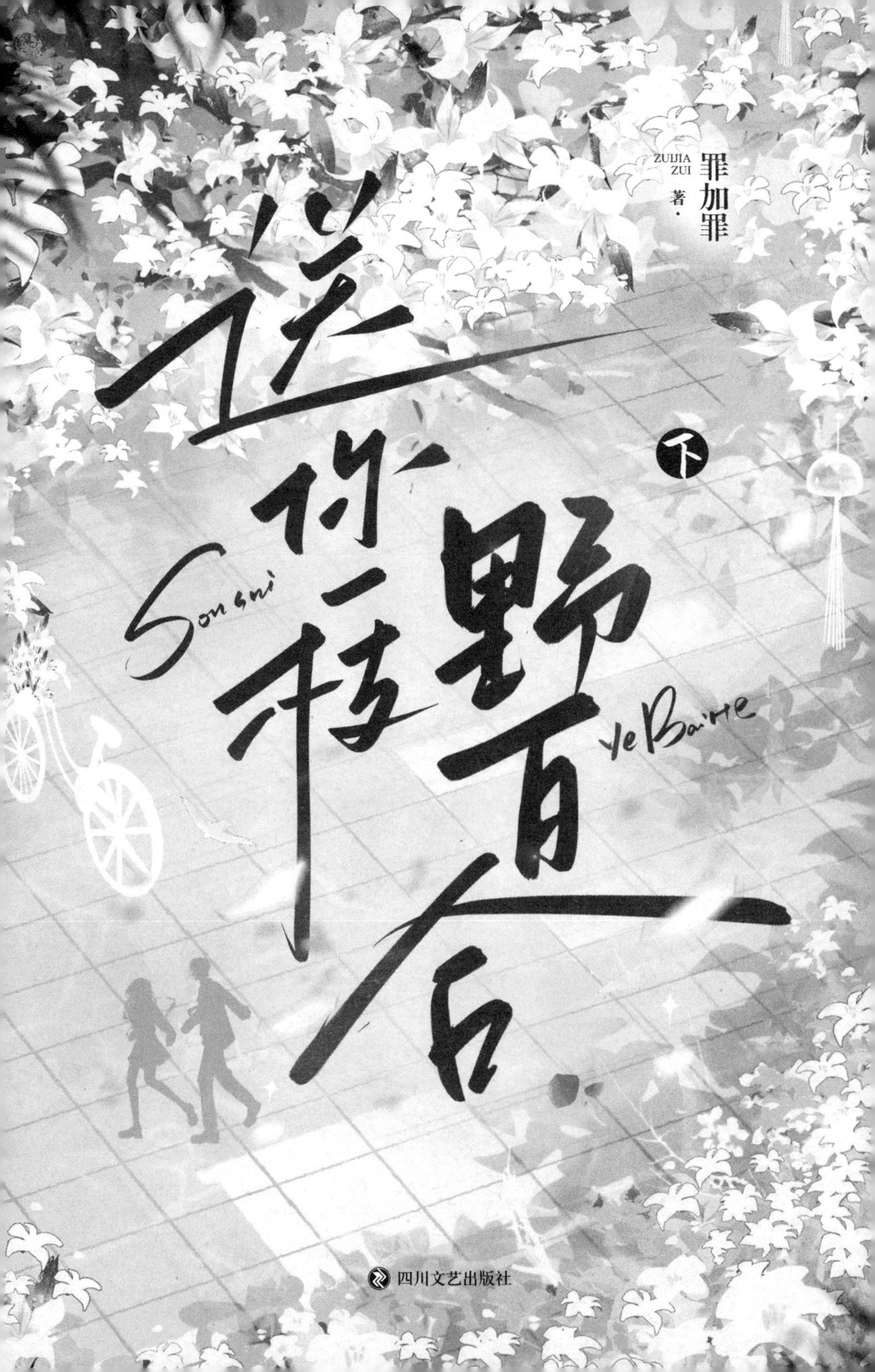
ZUIJIA ZUI
罪加罪 著·
送你一枝野百合
Songni
YeBaiHe
下
四川文艺出版社

下卷
直到世界的尽头

·第八枝百合·

她看透生活的糟糕，却还是向往生活

///

宋颂很少提后来去美国的经历，当时杨祥花了半年的时间不断与她沟通，总算让她放下一些拒绝的姿态，但他们之间并没有达成完全的和解，而是约定了类似资助的关系——宋颂坚决要求学业有成后，将学费和生活费还给杨祥。对于这个继女的固执，杨祥无可奈何。

但吴歌觉得，姐姐同意赴美，是因为她需要透气，再待在那个城市，那个房间，她的灵魂就会被禁锢死。

"再后来，我就遇到了曾老板啊，他给了我第一笔投资，将我从水深火热的毕业就失业的困境中捞了出来。这才有了今天的SONGSONG。"

宋颂在去见沈磬磬的路上，难得跟老幺虞是如聊起自己的学生生涯，分享起遇到曾老板这段经历，大力夸奖曾总魄力无敌，英明神武，没有让她这颗珍珠蒙尘，实在是眼光毒辣，实乃投资界高手。

朱皑皑给了她一个白眼，嘲笑道："你夸得这么用力，老板又听不见。"

宋颂笑道："没事，反正每年他生日，我都会夸一遍，他应该不陌生。"

朱皑皑："……"

宋颂这次是被沈磬磬团队突然叫去，说是品牌提供的礼服有点问题，需要设计师亲自去一趟。

对于沈影后最终选择在华鼎奖上穿SONGSONG的礼服，宋颂本人是非常感激的。她的牌子肯定是比不上一线大牌，能入沈磬磬的青眼已是难得，这次，沈影后算得上是力排众议，选择了她家秋冬高定礼服，同时，还邀请她为旗下力捧超级男星梵戈设计红毯礼服。

宋颂对沈磬磬的要求都是高度关注，亲自对接，一行人赶着凌晨的航班飞到 B 市，直接到沈磬磬录制节目的现场。

宋颂和虞是如、姜丞在化妆间等待拍摄结束，她闲着没事，拿出随身带着的画本，几乎不用刻意去想，脑中跳出一个身影，笔尖像是有了生命，自动落下那个身影。

凌晨两点，沈磬磬终于来了，她刚一进门，上了妆的脸明艳逼人，虽然只穿着简单的白色衬衣，白色阔腿裤，却掩不住卓绝的气质。

她就是天生的吸光体，所有人的目光都情不自禁地看向她。

这些年沈磬磬的性格温婉了不少，婚姻如意，又有了孩子，生活的幸福给予她丰厚的温存，所以比起以往，虽锋芒依旧，却不再尖锐。

"抱歉，我没想到录到这么晚。"

她先一步出言道歉，但这又不是她的责任，宋颂连忙起身笑着挽住她："磬磬姐，你才是辛苦了呢，听说你已经一周没回家了？"

沈磬磬去年接受采访时说过，不想错过儿子的童年，她现在会有选择地安排工作量，电视剧基本不拍，电影保质，并且重点培养自己公司的新人。

沈磬磬脸上隐隐露出疲惫，还是打起精神，微笑道："是啊，明天我还要飞去 Q 市，只好麻烦你过来一趟。怎么，等我的时候还在工作？"

沈磬磬一眼就看到了宋颂落在椅子上的手稿，宋颂连忙合上放到一边："随便画画。"

"等等，那个有真人原型吗？"

虽然只是一眼，但凭借多年的娱乐圈经验，沈磬磬立刻捕捉到了画上的人惊艳的脸庞。

"没啦，"宋颂掩饰道，"就脑子里想到了什么我就画了什么。"

"可惜了，这么帅，要是真有其人，一定记得介绍给我。"

"磬磬姐好贪心，你有梵戈还不够吗？"宋颂跟她打趣道。

"梵戈当然好，但多几个梵戈，更好。"沈磬磬在位置上坐下，"我们说正事吧，Ada，你把情况说一下。"

原来这次的华鼎奖，沈磬磬决定携梵戈一同走红毯，原本外界都在传她的男伴是宁末离。而就在昨天梵戈自己定下造型方案，就是宋颂心属的那一套"重构"系列，但这套的风格和沈磬磬的造型不是特别协调。

沈磬磬也做了解释："我们是最近才确定的，所以希望你这边帮忙调整一下。"

"我明白了，也巧了，我在做梵戈这套设计的时候，有思考过搭配什么样的女装。"

沈磬磬倒是愣了下："重新定制？来得及？"

涉及工作，宋颂立刻表现出非比寻常的执着与认真："可以，我不睡觉也会帮你完成。"

沈磬磬有些动容，笑了笑："我之前还说，你对梵戈特别上心，看来我误会你了。"

话到此，沈磬磬还刻意含笑打量她。

宋颂耳朵有点热，努力维持面不改色："哪有，我当然对磬磬姐最上心啦。"

他们又对细节深入沟通了一番，两方团队都要先回酒店休息，一行人走出演播厅大门。

沈磬磬先问宋颂："酒店订好了？"

"嗯，不过离这里有点路程，附近的酒店都满了。"

"这样啊。"她看了看身后的人，干脆道，"让你的人跟 Ada 他们坐我的保姆车，你跟我坐一辆吧。"

宋颂还没反应过来，一辆黑色的宾利已经停在了沈磬磬面前。沈磬磬直接打开副驾驶座的车门："Ada，你照顾下小如他们，宋颂跟我走。"

宋颂有点搞不清状况，为什么沈磬磬不坐自己的保姆车？但她也不好驳了沈女王的好意，连忙放好行李，坐上后座。

然后，她整个人呆住了。

"等很久了吧，困不困？我没想到今天录了那么长时间，中间有两个游戏环节拖得太久了，宁小包呢？"

"已经睡了，Ted 在看着。"

宋颂一脸呆滞，看着驾驶座和副驾驶座的两人亲密地说着话。

谁能告诉她，为什么她会在凌晨三点的时候，看到宁末离，她不是在做梦吧？宁皇帝亲自开着车来接老婆下班，而她走了狗屎运，蹭到了这一趟顶级驾驶服务！

沈磬磬没忘记后面还坐着一位，侧过头说："末离，我给你介绍下，这位就是我之前跟你提到的，我认为目前国内最具潜力的女设计师，宋颂。颂儿，这是我先生，宁末离。"

还用介绍吗，谁不认识宁末离啊！

宁末离淡淡地看了眼后视镜："宋老师。"

宋颂不由自主地挺直了腰板，打起十二万分精神，好不容易才从这是不是梦境挣扎出一丝清醒，毕恭毕敬地回道："宁……宁皇帝，宁总好。"

妈呀，她快要语无伦次了。

宁末离似乎笑了下，宋颂立刻被这不经意的一笑闪到了眼睛，太帅了！

沈磬磬也笑了："不用紧张，他就是闲着没事来接我。你累了就靠着休息下，不用管我们。"

闲着没事……也就沈磬磬敢这么说了。

两尊大神在前面坐着，她还怎么静得下心休息啊，忍不住再偷瞄一眼，不看个够本实在是对不住这个机会。那可是宁末离啊，本尊啊，活的啊，多少媒体想要偷拍都拍不到啊……

宋颂处于极度兴奋状态，困意全被甩到脑后，期间大多数时候是沈磬磬跟她聊天，宁末离专心致志地当一位好司机。

总之，当宁末离亲自下车，开启后备厢的时候，宋颂还没从震惊中缓过神。

宋颂跟在他身后，有些无措："谢谢宁总，不用麻烦，我自己来。"

宁末离已经帮她把行李拿出来，神态自若："辛苦了。"

宁末离和沈磬磬把宋颂送到后，立即离开了。车上，宁末离看了眼已经开始装睡的夫人，忍不住抬手勾了勾她的下巴："这么喜欢她？"

沈磬磬抓住他的手，握在手里揉了揉："她的风格我是很喜欢。"又很快补充道，"我可什么都没要求。"

"还有呢？"

"没了啊。"

宁末离抬眸："梵戈？"

沈磬磬侧过脸："她没跟我提过梵戈。"

宁末离思忖片刻，了然一笑："别人恨不得让所有人知道，他们偏偏跟做贼似的保密。"

"你了解过后就明白，他们谁都不容易。"

"她让你想到自己了？"

沈磬磬支着脑袋，像是在认真思考宁末离这句话："她身上有股劲，看透生活的糟糕，却还是向往生活。"

第二天宋颂还是忍不住把昨晚那个劲爆的消息告诉了团队的人，其他人或多或少也猜到了一点，但得到证实后还是很激动。

"宁末离本人帅吗？"

"废话。"

"比梵戈还帅？"

这就有点为难宋颂了。

想了半天，她只好说："……不是一个类型的好吗？"

宋颂在这些天里高度紧张，为了沈磬磬和梵戈出征颁奖礼的战服，她可以说是不眠不休，夜以继日。工作室的人不是第一次见到宋颂这样，她平时看起来有点吊儿郎当，但真的干起活来比谁都拼。就连朱皑皑都忍不住劝她休息下，怕她疯魔了，可她好像完全进入了自己的世界，手头上能推掉的工作都推掉了。

这期间，唯一能让宋颂稍微分出点心的，只有单凛。她连续干了半个月的活儿，也等了半个月，然而，别说是电话了，就连一条信息都没有，恐怕她还在他的黑名单里。

宋颂最近睡眠不足，本就有点烦躁，趁着休息，她喝着甜腻的摩卡，把小如叫来，问道："林蕾最近有找你吗？"

虞是如一下子没对接上她的频道，这两天都在和沈磬磬团队、梵戈团队对接，一时间冒出个林蕾，她反应了会儿说："没，他们后来没再提起服装的事，我再去问问？"

"不用了。"

宋颂直接给庄海生打了电话，不像前两次立刻接起，这回足足响了五声，电话终于接通了："宋颂。"

不是预想中轻快的声音，也没开玩笑叫她宋大师，宋颂愣了下，但还是很快笑道："海生，在开会？"

"有点事。你说吧，找我什么事？"

他这么正经，搞得她都不好意思说废话："我就是来打听下，你们单总的动态，方案我都发过去了，但到现在都没接到任何回复。之前不是说他马上要参加一个就职典礼吗，我怕来不及。"

那头静了片刻，缓缓道："就职典礼取消了。"

宋颂没有一点防备，直接从沙发上跳了起来："取消了？为什么？"

"单凛没有时间。"

这个官方的答案并不能说服她，但庄海生听起来没打算跟她过多交流。

宋颂笑言："这个倒没什么，反正我给他设计的衣服，他平时都能穿，比如你们公司马上就要开年会，也可以穿啊。"

庄海生的语气终于带上了笑意："哎呀，别提了，他那个人，还是别出现在年会上了，大家看到他都不敢浪了。"他顿了顿，道，"他最近是真没时间，你也别放在心上。那几套方案都可以，都做吧，费用我来付。"

宋颂顾左右而言他："建筑师就是忙啊，见一面都难。"

"他手上的项目多，学校里也有安排。"

宋颂脑筋转得很快："他一周上几节课？有课表吗？"

庄海生却犹豫了下："课倒是没有安排，可能会先开演讲。"

宋颂觉得庄海生今天有点不对劲，所以她打算不着急打探："方便的话到时发我一份时间表，我也好跨界跟单老师学习学习。"

290

庄海生算是答应了。宋颂丢下手机，一口气喝完杯中剩下的咖啡。开工开工，她得赶紧把手上的活儿干完，才能去做单凛的衣服，想到这里，她再次精神焕发。

工作室的人在吃了将近半个月的外卖后，终于在收工的那一刻爆发了："我们要去吃大餐，连吃一个月，Miss Song 买单！"

宋颂望着模特身上的两套衣服，累到笑不出来，看到一群人东倒西歪，她也瘫在地上不想起来："行啦，吃吃吃，乖，你们想吃什么，我刷卡。"

宋颂爬到包边上，摸出卡甩给朱皑皑。

她回头继续看她的作品，总算是好了，从设计到和首席裁缝师团队一同参与整个制作过程，纯手工缝制上千颗珍珠，她眼睛都快瞎了。这套和"重构"对应的"沐生"礼服终于完美诞生。

朱皑皑围着两套礼服兴奋得直叫唤："太美了，太美了！宋颂虽然你平时很不靠谱，但做衣服这方面，我承认你有点才华。要不要马上拍个照发给沈磬磬和梵戈？"

宋颂累得脑袋都抬不起来了，没力气跟她计较前几句，笑骂道："你拍吧，一会儿发我。先扶我起来，我动不了了，我还得去陪老板吃饭。"

宋颂刚站起来，一阵头晕，差点重新栽倒在地，朱皑皑眼疾手快地拽住她："你这样还去啊？赶紧跟曾总说一下，改时间吧。"

宋颂仰头闭上眼，压下那股眩晕感，说："他就今天有空，没事，我吃完就回去睡，明天天塌下来都别给我打电话。"

曾佑和宋颂每个月 25 日，雷打不动地要一起吃饭。一开始是宋颂嫌工作汇报太枯燥，为了增进老板与品牌创始人之间的感情，在她厚脸皮地软磨硬泡下，曾佑同意边吃边说。

S 市最负盛名的日料店。

茶庭式设计，墙壁轻薄，石台阶、石灯笼、石蹲踞，每一处景观都是精心安排的，随着夕阳垂落，光线穿梭在庭院内部，令建筑和自然呈现出一种暧昧的关系。

"这里的设计不错吧？"

单凛收回看向院里的目光，轻扫过眼前的两人，慢慢端起茶杯，却只闻不喝。

"前段时间你去美国了？"乔寒深很习惯他的冷漠，"好久没出来一起聚聚了，我最近在筹划明年的电影，公司会把触角伸向大文娱，我打算整合文学平台、网络媒体平台，把产业线贯穿起来，这个事已经上报董事会。眼下，宁末离那边也有动静了，这位大佬出手，不弄个天翻地覆是不会收手的。"

单凛一副听不懂也不想听的样子，乔寒深也知道他不感兴趣，便不聊自己了，转向身边的人："单教授可不是那么好约的，我们公司的新大楼我还想着请他设计呢。"

乔裴卓长得很柔和，盈盈一笑："说起来，单总还是我的校友呢。我虽然比你高一级，但年纪应该比你小。"

"哦，裴卓小学的时候跳级了。"乔寒深语气有点得意。

单凛凉凉地掀起眼皮，冷漠地看着这个面容姣好的女人。

这种无限接近于相亲的场景，他没尝试过，但他不蠢。

然而，乔寒深敢把人带到他面前，就是得到了那位的默许。

单凛捏着粗陶茶杯，修长的手指随意把玩着，一会儿转到左边，一会儿转到右边。

乔寒深看一眼就明白，这位大少爷很不高兴。

单凛没接乔裴卓的话，对着乔寒深单刀直入："你找我出来，到底什么事？"

乔裴卓笑容依旧，而乔寒深也很沉得住气："没事就不能找你？"

单凛对乔寒深没太多观感，他无求于乔寒深，自然也不需要刻意迎合，更何况他本身就不是个会讨好人的个性，更多时候是乔寒深乐此不疲地揣摩他的意思。

"是我很闲，还是你很闲？"

"大少爷，年底请你吃顿饭，大家都是兄弟，你就是太爱工作了，别把神经绷那么紧。"

乔寒深久经商场，早就练就一副铜墙铁壁，依旧笑着替单凛加了茶水。单凛不爱交际，他知道，但他必须跟这位大少爷打好交道，要不是他妹妹一定要认识单凛，他今天也没必要凑上去贴单凛的冷屁股。

"我妹是服装设计师，算是有点小名气吧，自己创了一个品牌 peizhuoQ，过段时间还会参加一档国内全新设计类综艺真人秀《完美登场》。"

乔寒深说得谦虚，但脸上的神色全是骄傲。乔裴卓适地地掩唇，有点羞涩地笑了笑："我从来没有过这方面的经验，完全不知道会怎么拍，听说这次没有剧本，现场真刀真枪完成设计比赛。"

乔寒深不以为然："我听郑导说，他们找来的设计师里就数你最年轻，也最有实力。男的暂且不提，女设计师里面，有谁能比你厉害？"

"宋颂啊，你没听说吗，她最近在帮沈馨馨做造型。"

单凛拿筷子的手顿了下。片刻后，他继续夹起一片刺身。

"沈馨馨不是那么好相处的人。"乔寒深摇了摇头，"再说，她好像也没确定会参加。"

"不知道会给我配哪位模特，听说都是当红艺人。"

"需要我找你嫂子帮忙吗？"

"别，我可不想被人家说我走关系。"

乔寒深这时回过头，见单凛一声不响地低头吃着菜，他抱歉地笑道："我们兄妹话多了。对了，我听说你的衣服都是海生帮忙买的，他一个大男人能有什么品位？"

乔寒深打量了一番单凛今天的装扮，他每次见单凛，对方都是单一的色调，冷冽让人不敢多看几眼。他今天穿了一件藏蓝高领毛衣，驼色大衣被他随意搁在一旁的衣架上，衣服都是非常简单的款式，但奈何他身材比例好，又有高颜值加持，怎么穿都挑不出毛病。

乔寒深一直觉得单凛的颜，放眼整个娱乐圈，大概也就宁末离能与之匹敌了，这两年风头最盛的梵戈，跟单凛比，也不敢说稳赢。

"裴卓，你不是要开男装品牌线了吗？单凛，要是你不介意，我妹妹可以帮你设计，以后你的衣服可就不是别人能轻易撞得了衫的。"

乔裴卓立即接话，不忘表达一下自己对单凛的好感："可以呀，单教授这么好的模特架子，是我捡了个大便宜呢。"

"介意。"

两兄妹还在那儿继续一唱一和，单凛这边冷不丁回了一句，他们都没料到，全都一愣。

乔寒深立刻反应过来："你不用介意，我妹的职业就是做这个，你以后呢也省点心。"

单凛冷淡地拿起毛巾擦了擦手，说："这是我的私事。"

乔裴卓来之前听乔寒深再三叮嘱，单凛这人性格很差，完全是恃才傲物的典范，从来不给人面子。但她没想到单凛会这么不给面子，好歹乔寒深跟他关系匪浅，可他现在这样，不知道的人还以为他跟乔寒深有仇。

"也是，平时也不需要总是做造型，需要的时候你尽管说。"乔寒深不愧是商场上的狐狸，连忙打起圆场。

气氛陡然尴尬，乔寒深的手机恰巧响起："我去接个电话。"

乔寒深走到外面，包厢里的单凛和乔裴卓两两相对，单凛不说话，房间里只剩下热汤锅被小火苗炖煮的咕噜声。

乔裴卓拿了一只干净的碗，替单凛盛了碗海鲜汤："这个汤是这家餐厅的特色，里面的海鲜都是当天从北海道空运过来的，你尝尝。"

单凛耐心用尽，他今天本就没什么心情，乔寒深把他叫出来，他以为是公事，撑着身体过来，却发现被人骗了。

乔寒深应该庆幸自己是乔寒深，不然单凛肯定已经翻脸走人。

汤碗刚在单凛面前放定，他突兀道："如果没事的话……"

可单凛的话还没说完，包厢门突然被人用力打开，单凛嫌恶地朝门口看去，这一看，整个人僵在原地。

"老板赎罪，我来晚了。实在是又冷又饿又困，你就看在我这么可怜的……份……上……"

宋颂扶着门，原本有点混沌的头脑，看到里面的人，顿时清醒。

包厢的门被她完全推开，房里的情况尽收眼底。

那个说是忙到就职典礼都没时间参加的人，正好端端地坐在这高级温暖的包厢，对面有美人相伴，眼前有美食候着，看起来很不错嘛。

宋颂的脸上没什么情绪，目光扫视了单凛一圈，带着不可抗拒的热度。单凛顿时觉得浑身都在发热，避不开，躲不掉。就在这时，宋颂掉转目光，看向乔裴卓。

"乔乔，好巧啊。"

要说宋颂和乔裴卓的关系，可以用四个字形容——全靠演技！

她们并没有过多的接触，但很多时候，她们都会被拿来比较。

同样是新生代女设计师，都有着留学经历，长得都很漂亮，都打理着自己的品牌，且在圈子里都占据了一席之地，拿奖都不少，最近都挺受娱乐圈艺人追捧。只不过两人设计风格有所不同，乔裴卓近年来风格越来越走潮流路线，而宋颂一直走轻奢简约路线。宋颂比乔裴卓大三岁，但乔裴卓是学霸，跳级生，比宋颂早出道，在外人看来，乔裴卓年少成名，才华横溢，更胜一筹。

除此之外，宋颂对乔裴卓还有更深一层的敌意，"乔裴卓"这三个字，从大学时代那一次涉嫌抄袭的事件起，就刻在她的心里，她憋屈至极，却没有丝毫发泄口。除了景妍知晓些内幕，她再没有跟其他人提起。

"颂姐姐，你也来这里吃饭？"

每次听到乔裴卓甜笑着喊她姐姐，宋颂就觉得整个心肝都颤得不好了。

宋颂不理解单凛怎么会跟乔裴卓认识，而且还愿意跟她单独约会。她的脑袋里似塞着一团糨糊，严重缺觉也导致她思考的速度很慢，但情绪酝酿得飞快，如同深藏海底的暗流，不断上涌。

"约会呢？"

宋颂暧昧地冲乔裴卓一笑。

乔裴卓有些羞涩地望向单凛，模棱两可地回道："就是跟朋友吃个饭而已。"

宋颂盯着乔裴卓那抹似是而非的微笑，心里一炸，她又去看单凛的反应。

单凛忽然起身，拿过外套，搁在左手臂上，背对着乔裴卓说："有事先走。"

乔裴卓维持了一顿饭的笑脸在这个时候有点挂不住了，宋颂饶有兴味地挡在门口，视线在他们两个人之间来回扫了一圈。

单凛走到宋颂面前，一副陌生人的态度："让一让。"

明明大半个月前，他们还在机场接吻，她呕心沥血积攒了六年的手稿也在他那儿，他却像是什么事都没发生过一般。

在不眠不休高强度工作了大半个月后，当她眼前出现了日思夜想的人，宋颂脑子已经无法思考了。她贪婪地盯着单凛的脸，依旧笑着，在笑什么，她也不是很明白，但她就是没法控制自己的目光和涣散的理智。

"我就不让呢？"宋颂故意朝里头张望了两眼，压低了声音挑衅，"你打算从窗户跳出去吗？"

"为什么站在这儿？"

走廊上又来了一个人，打破了这个包厢剑拔弩张的僵持。

曾佑站到宋颂身后，低头，无奈地笑问："你是不是又迷路了？"他一抬头，微怔。

两个男人的视线不期而遇，但仅仅交汇了一瞬，空气即将被点燃的时候，双双错开眼，仿佛什么都没发生，两人没看到对方一般。

曾佑只看了一眼就把情况了解了个大概，他轻轻揽住宋颂的肩膀："走吧，我们的包厢在隔壁。我等了那么久没见你进来，就猜到你找错地方了。"

宋颂像是喝醉了酒的人，两条腿就是迈不动，曾佑手上用了点力气才把她带走，不忘跟单凛道歉："打扰了。"

单凛的背脊挺得很直，下颌微抬，垂眼漠然地盯着曾佑的手，拿着大衣的手无意识地渐渐收拢。

曾佑带着宋颂很快进了隔壁包厢，关上门，他才放开她："是他？"

宋颂一脸不高兴地回过身，瞪着他不说话。

"你看到他就挪不动腿了？"曾佑这回是肯定句，带着调笑的意味。

有个人，一直是宋颂心头的血，说不得，碰不得，爱不得。

曾佑早就知道，但他没问过她这个人是谁。

今天，他不用问就知道了。

宋颂的眼神太明显了，灼热得像是迫不及待东升的旭日，恨不得扑上去。

"你把我拉回来干吗？"

"我不觉得你站在那儿有用。"

"……"

曾佑在位置上坐下："你脸色很差，吃一点东西，我送你回去。"

宋颂呆站在门口，神情恍惚地望着玻璃窗外的小庭院。重重暮色从天上慢慢浸染到人间，不仔细看根本分辨不出外头精心布置的景，唯有她的倒影清晰地映在窗上。

她并没有对曾佑保留过恋爱失败这件事。工作室成立那天，一帮人玩得忘了形，她也喝得找不到东南西北，还是曾佑把她从一堆疯子里捞了出来。

然后，本该是欢天喜地的日子，她这个喜欢闹，不喜伤感的人，却蹲在小区门口，无声流泪，哭了很久，很委屈很委屈。

曾佑是个绅士，宋颂不回家，他也不走，她蹲着，他站着，听她一个人一把鼻涕一把眼泪地说了很多，说到月亮都犯了困，躲到了云后头偷懒小憩。

她记不得自己到底说了多少自己和单凛的事，唯独记得她像祥林嫂一样，不断说着：

"我好喜欢他，好喜欢他……"

她酒醒后再见到曾佑，两人都没异样，那天的事像是酒精催眠后的一场梦，但他们都知道，这场梦有月亮见证。

"曾佑，你别拦着我。"

曾佑翻看着菜单，慢条斯理道："我没拦着你，我只是说你的方法不对。"

"对不对有什么关系。"

曾佑手上一顿，意外于她语气中的冷意，不由得朝她看去，却未能来得及看清她表情。她倏然转过身，似是听到隔壁有动静，急忙打开门，果不其然，单凛正从门前走过。

单凛根本没往宋颂这边瞧一眼，宋颂不假思索地追了上去："单凛。"

单凛充耳未闻，他人高腿长，大步走到餐厅的停车场，走路带起的风比这夜里的冷风还不近人情，这期间宋颂几乎是小跑着才堪堪追上他。

"单凛。"

单凛上车的动作很快，快到宋颂根本没时间考虑，直接伸手挡住驾驶座的车门。要不是单凛收了关门的力道，她的手指就该被夹废了。

他的脸色阴沉得很："让开。"

宋颂没当回事，嬉皮笑脸："你以前就老喜欢叫我让开，后来还不是你拦着我不让我走的。"

纵使笑着，但她的脸上是掩不住的憔悴，她不是当年那个十八岁的少女了，明媚张扬的五官被时光洗练得越发大气妩媚，但她笑起来依然保留着少女的小狡黠，令他目不转睛。

"大半个月不见，你就没什么话想跟我说？"

单凛动了动薄唇："我们还有什么话可说？"

宋颂眼珠一转，伸手一一数过来："有啊。比如，你喜欢哪套衣服；比如，你什么时候把我从黑名单里去掉；比如，你嘴唇上破的皮，什么时候好的？"

她就爱说些让他懊恼的话，看他隐忍不发，硬生生控制着面部表情的样子。她的视线像是带刺的藤蔓，不紧不慢地划过他脸上每一寸地方，最终停留在他的下唇，那天的血珠子缀在正中，她又不禁想起他吃痛的表情，硬生生把火气压在爆发的边缘，很诱人。

眼下，他比那时候冷静多了，至少她故意提到这件事，他竟没多恼怒。

单凛淡漠地从副驾驶座上拿过一个文件夹，塞到宋颂手中："正好，东西还你。"

宋颂没拒绝，接过文件夹晃了晃，笑问："要不每款来一件？"

"你喜欢浪费时间，是你的事。"

"不浪费啊，在你身上做的任何事，都不浪费。"她讨好得一脸坦荡自然。

单凛嗤笑一下，忽然凑近到她眼前，他的鼻息轻轻扫在她的面颊上，左手覆在她的手上，掌心冰凉。

宋颂眼睛眨了眨，指尖开始发麻，可还是保持微笑，站着没动。

然而，他身上总是有一股冷感，凉薄得不近人情，他的靠近都仿佛带着尖锐的冷刺，细细密密地扎入她的皮肤，强行要将她一身热血冷却。

"我看到你就烦，看你一眼，都觉得是浪费。"他压着声音，"我们也没什么误会，就是没感情了。"

他本就不是个善于照顾别人情绪的人，但以前，在她这里，他做到了自己的最好。

说完，他也不看她的表情，直接拽开她的手，强行关上门，启动车子。

宋颂愣在原地，眼睁睁看着车窗上自己的身影一闪而过，长发随风而动，从肩上滑落，可笑地遮去她小半张隐隐发白的脸。

突然，她佝偻着背，怎么都挺直不起来，像是有座山从天而降，重重地压在她身上，直把她往地里砸，下一秒，她的膝盖不受控制地一软，真就跪了。

眼前发黑的那一刻，宋颂还在想，真没出息啊，还不如六年前呢。

急诊室的值班护士小胡时不时地看向3号床，过了会儿又忍不住看去。

3号床的病人是晚间八点左右送来的，当时一个男人打横抱着她冲进来，女人的长发散着，面无血色，甚至看不出有呼吸的起伏。而男人神色冷峻，突然冲到分诊台前，小胡被吓了一跳，随即后头还跟着一个男人，脸色比之前那个好不到哪里去，两个人在急诊室吸引了绝大多数人的注意力，不少患者侧头看过来。

值班医生闻讯赶来，几个护士推着病床出来，男人将女人放置在病床上。医生问了几个问题，男人一个个回答，看上去还算冷静，但医生拉上隔帘，他站在原地，这时候小胡才发现他只穿了件毛衣，连个外套都没有。头顶的白炽灯把他本就苍白的脸照得近乎透明，更添冷意。而另一个男人忙着办理了手续，随后也站在他边上等着。

现在，两个人一左一右跟左右护法似的站在病床边，小胡观察了好几次，奇怪的是他们竟一直沉默不语，只是看着床上的女人。

刚才医生已经检查过，宋颂只是疲劳过度，可能是长期工作压力导致，但曾佑知道，不仅于此。

他看向对面的单凛，这个被宋颂放在心底，怎么都藏不住的男人。

察觉到曾佑的目光，单凛侧过脸，面上没什么表情。

两人似乎都没想好怎么开口，视线相交一刻后，再次分开，谁也没有动，依然保持原样守在病床边。

可好像还嫌这个晚上不够热闹，不多时，急诊室又进来两个男人。前面的男人个子很高，衣着不凡，戴着鸭舌帽和口罩，看不清脸，他一直低着头行色匆匆，一路小跑而来，直奔3号床去。后面的男人有点年纪，身材浑圆，穿着黑色长款羽绒服，气喘吁吁地跟着前面的男人。

然后，一张床边出现了四个男人，后到的两个男人打破了这里沉闷的气氛。

曾佑对这两人的出现很是意外，或者说他刚才接到梵戈的电话就很意外，他不清楚梵戈怎么会知道他的电话，也不清楚梵戈又是怎么知道宋颂和他在一起吃饭。但当他告诉梵戈，宋颂进了医院后，对方的反应令他更意外，梵戈非常急迫地跟他要了医院的地址，然后不过半个小时，就出现在了医院。

单凛看到梵戈的一瞬没认出来，多看了一会儿，突然神色一变，厌恶之色一闪而过，然后很快扭过头，装作没有看见。

而梵戈眼里只有宋颂，他压低了声音，语气非常急促："她怎么会突然昏倒？"

曾佑解释道："医生说是疲劳过度。"

"疲劳过度？"梵戈语气不由得加重，忽然向曾佑发难，"她的工作有这么忙吗？"

梵戈的经纪人大王忙拉住他，朝周围看了一眼："注意点，这里是医院。"

梵戈顿了顿，虽然戴着口罩，但从他目光中已经能感受到他的怒色："要不是我今天正好在这里录节目，跟她约了晚上见面，恐怕她出了事，我都不知道。"

梵戈的关切不似作假，曾佑面上不动声色，心里却越发惊讶，几种猜测浮上心头。梵戈是最近开始跟宋颂合作的男星，近两年他在国内势头正猛，有沈磬磬在背后运作，他的资源直接上了天，热搜榜常客，流量巨星，最近还上了大导演的戏。宋颂对他很欣赏，对合作也非常重视，若不是有单凛在，他几乎以为他们之间有些什么。既然不是男女关系，他们之间的私交怎么会好到这个地步？还是梵戈单方面对宋颂有意，为了她，他可以不顾行程，赶到医院。

曾佑朝梵戈伸出手："初次见面，你是梵戈吧，我是……"

"曾总。"梵戈当然知道这个人是谁，宋颂的老板，他言简意赅道，"我是梵戈。"

两人的手短暂相握，梵戈也不掩饰，主动自曝："宋颂的弟弟。"

就算是曾佑，也无法避免地为之一愣。他认识宋颂五年，知道她有个弟弟，但一直没有见过，宋颂不常对他提起，他还以为他们关系不好。

如此一来，很多事就想得通了。怪不得宋颂对梵戈的事这么上心，又对梵戈的事这么谨慎，她说过不会做任何对梵戈不利的事。

另一边，单凛见宋颂情况稳定，这里又有梵戈和曾佑在，便不想再待下去。

"我先走了。"

这一声把梵戈的注意力唤了过去。两个人避无可避地正面相见，这短短数秒，很难想象这两人的情绪经历了几番变化。但可以肯定的是，两人脑中的记忆魔盒不约而同地将里头藏了几年的陈年往事抖搂出来，如同暗器出其不意地从暗处向他们射来，他们的主人险而又险地接住，心不甘情不愿地想起了过去不对盘的那些年。

但好歹他们年岁长了，感情淡了，以前再看不顺眼，现在也不会放在明面上给人难看，只不过，他们都不希望再见到对方，偏偏在这儿狭路相逢。

梵戈的反应要比单凛大一些，他深以为这个人不可能再出现在宋颂生命里。而他对单凛的感情极为复杂，一时间脸色变了几变，甚至有片刻的惊恐，还好有口罩遮着，没被人瞧出异样。

两人到最后都没打招呼，单凛干脆移开视线，朝曾佑略一点头，随即抬脚就走。

曾佑自然把他们的互动看在眼里，两人显然是认识的，但关系古怪。

单凛要走，曾佑立刻说："我送你。"

这出于礼貌的一句话，看似没什么，单凛像是考虑了一会儿，没有拒绝。

曾佑和单凛，单凛和梵戈，梵戈和曾佑，三个男人，两两对峙，气氛说不出的微妙。

两个人一前一后地走出急诊室，只留下梵戈和大王陪在宋颂身边。

单凛走出医院大门口，面前是他那辆宝马。刚才情况紧急，他不顾交通规则，强行违停，这时候已经被贴上了罚单。他上前几步，将罚单扯下，不以为意地捏在手里。

曾佑站在台阶上，目不转睛地盯着他略显单薄的背影，好像这样就能看透他身上令宋颂着迷的原因。

"听说你上个月回了趟美国，没什么事吧？"

这句话听上去竟像是老友般熟稔。

单凛从车里拿下外套，不紧不慢地披上，这才回过身看向曾佑："没事。"

曾佑点点头："乔寒深在四处打听你去美国的事，你最好小心点。"

"我知道。"单凛想了想，说，"谢谢。"

曾佑不在意地笑了笑："你现在……算了，最近你有空吗？浅深组局了很多次，每次你都不来，她这个大小姐可是要生气了。"

"看时间吧。"

"不行，一定要去。"

"地点发我，有时间就去。没事的话，我先走了。"

"单凛。"

曾佑还是忍不住叫住他。

单凛蹙眉，不明白他还有什么事。

"这次你见到她，觉得她变了吗？"

单凛知道曾佑的用意，所以他越发漠然地回道："变不变与我都没有关系。"

曾佑笑："是吗？"

这个人到底是曾佑，不是旁人，单凛缓下口气，说："我以为，你不会问这些无聊的问题。"

"六年前，我不会。但我跟她好歹认识了这么长时间，那我来告诉你，她原来是个会发光的小太阳，但现在，我时常觉得她在变得暗淡。"曾佑望着单凛的眼睛，笑意渐收，一字一句地说，"单凛，没有人会永远在原地等你。你的小太阳，也有落山的那一天。"

宋颂醒来的时候，有点反应不过来自己在哪儿，她的记忆还停留在和单凛争吵的那一幕。一想到单凛，她还未缓过来的脑袋又开始撕裂般地疼痛。

她慢悠悠地转动了下眼珠，看着前方，眼珠子突然就转不动了。下一秒她嘴里的话跟炮弹一样弹射出去，可为了避人耳目，还是理智地压低了声音："你在这儿干吗？谁告诉你的？外头有没有记者？"

宋颂强行撑着胳膊肘想起来，被梵戈一把按下："你刚才是什么情况，被人送到急救室，难道我不该来吗？"

宋颂习惯性地翻了个白眼："嘉风的人都盯着你呢，赶紧走。"

前段时间，网上不知怎么爆出说 F 姓小生隐婚，然后梵戈就被推到了风口浪尖，嘉风工作室的人就爱当搅屎棍。

梵戈一脸淡定："怕什么，拍就拍，反正你早晚会被拍到。"

宋颂没力气跟他争，把枪口掉转向大王："哥，你赶紧把他拉走！他在这儿就是颗定时炸弹。"

大王混圈十余年，精明老练，可偏生长了张憨厚脸，笑起来两只小眼睛眯成一条缝贼慈祥，也不知骗了多少人。梵戈现在是他手中的王牌，这浑小子跟他关系很铁，就是有点张扬，不服管，就像今天的事，他哪里拦得住。宋颂是梵戈的姐姐，是梵戈最特别的人，这事就连沈馨馨都不知道，他因为跟梵戈关系太近，自然瞒不住。宋颂是个圈外人，最多是时尚圈的人，知名度跟梵戈不能比，人家姐弟俩不愿意公开，他跟着保密。可最近梵戈的态度有点明朗化，虽然没明说，但大王心里跟明镜似的，这位红红火火的顶级小生，想借自己的能量给姐姐造势了。

因为，宋颂很有可能会参加《完美登场》。

不过，这还是他第一次见到宋颂本人，以前都是电话联系，在网上看过照片。纵使她现在病容倦怠，气色不佳，但美人就是美人，跟梵戈是亲姐弟这一点，毋庸置疑。

大王笑说："没事，我们过来的时候很小心。"

嘉风是连红外线摄像头都拿得出来的不择手段之辈，就怕他们真盯上梵戈，乱带节奏。宋颂一手捂着脑袋，一手开始推梵戈，看起来嫌弃得不行："你还是赶紧回去，别给我找麻烦。"

"你急着赶我走，是因为不想被人发现我俩的关系，还是……"梵戈突然俯下身，拉住她的手，脸凑到宋颂耳边，低声道，"还是因为单凛？"

宋颂呼吸一窒，有些不自在地挪动着身子，想要避开梵戈。可梵戈偏不让，握着她的手越加用力："我都不知道你和他又扯上关系了，你是好了伤疤忘了疼吗？"

这两姐弟，不见面想，见面掐，从小到大，周而复始，生生不息。

宋颂神色微暗，她醒来后没看见单凛，恍然有些不确定，自己昏倒前看到的人影是谁？

大概他是真无所谓了。

梵戈看到宋颂这表情就火，他姐天生乐观，就是撞上那个阴晴不定的浑蛋，半条命折在这段感情里，被折腾得差点抑郁了。

他正酝酿着要发作，曾佑及时出现。他远远就看到梵戈贴着宋颂不知道在说些什么，反正宋颂抵抗情绪挺明显。这一波，肯定要救自己人，于是，他立马走到床边，打断了梵戈："你醒了？我去叫医生。"

宋颂简直是感激涕零，老板就是关爱下属。

曾佑的目光看向了梵戈，梵戈还在那儿跟老姐较劲儿，一旁的大王眼色极佳，拉住梵戈："戈戈，让道，别在这儿碍眼。"

梵戈表面嚣张，但心里清楚，要是被人认出来，可能不好收场。他不想在这个时候让宋颂公之于众，只好臭着脸跟大王躲到一边去了。

医生给宋颂又检查了番，确认没事后，曾佑松了口气，他不由自主地抬手抚了抚她额头，笑道："这一晚上，被你吓死了。"

宋颂刚放下的心，又猛地提起，诧异地瞪着自家老板："老板，你怎么这么温柔了？"

曾佑在指尖触到她的长发时就意识到自己过了，然而，有这么一瞬，他并不想拿开，病床上的这个姑娘今晚是真的吓到他了。可他却只能看着另一个人抢先一步抱起她，他跟在后面也一样心急如焚，却做不了什么。

曾佑不着痕迹地收回手，淡淡道："嘴这么欠，看起来是真没事了。"

宋颂嘿嘿一笑，朝他伸出右手食指，勾了勾。曾佑挑眉，无动于衷。宋颂眨了眨眼睛，坚持不懈地又朝他勾了勾。

他哪里不知道她在想什么，说："你醒来前，他刚走。"

宋颂眼睛里像是突然被点燃了一盏灯："他陪我到医院了？"

曾佑暗暗叹了口气："嗯。"

听到了令人心满意足的答案，宋颂一副死了也值了的表情，闭上眼，忍不住地笑："我就看他嘴硬，哼。"

梵戈不能久待，要不是急诊室里大多数人都没心思在意边上的人，他怕是要交待在这里。妥善确认曾佑会送宋颂回家后，梵戈被大王生拉硬拽地带走了。

曾佑看梵戈这般生离死别的模样，实在难以想象这个被万千少女追着喊老公的男生，私下里面对姐姐竟像是有分离焦虑症。

办好手续后，曾佑履行职责，送宋颂回家。一路上，曾佑余光看到宋颂的精神比之前好了许多，歪着脑袋靠在车窗上，也不知道在笑什么，似乎医院里挂的那瓶不是药水，是神仙水。

回想起单凛最后一言不发离开的样子，曾佑的手指不由自主地轻敲起方向盘，似乎拿不定主意要不要跟宋颂说。

就在这时，反倒是宋颂先开了口："你觉得单凛怎么样？"

她有些期待，而看到她期待目光的曾佑，只是说："他说有东西转交给你，在后座上。"

宋颂立即回头看去，是包着设计稿的纸袋，在她意料之中："难搞的人。"

曾佑轻敲方向盘的手指突然停住，然后用平淡无奇的语气问："你想复合？”

“这算是问题吗？”宋颂揪起一绺长发，无意识地绕着玩起来，“很明显吧。”

“想听我从男人的角度出发的意见？”

宋颂忙不迭点头：“老板请指教。”

“想听真话还是假话？”

“先假后真。”

“假话是，继续努力，也没希望。”曾佑顿了会儿，继续道，“真话是，哪怕成功，你也会被他拖垮。”

宋颂脸色不大好看，想了半天，脑子大概是被药水打蒙了，怎么都绕不明白：“你能说简单点吗？我现在脑子不好使。”

“男人想分手，女人做什么都阻止不了。复合同理可证。”

他说得太理性了，激起了宋颂的逆反心理：“那倒未必，女追男还隔层纱呢。”

“所以你打算在他身上吊死？”

“反正我没其他喜欢的人，我就是喜欢他，我有的是时间把他追回来。老板，你说点有用的，比如给我支个招什么的。”

曾佑猛地一打方向盘，将车子靠边停下，开启双闪，转过身，温和的脸上严肃得有些异常。

宋颂起初只是开个玩笑，没想到曾佑这么认真，忽然间有点尴尬。

“我……”

“在你要说话之前，先听我说吧。你肯定觉得我对单凛执着得有些疯魔了，可是，你们都不太清楚我和他相处那些年经历的事，在他看来可能也不算什么事，但对我来说，那是我最艰难的几年，不像是创业那些年，更多的是身体上的累。在我接二连三遭遇生活变故的时候，没人看出我的崩溃，可他都知道。我不用说一句话，他就能察觉我情绪的变化，而且只要见到他，我就高兴了。”宋颂揉了揉眼睛，露出一个笑容，“单凛现在和以前，不太一样了。硬是要打比方的话，就是以前的他虽然孤僻，但至少是暖阳下的雪，是有温度的，你想去触碰他，了解他。可现在，他像是雪停后一直融化不了的冰，藏在阴冷的暗处，不让人靠近。你是没见过过去的他，他跟我在一起的时候经常被我逗笑的，他笑起来很可爱，虽然脾气不好，但对我很好。不是我要求低，真的，他是挺好的，所以，他不像你们想的那样，他……"

说到这里，宋颂忽然有点说不下去了。她已经很久没有想过以前那些她处在崩溃边缘的日子，现在想来，又想笑又想哭。

宋颂做了个深呼吸，努力调整表情，别让自己看起来像个疯子，然后故作轻松地耸了耸肩："这些话，我跟梵戈都没说过，他一直反对我们在一起。但今天我跟你说，是因为，你不仅是我的老板，更是我的朋友、老师，所以，我希望你能站在我这边，就让我疯吧。"

双闪灯发出轻轻的"嘀嗒"声，像是将时间催眠了一般，让人陷入一个奇妙的空间，让人不想跳脱出来。曾佑望着不断闪烁的灯光，左手食指又开始无意识地敲着方向盘。单凛是什么样的人，宋颂未必知道，曾佑也未必清楚，因为在他们两人眼里的单凛，有重合，更有反差。

曾佑竟有点无法开口，但他终究是个理智的人，看待问题不会像宋颂这样只顾个人感受："如果他真的不喜欢你了，你还打算这样下去吗？"

"他会不喜欢我？"宋颂忍不住仰头笑了一声，"如果真的不喜欢，我也不会祝福他找到幸福什么的，我就是这么自私……我一定会……让他重新喜欢上我。"

她也不知道自己会怎样，她想都不敢想这个问题。

"不要钻入牛角尖，一个人一辈子还很长。"

"遇到那个对的人，你就会嫌这辈子太短了。"

两人相视一眼，都在对方眼中找到了不赞同。

曾佑觉得今晚多说无益，宋颂明显处于亢奋状态，像是个死士一般不撞南墙不回头。他结束了这场微妙的探讨："太晚了，我先送你回去休息，明天的行程我已经让皑皑取消，你给我在家好好休息一礼拜再说。"

宋颂想想左右没什么大事，乐得偷懒，立马换上一副拍马屁的嘴脸，顺从地感谢老板大恩。

"哦，对了。"临到家的时候，宋颂突然道，"我要参加《完美登场》。"

林蕾拿着协议路过前台，惊奇地看到副总正对着一大箱不明物沉思。

她不由得靠近一些，发现上头贴着SONGSONG鲜明的商标，林蕾一眼识破，乐不可支："庄总，你又买衣服了？"

庄海生还是盯着那箱子，高深莫测地摇了摇头，随即抬头召唤来两个保安，帮忙把箱子抬到了……单总的办公室门口。

庄海生进去前，回头对林蕾说："林蕾，送杯菊花茶进来。"

"啊？"林蕾搞不懂这是什么操作。

庄海生指了指门里头，悄声说："备着，降火用。"

"……"

单凛正在看方案，门口响起敲门声，也不等他答应，人就进来了。

这种将他不放在眼里的行为，全公司只有一个人做得出。

"你的快递。"庄海生推着箱子进门，故意扶着腰喘气，"这箱子你自己不去扛，搁在那儿，全公司谁敢动你的东西？重死了！我的老腰都快断了，你得赔啊。"

"我没买过东西。"单凛不耐烦地蹙眉。

庄海生一屁股坐在沙发上，跷起二郎腿："我哪知道，哦，好像是SONGSONG家送来的，贴着他们的商标。"

听到此话，单凛"啪"一下松开手里的鼠标，靠向椅背，不冷不热地"呵"了一声。庄海生琢磨着他的表情，老实说，还挺有意思，他们单总表情控制能力一向精准，眼角没有一丝笑纹。

庄海生心痒痒，开始动手拆包裹："应该是你的定制西服到货了，这得有多少件啊。"

单凛突然起身，走到庄海生面前，一脚踢开箱子。庄海生正蹲着准备开箱，被吓了一跳，抬头瞪他："你干吗？小心点，会闹出血案的。"

单凛："寄回去。"

"要寄你寄。"庄海生不以为然地站起来，掸了掸西裤上的灰。

单凛正要跟他开战，手机响了，来电显示是一串陌生号，但单凛一眼就知道是谁的电话，他没去理会，任由手机响着。

庄海生心有九窍，冲上去一把抓过手机，不等单凛反扑，直接接了起来："你好。"

"快递收到了？"

"收到了，收到了。"庄海生艰难地在单凛的追杀中保护手机，"宋颂是吧，我是海生。"

"我听出来了，他不会接我电话。"

这姑娘说话就是大方，哪怕承认单凛不待见自己，也很爽朗。庄海生立马朝单凛投去一个不满的眼神，同时跟宋颂说："你这是把库存都给他寄来了？他家衣柜都要塞不下了。"

那头宋颂被他逗笑了："那可得想想办法，我一看到单总就创意不断，收都收不住。"

"哈哈哈，好的，我跟他说，让他尽快把新房子装修好。"

"新房子？"

庄海生意识到自己说漏了嘴，小心脏"扑通"一跳，这一下愣神，立刻被单凛暴力抢过手机，手机那头宋颂还在说话："那我给个建议，他最好搞个大点的衣帽间，我这里供货能力很强的……"

"你身体好了？"

突然插入的声音，让那头漫不经心开玩笑的宋颂猛然怔住，脑中正在核验这个声音的主人身份，匹配着是不是她心里的那个人。

"啊，单总，单老师，你好你好。我都好了，快一个月了，能跑能跳能吃能喝，多谢单老师关心，我受宠若惊。那天还没来得及感谢，多谢你送我去医院，要不我请你吃顿饭吧，我实在是内心不安，过意不去。择日不如撞日，我给你打了几次电话，就这次接通了，要不晚上一起聚一下？"

一旁庄海生憋笑憋到脸红，刚才他无意中按到了音量键，这时候宋颂的声音他也听到了。这姑娘绝了，一张嘴麻溜得很，恨不得抓住机会把所有的话都说完，对付单凛真的是磨出了一套功法。

单凛并没有被她激起什么反应，垂下眼，把自己所有的情绪都藏了起来："好了就多做点正事，别来烦我。"

宋颂很硬气地说："喜欢你才来烦你。不喜欢你，我搭理你干吗？"

她悦耳的声音，随着冬日早晨最清新的一缕微风，送入他的耳中，轻而易举地搅动他平静如水的心底。庄海生扶着墙开始拍大腿。

单凛直接挂了电话。

"你是不知道该怎么接了吧？"庄海生偷偷抹眼泪，笑得不能自已，"她以前也这样吗？你不是最烦人家这套吗，能把人撑死，怎么今天歇战了？"

单凛冷静得反常："在我这里，结束了就是结束了。"

庄海生似笑非笑地看着他。

门口，林蕾端着一杯菊花茶，小心地敲了敲门。听到庄总的应答，她开门走了进去："庄总，您要的菊花茶。"

庄海生接过，转手递给了单凛："来得正好，为你准备的。"

单凛很想把这杯子里的菊花泼他头上。

那边林蕾看了眼 SONGSONG 的商标，突然想起什么，拿出手机点开微博，兴冲冲地跟庄海生说道："庄总，您不是最喜欢这个牌子吗？他们品牌创始人最近上了一个综艺节目，我记得叫《完美登场》，前两天官博刚放出官方人选海报，我就说怎么这么眼熟，就是那个很漂亮的小姐姐。"

庄海生登时兴奋了。他平时忙，不太玩微博，微博里头就是片荒原，立马登录账号开始搜。这下他这个红娘积极分子真的躁动了："真的有，还要在 M 台播，我看看都有谁……其他都不太认识。"

说起这个来，林蕾自信很多，开始给庄总科普："这是国内首档封闭式对抗性时尚综艺节目，这回请的都是现在顶尖的时装设计师，每期都会有一个主题，特邀一位大咖模特，为其量身定做服饰。评委全是设计界顶尖大师，还有顶级时尚杂志的总监、娱乐圈名流坐镇。"

林蕾一边翻微博，一边说，说到一半突然跟卡带似的顿住了，紧接着一阵尖叫："啊！要疯了，这个要疯了！"

庄海生难得见矜持谨慎的林蕾这般激动："怎么了？"

"第一期模特大咖已经定了。"林蕾点开手机里的图放大，激动地递到庄海生面前，"是宁末离！"

庄海生是个娱乐圈小白，但宁末离他还是知道的，这位的咖位稳如泰山，他也诧异道："他不是退出娱乐圈很久了吗？"

"不是啊，人家现在的地位堪比太上皇，不需要自己再出山罢了。他老婆沈磬磬还在拍片子，自己还成立了公司，现在在力捧梵戈，我们公司对面那面液晶屏，天天都在轮播梵戈的广告。"

另一边单凛听到宁末离和梵戈的时候，一直盯着电脑屏幕假装无视他们的眼睛忽然盯上了林蕾。林蕾顿觉一阵冷风袭来，八卦的热情陡然下降，回过神发现大老板正用一种莫名深沉的目光看着她。预感有什么不好的事发生，她尴尬地收起手机，刚才还眉飞色舞的脸立刻垮下，乖乖站好，给老大鞠了一躬："单总，抱歉，打扰到您，我先出去了。"

林蕾飞快逃命，庄海生气鼓鼓地拍着单凛的桌面："你干吗把人吓走？我正感兴趣呢，想多听一些。你家宋颂要参加这个节目你知道吗？"

单凛后槽牙慢慢磨着，冷眼看着庄海生在那儿演戏，坦白说，宋颂和他还真挺搭……戏，两个人一唱一和就是一出《欢乐喜剧人》。

单凛忽然一愣，他怎么想到她身上去了。

庄海生不知道单凛心里的这番风云四起，拿着手机在那儿翻微博："我看了下，就颜值来说，你女朋友独占鳌头，还有一个也不错，我看看叫什么……乔裴卓。"

乔裴卓？单凛想了有一会儿，才记起是谁，乔寒深的妹妹。

但他更在意庄海生前面那句话："宋颂不是我女朋友。"

"哦，前女友。"

单凛阴沉道："G市那个项目，要不还是麻烦庄总你走一趟吧。"

"……单总，你不能公报私仇啊。啊，我想起另外一件事！"庄海生立刻转移话题，"金钰地产和维度建筑在接洽，他们打算投标时代集团的新大厦，大概是想让维度建筑设计方案。"

听到金钰和时代，单凛总算是正眼看向庄海生。

庄海生继续道："金钰那个宋子强很会做人，去年不是还邀请你吃饭，你都没答应。"

听闻"宋子强"三个字，单凛意味不明地沉吟片刻，说："我记得他们和维度之前应该合作过不少项目。"

"是的，金钰开发了三个楼盘，有两个高端别墅项目都是维度设计的，卖得很好。"

单凛若有所思地说："你提这个是有什么想法？"

"我听说，维度那边对金钰颇有微词。金钰现在做大了，对老朋友也开始怠慢了，上周金钰的副总来约我吃饭，我答应了，先跟你报备一声。"

单凛不以为然道："他们看得上我们这种小众事务所？"

庄海生端起茶杯喝了一口菊花茶压压火："单总，单教授，您的金字招牌还是很好使的。他们大概看中的是我们在学术界和政界的人脉。"

"我没什么人脉。"单凛冷然道。

庄海生悠悠起身："我懂你的意思了，不过，别这么果断拒绝，还是观望下吧，生意不好做啊。"

"维度的老总是辛梓？"

庄海生点头道："没错，业内出了名的温雅君子，口碑好上了天，去年不是召开了巅峰论坛，我代你去的那个，在现场见过他，确实如传闻所言。不过……他老婆的背景比较厉害，所以金钰敢得罪他，我是觉得宋子强太膨胀了。"

单凛总觉得辛梓这个名字很耳熟，并不是因为他们两人都是业内的翘楚，而是其他什么原因……猛然，他眉心一跳，辛梓，不就是梁浅深的老公吗？前年还是大前年，他们那个圈子的人聚餐的时候，浅深还提起过，说她家老公非常欣赏他，很想结识，但后来与他始终没有见上，但两家公司竞标时倒是碰上过一次。

如果说他没记错，那么宋子强敢招惹辛梓又背后捅刀，单凛不由得发笑，辛梓是温雅君子，但他老婆可不是好惹的人物。

单凛冷笑一声，庄海生听得毛骨悚然："喂，你笑什么，我很慌啊。"

单凛的五官分明，瞳色极黑，肤色极白，让人觉得他脸上是不是戴了一副面具。这两年也不知怎么了，他整个人给人的感觉越发阴沉。

单凛却话锋一转："我有数了，既然如此，你先吊着他们。维度那边，可以放出点风声过去。"

"你这是打算干什么？"

单凛不耐烦地朝他挥挥手："叫你干吗就干吗，滚。"

庄海生一脸小媳妇受气样，到了门口实在忍不住回头骂了句："宋颂是瞎了眼才把你当宝。"

他怕遭单凛报复，骂完后麻溜地闪人了。

单凛靠坐在椅子上，拿出手机，翻出前两天乔寒深给他发来的消息，《完美登场》这个综艺，他们公司输出了所谓的大咖嘉宾，原来单凛并不怎么关心，所以只回复了收到。

他起身来到箱子面前，里头的衣服被非常仔细地收纳着，怕快递途中被弄坏，每一套都被一只精致的包装盒包裹住，总共三套，难怪这快递箱子大得如此不近人情。

然后，里面还有一封信。

单凛将它捏在手里，好一会儿才动作极快地打开，草草看过一眼，他以为里头无非是写着一些她惯用调戏他的话，带着玩笑口吻，试探他的底线。

可是，她再一次出乎了他的意料。

送给 LS 的 Mr Shan。

——来自 LS 的 Miss Song

LS，这两个字母瞬间把他拉回到了十年前。

LS，也是事务所的名字，所有人都以为这只是单凛和庄海生名字中各抽取的一个字母组合而成，或者是单凛名字拼音缩写掉了个。

然而，只有单凛知道，LS 还有另一个意思。

Love Song, Love Shan。

送给爱宋小姐的单先生——来自爱单先生的宋小姐。

单凛压不下心里的烦躁，紧紧闭上了眼。

·第九枝百合·
你爱她，一直都爱她

///

　　《完美登场》并不是国内第一档关于时尚设计的综艺真人秀，却因为购买了海外最高收视率时尚设计真人秀版权，刚开始录制就备受关注。

　　引进的版本保留了高强度、高效率、高竞技的精髓，不玩虚的，不像国内过去的一些时尚真人秀，《完美登场》要求设计师 24 小时之内完成，每一期都会有一个主题，并且不会提前告知，一旦拿到主题，倒计时开始，其中还会有许多古古怪怪的要求，比如可能会结合环保主题，指定利用回收材料制衣。设计师要完成从灵感创作，到选购布料，再到剪裁缝纫，最后 T 台亮相的整个过程，多机位全程跟拍，确保设计师独自亲手完成制作！同时，节目引进后，也本土化了一些内容，打造的核心就是"中国时尚拥抱世界潮流"。每一期的设计师作品，都将在国内最大电商平台官方销售，让更多的普通大众能够购买到国内最潮流的设计师的最新作品。十期节目过后，最终留下来的三位设计师将受邀参加 NY 时装周，发表自己的作品。

　　总之，这么硬碰硬的真人秀，一场下来输了就淘汰，没点能耐的设计师，最好不要来玩，免得烫金剥落，暴露自己的平庸。

　　但在时尚界恃才傲物的狂人不少。节目放出风声以后，网上已经开始有不少娱乐、时尚大 V 剧透消息，号称史上厮杀最激烈的一次时尚大咖角逐。官宣以来，十五位设计师名单悉数公布，其中，一下子就被送上热搜的当数去年刚获得国内最具权威"EL 时尚巅峰大赏年度新锐设计大奖"的获得者乔裴卓，她在业内有"月光女神"的称号，不仅人温婉甜美，更是有着英国顶尖设计学院专业背景，曾获得过英国公爵授予的荣誉奖章。娱乐圈很多明星都爱穿她家品牌的衣服，微博上她跟各种明星的合影也是家常便饭。

除此之外，国内不少极具个性的年轻设计师，都加入了这档节目。

宋颂的海报并不是最出挑的位置，而且这海报拍得也不知是真心还是假意，她只露了个侧脸，还被打上了很重的阴影，叫人看不清真容。她的简介也很简单，比起美女设计师乔裴卓的"月光女神"，前辈许玉波的"导师级设计师"，天赋异禀的马克"鬼才降临"，她不过是"新锐代表"。她的品牌进入国内只有三年，去年开始强势崛起，加之沈磬磬曾穿着她家高定出席电影发布会，业界已经对她这颗冉冉升起的星星有了关注，有人隐隐拿她和乔裴卓做比较。但在吃瓜群众看来，她不过是中不溜的水平，感觉能混过前两期就不错了。

节目制作单位很有野心，宣传费砸了不少，不仅召开了发布会，还邀请了很多时尚界、媒体界的朋友不断预热。而当第一期第一波预告发布，短短的三十秒预告中，第一场设计师们即将面临抢布料的环节，场面之激烈，叫人咋舌。其中乔裴卓和宋颂在争抢一块布料时，直接把布料撕裂了，紧接着，一段宋颂的单人采访切入，她一脸淡定地说："这是比赛，该抢就要抢。"而乔裴卓显然比她脸色难看些，有点为难地表示："节目火药味好大，我一下子没反应过来，拿不到心仪的布料，更加考验自己的能力。"而宁末离则在评论环节说："抓了一手好牌，未必能打好；抓了一把烂牌，才看得到真本事。"

然后，"时尚大撕""宁末离 犀利"直接冲上了微博热搜。

宋颂看到这个热搜的时候，正录完第三期节目。车里头就听到朱皑皑在那儿嚷嚷："我现在相信剪辑有多恶心了，断章取义得太变态了吧？"

宋颂和乔裴卓截然不同的态度，直接导致评论两极分化：

"呃，第一期就开始撕了？"

"那个叫宋颂的，好装哦。"

"裴女神冲呀！！！烂牌打好，看好你！"

"宁末离还是这么帅，他吃了防腐剂吗？"

"那个撕了人家布料的女的，被淘汰了吧？"

"宁皇帝啊！终于出山了，我要昏迷了。"

"现在连设计师都这么帅吗？那个马克好帅啊。"

宋颂参加这个真人秀之前，就有人提醒过她，所谓真人秀，只有人是真的，其他都是假的，观众看到的，良心点的节目能有 20% 真的就不错了。从第一期开始，就会给每个嘉宾找人设，现在看起来，乔裴卓的人设已经定了"白月光""白莲花"。那么有了"白月光"，自然要有反衬才折腾得出看点嘛，十五个设计师，九个男的，六个女的，一个已经当妈了，两个是学生妹，还有一个有官方背景，于是，宋颂就被隆重推出舞台了。

工作室的人凑在一起愤愤不平，加上刚才节目录制不是很顺利，几个人心情都不好，在那儿轮番骂娘，担心后期再出阴招。宋颂却没受到影响，专心致志地拿着手机，还在那儿偷笑。朱皑皑不满地抢过她的手机："看什么呢，嘴巴都笑歪了。"

宋颂连忙反抢："华鼎奖颁奖结果出来了。"

她因为录制节目，错过了直播。十二小时前，梵戈紧张得不行，还在微信里跟姐姐这儿找安慰。宋颂忙着上场，还要帮他释放压力。一个小时前，梵戈连发了数张照片给她，这状态就不一样了，有未修的红毯图，这人就是吃这碗饭的，原图都不崩，还有他获奖的照片！

朱皑皑也来了兴致："如何？"

宋颂陶醉地闭上眼，嘴角上扬："我已经无法用言语来形容了，梵戈太好看了，天赐神颜，再加上我给他设计的这一身，没有人能给他设计得更完美了。还有沈磬磬，我觉得我越来越能抓住她的美，她以后怕是要离不开我了。"

"臭不要脸你。"朱皑皑推搡了她一把，"哎，你就这么喜欢梵戈啊？把他夸得天上有地上无。"

宋颂摇头晃脑，拍着大腿继续夸："他这种颜值和演技都在线的人，活该红。"

实际上，宋颂不太夸人，美人对颜值也是格外挑剔的，但她对梵戈的褒奖像是不要钱一般。朱皑皑可是梵戈的粉丝，曾经还托了关系去综艺录制现场看他，可她现在才知道宋颂也很喜欢梵戈，两个人私下里经常一起嗑梵戈的各种八卦。

"他拿下了最佳新人奖，现在微博上全是他的热搜。"副驾驶座的老幺回过头。

"谁不知道他那部《追梦人》口碑逆天，之前大家就都说肯定是他得奖。"宋颂像是自己拍了这部电影，拿了最佳女主角奖似的，得意之色溢于言表："我觉得入围最佳男主角奖都不为过。"

微信里，宋颂难得夸奖了梵戈几句，这时候已经凌晨三点了，可那头立马回复，说是在聚餐庆祝。宋颂想象得到这小子现在屁股后头能长出一条小尾巴，得意兴奋得不行。他先是刷屏自己的"美照"，然后来了句：你看了我颁奖的那段吗？

大 s：还没，怎么？你紧张到忘词了？

小歌歌：你给我去看！！！

梵戈接连发来好几个生气的表情包，宋颂莫名其妙，正想去搜一下视频，那头朱皑皑已经掐着嗓子惊叫："妈呀，梵戈是要公开恋情了吗？"

"什么东西？"宋颂手一抖，手机差点掉了，这死小子什么时候谈朋友了，还没告诉她。

朱皑皑把视频调出来给宋颂看："你看梵戈的获奖感言，现在已经上了热搜前三。"

果不其然，梵戈登台领奖，发表获奖感言，他这晚的一身礼服，每一寸都与他完美契合，举手投足都意气风发，光芒万丈。

业界都说梵戈的脸比例精巧，导演最喜欢给他大特写，今晚更是状态极佳，每一次不经意的微笑都引得台下粉丝尖叫连连。而他这人个性向来张扬，幽默风趣，获奖感言也不按套路，但说到最后，他忽然神色一正，停顿了片刻，视线慢慢看向远方，笑道："最后，我还要感谢一个人，她是我生命中最重要的人，没有她，就没有现在的我，谢谢她陪伴在我每一个喜怒哀乐的时刻，今晚，我要把这个奖送给她！"

梵戈并没有点名此人是谁，但所有人的八卦之心已熊熊燃起，在接下来的后台采访中，记者哪里会放过他，一个个追着他提问，一定要问最后感谢的人是谁。但梵戈一直保持微笑应对，最终记者没法从他口中撬出任何有意义的说法，他一再强调希望大家还是多关注他的作品。

宋颂看完，沉默了半晌。别人看不出，但宋颂已经察觉。

宋颂犹豫了下，回道：不合适吧？

梵戈秒回：找机会公开吧。回头我们会在不同场合有交集，与其被人造谣，不如自己先公布，时机差不多了，今天我就是先做个铺垫。

原本两人都想低调些，尤其前两年，梵戈发展遇到瓶颈，宋颂也刚把品牌开到国内，都不算顺利。两人受关注度不高，资源上没什么好相互提携的，不互相拖后腿就不错了，加上他们家庭背景比较复杂，多一事不如少一事，所以一直没刻意张扬。梵戈虽然在姐姐面前幼稚了点，但实际上是个有野心有规划的人，现在他这么说了，宋颂立刻意会。

节目录制是在 B 市，这时候已经凌晨，宋颂他们在此逗留了一晚，第二天一早直接飞回了 S 市，上午在公司有两个会，为了筹划接下来的新品发布以及配合《完美登场》播出，营销策划方案、作品线上销售方案都得敲定。宋颂一直连轴转到下午，眼看着到了五点半，她不得不停下手中的工作，合上电脑，叫来虞是如，道："时间差不多了，这个时间点堵，我去换件衣服，我们这就出发。"

朱恺恺不明所以，见她急匆匆的样子，拉住她问："你这是要去哪儿？"

宋颂冲她抛了个飞吻："大家都下班吧，今天都辛苦了，明天我们继续。"

宋颂已经迫不及待地往办公室走，办公室常年备有各种服饰和各类单品，她想想一会儿要去的地方，迅速选了套涂鸦式的休闲外套，然后洗脸，重新梳妆，出门的时候还抓了顶鸭舌帽。

虞是如已经叫好车，宋颂一坐上车，两人直奔 T 大。

"不愧是我们家老幺，搞定一两个学弟手到擒来。"宋颂指尖夹着两张入场券，揽过虞是如的肩膀亲昵地说。

虞是如有点不好意思，低下头，下意识地推了推眼镜，正经道："认识的学弟正好负责讲演接待工作。"

这天下午，T大建筑学院有位传说中的大神级人物空降，此人处事低调，为人神秘，业界到处有他的传说，却到处都难见到他。今年他被T大特聘为最年轻的客座教授，但遗憾的是，他因为个人原因，和学院沟通后，取消了特聘就职仪式。他也并未开授课程，但在自己的事务所为优秀学子敞开大门，提供宝贵的校外实践机会。所以，传言说他将回校做一场交流会，并在T大召开为期一个月的作品展时，建筑学院炸开了锅，迷弟迷妹群情沸腾。短短三天，校内帖子已经被人盖楼超过千层，不明就里的其他学院的学生前来围观，不了解的人开始冷嘲热讽建筑专业的人"盲式"追捧，立马遭到"围殴"。但也有人啥都不说，直接甩履历，刚毕业他就参与设计美国M州计划打造一座地标性大厦，50年来首次公开国际建筑设计竞赛，他带队脱颖而出。他的作品不算多，但凡他出手，就绝非凡品。近年来，他最大的一个作品就是一手打造了S市最具代表性的湿地公园，将人与自然之间的美发挥到了极致，并且前段时间刚公布，即将由他设计Z城国家跳水馆，这个跳水馆日后将作为各类大型赛事的主场馆。

然而，单凛的演讲出人意料地低调，场地没有选择学校剧场，而是在一个普通阶梯教室，里头能容纳不过百来号人，当天必须凭票入场。据传闻，是因为单教授不想搞太大的排场，只是想借这个机会，完成他"客座教授"的职责，跟学院的同学进行单纯的学术交流。

可就连学院里的人都没料到单凛的人气这么高，更别说宋颂了。她到的时候教室里已经全部坐满，外头还有很多不甘心的同学在门口张望，想看着有没有机会捡漏进去。宋颂和虞是如口中不停地说着"借过借过"，检了票，挤进教室，然后又傻眼了，票比位置多，阶梯教室固有的位置都坐满了，不少同学挤在过道上，还有人坐在最前一排地上。

虞是如的学弟看到她们，立马凑了上来，为难道："学姐，你们才来啊，位置都是先到先得的，第一排是院里领导的，我好不容易在第三排帮你们留了两个位置，但都是靠边上的，中间的位置根本抢不到。"

宋颂向四周观察了一番，望着一张张期待的笑脸，她也不由自主地笑了："没事，是我们来晚了，有位置已经很好了。"

说完，她便朝座位走去。

学弟见到宋颂，在后头悄悄问虞是如："这就是你老板？她不是做服装设计的吗，怎么会来听单教授的课？"

虞是如正经地回道："这叫跨界学习。"

单凛是个很守时的人，傍晚六点半，讲座正式开始，两名学生担任整场交流会的主持人，开场的介绍把单凛夸得天上有地上无。宋颂坐在下面，单手支着下巴，听着听着就忍不住笑。

她戳了戳虞是如的胳膊，悄声道："全都戴了粉丝滤镜啊，听起来他除了不会生孩子，其余都完美。"

虞是如被这话逗笑了，可立马又想起前两次见到单凛的情景，心中很是矛盾，摇头后又点头："我觉得他的个性挺怪的，能答应做这场交流会，太让人意外了。"

"前半句是对的，但后半句嘛。"宋颂了然地笑了笑，"他对自己的专业和母校的感情，不像表面看起来这么冷淡。"

因为是阶梯教室，也没有后台什么的，单凛的出场方式也是很刚了，直接走正门，外头的同学虽然激动，但该有的素质没有丢，纷纷让开道。

宋颂直直盯着门口，突然有种很奇妙的感觉，大概是因为这里的气氛太热烈了，她也有点小激动。她早就意识到，单凛的光芒尖锐却不可阻挡，天赋之于他是一柄过于锋利的剑，只要他想，便能所向披靡。

可是，不知为何，她总觉得再次遇到的单凛，越发孤傲自我，甚至有自我封闭的倾向。

单凛进来的时候，教室里立即响起了掌声，也打断了宋颂的胡乱猜想。虞是如这般淡定的女生，也不由得起身跟着鼓掌。虞是如在时尚圈混久了，养成了些职业病，一看到单凛，一双眼睛飞快地扫过他身体各处。末了，她忍不住跟宋颂嘀咕："真的是挑不出毛病，比起梵戈，都不逊色。"

宋颂抬了抬鸭舌帽，一双漂亮的眼睛望着讲台上站着的人。单凛神色很淡，身着白衬衣，黑西裤，外头就罩了件黑色的大衣，悄无声息地释放出他全身凌厉的气质。哪怕面对这么多热情洋溢的学弟学妹，他也没露出多大的情绪，反倒是他身边的人率先和教室内的学生做了热烈的互动。宋颂看到这人就笑了，难怪单凛会答应，庄海生也在，这场交流会不会冷场了。

单凛和大家简单打了招呼，但效果比刚才庄海生的热情暖场还要好，真的是不同人不同待遇啊。庄海生对此不怎么介意，他本来就开朗，这次交流会也是他劝单凛接受的，现在作陪，分内事。

两个主持人肉眼可见地紧张，有点匆忙地招呼单凛和庄海生坐下。单凛坐下的角度恰好 45 度斜对着教室的南面，正是宋颂所在的方向。

教室里这么多人，宋颂并不觉得单凛会发现自己，所以大胆地盯着他看，想看看这位平日里最擅长沉默寡言的单教授，面对热情似火的同学们会有何反应。不过，怕是要让宋颂失望了，单凛虽然不喜欢多言，好像很不擅长应付人多的情况，但他并不怯生，问他问题，他会回答，言辞简练却句句切中要害。

然而，台上的庄海生却发现身边的人有些异样。单凛从坐下开始，就有点不对劲，虽然表面上看不出，但他的手指时不时敲着座椅扶手，往往他心绪不定或者不耐烦的时候，都会有这样下意识的动作。

庄海生一面忙着回答主持人的问题，一面还要照顾单凛的情绪，他来的时候情绪还比较稳定，不知为何坐下后，突然烦躁起来，好在他在做自我阐述的时候，没出什么差错。不过他确实话少，底下的同学都没听过瘾，但面对高冷的单教授，他们也没人敢去挑战。

庄海生观察了一会儿，找不到原因，只好硬着头皮，咽下苦笑，帮单凛接梗。他性格好，口才好，应付这种场合也不在话下。他是 LS 创始人之一，跟单凛是同宿舍的兄弟，本身也足够优秀，但他知道同学们都是来看单凛的，所以很能在适当的时机帮着撬开单凛的金口。

现场有了庄海生，气氛比想象中好了不少，就连看到单凛不由得紧张的主持人也慢慢放开了许多。起初，大家就两人的学生时代、创业时代进行交流，两位大神也聊了自己的设计理念。单凛看起来非常严苛、自律，但在创作上出人意料地极具灵性，绝不千篇一律，有着他的人格魅力。时间过得很快，轮到互动环节，底下的学生早就跃跃欲试，一开始还是主持人选人提问，大家也比较谨慎，问的问题也比较保守，譬如"作为入选全球最年轻杰出建筑设计师候选人有什么感想"或者"当初为何报考 T 大""什么时候考虑在 T 大开课"之类比较保守的问题。单凛的回答也很简单"很荣幸""离家近""暂时不考虑"。

后来，主持人请两位大神自己点名，这下惹得同学们越发激动。庄海生故意使坏，一会儿朝着北面的同学撩拨几句，一会儿又想着要照顾后排的同学，转了一圈，他突然对着南面的方向愣住了。

原来如此啊，惹得他们的单大老板一直不在状态的原因，庄海生总算是找到了。

紧接着，他无视边上人瞥来的警告眼神，快准狠地指着一位戴着鸭舌帽的女生说："戴帽子的这位吧。"

教室里的人都伸出脑袋朝宋颂那个方向看去，想知道被大神选中的第一位提问者究竟是谁。

主持人接过话问道："这位同学，先做个自我介绍。"

单凛面无表情地看向那个站起来的人，缓慢地吐出一口气。

宋颂落落大方地站起来，接过工作人员递来的话筒，稍微抬了抬帽檐，露出整张明亮好看的脸，笑道："我不是 T 大的学生，不过也是学设计的，今天慕名而来。"

主持人立刻煽动气氛道："哦，看来我们两位大神魅力真的很大，今天有不少从外面赶来的迷妹。"

庄海生勾起嘴角问："是我的迷妹，还是单凛的迷妹？"

宋颂反调侃道："原来跟大家差不多，现在庄老师给了我提问的机会，我路转粉了。"

周围低低响起一片笑声。

庄海生佯装一副我看透了的表情："那么你想问什么？"

宋颂的视线移向右边，台上的人像看陌生人似的看着她，她毫不在意，端起笑容，礼貌地问："我很好奇，单老师会为自己设计一个什么样的家？"

单凛闻言并没有马上拿起话筒，反倒是边上的庄海生也帮腔道："我也很想知道，他一直保密来着。"

主持人故作惊讶："连庄老师也没去过吗？"

"没，他从没邀请别人去过，我都不知道他家装修好没。"随即，他话锋一转，问宋颂，"既然你是他的迷妹，你觉得他家会是什么样？"

宋颂顿了顿，做出一副思考的模样，说："隐蔽，空旷，看似没有锋芒，实际上锋芒都藏在每一个暗处，没有一处多余的摆设。对吗？"

她又把问题抛向了单凛，这回单凛终于动了动，慢慢地拿起手边的话筒。所有人都把目光聚焦在他的脸上，猜想着这回他的回答能否超过两句话。

单凛思考这个问题的时间明显要比之前长一些，话筒就在手里，可他没有急于开口，表情也略严肃，可就在大家以为他酝酿好要说上一段的时候，他突然勾起嘴角，低声道："保密。"

"……"

没想到大神说了如此任性的两个字，是目前为止字数最少的回答。然后，他就这样放下话筒，表示该题 Pass（过了）。

"哈哈哈，我就说他喜欢卖关子。"

庄海生及时救场，主持人也反应过来，跟风道："看来能知道单老师家是什么样的，只有未来的师母了。很遗憾，谢谢这位提问的同学。"

宋颂哪里肯这么轻易放过单凛，话筒被收走的前一刻，她急忙又说了一句："那如果师母不喜欢您的设计风格，您会按照师母的意愿重新设计吗？"

她始终笑嘻嘻的，倒是没法让人生厌。底下十几二十岁的同学们既有点嫉妒她多问了一个问题，又有些佩服这个女生敢正面抓着单凛不放，有人偷偷对着她拍了照，然后更多的人静静地等待单凛的回答。

单凛眉头都没动一下，压根儿懒得理她这个问题。主持人看出单凛的意思，忙打住这个问题："说好了，一人一个问题，我们把机会留给其他人吧。"

宋颂耸了耸肩，颇为遗憾地坐下，边上虞是如拉住她的手，正想感慨她好厉害，却怔住，不由得低头看向她的手。宋颂不以为然地侧过头，朝她笑了笑，又回头看台上的人。

她的手好冰啊，掌心还微微渗出了冷汗。

宋颂没事人一样任虞是如拉着手，可虞是如却没把话说下去，过了会儿，默默松开手。

有了宋颂开头，就好像被打通了任督二脉，接下来的同学提问也越来越大胆，除了学术问题，打点八卦的擦边球很让人热血沸腾。然而，单凛我自岿然不动的样子也实在是让人佩服，换个人早就不好意思了，或者像庄海生这样插科打诨，你来我往一番。直到最后结束，单凛终于主动开口，在众目睽睽，殷切期待下，说了这么一句："好好学习吧。"

"……"

单凛和庄海生在工作人员的护送下先出了教室，随之走出的同学还在那儿意犹未尽，盯着单凛的背影议论个不停。

"他真的太牛了！这么年轻，还这么帅。人比人得扔，回头看看我们学院那些男生，真的一个都看不下去。"

"但他好像个性不太好，没想到这么难沟通，一场交流会，他都没说几句。"

"是啊，跟想的不一样，有点幻灭。"

"大神总是有些怪癖的，有什么奇怪。"

宋颂穿过议论的同学，一路追了出去，虞是如跟在她后头："我学弟说他的司机已经接上他了。"

宋颂站在教学楼的路边，单手叉腰，朝左右两边看了半天。夜色下校道上依然有不少学生骑着自行车，陆陆续续从自习教室出来，往宿舍走，来往的车辆不多，也没有看到她印象中的宝马。

"可以啊，动作够快的。"

"我们也回去吗？我叫辆车。"

宋颂回过头，摸摸虞是如的脸蛋儿，说："你先回家吧。今天谢谢了，我还要去个地方。"

宋颂的手还是冰，虞是如不傻，宋颂没明说，但她替单凛画了那么多幅稿子，比梵戈还多，这根本不是一句 VIP 能带过的。她累得半死也要赶行程回来听他的讲座，虽然美其名曰是为了《完美登场》，汲取灵感，但虞是如感觉得到，事情没有宋颂说的那么简单。宋颂看他的时候，眼睛都在发亮。可是，宋颂闭口不提，她也不好多问，加上她本身就谨慎、可靠，宋颂信任她才带着她，她还是装作什么都不知道为好。

两人分道扬镳后，宋颂慢慢走出学校。她不是第一次来 T 大。几年前，她为了寻找单凛的行踪，几乎天天来 T 大报到，跟个神经病似的在他们的教学楼、宿舍楼、食堂、活动室等人。她最熟悉的就是学校中心的花坛，那里有一座老校长的雕塑。她总是从他那双睿智的眼皮底下经过，感觉老校长看她的眼神也渐渐带上了悲悯和遗憾。

前两天，宋颂跟景妍一起吃了个饭。近两年，景妍继承了家里的服装厂，宋颂有了自己的品牌，两个人一拍即合，生产线上开始合作。渐渐地，大学毕业后，她们俩走得最近，反倒是原来和宋颂挺好说的孟之侬不太联系了，最多就是节假日相互问候，落晴回老家结婚去了，最近二胎都生了，安安稳稳过日子，当了妈妈后跟她们的交流也更少了。

宋颂时常会感慨一句，人和人的缘分，就好比海潮，潮起时波涛汹涌，潮落时黯淡无声，能够长久陪在身边的人，都值得格外珍惜。

她们平时各自工作都忙，四处飞，但只要有时间就会聚一聚，一来为合作，一来为友谊。景妍是个很爽快的女生，有一说一，她很清楚宋颂的感情状况，宋颂最艰难的一段时间，恰好她在，没少陪着喝酒解闷痛哭撒野，直到宋颂最终痛定思痛，被家里人带出国。而今，最近宋颂一反常态的情绪起伏哪里逃得过她的法眼？她一针见血道：“你是不是又栽老坑里了？你累不累？！”

宋颂正喝着酒，闻言突然神色一正：“累。”

可能是宋颂从来没有在这段情路上露出过负面情绪，景妍刚酝酿好的吐槽堵在喉咙口：“你说什么？”

“我说累啊。”宋颂又给自己倒了一杯，半眯着眼，好笑地看着景妍迟疑的表情。

景妍猛地鼓掌：“你开窍了，知道累了？那就放弃啊。”

"不是，爱他这件事，我并不累。我累，是因为我不知道我还能做什么，除了坚持，我不知道我还能做什么。"她歪着头，望着景妍不能理解的脸笑，她像是醉了，半是认真半是迷离地说，"你们不懂，我不能放弃他。"

深夜十二点，单凛站在家门前已有一段时间，走道里寂静无声，周围暗黑无边，零下的寒冷毫不怜悯地钻入每一寸肌肤。

他的呼吸声很轻，很慢，视线停留在门把手上。钥匙他有，但不知道这么些年过去了，门锁有没有换。

这里是他在S市的单身公寓，但自从那一年后，他就再也没有回来过，内心极度抗拒再来这里，哪怕一眼都不想看，可也不想卖掉，就这样空置了好些年。同样的，父母名下的房产他也不想住，自己买的房到现在还没想好怎么装修，这些年，他一直租房，说出去都没人相信。要不是现在租的房子的房东要回来了，他也不会想起到这里来看一看。

但他清楚地记得最后一次离开这里的时候，房间里的样子：散在茶几上的各种零食，其中有吃了一半的薯片，沙发上宋颂买来看剧时盖的毯子，书架上多了几张她新洗出来的照片，厨房的冰箱里有她为周末储备的食材……

现在不知变成什么样了。

单凛拿出钥匙，插入锁孔的时候，黑暗中金属摩擦的声音格外清晰，他不由得放缓了动作，轻轻转动了两圈，门开了。

屋里的一切都沉浸在一片黑色之中，单凛只能模糊辨认出客厅里沙发的轮廓，他习惯性伸出右手，打开门口的开关。灯亮起的刹那，他以为自己早就如止水的心猛地跳了一下。

单凛眉头微蹙，他很确定这些年没有交过电费，但现在，客厅里的吊灯是亮着的，然后借着亮光，他很快看到玄关处放着一双女靴，其中一只还倒在地上，像足了喝醉酒的人，醉卧不起。

单凛抬步走进客厅，这里的摆设一如既往，然而，一切并没有他猜测的冰冷和脏乱，空气中充满了生活的味道，是有人住在这里的味道。

沙发上的毯子还在，边上多了一个抱枕，下头还压着电视遥控器，露出半截。他之前说过很多次，任何东西用完都要放回原处，有些人屡教不改。单凛弯下腰，将遥控器放回到茶几上。

客厅边上就是开放式厨房，灰黑色调，也沾染着生活的气息。餐桌上还放着新鲜水果，椅背上还搁着一件外套，明明边上就有衣架，显然是主人疲惫的状态下随手丢的。以前他教训过她很多次，脏衣服不准乱丢，她一只耳朵进一只耳朵出，他每次都恼火地跟在她身后收拾。

他回过身，客厅的书架上又多了不少照片和相机，竟然有很多是他的。他不由得走近了一些，橘色的灯光自头顶倾泻而下，落在相框表面，有一部分反光。他拿起来，这是三年前，他在美国拿奖的照片，他又拿起边上的一个相框，是某人生日的照片，照片里的人低头许愿，照片下写了一句话：颂小姐，祝你梦想成真。

单凛把每一张照片都拿起来看了看，面上没有太多情绪波动，但看得很慢，全部看完后，他终于抬头，望向了二楼的卧室。灯光温柔地包裹着他的脸庞，让他的肤色不至于白到不近人情，却还是无法透过他的每一寸皮肤感知他心底的情绪。

所有照片看完后，他看到书架最下面一排角落的地方，搁着一台相机。

镜头是破损的，回忆闪现，篮球赛，争执，推搡，她的相机失手滑落，虽然他那时候说是她自己不小心，但实际上他明白，是他的过错。但后来，她一直没去修，他找她要，她也没给。

在她心里，这台相机有点特殊意义，好像是他们感情开始的一次小小见证。

单凛半蹲下身，拇指抚过镜头破裂的痕迹，仿佛看到了他们之间现在存在的裂痕。

好一会儿，他才起身走到楼梯处，室内的暖气开着，这时候已经有点热，上面的人大概已经睡熟。他把灯关了，客厅里重回黑暗，然后凭着记忆坐在落地窗边的靠椅上。

窗帘留了一条缝，恰好能看到外面天上的点点星光和地上稀薄灯光，可似乎没有过去那么美了。

这一夜过得很快，单凛像是睡着了又像是没有，半梦半醒的时候抓过手机，看到已经是早晨六点十分，强悍的生物钟令他无法多眠，对面坐着的女人更让他毫无睡意。

"起床气？"

单凛侧过脸，抵触的情绪一览无遗。

对面的女人好像很习惯他这样的态度："你知道的，不理我，你也摆脱不了我。"

单凛嗤笑一声："无所谓。"

"是吗？你知道我是怎么来的吗？"

单凛懒得理她，起身走向厨房。女人也随之跟上："她还在睡吧，要不要我去叫醒她？"

明知道她不会，但他还是停下了手中的动作，倏然回过头，冷声道："滚。"

"呵呵，你除了跟我说这个词，还有什么别的吗？"

单凛从冰箱里拿出一罐牛奶，看了眼保质期，直接喝了起来，冰冷的液体顺着食道落入胃中，并不舒服，却让他的头脑顿时清醒。

"一大早就喝冰牛奶？"

单凛身形一顿，手指下意识地捏紧了牛奶盒，纸盒被捏得变形。他闭上眼，面色比刚才越发苍白了些，缓了好一会儿，才转过身，视线先定格在客厅的地面，像是在调整情绪，好一会儿才慢慢往上看，直到看到楼梯上的人。

宋颂裹着一件长款毛衣外套，长发随意地绑在脑后，脸上还有睡眠不足落下的后遗症——水肿，但不妨碍她此时露出震惊又强装镇定的表情。

她很快恢复自然，走到单凛面前，拿过他手里的牛奶盒，丢入垃圾桶中，转身打开冰箱，从里头拿出一盒鸡蛋，一袋吐司，问道："只能做烤三明治，我有段时间没住，没备食材，这个应该还没过期。"

她见单凛面无表情地站在原地，继续吐槽道："去洗漱下吧，别站在这儿碍事。"

宋颂弯下腰从柜子里拿出烤面包机，突然被边上伸出来的一只手扣住了手腕，宋颂挑眉，看向单凛。

单凛垂眼，宋颂抬眼，两人的视线不期而遇。宋颂有点紧张，却不肯示弱，直视单凛。

"这是我家。"

呵，这么理直气壮，听了还真让人生气，宋颂忽而笑了："你还记得啊。"

宋颂似笑非笑地看着单凛缓缓皱眉，随即挣开他的手，在平底锅内刷上油，开始热锅，同时从橱柜里取出一只碗，熟练地用单手打了两个蛋，又拿了一双筷子开始搅匀，然后将吐司均匀地裹上蛋液。

单凛见她无意搭理自己，便去盥洗室，只听宋颂在厨房里喊道："新牙刷在下面的柜子里，你自己随便拿。"

杯子还是那一对，不过他那一只被收在柜子里，这对杯子应该是在星巴克买的，情人节限量款。单凛捏着这只杯子，单手撑着台面，不由得嗤笑了一声。可他自己也不知道在笑什么，有时候他很好奇，宋颂为什么能如此执着，他有什么好的，值得她数年如一日地追求。有时候他又害怕，这是一种他不理解又不敢去理解的感情。

外面，宋颂摆好盘，见单凛出来，轮到她洗漱，还不忘回头指了指餐桌："咖啡在那儿，要加奶自己弄。"

通常宋颂是喜欢喝摩卡的，一大勺巧克力粉跑不了，单凛是黑咖啡爱好者，一苦一甜，两个人以前经常嫌弃对方的口味，然后又逼着对方喝自己的。

宋颂洗漱完毕，回到餐桌，如她所料，她这杯咖啡还是黑的，而对面的人靠坐在椅子上，也不看她。她并不奇怪，自顾自地往咖啡杯里加了料，然后拿起已经不那么烫的烤面包轻轻咬了一口。

两个人面对面坐着，气氛微妙，宋颂好像研究着食物，实则心里酝酿着开场白："你是昨晚来的，还是今早来的？"

她昨晚太累，睡得很死，完全没有听到开门声。

单凛却答："我想什么时候来就什么时候来。"

她该料到，这般不留情面的回答，不正是他的风格吗？看他脸色不佳，肯定是昨晚没睡好，此人又天生倔强，不肯向现实低头，所以咖啡和面包都没碰。

她自然没有生气，反问道："那好，怎么突然想起回来了？"

单凛好像觉得她的问题很可笑，拿手指敲了敲桌面，说："我要住。"

"你不是有自己的房子吗？"宋颂嚼着面包，腮帮子一鼓一鼓的，闻言停顿了下，立马反驳，"那可不行，我住惯了。"

单凛哼了一声，正要开口，宋颂立马接上："这些年水电煤气费都是我付的，家里好多设施坏了也是我找人修的，一些家具也更新换代了。不是我不想跟你商量，是我找不到人啊，有些人消失得这么彻底，现在出现说回来就回来，不感谢我就算了，还要把我赶走，未免太不把人当回事了吧。"

单凛听后，不为所动："户主是我。"

宋颂喝了口咖啡，舒出一口气，用好商量的语气跟他说："行，你开个价，我买。"

单凛想都没想就回绝："不卖。"

宋颂随手抽出纸巾擦了擦嘴，点头道："好，随你，睡哪儿你自己看着办，我先上去换个衣服，失陪。"

宋颂知道跟单凛不能硬碰硬。他来硬的，她就来软的，不管他说什么，她就装作听不见，听不懂。

"你以为我不会把你赶出去？"单凛依然坐在位置上，背对着宋颂。

"别这样嘛，"宋颂靠近他的后背，几乎是贴着他的耳侧笑道，"你舍不得的。"

在他没发火之前，宋颂麻溜地跑了。单凛面上纹丝不动，而她那句你舍不得像是一句咒语，一下子钻到了他的耳朵里，耳尖一点一点透出不自然的红色，甚至有向脸颊蔓延的趋势。

许是懊恼，他起身看向二楼，厉声道："我只给你三天。"

宋颂从二楼张望下来："我明天去 G 市，有个秀展，大后天要参加一个综艺的开播仪式。对了，我要参加一个真人秀，我有没有跟你说过？"

"……"

她压根儿没把他的威胁放在眼里，笑嘻嘻地跟他推荐："在 M 卫视，每周五晚九点，我们这节目什么招都会出，说不定哪天还会邀请你参加，到时你不看僧面看佛面，档期记得留给我。"

单凛看着她一边戴耳环，一边从楼上下来，走到厨房，迅速将碗盘收拾到水槽。

"我来不及了。你有时间吗，帮忙收拾下？"宋颂回头，但一看到单凛那张臭脸，立马堆起笑脸，"我开个玩笑罢了，这么凶干吗？得了，我晚上回来再说。"

若是换作公司里的人，哪敢跟单凛对着干，就算是任何一个人，都不敢无视他的话，宋颂这些年是变本加厉，厚颜无耻，反正就是完全不怕他。

宋颂换上鞋，临走前不忘叮嘱单凛："你要是看好住哪一间，你就自己动手收拾，我有很多图纸，最好别弄乱了……算了，弄乱了我回来再理过。就这样，走了，记得锁门，有事打我电话。"

然后，她匆匆忙忙地走了，就这样走了，留下单凛一个人在暴怒的边缘，独自站在客厅。

宋颂这完全不给单凛插话的机会，那是一种战术，她哪里敢给单凛机会，一给他机会自己就会死得很惨，与其说她游刃有余，不如说她紧张到只能一扛到底，但凡打个岔，她可能就会崩盘。

这深冬的早晨，宋颂钻进一辆出租车里，这时的阳光已经能照进车窗，她与阳光对视，却想着刚才那一幕：

她站在二楼，不敢出声，因为楼下有人在说话，空无一人的客厅里，他的声音听起来有种令人恐怖的冷酷。

她的后背到现在还有一种难以言喻的凉意，丝丝渗入肌肤，她不由得再次想到那个佛意缭绕的夜晚，那个快要被黑暗吞噬的背影，到此刻，他依然在挣扎，他还没有妥协。

"宋子强那儿逼得很凶，天天给我送礼，拦都拦不住，据说维度的辛梓去见过时代的乔总，但宋子强也不是省油的灯。下一步，我们怎么做，要不要跟金钰合作？"

庄海生坐在单凛办公室的沙发上，怎么坐都不舒服。他本想声情并茂地汇报下工作，到最后，被单凛的低气压逼得只干巴巴地说了十分钟。实际上，昨晚宋颂和他配合闹的这么一出，单凛出了学校就跟他翻脸，直接把他丢在路边。今天他刚看到单凛的时候，心里还颇有些忐忑，可没想到单老大的脸色比昨晚还臭。

"帮我联系搬家公司。"

"啊？"庄海生没反应过来，"你要搬家？你新家不是还没装修吗？"

"不是。"单凛沉吟片刻，说，"我现在租的房子，房东自己要回来住，我打算暂时住到公寓那儿。"

庄海生知道单凛有处公寓，以前用来金屋藏娇，这些年没见他去住过，估计是租给别人了。

他迅速给宋颂通风报信：单凛要搬到原来的公寓。

那边立马回复，字里行间全是卖惨：嗯，我知道，我现在就住那儿。他要把我赶出去，我没地方去了。

庄海生顿时傻眼，飞快地抬起头："你不会是要把原住户赶走吧？"

单凛瞥向庄海生，表情微妙。庄海生被他看得头皮发麻，只好说："我猜的，你这些年不都没去住过吗？我就猜你是租出去了，但现在突然要住回去，要是没提前通知对方，你就随意把人家赶出去，是要吃官司的。"

单凛一副你吓唬谁的表情，毫不在意道："她不敢。"

"问题是，你这么做，于心何忍啊。"庄海生好言相劝，"到时她流落街头，还不得你把她捡回去？"

庄海生摆明了知道这个她是谁，单凛起身绕到庄海生边上，一只手搭在他肩上，用力掐了掐："庄总，你活腻了吗？"

庄海生顶着压力站起来，扯出一个最礼貌的笑容，慢慢往门口退："老大，我们还是讨论下公事吧，你见还是不见宋子强？"

单凛果断道："见。"

这倒是出乎庄海生意料，通常老大出马见的人屈指可数，公关这条线都是他在张罗，今天也不过是找个理由来看单凛的好戏，没想到得到了一个意外的答复。

庄海生脑子转得快，立马追问道："哦，那我去敲定时间……"

"就今晚。"

这般强势，庄海生很习惯："好。那你打算跟他谈谈合作呢，还是？"

单凛不语，抬手让他滚。

庄海生立马转身走出办公室，反正他目的达到，强行把搬家这事掀过去了，他可不当这个恶人，被宋颂怨恨，要找搬家公司，就让单凛自己屈尊去找。

宋子强那边的回复也很快，单凛说什么时候就什么时候，地点他们来安排，保准舒舒服服。

庄海生不以为然，能让单凛舒服怎么都轮不到你宋某人。

单凛忙了一下午，中间接到曾老板的微信，说是约好了饭局，就在这周六晚上，梁浅深做局。单凛之前拒绝了数次，他抗拒社交，厌烦亲密关系，但前段时间在医院碰到曾佑，再次提起这件事，单凛这次考虑了三秒，回了两个字：会去。

晚上，单凛让庄海生先去应付，他在公司待到晚上八点，直到庄海生接连打了他两个电话，他才动身出发。

宋子强安排的场所位于城西一处度假酒店内部的中式餐厅，内里仅有两处包厢，需提前预订，尤为隐蔽幽静，看来宋子强是下了一番功夫的。

单凛到的时候，门口已经有宋子强的人候着，极为恭敬地带他入内，沿途不断地察言观色，想要跟他搭上点话，但实在是对着单凛这张像钢板一块的脸难以开口，只好自顾自地介绍起这家餐厅的特色，顺便突出下自家老板听闻单总喜静讲品位，为了抢下这个已经被人预订的包厢，花费了许多心思。

二人很快来到包厢门口，这沿途风景中国风浓郁，古朴雅致，实际上两处包厢是在两个相邻的院落，他们到的时候，宋子强红光满面地站在门口迎接，看来已经喝了不少，此处光线温柔，把他的大脸蛋儿照得格外圆润饱满，大褶子和稀疏的脑门儿也掩不住他看到单凛时洋溢在外的精神抖擞。

庄海生跟在后头，笑吟吟地眯着眼，冲单凛抬了抬下巴，暗示他表演开始，随即开始配合酒场风气，跟宋子强一唱一和地怪罪起单凛迟到，要先罚几杯。单凛不搭腔，庄海生立马给单凛递梯子，说单总是学术艺术精英，不喝酒，那就多聊聊项目思路好了。这正中宋子强下怀，附和说好。

几个人在门口热切交谈了一会儿，隔壁院子的门似乎开了一半，这边的人忽然想起自己在门口站太久了，宋子强自来熟地拉着单凛往里走，单凛看了看他搭在自己胳膊上的胖手，没有挣开。

这一晚，宋子强是真觉得自己赚到了，起初还半是担心半是看不上单凛清高，现在浑然觉得那些人都是瞎扯淡，这位单总，单教授还是挺平易近人的，从头到尾除了话少，也不见得多苛刻。他渐渐放下心，在半瓶红酒落肚后，开始跟单凛交心："单总啊，你这次可得帮帮我，维度那边已经找上了乔总，但我知道乔总很欣赏你，要是我们的合作达成，这个项目几乎百分百就是我们的，没他们维度什么事。"

单凛迅速瞥向宋子强，这人喝高了以后开始露出狐狸尾巴，原来他早就盯上了乔寒深。乔寒深和单凛联系是有不少，但私下吃饭的次数并不多，能被捉住，可见这人用了不少手段。

单凛的心思几个起伏，缓缓靠向椅背，和庄海生交换了个眼神。庄海生会意，替单凛把话头接过去，拉着宋子强又喝了两杯。

单凛趁机找借口去洗手间，东西两个包厢中间有一处小路是打通的，这条路可通往洗手间。他到的时候，有人正在洗手台洗手，听见响动，缓缓抬起头，从镜子里看向他。

单凛站在门口，没再靠近。

两人的视线对上后，没人先移开，镜子前的人依然按部就班地洗手，甩掉多余的水珠，抽出几张纸巾擦了擦手，这才转过身。

"好久不见。"

最近红出天际，霸占各大时尚大刊封面，备受各圈宠爱的梵戈就这样出现在面前，露出他那张老天赏饭吃的脸，看表情不能简单地判断他此时是意外还是厌烦。

"不是才在医院见过吗？"

单凛看起来一点都不为所动，走到另一个洗手台前。

梵戈半靠着洗手台，侧过脸，仅是刚才和单凛对视的几秒，就已经将他脑中过往的回忆打乱成一片："你今天这是跟谁吃饭呢？"

"跟你有关系？"

"你怎么知道没关系？"

"那也跟我没关系。"

梵戈伸手钳制住单凛的手腕，单凛显然不舒服地皱起眉头，梵戈看起来有些紧张，手上的力道有一瞬间松开，但又立刻收紧。

他不能输了气势。

"我一直有个问题想问你。当初，你不会是因为我的话，才跟我姐分手的吧？"

在梵戈的记忆里，那天晚上是混乱模糊的，他隐约记得遇见了单凛，而单凛也不是那个他印象中的单凛，他喝得太醉，自己说了什么，后来只能断断续续回忆起一部分，所以，他心中始终不安。他一直找不到单凛对峙，上次医院匆匆见过一面，他内心的震惊和惶恐压过了所有，根本来不及反应。

单凛却迟迟不回答，只是缓慢地侧过半张脸，眉峰上挑，淡淡地看向梵戈紧张的脸。洗手台周围只有镜面上方的两盏装饰灯，淡橘色的光晕笼在单凛极白的面庞上，让他看上去有点难以言喻的邪乎。

单凛原本是不想回答的，但看在过去三年同学的分上，勉为其难道："你想从我这里听到什么答案？你一直不想我们在一起，现在再来问这些，不显得多余吗？"

梵戈一下子就被他激怒了："单凛，你！"

就在这时，从外头又进来一个人，两人瞬间拉开距离，装作互不相识的样子低头各洗各的。

经纪人大王没多注意单凛，直接拍了拍梵戈的肩膀："你怎么还在这儿，大家在说续第二摊，赶紧过去。"

说完，自个进了洗手间。

等他走后，梵戈立即转身，低声怒道："那你现在是什么意思，还吊着我姐干吗？"

"如果你有办法让她离开我，我感激不尽。"

这倒是让梵戈无法反驳，要是他姐在单凛这件事上多点出息，他也不至于这么怒急攻心。

但他忽然冷静下来，目光越过单凛，遥遥看向另一头的包厢，轻笑一声道："单凛，不是我不想你们在一起，而是我看不出你有什么值得她这样喜欢。你太不正常了，你们不适合。"

单凛面色有瞬间冷凝。

梵戈继续道："你是个极度自私的人，我没见过比你更自私的人。"

"那你呢，单纯从你的角度认为我们不适合，你不自私？"

话说出口，单凛就后悔了，他不应该被梵戈的情绪所影响。

好在刚才进去的那个胖子这时候出来了，他这回倒是多看了单凛一眼，记起好像之前在医院见过。这时候，梵戈主动转身离开，他赶忙跟过去。

单凛低头看着不断出水的龙头，水流下，他的掌心苍白冰冷，身体像是失去了对手的掌控，只能任由它被冷水冲洗着，有种失血过多后的恶心和无力。

单凛没再回包厢。

宋颂看了看时间，已经是晚上十一点。刚才梵戈给她打了一个电话，两人在电话里吵了起来。接下来他又发来了几张照片，宋颂正在仔细看，梵戈又发来一条微信：他和宋子强合伙了，你还对他抱什么希望，你有什么自信他还会回心转意？

宋颂气急，道：我就是有自信！

宋颂按灭了手机屏幕，不想去理会，但实在忍不住，隔了一会儿，还是点开了那两张照片。没错，照片里的人确实是单凛和宋子强。

宋子强，表面上是宋颂和梵戈的叔叔，实际上却是害得他们家破人亡的罪魁祸首。这个披着人皮的老狐狸，是个彻头彻尾的人渣，伙同外人给自己的哥哥设了局，债让嫂子和两个还是学生的侄子侄女背，自己转个身变成了新的老板。不仅如此，还要赶尽杀绝，带人逼上门，榨干孤儿寡母最后一点生活费，美其名曰是合伙人应有的利益。

宋颂这辈子最恨的就是宋子强。不要跟她说什么原谅就是放过，她还没到那境界，她无法云淡风轻地一笑而过，哪怕他们一家现在都活得不错，但她始终无法忘记宋子强像个土匪一般坐在她家狭小的客厅里，任由手下把她家砸成稀巴烂，逼得她母亲容颜尽失，跪地求饶，还在她和梵戈面前装好人的样子。

很长一段时间里，宋颂晚上做的噩梦全是宋子强那张白胖的脸。

这两年，她稍微有了能力，暗中联系父亲过去的旧友，开始盯着宋子强。宋子强的能耐很大，他三教九流都有些朋友，还瞄准了新城区的好几块地，但其中两次都被宋颂作梗整没了。这其中，曾佑用自己的人脉帮了她很多。另一方面，宋子强这两年扩张太快，导致爆出了几起工地事故和房屋屋主群体投诉，着实让他焦头烂额了一番。

据了解，他最近把宝都押在了时代集团新大楼的工程上，这个时候接触单凛，应该不是偶然。

宋颂正胡乱想着，房门忽然传来了开锁的声音，她一惊，立马从沙发上站起来。

门开了，单凛从外面走进来。他没看宋颂，低头换鞋，顺便看到了堆在玄关和客厅的几个箱子，这是他下午叫同城快递送来的。随后，他脱下大衣挂在客厅的衣架上，又自然而然地走进厨房给自己倒了一杯水。

等一系列动作做完了，他才回过身，看向握着酒杯正盯着他看的宋颂。

宋颂预感到单凛晚上会来。她晚上回到家的时候，收到了几个快递，都说是寄给单先生的，她全部替他签收了，看来他说他要搬过来，并非是故意赶她走的借口。这么一想，宋颂有点来劲了，这份机会摆在自己眼前，不抓住就是自己傻了。

宋颂拿脚尖点了点那几个快递箱，说："你的快递到了，我替你签收的。你这是真打算住下了？"

单凛放下水杯："我只给你三天时间。"

宋颂翻了个白眼，这话又回到上午那个死结，她凑到餐桌前，秒变可怜样："但我真的没地方去啊！我没买房，你只给我三天，三天你让我搬到哪儿去？"

"这是你的事。"

"不如，我住上面，你住下面，我付你租金。"

"不行。"

宋颂开始耍赖："卖也不行，租也不行，你也太难沟通了吧。"

"宋颂。"单凛忽然沉声道，"我知道你很难接受，但请你活在成年人的世界里，我跟你不是能住在一处的关系，大家都干脆利落点，没必要再有牵扯。"

他说这番话的时候不带一丝情绪，就好像宋颂是个不听话的三岁孩子，他冷静克制地跟她讲道理，不配合她所有的玩闹。宋颂很想把眼前这个人跟过去那个单凛联系在一起，但她竟找不到丝毫相似的地方。她还在那里保持微笑，晃着脑袋，满不在乎的样子，却不由得喝光了杯中的红酒，反应过来的时候，已经握着空杯，把话说出口。

"你跟我说这些话，你的良心不会痛吗？如果你想要成熟地处理问题，我一定配合，但当初说消失就消失的人不是我，现在说回来就回来的人也不是我。如果你觉得当初的做法有一点点对不起我，那现在就不应该用这种态度跟我说话。"

说到一半的时候，宋颂心里那股委屈劲一下子冒到了嗓子眼儿，酸涩感直冲鼻腔，被她硬是压下。她以为自己早就把难过消化完了，对她来说这根本不是个事，有时还能跟景妍开玩笑自嘲两句。可当她碰上让自己委屈的这个人时，她知道，她不是没有底线，她很清楚自己的底线在哪里，虽然很低，但她真实地希望，她保护他的同时，他也能看懂她。

宋颂不知道自己这番话对单凛有没有触动，或许有，但他太擅长掩藏自己，她无法单纯地从他的表情和肢体语言中解读他的真实情感。

半响，单凛依旧是那副冷淡的模样，说："我觉得，我没有什么对不起你。"

话音刚落，宋颂一双手不禁微微发抖，虽然已经做好心理准备，但真的听到的一刻，脑中像是被空袭后的空地，一片迷茫。

宋颂摇了摇头，又点了点头："没什么对不起，大概我们理解问题的角度不太一样。既然如此，我们可以用你刚才说的成年人的方式，谈谈合作。"

单凛没给出什么表示，宋颂便继续大胆地说下去："你给我三天的时间，太不人道了，三个月怎么样，我经常要出差，你也很忙，大家碰在一起的时间不多，毕竟我在这里住惯了，你得让我找新的住处，大家各退一步，如何？"

单凛考虑了几秒，点头。

"多谢单总大发善心，我感激不尽。"宋颂不怎么走心地拍完马屁，接着道，"那么，我们再来谈谈下面这件事。"

宋颂从手机里调出梵戈发来的两张照片，递到单凛面前，单凛就瞄了一眼，很快收回目光。

他这么淡定，宋颂便觉得越发有趣了："单教授这么高的品位，怎么沦落到跟无良奸商一起吃饭的地步了？"

单凛毫不避讳，直言道："商业合作，各取所需。"

宋颂戳着手机里的照片，笑道："你知道宋子强是什么样的商人吗，单总就不怕砸了自己的招牌？我怎么不知道你原来是个唯利是图的人呢？"

单凛冷漠地回："我不需要跟任何人解释我的决定。"

宋颂也收起了一些笑意，盯着单凛的眼睛，一字一句严肃道："宋子强，从血缘关系上说，他是我的叔叔，当年高中的时候，如果你还记得，那时候我家出了事，我爸死于非命，公司破产，我和我妈，还有我弟被逼到走投无路，全是拜这个人所赐，我和他有不共戴天之仇。单凛，不要和这个人合作。"

宋颂忍不住去握单凛的手，令她意外的是，他并没有躲开，这让她不由得升起了几分希望。

然而，单凛像是按着剧本走流程的NPC（游戏人物），平淡无奇地说了一句："我很遗憾。"

随后，他轻轻甩开宋颂的手。

在谈判谈崩后，两人没有再说过一句话。单凛在沙发上过了一夜，宋颂在当天凌晨赶赴机场去参加《完美登场》开播仪式。

而单凛也没闲着，宋子强很希望趁热打铁，紧盯着他们不放。乔寒深那边很快收到了消息，主动给单凛打电话。单凛对此不置可否，乔寒深原本就属意单凛，但单凛一直表示没兴趣，眼下宋子强不知道使了什么招数，竟然能说动单大神，乔寒深自然巴不得赶紧把事情定下来。

单凛倒是不急，提出了几个要求，都是针对地产公司资质的，算得上苛刻，乔寒深以为他是在帮集团把关，便全都应下了。

"另外，这栋楼是为了集团三十周年建的，工期很紧，有些事，你可以让他先着手做起来，等合同签好了，大家动作也快些。"

乔寒深觉得有道理："看来这个宋子强有点本事，能让你帮他说话。"

单凛垂下眼，似笑非笑地回了一句："顺手而已，但我和集团的关系……"

"你放心，我不会跟他说的。"乔寒深见他今天心情还可以，趁热打铁，"对了，还有件事，你不如也一起帮了？"

这段时间，要说微博上最火的一档综艺便是《完美登场》，未播先热，此前网传第一期大咖评委是一位圈内重量级人物，很多人在传是宁末离，终于在开播前 24 小时，由官方盖章认证：宁末离！

除此之外，前些日子节目靠"时尚大撕"等热搜已经炒作了一番，官博放出另外两版预告。

这次的预告是顺接了第一版预告。第一版预告里，两名女设计师因为抢布料起了争执，这一版预告里有对两人的简短采访。

先是乔裴卓出镜，女生文文气气，又带着点柔弱地对着镜头无奈一笑："对不起，开局我没做好，但后面我会努力的。"

紧接着就是另一位当事人——宋颂，她很随意地冲镜头一笑："各凭本事。"

就这四个字，一经放出，即时登上热搜榜，网友也不管这是不是节目组剪辑问题，搜出宋颂的微博"songsong"，开始疯狂 Diss 她——

"就你能。"

"你有撕的本事。"

"请放开我们善良的小姐姐。"

"设计师戏也这么多吗？"

单凛抵达餐厅包厢的时候，里头的人正好在八卦这个事，单凛不知，原来这帮所谓的精英也这么热衷八卦。

曾佑招呼他坐到自己边上，组局人梁浅深立刻递上一只杯子，单凛没有马上接，梁浅深打趣道："不是酒，放心，单总这么给面子，我们怎么好意思用酒把你吓回去？"

梁浅深是他们圈子里出了名的大美女，还有自己的律师事务所，因为样样不缺，所以个性乖张，年轻的时候受过不少挫折，很多人以为她的人生会因此一蹶不振，可她依然活得风生水起。

这份对生活的倔强和掌控力，离不开她丈夫的陪伴。

单凛很快注意到梁浅深左手边的男人，和明艳的女主人相比，这个男人看起来平淡得很，然而，当你再多看两眼，听他说两句话，你就会发现此人极为不俗，温润细无声，翩翩乃君子。

对方自然也注意到单凛，举杯示意道："单总，百闻不如一见。"

梁浅深适时做起中间人："小凛，前两次你放我鸽子，有人都不信我们认识。"

"我没有不信，最多只是质疑一下。"辛梓笑说，说话间还不忘帮老婆斟满茶。

他们这个圈子大多是因为家族渊源相识，有的沾亲带故，有的志趣相投，单凛跟曾佑和梁浅深比较熟，与其他人关系一般。曾佑和梁浅深算是表亲，梁浅深的外祖母和曾佑的祖父是姐弟，曾佑的祖父醉心艺术，把家里的事都丢给姐姐管理，一个人逃到国外去了，他的孙子比他靠谱多了。而曾佑母亲的闺蜜嫁给了单凛的父亲，两人也搭上了关系，甚至可以说，关系匪浅，久而久之，单凛也被带到了这个小圈子里。单凛并不喜欢这种圈子文化，据他所知，梁浅深他们一大家子也是一大出豪门恩怨，但这个小圈子还行，人都不坏，也能包容他的个性。

在座的还有梁浅深的表弟苏致若和他老婆。苏致若是个警察，也是个会开豪车去上班拉仇恨的富二代，但业务能力突出，现在升到副大队了。这两人也是一对奇葩，男的很容易炸毛，女的负责顺毛，天天有乐子。

另外一对，是近两年跟他们走得近的，这关系说出来也很不同寻常。苏致若因为之前负责的一起涉黑、恐吓案件，认识了受害人袁召，虽然后来这个案件移交给专案小组负责，但两人因此结了缘。后来袁召的未婚妻段如碧家中生变，梁浅深给她做过一些法律咨询，等尘埃落定后，这一对也成了他们圈子里的常客。

一桌三对夫妇，大家都很熟，没那么多规矩，三三两两地开始聊着，而有女人的地方就有八卦，看着一桌的两个单身汉，梁浅深实力嘲讽："你们二位，不要总是这么神秘，有女朋友就大大方方带出来给我们见见。"

曾佑看了单凛一眼，单凛自动高冷，那只有他来接招了："没什么神秘，就是没有。"

梁浅深故意拖着长音怪声道："小凛这种个性，说他'注孤生'，我也信。但你我可不信，被你一手捧起来的那个女设计师，什么时候可以带出来？"

"哦，就是你上次推荐给我那个牌子的设计师？"段如碧也好奇地插上一嘴。

"没错，她这次也参加了《完美登场》。这节目有什么鬼，一开始就黑她，我看八成是有人带节奏。"

段如碧蹙眉想了想，突然拍掌道："我想起来了，我们公司最近承接了时代集团一些公关营销活动，我听那边的头儿说，这个乔裴卓是这次《完美登场》内定的冠军，时代高层在力捧她。"

梁浅深立马把矛头指向曾佑："曾老板，你还不赶紧想办法。"

曾佑耸了耸肩，表示爱莫能助："我不是这一行的，能有什么办法。"

"想想办法呗。"梁浅深意有所指地笑道。

曾佑只是笑笑，余光瞥向单凛。单凛低头自顾自地品茶，冷漠得不像是这张桌上的一员，偶尔略抬起头，一副你们刚才说什么，我不太清楚，抱歉，能否再说一遍的样子。

梁浅深是个机灵鬼，目光在单凛身上转了圈，见好就收，没再继续这个话题。一桌人难得聚在一起，这顿饭吃得特别久。气氛正好，不知不觉梁浅深和辛梓换了个位置，然后，辛梓和单凛聊了许久。聊过后，单凛越发肯定此人有不逊于他的学识和才华，还有一种天生的温和，而非后天的圆滑。平心而论，辛梓给人的感觉很舒服，让人莫名愿意跟他多说几句。

这时，梁浅深突然道："开电视了，《完美登场》要开始了。"

单凛怔了下。

"你真要在这儿看？"苏致若有点嫌弃。

"我也想看。"他老婆陆小风笑眯眯地看着他。

"……"

苏致若乖乖去找服务生开电视。

曾佑看出单凛有点想先撤的意思，靠近了些，低声道："看一会儿再走。"

对于真人秀什么的，男人们一窍不通，更别说是关于时尚、服装、设计、明星的综艺，但架不住自家夫人兴致勃勃，只好几个人抱团，时不时顺着老婆吐槽几句。

这第一期的节目，一上来就不废话，直接介绍评委：国际一线时尚品牌创始人华裔设计师也是最早活跃在国际舞台的超模 Vivian、BZ 时尚集团总裁乐容、B 大历史系中国传统服饰研究引领者何顺翕教授。而第一期特邀助阵评委宁皇帝淡定地坐在位置上，摄影师给了一个足够长时间的特写，宁皇帝的完美神颜引起包厢里三名已婚妇女啧啧赞叹。

紧接着，主持人宣布第一期的主题是"似水流年再相逢"，充满诗情画意，也是宁末离即将开拍的电影名。规则很简单，十五名设计师从现在开始不能走出这间创作工厂，没有助手，全靠自己，而所有的材料都放在不远处的阶梯上，一会儿他们有三分钟的时间争抢材料。时间到后，不论手头拿到了什么，都只能用这些材料进行创作。主持人在介绍规则的时候，镜头从十五名设计师身上一一扫过，宋颂站在靠边的位置，没有察觉到镜头的存在，很认真地在听主持人介绍。她在镜头里显得格外漂亮，长发束起，化了点淡妆，穿着一件白 T 恤，阔腿裤，除了耳垂戴着"L"和"S"字样的耳钉，没有多余的饰品。

但镜头并没有因此多做停留，扫到设计师中间，也就是现在俗称的 C 位，乔裴卓出现在镜头里，显而易见她精心打扮过，不输明星、模特的身材容颜，似乎察觉到镜头一直对着她，她有点不好意思地冲镜头微微一笑。

陆小风感慨："确实很漂亮。"

梁浅深问："你说哪个？"

"刚才那个，站中间的女设计师。"

梁浅深模棱两可地笑了笑："接着看。"

"名场面要来了。"段如碧说。

果不其然，紧接着，主持人一声令下，十五个设计师，甭管是打扮得多漂亮的，是不是穿着高跟鞋，全都拿出百米冲刺的速度跑向铺满布料的阶梯。其中一位人称"导师级设计师"的波波不愧是前辈，快准狠地抓过三匹布料，全是温柔的蓝色系；另一位"鬼才"马克也是相当机敏，充分发挥身高腿长的优势，抓到一块白色的蕾丝；其中有两位女生好像还没反应过来，嘴里嘀咕着什么，转个身，想要的布料被其他人拿走了；有个女生看起来快要急哭了。时间还剩下一分钟，这时，宋颂出现在镜头里，她看上去倒不怎么慌张，一只手已经拿了一匹暗红色的布料，另一只手正伸向一块黑色的纱。就在这时，不远处传来一个声音："啊，这块是我的。"

乔裴卓喘着气跑到宋颂面前，宋颂像是一心在挑布料，完全没注意到还有人，手里的动作也没有因此停住，将这块布料收入囊中。

但她还是问了一句："什么意思？"

乔裴卓轻声软语地解释道："马克刚才已拿了这块，但他把这块给我了。"

宋颂不解："但我看这块一直放在这里，没人拿。"

"是马克放下的。"乔裴卓开始找马克。

马克闻讯赶来，解释道："刚才小裴问我要不要这块，我说我不需要。"

也就是说，马克只是看到了这块布料，并没有真的拿起来。

单凛看到这个马克的时候，眼神微动。

曾佑觉察到，问："怎么了？"

"没什么。"

节目还在继续。

"下次你应该直接拿给她。"宋颂并没有让步，"刚才规则里说了，只要是放在公共区域的，没有被人拿在手里的，都可以争夺。"

所以，从规则的角度说，宋颂拿走这块布料没有问题。

可能宋颂说话的语气太刚，乔裴卓瞬间脸爆红，马克也一脸无奈，但紧接着主持人提醒还剩三十秒，三个人没再纠结，立刻散开继续找布料。

最后时刻，有些人也不管三七二十一，能抓到一匹是一匹。时间到，十五名设计师归位，这时候已经可以看到初步的差距，有人拿了一堆布料，但五花八门，看不出他的思路，有人只拿了一两块，脸色很不好看，宋颂拿得不算多，但看她的神情应该还算满意。

这个时候，穿插后台采访，也就是第二版预告里放出的那一小段。

"我觉得这个宋颂没什么错，不是你喊了这块是你的就是你的，果然不能信预告的。"段如碧首先发表感言。

梁浅深却说："但整体看下来她还是吃亏，如果不仔细看，很像是她抢了乔裴卓的布料。"她回过头去看曾佑，"她有跟你说当时的情况吗？"

"没有，她不怎么跟我说录节目的事。"

"你要关心一下。这期过后，我敢肯定，她会被全网攻击。"

说完，梁浅深又朝单凛看了眼，后者看起来并不想介入他们的讨论。

接下来是更为紧张的赛程，毕竟 24 小时包括了设计、制作、模特造型、登台走秀等流程，这么看下来，这场真人秀也挺狠的，24 小时内要做完这一系列的活，不玩命不行啊。

第一期节目状况百出，有位新人设计师小鬼不知道要自带缝纫器材，一脸蒙，节目组不会给设计师安排备用设备，这几乎等于自动淘汰。我们的"月光女神"立刻把自己的画笔、剪刀拿出来分享，直接怒刷一波好感。

中间穿插采访的时候，三个设计师被问到一个问题："对没带东西的设计师怎么看？"

波波作为前辈，直言："简直儿戏，不重视节目，不重视比赛。"

马克就圆滑很多，笑道："第一次参加节目难免紧张，也怪节目组太严格了。"

乔裴卓则温和地表示更希望能在这次节目里交到更多的朋友，大家互相帮助是应该的，比赛第二，友谊第一。

轮到宋颂的时候，一如既往地随性道："没有装备也没事，能做出最后的成品就行，用能力说话吧。"

先是各凭本事，再是用能力说话，听她说完这句，梁浅深忍不住拍手："刚，太刚了。柚子，下次把她带来，我想认识一下，我明天就去买她家的衣服。"

曾佑无奈地笑了："她思维很跳跃的，说话基本不会多想。"

他说完，不由得看了眼单凛。

单凛抱臂靠在椅子上，既没有跟辛梓继续聊天，也没在吃东西，全程盯着电视屏幕，只是脸上戴着面具，看不出他在想什么。

节目中间，宁末离会去制衣间观察下各位选手的状态，顺便提一些自己的建议，采不采纳由设计师自己决定。

宁末离一直以言语犀利，才思敏捷闻名，此时也没有令人失望，一针见血地点评两个设计师思路混乱之后，他来到宋颂面前。

比起边上的人已经开始裁剪缝纫，宋颂还在出设计稿。

宁末离看了一会儿，问道："还没开始动手？"

"我动作快，但前面设计一定要想好。"宋颂头也没抬地继续手里的活。

宁末离微一点头，似乎表示赞同，然后又看了看她挑选的布料——一块暗红色的绸缎，还有一块黑纱。

"红色？"

宋颂这时抬起头，随手将铅笔搁在耳后，顺着宁末离的视线，拿起布料抖了抖："相逢也有血和泪。"

宁末离低声笑道："看来有故事。"

他这句话颇有点一语双关的味道，宋颂愣了下，但很快他没再多说什么，又在场内转了一圈，最后来到"月光女神"位置前。

乔裴卓的衣服已经初见雏形，格子布料，复古设计，颇有些再别康桥的意味。乔裴卓已经在等待宁末离的点评，谁知宁末离只是说了一句：不错。然后，他转身就走了，没错，就这么走了，镜头还对着有点傻掉的乔裴卓。

段如碧差点笑哭："我开始有点相信乔裴卓是时代力捧的内定冠军了，看到宁末离的态度没，压根儿不想多说。"

宁末离的公司和时代是死对头，他本人和乔寒深的关系也扑朔迷离，似敌似友，所以从他的态度，确实可以看出些蛛丝马迹。

很快，节目到了最精彩的模特展示环节。

就在这时，曾佑的手机响了，梁浅深刚想责令他出去接电话，却看到来电显示的名字：Miss Song。

"你们家设计师的电话？快接。"

曾佑没有马上接起，而是先看了单凛一眼，巧的是，单凛正好盯着曾佑的手机，甚至没有察觉到曾佑在看他。

直到曾佑把手机拿起，单凛才猛然掉转视线。

"喂，嗯，我还在外面。"

陆小风还贴心地把电视的声音调低了，一屋子人都在听曾佑和他家的设计师讲电话。

"你在机场？这种问题不应该自己解决吗？叫车软件了解一下，非要这个点打给你老板？"

梁浅深差点要把手里的筷子扔过去，曾佑故意拿手挡了挡。当然，这不过是他跟宋颂开的一个玩笑，他已经准备起身。

"不是要我去接，什么情况？"

也不知宋颂在电话里说了什么，曾佑被气笑了，最后只说了三个好，就挂了电话。

苏致若调侃道："柚子哥，你这是要去机场接美人了？"

曾佑重新坐下："不是，她是跟我借车，明早要用。"

"哦，车子都能随意借了。"苏致若怪声道，"我上次跟你借，你怎么不借呢？"

梁浅深不赞同道："你这个做老板的也真是，给她买一辆呗，怎么还好意思让她借车开。"

曾佑为自己辩白："她自己不爱开车，也不想买，我不知道她借车做什么。这个点……"曾佑看了看时间，"算了，司机应该休息了，还是我跑一趟，给她送过去吧。"

梁浅深直接命令道："你什么都不要说了，下次直接带来好吗？我们要见真人。"

"我们不是那种关系。"曾佑一边穿上大衣，一边解释。

"我不信。"

梁浅深戳了戳自家老公的胳膊，辛梓配合地笑了笑，说："我也不信。"

曾佑也不再解释了，回头问单凛："你走不走？"

"你自己走就行了，还把小凛也带走。"梁浅深不满道。

单凛已经穿好大衣，起身告辞："我也先走了。"

电视里还在放最后的评比，包厢里剩下的人已经没有心思继续看，大家看时间确实也差不多，有娃的还要回家带娃，便都准备离开。

单凛跟着曾佑走到地下车库，两人谁都没有先开口，直到走到单凛的宝马前。

曾佑转过身，面对单凛："上次在医院前跟你说的，你应该听明白了吧。"

单凛唇色发白，整张脸看上去就像是戴了一张白色的面具，一双黑色的眼睛显得尤为森冷。

"你想追她？"

"没错。我们是兄弟，我觉得有必要跟你先说清楚……"

单凛突然道："没问题。"

他如此果断的回答，反倒让曾佑有点反应不及。片刻后，曾佑才再次问道："你确定？"

"确定。"

曾佑若有所思地看着单凛："这些年，每个人都不容易，有些事，只有我们两人知道，对你不公平，我要追，就想光明磊落地追，我会告诉她……"

单凛平静地打断他："你什么都不用告诉她。"

曾佑蹙眉："单凛。"

单凛拍了拍曾佑的肩膀："你为我做了很多，现在你做了这个决定，我完全没有意见。有件事我也要告诉你，我原本租的地方房东要回来了，所以我打算搬回公寓住。"

"就是宋颂现在住的那套？"

"三个月之内她会搬走。"

曾佑点头，表示理解，但又像是想到什么，冷不防地笑了下："她应该会很看重这三个月。"

单凛听懂了曾佑的弦外之音："我不会真住那儿。"

"你是不是想真住那儿，只有你自己心里清楚。"话说到这里，曾佑干脆说开了，"三年前，我不会这么做；一年前，我也不会这么做；但现在，我越来越看不懂你了，你明明白白地告诉我，你对宋颂是怎么想的？"

单凛一时沉默，地下车库的灯光很阴暗，有点像那个晚上，医院手术室外那条走道，有一盏灯坏了，虽然它极力想照亮周围，却始终只能发出微弱的光亮，以及那个从那时起就出现，不再离开他的女人。

单凛看着站在曾佑身后的那个女人，女人一脸不耐烦的样子，用口型催着他快点结束这一切。他的精神一瞬间被剥离成好几个，他不确定自己所在的时空，他看到了不同的自己，在医院的，在教室的，在家的，在江边的……还有，在她身边的。

他只知道有一种疼痛，从胃一路灼烧到胸口，疼痛还没有放过他，一直向上，烧到他的大脑，脑浆像是要从他的太阳穴、眼球、鼻孔爆裂出来。

他脸色煞白，理智上他应该说点什么让曾佑放心，可实际上他一句都说不出来。

曾佑却明白了。

"你爱她，一直都爱她。"

单凛猛地睁大了双眼，踉跄地迈了一步，突然脚下一软，朝曾佑倒去。

·第十枝百合·
她在他眼里更加闪耀了

///

曾佑把单凛送回了公寓，单凛直奔水槽，干呕了许久。

但这并没有让他好过多少，他扒着橱柜，拼命翻出药，期间不慎打碎了水杯，吃下药后好一会儿，爆炸般的疼痛才逐渐消散。

曾佑跟在他身后收拾了残局，说："你这样不行，我帮你叫郝医生。"

单凛拉住曾佑，就算虚弱成这样，他依旧执拗："不用。"

曾佑知道他的脾气，劝道："单凛，现在不是闹脾气的时候，有些事不是你一个人能扛过去的。"

单凛却听不进去，眼神无焦地看着天花板："她快回来了，你走吧。"

曾佑静默片刻，说："有事给打我电话。另外，我们公平竞争吧。"

单凛没答，过了会儿，曾佑离开了。

单凛倒在沙发上躺了会儿，强忍着天旋地转。稍作休息后，还是费力地拿过手机，《完美登场》第一期已经播放结束，视频网站上已经上线第一期视频，单凛点开视频，将进度条拉到最后。

十五名设计师的服装由十五位模特展示完毕，三位评委逐一点评。在这样一次高度紧张的比赛中，极为考验选手的心理素质、创意表达以及作为一名设计师的基本功。

评委先选出了十位安全过关的选手，留下五位待定选手，这里面有最高分和最低分。

宋颂和乔裴卓都被留下了。

乔裴卓的作品名为"山色空蒙"，她选用黛色布料做了一条内里的长裙，外搭米色细格子外套，还巧妙地用多余的布料制作了一顶帽子，为造型增添了几分优雅，恰到好处地体现了似水流年，再相逢，已是物是人非，一切都如烟如雾，烟消云散。

宋颂的作品争议很大，评委两极分化，她的作品名为"红宝石之泪"，挑战了暗红色布料，裁剪成一套连体裤装，绸缎的质地，黑纱作为装饰，点缀在肩部和腰部以及模特的面部。在这么短的时间里，她的作品完成度极高，也极具冲击力，尤其是胸前的褶皱，非常考验设计师的功力。红宝石之泪，似水流年再相逢，君心不在，我心似血，将这一身红穿在身上，与君告别，不畏将来。

评委里何教授觉得她的立意太过，少了主题的洒脱与淡然，但另外两位却很赞赏。

最终的评判权，在宁末离手中。

宁末离的点评在节目之后立刻上了热搜，他的原话是这么说的："这一晚上看了那么多文艺素雅、云淡风轻、高洁唯美的作品，大家都快看晕了，宋颂这套犹如一柄横空出世的利剑，刺破了残阳前厚重的云雾，让人看到了惊艳。"

而他对乔裴卓的评价，也比较中肯："很规矩，很标准，就是少了点让人眼前一亮的东西，然而时尚不就是那一点眼前一亮吗？"

第一期比赛，宋颂登顶榜首，她在下一轮比赛中，有淘汰豁免权。而最终淘汰的两位中，有一位没有带装备的新人小鬼，女生在离开的时候哭得不行，但她还是在节目最后再次对乔裴卓表达了谢意。

节目组当然不会放过第一期的冠军，宋颂也接受了采访，她没有太多拿了第一后的惊喜，挺淡然地对着镜头笑道："还行，紧张会有，不紧张也不正常吧？"

节目组："对结果满意吗？"

宋颂："第一期拿到这个名次我还挺满意。"

节目组："意外吗？"

宋颂："意外？为什么意外？来参加这个比赛的人应该都对自己挺有信心吧，没点本事哪敢来啊，是吧。"

节目组："下一期的目标是守擂吗？"

宋颂："守擂？为什么守擂？"

节目组："难道不是吗？"

宋颂："反正我有豁免权，应该玩点刺激的，不要这么保守啦，年轻人。"

爱玩，不怕挑战，无所谓名次，又强调实力。

后期直接在她身旁打上五个大字：社会我颂姐。

这一晚，《完美登场》占据了微博热搜榜前十条中的三条，其中一条就是"社会我颂姐"。

宋颂的微博按照宣传要求，也转发了官博节选的比赛片段：就在今晚，各凭本事。

然后，这条微博底下评论迅速破万，转发量达到了一万，评论黑白分明，Diss宋颂嚣张的是大多数，还有人为乔裴卓鸣不平，认为宋颂抢了她的布料，后来又把自己的缝纫机借给了别人，这才导致她没有发挥到最好：

"张口就是凭本事，你是凭本事抢吧？"

"只会抢，不会帮，这种人品看你能混几期。"

"对宁末离粉转路，这么难看的衣服也能得第一？"

"抱走我乔妹，人美心善，竟然被人踩。"

夹杂在这些评论里的也有些人比较理智：

"没看到吗？那块布料是放在公共区域，谁都可以拿，你们哪只眼睛看到宋颂是抢了乔裴卓的，难道不是乔裴卓在那儿混淆视听吗？"

"只有我觉得宋颂比乔裴卓好看吗？她真的好漂亮。"

"抢什么抢，明明谁都能拿。"

"宁皇帝说得很中肯了，加油小姐姐，社会社会！"

"社会我颂姐啊，你怎么这么敢说啊，粉你了！"

"刚，真刚！比钻石还刚！请继续刚，我想看看你能刚几期！"

"我觉得宋颂一点都不装啊，这是比赛，就应该拼尽全力。"

单凛在黑暗中，刷着评论，眉头没有松开过。这么多评论，他也没有跳着看，一点点顺着看下去，直到他听见门口传来开锁的声音，才迅速躺下，室内再无光亮。

宋颂凌晨回到家的时候，她微博下的评论已经破两万了，粉丝也涨了一万。

曾佑告诉她车子已经停在了她家的地下车库，她留意到单凛的车停在了地面。

屋里漆黑一片，宋颂隐约看到沙发上有人躺着的轮廓。她轻手轻脚地把行李搁在玄关，打算明天一早再拿进屋，现在太晚了。她溜进洗手间，草草卸了妆，洗了脸，没敢洗澡，怕动静太大把单凛吵醒，踮着脚爬上二楼。

第二天一早，宋颂就醒了，实在是楼下睡着她的心上人，就像是睡在了她心上，兴奋难耐得很。可当宋颂下楼后发现客厅已经收拾得整整齐齐，完全看不出有人睡过。

宋颂瞬间倒在沙发上，刚还琢磨着怎么给大家一个台阶下，这下可好，心里准备好的台本一个没用上。宋颂在沙发上气鼓鼓地翻了个身，难道单凛就打算这么过三个月？不行啊，三个月过一天少一天，要是每天都见不上一面，那还计划个屁。

宋颂越想越不是滋味，打算给单凛打个电话过去问问，突然看到茶几上有把车钥匙，这不是曾佑的车钥匙吗？

宋颂猛地坐起身，抓过车钥匙仔细看了看："完了……"

曾佑说把车钥匙留下了，宋颂以为跟以前一样，他会把钥匙交给保安大叔，她还想着一会儿去拿。难道这两人昨天碰上了？

宋颂忙打电话给曾佑，响了很久那头才接起电话，不等曾佑开口，宋颂就急道："昨天你把车钥匙给单凛了？"

曾佑很快反应过来，扯了个谎："嗯，我看家里灯亮着，以为你到家了。"

他从床上爬起，看了看时间，呵，才早上七点，这位宋小姐越来越不把他这个老板放眼里了。

宋颂崩溃。

曾佑装作什么都不知道，说："这没什么吧，我都没问，你们什么时候好到住在一起了？祝贺你成功。"

"……不是那么回事，这房子本来就是他的，他不辞而别之后，我就住在这儿，现在他要把房子收回，赶我走呢。"

"你纠结什么，怕他误会？我跟你说，如果他误会，那是好事。他不误会，你才一点希望都没。"

曾老板挺会开导人，这话简直让宋颂醍醐灌顶："老板不愧是老板，见过的世面就是广。"

曾佑已经对她的溜须拍马免疫了："心情好了？那可以让我再睡会儿了？"

"您睡，您睡。"

曾佑补上一句："你要是没地方住，我还有一套房，可以先借你住。"

宋颂夸张地笑道："别，车子借我，房子也借我，还给我投资开公司，老板，别人会说我被你包养的。"

曾佑一愣，宋颂表面上跟他开着玩笑，其实心里什么都知道，她不会轻易越线，也不会利用他们的关系肆无忌惮，她分寸拿捏得真叫人难受。

曾佑只好说："有需要跟我说。"

宋颂挂了电话，又给单凛打了过去，那头始终没人接，她只好发了条微信过去：每年上坟，我都会自己开车去，有时候会跟其他同事借，今年恰好找了老板借（老板车多）。

等她梳洗完毕，还是没见着单凛的回复，倒是其他人的微信噼里啪啦轰炸而来。

SS 夺命工作室小群——

白雪公主（朱皑皑）：微博上的热搜一直挂着呢 @songsong，你要火了。

姜茶王子（姜丞）：你不是说有人带节奏吗？

白雪公主（朱皑皑）：废话，黑子这么多，绝对有人在故意黑我们家宋小姐。

是如（虞是如）：老大的微博评论已经破三万了，要被黑出圈了。

白雪公主（朱皑皑）：人家是专业的，不行，我们也要找人干，凭什么我们家颂小姐背黑锅？

宋小颂（宋颂）：先跟节目组交涉。

宋颂回了一句后，开始看其他留言。她的一帮亲朋好友都发来了诚挚的慰问，梵戈一连串发了十多条语音，简直是气炸了，隔着听筒都能感受到他的怒火，他说乔裴卓肯定有背景，但不清楚背景有多深，打算去查清楚。

沈磬磬也发了条微信：末离说他全程都在现场，你没有问题，网上那些话你不用太放在心上。

宋颂连忙发过去三颗爱心，女神真是太好了。

同行交好的也来关心她的情况，有些人当初也收到了节目组邀请，最后决定不去。不管你在节目里做了什么，总会有人看你不顺眼，还会有人故意黑你，键盘侠一人一口唾沫就能把你淹死。现在这些人开始马后炮，一个个跑来说宋颂接了这个节目得不偿失。

可谁又能知道宋颂参加《完美登场》的本意呢？

这才是第一期，来日方长啊，朋友们。

这天结束后，宋颂把车还给曾佑，急急忙忙地赶回家，可另外一个人并没有回来。

连着四天，网上《完美登场》热度不减，宋颂已然成了小网红，线下这位社会小姐姐并没有太在意网上的评论，她正琢磨单先生这两天住哪儿去了。

直到庄海生这位同一战壕的好兄弟给她报信：你怎么老板了，他都在办公室睡三天了。

当天一下班，宋颂就杀到单凛的事务所，她提前跟庄海生打好招呼，楼下保安直接放人，一路来到老总办公室。

宋颂到的时候，正好遇上打算给老总送晚饭的林蕾。林蕾瞪着突然冒出来的宋颂有点不敢相信，宋颂趁机拿了打包盒，冲林蕾眨了眨眼，指指里头。

林蕾顿了两秒，总算反应过来，宋颂跟林蕾做了个噤声的手势，悄悄推开门，钻了进去。

　　这是宋颂第一回进到单凛的办公室，扫一眼就能看完全貌，办公桌椅都是国外设计师的孤品，没有多余的摆设，不正常的整洁，和这里的主人一样，没什么人情味。

　　单凛正专心地在看电脑，没发现眼前的人是谁。

　　宋颂走到他面前，将打包盒放在一边，敲了敲桌面。单凛偏过头，看到了戴着手套的手，于是他重新把视线放回到电脑上。

　　宋颂正奇怪，单凛随手摘了眼镜，单手按着眉心，说："你真的想毁了我吗？"

　　宋颂愣在原地，张了张嘴，说不出话来。单凛的语气不像是开玩笑，可她所做的，不至于被他这般认为吧？

　　"你想要我怎么样，我没办法陪你回到过去。"单凛的指尖用力地掐着自己的眉间，很快压出两道红痕，他的声音缓慢而沉重，透着一丝压抑的痛苦。

　　宋颂从未想过自己会给他带来这样的感受，有些犹疑不定，怎么她还没委屈上，他先受不了了？

　　她深吸一口气，终于开口道："我没想你怎样，这么说有点过分，我怎么会想毁了你？"

　　单凛猛地抬起头，双眼像是失焦一般，眯起眼看着前方，视线停留在宋颂脸上，却一直没有说话，好像不认识她一般。

　　时间在单凛的脸上凝固，直到宋颂再次出声，他神色倏然一变："你什么时候来的？"

　　宋颂听出不对劲，反问道："你刚才难道不是在跟我说话？"

　　单凛脸色还是很差，但情绪已经恢复正常，像是懊恼于宋颂的突然拜访，口气不善道："为什么不敲门？"

　　宋颂指了指门口，解释道："我看你秘书在门口，正好给你送晚饭，我就顺便帮你拿进来了。"她不太确定地问，"你刚才是跟我说话吧？"

　　单凛额上渗出一层汗，而房间里空调温度并不高。

　　宋颂观察着他的神色，心中的情绪不断收紧。

　　他的理智重拾主导权："没错，我在跟你说话，难道这里还有其他人？"

宋颂怔了怔，心中顿空，突然失笑："你真过分了，你觉得我不会伤心是吗？"

她一惯会用玩笑话把难堪一语带过，单凛却不跟宋颂讲情面："我为何要顾虑你的感受，你有顾虑我的感受吗？你这种死皮赖脸的行为，我以前忍你，现在忍不了。趁我还没叫保安，你自己出去。"

宋颂一时失语，火都已经烧到了胸口，却因为眼前这个人是单凛，不得不忍住，她憋着一股气，说："你不应该说这样的话，哪怕是违心的。"

单凛耐心耗尽，亲自走到门口替她开门，冷笑："学姐，你哪来的自信说我是违心的。"

"我就是很有自信啊。"

宋颂走到单凛面前，仰头看着他。她知道自己的眼眶已经红了，但她毫不畏惧地盯着他，就是要让他看清楚她的眼睛。她的目光似清晨第一道曙光，刺破天空的黑暗，能够逼退着夜色猖狂的怪物。

单凛垂眼，没有闪躲，哪怕被刺到双眼胀痛，依然不动声色。

这人真是越来越狠。

宋颂深吸一口气，说："我会搬走，你回去住吧，别住公司了。"

说完，宋颂就走了。

外头的林蕾还没来得及跟她道别，她就像一阵风似的不见踪影。

林蕾回过头，却见单凛还出神地站在门口，一动不动。她不敢上前去问，战战兢兢地重新坐下，心里已经泪流满面，为什么庄总不在，她今晚会不会要去渡劫啊？

宋颂当晚就搬走了，只带走了部分重要家当，其他的他想扔就扔吧。她之前说没地方去，是假的，她自己确实没买房，但梵戈买了，地段还很好。当初梵戈就让她搬过去住，但她死活要住在单凛的公寓，两人吵到最后，还是她胜利。

梵戈的这个住处是他赚钱后买的，他大多数时间在剧组，或者全国各地飞，但只要有休息时间，都会回 S 市，这里算是姐弟俩的大本营，老妈他们从美国回来，也能来这里住。

这天，他在 C 市录完一档综艺，第二天恰好要回 S 市为即将上映的电影路演，干脆就连夜赶回去。刚进家门，他猛地看到一个披头散发的女鬼阴森森地坐在他家客厅里，黑灯瞎火地……吃泡面，把他吓得半条小命差点交待在自家玄关。

梵戈打开客厅所有的灯，拍着胸口缓过劲来，骂道："宋颂，你来之前能吱个声不？"

宋颂木讷地瞟他一眼，继续吃泡面："你自己说的，这里就是我家，我回我家，还要跟你吱声？"

"……"

梵戈一屁股坐在地上，开始脱大衣，脱袜子，偶像包袱丢了个干净，脱到一半，忽然反应过来："不对，你是不是发生什么事了？"

回应他的只有"刺溜刺溜"的吸面声。

梵戈凭借自己的聪明才智推断了一番："是因为网上那些评论？这我可以教你，不用在意，你做不到让所有人都喜欢你，干脆就放宽心。那个乔裴卓，倒是有点难搞，馨馨姐说，她哥是乔寒深，也就是时代集团的 CEO，他现在简直把他妹当明星在捧。但这事知道的人不多，我们得想想怎么做文章，要不我们的关系公开得了，然后我的公关团队就好帮你处理一些麻烦事……你听见没？"

宋颂放下碗，抽了两张纸巾擦了擦嘴，心满意足地舒了口气，转过身摸了摸梵戈的脸蛋儿："还是自己的弟弟最好，姐姐爱你！我要睡了，别打扰我。晚安。"

梵戈下意识摸了摸脸颊，被"姐姐爱你"搞得脑子晕晕乎乎的，一脸的莫名其妙："什么情况……"

第二天早上，宋颂神色无虞地出现在梵戈面前，简单交代了下她打算在这里住一段时间，原因很简单，单凛的公寓洗手间漏水，正在修，太不方便了。梵戈也没多想，宋颂要搬过来，他巴不得她一辈子别回去。

两人在家里随意弄了点吃的，难得姐弟俩安安静静地坐在自家餐厅聊天。

"一会儿大王来接你？"

"嗯，要去时代影城路演。"

"我下午也要飞，明天《完美登场》第五期录制。"

"这破节目，你别太当回事。"

"节目挺好啊，没见我第一期就拿了第一吗？"

"那你给我剧透下，第二期和第三期你都拿了第几，淘汰了吗？"

宋颂都懒得赐他白眼："智商，我要是淘汰了，能去录第五期？第二期和第三期也没什么，就是有点小冲突。"

"什么小冲突？"

"你看了就知道了。"

"你不会被乔裴卓坑了吧？"

"拜托，你要相信你姐的战斗力。"

梵戈敷衍地点点头："也是，除了对上单凛，你都挺有战斗力的。"

"能不能好好吃饭，信不信我现在就灭了你？"

果然不能相信昨晚的话，这才是他们姐弟正确的交流打开方式。

下午，宋颂先是送走了梵戈，然后，她自己简单收拾了下行李，没让工作室的人来接，直接去了机场。

《完美登场》第五期录制。

前几期已经淘汰了八人，现在还剩下七人，经过四期的录制，大家也都熟了，宋颂虽然在外人看来是被黑得最惨的一个，但在选手里，有个性的不止她一个，而且这种真人秀，导演组都会观察，给每个人做好人设，还会提供脚本，该说什么都给你写好了，反正宋颂已经收过小字条，教她怎么说。

比如乔裴卓是不可亵渎的温柔"月光女神"，马克桀骜不羁的鬼才，波波是犀利导师选手，而宋颂，鉴于她之前的出色表现，她已经从新锐设计师变为拥有自由灵魂的钻石小姐，闪耀又硬气，他们最喜欢了，"月光女神"和"钻石小姐"撕起来，他们更喜欢。

"知道这期大咖嘉宾是谁吗？"

宋颂从镜子里看向左边的马克，回道："不知道。"

马克已经化好妆，拿着手机在那儿打游戏，突然回头神秘一笑。

宋颂等了半天，没等到下文，追问道："你干吗，说是不说？"

"我也不知道。"

"……"

"节目组现在鬼得很，知道如果让选手知道嘉宾，就容易猜到主题。一般不都是嘉宾和主题有关吗？"

"但有一个人肯定知道。"

马克抛来一个"你懂的"眼神，宋颂意会："不一定吧。"

"大家都心知肚明，不然上一期她能这么神？"

马克被冠以"鬼才降临"，他自己是模特出身，前两年转行开起自己的品牌，光速和大牌潮牌推出联名款，才华不用说，颜值也很高，比赛成绩稳得很，没掉出过第一梯队。另一方面，马克性格很圆滑。宋颂和马克因为第一期抢布料的事情，两人的关系本来应该会有点尴尬，她也以为马克会跟乔裴卓走得近一些。可令人意外的是，事后马克主动跟宋颂要了联系方式，还跟她解释了番，本来这事跟他就没多大关系，宋颂当然很大气地掀过此篇。

后来，两人经常有一搭没一搭聊着，中场休息也会一起搭伙吃饭，逐渐熟起来。第一期宋颂被全网 Diss，马克是节目参赛选手里第一个给她发消息的人。

导演组开始号召大家集合，马克和宋颂一前一后往摄影棚走去。

马克说："你现在是我们节目里最红的了。"

宋颂："我看是最黑吧。网友都在说不买我家衣服。"

马克瞥了眼宋颂轻松的笑脸："黑到深处自然红，我看你心态挺好，明天播出第二期，我保准你继续上热搜。"

宋颂想起第二期录制出的状况，倒也不谦虚："这还用说，肯定稳上。"

迎面走来的是乔裴卓，她看到两人，主动打了招呼。实际上，从这个时候开始，就已经有摄像跟拍，你不知道什么时候自己什么样子就被剪进片子了。于是，宋颂更加热情地回应了她。

所有参赛人员里，就她俩还没互相关注微博，也没加微信，除了在镜头前，她们几乎没有任何互动。马克跟乔裴卓关系还不错，两人说着说着先进了影棚。

乔裴卓现在树立的"白月光"形象深入人心，走到哪儿都是一道光。宋颂看着她不嫌累地跟在场的所有工作人员打了一遍招呼，她因此最后一个入列，总导演胡子不但没苛责，还特别贴心地帮她留好了C位。

胡子拿着话筒开始介绍今天的流程："辛苦大家了，今天我们的录制会特别一些，所以我们的时间也相应提前了半天。我们今天请到的大咖嘉宾很特别，可以说我们是想尽了办法才把他邀请到这里，今天的主题和他的作品息息相关。"

宋颂有点无聊地听着胡子搬出一溜金光闪闪的形容词，这帽子越戴越高，宋颂越听越觉得好笑，她都替这人担心，可别一不小心扭了脖子，掉了王冠。

听着听着，宋颂无意间看到乔裴卓越来越雀跃的表情，像是一个真爱粉翘首期待自己的爱豆，少女心都快从她眼睛里蹦出来了。

宋颂正想着戏要不要这么足？

那边，胡子终于揭开了大咖嘉宾的真面目，声情并茂地说："让我们有请，国内最年轻的杰出建筑设计师，T大最年轻的特邀教授——单凛。"

宋颂转头转得太快，差点一语成谶，扭了脖子。她震惊地看着昨天还跟她吵了一架的人，现在气定神闲地走到了他们面前。

单凛，真人秀，时尚，综艺？

宋颂脑子里横空跳出这四个词，但怎么都搭不上边，关键是，节目组哪位大神有这个本事，能想到请他，还真把他这座高山搬到了这里。

宋颂很想马上问一句，然后跪求方子，她可是刚被他扫地出门。

单凛的黑短发被造型师精心打理了一番，露出光洁的额头，一身暗红色的衬衣，深藏神秘与性感，也将他原本极白的肤色衬出了些许气色。

可看他淡漠的神情，哪怕对着会被千万观众看到的镜头，他依然保持自我。毕竟，冷冽是他身上摘不掉的标签。

宋颂跟着众人鼓掌欢迎，一来对导演肃然起敬，敢请这么个人形大功率制冷机，也不怕整场垮掉，佩服佩服；二来对单凛倍感生气，藏得够深的，一点风声都没透露给她，真是要跟她划分得泾渭分明、楚河汉界。

单凛向众人鞠躬，目光扫过九个人的脸，看到马克的时候，似乎略有迟疑，但很快就扫过去了。而当他看到宋颂的时候，宋颂特意露出一个大方的笑脸，然后也不知是不是她的错觉，他似乎顿了一秒。

大概是没料到宋颂还能给他好脸色吧。

"那么，首先，让我们走进单老师的建筑。"

24 小时，刺激的第五期录制，倒计时开始。

这期的特殊在于七名设计师需要从单凛的建筑设计中寻找灵感，创作出一套晚礼服。时间不等人，他们很快被安排前往本地前年刚打造完成的音乐厅，也是出自单凛的手笔，称得上是他封神之作。

之所以封神，是因为很多人想象不到，单凛能设计出这样的风格。

他们抵达的时候，音乐厅的工作人员已经在门口等待，特地为节目拍摄腾出了时间。几名设计师在正门口先后下车，所有人不约而同地仰视大神之作，可这座音乐厅的外观出人意料的"质朴"，没有浮夸的造型，也没有特别的色调，就这样安安静静地伫立在他们眼前。

"我怎么觉得他设计的建筑跟他本人给人的感觉不一样啊。"

宋颂一边选着拍摄角度，一边回道："怎么不一样？"

"你看他那个样子，"马克朝不远处努了努嘴，"到现在除了自我介绍，我都没看到他再说过什么，不用开口，脸上就写着一个'傲'字。"

宋颂朝单凛那边看去，果不其然，只有乔裴卓在他旁边，时不时跟他搭话，单凛偶尔回上一两句。

"与之相比，这里确实有点过于温柔了。"

温柔，宋颂慢慢放下相机，这个词用得真好啊！就是因为温柔，所以才令人难以置信。

砖瓦元素的外表，这种陶土技术赋予了音乐厅整体轻盈、温婉的造型，第一眼看没觉得特别，然而，当你站得远一些，立刻会惊奇地发现这座建筑完美地与周边历史保护区融为一体，没有那种唯我独尊的突兀感，是真正属于这座城市的风景，也是这座城市最美的风景之一。

更绝的是，当你置身其中，慢慢发现，无一处不精妙。

"音乐厅的声学性能绝对是国内一流的，内部空间运用了大量实木，其中主厅墙上的橡木反声板都是经过精心测算，墙面做了不规则粗糙处理，能有效确保声音均衡地传到每个座位，产生最佳声学效果。这里座椅背面选用的材料也是有效的反声板。

"地板也是经过精心挑选，选择了最适合演奏厅使用的扁柏木，而且不上漆，既环保，又更利于声音的传递。"

舒畅的流线组织，空间的细腻刻画，人性的视听体验，如果这座建筑是人的话，一定是个美人，美而不自知，还有一颗温柔的心和一个有趣的灵魂。

宋颂忽然想到在 × 城，融于月光之下的背影，他带着她走进他内心另一处世界的夜晚。

一行人没有太多的时间参观，馆内小姐姐解说完之后，大家有半小时的时间自由参观，然后，他们每人有八分钟跟单凛交流的机会。

宋颂抽到了中间的位置，乔裴卓第二个进去，八分钟后准时出来，看神色，应该很顺利，然后，马克在她前面一位。她和其他几个设计师坐在等候室，因为手机都被没收了，所以大家又开始互相闲谈，见宋颂带了相机，有两个人凑上去看。

宋颂也不吝啬，把相机递了过去。

"还是你聪明！你拍得非常妙啊，这个角度太赞了！"

黄大仙捧着相机啧啧称赞，这位仁兄真名黄有为，芳龄三八，偏偏喜欢扮嫩，还爱给人算命，星座命理一套一套的，所以干脆被称作黄大仙。他之前分析了宋颂的运势，神神道道地说她个性跳脱，难免犯小人，还说她情路认死理，不容易解脱。

他看的照片，正好宋颂是坐在听众席，望向屋顶，顶上交错的木质条纹，颜色略有差异，深浅不一，令人仿若置身原始森林。

"早听说你摄影技术很牛，今天算是见识到了。"

宋颂正想多说两句，马克出来了，导演组马上召唤宋颂进屋。

宋颂把相机留给黄大仙让他继续欣赏，起身朝马克走去，她怎么看着马克的脸色有点不对啊。

"怎么样，还好吗？"

马克耸肩，撩了撩头发，不置可否，低声笑道："不好对付，你加油。"

宋颂进屋，里头只有两台摄影机，编导在边上指示宋颂入座。单凛就坐在她对面，看到她进来，略一点头，算是给了面子打了招呼。

宋颂也不在意，昨晚闹得那么僵，现在她心里还有点别扭，可哪怕再生气，在镜头面前依然需要克制。

编导小岛简单说了两句，就让宋颂开始提问。坦白说，宋颂挺想知道前面的人是怎么熬过来的，面对单凛这张没有人气的脸，开口都是件要命的事。

然后，诡异的事发生了，宋颂和单凛两个人一动不动，眼神也没有交流，干坐了将近三分钟。期间，宋颂拿过水杯，喝了两口水，又拿出纸笔画了几下。单凛自始至终都没动，视线随着宋颂的动作而动，但当她抬起头看他时，他又像是没看到一样，望着她身后的墙面。

小岛左看右看，干着急，其他人进来马上就开始暖场，宋颂倒是淡定得像是老僧入定。她忍不住提醒道："宋老师，还剩下五分钟了，您有什么想问的，都可以问，单老师都会为您解答。"

宋颂指尖转着笔，冲小岛眨眼，不慌不忙地笑道："想问的太多，我得酝酿下。"

"再酝酿下去就没时间啦。"

宋颂知道节目组期待她问些犀利的问题，她见小姑娘急了，施施然坐好，算是进入状态，直奔主题，开口问："请问单老师。"

她故意一个停顿，片刻后，单凛回道："请说。"

"干吗来参加真人秀？"

小岛激动地攥紧了手中的笔，不愧是话题制造机，不负众望，颂小姐太能正面发起挑战了。

镜头里的单凛完全是精英的典范，连个微表情都没有，处变不惊地回道：

"与主题无关，我可以不回答。"

小岛和同事交流了一个眼色，什么情况，这可是单老师今天拒绝回答的第一个问题，前面再难的问题，他都答了。

单凛的回答在宋颂的意料之中，她不紧不慢地说："你不要误会，其实这问题是与主题有关系的，你是为了什么而来，关乎这期节目的主题。不过，既然单老师不想回答，就过。我的第二个问题，也算不上问题，其实我的第二职业是个摄影师，平时爱拍拍照，不才，之前拍过不少建筑的照片，也拿了些小奖，恰好是单老师的作品。"

正常人应该会反问一句，我哪个作品？

单凛偏偏没追问，一旁的小岛痛心疾首，这两个人的问答怎么总是不在一个频道上？

宋颂继续道："那到时候就看看，我的作品是不是真的理解了单老师的心意。如果我做到了，请问单老师，能毫不吝啬地给我好评吗？"

这就是宋颂的第二个问题。

摄影机一直对着单凛，不放过他的一丝表情变化。他从宋颂进门起，就一直处于我是高山，你是流水，我看不见你，你看不见我，平静又带有一点微妙的状态。

直到这一刻，他的脸上才出现了少许松动，别人还是参不透他心里有怎样的波动，他思忖了好一会儿，回答："好。"

得到答案后，宋颂很干脆地说："我没问题了，谢谢。"

这不到八分钟的时间里，宋颂自信又洒脱，却没有真正意义上的求教，跟其他几位的表现相去甚远，怕是播出去后，又要被黑粉嘲讽过分自大。

所有人完成交流后，正式进入创作环节。按照规定，他们都将被送到创作间，开始从设计到制作，再到模特造型，最后登台。

而这一回，主题由单凛现场公布。

他简单明了地宣布："主题是，心声。"

所有选手的材料，都是非常规材料——再生纸。

悬挂在门框上方的大型电子时钟开始倒计时，设计师各就各位。

在正式进入创作时间之前，乔裴卓竟然主动找到宋颂，状似无意地问道："你认识单凛？我记得上次在日料店碰到，你还拦着他说话。"

宋颂也捉摸不透他们俩怎么会有交集，既然如此，何必把自己的底牌先亮出来。她回道："认识，朋友的朋友，不熟，至少没熟到像你们这样能一起吃饭。"

乔裴卓一点都不慌张，笑眯眯地说："我们也是朋友的朋友，那天也是第一次见面。"

和相亲一样吗？

两个人各怀心思地相视一笑，分头落座。

按照黄大仙的话说，每一次比赛都是一次毫无人性的探险，每次都有不可预料的挑战，出其不意的淘汰，对脑力和体力有极大的消耗，还是对人心理的折磨。

按着宋颂一贯的风格，她喜欢琢磨材料，把脑子里不断上涌的灵感简单地涂鸦出来，然后进行筛选，这是一道既痛苦又快乐的工序。每当宋颂在那里还在涂涂改改时，边上的马克就忍不住调侃她压根儿没有紧张感，跟玩似的。

可今天宋颂有点反常，她全神贯注，落笔很快，可以说又快又准，就好像她早就把这张设计图纸在脑中画了千百遍，没有丝毫犹豫。

现场的气氛还算可以，偶尔关系好的几个设计师会停下来聊两句，或者拌拌嘴，这也是编导组的意思，真人秀嘛，观众哪有兴趣看你们一本正经地拼死拼活在那儿干干干，多无聊啊，爆点料啊，八卦一下啊，都是可以的嘛。

就像黄大仙说他今天出门前算了一下，今日运势不佳，他很是忧愁。

乔裴卓连忙安慰黄大仙，黄大仙得到女神宽慰，愁云顿消。

宋颂正在裁剪纸张，听到他们的谈话，抬头看了一眼，恰好对上乔裴卓的目光，"月光女神"温柔地笑了笑，问她："宋颂今天动作很快啊，看来又要惊艳四座了。"

她的表情真诚，声音柔和，夸奖得很自然。

宋颂嘴里半含着一枚针，她顺手取下，插在人偶模特腰部的半成型的纸上，做好固定。

"我吗？"宋颂回以笑容，"没多余的想法罢了，倒是你，今天好像想法比较多。"

宋颂把问题抛回去，乔裴卓的桌上已经有三个稿子，她还没定用哪一个。

乔裴卓手托腮，状似忧愁地说："单老师的作品太棒了，能创作的点太多，我也不太能拿定主意。"

马克在后头一边干活，一边插话进来："你们都跟他聊了些什么？"

"哈哈，你是不是在他那儿吃瘪了？"黄大仙做出"掐指一算"的动作。

乔裴卓："不会吧，他挺好聊啊，人很好。"

宋颂："……"

马克："……"

宋颂不知道是乔裴卓等级太高，连单凛都招架不住，还是乔裴卓底线太低，觉得连单凛这种都能算是人好。

马克在后头只有感叹："还是美女好啊，我是没问出什么来。我觉得他和他的作品，总有一种很难看懂的感觉，好像你看到了一面，又看不透另一面了。"

马克没说，采访过程比他说的更崎岖，单凛对他非暴力礼貌不合作的意味颇为明显，他不懂自己哪里得罪了这位第一次见面的老师。

时间过得飞快，在大多数人的半成品雏形渐显的时候，导演组通知大家用晚餐。公平起见，用餐时间，所有人都不得留在创作间。

"别那么拼了，先去吃点东西。"马克路过的时候招呼宋颂。

宋颂正忙着上色："马上。"

马克拿起她的设计稿，若有所思道："你很在意这期比赛。"

宋颂笑言："我每期都很认真，好吗？"

马克摇头："这期不一样。"

宋颂愣了愣，回头看他："为什么这么说？"

马克敲了敲她的图纸："你拿出了百分百的实力。"

"哦，这都被你看出来了。"宋颂也不怕被他看破。

"你和他……"马克欲言又止。

"什么？"

这时候，节目组来问他们去不去吃饭，马克没再说下去，宋颂也收了工具。

晚餐时间很短，大家在化妆间简单吃了点，顺便补个妆，立刻匆匆回到创作间，基本上这个时候，大咖导师会来进行第一轮指导。

单凛走进了创作间，开始导师巡查环节。

比起之前的导师，单凛真的是动作很快。他先看上一眼，然后会问设计师创作的思路，比宋颂预想的要认真。虽然说他不是服装设计专业出身，但这次主题和他息息相关，他的专业意见很大程度上能左右作品的成功率。

轮到乔裴卓的时候，单凛停顿的时间长了一些，主要是乔裴卓很能说，她不仅把模特身上的这套衣服跟单凛做了介绍，还把她备选的方案也拿出来给单凛看。她跟单凛说话的时候，眼睛亮晶晶的，视线一直没离开单凛的脸，声音比平时还温柔了几分，想必二人在镜头里一定是一幅美好的画面。

单凛双手撑着桌面，仔细看了她的设计稿，然后指着其中一张说："这个可以。"

他看中的这张更契合主题，和这座音乐厅的设计更搭。

乔裴卓颇为欣喜，说了很多感谢的话，然后立刻扯下模特身上的半成品，开始投入另一套方案的制作。

单凛继续绕着场地走，偏偏不按顺序来，略过了宋颂。他走到马克面前，扫了一遍马克的设计，淡淡地吐出一句："就这样？"然后，不等马克解释，转身去看下一位。

周围的人都回头去看，一张张脸上表情丰富，如果这还听不出单老师对马克有意见，就真是眼瞎耳聋了。

宋颂也忍不住去看马克，这位鬼才皱着眉对着自己的作品，像是在琢磨单凛刚才那三个字。录制到现在，马克也算是顺风顺水，这一期怕是遇上了克星。

终于，单凛把其他人的设计都看了一遍，轮到了宋颂。

宋颂放下手头的活，好整以暇地等待单大导师赐她几个字。单凛并没有看她，直接绕着模特看了一圈，还拿起宋颂的设计稿研究了会儿。

"什么叫就这样？"

马克怎么都想不出问题，还是忍不住来找单凛对峙。

单凛目光不离宋颂的稿子，回了一句："就是不怎么样。"

史上最严、最刚的导师出现了，全场静默，大家低头忙着自己的活，耳朵却竖得高高的，还有摄影机对着这一块猛拍，设计师和飞行导师撑上，还是第一次，这么精彩的素材怎么能错过。

马克就是不服，收起平日里嘻嘻哈哈的模样，变得严肃："那哪里不怎么样了？"

"这你都不知道，你是怎么留到现在的？"

场内："……"

单凛好像想起自己导师的身份，勉为其难地补上一句："在这里听演奏，这套晚礼服过于刺眼了。"

确实，马克的设计偏夸张，不对称造型，他用了很多心思在再生纸上附着了金色涂料，走红毯很合适，但在这座内秀的音乐厅里，就有点格格不入了。

马克反驳："我的心声就是要让所有人都看到我。这就是主题，没有什么不对。"

单凛没再跟他废话："你可以坚持。"

至于宋颂的设计，单凛放下图纸，说道："你继续。"

宋颂追问："那是可以还是不可以呢？"

单凛拿她的话堵她："登场时见分晓。"

一点都不可爱！

这一轮过后，留给他们的时间不多了，不少人根据单凛的意见快马加鞭地修改，马克还是坚持己见，宋颂也还是按照自己的思路继续完成作品。

晚上十点，创作间正式关闭，所有人员回酒店休息。第二天上午八点，创作间将再次打开，等待他们的是登台前的最后两个小时准备。

宋颂回到酒店房间，左想右想都觉得不对劲。她知道单凛也被安排下榻这家酒店，房间就在她楼上，她很想在没有镜头的情况下，问问他究竟为什么来这里，按他的个性，连去学校讲座都勉强，根本不可能参加这样的真人秀，就连庄海生都不知道他来。然后，她不免联想到乔裴卓，这下可好，刚躺下，她便立刻多毛坐了起来。

再想想前两天宋子强的事，她在他面前什么里子面子都不计较了，可他摆出那副铁面无私、悲天悯人的样子给谁看？还有他昨晚对她的态度，她实在是心里憋屈到了极点。越想越气，她气得狠狠把枕头摔在地上。纵使知道他不会回，她还是给他发了微信过去：单凛，你是个猪头，你要把我气死，有你后悔的！！！

隔着一个楼层，单凛正在打电话。

"你在现场了？"

"嗯。"

"还顺利？"

单凛揉了揉眉心，实在不太想继续，但还是强打精神："嗯。"

乔寒深听出他的敷衍，但还是没打算放过他："小裴说本来想约你吃饭，但还在节目中，怕被人看到说闲话。要不明天结束后，我过来，我们聚一下，我也有段时间没见到你了。"

"明天我直接回。"

"你啊，比我还拼，这拼劲不用在公司上，难怪叔叔以前总是说你。"

乔寒深这话说完，等待他的是长时间的沉默。他倒也不紧张，自顾自地接下去说道："开个玩笑，别生气。打这个电话呢，是感谢你这次出面，你能够答应，我很意外。你放心，我跟总导演打过招呼了，你这边想怎么来怎么来。不过，小裴这次，你可得罩着点，她这一期花了很多心思。"

单凛淡淡地回道："这个节目是可以提前告诉选手题目和嘉宾的吗？"

乔寒深笑他天真："阿单，别人不可以，小裴是别人吗？其他评委都打点好了，胡导也跟你说过了吧，你这边只要稍微帮忙说两句就行。"

单凛挂了电话，想着乔寒深最后的话，不由得发笑。这个世界就是这么可笑，掌握权力的人总是为所欲为，企图掌控别人的人生。

他厌烦地拿起水杯喝了口冰水，单手点开微信。庄海生连发几条微信质问他的"背叛"，说好的私事请假，竟然跑去录节目了，简直不要脸！

不用动脑也知道是宋颂告的密，单凛没理他，正想关了手机，突然看到宋颂的微信。

他几乎能想象她发这条微信时爆炸的表情，莫名其妙地，他忽然间很想笑，而当意识到自己在笑时，他猛然僵住，茫然地盯着手机发呆。

他这时候想起曾佑的话。

"你的小太阳，也有落山的那一天。"

这一晚，宋颂睡得很不踏实，第二天一早就醒了，开机第一件事就是看微信，果然，没有任何回应。她在酒店吃了自助早餐，陆续碰到其他几位设计师，到了点，大家一起出发去摄影棚。

直到登场前，宋颂都没有再看到单凛。

"你脸色不太好，昨晚睡得不好？"马克递给宋颂一杯水。

宋颂对着镜子照了照："我都化了妆，你还看得出？"

马克嘲笑她："昨天还不承认自己在意这期比赛，是怕他？"

宋颂还是死撑："我怕他？开玩笑。"

马克凑近了一些，用只有他们之间能听到的音量说："你们分手了？"

宋颂猛地回头，瞪他："你……"

马克高深莫测地说道："你的眼力还没他好。你以为他为什么这么针对我，好好想想吧。"

宋颂不明所以，脑子转了一圈，难道她错过了什么？

"哦，还有……"马克别有深意地冲总导演那儿抬了抬下巴，示意宋颂，"今天的剧本，估计小乔稳了。"

乔寒深的妹妹乔裴卓，哥哥拥有的资源不可估量，把妹妹捧成第一还是第二，不过是看心情。宋颂早听梵戈说过娱乐圈里的水深不见底，所以，马克的意思，宋颂明白，有些游戏，是大家默认的，不然收视率怎么玩上去。

　　而宋颂是个意外，最初是曾佑跟她提议参加这个节目，至于他怎么会跟电视圈的人搭上关系，她没细问，反正曾老板人脉广。所以，宋颂签的协议没什么特别条款，节目组可能也就是看中她长得好看，年轻，又能和乔裴卓形成竞争关系。但令人没想到的是，她大无畏地第一个跳入了大众的视野，不管是粉是黑，她给节目制造的话题不可谓不多，节目组目前要保的名单里，她肯定榜上有名。

　　但是，宋颂可以不在意任何一期的结果，这一期，她无论如何要争。

　　第五期《完美登场》给出的挑战不小，在经过 24 小时的创作后，各位设计师的作品终于要登台了。这次的 T 台就搭建在音乐厅之内，导师们已经就位，单凛作为飞行导师，最后一个踩着点到场，这对于讲究时间效率的单凛而言有点反常。宋颂从单凛进场，眼睛就没离开过他。他的脸色很白，不知是灯光的原因还是上妆的原因，偏偏他今天换了一身白色的套装，越发冷冽，这样的气质配上严肃的表情，大家都觉得今天这一关不好过。

　　单凛和其他三位导师相互握手认识，稳稳入座，抬眼的一瞬，他也看到了宋颂，宋颂给他一个微笑，他面无表情地移开视线。

　　呵呵，宋颂在心里给他一个白眼，给脸不要脸。

　　随即，M 卫视当家一姐安心宣布模特登台。

　　单凛斜对着几位设计师选手，他移开视线后，过了会儿，又重新看向对面。宋颂坐在第二排偏中间的位置，也不知是不是节目组故意的，她紧挨着乔裴卓坐。两个人都保持着微笑，在坐下时打了个招呼，后来就没再说过话。

　　今天一早，律师突然跟他联系。

　　他的目光落在乔裴卓脸上，想起电话里的话，压抑不住嘴角的冷笑。

　　哪怕已经身子入土了，他的父亲还想着操控他的人生。

　　背景音乐响起，模特登台。

　　最先展示的是波波的作品，他选择了一套前短后长造型的礼服，浅绿到墨绿的渐变色调令模特看起来宛若森林里的精灵。但看他的表情还是有点紧张，因为中途换了方案，他到最后时间不够，后背纸张连接部分有些粗糙。

　　波波就坐在宋颂前面，她悄悄拍了拍他的肩，说："很不错。"

波波回头扯了个笑脸，看得出他对自己的作品并不满意："谢谢。"

接下来的几套都不尽如人意，也不知是大家这期太过紧张，还是非常规材料太过棘手，每个人或多或少都有些失误。有一位模特在走动过程中，腰带竟然掉落了一半，他的设计师美美脸色瞬间很难看，对面评委席上总是微笑待人的乐容，也不禁蹙眉。

直到马克这套出来，总算是有了抢眼的设计，他在单凛的提点之下，依然我行我素，还是上了他那套乖张的左右不对称造型礼服，配色也是大胆的金色。

宋颂暗暗朝他竖起大拇指，他挑眉回以骄傲的一笑。

紧接着，乔裴卓的模特登场，全场翘首以待。

宋颂之前忍着好奇，没去偷看单凛选择的那套设计稿，现在也不禁凝神。

纸质材料的设计并不容易，想要做出飘逸感难上加难，但乔裴卓做到了，"月光女神"设计出了一件宛若月光加身的晚礼服。设计师这边私下里已经开始夸赞乔裴卓的设计，而对面三大评委的脸上不由得露出了惊喜之色。至于还有一位，实在是很难看出端倪。

紧随其后，是宋颂的作品，节目组肯定是有意为之。

临到这一刻，她下意识地舔了舔嘴唇，心中有些没底，调子起得那么高，实际上也怕打脸。她忍不住去看单凛，他只是看着 T 台，神色毫无波澜。

模特的身影一步一步地从帷幕后走了出来。

白色为底，银粉点缀，上半身是抹胸款式，裙摆设计师用手工剪出了层层叠叠的流苏，完全做出了布料般灵动的质感。

宋颂看到对面 Vivian 的表情似乎有些被惊艳到，但还不至于像刚才看到乔裴卓的设计那般欣喜。

"你这套我很喜欢……"乔裴卓在她耳边刚轻声说了半句，忽然没了下文。

台上的模特在定点的时候，突然扯开裙摆，流苏的裙摆下展露出白色的鱼尾裙，而流苏裙摆摇身一变，被模特披在肩上，整个设计在这一刻，气场全开。

谁能想到，在乔裴卓的设计预定了全场最佳之后，宋颂再次将比赛推向了高潮。

宋颂紧握的双手终于可以松开，脸上的表情也如释重负。她一直担心这个变身的完成度会打折扣。还好，在单凛面前，她的设计和展现堪称完美。

可以预见，一会儿第一的评比将会极其激烈。

七套设计全部登台亮相之后，评委会针对作品打分，不知是不是评委们分歧比较大，这次的等待时间较过去几期都长。二十分钟后，所有设计师和他们的模特都被集中到 T 台中央。

Vivian 作为评委代表，宣布："让大家久等了。今天的竞技让我们看到了各位在面对双重挑战下爆发出来的潜能，有人完成度很高，令人惊艳；有人不尽如人意，非常遗憾。接下来，我点到名的，请留下。其余人，也就意味着，这一期，你们安全。"

每次评委都会换着法让他们心惊胆战。

"宋颂。"

被第一个点名的宋颂不由得一愣。

"乔裴卓，马克，美美。恭喜其他人，你们可以安心准备下一场比赛了。"

台上只留下了他们四人，这也意味着在他们四人中将有一人淘汰。

T 台上的灯光很亮，将每一个人的表情都照得十分清楚。乐容见他们很紧张，不由得露出一个微笑："你们之中有今天的全场最佳，你们觉得会是谁呢？宋颂，你先说说看。"

一般来说，被点名回答的总没好事，但对宋颂而言，其他几期她都可以谦虚，但这一期，她无论如何都一定是最佳。

宋颂也不遮掩，实话实说："我觉得都很好，但我的，更好。"

话音刚落，边上的乔裴卓表情微妙地变化了一下。

乐容倒也赞同："哦，你这套确实很不错，二段式变化很有创意，完成度也非常高，我很喜欢。"

何顺翕有不同意见："但是不是太累赘了？流苏的设计很不好搭，做得好了显得时髦，做得粗糙了，就显得臃肿。虽然后面的变化比较精彩，但从整体看，小乔这套更加简约明了，风格很清爽。"

乐容反驳道："小乔的是不错，但过于简单了些，可能是因为纸质的原因，线条感不是很明显。"

"那是受到了材料影响，大家都有这个问题，那就不是问题。"

"但要处理好不容易，流苏的造型很好地规避了这个问题。"

主持人见两位导师争执不下，立刻请出第三位导师。

Vivian 也没做和事佬，发话说："我想单老师的设计理念是回归自然，最直接的感官享受，所以在这里，我们可以感受到非常温润的气场。很纠结啊，她们的作品我都超喜欢。但我更想穿着小乔设计的裙子，她的裙子看起来就很高雅，坐在这里，享受一场交响乐。"

乔裴卓连忙鞠躬感谢。

"单老师，主题是您定的，您看呢？"

单凛不知什么时候戴上了眼镜，稍微弱化了一些他的锐气，他手里拿着一本本子和一支笔，正低着头，抬头的一瞬，眼镜稍稍滑落半分，他不紧不慢地推了推鼻托。

无数双眼睛全都锁定在了这个男人身上，想听一听他有何话说。

被叫到名字的单导师微凉的声音缓缓响起，格外撩动人心。

"主题心声，结合音乐厅带给大家的灵感……"

宋颂很轻轻地吸了口气，纵使再自信，当单凛开口的瞬间，她心中还是会有一丝动摇。

最了解你的人是我，对吗？

单凛的视线在每一张脸庞上扫过，看到宋颂的时候，他忽然想到昨天在创作间看到的她，陌生又熟悉。曾经，多少个日夜，他都能在家里看到她匍匐案前，忙来忙去，各种资料、图纸摊了一客厅，他倒是被挤到一个角落，她想到一个点子就要拉着他鉴赏一番。若是他评价不好，那这一整天他都不会有好日子过。现在的她，已然是非常专业的时尚人士，没有遮掩她的自信和骄傲，她不再是当初那个会因为丢了比赛，或者被导师否定两句就烦恼的宋颂了。

他忽然觉得，时间将她在他记忆里的模样模糊后，又重新描绘得更加耀眼。

"我想听听，宋设计师的想法。"

宋颂觉得有些讽刺，在他们重新相遇的这段不短的日子里，反倒是在这样一个公开场合，他主动问她问题。

宋颂迎上单凛的视线，她知道，这个时候有多个机位正对着她，但是她并没有把这些放在眼里，她想说的话，是给眼前这个人听的。

两人都是业内年轻的翘楚，摄像机录下他们对视的目光，一个自信，一个深沉，却无法拍到目光交汇后，情感如电流、如蜜糖、如冰霜，直击心底那些不为人知的过往。

宋颂沉下心，一面牵着模特再次向全场展示自己的作品，一面解释说："我来到这里，最大的感受是很温柔、很舒服，单老师的设计剥去了设计里所有华而不实的东西，回归了自然。那么'心声'这个主题，单老师一定是希望所有听众，能在这里聆听音乐之声，退去浮华，释放自己内心的感情，这也应该是这次主题的内核。所以，我在用色上选择接近原色，二段式设计，都极力展现'心声'这个主题。"

"你给自己打几分？"乐容在一旁问道。

"我觉得还不错，可以打 8 分或者 9 分？"宋颂笑了笑，这个分数可不低，"我尽力了。"

何教授还是坚持己见："如果说要化繁为简的表现，实际上，我认为小乔这一套表现力很好。但创意上，宋颂的确实很优秀。"

基本上，场面已经定下来，最佳将在乔裴卓和宋颂之间出现。

乔裴卓表现得很从容，在发言的时候，虽然表达了自己的观点，但也不忘夸赞其他几位的表现，可以说很有大将之风了。她是真不紧张，这期之前，她哥就已经给她吃了定心丸，主题她也是提前了一周就知道，充分做了研究，准备了三套方案，果然有一套入了单凛的眼。再加上节目组的安排，拿下这一期的第一名，乔裴卓势在必得。

只不过，她没想到，在这么短的时间里，宋颂如同开挂一般，设计出了这套不落下风的礼服，看得出三位评委是惊喜的，他们因为宋颂的出人意表，陷入了纠结。

宋颂不管这期有没有内幕，哪怕其他三个评委全部投票给乔裴卓，她都能接受，只要单凛能够理解她的用意，就够了。

四位评委老师没有马上给出答案，而是陷入了一场争论，场面一度停摆。

想到结果可能已经被内定，但这些家伙还在上演一出好戏，单凛看着一张张虚伪的面孔想笑，更让他想笑的是，他也将成为他们中的一员。

单凛作为飞行嘉宾，有特殊投票权，他这一票将会抵其他嘉宾的两票。所以，他手里有扭转乾坤的权利。

现场短暂休息，四名评委将会投出自己手中宝贵的一票，结果最终提交到主持人手中。

这时候，节目组请单凛就刚才宋颂的回答做答复。

单凛合上本子，实际上他并没有在上面做任何笔记，装样子无非是让自己的注意力尽可能集中，他今天的状态不是很好，开口说话的语速也比往常慢了几分："从整体看，宋颂和乔裴卓的都可以。宋颂的创意，我欣赏。"

宋颂的心猛地加速跳动了一下，下意识地抿唇。

单凛的视线停留在她浅笑的脸上，眼底无波，她紧张的时候，小动作不断。他停顿了片刻，说："不过，她过于专注我个人的想法，这并不严谨客观。这一点上，乔裴卓做得更到位，简单明了。"

第一句之后，后面单凛说了些什么，宋颂基本没听进去。单凛和她之间只有两米远的距离，可她忽然有个错觉：他们之间的距离被一股无形的力量，越拉越远，单凛此时给她的感觉，是一种从未有过的冰冷，戴着一副高高在上的面具，说着一些她不想听的话。

安心甜美的嗓音在麦克风的扩音下显得有点刺耳，她对着台本，兴奋地宣布："让我们恭喜乔裴卓，拿下本期第一！这次是获得了导师们的一致好评。"

宋颂的微笑就像是贴在脸上，要掉不掉的状态，她只是本能地跟着边上的人鼓掌，脑子里嗡嗡作响。

单凛应该听懂了宋颂的意思，她只是希望大家能敞开心扉。可他不留情面地否定了她，认可了乔裴卓。为什么偏偏是乔裴卓？

先是宋子强，现在是乔裴卓，宋颂不明白，单凛怎么可以一再往她心上放冷箭。

安心还在那儿继续串场："今天宋颂也创作出了非常出色的作品，谢谢二位！二位辛苦了！你们可以先行休息。"

乔裴卓向评委鞠躬，宋颂站着没动，突然发声："我能说两句吗？"

大家都有些意外，三位评委互相看了一眼，单凛慢慢坐直身子，将支撑身体的重心，从右边转向左边。

安心反应很快，接道："可以，你有什么想说的？"

宋颂接过话筒，掀开眼皮，直视单凛："我并不赞同单凛老师的观点。或许单老师自己也没有理解透彻他所提出的主题，但我接受结果，也不后悔自己的创作。谢谢。"

说完，她深鞠一躬，转身离开。

宋颂脚下生风，一直往外走，面上贴着的笑脸，已经不知在何时丢掉了。朱皑皑疾步追上宋颂，通常录节目，她都会陪着，她也是第一次见到宋颂在现场这般不愉快。前几期，不论拿了什么名次，她都不会大喜大悲，反倒他们几个成天凑在一起讨论比赛结果。

小岛也追上来："宋颂老师，我们还有后台采访。"

宋颂停下脚步，朱皑皑差点撞上她，连连后退："你刹车也提醒我一下。"说完，看了眼宋颂的脸色，还好，没有失去理智。

宋颂竭力用最短的时间让自己恢复了平静，毕竟节目还在录制，她跟着小岛进入采访的房间，节目组肯定会揪着刚才的事情问。

果不其然，宋颂面对镜头，坦然道："比较失望，不是对结果，而是对自己。"

之后，她不再对这个问题再做发言。

采访时间不长，她从房间里出来，朱皑皑就在外头等着："你还好吗？"

"没事。"

"你的手机，刚马克给你打了电话。"

之前因为手机不能带入创作室，所以朱皑皑帮忙保管着。

宋颂给马克回过去："找我？"

"你刚才怎么了？"

"没什么，实事求是。"

"你走之后，大家都炸了好吗，讨论了半天。"

宋颂边走边说："跟我没关系了，我说了，接受结果。"

"不是，我就想问，你跟他什么情况？分手了，闹掰了，两个人这么呛？"

"……"宋颂猛然停住脚。

"宋大姐，你别老动不动急刹车！"朱皑皑揉着鼻尖叫道。

宋颂敷衍地替她揉了揉鼻子，注意力还在电话里："马克，我刚才就想问你了，你这话什么意思？你怎么知道我们以前在一起过？"

马克在电话那头叹了口气："你记性还不如你前男友好。让我帮你唤起记忆——夏天、浴缸……还有裸体。"

宋颂像是意识到什么，脑中不断回闪，突然有一幅画面定格在脑中。

"你是……"

马克毫不在意地笑道："没错，当年那个拍黄色杂志的男人，就是我。"

·第十一枝百合·
我还能给你什么

///

  宋颂在酒店的沙发上"葛优瘫"，电视里正放着《完美登场》第二期节目，她两眼死盯着屏幕，又好像什么都没看进去。

  朱皑皑在一旁吃着泡面，眼神不停地在电视机和宋颂之间来回打转。这位大姐心情沉重到饭都不吃了，实在令人匪夷所思，不就是一场比赛吗？之前录完节目，哪怕名次靠后，都不见她吐槽一句，结束就请大家吃大餐，嘻嘻哈哈毫无负担。前段时间她被网友群黑，都顶上热搜了，也没见她不开心。今天活见鬼了，一晚上死样。

  朱皑皑拿宋颂最爱的泡面诱惑道："你真不吃点？"

  宋颂还是盯着电视，慢吞吞地吐出两个字："不要。"

  朱皑皑回头看了眼，说："这期你得做好被喷的准备。"

  "送他们两个字——呵呵。再送他们四个字——爱咋咋的。"

  "……"朱皑皑颇有点无奈，"你可别上头。"

  宋颂扯了扯嘴角，想笑又笑不出来的样子："无所谓了。"

  朱皑皑刚想说什么，宋颂的手机响了，她本不想接，但显示的是"曾大火腿"，挣扎了片刻，终于还是接起："老板。"

  "录完了吗？"

  "嗯。"

  "怎么听起来不太高兴，录制不顺利？"曾佑还是很敏感地捕捉到宋颂的异样。

宋颂稍微坐起来点，清了清嗓子回道："没，挺好的。"

"皑皑说你没吃晚饭，收拾下，我带你吃饭去。"

宋颂朝朱皑皑瞪了一眼，后者装作没看见。

"她又跟你打小报告，等等，你带我吃饭，你来了？"

曾佑轻笑："嗯，刚到酒店大堂，你下来吧。"

宋颂不得不打起精神："你在这儿有会，还是来见客户？"

"都没有。"

宋颂奇怪道："那你来这里干吗？"

曾佑在电话那头静默了片刻，说："有段时间没看到你了，有点想你。"

宋颂摸外套的手顿了顿，问："……你喝多了吗？"

"你有见我喝多吗？下来吧，快点。"

宋颂挂了电话，若有所思地呆了会儿，朱皑皑回头问她："老板来了？"

宋颂拿过房卡，往门口走："嗯，他在楼下。我出去一趟，你不用等我，先睡吧。"

朱皑皑诧异道："他下午说还在 B 市啊，这就飞来了？"

宋颂愣住，不确定道："大概是路过吧。"

朱皑皑竖起食指摇了摇："骗鬼呢！老板这么闲啊？你看看，有哪个大老板这么关心下属的。"

宋颂刚要出门，听到这话，不由得回过身："什么意思？"

朱皑皑摊手，假装无辜："我就是觉得曾老板人太好了，不管销量好不好，指标完不完得成，都不会说我们，还坚定不移维护品牌创始人的意志，想干啥干啥。"

宋颂当然听出了朱皑皑的弦外之音，平时开开玩笑就罢了，这时候她也没心情跟朱皑皑瞎扯，直接封杀了朱皑皑的幻想："他骂我的时候，你们没看到。你管管下面的人，不要让他们乱传。"

宋颂说完就走了，她站在电梯口，望着指示灯数字一层层往下降，脑子里却在想曾佑刚才的话。既然朱皑皑都有所察觉，那就不是她太敏感，她和曾佑很熟，她老跟他没大没小，除了公事，两人也会聊聊人生，但她自认为从不会越线，可刚才曾佑的话，听起来有点怪怪的。

电梯到八楼停住，开门，宋颂思想不集中，正准备走进去，猛一抬头，定在原地。

单凛不声不响地站在电梯里，而且电梯里只有他一人，还有他身边的行李箱。

两人互相看着对方，谁都波澜不惊。大概是两人重遇后，宋颂头一回摆冷脸给单凛看，可她的内心并非表面上这样冷淡，在刚才短短的十几秒里，她已经想了无数个当场发作的场面，甚至恨不得把他从电梯里揪出来，但仅限于想想。

而单凛，他看到她，并无反应，哪怕连一句"上吗"都没有，当真是对着一个陌生人一般。

电梯门撑到极限，开始缓缓合拢，宋颂还维持着一只脚迈出一步，整个身子僵在原地的状态。就在电梯门即将完全关闭的瞬间，里面的人突然动了动，一只修长的手撑开了最后一条缝隙。

"上吗？"

他只是很平淡地问了一句，可能是良心发现，宋颂忽然有种热泪盈眶的错觉。

她压下眼底渐渐涌起的潮意，低头走进了电梯，往左边靠了靠，跟他隔开一臂的距离。

单凛按下关门键，电梯缓缓下降。

从八楼到一楼的时间很短，却几乎快要令她窒息，身边的人似乎毫无察觉，可她知道他什么都清楚，这才是让她最为恼火的地方，而她不知道为什么还要小心翼翼，生怕一不小心，就泄露了情绪。

一楼到了，电梯门一开，单凛率先走了出去，宋颂跟在后面，两人一前一后来到大堂。而正从在大堂沙发上等人的曾佑恰好看到这一幕，显然怔了怔。

单凛自然也看到了曾佑，他正打算装作没看见，直接走过，突然被身后的人叫住："单凛，你等一下。"

被叫住的人停下来，还算给面子，回过身看向宋颂："什么事？"

宋颂抬手示意了下身边刚走过来的这位，介绍道："我老板，曾佑。曾总，这位是单总，我跟你提起过，今天也是我们的录制嘉宾导师。二位之前在医院应该见过吧，认识过了吗？"

还是曾佑反应快，已经伸出手："我们又见面了，上次还要谢谢你。"

单凛跟他握了握手，回应道："你已经谢过了。我赶飞机，没什么事的话，我先走了。"

宋颂看着他们握手，又很快分开，然后眼看着单凛走出酒店大门。

曾佑双手插袋，打量她极力克制的神情，巧妙地问道："看完了吗？看完了，能去吃饭了？"

宋颂忽然道："曾佑。"

"嗯？"曾佑有点意外，她不常连名带姓叫他。

宋颂望着前方，似乎还在回味刚刚离去的那个背影："你觉得他究竟在想什么？"

曾佑挑眉，笑道："你这个问题难倒我了。不过，我之前好像给你分析过男人的心理。"

"我觉得这个问题对你来说并不难。"宋颂侧过脸，脸上并无笑意。

曾佑逐渐收起笑容，回视她冷静的目光。

宋颂忽然深吸了口气，调整了表情，说："没什么。走吧，吃饭去。"

曾佑却拉住她，温和又不失强势地问道："我不想回答你这个问题。从我们认识第一年，你在我面前哭着提起他，到现在，你反复折磨自己，也反复折磨我。"

宋颂心中一跳，有点不好的预感。

曾佑盯着她错愕的脸，不留情面地说："任何挫折都无法让你低头，你却一再向他低头，他值得吗？或许你可以抬头看看别人。"

曾佑做好了她会生气的准备，也做好了她震惊的准备，却没料到她看他的眼神有点奇怪，在长时间的沉默后，她哑着嗓子说了一句话。

"他值不值得，你应该很清楚。"

　　曾佑做事不常犹豫，却在这时犹豫了，他不太确定宋颂这话里的意思是不是他理解的意思。

　　曾佑决定避重就轻："我知道，你们少年的时候就已认识，感情确实不一样。我也无意说些话让你不高兴，但是，有时候你自己可能都分不清你是在执着过去，太在意失去，还是真的爱他。"

　　宋颂笑了，拍了拍曾佑的手，然后轻轻将自己的胳膊抽出，道："是谁在执着，我觉得，不好下结论啊。毕竟，当初是他找到你，给我投了第一笔钱。"

　　曾佑一动不动地看着宋颂温和的笑脸，本能地反问了一句："你说什么？"

　　宋颂不由得笑出声，觉得这时候的老板真不像他一贯的风格，但她也理解，他大概怎么都想不到，她早就知道这件事。

　　"你们早就认识了吧。"宋颂干脆把话说开，"你当初都没怎么刁难我，就决定投资，我在想不愧是公子哥、富二代，我算是撞大运了。但实际上，那时候你应该对我和我的品牌都没什么兴趣，你不过是替单凛出面，给了我一个机会。"

　　曾佑和宋颂认识这么多年，自以为已经非常了解她，除了一点，她对单凛的执着到了令人匪夷所思的地步。她不是个甘心俯首称臣的人，可不论单凛怎么做，对她如何冷淡，她好像都甘之如饴，好像被下了蛊一般，只要他给她一个微不足道的回应，就够她高兴个三天三夜。

　　他偶尔会提醒她，她总是把自己对单凛的感情放在这么重的位置，无非是用这种强迫症的方式暗示自己很喜欢他。实际上，她对他的感情可能没有那么深，不过是不甘心，无法释怀他单方面的离开。

　　然而，故事的版本升级了，如果宋颂并非什么都不知，那么，她之前迷了心智一般的所作所为，忽然之间全都有了一个合理的解释。

　　只是，他还不清楚，宋颂所得到的故事版本里，还有什么。

　　曾佑心中没来由地一阵烦躁，酒店空气中充盈的香氛，此刻闻起来像是一股惹人心烦的廉价味道。

　　"我不是故意瞒你。"

"我知道，肯定是他不让你告诉我，所以我这些年都在配合你们。我可以装作什么都不知道，虽然忍得很辛苦，但我尽量以我的方式给他安全感，让他做自己想做的。我还是很感谢你，毕竟后来我相信你是真心把我当朋友，教会我很多，给了我很多资源。但你是最不应该问我，他值不值得的人。"

宋颂说到这里，眼圈微微发红。她这人平时嘻嘻哈哈惯了，老不正经的样子让人无法判断她什么时候是真的高兴，什么时候是真的难过。

可现在，说到最后，宋颂突然有点绷不住了。

"宋颂……"

"我没有生气，我很感谢你。要生气，也是对他生气。这顿饭下次我请你吃吧，我今天，想先找他把话说清楚。"

"等一下。"曾佑不能就这么让宋颂去，单凛的情况并非这么简单，"你怎么知道的？"

宋颂认真地回答："曾佑，你叫不醒装睡的人，也瞒不住想要知道真相的人。"

宋颂几乎是小跑着出了酒店，在路边拦下一辆出租车，直奔机场。今天晚上是真的很冷，毕竟已经 12 月了，她坐在车上，司机师傅正好把广播调到城市音乐频道，里头正放着一首《你太猖狂》：

> 思念太猖狂
>
> 一个冷不防
>
> 一想起你
>
> 忙碌的生活变得空荡荡
>
> 对心事说谎
>
> 把你想到多么的不堪
>
> 伟大的你还想我怎样

宋颂憋到现在的眼泪忽然间就如断了线的珠子往下掉，窗外一道道光带轮换着照亮她的情绪，蓝色是忧伤，橙色是痛苦，红色是愤怒。

司机师傅吓了一跳，看着后视镜忙问："姑娘，你没事吧？"

"没事。"宋颂偏过脸，清了清哽咽的嗓子，"师傅，麻烦快一点，我赶时间。"

司机师傅又多看了她两眼，二话没说，换挡加速。

赶到机场的航站楼，宋颂迅速查看了飞往 S 市的航班，有好几班，但听庄海生说单凛行事很独立，机票自己订，机场自己去，对航空公司没有特别喜恶，哪班方便就乘哪班。

她无从判断，只好直接给单凛打电话，可电话那头始终没人接。

宋颂点开微信，开始发语音："你不接电话没问题，那我语音给你，这可能是我最后一次主动联系你，所以，算是给大家一个交代。我们当面说吧。我在航站楼第 8 号门等你。"

距离她给他发语音已经过去了十分钟，他并没有任何回复，但她感觉他会来。

她就站在最显眼的位置，默然地望着眼前 8 号门的指示标志。她的灵魂忽然有些抽离，混沌的脑子里闪过道道白光，夹杂着遥远又清晰的记忆。

他说：到那时，你就知道了。

他还说：我会做到足够强。

不要相信男人的鬼话，女生夜聊时老生常谈的一句话，她一直觉得，单凛是言出必行之人，不轻易说出口，却绝对会为自己说过的话负责。

却不想，到头来，他比任何人都绝。

宋颂仔细想想，自己还真是叛逆的小孩，不听劝，被虐千万遍，仍像个死士，一如既往，至死不渝，撞了南墙也不回头。

现在，还要自己收拾可怜的自尊心和最后一点希望。

"你有什么事就在微信上说。"

很长时间之后，宋颂的手机里突然收到了他的回复。

宋颂气到发笑，好吧，他躲，她还不能找吗？

单凛坐在 VIP 室，双手死死握拳，呼吸非常困难，额前的发已湿，背上的汗也湿透了他的里衣。眼前的虚影快要让他呕吐，女人突兀的鞋尖似乎踢了踢他的脚背，他晃了晃身子，坐在位置上。

他感觉自己在发抖，耳边全是撕心裂肺的尖叫声和诡异的争吵声，女人忽冷忽热的气息就在他的耳边，好像在说："不如，大家都去死好了。"

他尝到了口腔里的血腥味，就好像那时候，他的脸上全是血，他下意识地舔了下嘴唇，第一次知道血的滋味。

他完全意识到自己现在突然发病，是因为他做了太多自己接受不了的事，他的内心快要承载不下他的抗拒和痛苦。

VIP 室的小姐姐时不时瞄着单凛，一开始还有点不好意思，后来觉得，这人好像不太对劲，立刻提高警觉，快步上前："先生，您还好吗？"

她说了一遍，单凛没反应，她又说了一遍，这次还小心地拍了拍单凛的肩膀。

单凛猛然抬头，眼神混乱，甚至整个神态都带着着了魔的狂乱。

女生吓得往后退了一步，错愕地看着单凛，磕磕巴巴地把话说完整："先生……您不舒服吗？"

然而，单凛没理她，突然转过头，面向前方，说："滚！我不想再见到你！"

这一声，直接惊到了整个 VIP 室的人，原本人就不多，这时候大家全都朝单凛这边看来，神色大多古怪。站在他边上的女生有点蒙，不确定他是不是在跟自己说话，其他工作人员也看出了不太对劲，纷纷朝这边走来。

而单凛似乎还处于一种错乱的精神状态，正当他又要开口，有人抢先了一步，蹲在他面前，笑道："这么生气干吗，我不就是迟到了会儿？"

从外面跑进来的人一屁股坐在单凛旁边，握住他的手，然后客客气气地跟 VIP 的工作人员说："抱歉哦，没事，他就是在跟我闹情绪。"

宋颂握着单凛的拳头，她以为自己捏到了一块冰。

他在发抖，低着头在忍耐，像是一颗随时会爆炸的炸弹，在不断地把自己哪根快要断掉的红线稳定住。

宋颂一直安静地坐在他身边。过了一会儿，大家热闹也看够了，不过是小情侣闹矛盾，又纷纷低头干自己的事。

"单凛。"

宋颂靠近了他一些，几乎贴着他的耳侧，轻唤他的名字。

她很有耐心，等着他的神志慢慢回笼，他狰狞的脸上，表情逐渐恢复正常。他没说话，只是转过头，视线找了会儿焦距，落在宋颂的脸上。

他们靠得很近，宋颂可以看到他额上的汗珠慢慢滑过他的眉梢，落在他的睫毛上，然后像是化成了一滴泪，融在他的脸上。

然后，他整个人的神情突然变了，呼吸急促，挣开她的手，几乎是本能的逃离反应，他猛地站了起来。

重逢后，她第一次在他脸上看到慌乱和……恐惧。

宋颂抬起头，平静地望着他，心中很不是滋味。如果可以，她的眼泪就要下来了，没人能理解她现在的心情。

她慢慢起身，向前一步，再次拉住他的手。为了不让他挣开，她十指紧扣，用足了力道，把他往外带："我们到外面说。"

她找了一个隐蔽的地方，两人面对面站着，单凛还处于一种极不稳定的状态，他和她都不确定他现在是否清醒。

宋颂突然感觉有种悲哀漫上心头，她心软了，但只有一瞬间，她马上定住了心神。

"听得见我说话吗？听得见就点点头。"她像是哄着小朋友的温柔姐姐。

单凛的脸色难看至极，他控制不住地发抖，想要逃走，立刻从她眼前消失。他心中有一个幻景，有个小小的自己被巨石护着，而这一圈保护他的巨石，快要被巨大的海浪吞噬。

她温柔地替他擦去额上的汗，嘴上说的，却完全不是一回事："我要说的不多，见面说，是想相互尊重吧，毕竟这些年，都没有个了断。"

单凛一动不动地站着，任由她说着，而他看她的目光格外认真，似乎在努力辨认她这个人，她此刻的神态，她话里的真假。

宋颂知道，有些话说出口，就没法回头了，所以她一直告诉自己，不可以冲动，直到现在这一刻。

"单凛，走到这个地步，我也开始觉得有点累。"宋颂觉得自己内心有个小人，不停在尖叫着让她停下，可是，她已经停不下来了，"我一直坚持，是因为我相信你，但是，我现在发现，你从来没有相信过我。你需要安全感，我成全你，所以我可以装作什么都不知道。我做那个给你写三百六十四封邮件的人，我做那个走了九十九步的人，但是，我不会走最后一步，这是一切的前提。但你为什么要逼我把这一步都走了？"

单凛永远淡漠的脸上，被撕裂出一条条口子，恐惧和痛苦争先恐后地爬上了他的脸，此刻他的身体仿佛并不属于他，他努力挣扎着让自己成为意识的主导："你什么意思？"

宋颂对上他漆黑的眸子，毫不犹豫地说："意思就是，我如果害怕，七年前就会丢开你！单凛，你太小看我了。"

单凛忽地抓住她的手，死死盯着她，没有血色的嘴唇飞快地重复了一遍："你什么意思？"

他现在好像只能说出这句话，因为他的大脑像是被轰炸过后的焦土，在听到宋颂的话后，停止了思考。

"你从来都不会问我怎么想，你真的了解我是什么样的人吗？你不愿意告诉我任何事，我可以不问，我想总有一天，你能把我当作自己人，跟我说一说。但是，你为了逼我走，答应与宋子强合作，违心说乔裴卓更懂你，这两个人是我的底线，你不应该这么做，你做了我永远不会原谅你的事！

"你做不到走这最后一步，我也没法逼你，那么结果如你所愿，我滚蛋！但是，单凛，请你听好了，我配合你演戏，是因为我愿意保护你，我始终把你的感受放在首位，不是说我是个笨蛋，因为不甘心，追着你不放。我们曾经很亲近，我还不至于粗线条到什么都察觉不到。你第一次失联的时候，我去找了余波，然后，我撞见你妈妈两次，还有郝医生。"

单凛的呼吸开始变得急促，握着宋颂的手越发用力，宋颂吃痛，但并没有吭一声。

"说到这里，你也应该听明白了，我猜到你妈妈是什么病。坦白说，我那时有犹豫过，你不要以为我很大无畏，我想过退缩，而且他们都提醒我，如果我来挑明这些，你的第一反应一定是决裂，要么我先离开，要么等你自己说。那天，你来找我，还记得吗？我吃了一嘴的大蒜还要亲你，就是那时，见到你，我的犹豫就一点点消失了。你说，你会变得足够强大的，我相信你，所以过了那道坎之后，我就再也没想过离开。我说服自己去接受你的一切，查了很多资料，知道这个病会有遗传的可能，做好了心理准备。可是，单凛，我没想到要离开的是你。"

单凛觉得自己快要站不住，身体里的内脏都如同移了位，剧烈的疼痛让他喘不过气，宋颂的脸在他面前虚虚实实，看不真切，他只能凭借着本能回应，却不知道自己说的话有没有意义："你都知道……"

"我都知道。"宋颂不忍看到他这个样子，停了片刻，才缓缓道，"我给你发完三百六十四封邮件之后，就决定结束了，如果后来没有曾佑的出现，我不会再想着回来找你。曾佑给我的投资，其实是你给的。我去了解过，他之前没有在时尚领域投过钱，他对此也并不感兴趣，但他在见了我两面后就决定投资。我当时正四处疯找投资人，他的出现就和救世主一样，我来不及去怀疑。可是，我听说曾佑手底下的人不能理解曾老板为什么非要给我投资，坚持不管多少钱都投，我逐渐开始觉得有问题。所以，接下来的几年，我都在调查他选择我的原因。有一次，我临时去找他，他不在，他的助理告诉我，他去机场接一位建筑师的朋友。有了口子，就不难查下去。"

"曾佑真的很够朋友，他在我面前没有提过你一个字，不管我怎么试探他，在他这里，你就是个陌生人。他应该不知道我掌握的信息，可能还觉得我就是傻，不知真相，才会对你执着。我看得出，他每次欲言又止的意思，心里大概想着如果我知道你的情况，一定跑得快。你是不是也这么认为？"

单凛竟是无言以对，木然地看着她，他听得见她的声音，但将每个字连起来思考，却很费劲。

宋颂深吸一口气，自嘲地笑了笑，快要结束了："你可以不承认你爱我，自此刻开始，我不在乎了。我郑重地请求你收回投资，该分的红我会转交给曾佑，一分都不会少，也请收回你的 VIP 购物清单，不用再劳烦庄总每个月来店里消费，他也挺累的。还有，马克现在是我的朋友，不要因为陈年旧账针对他。"

她以为自己会控制不住情绪哭到最后，却出人意料地越说越冷静，连眼眶最后一点的热意都消失殆尽。

她朝他走近两步，观察他的反应，他没有避开，看起来更像是无法反应，所以她又靠近了一步，仰起头，眼里只装得下他毫无血色的脸："最后说一句，我爱你，但我不会继续了。"

宋颂踮起脚，右手虚托起单凛的下巴，他没动，却在这时，突然屏住了呼吸。

毫米之间，她忽然偏离了既定轨道，只在他的唇边落下一吻。

她的嘴唇温热，他的嘴角冰凉。

从此，她全身而退，再不相欠。

宋颂从 8 号门走出，深深吸了口气，不敢回头。她第一次没有奢望他叫住她，只顾着一路向前，没走几步，后面有车子追了上来，冲她按喇叭。她沉浸在自己的世界中，好一会儿才反应过来这是在叫她。她茫然地偏过头，看到车窗降下后曾佑的脸。

"上车，我送你回去。"

宋颂俯下身，对车里的人说："你还是去看看他吧，我怕他不太好。"

机场男士洗手间，正在洗手的人突然被冲撞开，正想骂人，撞人的人已经将门反锁。

单凛站在洗手间的隔间，单手撑着门板，微信语音已全部听完的时候，已是汗如雨下，手掌在门上留下一个清晰的掌印。

这次比上次跟曾佑在地下车库还要猛烈的眩晕令他几乎无力站立，眼前的时空被强行扭曲，血色的液体正从他的脚下不断蔓延，耳边有人在不断敲打着门板，撕心裂肺地惊呼他的名字。

手机跌落在马桶边，他捡了三次，没有抓到，最后终于拿起手机，找出庄海生的电话。

庄海生正在加班，看到他的电话颇为生气："你算是想起我了？"

"海生……"

庄海生听到这两个字后，神色一变，猛地从位置上站起来。

"我在机场，大概回不来了……"

宋颂从机场打车回酒店，她也不知道自己是怎么打上车的，司机师傅叫她的时候，她才回过神，然后又愣了好半天，才付了钱，道了谢，下车。

她直接上楼回房，这个点不知道朱皑皑有没有睡，哦，对了，一路上有很多电话和信息，她都没看，可能错过了朱皑皑的消息。

宋颂摸了摸口袋，叹了口气，出门太急，没带房卡，只好敲门。她才敲了两下，里头的人猛地拉开门，她都还没看清楚朱皑皑的脸，就被朱皑皑一把揪进了房里。

"为什么不接我电话，不回我微信？"

朱皑皑这样子像是天要塌了一般，可在宋颂看来，她的天刚才已经塌了，还是自己捅塌了，所以，她像是没有感觉到朱皑皑急迫的心情一般，反倒多了几分沉沦后的木讷。她走到床边，整个人往后一倒，直愣愣地望着天花板，继续发呆。

朱皑皑一脸蒙，看不懂宋颂这是个什么状态："喂，你怎么还这么淡定，微博上都炸开锅了，知道吗？"

"什么？"宋颂歪过脑袋，慢吞吞地回她。

朱皑皑这才看清她肿得跟核桃一样的眼睛，吓了一跳，扑到床边安慰她："你知道了？别哭啊，理那些喷子干吗？"

"喷子？"

"啊，你上热搜了。"

"第二期节目的事？"

"一开始是的。"

宋颂和她的团队都有预计，第二期节目放出来肯定要被喷。在第二期节目里，她的缝纫机坏了，乔裴卓好心借给她，她拒绝了。她当时确实不想麻烦乔裴卓，私心里也不想用乔裴卓的东西，她手里有豁免权，并不担心在这期被淘汰，所以她也想挑战一下自己，正好对上了前一期那句："没有装备也没事，能做出最后的成品就行，用能力说话吧。"

宋颂的作品创意不错，她就像是个拥有无数点子的小精灵，但制作上没有专业工具辅助，现场模特登台时出了点小意外，最后，只是安全过关。

可网友针对的是她胆敢拒绝乔裴卓！

他们并不知道，宋颂同样拒绝了马克的好意。

节目还没放完，这条热搜就以肉眼可见的速度往上蹿。

这是在大家预料之中的，有人带话题的节奏很快，有个大V直接@songsong："你凭什么这么刚？"

这条微博瞬间被上万人转发评论。

可最让人没想到的是，爆到头条的热搜是娱乐圈最遭人恨的狗仔大咖欧爷转发了那条"你凭什么这么刚"的微博："这位女士@songsong，前天晚上进了@梵戈的别墅，待了一晚才出来，并且由梵戈护送出门。大概这就是梵戈前段时间接受采访时提到的生命中最重要的人吧，所以，她才能这么刚吧。"

下面直接晾出三张图，长焦镜头下，宋颂的脸和梵戈的脸依稀可辨。

"梵戈 宋颂 恋情"，跨圈炸锅！

这个消息太劲爆，尤其一方是近两年被沈磬磬公司捧上一线的当红男星，另一方是不知怎么突然空降热搜，网上非议不断的女设计师。

但从之前红毯服装合作，沈磬磬钦点女设计师为其造型设计等蛛丝马迹，都似乎暗示着两人确实有着千丝万缕的瓜葛。

宋颂的微博底下已经成为一片战海，就在这条爆料出来没多久，像是定时安排好的，一张梵戈前往医院的照片被曝光，文案写着：前段时间，宋颂因病入院，有人看到梵戈当晚出现在医院，十分紧张女方的情况。

第二个实锤放出，不多时就以火箭速度上升到热搜前五，并且直接把原本那条恋情曝光的热搜烧到了沸点。

这边宋颂还没来得及看清楚，微信也要爆炸了，《完美登场》节目组的群已经有人把热搜截图放上，附了一句：造谣吧？

还没人敢附和，但总导演胡子私信宋颂，打着关心的旗号，想要知道内幕，原因是他们已经邀请了梵戈，对方一直没给明确答复。现在这事，宋颂在风口浪尖，处理不好，会翻船死得很难看，但如果妥善处理，绝对能"翻盘"！而节目组可以给她提供这方面的帮助。

宋颂看完胡子的长篇大论，没有回复，直接按掉了对话框。

而她自家公司核心群成员也在不断冒泡，差点要将她溺毙。

姜茶王子（姜丞）：@songsong，记者穷追猛打，要不要澄清一下？这造谣造得太离谱了！

如花也是一枝花（虞是如）：颂姐，你还好吧？

白雪公主（朱皑皑）：网上评论负面的很多啊⋯⋯问题是⋯⋯宋颂！这到底是不是真的？你给我交代清楚。如果是真的，你凑过来让我打。当初我死皮赖脸去求着大王，让梵戈试穿我们家衣服，你把我的脸皮还给我。

宋颂抬眼看了看正在对面一脸认真打字的人，忍不住笑了出来："你别在群里嚷了，直接跟我说。"

朱皑皑就等她这句话呢，当即丢了手机，冲过来，眼中全是热烈的八卦火焰："你⋯⋯呃⋯⋯你之前特别在意梵戈，是因为你们在交往？"

朱皑皑是梵戈的铁粉，之前为了参加梵戈的首映礼，还在圈子里托了好些关系，如果宋颂现在敢答应他们真的在交往，她怕朱皑皑会扑过来活吃了她。

宋颂并没有表现出平时应有的反应，平静得好像事不关己，她拿起手机，打算给梵戈打个电话，这个事情已经不是她单方面能够处理得了的，梵戈那儿有专门的团队，比她专业多了。

而就在这时，沈磬磬的电话突然驾到。

宋颂有点意外，不由得打起了精神："磬磬姐？"

"你们姐弟俩真会瞒。"

沈磬磬开口就把事情挑明。

宋颂愣了愣，忙道："你知道了？"

"爆成这样，梵戈那小子还能不招？"

"抱歉。"

"你道什么歉。"沈磬磬的声音听起来一点没生气，还有点高兴，"你们还真是宝藏姐弟，我以为梵戈喜欢你，没想到你是他姐。他现在应该在飞机上，还不知道这件事，我们这边在处理了，你先不要跟任何媒体接触。另外，关于之前跟你商量的事，你考虑得怎么样了？"

宋颂立马想到一周前，宁末离的助理找她详谈了电影造型设计的事，他们有意聘请她担任这一职，她不假思索地答应了，这简直是天降大神带她飞升！

"服装设计总监的事？我随时都可以开工。"

@筑梦人梵戈的微博评论已超 40 万，@songsong 的也超过 5 万。

然后，在深夜一点的时候，梵戈突然上线，粉丝守了一夜，瞬间炸了，梵戈也不含糊，直接发了一条微博：

这是我生命中最重要的女人。

住一晚算什么，从出生起我们就住在一起了。

@songsong 姐，亲姐，是吧？

随即，宋颂转发了这条微博：

这么晚了，赶紧睡吧，今早还要开工。晚安，亲弟。

就这么两句简单的对话，把炸了一天的剧情直接来了个反转。

宋颂发完微博就没再去管了，丢了手机，横着卷过被子，只想闷头睡觉，找一处黑暗的角落将自己脑子里炸成碎片的悲伤藏起来。

一旁的朱皑皑跟打了鸡血似的在刷微博，手机屏幕的光把她整张脸映得亮亮的："好你个宋颂，这你都瞒我？我怎么就没看出来呢，你在梵戈面前装得那叫一个循规蹈矩，你们姐弟太欺负人了。哈哈哈哈哈，梵戈的团队太牛了，你知道现在网上风向转成什么了？"

宋颂抬眼皮的力气都没有，朱皑皑压根儿没想从她那儿得到什么消息，自己无缝衔接道："基因太可怕，姐弟俩这颜，我相信科学了。还有人说，你们这两条微博，莫名甜。"

朱皑皑回过头，却看到宋颂已经闭上眼，呼吸绵长，胸口轻微起伏，像是已经睡着了。

她愣了下，突然反应过来——宋颂的状态不太对头，过于平静了，按她的个性，应该跟着自己一个鼻孔出气，列出一百条计划，怎么反击整她的人。

她想到，宋颂回来的时候，眼睛是肿的，难道跟老板发生了什么事？

可是，不对啊，老板不像是会欺负人的人。

朱皑皑轻手轻脚地关了房间里的灯。

房里刚暗，宋颂的手机猛然振动起来，黑暗里，宋颂几乎是第一时间睁开了眼睛，一眼看到了屏幕上的来电显示：庄海生。

她没接，只是盯着手机看。

朱皑皑刷了会儿微博，转过头，奇怪地看了她一眼："谁这么晚给你打电话？"

"没谁。"

宋颂抓过手机，翻了个身，把头埋入被子。

狭小闷热的空间里，只有手机依旧亮着，并且坚持不懈地振动，好一会儿才消停。但消停不了两秒，手机又振动了起来。

宋颂呼出的热气模糊了手机屏幕，她深吸一口气，接起电话。

对方第一时间也没出声，沉默的拉锯战持续了将近半分钟后，庄海生明显带着怒意却依然克制的声音响起："你之前说要我帮你，想要复合，你所谓的复合，就是报复吗？"

宋颂掀了被子，跑出房间，光着脚跑到电梯口才停下。

她靠墙蹲下，胳膊抱着膝盖，轻声说："我没有。"

"没有？你把他怎么了，你没数？"

"我不知道。"

"宋颂，你！"庄海生气急败坏。

"我不过是答应了他一直以来的分手要求，并无其他，这个是他的心愿吧，有问题吗？"

宋颂说得无懈可击，庄海生一时哑口无言，没错啊，是单凛自己一直想要分手，各种排斥宋颂，甚至给了她好些难堪。如果是其他人，可能早就放弃了，宋颂坚持到现在，已经表现出超乎常人的忍耐力。

庄海生缓和下语气，问："你走的时候，看到他不对劲了吗？"

宋颂沉默了片刻，说："我说完就走了。他……现在什么情况？"

"那就不劳你费心了。"庄海生生硬地回答道，"你为什么突然就同意分手了？你不是一直想要跟他重新在一起吗？"

"有些事，我可以做，我知道不能逼他，他却把我逼到了尽头。"

宋颂的声音透着刻意的冷淡和压抑，庄海生从未见过这样的宋颂，他的印象里，这个女生一直是单凛的太阳。

他讷讷道："我不能理解，你为什么不再坚持一下？"

"坚持一下？你觉得我因为什么坚持到现在，因为我对他盲目的爱情吗？"宋颂轻哼一声，充满了无奈，"不是的，庄总，你每个月刷卡后买的衣服是在你家放着吗？"

庄海生骤然被将了一军，有点慌乱："当然在我家……"

"我查过。当我知道你跟单凛的关系后，我就查了，每个月，你买回去的衣服，最后都会送到他家。"

庄海生彻底失语："你都知道，所以才……"

"所以才坚持？"宋颂接着他的话，轻轻嘲讽，"别人看我都觉得我犯贱，喜欢他到不要脸？如果他对我没有任何感情了，我绝不会死缠烂打，一定会祝福他未来找到更好的。"

"可你现在要分手。"

"他这种反人类的表达方式，我不想再陪他继续了，表面一套背后一套的戏，他演了这么久不嫌累，我的终点也到此为止。"

庄海生背上升起一股寒意，迫不及待地问道："你还知道什么？"

宋颂反问："我还需要知道什么？"

这一句，已经包含了太多。

庄海生沉默，不知道该怎么回答，心里又焦急又难受，这一通电话完全超乎他的意料。

他的底气不如一开始那么足，他说道："宋颂，他……需要你的包容，你就不能还像从前那样多付出一些吗？"

"我给得还不够多吗？需要把我掏空了来拯救他可怜的自尊心和安全感？他需要的不是包容，而是面对。海生，不用再说了，我下这个决心，也当自己死过一次了。我这人心挺软，但做下的决定，不会改变。单凛跟我没关系了，我不会像他这样口是心非，我说到做到。再见。"

宋颂先挂了电话，握着手机的手不住地发抖。她蹲在地上好一会儿，慢慢扶着墙站起来，两条腿已经发麻，光着的脚底隐隐蹿上来一股针扎般的疼痛感。她分不太清是脚麻了，还是从心里扩散开的伤痛已经蔓延到全身。

景妍曾经讽刺过她，说单凛就是她体内的毒瘤，扩散到了全身，百般折磨，她还舍不得切了他。

景妍大概想不到，颂小姐手起刀落可以如此果断，不顾伤口的大小，任由血流成河。

第二天一早，宋颂和朱皑皑赶回了 S 市。一路上宋颂接到无数电话，除了梵戈的，就连曾佑的，她都没有接。

小梵同学对自己的表现甚为满意，而且这还没完，他们已经有了布局，能把这个局面扭转成他们想要的。他跟宋颂对了下口径，今天他有两个媒体采访，估计稿子里会把昨天发生的事加进去。

"你在听吗？"梵戈说了一堆后，发现宋颂有点掉线。

"在。"宋颂刚下飞机，正坐在行李提取处的椅子上休息，一副很疲惫的样子，"我没意见，但你采访时能别说那么肉麻的话吗？什么我是你最重要的人，我起了一身鸡皮疙瘩。"

"哈哈哈，你要适应，毕竟我说的都是真心话嘛！姐，我可不像你，眼里只有一个人。"

梵戈只是调侃，却发现那一头的宋颂没有接茬，好像有点不对，他忍不住自己解释了一遍："开玩笑，你给点反应。"

宋颂勉为其难地尴尬地笑了两声，道："哈哈哈，不好笑。因为我已经和他分手了。"

"嘁，他说分手说了几年了，你们还不是一直吊着。"

"真分了，我说的。"宋颂知道接下来梵戈一定会发起一连串问题，所以她用满不在乎的口吻先把这个话题掐死在开头，"恭喜你，你的愿望终于实现了，你先去高兴两天吧，别来找我。"

朱皑皑一直假装看手机，实际上竖着耳朵在听宋颂讲话，等她挂了电话，一脸震惊加莫名地转过头，问："你什么时候谈的恋爱？"

"有那么回事吧，无伤大雅。"

"跟曾老大？所以昨天你们谈崩了？不是啊，你们之前已经有过了？"

宋颂给她一个嘲讽的微笑，抬手掐住她白嫩嫩的小脸，道："你联想这么丰富，要不要转行去做狗仔呢？"

朱皑皑口齿含混不清地说道："……那你……告诉我呀。"

"无可奉告，小事情，没什么好说的。我去看看行李到了没。"宋颂轻描淡写地把话题转移了。

朱皑皑一边嘟囔着，一边起身："什么事都要自己做，你怎么不再配个助手。"

两个人提了行李刚走到门口，猝不及防，突然有十几个相机镜头和手机对着宋颂一阵猛拍，有记者急速拥上前来，单刀直入："宋颂，你好，我是爱播报娱乐的记者，想请问你和梵戈真的是姐弟关系吗？你们为什么要一直隐瞒呢？"

宋颂倒是一脸淡定，朱皑皑却有点被惊到了，她们还从没这般被人簇拥过，着实"受宠若惊"。

宋颂低着头，心中懊恼没戴个墨镜、口罩啥的，她真没想到一夜之间她的关注度就上升到了被人堵机场的节奏。

那头还有人问了另一个问题："听说你在《完美登场》的节目里跟乔裴卓针锋相对，请问这和昨天爆出你和梵戈是姐弟关系有关吗？"

宋颂很想白这个人一眼，让他看看自己的不屑，这都是什么没有逻辑的问题，但她还是忍住了。

这些人坚持不懈地跟着宋颂，朱皑皑也不是什么专业经纪人，只能在一旁护着宋颂，不停地跟媒体记者打哈哈："不好意思，我们暂不接受采访，如果想要采访，可以跟公司预约。"

宋颂始终保持沉默，一点点地往门口挪。

这些记者不达目的不罢休，拿着手机或者录音笔冲着宋颂，朱皑皑也是个女生，哪里挡得住这些人。

又一次听到有人提问："为什么你们要隐瞒双方的关系呢？"

宋颂猛地停下脚步，抬头朝声源处望去，对方似乎也只是随口问一句，没有想到她会突然对问题有反应。

然后，他们看到宋颂笑眯眯的，好脾气地回："没人问呀。"

她这人吧，长得好，声音好，说这话态度也好，一脸真诚，搞得问的人心中一颤，恍惚忘了自己刚才问的是什么，再回神，她已经迅速开溜。

朱皑皑拽着宋颂一路小跑："曾老板说安排了车接我们，应该是往这个方向，9号门外的停车场。"

宋颂怔了怔，怎么会是曾佑？他现在不应该陪着单凛吗？

朱皑皑对照着曾佑发过来的信息，目光敏锐地锁定住一辆白色的宝马×5，连忙拽了拽宋颂的手："在那儿。"

不等她们走过去，那辆车上的人似乎也看到了她们，立即启动往她们这边开来。

后头还有几个不死心的狗仔紧追不放，宋颂顾不上这么多，车子一停下，她就立刻把行李丢到后备厢，开门上车。司机也不含糊，车门刚关上，一脚油门加到朱皑皑怀疑人生。

"司机大哥，您慢着点，我还没系安全带呢。"朱皑皑慌慌张张地系上安全带。

宋颂还在那儿缓口气，猛一眼看到驾驶座的人，差点接不上这口气。

庄海生朝后视镜里看了她一眼，宋颂也正好迎上他的视线，并且从这人脸色迅速判断出他像是熬了一晚上没睡。

庄海生收回视线，边开边问："你到哪儿？"

宋颂："回公司。"

"不是问你。"

"……"

朱皑皑反应过来："问我吗？我跟她一起的。"

"宋颂跟我有点事要谈，我先送你回去，你到哪儿？"

朱皑皑诧异，回头看宋颂。宋颂靠在椅背上，神色不大好，却还是跟朱皑皑点了点头："你先回，我跟庄总有点事要谈。"

朱皑皑还是搞不懂，又见庄海生一脸严肃，狐疑地问："你们认识？你不是我们曾老大叫来的吗？"

庄海生缓和下脸色："认识。放心，你们曾老大叫我来的，我还能把你家品牌设计师拐走？"

这么说，也有道理，但还是好奇怪啊。朱皑皑见两位当事人都不再说话，觉得自己不该再多嘴，于是到家前，车里的空气像是被抽空了一般，死一般的寂静。

朱皑皑下车后，庄海生直接转了方向，宋颂等了一会儿，问："你要把我带去哪儿？"

庄海生这回可以毫无顾忌地发飙了："你知道单凛昨晚是怎么回来的吗？"

宋颂第一次见他发火，整张脸铁青，平时嘻嘻哈哈很温和的人突然变脸，确实很慑人。

但她依然平淡地回道："不太想知道。"

庄海生怒气冲天："既然你知道他的病，为什么还要去刺激他？"

"我昨天已经跟你说得很清楚了，是他要分手，他说了一堆难听的话，我答应罢了。"宋颂就不明白了，怎么她现在遂了单凛的愿，反倒遭人谴责了，还被如此猜忌。

庄海生冷笑："你是后悔了，不敢继续坚持，怕他真的答应复合？"

宋颂整晚浸泡在痛苦里的神经，突然被扯断，炸裂般疼痛，她条件反射地冷笑了一下。庄海生看到她的表情，立马意识到自己失言，对于一个坚持了这么久的人而言，想要反悔又何必等到今时今日。

"抱歉……"

宋颂打断他："我知道你心急，但不要道德绑架，我不是圣母，就当我后悔好了。"

庄海生咬牙道："你知道他爱你。"

宋颂的心像被人狠狠扭了一下，疼得她说不上话，但此时的她已经不是前天的她。

她沉默了会儿，哑声道："我知道，但没有用，他不会承认。"

庄海生从后视镜里看到她想笑却笑不出，想哭也哭不出的脸，心头一软，只觉得这个女生一路走来，也很不易。他缓下口气，劝慰道："其实，我觉得，你再努把力，可能就成了。"

宋颂故意调侃道："得了吧，庄总，还不是我走了最后一步。"

庄海生把车停在了一处独栋别墅前，回头看她："宋颂，最后一次，你再努力最后一次吧。"

宋颂果断地说："海生，我努力了太多最后一次了。"

"你不怕后悔吗？你不是知道了吗，他有病。"

听到这三个字，宋颂心中钝痛，就如同她身上一块还未愈合的伤疤，被人用力揭开。

但她依然只是给了庄海生一个无所谓的微笑："那又怎样，是他不愿让我知道，执意要跟我划清界限。现在还要我跟他道歉，跟他说我不在乎吗？我做不到。"

庄海生原本激动的心情，忽然间被宋颂泼了盆冷水。他本以为宋颂一定是一时冲动做出的决定，打算在她情绪还没冷静之前把人劝回来，哪里晓得宋颂已经考虑得如此透彻。

宋颂下了车，头也不回地徒步走出这片住宅区，几天前还单凛长单凛短的人，今天完全转了性，或者这就是太多最后一次后，真正心死的模样——不哭不闹，不怒不伤，渐行渐远。

庄海生在她身后喊："还不是最后一步，你还有不知道的内情！"

宋颂的身影已经转过拐角。

庄海生抬头看向二楼，不知有没有人在那里注视着这一切。

他进到屋里的时候，里头压抑得可怕。

曾佑靠坐在沙发上，手里握着一杯黑咖啡，另一只手不停地在按揉眉心，听到声音，立刻抬起头。

庄海生看出他询问的目光，却不得不摇了摇头。

曾佑叹了口气，继续疲惫地揉了揉眉心，从昨晚到现在，他一分钟都没合眼。过去，单凛偶尔会在情绪低落时提到，自己活着，清醒的时候会越来越少，发疯的时间会越来越多，那个样子太过丑陋，他无法接受这样的自己，如果可以，想在清醒的时候结束自己的生命。

曾佑过去不曾亲眼见到，所以一直以为单凛在夸大其词，直到昨晚。单凛第一次在他面前发病，单凛知道自己的精神状态不稳定，所以非常谨慎，注重长期治疗，这些年病情稳定，死都不会在人前暴露自己的异样，昨夜却和疯了没什么两样，情绪大起大落，好像进入了另一个世界。可曾佑没有时间惊慌，找医生，找帮手，把人弄回来就够他受的了。

"现在的关键是要他配合治疗。"一直没出声的男人从角落的沙发处站起来。

曾佑和庄海生对这个人不陌生，这位一直跟随单家的男人，可以说是单凛的干爹也不为过，过去作为医生照顾单凛母亲，现在轮到照顾单凛，鞠躬尽瘁，感动天地，昨晚他连夜赶来，总算是控制住了单凛。

"他拒绝见任何人。"庄海生犯难。

郝医生也沉默下来。单凛这一次发病太让人意外，他都有些措手不及。前两个月他在美国替单凛检查的时候，都还不错，怎么昨晚突然就崩溃了？了解情况后，他明白了。

郝医生："我早就说过，这个症结不解开，永远有隐患。"

"那现在怎么办？总不能一直把他关在我家。"曾佑不喜欢没有结果的讨论，但现在看来他们没有更好的办法。

几个人一筹莫展。

而屋里，身处风暴中心的人却安静得出奇。

单凛只是站在窗前，一动不动，他只是想着，她下车的时候，没有朝这边看一眼，她走的时候，毫不犹豫。

也不知是冲着自己的倒影还是其他什么人，他喃喃道："你得逞了。"

他说了一遍又一遍，一声比一声憎恶，像是无处宣泄的困兽，又像是孤立无助的孩子。

之后的半个月，宋颂以为日子会过得很艰难，没想到被工作填满的时间流逝得飞快。她为了公司跨年新品发布会，几乎住在公司加班，这中间还有各种满天飞的谣言花边给她的生活增添无尽的烦恼，脑子里塞满了事，就没有时间打开关于那个人的情绪阀门。

先是《完美登场》播出了第五期的节目，也就是单凛参加的那一期。单凛的亮相受到了节目组精心包装，毫不吝啬地为他打上"造物主之子"金色标签，镜头给得特别多，不断解锁他各种开挂的能力和背景，瞬间引发热议狂潮，实力圈粉。与此同时，他和宋颂之间微妙的立场在镜头里被不断放大。

这一期，宋颂的表现一如既往地突出，甚至因为过于突出，被不少网友解读为输不起，一开始过度自信，还嫉妒乔裴卓，最后被大咖导师当众打脸，愤然离场。她走后，场面一度非常尴尬，尤其是单凛，情绪似乎受到了很大影响，镜头给到他的时候，神情一直很紧绷，也很少再开口点评。而宋颂这边，摄制组跟拍的小哥一直追着她，编导好不容易把她劝去接受采访。

而采访，更绝了，编导还没问她，她就直言："我很失望，仅针对导师失望，他既然这么觉得了，我也无话可说。"

"宋颂Diss单凛"一路被顶上热搜排行前十。

宋颂看着她和单凛的名字同框出现，心里说不上是什么滋味。

她翻了一下留言，有网友眼尖，发现宋颂单方面关注了单凛，而且不是近期关注，是很早就关注了，可见她对这位大神有特别的感情，节目里才会如此投入和执着。竟然还有人挖出宋颂早年的微博，她曾去过一些景点打卡，单凛的作品一个不落，更有一条微博，发布于两年前的12月31日晚上，她的生日，她在美国拍了一张她站在单凛参与设计的那栋大厦前的照片，配文很值得琢磨：与你合个影，生快。

那时她还不火，所以留言寥寥，而且单凛完全没有回应。现在这个瓜让围观网友吃得津津有味，感觉宋颂对单凛不简单。

宋颂不得不佩服网友的挖掘能力，但这时候删了微博显得此地无银，于是也就随它去了，反正她这种十八线都排不上的小人物，这事的热度不会太久。

另一面，真正的热度来了，宁末离的公司官宣了大电影《似水流年再相逢》，民国谍战加悬疑。有意思的是，宁末离亲自参与了编剧，女主毫无疑问是沈磬馨，男主是一名新人。官微很懂套路地接连几天不断爆料，在最后一天，罕见地提到电影的服装设计总监，正是近期流量直逼当红明星的时尚设计师宋颂。

宁末离几乎不发微博，百年难遇地转发了这一条。

沈磬馨夫唱妇随，也转发了这一条，并且 @songsong：完全期待我们的美女设计师完美登场！

这对黄金夫妇全部为她转发，难怪有人大为惊叹，她也太受宠了。

而已经公开身份的梵戈，更是高调地为自家姐姐摇旗呐喊：宋颂，你被大神看上了，什么时候轮到我？

这个时候，宋颂已经正式成为沈磬馨和梵戈的造型设计师。

宋颂隔空回了一句：我给你开个后门吧，12 月 31 日，邀请你来我的春夏新品发布会。

然后，在网上冲浪的人，许多都知道了新锐品牌 SONGSONG 即将召开新品发布会，同时邀请了梵戈作为走秀嘉宾。

宋颂这一波波流量炒得风生水起，甚至超过了乔裴卓。乔裴卓表面上对她可亲，但宋颂心里清楚，她们俩互相看不上，乔裴卓是被众人伺候的时代集团小公主，她宋颂不过是自强不息，靠着一股蛮劲冲到了观众视野里。所幸被沈磬馨和宁末离看中，于是两方阵营算是初见端倪。

曾佑曾找过宋颂几次，拿这事打趣过她，大家一直聊公事，心照不宣地避开了某个敏感的话题，她喜欢曾佑的这点聪明和精明。

他很自然地说道："马上就到年底了，往年都会办年会，今年打算怎么过？"

"还是办年会呗，安排他们去弄了，传统嘛。"

"今年，我请你出去玩吧。"

宋颂正在吃盒饭，闻言立马放下了筷子，惊奇道："老板，你不是不放假的吗？"

曾佑低声笑道："为你破例一次。"

宋颂笑容淡了些，说是跨年，实际上也是她的生日，她哪里会不明白曾佑的意思。

她把盒饭往垃圾桶里一丢，婉言道："我没那么好的命，年底事情太多了，谢了，忙过这阵，我请你吃饭。"

对面的人停顿了片刻，道："好，我记下了。"

宋颂挂了电话，回头看着铺满一堆材料的桌面，突然心生烦闷。日复一日的工作把她天性里的自由都困住了，她打算今晚要出去浪一下，正准备叫隔壁办公室的人一起，猛然看到备忘录里写着：重要饭局。

前天，她从关系很好的叔叔那里得知，他们终于约到了维度设计的老总辛梓，最近辛梓和宋子强闹翻的消息不胫而走，说是宋子强傍上了更重要的大人物，时代集团的项目十拿九稳，时代集团的CEO乔寒深正是乔裴卓的哥哥。宋颂不得不感慨，命运真是玄妙，新仇旧恨都凑成一窝了。

宋颂收拾了下自己憔悴的面容，打车赶到约定的餐厅，包厢里已经坐着两个人。一位就是她现在的联合伙伴峰叔，爸爸过世后，通过杨祥，宋颂认识了这位叔叔。他原本就和宋颂父亲关系很好，一直是公司里的副总经理，最后公司出事，宋子强插足公司股权，他也是"背锅"人之一，好不容易重新自立门户，眼看着宋子强春风得意，恨不能把宋子强的头按到宋颂父亲墓前的土里。

而另一位就是辛梓，这位老总，她了解不多，但峰叔对他评价极高，只不过宋颂一直以为能跟宋子强合作的，都是一丘之貉，很是看不上这种人。

还未进包厢的时候，宋颂就听到有人说话，声音是她未曾听过的清润，让人不禁很想一探此人的面貌。此时，她恰巧坐在这人的斜对面，辛梓友好地冲她笑了笑，他的眉眼并不突出，但多看上两眼后，让人不由得在他温润如水的谈吐中，整颗心都放松下来。

"抱歉，来晚了，实在是最近事情太多。"

峰叔把宋颂当半个女儿看，完全不在意。辛梓替她满上一杯茶，递过来，笑道："我出来的时候，我老婆还在看你的节目，最近在准备发布会？"

"你怎么知道？"

"我老婆有关注你的微博，她是你的粉丝。"

宋颂被逗笑了，连忙举杯示意："多谢辛夫人。"

看上去，辛梓对宋颂一点都不陌生："她大概要嫉妒我了，我比她先见到你。"

"那什么时候再约一次吃饭啊？"宋颂立即抛去橄榄枝。

"那要让曾佑组局了。"

宋颂一愣："曾佑？"

"你不知道吗？"峰叔插上一句，"你老板也是这次见面的穿线人，他和辛总的夫人是亲戚。"

宋颂想着刚还跟曾佑通电话，那人一句都没提。

辛梓看了看手表："不过，还有一个重要人物。没有他，我们的事也做不了，他应该快到了，最近他很难约。"

宋颂看着摆着第四副碗筷的位置，很好奇会是谁，不禁问道："还有哪一位？"

"你认识的。"辛梓神秘地卖了个关子。

认识的？宋颂开动脑筋想了一圈，还是不得其解。

辛梓见她这般纠结，好心给了一个提示："他最近跟你一起上过节目，你在节目里可是狠狠卸了他的面子。"

宋颂蹙眉重复了一遍："跟我上过节目？"

说到这里，她脑中的神经网络突然断开连接一般，那个人呼之欲出的面庞，在这一瞬间卡顿。

恰好这时，包厢的门开了，走进来一个人，单凛站在门口，第一眼就看到了宋颂，当即愣在了门口。

辛梓起身去迎："单凛，最近怎么都联系不上你，总算是把你约出来了。"

宋颂怔在位置上，忘记了要跟着起身。

单凛入座，他就坐在宋颂右手边。他坐下的时候，宋颂立刻闻到了一股冷冽的味道，他身上好像总带着病态的冷然，久而久之，凝练出了一种属于单凛的气味。

她僵硬地低下头，心里暗骂她有什么好尴尬的，余光里看到他脱去了外套，他明显瘦了一大圈，穿着毛衣也看得到瘦削的肩胛骨，更可怕的是他的脸，瘦得快要脱相。

就连辛梓都忍不住问："你好像比上次见到瘦了很多。"

"没事。"单凛低声回道。

他的左手慢慢地转着茶杯，手指骨节分明，青色的经脉在苍白的皮肤下，可以看得一清二楚。水杯在他手里，仿佛有千斤重，随时都会从指间滑落。

宋颂不明白，单凛为何会出现在这里，他们今天聚餐的主要目的是把宋子强拉下马，峰叔说已经和辛梓谈得差不多了，可单凛是宋子强那一伙的，难道要他做内应？

辛梓以为按宋颂的个性，气氛会比较活络，没想到她看到单凛，一句话都没说，单凛也是自顾自地喝茶，他明明在进门的时候就看到了宋颂，却没有打招呼。

既然如此，辛梓只好当起了和事佬："二位还因为节目的事心里有疙瘩？"

辛梓极力缓和气氛，宋颂不好拂了人家的好意，立马笑了笑："不会，都翻篇了。"

单凛的左手顿住，好一会儿，才重新转动茶杯，也回了一句："我们没有什么事。"

408

他说话的语速比往常更低更慢，好像冰川初融的春水，以极缓的速度汇入江河，江河也不能让冰水变暖几许。

宋颂克制住了去看单凛的冲动。

"我可能是知道整个情况的人，我先介绍一下吧。"辛梓并不是个话多的人，但此时也不得不暖场，"时代集团的项目，宋子强觉得自己十拿九稳。"

宋颂忍不住冷哼了一声，辛梓眼皮微动，看过来，只见她掩唇笑道："抱歉，你继续。"

辛梓并不介意，耐心道："我理解你的心情，峰叔跟我说过，所以，我们今天聚在一起，是想让大家能达成一个共识。我和峰叔会联合竞标，而宋子强这边，要靠单总搞定了。"

"等等。"宋颂看向单凛，"据我所知，单总已经和宋子强达成一致，时代集团也希望单总出任总设计师，那么我们的胜算在哪里？难道单总打算放弃这么大的项目，忍辱负重，帮我们暗度陈仓？"

宋颂这话说得不可谓不刻薄了，辛梓有点意外地看着他们二人。

峰叔拍了拍宋颂的手背："别急。"

单凛侧过脸，看着她含笑的脸，慢慢道："不用这么麻烦。"

辛梓算是看出来了，连忙跟宋颂解释："宋颂，你不知道单凛的另一个身份吗？"

宋颂确实不明白，满脸写着一头雾水："什么？"

难怪了，辛梓见她迷惑的神色，不由得摇了摇头，笑道："乔寒深只是时代集团的执行总裁，单凛才是时代最大股东，前任董事长单莫的儿子，他本就没打算自己设计。"

宋颂盯着辛梓的脸，反应了好一会儿，脑子里顿时出现一组人物关系图：乔寒深和乔裴卓是兄妹，乔寒深是时代的 CEO，然后单凛和时代也扯上了关系，还是最大股东。

这组人物关系图并不复杂，但在宋颂脑子里就像是一座迷宫，她在里头转了半天，思绪跌宕起伏，回过神后，不太笑得出来："哦，是吗？"

辛梓也是不久前从老婆那里知道单凛的事，他来之前跟单凛确认过，能否跟今天在场的人透露，不然别人也无法信服他能搞定时代。在这点上，单凛默认了。

"不过，这个事情还是要保密。知道单总这层身份的不多，我们出了这个门就当不知道了。"辛梓还是补了一句。

宋颂莫名失笑，垂眸掩去复杂的情绪，慢慢摇了摇头。峰叔刚和单凛寒暄完，见状误解了她的意思，说道："高兴了吧，单总出现简直是天助我们。"

他又跟单凛开玩笑说："单总，宋颂为了这件事，不知道花了多少心思，找了多少人帮忙。宋子强是个天生的小人，除了我们查到他这些年做下的见不得人的事，以前，他还害了许多人家破人亡，不瞒你说，我们就是想要收拾他。所以，单总，这次您能帮忙，真的非常感谢，我敬您一杯。"

辛梓跟着叹了口气，开始感慨宋子强太会演戏，他也差点被他骗了。

宋颂端起酒杯，木然地跟风道："单总，我也敬你。"

单凛目光缓缓扫过宋颂淡笑的脸。她在笑，却看不见过去她对着他时发自内心的喜悦。他修长的手指捏着杯壁，微微用力，指尖隐隐泛白。

辛梓察言观色，忙打断道："单总喜欢喝茶。"

宋颂勾了勾嘴角，闭眼仰头就喝了，喝完才说："没事，我们喝酒，单总随意。为了这件事，我什么都可以做，单总这么帮忙，给面子，我是无所谓多喝一点的。"

几乎没怎么说话的单凛突然接住宋颂的话："你什么都愿意做吗？"

单凛这话说得颇为严肃，那边峰叔和辛梓先是愣了一下，宋颂似笑非笑地瞥了他一眼："不卖身。"

峰叔大笑，骂宋颂没正行，宋颂顺坡下，跟单凛道歉，又喝了一杯。

单凛看着她因为暖气和醉意而泛红的脸，端起酒杯，缓缓喝下。

他不喝酒，宋颂知道，而且他不能多喝酒，但他今天一口气喝下了大半杯红酒。

这一晚，他破例了，然后一发不可收拾，辛梓劝都劝不住，但出人意料的是，他的酒量很好，直到峰叔撑不住被秘书接走，他依然能直立在门口。

辛梓被梁浅深接走了，还剩下宋颂和单凛。宋颂是打车来的，这时候叫了辆车预备回家。而在另一边的单凛一直望着大马路，没有任何动作。

宋颂缩着脖子，一下一下踮着脚，时不时低下头看手机，留心车子到哪里了。

她看到地上拉出他们两人长长的影子，中间隔着一米的距离，此情此景，似曾相识，那时候，她只要稍微动动脚，他们的影子就能重叠到一起。

她突然对身边的人开口："所以，之前我求你不要和宋子强合作，你是在演戏给我看？"

她心里明白，但就是气不过，想听他亲口承认。

单凛像是生了锈的机器，猛然间被按了开关，先是重启，然后预热，终于有了反应："你不需要知道。"

他的声音很低，宋颂差点听不清。

"也是，反正你做任何事都不会是为了我。"

宋颂故意呛声，他这么喜欢扮恶人，她也懒得说了。

宋颂收了手机，侧过头看他，却猛地愣住。他正看着她，瞳孔像是吸尽了头顶夜空所有的黑色，宋颂却能看得清他的目光，前所未有的直白，钉在了她的脸上。

"当我没说，反正，已经没有意义了。"对她而言，知道不知道，都不会改变什么，她说这么多，就是自取其辱，还不如打住，"要帮你叫辆车吗？"

在宋颂看来，他们之间结束的是感情，两人并非不共戴天的仇人，她心里明白，单凛为她确实做了很多，她恨的是他的自以为是，他的无法相托。

单凛没答，宋颂侧过头，发现他还在看她，眼神有点奇怪。

"你不需要知道。"他突然又说了一遍，接着兀自笑了笑。

他笑了，宋颂瞪大了双眼，不可置信，她快要不记得上一次见他笑是什么时候。

但是他为什么又要说一遍？宋颂觉得他好像不太对劲。

"你不需要知道。"单凛朝她靠近了一步，低下头，垂眼看她。她冻得有点发红的鼻尖像是一颗草莓，可爱得令人想要一口吃下。

他越靠越近，带着酒气的呼吸就在她的面前，宋颂不由得往后仰，想要避开，却被他伸手揽住了腰。

单凛勾着唇，声音低沉又危险："你不需要知道，我会变成连自己都不认识的疯子，我会用尽手段占有你，甚至杀了你。到那时，你还会觉得我好吗？"

宋颂背后蹿起一股凉意，神色僵硬地看着他。

"你为什么要知道呢？"

他压抑的声音像是在求饶。

宋颂欲言又止，她现在很冷静，非常理解单凛说的这些事会造成怎样的后果，但她并不认为事情会糟糕到这个地步。

单凛像是看穿了她的想法："在我还不到十六岁的时候，把人打成重伤。我爸为了利益娶了我妈，知道她精神不正常，就把她无情地抛弃。而我妈就是一个彻头彻尾的疯子，隐瞒自己的病情骗婚，得不到我爸，就干脆毁了，再自杀，可惜没死成，现在还在医院里躺着。事发后一个礼拜，我开始出现幻觉。从那时起，我就知道，我会走上她的老路。

"宋颂，我要有自尊地活着，不需要同情，我也想给你很多，但保持清醒地活着已经让我费尽力气，我还能给你什么？

"我的人生烂透了。"

· 第十二枝百合 ·
你嫁给我，才是我人生的 Plan B

///

年末，宋颂有一场品牌大秀，更是首次对外发布 SONGSONG 男装，时间就在她生日当天。这场秀她倾注了许多心血，秀场当天的活动会通过国内最大的直播平台以及微博联合直播。现场邀请了许多圈内时尚名人，这次《完美登场》的不少伙伴也前来助阵。乔装卓真的不容小觑，场面话会说，热度也蹭得不错，宋颂没有邀请她，但她主动在微博上 @songsong 祝宋颂生日快乐，大秀顺利。宋颂对这种塑料情谊很是不齿，但在各方教育下，还是顺手转发，表达了谢意。另外，之前外界就有人在猜宁末离夫妇会不会到场，果不其然，把宋氏姐弟宠上天的夫妻二人怎么会错过这么重要的一次秀场，两人难得同框出现，直接空降热搜第一。

曾佑从前两天就来到现场，美其名曰来视察公司最重要的秀，实际上假公济私来看宋颂，只不过宋颂实在太忙了，没顾得上跟他多说几句。

好不容易趁着她吃中饭的时候，曾佑拉了一把椅子坐到她边上，她埋头吃饭，只招呼了一声："盒饭还有，今天点了很多。"

曾佑按住她的手，递过去一瓶水："别吃那么快。"

宋颂抬起头，拿过水瓶，但没打开，她知道曾佑这两天一直找她想说点什么。

两人都太过了解对方的脾性，曾佑酝酿了一会儿，还是选择直言："那天晚上，辛梓跟我说你们见面了。"

宋颂微微蹙眉，有一瞬她想起了那晚单凛最后说的话，每一句都像一根刺，扎在她心上。她以为她知道得够多了，却不想如庄海生所言，还有最后一小步。

他迈出来了。

他像个旁观者，冷漠地俯视自己一个个伤疤，连皮带肉地揭开。

"他的状态不好，经常有幻觉，情绪控制能力差，医生现在根本不允许他独自外出，他那天是逃出去的。"

宋颂面色不改，礼貌地听完，然后说："其实，我现在并不太想见到他，也不想再知道什么，一切都太晚了。"

曾佑看不出她的真实情绪，沉默了一会儿，说："我理解，我觉得你的决定是正确的。我只是希望你开心。"

"我看上去像是不开心吗？"宋颂站起来，夸张地转了一圈，反问道。

她确实没有不开心，只是，她也没有很开心，好像心里会雀跃的那个开关断了电，与生活中的愉悦无法相连。

曾佑不知道单凛跟宋颂说了什么，但宋颂看起来还挺正常，单凛那边却大不一样，他还想说几句，却被外面进来的人打断了，宋颂也趁机溜了。

她逃了，她不知道该如何是好。在她决定离开之后，单凛又给她出了难题。

宋颂强迫自己把注意力放回到工作上。

这个 12 月 31 日，对于宋颂而言是极为难忘的一天，她感恩自己遇到了这么多不离不弃的伙伴，做了自己想做的事，上天还是眷顾她的，虽说经历过人生喜悲，但自己咬咬牙，亲人帮帮忙，最后还是向着越来越好的方向走去。

而这天更是宋颂的生日，梵戈作为压轴出场的模特，仿佛背着满身光芒的天神下凡，宋颂为他设计的这一身，无可挑剔。

宋颂最后登场，捧着鲜花站在舞台的中央，灯光炫目，鎏金礼花，掌声如雷，身边是紧搂着她的梵戈，这么多日子以来的酸甜苦辣，她的成功与失败，都在这一刻得到了释放。

然而，她心底空出来的位置，没有什么能够填补。

梵戈趁着气氛热烈，让她说一下生日愿望。宋颂想拿生日愿望得在心底许为由糊弄过去，梵戈不依，这个弟弟开始行使弟弟的权利，各种卖萌要宝，搞得宋颂只好再次拿起话筒说："那就希望大家都能健健康康吧，健康最重要。"

然后，不管梵戈如何吐槽她官方，她都不肯重新许。

这一场欢闹还没结束，一群人打算去 Club（酒吧）续摊，一起跨年，宋颂也换了身衣服，跟着大部队走。

就在这时，虞是如跑过来，把她拉到角落，塞给她一把钥匙和一张卡片。宋颂没搞明白，捏着钥匙看了看，问："什么东西？"

"下午有人送过来的，说是让我把这个给你，但那时候快要开场了，我就没给你。"

宋颂又看了一眼，感觉是一把房门钥匙："谁给你的？"

"不认识。"

外头有人开始招呼他们赶紧过去，宋颂充耳不闻，低头皱眉看着手里的这把钥匙，随即打开卡片，上头印着一个地址。

她倏然长出一口气，莫名笑了起来，可这个笑里的个中滋味只有她知道。

虞是如有点担心地问道："颂姐，你知道是怎么回事了？"

宋颂摇头："没事，走吧，别让大家等。"

Club，狂欢夜才开始，梵戈也想来，但因为第二天还有活动，被经纪人无情地拖走了。宁氏夫妇要回家带娃，也先行告辞。剩下的人没事的都跟了过来，宋颂喝着酒，朱皑皑兴致很高，拉着她去跳舞。宋颂跟着朱皑皑跳了一会儿，又逃回到包厢，说是年纪大了，跳着头晕，得缓缓。朱皑皑根本不信，但见曾佑坐在她边上，便很识趣地溜了。

曾佑难得出入这样的场所，也没人敢邀他，两个人就坐在沙发上，你喝一口酒，我也喝一口酒。

Club 里很吵，曾佑跟宋颂说话不得不贴近她的耳边："最近太累了，你要不要早点回去？"

宋颂低着头听明白后，扯着嗓子回道："不累，就想玩。"

马克在一旁看着他们的互动，喝了口酒，若有所思。

一帮人玩到人仰马翻，这才恋恋不舍地渐渐散场。宋颂喝了不少，但算是这帮人里头最清醒的，还帮忙安排好其他人回家的车，最后只剩下宋颂和曾佑。

"我送你。"

"你先走吧，我还有点事。"

曾佑觉得宋颂不过是不想他送，理由实在牵强："都三点了，你还能有什么事？"

宋颂招来一辆出租车，回头送给曾佑一个浅笑："老板，给我点私人空间。"

这话说完，曾佑是无论如何都没法再进一步。

宋颂坐的车开走后。曾佑站在原地，想了想，忽然脑中跳出一个念头：已经1号了，是单凛的生日。

宋颂站在一片小院子前，手里捏着钥匙，眯着眼四处张望，寻思着找个地方把钥匙藏进去。她并不想接受这份莫名其妙的"礼物"，可就在她物色地方的时候，门突然开了。

宋颂本能地缩了下肩膀，飞快地回过头，门后并没有人。

那么，就是房子里的人，邀她进去。

宋颂仰头，这才看到监控摄像头。在摄像头的另一边，连接的显示器后面，那个人现在应该也在看着她。

现在做这些，有什么意义呢？宋颂对着摄像头指了指手中的钥匙，蹲下身，将其就放在门口的地上。然而，她的手机在此时响了。

来电显示：凛哥来电快接快接。

宋颂抬头看着摄像头，等了一会儿，铃声持续响着，她被拒绝过很多次，知道那样的味道不好受，可能换个人会认为自己不好受，也要让别人尝试一下这样的滋味。

她却不想让他也难受，这是她的善良。

她将手机放置耳边，那头的人一开口就说："你不用拒绝，这是送你的，我承诺过。"

宋颂嗤笑，盯着黑漆漆的镜头，冷淡地问道："怎么，这是生日礼物，还是迟来的分手礼物？我都不需要。"

单凛沉默片刻，说："那么，结婚吧。"

结婚？

她没醉到听不懂人话吧，或者这人讲的不是人话。

结什么婚啊！

这位小哥哥，你说出这种话，过脑子了吗？你多大脸啊，我们是要结婚的关系吗？

宋颂望着没有一颗星星的夜空，颇觉讽刺，他竟有脸说这样的话，宋颂气到快要自爆，原本就压在心底的火苗猛地被扇出了星火燎原。

"单凛，你……"

她几乎要脱口而出"你脑子有病"，关键时刻硬生生掐住，这话是万万不能说的。

"你别逼我骂脏话，你把我当什么？凭你心情好坏，叫我滚的时候千方百计让我难堪，要我来的时候就送我套房子？结婚，你觉得我会答应吗？"

宋颂扭头就走，很想当即挂了电话，但听筒里他的呼吸声格外沉重："可是你说，再烂的人生也有希望。"

宋颂愣住，拿着手机的手微微发抖。

"你想怎么骂我都可以，既然现在你都知道了，我就想自私一回，这辈子我有的，你都可以拿去。还欠下的，我下辈子还。"

他的声音低沉沙哑，说到最后，声音越来越轻，宋颂不由得停下脚步，夜风冰凉，倒灌入她的喉咙，令她难以呼吸。

宋颂气得发笑："你真的很自私。这样算什么，因为我要走了，所以你舍不得？"

"你爱我。"

单凛突如其来的三个字，令宋颂蒙了。

"你爱我，就像你一直都知道，我爱你。"

两人有一段时间谁都没说话。

不知谁家花园的冷梅，把忧伤凝入花香，在这夜里铺满了欲言又止的遗憾。

宋颂冷着脸，哑着嗓子说："后面半句，你再说一遍。"

"你一直都知道，我爱你。"

"最后三个字，再说一遍。"

单凛顿了顿，缓慢而清晰地说："我爱你。"

宋颂倒吸一口气，无法形容现在是什么心情。

寂静的小路上，脚步声格外清晰，宋颂屏住了呼吸，转过身。

单凛就站在她身后，脸色苍白，无声地望着她。

不知为何，宋颂脑中顿时闪现出许许多多他少年时的样子，一股子自傲和冷漠，当真是天之骄子，哪怕他是尖锐锋利的，却叫人不敢指责。可他现在太过锋利，随时都会伤人伤己。

宋颂艰难地说道："单凛，这三个字说得太晚了。现在说，有意义吗？"

单凛像是预料到了一般，静平静地问："这就是你的答案吗？"

宋颂慢慢放下手机，半垂下眼，她不想让自己说出更多难听的话："我很抱歉。"

单凛苍白的脸上，神情瞬间凝滞，但他很快做了一次深呼吸，脸色平静得好似什么都没发生过。

让她自由吧，不要被他困住了，他在许多个夜晚反复这样告诫自己。如果这就是结局，他希望，离开他之后，她过得更好。

单凛重新把钥匙递到她面前，说："你永远不是该道歉的人。不管怎样，房子是你的。"

宋颂觉得再也没有比现在更糟糕的时候，哪怕在机场，她跟他摊牌，也好过现在。他唯一一次主动，被打击得体无完肤，脆弱的坚强，摇摇欲坠。

他的骄傲和自尊，在她面前，只剩下这一把钥匙了。

于他而言，这一步跨过的是万水千山。

宋颂没有接，她不想再待下去了，多看他一眼，她都会受不了。

宋颂走了，一口气走到了小区门口，却又突然停住了。

凌晨四点的马路空无一人，保安亭的门卫警惕地看着这个傻蹲在原地，好像在抱头痛哭的女人。

宋颂抱着膝盖，无法动弹，心中全是横冲直撞的情绪。她知道以单凛的个性，今晚所做的一切是他的极限，骄傲如单凛，不会再有第二次了。

她只要走出这个小区，就不会再有回头路，他们之间自此诀别。

宋颂整个人都因为激烈的情绪波动而颤抖，她在做这一生最艰难的决定，当初选择分手，或许在心底还留有一丝丝贪念，幻想他能把她追回来。

现在，当他真的朝她伸出手，她就这样离开吗？

还在象牙塔里的自己，怕是会毫不犹豫地答应吧。

门卫看了看时间，过去了十分钟，这个女人还蹲在那儿，他琢磨着是不是该去问问。

就在这时，蹲在地上的女人猛地站了起来，飞快地往回跑。

门卫愣了愣神，不会出事吧？

宋颂脑子里一片空白，短短几分钟的路，仿佛没有尽头，寂静的小区里，只有她急促的脚步声。

单凛可能已经进屋了吧，宋颂边跑边摸手机，想要给他打个电话，还没按下解锁键，猛然看到路的中间，那个身影还在原地。

单凛听到声音，神色冰冷地看向前方。当宋颂喘着气重新站到他面前的时候，他的脸上有了一丝冰山消融的裂缝。

宋颂的气还没喘完，直接骂了一句："你总有本事把事情搞到最糟。"然后，她伸手抓过钥匙，在手心里掂量了下，"我第一次知道，求婚不是用戒指，而是用钥匙。"

单凛还没反应过来，宋颂又迈近一步，也不管自己的手有多冷，硬是捧住他的脸，不客气地蹂躏了一番："你刚才说的话，如果敢反悔，马上离婚！"

趁着单凛还处于震惊的状态中，宋颂赏给他这个晚上第一个笑容："结婚吧，天亮了就去。"

把这句话说出来后，她的心中如释重负。这就是最真实的答案，她无法违抗。

单凛总算是用他那颗聪明的脑袋听明白了宋颂的话，他立刻捉住她的手，紧盯着她笑眯眯的眼睛："你说什么？"

"结婚，马上结。你户口本在哪儿，我的还在家里，得先回去一趟，天亮了就去结。"

宋颂永远都忘不了单凛此时脸上震惊的表情。

她不耐烦地戳了他一下："结不结？"

单凛马上反应道："结。"

但他很快蹙眉，道："今天是元旦，民政局休息。"

宋颂："……"

宋小姐甩开单凛的手，板着脸："呵，你少说一句，幸福你我他。"

单凛一愣，竟是低下头笑了，笑得不由得咳嗽起来。

宋颂佯装转身要走，单凛当即拉住她，几乎是拦腰将她抱起来，往房子的方向走去。

宋颂被吓了一跳："你哪里来的力气？"

"该有的力气还是有的。"

"……"

单凛带着宋颂进到屋子里，屋里开着暖气，宋颂一下子就觉得血液在体内加速流动，整个人都活泛了。

"海生说这里一直没装修好，看来他的消息不灵啊。"宋颂脱了鞋，光着脚就跑了进去，惊奇地开始四处转悠。

单凛跟在她身后，突然拉住她。宋颂停下脚步，奇怪地回头看他。

他指了指地上："穿鞋。"

宋颂习惯了光脚，在家的时候没人管她，拖鞋全都是摆设。

她刚穿好了鞋，就听单凛低声叹了口气，说："还跟以前一样。"

宋颂的心像是被一只手狠狠揉了下，又是痛，又是酸，还有更多的是，无法忽略的甘甜。这一晚，就连"结婚吧"都比不上这一句令她百感交集。

"哪里一样。"宋颂瞪他一眼，"以前你还会把鞋递到我面前，帮我穿。"

"有吗？"单凛似乎在回忆。

"有啊。"宋颂很肯定，这时候就要开始立规矩，宜早不宜迟。

单凛低头看了她一眼，没说什么，弯腰握住她的脚踝，替她穿上。

宋颂伸手摸了摸他的发顶："生日快乐，单凛。"

单凛手中一顿，缓缓抬头："生日快乐，宋颂。"

宋颂当初是一句笑言，说是要有一栋房子，里面的房间各种风格，这样才不会无聊。可她没想到，单凛真这么做了。宋颂第一个跑去看了主卧，直接惊喜地倒在了床上。单凛把一整套顶级家庭影院搬到了卧室，完全符合宋颂喜欢瘫着看电影看到睡着的癖好，墙壁大胆运用了墨绿色调，给人一种幽静森林之感，从另一个角度也能觉察出，这里有点像单凛最封闭的内心世界，静谧而厚重，能够触及他心底的人，自然是能够与他相拥而眠之人。她又急不可耐地拉着单凛跑到了工作间，只一眼，就直接被她赐名"宋颂的天堂"。她说过最喜欢两个人待在一处创作，所以这里的面积超级大，单凛加入了工业风，无遮挡的自由空间，她想摆多大设计台，放几个布料储物柜，摆几个模特都没问题。

单凛跟在后头说："这里还都空着，你需要的东西，都可以搬进来。"

"那你呢？"

"随意，你留一块给我。"

宋颂欢喜得不行，调侃他："这不是太委屈你了吗？"

她笑起来的时候，好像眉毛都会跳舞，正是他想了无数次她走进这里时的反应。

"你还摄影吧？"

"还拍的，有时候会给模特拍，或者自己出去转悠找点灵感。"

单凛像是不经意地说道："隔壁有间暗房。"

宋颂听到的瞬间，眼睛里都冒光了。

一圈看下来，每个房间几乎都被设计成不同的风格，本以为这种天马行空的想法做出来会很奇怪，可在单凛的手笔之下，产生了奇妙的化学反应，不显凌乱，倒显丰富。

宋颂回到客厅，在沙发上坐下："你弄了多久？"

"断断续续，大概三年。"单凛在她身旁坐下，"其实还没有完全装修好，但来不及了。"

来不及等了，这份礼物必须要送出去。

"一早就打算送我了？"

单凛想了想，说："迟早会送你。"

宋颂不太满意，"迟早"这个词用得挺令人琢磨："也就是说，很可能等我七老八十了，突然收到一把钥匙，然后没过多久我就死了，传给下一辈。"

单凛："或者你结婚的时候。"

宋颂挑眉："抢婚？"

单凛知道她又开始翘尾巴了，淡淡道："贺礼，如果没有婚房，就凑合住吧。"

宋颂才不信："不真诚。"

单凛看着她丰富的表情，突然陷入了沉默。宋颂见他不说话，以为自己说过了，心想这人怎么还这么敏感，但鉴于现在自己是被她"求婚"求回来的，所以并不怎么慌张。

"怎么不回答？"宋颂凑过去，歪着脑袋看他。

单凛伸出手，又有点不自在地放下。宋颂突然明白了，单凛现在有点处于真实和幻觉的微妙感觉中。与此同时，他对于两人突然恢复的关系还不适应，他想亲近她，又不好意思。她就没那么多顾忌了，直接抓过他的手握住。

单凛低头看着他们交握的手，说："我心情不好的时候，会一个人待在这里，整夜画图，设想你会喜欢什么样的风格。"宋颂不知道他怎么突然说起这个，但她听他说着，马上能在脑海里勾勒出空旷的房间里，他一个人的身影，陪伴他的是孤灯和寂静。

"你的每一季新款我都会买，想了解你的喜好。"说到这里，他侧过脸看她，"你每一次都在进步，每一次都能看到不一样的你。"

"所以，其实你有在偷偷观察我？"宋颂琢磨了会儿，半是含笑，半是正色道，"单凛，你觉得你了解我吗？"

单凛看了她一会儿，缓缓摇头："过了这么多年，我不确定。"

"你了解，所以你才敢跟我求婚，你知道我不会离开你。"

"你错了。"单凛毫不犹豫地回道。

"哪里错了？哪有刚分手就要结婚的，还这么不容置疑。如果我今天不答应，你有 Plan B 吗？没有吧？因为你就是知道我舍不得拒绝你。"宋颂故意气鼓鼓地嘀咕一句，"真气人。"

"我没有 Plan B。"

"你看，我说对了吧……"

他看她气不过的样子，打断说："你嫁给我，才是我人生的 Plan B。"

最不能想，却最想要的，Plan B。

"所以我是你人生的意外？"宋颂装作听不懂，偏要他说明白。

这种话以单凛的脾气是不可能说出来的，他避开她的目光，她追着他看，终于搞到他受不了了，反过来催她睡觉。

"好啦，睡睡睡。"

这人啊，就是这么不坦诚，宋颂再次感慨自己善良，放过了他。

单凛一直失眠，整夜不睡是常有的事，但宋颂是正常人，前段时间这么忙，今天又是一个通宵，情绪波动又大，身体会吃不消的。

虽然装修得差不多了，但这里还没法住人，家用都没到位，单凛说："今天就在这里将就下。"

宋颂找了个舒适的姿势，靠在沙发上。好在单凛深知她的喜好，挑了个大沙发，两个人分头躺，勉强能挤一下。

"你睡吧。"单凛见她眼皮都快要撑不住了，脱下外套盖在她身上，再把空调调高了一些。

宋颂实在是困得不行，一直吊着的精神慢慢松懈，在酒精和连日来的疲劳冲击下，终于垮下。她闭上眼，含含糊糊地说："你也睡。"

"嗯。"

他根本睡不了，但为了让她安心，他还是口头上应了。

他看着她的睡颜，想起刚才见到她去而复返，心中大起大落；想起他濒临绝望的那些日子，靠着她一封封的邮件坚持到最后；想起每一次拒绝她，心中空洞到麻木。

他几经尝试，终于还是说出了口："六年前，我第一次发病的时候，失控了，等我恢复清醒的时候，知道你在找我，但我脑子里只有一条死路，我没有办法编一个冠冕堂皇的理由好好分手，我只想简单粗暴地结束这一切。但我利用了你的善良，你的坚持让我有恃无恐。"

宋颂的睫毛微微颤动，但她的眼睛刚睁开一些，有一双手轻轻遮住了她的视线。

"我一边不想让你进入我的人生，一边又贪恋你的坚持。宋颂，有些话，我真的说不出口，我不喜欢说这些，但我希望你知道，我从不觉得你离不开我。离开我，你还是你；离开你，我什么都不是。在任何人眼里，我都没有资格留住你，是你给了我 Plan B 的人生。"

单凛说完，很长一段时间没动，他的手依然遮着她的眼睛，她的呼吸轻缓，一动不动，他不确定她睡着没。

忽然，她拉过他的手贴近唇边，在他的掌心落下一吻。她没有睁开眼，心满意足地用脸颊蹭了蹭他的手，温柔地说："好啦，我都听见了。你不说，我也懂，你怎么可能什么都不是。在我心里，你就是最好的，也不要说什么没有资格。他们不懂，能留住我的，只有你啊。"

单凛俯下身，额头轻轻抵着宋颂的额头，极近的距离，极静的空间，他的呼吸声时断时续。过了一会儿，宋颂觉得鼻尖被什么打湿。她惊了下，本能地动了动身子，但很快反应过来，听话地没有睁开眼。

他的声音沙哑低沉："你永远是我最重要的人。"

大概没有人见过单凛的眼泪。

他们一直保持这样的姿势，直到宋颂睡着，她还时不时打起了小呼，单凛直起身，关了灯，在黑暗中坐在她身边。

每到黑夜降临的时候，他都会心烦气躁，身体里像是有无数只要挣脱牢笼的困兽，刺激着他想咆哮，连带出无数负面的情绪，与这黑夜融为一体，将他一点点拉入黑暗的深渊。而他需要在漫长的独处中，不停地挣扎，循环往复，没有尽头。

然而此刻，他听着她绵长的呼吸声，心跳的节奏仿佛慢慢与之趋同，前所未有的安宁。

宋颂这一觉睡得异常香甜，等她醒来的时候，已经是临近中午。

单凛就坐在不远处，单手支着头，腿上搁着一本书，听到响动，抬起头来。

"早啊，几点了？"宋颂还有点迷糊。

"10 点。"

宋颂在沙发上翻动了两下，撑起半个身子，说："你早就起了？"

"嗯。"

宋颂歪过头，半睁着眼打量单凛，发现他衣冠整洁，毫无褶皱，面容苍白，并没有太多精神，她突然想到什么："你是没睡吧？"

"睡不着。"单凛淡淡回道，又补充了一句，"我睡眠本来就不好。"

他睡眠不好，宋颂是知道的，但看起来他已经不是睡眠不好的问题，长期严重失眠，会导致许许多多的问题，更会提高他的精神处于不稳定状态的概率，恶性循环。

宋颂立刻清醒了不少，想起上一次饭局偶遇，庄海生说单凛是自己逃出来的，宋颂神色一正，问道："你在接受治疗吧，有按时吃药吗？"

单凛合上书，说："嗯。"

宋颂用怀疑的目光盯着他。

对峙了一会儿，单凛先退让一步，如实说："过两天我会去找郝医生。"

也就是说，他之前都没好好遵守医嘱。

宋颂拿过他的外套，给他披上，认真地说："答应我，我们好好治疗。"

"这个是治不好的。"单凛不想她抱不现实的期望。

他说这句的时候非常冷静，仿佛早已看透。宋颂心中一紧，面上如常道："你之前不是控制得很好吗，我们慢慢来。"

单凛没再多说什么，算是答应了。

眼看中午也快要过了，宋颂昨晚喝得有点多，胃不太舒服，于是两人去附近超市买了点日用品，先梳洗了一番。

"你想吃什么？"宋颂一面打开外卖 APP，一面问浴室里的人。

"你定。"

"要不喝粥吧，我再多点几份小菜。"

"好。"

下单成功之后，宋颂靠在沙发上开始梳理这几个小时发生的事，不得不说，人生太具戏剧性，前一天她还觉得他们之间从此再无可能，谁知道现在她已经冠上了"未婚妻"之名。

她在为之努力、期待、付出了许多年后终于达成了心中所愿，种种感受交融在一起，难以形容，思来想去，大概只有幸福二字能勉强概括。

宋颂拿出手机回信息，大多是恭祝新年好的祝福。曾佑的消息在很下面，他在凌晨两点的时候发来微信问她有没有安全到家，后来又打来电话，宋颂都没有来得及回复。

对曾佑她很坦荡，但也很抱歉。

宋颂打了一段话，反复修改后，只保留了这些：凌晨没看见消息。我很好，多谢关心！新年快乐！

过了会儿，她又补了一句：我的生日愿望实现了。

她的生日愿望每年都一样：和单凛重新在一起。只有今年，她没有许愿，却实现了。

那边没有回复，可能不知道怎么回复，也可能没有看见。

浴室那边有响动，单凛穿着一件单衣打开浴室门，他边拿着浴巾擦拭短发，边向宋颂走来。从宋颂这个角度看去，越发显得骨瘦嶙峋。

单凛刚在宋颂身边坐下，宋颂就上前拦腰抱住他，他的身体僵硬了一瞬，他还不太适应这样的亲密。

宋颂紧了紧手臂，蹙眉道："你瘦了太多，抱起来太硌人，我喜欢你以前的身材，看来我得想办法把你养胖一些。"

单凛低头，见她像一只懒洋洋的美人猫，扒着他不肯放，嘴上还在数落抱着不舒服，这里需要多点肉，那里也需要多点肉。

"你说呢？"末了，宋颂的下巴颏搁在他的肩上，笑眯眯地问他。

她总是不吝啬自己的笑容和喜爱，在他心上投下一束光，穿透层层乌云。

突然，单凛单手甩开浴巾，恰好罩在两人的头上。宋颂低声惊呼，单凛已经低下头在她的唇上吻了一下，但很快分开。

宋颂收紧手臂，贴着他的耳侧低声问："上次在机场，我亲你的时候，你真的生气了吗？"

单凛瞥她："你那时还真咬。"

"你可以还回来啊。"宋颂嬉皮笑脸地在他脸颊上啄了下，嘟了嘟嘴，诱骗他，"快点，我给你机会咬回来。"

单凛脸上被亲的地方像是一个高热点，热气迅速向周围的皮肤散去，宋颂总有办法叫他无奈又心甘情愿。

他转过身，单手扶住她的后颈，轻轻把她往怀里带。亲吻前一刻，他说："那个口子一个星期才好，要是再慢一些，就好了。"

这一天大概是两个人多年以来，第一次这么无所事事又心满意足，不去看手机，不去想烦恼，窝在一起重新熟悉对方的味道，倾听对方的声音，以为会有一阵尴尬期，却不想两人之间的默契一直保留在各自的身体里。单凛一抬手，宋颂就知道给他递过去一双筷子；宋颂一瘫在沙发上，单凛就无声切换成人偶式抱枕。夜色再次降临，两人泡了一壶茶，隔着落地窗，看看院子里的景色。

宋颂感慨："好舒服，要是每天能这么看着日出日落闲散度日就好了。单总，你不应该发表点意见吗？"

单凛知道她又开始耍宝，淡笑道："什么意见？"

"哎呀，这你都不知道？"宋颂瞪圆了眼睛，装作不可思议，"你应该立刻承诺：我养你，你想怎么度日就怎么度日。"

单凛深知她的这点套路，淡定地喝着茶，慢悠悠道："我的都是你的，以后应该你养我。"

宋颂愣了愣，下一秒立马扑上去，吓得单凛手上茶杯一抖。宋颂很满意地拉过单凛的手，连摸带拍，语重心长道："总算是有进步，不枉我苦追多年。"

单凛觉得眼下是个时机，于是说："有件事，我要先跟你说明。"

"什么？"

"时代集团，是我爸弄起来的，利用了我妈家里很多关系，但这个集团，以后未必是我的。"

见他对时代的评价如此勉强，宋颂只能感叹单凛心气太高，眼里容不下沙子，看不上眼就是看不上眼。

看他一副时代集团可能没法送你当礼金的模样，她忍不住笑道："不是就不是啊。你看不上的，我也不需要，不用特地跟我解释这个。"

宋颂是真无所谓，他们有自己的事业，这个时代集团砸下来，她还真怕接不住，眼冒金星呢。

单凛不由得浅笑，跟宋颂说话，他总会觉得心上的那个紧箍咒松了，好像没有什么事是值得烦恼的。

生活都会好起来的。

但这件事不是那么简单。

"他生前威胁过我，要我答应一件事，不然我将无法继承他的财产，但我根本没兴趣，我们之间爆发过很多次冲突，可他突然去世，这些东西还是挂在了我的名下。现在，乔寒深是明面上的老大，实际上我是最大股东，可我总觉得，他应该是知道了什么。"

难得他解释了这么多，宋颂好好听完后，问："你的意思是，乔寒深知道你爸威胁你的事？"

"嗯。"

"你爸威胁你什么？"

单凛的脸色冷了下来，不齿道："他要我日后娶了乔裴卓。他都算计好了，为的是捆死乔家的人为我们家卖命。此外，万一我和我妈一样，都得了病，乔寒深为了保护他妹妹，也会不惜代价帮着隐瞒。如果我不答应，我就没法继承所有财产，而且他不会让我在建筑这条路上走得舒服；如果我答应，我爱干什么干什么。"

"你答应了？"

单凛看了她一眼。

宋颂立马意识到自己说错了："我们凛哥怎么可能向人低头。"

"我会低头，但要看对什么人。"

单凛垂眼看着宋颂，宋颂脸上一红，眨巴眼睛看着他。

"就是因为我不答应，所以他经常禁锢我，还想强行把我送出国。"

宋颂想起读书那会儿，单凛消失的那次，回来的时候，带着一身伤。

"他没来得及立遗嘱，所以他死后，遗产依然由我继承。可是，前段时间，乔寒深把乔裴卓介绍给我认识。"

宋颂脑子一转，马上想起："哦，就是在日料店，把我气昏的那次。"

她这个说法倒也没有大错，单凛瞪了她好一会儿，无法反驳。

宋颂见他一脸严肃，先笑了，晃了晃他的胳膊道："开玩笑的，我是那么小气的人吗？你接着说。"

单凛却不放过这点："我知道乔寒深的意思，但我的态度也很明确，没兴趣，你不过是恰巧看到这一幕罢了。"

"我不吃醋啊。"

单凛瞥她，她被看了会儿，忍不住哈哈笑起来："好吧，就一点。重逢后你都没跟我单独吃过饭呢，就和乔裴卓吃，我不高兴也正常呀，但本小姐我总体上是很大度的，你摸着良心说，是不是？"

单凛心里明白，自己这些黑历史是数不过来了，旧账太多，他也不辩白。

他只是不想她为此不开心，于是道："我下半辈子的饭都跟你吃，颂小姐可还满意？"

宋颂勉为其难地点点头："乔裴卓这人跟我八字不合，以后少在我面前提她。"

"不说她，说她哥。时代集团搞成什么样，我都不关心，但我手里的股份，捏着还有点用处。比如说，宋子强的事，我已经安排好了，我不再跟他合作，乔寒深自然也不会再选他。他前期投入了大量精力，现在全是白费力气，这些天一直在找门路。乔寒深对我的专业建议深信不疑，这件事他不会多想，可说不好哪一天，我会和乔寒深撕破脸。"

宋颂算是明白单凛的底气了，可还是有点担忧："宋子强会不会发现是你做局坑了他？"

单凛摇头："我在外的风评一直很好，只注重专业，所有对外打点的都是庄海生。我提出终止合作的原因有两点，第一，他过去的劣行有证据捏在我手上；第二，跳水馆项目进度提前，我需要把所有精力全部放在这个项目上。他并不清楚我和乔寒深的关系，一时半会儿也不会想到这上面。"

"你有证据？"宋颂惊讶道，"宋子强这人处事圆滑，人脉广，手腕强硬，大家都知道他有不少丑事，但都拿不出能一锤定音的证据，我也找了不少关系，小打小闹有，但都动不了宋子强的根本。"

单凛解释道："你不在圈子里，很多事不好操作，而且有些事也不是从这个圈子入手，而是要从另外的圈子下手。"

宋颂想了想，并不是很明白。

单凛提示了一句："他要拿地，拿项目，政府里没几个人，是吃不下来的。"

宋颂恍然大悟，这方面她不是没有人脉，但这个人脉是曾佑，这就很微妙了，她不想欠曾佑太多还不清的人情。

单凛淡淡道："和宋子强合作的人，我都安排人接洽过，不同时间，不同项目，他以前是做得天衣无缝，但人一旦做大，就会狂妄，以为自己可以一手遮天，扩张得快了，就难免管不住下面的疏漏。"

单凛早两年就开始布局要捉宋子强这只老狐狸，此人精明贪婪，最爱钻空子，只给一小块奶酪是不够的。辛梓会和宋子强合作，也是他通过各种关系从中牵线搭桥，暗中推动，不然以辛梓的个性，未必肯和宋子强这种人共谋。他在这件事上很谨慎，一点点促成现在的局面。当宋子强和辛梓决裂，找到他的时候，他就知道，是时候收网了。

偏偏这个时候，宋颂让他不要和宋子强合作，他无论如何只能骗她一次。

宋颂不由得问道："所以，辛总早就知道？"

"他现在知道了，最初并不知道。如果他早就知道，会刻意防备宋子强，容易露出破绽。只有他真的和宋子强合作，宋子强才会把他当自己人。他们本就是两路人，宋子强为了利益可能会有所掩饰，但时间长了总会露出狐狸尾巴。到时我只需要再放些饵，让他和辛梓产生分歧。这件事辛梓的太太梁浅深知道一些，中后期的时候，我需要他们的配合，必须跟她交底。"

宋颂只在辛梓口中听闻过一两句关于他太太的事，对这个人没有什么了解。

"梁浅深你不熟，表面上看她不过是一家律师事务所的合伙人，但她背后的能量很大。之所以选择辛梓，也有这一层原因，一来辛梓为人正直，性情低调，沉得住气，我和他神交已久，彼此印象都不错；二来，我和梁浅深算是一个圈子的朋友，家里的关系网有交集，比较容易说服他们在这件事上站我这一边。你应该知道曾佑家里有政府背景，但曾佑家不过是曾家一个分支，梁浅深才是本家核心一脉，所以这件事，我跳过了曾佑，也跳过了辛梓，直接找上了梁浅深。而且梁浅深本身在法律界混，一旦到了她的领域，想要弄倒一个宋子强，于她而言，不算太难。"

单凛解释了这么多，语气一直淡然，好像这些事跟他没多大关系，他不过是举手之劳，但实际上有多少人在里头掺和，需要消耗多少心神去周旋，不是宋颂可以想象的。

宋颂觉得今天看到了一个不一样的单凛，她一直以为他只在乎心中的理想和快意，却不知他们都小看了他，被他一副自视甚高的模样骗了。他确实厌烦掺和钩心斗角，权力之争，也看不上他父亲留下来的东西。他的锋芒容易伤人，但他也利用了这一点，把一些他人想不到会是他做的事，运筹帷幄在自己手中。如此一来，他生病一事封锁在小范围，也是不想让外头的人利用这一点做文章，让人误以为他失去了判断能力，他的想法有自私自利的部分，也有为全局考虑的初衷。

要一个厌烦人情世故的人去筹划这些事，必然是经历了一番内心的煎熬。

他们对彼此的情绪变化都很敏感。她一个表情，他就知道她的心思："你不用想太多，我正好有这些关系，不用也是浪费。我以前总觉得自己投胎技术太差，生在这么一个不正常的家里，但现在想想，如果没有我爸妈那些乱七八糟的关系，我也做不了这些，老天也算公平。"

单凛越是淡然，宋颂就越觉得难过。她想到那晚，单凛甩开她的手，拒绝了她的请求，她的情绪就绷不住了，怨恨霸占了她的所有心神。但现在想来，那时候，难受的又何止是她呢？如果他们真的就此形同陌路，他大概能把这些事藏到棺材板里。

但还有一点，宋颂没想明白，除了那一晚，她并没有跟单凛说过宋子强的事。她把疑问说出来："可是，你怎么知道宋子强这个人，我之前跟你提过？"

单凛浅笑，提醒她："有一次，你让我去你家拿衣服，我见到了宋子强带人追着你，后来查一查，就明白了。"

宋颂惊诧不已，不过是那匆匆一面，单凛就把人给记住了，这份不动声色，宋颂自愧不如。

他说过，他会变得足够强大，宋颂拿这个讽刺过他，可是，他并未食言。

宋颂把头埋在他怀里，抱着他不出声，她难过极了，她不喜欢他瞒着她，让她误会，但另一方面，她深深理解他，明白他的无奈和苦衷。正因如此，才叫她更加难过。

单凛把她抱起来，轻轻拍着她的背，平静道："这没什么，是我愿意做的，哪怕你今天不嫁给我，我也会做。"

宋颂抬起头，看着他淡定的神色，知道他说的都是真的，欲言又止了好几次，才勉强开口道："我只希望你好好对自己，也多为自己想一想。"

"好。"

"不要再把我让给别人了。"

"不会。"单凛摇头，平静又深沉地说，"我离不开你。"

单凛这么一本正经地说出来，宋颂脸皮虽厚，可一下子着了道，红了脸，腻腻歪歪地抱着他不肯放。

这一晚气氛很好，在宋颂的陪伴下，单凛也难得入睡了个把小时。第二天一早，宋颂特意为单凛挑了一件自家品牌的衣服，依着他现在的身材现场做了修改。宋颂一边帮他整理衣摆，一边环顾储物间一堆女装，问："你还真是，买这么多，想要了解我，给我打个电话，我把这些年晚上做了什么梦都跟你交代清楚，不收钱。"

神秘 VIP 已经藏不住了，单凛无视她的调侃，嘴硬得很："帮你冲业绩，不用谢。"

"……"还真是理直气壮的好说法。

两人怀揣户口本和身份证赶到民政局，走了流程，领了证，一切顺利得不像话。

出门后，一路上宋颂对红本本爱不释手。单凛在一旁忍不住说："本子有这么好看吗？"

宋颂拿着小红本在他眼前晃啊晃："好看啊，它证明了我的高光时刻，以后我就是有身份的人了，知道吗？"

这天是个好天气，天空晴朗，浮云薄淡，连带着人的心情都高涨了几分。

单凛苍白的脸上也有了些许血色，他将宋颂拉到身边，没说话，牵着她的手慢慢往前走，随后在快到停车的地方前，他停下脚步，宋颂跟着停下来，转过头看他。

"抱歉，把你拖下水了。"

这是他这辈子，最自私的决定。

宋颂立马回了一句："见外了，老公。"

两人任性地过足了一天二人世界，不得不回到现实，处理成人世界的工作。这些天，宋颂的工作消息和邮件没停过，跨年大秀大获成功，团队前期酝酿充分，早就铺陈好各种宣传，直播平台也强强联动，官博将梵戈穿的那一套衣服作为当天的大奖。这套衣服加入了未来科技感的设计，穿在梵戈身上，已经有粉丝要吹爆这套造型。官博抽取一位幸运儿相赠，一时间转发和评论齐飞。宋颂圈内人缘很好，梵戈更是使出浑身解数帮姐姐拉人气，时尚圈、娱乐圈各路人马互动转发，高度赞美这一场大秀。再有《完美登场》第六期刚播完，余温效应，SONGSONG 这一品牌强势进入了大众的视野。1月1日，品牌官方旗舰店，男女装新款上线，几乎是秒杀，热销款式直接卖断货！

公司管理群里已经疯了，朱皑皑兴奋地连发好几个红包。宋颂也参与其中，但她这两天有事在身，相较之下显得低调了些。

她今天要赶去参加《完美登场》节目第八期的录制，所以中饭都没吃，马不停蹄地回家打包了行李。单凛直接把她送到了摄影棚，其他人已经到现场等她。

宋颂下车前跟单凛说："我得录完 24 小时才能回家，要想我。"

单凛原本对这些肉麻的话是屏蔽的，可今时不同往日啊，他帮她把行李从后备厢拿下来，说："24 小时结束后，我带你去个地方。"

"什么地方？"

单凛坚决不说，这能说？这明显是个惊喜啊。

宋颂看到他拒绝剧透的微表情，收起做作的好奇表情，正经地叮嘱道："知道了，你记得今天要去见郝医生。"

单凛的身体是她最担心的，她原本想一起跟着去，但这件事，她还是需要一步步来，不能给单凛太多压迫感。他愿意将自己的病情告诉她已经是他的进步，可他的内心是不愿意她把他当作病人看待的，所以她不可操之过急。

宋颂走了，单凛看了看时间，离郝医生的约谈还有两个小时，或许该找曾佑谈一谈，或者应该先回公司，庄海生已经快被各种事逼疯了。

但他只是坐在车上，有些无所适从。这么多年来，他从未有过这样的状态，身体很轻松，头脑很清醒，心跳很快，目之所及，他能够分辨出路人脸上的笑容，原来这路上有这么多人在笑，他以前注意过吗？

他又看了看时间，决定提早去郝医生那儿。

郝医生从治疗单凛母亲开始，一直专注他们一家的病情，他的父亲是单凛母亲家再上一辈的医生，对于这个家族的遗传病史非常了解，到了郝医生这里，继续治疗单凛。

比起单凛母亲的疯癫，单凛看起来正常许多，他自控能力极强，甚至到了压抑的地步。他接受自己的病情，但他的内心世界是封闭的，别人进不去，他也出不来。郝医生只有庆幸，单凛知道自己的问题所在，为了控制病情，遵照医嘱治疗，所以这些年来，他的身体状况不至于影响到他的工作和生活。

可近期，他很担忧，单凛的情绪反复失控。单凛的失眠、幻觉和妄想开始长时间出现，并企图侵蚀他的理性，可他偏偏任性妄为，出逃断联。

郝医生过去没少做抓人这种事，单凛的母亲就经常爱逃跑，抗拒治疗，到处惹事，如同一颗定时炸弹，搞得大家焦头烂额。他完全不赞同单凛父亲禁锢单凛母亲的做法，但到最后，他也不得不默认这样的行为。单凛这一招，是学她母亲的，青出于蓝，胜于蓝。

所以，当他接到单凛的电话，要求主动见面的时候，竟有种老泪纵横之感。当他看到提早出现的单凛时，越加诧异，抓起桌上的眼镜，仔细看了看眼前的人，没错，是单凛。

"郝医生。"单凛主动开口道，"我来了。"

郝医生压下心头的怨气，努了努嘴，示意他坐。

单凛在沙发上坐下，没解释他这段时间都躲哪儿去了，简单说明需要继续接受治疗的来意。

郝医生在单凛左手边坐下，先是观察了他一会儿，觉得今天单凛身上的冷漠和戾气淡了不少，随后温和地问道："想通了？"

"嗯。"

郝医生不动声色地交握双手，捏了捏手指："你……去找那个姑娘了？"

单凛沉默了许久，又是低低地应了声。

这小子的骨头被老爸打碎了，被老妈揪着头发拿刀逼迫，都面不改色，不会吭一声，这回真被一个姑娘逼急了。

郝医生笑了笑，长叹一口气，倒不是什么伤感的意思，只是感怀："什么时候让我也见见她？"

他能主动出现，结果应该不坏。郝医生很聪明，他打了个擦边球来试探单凛的状态。

"下次吧，我想让她知道我的病情。"

"你跟她说过了？她接受了？"

"嗯，她接受了。"

郝医生惊讶地看着单凛，他没想到单凛会主动跟人提及自己的病，而这个姑娘竟接受了。他转念一想，又觉得有迹可循："不过，也能料到，我当时见到她的时候，就觉得她挺不错的。"

单凛神色微动，说："为什么不早告诉我，你见过她，还跟她说过我妈的病。"

郝医生连连摇头："这你可冤枉我了，她是很偶然见到了你妈，而我只是拉住她交代了几句，不想节外生枝被你知道。她很聪明，跟聪明人说话，不用说透，她就猜到了。"

单凛以为自己瞒得天衣无缝，如果早一点知道……如果早一点……

并不是宋颂的问题，是他自己选择了一条退无可退的路。

现在再纠结过去毫无益处，他很快抛开这些想法，非常认真地对郝医生说："郝叔。"

郝医生已经很久没听单凛如此称呼他。

"我想，你帮我治疗吧。"

单凛这天下午和郝医生聊了很多，于他而言，要将自己坦然地摊在别人面前，不是一件容易的事，过程也不是那么顺利，但至少，有了这个开头，总是好事。

理论上，在他们沟通的过程中，两人都把手机静音并放置在外间的休息室。

快接近傍晚的时候，郝医生送单凛出来。

他笑着拍了拍单凛的肩，叮嘱道："按时来检查，你的情况需要规律用药，不要抗拒。我很高兴，你今天主动来找我，我们都会帮你。"

单凛拿起自己的手机："嗯，我先走了，下周二这个时间再来。"

郝医生看着单凛离开，有些话，他没说。他今天感觉到单凛情绪有点亢奋，不难想到是什么原因，但他并不觉得这是一件好事，单凛的承受能力并没有他自己想象的那么强，所以才会在父母出事后，第一次出现了病症，在宋颂离开的时候，情绪崩溃。

单凛现在的积极状态都是基于一个人，一旦这个人不在了，他所有基于此构筑起来的精神世界都会崩塌。这种精神打击，会给他造成不可治愈的创伤。

单凛回到家的时候，夜幕已经降临，他一边回复庄海生的消息，一边给自己煮饭。

单凛：明天上班。

庄海生：兄弟！！！我要哭死了，你在哪儿？

单凛：家。

庄海生：兄弟！！！你没事吧？

单凛：没事。

庄海生：兄弟！！！我求你别再吓我了。

单凛：没事！！！

庄海生：兄弟！！！那就好，忘记那些狗屁，我们好好过。

单凛：你自己过，我不跟你过。

庄海生：兄弟！！！你终于恢复正常了。

单凛：滚。

庄海生：天涯何处无芳草，何必单恋一枝花。她既然已经走向明天，你也要做回自己。

单凛本来都打算把他的聊天删了，看到这句话，猛地停下。

单凛：什么意思？

庄海生：没什么。

单凛：说。

庄海生：微博有人把她的料爆出来了，我们都被她骗了，她不过是想报复你。

单凛不再跟他废话，直接点开微博。这一看，单凛直接把饭勺丢开。

微博热搜"宋颂恋情曝光，背后的金主浮出水面"，爆料的是一个名不见经传的自媒体人，开头就疯狂 Diss 宋颂：这位社会姐都拿大家当傻子耍呢，说她凭本事刚？我看都是放屁，明明睡了大佬，抱了金主，就别在那儿装相，你这些小伎俩马上就要藏不住了！不多说，上图，你们自己看。

配图虽然模糊，但都配以文字圈出重点，标明时间线，一张是宋颂住院，神秘金主陪同的照片，还有两人同进酒店的照片，最近的是 31 号晚上在酒吧的照片，角度恰好是两人低头说话，贴得很近，这么看过去，极其暧昧。

此前，梵戈的乌龙不过是障眼法，宋颂真正的恋人是这位身家十几亿的圈外大老板，多年来一直捧着宋颂上位，狠砸上千万，从公司成立投资，到参加综艺布局，甚至宁末离放下身段合作，都离不开这位金主的策划。两人有好几年的关系，但一直未婚，据说是男方家里不认可宋颂，是宋颂一直缠着男方不肯放手，男方只好承诺捧红她。

博文里没有指名道姓这个金主是谁，不知是不知道，还是留有后手。

底下的评论全都炸开了锅，节奏一边倒，基本上就是：还说什么宋颂凭个人能力突出重围，都是扯淡，人家抱上的大腿粗着呢。乔裴卓才最可怜，说她有背景，现在打脸了吧，看看究竟谁得了便宜还卖乖！

这个消息是在半小时前刚爆出来的，估计这会儿宋颂还在录制节目。

单凛脸色沉得可以，他看了看桌上那本红本，不禁冷笑，金主是吗？

他倒是挺想当一下。

这显然是有预谋地黑，宋颂凭借大秀和《完美登场》刚有点热度，忽然就被人加了一把炭，直接黑了！

这件事持续发酵，半天里各种牛鬼蛇神的自媒体都来插一脚，有人还发文爆料宋颂长期处于包养状态，公司根本不是她经营管理，有人背后支持，拿钱砸出场子，而梵戈的大势也是靠着她红红火火。更有人从宋颂过去那些同学里扒出他们家早些年就是当地一霸，后来她父亲负债累累，被人逼死后，她母亲给人当小三还了债，她现在几乎就是走了她母亲的老路。

夹杂在这些乱七八糟的声音里，有一个声音一开始还不太明显，可慢慢地，这条微博破了万条转发。

原文：呵呵，你们以为只是这样吗？难道没人发现她的大秀就是一场抄袭大赛吗？

下面是两张对比图，一张是宋颂大秀上梵戈身上的那件，一张是几年前全国大学生服装创新设计大赛的一等奖作品，微博里详细对比了这两件衣服从概念到设计到配色都有雷同之处，宋颂的作品怕是抄袭吧？

高能来了，关键是这个一等奖作品的原创作者是谁呢？

正是全世界最好的乔裴卓！

这一下，转发和评论都疯了，各种谩骂快要溢出屏幕。

"看她在节目里那副德行就知道不是好鸟。"

"什么社会姐人设，果然啊，没有'金主爸爸'撑着，哪里敢这么嚣张。"

"抄袭死全家。"

这一波波节奏完全不带停的，抄袭、被包养，这两项几乎就能把一个刚刚冒出点头的人物一棍子闷死。

宋颂对此还一无所知，她下节目的时候已经过了深夜一点，虞是如一脸严峻地拿着她的手机跑上前。她心情好，一下子还没看出来向来淡定的小姑娘一副哭丧的表情。

"颂颂姐，你看下微博，炸了。"

宋颂第一反应是她结婚的事曝光了？她有这么火吗？火到结个婚立马有人蹲在民政局门口偷拍到实锤？

"看你紧张的，多大事啊。"宋颂坦然地围上围巾，还跟路过的几个小伙伴打了招呼。

"大事，有人爆料……"

"宋颂，你是不是该给我们小乔一个交代？"

虞是如还没来得及说完，那头就有人把宋颂喊了过去。宋颂应声望去，楼梯口站着三四个人，为首的是乔裴卓的经纪人KK。没错，乔裴卓可比宋颂牛多了，她哥给她安排了一个经纪人，专门帮她打点行程和邀约，俨然将她当作艺人在捧。

KK是以一副开玩笑的口吻说的，但听上去怎么都不对味。乔裴卓躲在他身后，看上去是想要拦着他，又有点拦不住的样子，见宋颂走过来，为难地朝她笑了笑。

宋颂挂在脸上的笑容淡了些，乔裴卓这副样子做给谁看？

"我错过了什么？"伸手不打笑脸人，宋颂这两天浑身都是喜气，不愿跟他们计较。

"网友们都在误会，我觉得我们双方都澄清一下比较好。"KK点了根烟，吐着雾气，跟宋颂说。

虞是如已经点开了一个微博，把手机递到宋颂面前。宋颂接过手机，目光扫过眼前的几个人，这才慢慢低下头粗粗看了眼，眉头一挑，拇指飞快地划过屏幕，刷了两页评论。

宋颂看完后，只轻描淡写地回了一句："网友都是侦探。"

乔裴卓柔柔地解围道："都是误会，宋颂，我们都出个声明吧。"

宋颂淡笑地望着她，没说好，也没说不好，就吐了四个字："没有抄袭。"说完，顺便点开微博，把这四个字发了出去。

然后，她拿着手机对着脸色白一阵红一阵的乔裴卓晃了晃："我声明好了，还有问题吗？"

"你这是什么态度？"KK掐了烟，刚才还有点吊儿郎当，半开玩笑，一下子就冷下脸。

"不是你们让我出个声明吗？"宋颂侧过头，状似不解。

KK一时语塞，见她一脸无辜却明显带有挑衅的模样，有点摸不透她的意思，这么理直气壮，是不是还有什么他们不了解的事情？

宋颂见KK陷入谜之沉默，乔裴卓神色阴晴不定，没再多说，借口累了，转身拉过虞是如先走了。

两人一路赶回酒店，宋颂趁着路上的这点时间疯狂地收集信息，她这厚脸皮怕是又要添点土才能挡得住这波口水。

就在她发出声明之前，梵戈已经亲自下场，这小子肯定是脑子一热自己就开始干了，没有经过经纪人和沈馨馨的允许就发言。

梵戈：SONGSONG= 原创。

梵戈给宋颂发了无数条微信语音，还打了两个电话，这位护姐狂魔气到发飙，欺负他姐没团队护着吗？金主？有金主还任由你们这些小人往她身上泼脏水？当他这个弟弟是死的吗？

于是，到这个点，网上的舆论风向开始有点改变。

"你说，大家茶余饭后怎么这么闲，我这点破事也能够上热搜？"宋颂笑着摇头。

虞是如对于老板这份泰然十分佩服，她刚才还担心宋颂看到这些会气炸，没想到老板就是老板，完全不为所动，还能指点江山。

"可真的很让人气愤啊，这些喷子怎么能这样无中生有，还人身攻击，太恶劣了！"虞是如是个讲文明礼貌的好姑娘，很生气，却还是憋不出几句骂人的话。

宋颂淡定地拍了拍她的肩膀："小如，有些人就是喜欢在网上找存在感，明明跟自己没什么关系的事，硬要插上两嘴。如果被人点了赞，就瞬间觉得自己为这个社会贡献了一等功。他们没有耐心知道真相，每个人都觉得自己最有道理，只想快意恩仇，做一些他们在现实做不到的事。"

话是这么说，道理也明白，可现实就是无脑喷子今年特别多。

在她那条"没有抄袭"的微博下，被顶上一楼的那条评论依然言辞恶劣：谁信？人家有对比证据，你的呢？

接下来就是混战——

"放两张图就算证据了？你怎么不说满大街的大衣都有腰带、口袋，都抄袭了？"

"哪怕确实类似，也没有证据表明宋颂是参考了这个图吧，这都是哪个年代的比赛作品了，谁还去翻这么久远的设计图抄，还是个大学生的比赛？"

"我去，淘宝上的店铺是不是都要被查封了？这就抄了？"

"'金主爸爸'呢？快来护驾啊。"

网友真是有才啊，反讽、类比、打油诗，魔高一尺道高一丈，宋颂看着看着忍不住笑了出来。不过，比起她的"抗压性"，她公司里的人可没老板这份好涵养，一个个已经进入战斗姿态，朋友圈、微博统统发声，SONGSONG是他们所有人的心血，年底的大秀是全公司人呕心沥血，不眠不休打造出来的成果，绝不允许有人恶意诋毁。

朱皑皑已经把拟好的严正声明发给宋颂过目，宋颂略作修改，然后发给了曾佑。

她和曾佑的对话还停留在昨天，她发过去：我的生日愿望实现了。

直到晚上，曾佑才回复：红包已备。

他实在是一个成熟又聪明的人，不用多废话，他就能明白你的意思，当你还在担心该如何解释时，他已经绅士地后退一步，为大家释放出最合适的空间，瞬间消解了所有的尴尬。

声明发过去一会儿，曾佑就回道：已找人处理，声明马上发，律师已就位。

本来宋颂还想开个玩笑，调侃他这个"金主爸爸"，但想想以现在的时机和关系，好像开这个玩笑有点过分，还是作罢。

倒是曾佑先发来一段解释：他们故意把照片拍得模糊，我不好直接出来澄清。

宋颂也清楚，这是对方最贼的地方，如果直接指向曾佑，事情就简单，可现在弄得暧昧不明，反倒难办。

曾佑又发来一段：不过，问题不大，会有人为这个金主爸爸正名的。

宋颂脑子转得快，立刻想到单凛，可又觉得不大可能，他认为八卦是人生极无聊的事，估计什么是热搜都不会关心。

很快，SONGSONG品牌官微置顶了严正声明，表明近日网上有人对品牌抄袭的指控，不属实，强烈要求道歉，并保留法律诉讼手段。

宋颂紧接着转发了这条微博。

但还是有人不依不饶，被点赞最多的一条一直霸占着评论区第一的位置：抄袭敢声明，金主呢，不敢了吗？

梵戈直接转了这条，忍无可忍道：无中生有，我也在医院，怎么不把我也拍进去？

这还不够，他估计是越想越气，又发了一条：她如果有金主，我就退出娱乐圈。

这条一发，众人皆惊，梵戈的粉丝第一个跳出来不干了，开始跟黑子狂刚。梵戈退圈这条热搜"噌噌噌"地蹿到了第一的位置，不明真相的群众还真以为发生了什么大事。

宋颂了解自家弟弟的脾气，给他发了微信，本来是希望他不要这么着急上火，把自己的前途搭进去。哪知道这位小弟深更半夜不睡觉，见到她的微信，干脆回电话过来，电话里头一通骂，宋颂都插不上话。就在她第三次打断失败的时候，单凛的电话打了进来，宋颂当机立断对还在那儿激动的梵戈说："你姐夫电话，我先挂了，回头说。"

"这事没完，绝对是乔裴卓兄妹搞的鬼……哦，什么？等等，姐夫……"

不过，宋颂没听完，电话已经切到了单凛这边："喂，我没看错吧，这个点你还没睡？"

单凛反问："你睡得着？"

宋颂看了眼还没打开的行李箱，笑道："睡得着啊。累了一天，明天还要早起录节目，要不然我怎么舍得把你留在家里，住酒店呢？"

单凛顿了顿，直接道："几号房？"

宋颂回道："1207，怎么了？"

"嗯，知道了。"

说完他就挂了电话。

宋颂对着手机寻思了一会儿，大胆猜测这位小哥这是要来探亲吗？但她很快打消了这个念头，单凛不会做这种事的。

她给他发了条微信：然后呢，怎么说话没头没尾的？

宋颂一边卸妆，一边等着他的回复，那头没反应。

她对着镜子皱起眉头，自言自语道："什么情况，他真的要过来吗？"

下拉对话框，没有新的信息跳出，宋颂又发了三个问号过去。直到她刚把一只眼睛卸干净，门铃响了，她的手跟着一抖，心跳漏了一拍，看着镜子里糊黑的眼圈，震惊道："不会吧？"

外面的人似乎挺没耐心，又连按了两次。

宋颂顾不上自己现在这副鬼样子，冲到门口，刚要开门，又硬生生停住，哪怕心跳的声音大到耳膜都被震到，她还是冷静下来，问来人："哪位？"

"我。"外头的人回答得很快。

这声音的辨识度，宋颂梦里都能听出来。

"你是哪位？"宋颂边说边忍不住捂住自己笑得合不拢的嘴。

"宋颂，开门。"

宋颂憋住笑意，故作认真道："我可不能随便开门。这么晚了，我又是个单身女人，如果你意图不轨，我会很危险。"

外面的人发出了类似"呵"的一声，然后说："我对你算是意图不轨吗？"

宋颂话音一转："不算吗？那算什么呢？"

说着，她慢慢把门打开，单手撑在门框上，背靠着墙边，笑吟吟地望着单凛。

单凛看了她一眼，看到她还有心情跟他开玩笑，紧绷了一天的心算是慢慢松下来："今天的主题是鬼节吗？"

宋颂还沉浸在"意图不轨"的剧本里，单凛转得太快，她一时间没跟上，本能地否认："不是啊。"

"哦，我以为你化了个特效妆。"单凛顺势挤进门里。

宋颂立马关上门，跟着他走进屋里，路过更衣镜的时候还特地照了照自己的脸："干吗，有这么吓人吗？不就是妆卸了一半吗？还不是你突然来了，我没来得及洗脸。"

单凛看了眼她摊开在地上的行李箱，边上是两只靴子，都没好好立着，躺椅上堆叠着外套和围巾，桌上躺着一堆乱七八糟的东西。

他默默叹了口气，说："那你先去洗脸吧。"

然后，他弯腰开始收拾这些看不过眼的杂乱。

宋颂火速跑进浴室把脸洗干净，拿着毛巾胡乱擦一把，急忙跑出来，上前就是一把抱住单凛的腰："我们还是回到'意图不轨'的话题吧，你怎么来了？"

单凛正在收拾床上堆着的收纳袋，一下子被她撞倒，使了劲翻过身，宋颂立刻半骑在他身上，俯身望着他："想我了？"

　　她总是很直率地说出她的想法，就像以前读书的时候，每次她都毫不避讳地在电话里说想他。开心的时候想他，不开心的时候也想他。

　　单凛单手扶住她的腰，另一只手摘了眼镜，轻轻搁在一边，神色虽然平静，但眉宇之间透露出一丝任你下手的微妙气息，他回道："我觉得你今天会想我，但应该是我先想你。"

　　宋颂头皮一炸，顿觉血槽要空。

　　单凛扶住她的后颈，轻轻将她的头按下，吻住她的唇。

　　原本他觉得需要说些什么话先安慰一下他的夫人，但现在看起来，可能还是先"意图不轨"一下，更能让她开心。

　　宋颂被亲得有些蒙，趴在单凛身上，耳边全是心跳声。她瞄了眼他的眼镜，他一般只在办公或者看书的时候才会戴眼镜，出门不会戴，大概是真急着出门，眼镜都没摘。

　　大概是自己独立惯了，面对风浪，她很多时候都是一个人消化，跟朋友笑骂过后，努力不往心里去，久而久之也就麻木了。所以，当有个人抱着她，这个人还是单凛的时候，她突然觉得，自己好像是有点委屈。

　　宋颂撑起身子，问："你看到网上的消息，担心我才赶过来的？"

　　单凛瘦下来的脸庞此时看上去越发冷峻，他神情淡了些，强硬又不容置疑地说："没人能这么对你。"

·第十三枝百合·
结婚真好呀

///

第二天一早，节目继续录制，现场的气氛实在有点冷，选手们似乎也已经分好了阵营，虽然表面上不那么明显，但私下里的座次可以看出大家的亲疏感。

大家都以为宋颂会表现出不一样的状态，毕竟她现在正陷入各种绯闻和纠纷，状态能好到哪里去，可没想到这一大早精神最好的就是她。按马克的话说，她就像是吸足了人气的蜘蛛精。宋颂对这个比喻很有意见，但只是象征性地反驳了一下。

节目录制到现在，就剩下宋颂、乔裴卓、马克、波波，还有另外两个青年设计师。有时候宋颂挺佩服乔裴卓的，人前她始终如一的温顺可亲，叫人挑不出错，但宋颂挺不喜欢这样的人，看上去你说的每句话她都在点头，实际上可能一句都没听进去。

世界上没有人能做到让所有人都喜欢。只要有一点这样的想法，你就已经输了。

节目在一种看不见的紧张下平稳结束，导演组实际上是希望过程中产生一些摩擦和冲撞，可惜宋颂今天极为冷静，在导师评选今日最佳的时候，Vivian 不知是被安排了，还是现场有感而发，提出了设计师是否可以"借鉴"或者说"致敬"经典，借鉴是否算抄袭，对于满大街的"快时尚"，如何能够更好地保护创作者的成果。

这显然是意有所指，对此，乔裴卓像是早就写好了一篇精修演讲稿，自然而然地接过 Vivian 递过来的话头，声情并茂地发表了自己的观点，什么保护知识产权势在必行，不要打击设计师的创造动力，大家要联合起来对抗这种违法行为。

马克站在最边上，有点受不了地翻了个白眼，正好被宋颂看见，他也不掩饰，又给了个鄙视的眼神：这种白莲花，有毒。

宋颂没有乔裴卓那么多废话，几个机位的镜头估计都对准她在捕捉她脸上的每一丝神情变化，期待着她露出一点狰狞也好，惊慌也好，怯懦也好的表情。

不过，宋颂今天令他们失望了，她脸上的肌肉像是定了型，纹丝不动。实际上，宋颂心里哪里能没数，在这个场合跳出来并不明智，但沉默也不是最好的方式，如果后期剪辑恶毒一点，她很有可能被人戴上"心虚到不敢说话"的帽子。

乔裴卓说完之后，另外两个选手也适当发表了下自己的见解。话筒传到了宋颂这里，宋颂接过，环视了一圈现场的众人，除了摄影机后的摄影大哥看不清表情，但在座的编导、演职人员，还有导师，个个都像是盯着猎物的鹰，只要她露出一丝破绽，就会被生吞活剥。

宋颂给了这些人一个微笑，说："我有一组未发表的作品，但我的老师认为当时的我还不够格参加比赛，我信了，我觉得是我的能力还不够。后来……"

宋颂停了片刻，吊足人胃口后，说："我走到了今天。我完全赞同前面几位的意见，但我补充一点，抄袭者他不可能超越你，因为他没有你的创新力，我始终相信，原创能力才是核心竞争力。这也是我的品牌 SONGSONG 一直追求的，所以，我们有能力引领潮流，他们永远只是跟随者。"

宋颂这番话并没有很尖锐的指向，但细品之下，颇有些意味，尤其是她说的第一句，她有一组未发表的作品，听上去是学生时代的作品，这组作品是什么样的，和这次的抄袭事件有关吗？而最后，她虽然表面上说的是业界情况，但实际上代表了她的决心，她的眼里根本没有那些抄袭者，她又怎么可能去做这样的人？

她说这些的时候，表现得非常自信，好像完全没受网上那些言论的影响。马克忍不住手动给她点了一个赞，而乔裴卓依然表情完美地为她鼓掌，也是一个能人。

下了节目后，宋颂没多逗留，跟公司的人一起离开。朱皑皑担心她在现场被人为难，特地带了三四个人撑气势，在宋颂看来完全没必要。都是公开的工作场合，导演组哪怕被乔寒深搞定，也不至于明面上给她难堪。再说，她对这次的冠军已经没有兴趣，节目组为难她实在是很掉价的事。

不过，有些人就是喜欢掉价。

宋颂都已经走出大门了，竟然又被编导叫了回去，说是刚才她说话的那段，对着她的机位发生故障，没有录进去，需要重新补一段采访。

这就很有意思了，没有在后期耍手段，而是直接跟她说没拍到。

"怎么这么巧啊？"宋颂似笑非笑地瞥去一眼。

"我们也是刚刚发现，不好意思。"编导小岛说得一脸真诚，可以打一百分。

宋颂望着小岛身后的玻璃大门，怎么看都觉得这是一个等着她去跳的坑，但是她若不跳，摆明了播出的时候不会有她的发言，节目组把责任撇干净了，她到时只有自己"背锅"了。

短时间内，宋颂把利害都想明白了，重新关上车门。

宋颂跟着小岛来到采访的演播室，里面已经有两三个人在准备，见到她立刻点头问好，摄影大哥还跟她道歉。

宋颂大度地说着没事，都是小事。

对着镜头，宋颂又把刚才的话说了一遍，然而，她以为一遍就能过的时候，总导演胡子突然走了进来，在一旁默不作声地听了一会儿，打断了现场的拍摄。

小岛立刻让出位置，默默站到一旁。胡子在宋颂对面坐下，宋颂不动声色地打量他。这人总是喜欢用一顶帽子遮住自己日渐地中海的脑袋，脸上留着精心修剪的胡子，好像这样就能多少弥补一点头顶毛发稀疏的遗憾。

"宋老师。"

　　他刚开口，宋颂就下意识地环臂挡在胸前，一副戒备者的姿势。她本能地不太喜欢这个导演，这人对利益的谄媚写在了脸上，不管他的胡子遮掩了多少，依然扎眼。

　　胡子嘴角扯出一个笑，大概是想缓和一下气氛，但效果似乎不太好，他只是想敷衍一下，所以没再做过多的努力，说："你的发言可能需要修改一下。"

　　宋颂已经在心里把这个家伙从头到脚骂了一通，表面上还是笑眯眯地说："我觉得没有什么不妥的地方。"

　　"当然，只不过，有些指向性的发言会误导观众，我们也不想在后期剪辑，让你觉得不受尊重。所以，还是在录制的时候直接修改比较合适。"

　　简直就是扯淡，宋颂没想到人能无耻到这个地步。不过，如果对方想要无耻，她也没必要装好学生。

　　宋颂："我觉得没有什么能误导的，毕竟我说的都是实话，而且，怎么剪辑是导演你的权利。"

　　胡子："宋老师，不要误会，我们不是针对你，只不过希望节目氛围能和谐一点，毕竟快要结束了。"

　　宋颂不太明白，断章取义是节目组的拿手好戏，为何要折腾一通，逼着她改说法？难道是有人给他们施压了，不能乱剪她的画面，必须是她承认的。

　　还真是令人无语啊。

　　单凛从酒店回到家里，换了一身衣服，准时到公司开了两个会，处理了文件。快到中午的时候，他摘了眼镜，披上外套，拿过车钥匙，直接出门。

　　时代集团位于 S 市老城中心地带，这片裙楼历经十五年，现在全部归属在时代名下，不过，再过不久，时代集团这个业界巨擘，也将迁址新区。

　　单凛的门禁权限可以直达总裁办公室，他搭乘电梯畅通无阻地来到三十六层，他一出门就往最里头的办公室走。前台的两个秘书只看到眼前一个人影晃过，都没想到这人怎么进来的，匆忙追上前拦住单凛："先生，您稍等，不可以直接进去。"

单凛脚步不停，完全没理会，两个秘书张开手挡在他前面，死活不让他再进一步。

单凛不怎么来公司，员工不认识他很正常，今天是他的好日子，他心情不错，也不想为难人家，于是抬起手，指了指总裁办公室的门，说："进去跟乔总说一声，有人找。"

"您贵姓，请问有预约吗？"其中一位短发秘书尽忠职守，礼貌地问道。

"没有。"

"抱歉，乔总现在不在。"

"那我进去等。"单凛也不再废话，想要继续往里走。

另一位长发秘书态度比较强硬："先生，您再这样，我们就要叫保安了。"

单凛看了她一眼，再次停下脚步，拿出手机，拨了个号码。

那两位秘书警惕地盯着他，不知道他想要干吗。

那头很快接通，乔寒深的声音听起来挺爽朗："难得啊，你给我打电话。"

"你在哪儿？"

"我在开会。"

"在公司？"

"啊，是。"

乔寒深的回答不是很肯定，单凛也不管他说的是真是假，说："我给你五分钟，马上到你办公室。"

说完他就挂了。

单凛拿着手机冲两位秘书晃了晃："听见了吧，我可以进去了吗？"

两位秘书面面相觑，无法判断眼前这人的身份，能用这种口气和乔总说话，看起来不是简单的人物，两人不敢再拦。

突然，乔寒深办公室的门从里面开了，单凛不禁定在原地。

"学长？"乔裴卓只开了一条门缝，在看到单凛的时候，立刻打开了门，应该是没料到会在这里碰到单凛，脸上原本有些沉重的表情瞬间变得惊喜，"你来找我哥吗？"

单凛直接走进办公室。乔寒深的办公室他来过三次，第一次是他爸带他来认识这位年轻俊才，第二次是他爸去世，他来跟乔寒深沟通后事，第三次就是现在。

乔寒深是个很聪明的人，如果说时代是在单凛他爸手上诞生的，那么它就是在乔寒深手里飞速成长，成为业界双龙之一。从能力上而言，单凛欣赏乔寒深，可是两人之间毕竟横着一道不可忽视的天然屏障——股份所带来的权力。

单凛是天然继承人，拥有最多的股份，乔寒深哪怕做得再出色，也不过是职业经理人。

单凛坐在沙发上，看着乔裴卓给他倒了一杯清茶，递到他面前。单凛并没有马上接过，而是抬眼看向乔裴卓。他不太注意女人，乔裴卓长什么样在他脑子里只有一个轮廓，但他对人有一种天然的敏感。

就像他喜欢宋颂，想要靠近她，他和梵戈碰到一起就互撑，但他并不讨厌这个小舅子。他不亲近乔寒深，不喜欢乔寒深的精明圆滑，现在他对乔裴卓无懈可击的温柔和人畜无害的脸蛋儿，本能地想报以冷笑。

乔裴卓并不知道他的这番思想动态，只是在他的注视下，起初还觉得有些自得和兴奋，可很快觉得有些无所适从。单凛有一双很好看的眼睛，但不是每一个人都受得了他的目光，尤其带有侵略性意图的时候。

但单凛马上收回视线，接过茶杯，拿在手里没喝。

乔裴卓想找话题跟单凛多说几句："我也在等我哥，他马上就过来了。我是从节目录制现场赶过来的，今天我们录倒数第三期节目。"

这种事单凛当然清楚："我听宋颂说了。"

他一脸平静地说出宋颂，让乔裴卓大为震惊，她怎么都想不到宋颂和单凛在录制现场搞得这么难看后还能有联系？

难道传言说宋颂在追单凛是真的？

乔裴卓装作不在意地问道："宋颂啊，她脾气来得快去得快，上次录节目说话冲了点，你不要放在心上，她平时也是这样的。"

听起来像是在帮宋颂说话，可单凛怎么听都觉得不舒服。

见单凛不接话，乔裴卓打算再进一步："你们还有联系？"

单凛面不改色地说："她来听我的课。"

乔裴卓难以理解："可上次节目，你们不是……"

"正常争论罢了，公平合理。"

见单凛根本不把这件事放在心上，乔裴卓心中越发疑惑，宋颂这个女人当真这么厉害，把单凛都搞定了？

她心中这么想，嘴上却换了一套说辞："她还真是厉害，跑去听你的课！对哦，这样能跨界学习，对设计也很有帮助，下次我也能来听吗？"

"我接下来没有课。"

乔裴卓一怔，不太确定这是单凛的拒绝，但既然宋颂都有脸去听课，她有何不可，到时直接去就行了。只是她以前都没想到还有这招，宋颂真是比看上去有心计多了。

乔裴卓很快调整了表情，开玩笑道："那你可不能被她知道你是时代集团老板这件事，她现在可是有宁末离撑腰。如果她知道你的这个身份，我估计你会被她烦死。你也不喜欢被人烦吧？"

单凛单手撑着头，冷淡地反问一句："她为什么烦我？"

"你最近有看网上的消息吗？"乔裴卓说到这里突然深吸一口气，似乎有些难受，"我跟她最近闹得不太愉快，但你也见识过她的脾气，我根本没办法和她沟通。我不想把事情闹大，可她有人撑腰，我实在没办法，才来找我哥。所以，我担心，她一旦知道你的身份，可能会找你……"

办公室的门突然开了，乔寒深快步走了进来，一进门就开口道歉："有点事耽搁了，算我的，晚上我请客吃饭。"

单凛和乔裴卓的谈话被打断。

乔寒深见到自家小妹和单凛都在，意味深长地笑了笑，回过头招呼秘书把门关上，自己在单凛对面的沙发上坐下，这才说道："你怎么不早跟我打声招呼，我好在公司等你，或者我去接你，到外头找个好地方坐坐。"

单凛敷衍道："我说路过，就想来看看你，你信吗？"

"哈哈，你竟然也会开玩笑。"乔寒深不由得击掌，但见单凛无动于衷，马上收回点笑意，"听说你这段时间身体不好，怎么了？"

单凛眉心一跳，不动声色地望向他："谁说的？"

乔寒深见状，很快反应过来："没事就好。对了，你这么急找我，有事吗？"

单凛跟乔寒深说话一般都是单刀直入，今天也不例外，他拿出手机，点开宋颂的爆料，丢到乔寒深面前："刚才乔裴卓也在跟我说这个事，你和宁末离杠上了，还是？"

"这事啊……"乔寒深意味深长地拖长尾音，"是他先跟我们较劲儿的。"

"可是，料是你安排的吧。"单凛拿回手机，点开几张图，目光从乔寒深脸上慢慢转向乔裴卓。

乔裴卓脸色顿时一白，有些难以置信地看向单凛。他从始至终都是一副冷淡的表情，但他看人的目光像是带着倒钩的刺，要往人的心里扎去，这样的刺越来越多，越来越尖锐，她算是明白为什么单凛进门后就一直用这种目光看她了。他来之前，心里已经有了想法，那她刚才在他面前说的那些，在他眼里算什么？

乔寒深笑了两声，没否认："那也要有料可挖，这个宋颂确实不简单，梵戈是她弟弟，曾佑是她老板，但估计不止老板这么简单。"

单凛眼皮一掀，睨着乔寒深，冷冷地问道："你知道曾佑？"

"知道，但曾佑不是好惹的，所以，照片也只是选了模糊的几张。"

乔寒深这种大佬怎么还会去在意一个小小十八线开外的设计师的八卦绯闻，要不是她碍着了自家妹妹的路，还上了宁末离那艘船，他才懒得理会。

乔裴卓也在一旁帮腔："学长，你可能觉得我哥用了手段，可是宋颂能找上曾佑和宁末离，她又怎么可能简单？"

她说话的声音柔柔的，但话中带刺，暗讽的意味不可谓不毒。

单凛听后，忽然笑了笑。乔裴卓怔住，她还是第一次看到单凛的笑脸。可是很快，单凛恢复到惯有的冷漠，他慢慢起身，来回走了几步，搞得乔氏兄妹有点莫名。

突然，他停在了办公桌前，夹起一张乔寒深的名片，飞向乔寒深，对面的人立刻接住。

"你跟宁末离的竞争，我不管，但关于宋颂的任何负面消息，必须马上压住，我给你……"单凛看了看手表，"三个小时。三个小时后，我不希望再看到这些热搜。以后，她的负面消息，一律不准出现。"

乔裴卓一脸震惊，马上看向自己的哥哥。乔寒深捏着自己的名片，从位置上站起来，问："我不太明白，你这是想要帮她？"

"没错。"

乔寒深怎么都想不通单凛这么做的理由："小裴是我的妹妹，宋颂一直跟她对着干，你要帮她？"

"她抄袭了我的作品，这样的人，学长，你要帮她？"乔裴卓也是一脸焦虑地看着单凛，像是受到了天大的委屈。

"你是乔裴卓的哥哥。"单凛对乔裴卓的话充耳不闻，然后一字一句地说道，"我是宋颂背后的人，我打算帮我太太撑腰，这个理由够充分吗？"

乔氏兄妹同时定在原地，像是面对一堆无解的公式，陷入了沉默。显然，他们都还没反应过来。单凛给他们反应的时间，他将乔寒深的名片盒分毫不差地放回到原位，重新走回到沙发前，神情冷淡地直面这两人。

"单凛，你说宋颂是你太太？"

乔寒深没想到会从单凛口中听到"太太"两个字，他们很早就认识，哪怕并未相互交心，但也都清楚彼此的脾性。他一直以为像单凛这种自我意识过剩的人，不会把自己的羽翼分给别人，也不会轻易走入婚姻关系，这对单凛来说应该是难以忍受的束缚，单凛对亲密关系厌恶至极。所以，他很明白对付单凛不能用逼迫式的方法，要让单凛慢慢习惯一个人，后面的事就能水到渠成。他更没想到单凛会和宋颂搭上关系，在他所有的情报里，这两个人不对盘，至少单凛看不上宋颂。

能让单凛产生愉悦感的事不多，但现在从自以为掌控全局的乔寒深脸上看到超出控制的震惊和不甘，完美地取悦了他。

"学长，你不会是被……骗婚了？"

乔裴卓身上一会儿冷一会儿热，内心焦躁不已，僵硬地维持着脸上的笑。她无论如何都无法理解单凛口中"太太"的意思，她没法接受。她见到单凛第一面，就知道这个男人很难搞定，连她都搞不定的男人，怎么可能会和宋颂结婚。她是怎么做到的，在这么短的时间里，她究竟做了什么？

单凛像是受到了极大的侮辱，毫不留情地嘲讽道："你脑子里都是些什么愚蠢的想法？"

乔裴卓刚才还发白的脸瞬间涨红。

乔寒深不愧是久经商场，很快克制住情绪，恢复平常谈笑风生的样子，缓下语气："你之前录节目不是还护着小裴吗？在节目里让宋颂颜面扫地的不就是你吗？"

"护着？请注意措辞。"单凛睨着乔寒深，沉下脸，"你们是有什么误会吗？那是一场公平合理的竞争，我比较严格而已。另外，我把票投给了宋颂。"

也就是说，单凛的心目中，早就分出了优劣。

乔裴卓难过得眼圈发红："学长，这么短的时间……结婚，你是认真的吗？还是和宋颂结婚，她在节目里三番五次针对我，网友们对她的评价是怎样的，你看不到吗？"

这回单凛都懒得费口舌跟她解释："与你无关。"说到这里，单凛看了眼手机，突然笑了下，不是他惯有的单式冷笑，而是普通人那种高兴的笑，"我还有事，先走了。刚才说的，三个小时，不要忘了。我这两天心情好，才会到这里跟你们好好废话，不要让我失望。"

经过乔裴卓的时候，他淡淡地留下一句话："你想踩着别人的头上去，就会有人把你拉下来。"

单凛走了，乔裴卓一屁股瘫在沙发上，掩面突然崩溃："宋颂，为什么总是宋颂？哥，我们怎么办，我该怎么办？"

乔寒深盯着单凛丢给他的那张名片，神色阴晴不定。

单凛是在警告他，我的底线在这里，不要越界了。

宋颂坐在咖啡厅里喝完一杯咖啡时，单凛的车正好赶到。

她立马兴冲冲地跑出店门，上了车，第一句话就问："你要带我去哪儿？"

单凛愣了下，他收到她的消息，以最快速度赶过来，没想到面对的第一句话是这个问题。

"你不是生气了吗？"

她的微信原话是：老娘不干了。

宋颂爽快地点头："是啊，我退出《完美登场》了。"

单凛没意见："你高兴就好。"

"高兴啊，看到你就更高兴了，想到你会给我惊喜，就觉得这种好事可能一辈子没几次，不抓紧实现，你反悔了怎么办？"

单凛无语地看着她，慢慢启动车子："走吧。"

"去哪儿？"

"机场。"

现实里这边两人赶往机场，网上风浪持续发酵，虽然宋颂的境遇不太好，但也有真朋友无条件支持宋颂。

宋颂在圈子里口碑和人缘还是不错的，不少时尚圈的大 V 看不过去网上的这些乌烟瘴气，跳出来挺宋颂。EL 时尚杂志的总编简单明了地发了条微博：宋颂的才华毋庸置疑，抄袭是对她最大的诋毁。

马克带着《完美登场》中站在宋颂这派的小伙伴也挺身而出，还有之前与宋颂合作过的明星纷纷表示宋颂和她的品牌 SONGSONG 都值得尊敬。

这片天毕竟不是乔寒深一个人说了算的世界。

给你三分颜色，就想当毕加索吗？

宁末离不常出头，但只要他出头，就绝不会让对手有翻盘的可能。

在这些破事扩散了 24 小时之后，他难得发表了一篇长文，痛斥眼下娱乐圈不分是非乱带节奏乌烟瘴气的乱象，言辞犀利地点名某些人蓄意污蔑造谣的行为极端卑鄙，这才是迫害真正做原创的设计师的罪魁祸首。最后，他@songsong，新电影的服装设计总监不会换人，并且坚决相信宋颂的人品和实力。

宁末离说得言辞凿凿，令人大感意外，但以宁末离的个性，他不会在没有证据的情况下，感性发文。所以，他的立场一表明，立刻被一大票粉丝和圈内明星转发。

下了飞机，宋颂给宁末离发去了感谢的微信，但她还是觉得有些奇怪，忍不住跟单凛说："宁总帮我说话了，可他也没提前跟我说这事。"

"我说的。"单凛淡定地回她。

宋颂吃了一惊："你去找了宁末离？"

单凛的逻辑很清晰："跟他有过节的是乔寒深，不是我。"

宋颂感激涕零，抱住他的胳膊，感叹道："果然还是老公好，有老公的孩子，是个宝。"

单凛习惯她的夸张的沉浸式表达，决定随她高兴。

"不过，这件事，差不多是要解决了。"宋颂话锋一转，认真了几分，"热搜好像没了。"

"嗯，我还找了乔寒深。"单凛说得那叫一个淡然。

宋颂又激动了，眼睛里就差冒星星了："老公！"

"打住，收回你那些肉麻的话。"单凛木着脸打断她，一本正经地说，"另外，要解决问题，'金主爸爸'也考虑一下。"

宋颂差点笑喷，这家伙，明明最在意的还是这个，实在是小心眼儿里的楷模。

就在宁末离投了一颗炸弹后，宋颂的第四波反击来了。

SONGSONG 工作室又发一条声明，宣布品牌创始人宋颂即刻退出《完美登场》，感谢这段时间一直支持她的粉丝。

文中措辞简明扼要，没有对节目组场面上的感谢话，可见双方已然撕破脸皮。对宋颂而言，不在网上指着节目组鼻子骂就算客气的了。

宋颂一直是节目组又爱又恨的嘉宾，她能够制造话题，也是乔裴卓的眼中钉，可她还是宁末离看中的设计师，不能让她压在乔裴卓头上，但也不好得罪得狠了，这尺度拿捏不好，一不小心就糊了。

这不，以为宋颂好说话，想要操控她的发言，宋小姐不高兴了，直接说再见。

这一回，宋颂的手机差点打不开微信。

景妍：你退出《完美登场》了？节目组真的被乔裴卓操控了？

宋颂：我的目的已经达到了，对这个节目已经毫无留恋。

景妍：？？？

宋颂：乔裴卓敢把抄袭这件事炒上热搜，就不要怪我不留情面。

景妍：你早就计划好了？

宋颂：你以为我傻，给梵戈穿的这套衣服和乔裴卓得奖的那套这么像，真是巧合？

景妍：你这是拿职业命运在赌啊。

宋颂：我心中没鬼，不怕输。

景妍：知道知道，可你不是说打算私了吗？

宋颂：我改主意了，这种事不让她吃点血的教训，哪里记得住？！

景妍：女人，我佩服你，需要我就叫一声，我第一时间抵达战场。

宋颂：我已经看到你朋友圈和微博的声援了，谢了。之前让你帮我查的事，回头请你吃饭感谢。

景妍：哈，小意思啊，多给我点订单就行了，大老板。

"到了。"

宋颂抬起头，看向车窗外，夜晚的灯光下，音乐厅显得格外静谧迷人。

她跟着单凛下车，脑子里已经上演了十几个不同版本的故事，还都讲了出来："你不会是要跟我道歉吧？"

宋颂觉得单凛拉着她的手有点僵硬。

"还是要补一个正式的求婚？算了吧，都是结婚超过 24 小时的老夫老妻了。"

单凛甩开了她的手。

"哦，难道是要补过生日？"

单凛已经自顾自地走进了演奏大厅。

　　"你等等我……"

　　宋颂刚踏入大厅，立刻看到台上坐着一整支交响乐团，她立即闭嘴。

　　单凛和已经等在一旁的音乐厅总经理打了个招呼，解释道："飞机晚点了。"

　　总经理客气道："没事，演出也是刚结束不久，接下来就是为您的单独演奏。"

　　单凛和他一起上台跟总指挥握了握手，寒暄了几句。

　　等他下台后，见宋颂还站在一旁，朝她招了招手："还不过来。"

　　宋颂走过去牵住他的手："所以，你是请我来听一次包场演奏会。"

　　单凛淡定地带着她往中间走："嗯。"

　　两人在 VIP 第六排最佳观赏位置坐下。

　　厅内灯光渐暗，随着指挥的一个手势，乐声四起，瞬间将宋颂的注意力吸引了过去。她不太懂音乐，平时消遣也不会选择特意听乐团演奏，但单凛特意为她安排的这一次惊喜，她总是欢喜的，所以听得格外认真。

　　坐在这里聆听，可以感受到乐声自然形成的一股张力，蓬勃而出，从四面八方朝宋颂涌来，令人为之陶醉。

　　"这里的声乐效果比二楼包厢好，视野也是最好的。"

　　三首乐曲过后，单凛在宋颂身边静静道。

　　宋颂转过头，黑暗中只能看到他侧脸的轮廓。

　　"你说我的设计剥去了所有华而不实的东西，回归了自然。在这里聆听音乐之声，褪去浮华，释放自己内心的感情。那时我还没明白过来，你说的都是我内心深处，连我自己都不知道的想法。"

　　"你那时不过是想着怎么把我逼走。"宋颂那时气炸了，但回头想想，这人就是嘴硬，"老实说，你会同意参加录制，是不是为了来看我？"

　　她感到身边的人突然握紧了她的手。

　　"嗯。"

　　有这个答案就够了，宋颂心满意足，刚要回过头，单凛张开了她左手，速度很快地在她的无名指戴上了一枚戒指。

他什么都没说，做完这些，重新握住她的手，状似不经意地抬起头，专心致志地继续欣赏演奏。

这人啊……怎叫她不爱。

单氏夫妇潇洒地完成音乐厅一夜游，赶着最后的航班回到了 S 市。

在路上的时候，单凛还有意无意地说"金主爸爸"这词谁造出来的，太难听，太低俗，对这种造谣的人就得杀一杀。

宋颂宽慰他，有时候这不过是个开玩笑的词，人家明星拍个广告啦，粉丝都爱喊广告主叫"金主爸爸"，亲热呗。

反正单凛很看不上这词，坚决要把这事捋清了。

两人摸着夜色先回了公寓，电梯里宋颂还在想着刚才在门口看到的几个鬼鬼祟祟的人影："刚才那两人是不是在偷拍我们？"

单凛目不斜视："你不要自己吓自己。"

宋颂出了电梯，还在那儿嘀咕，没点亮楼道里的灯，猛地听到黑暗里冒出一个阴沉的男声："双双把家还啊！"

"妈呀！"宋颂吓得连退两步，不停拍着胸口。

她刚才那一脚，正好踩在身后单凛的鞋面上。

单凛："……"

"是我。"

梵戈打开手机电筒，照着自己的脸。

宋颂一脸不忍直视，抬手捂住自己的眼睛："笨蛋，你别从下往上照！"

三人进了公寓，宋颂见两人看都不看对方，直接坐在沙发的两端，像是划分战场一般。梵戈穿着她家品牌最新的白色羽绒外套，衬得小脸越发雪白。单凛也穿着她之前为他准备的黑色大衣，大概心情不太好，面沉如水。这两人黑白双煞一般坐在客厅里，宋颂背对着他们叹了口气，默默准备了两杯热茶。

论冷战，梵戈自然比不过单凛。趁着宋颂在厨房，他低声骂道："怎么回事，你什么时候跟我姐又在一起了，不是说好了……"

　　"砰"一声，宋颂将一杯茶放在梵戈面前，梵戈咽下后半截话，无意识地回过头，猛地看到宋颂手上的戒指，这一下眼珠都差点弹出来，瞪着宋颂的手老半天憋不出一个字来。

　　"这么晚了，你突然来找我有什么事？"宋颂刚才就是故意的，等梵戈差不多看够了，才施施然说。

　　梵戈回过神，小脸忽白忽红，眼神忽明忽暗，嘴唇忽开忽合，真真切切一副受了惊不敢相信现实的模样。

　　"我……"梵戈舔了舔干燥的嘴唇，拿起茶杯猛喝了一口，粗声粗气地说，"怕你想不开，过来看看。没想到，你过得挺好。"

　　宋颂笑了笑："你姐没这么扛不住。"

　　梵戈又往她手上的戒指瞟："合法的吗？"

　　"合法了。"这回是单凛主动答了话，淡漠的脸上难得对着梵戈露出一个戏瘆人的笑。

　　梵戈顿时头晕目眩，立刻联想到那时候他叱单凛离开宋颂的画面，要说心里不慌是假的，单凛离开宋颂，他是立了汗马功劳的。但看起来，宋颂并不知晓，而单凛瞅他的眼神如此孤高淡定，那神色仿佛在说：你的把柄，这辈子都在我手里了。

　　梵戈浑身一抖，悔不当初。

　　不落下的刀子，永远都是最吓人的。

　　宋颂奇怪地看着这两人用一种她看不懂的眼神进行交流，忍不住打断道"喂，这么晚了，你偷偷跑来到底什么事？我是真没事，你要是被人发现了，又是一通造谣生事。"

　　梵戈暗骂一声，差点忘了正事："我接了一个访谈，跟你一起。"

　　"不要了吧，有什么好说的？别人会以为我们出来卖惨。"宋颂第一反应就是拒绝。

　　"妈这两天心情很不好，祥叔说她难受得饭都吃不下，脏水都泼到妈身上了，我当然要出来澄清。"

　　网上是有人说梵戈姐弟的母亲给人当小三，帮孩子铺路，如此种种实在不堪入耳。

宋颂忽然觉得梵戈确实是成长了，这一回比她考虑得周全，于是点头道："好，你安排吧。"

梵戈松了口气，他就怕自家姐姐不答应，这事情落定了，他又开始挂念起戒指的事："你们……不是闹得很僵吗？怎么又好了？我觉得，你们这个故事可以写个狗血剧本。"

宋颂下意识按住单凛的手，生怕他一个暴起，直接把梵戈打了。

单凛那脸色何止是要暴打梵戈，好在宋颂反应快，他忍了忍，反手握住宋颂的手，对着已经成为小舅子的梵戈"和颜悦色"道："话说完了？那你可以滚了。"

梵戈怒目："……"

"今晚就先让他住下吧。"宋颂好歹是亲姐，这时候还是要出来护一下弟弟的。

单凛先是哼笑一声，搞得梵戈警惕地竖起了全身的汗毛，随后听到他这位姐夫不冷不热地说："那就随他打个地铺吧。"

说完，单凛自顾自地去洗漱了。

这一晚，谁都睡不好，梵戈男儿当自强，自己窝在沙发上，口中一直念念有词，不知道在咒什么，被楼上飞下来的一个枕头打得眼冒金星，他飞速从沙发上弹起来，炸了毛。刚要喊，又是一个枕头飞下来。

"安静。"宋颂低声冲他说，"他睡眠不好。"

"……"

"把枕头还给我。"

"……"

第二天一早，宋颂亲自开着车把梵戈送回了他经纪人那儿，然后直接回到公司上班。地球照转，生活继续，唯一不同的是，她的新身份带给了她新的力量。她这枚钻戒颇为显眼，一到公司就把大家的眼给闪瞎了，但没人敢明目张胆过来问这戒指的来历。毕竟金主的事才刚消停，这时候宋颂手上突然出现了戒指，实在是很微妙啊。

就在这种古古怪怪的氛围下，下面都传疯了，可还是没人闹明白怎么回事。最后，朱皑皑作为代表，带着所有人的期盼，委婉地问了一句："戒指很漂亮啊，没戴错地方吧？"

问完她就想扇自己一嘴巴子，这问的是什么啊。

"没戴错哦。"宋颂伸出手，张开五指。

"你……"

"嫁了。"

朱皑皑目瞪口呆，表示这个速度太惊人了，生日趴上喝多了还在那儿唱《单身情歌》的人，转眼就结婚了？

她唯一能猜的只有一个人："是……曾老板？"

宋颂略感惊讶，很快抿嘴一笑，神秘地摇了摇头："别猜了，你们不熟，他不喜欢太高调，所以，我也要低调点。"

老大低调完婚的事在公司内部慢慢传开，但这位神秘人的身份无人知晓，很显然，老大是在保护她这位。虞是如在茶水间听着大家一脸高深莫测地做着各种不着调的推测，能搞定老大的，绝非常人，如果不是曾佑，那"金主"另有其人，可老大这些年工作比桃花多，这帮人抓破头皮都猜不出来。

虞是如默默拿着茶杯，憋着笑走了出去。

这两天算是这一段时间以来最风平浪静的时候。宋颂心情好上了天，开始专心思考新一季系列，为了让朱皑皑从自己的"老公"身上转移注意力，安排她去处理自己退出《完美登场》的后续事宜。说起节目组，那边实际上甜头也吃足了，眼球也赚饱了，实在不亏，导演胡子一开始还很气愤，觉得这个宋颂不知好歹，单方面解约。她以为电视台是她家，说来就来，收走就走？没门儿！

可过了两天，他发现风向开始不对，关于宋颂的黑评这两天一下子消失了大半，他忍不住想去探探乔寒深的意思，那边竟传过话来，要他把这事处理漂亮了，别再闹出什么风波。

这摆明要息事宁人了。

乔寒深给胡子回完信息，甩手就把手机狠狠砸了。他对单凛可以说是百般迁就，把这么大产业发展得红红火火，每年为单凛创造多少利润，可这小子压根儿不把他当哥看，说翻脸就翻脸，气得他浑身上下没有一处不疼。

"老板，不好了！"

"什么东西？"

助理拿出手机递给乔寒深，乔寒深刚看了一眼，太阳穴就开始突突地跳。

爆料：宋颂这个女人路子野到令人叹为观止，疑似被"金主爸爸"抛弃后，火速勾搭上建筑大神单凛。单凛是近年来建筑界的传奇人物，参加了一次《完美登场》，两人开始有交集。前日单凛夜探宋颂住的酒店，留宿一晚，直到清晨离开。过了两日，两人再次夜归单凛住所，缠绵一夜！他也要栽在宋颂的手里了吗？

配图连发，还颇清晰，有一张单凛进酒店的照片，拍到了半张侧脸。

"宋颂 单凛恋情"，事情又有了反转，这一热搜开始噌噌往上冒。

乔寒深压着火问："谁拍的，我不是说了，全部撤了吗？"

助理一脸无辜："没有啊，真不是我们的人。"

"那会是谁？"

单凛的八卦不好扒，网上关于他的消息太少，全是正常的学术新闻，唯一跟娱乐搭上边的就是《完美登场》，他也是因为那一次收获了一批颜粉。不管怎样，这些新闻透露出来的都是一个信息：他很牛。

单凛也有自己的微博，但从头到尾都没发过什么，当时开微博还是被庄海生逼的，说是为了事务所，以后说不定用得上。现在倒真是用上了，短时间内网友一窝蜂凑到单凛的微博下。

"怎么回事，你不是在节目上撑得很起劲吗？怎么下了台就把持不住了？"

"厉害了，这个应该不比'金主'差吧？"

"老牛吃嫩草啊。"

"难道是相爱相杀？"

"天才就是特立独行，不介意别人穿过的破鞋。"

吃瓜群众一脸蒙：这是什么狗血剧情？

单凛有很多学弟学妹，不明真相的迷妹愤怒地 @songsong：你难道要为这个女人跌落神坛吗？

庄海生在开会期间一脸蒙地看完热搜，失魂落魄地发呆，被单凛公然点名："庄总，你要是没带脑子来，可以回去找一找再来。"

庄海生："……"

散了会，庄海生撞进单凛的办公室，举着手机，指着照片，这人啊，心一急，反倒说不出话来，还没来得及质问，单凛已经神态自若地说道："这个倒不是造谣，还比较写实。"

"……你们什么时候好的？"

"前两天。"

庄海生顿时心中一片白茫茫，看着单凛显然比之前好了不少的精神状态，不知该先恭喜，还是先感叹。这两个人都是什么跟什么呀，一个宁死不屈了这么多年，让人以为无情无义，一个苦追不舍了这么多年，最后竟狠心放手，他都帮他们想好了结局，老死不相往来，一个治病吃药孤独终老，一个悲情过后另觅新欢。

百转千回，他都跟着难受了好几天，现在告诉他：我们好了，没事了，谢谢关心。

庄海生摇了摇头，脑仁疼得厉害，拖着脚步往外走："我祝你们百年好合，我再也不想管你们这些破事了。单总，我要求休年假，你爱批不批，再见。"

单凛清楚庄海生这是故意跟他怄气呢，从毕业到现在，这个兄弟为了他可以说当起了半个娘。这段时间，公司也全靠他顶着。

"海生。"单凛叫住他。

庄海生刚迈出去一只脚，不耐烦地回过头："还有什么事吩咐？"

单凛平静地对他说："LS 不能没有你。"

庄海生愣住，以为自己幻听了，这家伙，这张嘴，真是那个说话能把人噎死的单凛？宋颂给单凛下了什么猛药，改天他要去拜师啊！

庄海生慢慢收回了迈出去的脚，清了清嗓子："没事，毕竟 LS 里有我一份。"

单凛竟露出一丝为难的表情："今天，我不得不坦白，'S'其实是宋颂的'颂'。"

庄海生呆愣了半晌，猛地爆炸："单凛，滚蛋！"

林蕾看着庄海生一副怒发冲冠的模样从总裁办公室出来，瑟瑟发抖地在小群里发消息：庄总以后不帮我们渡劫了，怎么办啊？

晚上，宋颂觉得单凛的心情很不错，胃口也不错，可今天网上的爆料很糟心啊。但单凛难得提议一起看电影，宋颂就把话咽下了。两人窝在一起看了一部老片子，转眼就到了睡觉的时间。

单凛洗漱后，靠在床上看书，他单手捧着书，眼睛扫过书本，一目十行，翻书的速度很快。

宋颂随后拿着手机蹭到床上，时不时瞄他一眼。

他戴着眼镜，可能是刚洗完澡的原因，脸上白虽白，但有了些气色，黑发长长了些，刘海垂下恰好落在眉梢处，竟让人有了他很温和的错觉。

宋颂凑到他边上："还不睡？"

单凛神色正经地继续翻页，淡淡道："我再看会儿。"

"我这么看着你，你看得下去？"

单凛翻书的手停了一会儿，慢慢低下头，瞧见某人靠在他胳膊上，仰着头一脸娇羞。

"这本不错，推荐给你。"单凛默默地转过头，继续看书。

宋颂诱惑了半天，见人还是没反应，气呼呼地直起身子，佯装刷手机，心里愤愤，同床共枕这么多日，怎么还不合理合法"意图不轨"？今晚气氛这么好，心情也不错，又是自己家，还有哪里不对吗？再不抓紧时间，过两天就是每月"亲戚"来的日子，又得等上一礼拜。

刚打开微信，朱皑皑的消息就跳了出来：你老公！是他！

宋颂：？

朱皑皑直接甩过一个微博链接，还说：你老公一点不低调啊！

宋颂茫然地点开。

就在半个小时前，几乎不发微博的建筑大神单凛直接甩出一张两人高中时期一起庆生的照片，然后 @songsong：我的骄傲。

紧接着不到两分钟，又是一条：本人已婚，和太太住。

宋颂直接从床上跳了起来。

单凛眉梢微动，余光看了一眼呆掉的某人，重新绷住脸，又胡乱地翻了两页书，状似不经意地问道："怎么了？"

"你疯了，这就发出去了？"

单凛愣了下，有点意外听到的是这么一句，但很快恢复一脸淡定，没搭理她。

宋颂转过身，扑到他跟前，一脸欲哭无泪："你要发，选张好看点的成吗？这张把我拍丑了，早叫你删了。"

单凛忍了忍，半晌后，直接丢了书，摘了眼镜，关了灯，反手掀过被子，堵住她的嘴。

单凛直接动真格的，宋颂没有心理准备，没一会儿就被他亲得目眩神迷。

"单凛……"宋颂被吻得气息大乱，断断续续道，"那张照片，你还……还留着？"

他细密地吻着她的嘴角，顿了顿，低低应了一声。

她穿着他的大外套，包裹得跟一只小熊似的，和他站在一起，用路人的拍立得记录下的珍贵合影。那时候，她想要，却被他拿了去，后来她早就记不得这张照片，没想到他保留至今。

是啊，以他的脾气，如果她不是特别的，他怎会冬天大半夜舍命陪君子？

那时候，她对他的印象还停留在这人很难搞，脾气不好，可隐隐又觉得他心眼儿不坏，想到他的时候容易走神。只是她未曾想到，后来他们会一起经历这么多。

缠绵了好一会儿，他额头抵着她的，慢慢试探着。

宋颂忽然一哆嗦，差点叫出声。

单凛僵在原地不敢动，抱着她的掌心全是汗，他并不像表面上这么镇定，心里其实没有底。

宋颂等了一会儿，见他没了动静，急道："别停啊……都到这份儿上了，痛死也要继续！"

"……"

单凛再次果断地堵住她的嘴。

还是这样安静些。

虞是如一早到了办公室，心情愉悦地给花瓶里的花换水，又给自己煮了一壶咖啡，听着办公室里的同事在那儿一惊一乍地谈论自家老大劲爆的消息，就连隔壁公关部门的人都跑来一起兴奋地讨论。

"不敢相信啊，当时这个单凛在节目里这么看不上老大，选了乔裴卓，我还到他微博下骂他长了一双狗眼……"

"你完了。"

"妈呀，太刺激了，两个人认识超过十年了吧，节目上根本看不出来啊，怎么就突然结婚了。"

"只有我以为'金主'是我们曾老板吗？"

"你不是一个人……评论下还有人拿这个说事。"

虞是如悄悄点开微博，搜索到单凛，果然看到他那条"本人已婚，和太太住"下面有人酸：你知道你太太被'金主'包养了吗？

单凛直接回了三个字：我养的。

就是这么简单，不废话。

有人自爆是 T 大的学生，做证曾经在单凛公开演讲的课上，看到宋颂也在场，侧面证明了两人当时就可能是恋爱状态。虽然，真实情况和大家想象的相去甚远。

而宋颂也在昨晚转发了单凛的微博：正主，其他都是假的。

朱皑皑去茶水间的时候，正好经过市场部的办公室，听到里头聚集了一众八卦男女，忍不住敲了敲门，拿出了点领导的架势："这一周的销售报表出来了吗？今天那些黑子有没有发疯？"见众人一脸蒙，瞪眼道，"都不清楚，那还在这儿开什么小会？"

有人伸出脖子声辩道："我们在给老大点赞啊！太帅了，直接把那些造谣的人干翻！"

"朱总，太解气了，老大的老公太牛了，把那些黑子的脸打得啪啪响。"又有人道。

朱皑皑忍不住笑出来，但为了保持领导的威严，立马收住，强行撑着气势说："行了，乔裴卓买那么多水军想要淹死我们老大，我们趁着热度，也要加强攻势，把口碑重新弄上去。"

朱皑皑看着被点燃的诸位，保持满意的微笑走进老大办公室，刚一进去，那端庄威严的表情秒换，八卦、惊叹、激动、好奇……宋颂很难想象一个人的脸上能短时间内展现出这么丰富的表情。

朱皑皑冲她眨眼："深藏不露啊。"

宋颂抱拳："过奖过奖。"

"你老公牛啊，不是说他不喜欢高调吗？"

"嗯，他这人很自我，总是出其不意，不会管其他人的想法。"

"对对对，他一脸我很烦，别来找我麻烦的样子。"朱皑皑在宋颂的办公桌前坐下，刚说完，看到宋颂笑眯眯地看着他，惊觉自己失言，"啊！我不是这个意思……"

"你说的都对。"宋颂倒是很大方。

"但他发的两条微博太霸气了。"

"所以，我才会嫁给他呀。"

"唉，我还以为你跟曾老板有戏呢，他一直投资我们，再困难都没放弃。"朱皑皑有点遗憾。

"是单凛投资的。"

"啊？"

"是我老公有眼光，他和曾佑认识，托他投的。"

朱皑皑惊呆了。

宋颂托腮，笑得不能再甜："记得以后要叫他大老板哦。"

"……"

作为当事人，单凛今天开会的时候，发现大家的眼神总是往他身上瞄，他装作没看到，从头到尾不苟言笑地把会开完。会议结束后，房间里只剩他和庄海生。这位庄总有贼心没贼胆，说好了要休年假，气了一晚上，第二天还是乖乖来上班了。

单凛关了电脑，说："今天开会大家都不专心。"

庄海生要替大家说句话："大哥，你自己爆这么大的料，公司里都炸了，只不过是没人敢在你面前表露。"

单凛斜过眼："大家都盯着我看，表露得还不够明显吗？"

庄海生则给他一个白眼："那是你自己没照镜子，从没见你心情这么好过。"

单凛疑惑："我心情好？"

庄海生手指隔空在他面前画了个圈："都写在脸上了，你知道开会的时候，你突然笑了下，大家都吓傻了吗？"

单凛愣住，他自己确实没有发现。

"看来阴阳调和得很到位啊，结婚就是不一样哦。"

单凛瞬间联想到昨晚，心跳不受控制地加速，下意识地抿紧唇线。他装模作样地起身，打算无视庄海生。

这个人这时候眼尖得很，抓住单凛的小不自在立马要翻天，得意扬扬道："我说什么来着，昨晚激情如火，难怪今天春色满面。"

庄海生说完就连忙往后退了一步，做好被打的准备。

谁知单凛停下脚步，只是转过身，勾起嘴角，挑衅："别一副欲求不满的样子，你去结一个婚就知道了。"

庄海生操起记事本甩过去："单凛，你大爷！"

单凛回到办公室，拿出手机，随意刷了下微博下的评论，在看到一条评论的时候，滑动屏幕的手指停了下来。

"宠妻 Max，这才是真老公，'金主'什么的都退了吧，人家正主都出来澄清了。"

单凛无甚表情的脸上现出一抹冷笑，事情要一件件算，这不还没完吗。

宋颂这边接到了好多媒体的电话和消息，大多数是来跟她求证结婚的消息，还有人想要约时间采访。这件事宋颂已经答应梵戈，跟他一起接受采访，所以她婉拒了所有邀约。

她的微信置顶联系人是单凛，可是今天他们还没有发过一条信息。

两人好像都有点难为情。今天早上起床后，单凛几乎没有跟她对视过，这个人表面上很冷峻，好像下了床就忘了自己多热情，实际上不过是内心别扭到无法自我表达的傲娇。

宋颂琢磨着给单凛发条消息过去，突然打进来一个电话，看号码很陌生。

宋颂等了会儿，接起来："喂。"

"宋颂。"

宋颂的注意力稍微集中了点："哪位？"

"我，孟之依。"

宋颂倏然抬头，心中几个念想翻转，片刻后，用平淡的口吻回道："小依啊，好久没联系了。"

孟之依在那头呵呵笑起来："是啊，我以为你的号码换了，没想到你还是用大学里的号码，这是我的新号码。"

宋颂也应道："哦，难怪，去年我们宿舍几个人聚，都联系不上你。你怎么也不跟我们说一声？"

孟之依毕业后跟大家的关系就慢慢淡了，听说是去了一家服装公司，后来又出来单干，再后来也没人知道她在哪里混了。

两人无关痛痒地招呼了一通，宋颂也不着急，就等着她先开口。

"那个，还是先要恭喜你结婚了，是大学里那个吧？什么时候我们一起聚聚吃个饭好好聊聊？"说了半天后，孟之依终于说出自己的目的。

"好啊，我也想见见你，可是……"宋颂转着座椅，漫不经心道，"我最近焦头烂额，要先把几件事处理了，过段时间吧。"

宋颂悄悄放了个钩子。

孟之依果然上钩："你是指网上那些传言？你别放在心上啊，都是误会吧，我也正想跟你解释这个。"

"总是要澄清嘛。"

"宋颂，我正好想找你说这个事。"

"哦？"宋颂假装意外。

"你去找过老吴了吧，他跟我说了，你真的误会了。"

宋颂没吭声，心里不由得发笑，误会啊？

就在前两个月，教师节的时候，宋颂回了一次母校，作为优秀毕业生，成功青年创业精英，向学校捐赠了100万元助学基金，并和学院签订了实习基地协议，为在校学弟学妹提供实习实践机会。老吴作为系主任，参与了签约仪式。

宋颂对老吴这种欠缺师德的老师，实在没什么话可说。老吴大概对曾经他最不看重的学生现在扬眉吐气回校的模样，也不大顺眼。但社会人之所以是社会人，就是能装。宋颂先是送了特地备好的礼品给老吴，让他脸色好看了不少，两人坐在老吴的办公室，时间好像回到了那个令她不愉快的晚上，对面的人抽着烟，咄咄逼人地数落她的作品。

聊着聊着，老吴这人本性难移，有意无意地拿出老师的架子，要宋颂一定要坚持做好设计师的本分，要多给母校争光。

宋颂已经不是那时候象牙塔里翅膀不够硬的小姑娘了，表面上尊师重道地说："那是，吴老师一直教导我们要行得正，本分是我们的底线，我也一直很本分，哪里做得不好了，还要吴老师多多提点。"

老吴听得倍有面子，语气也好了许多："以前的事就不提了，以后做好就行。"

宋颂哪里肯放过他："以前的事还是要提一下，我怕有什么误会让吴老师对我一直有成见，借这个机会，不如说开。我大二想要参加比赛的作品和最后别人获奖的作品几乎一模一样，我问心无愧，那么只可能是有人抄袭了我的创意，吴老师，你当年是不是知道什么？"

当年老吴虽然没明说觉得宋颂抄袭，但他的百般阻挠现在想来还是有些不正常，就像是知道会发生什么事似的。

老吴叼着烟的嘴一哆嗦，斜眼看向宋颂，见她还是客客气气的模样，说话也很真诚，不像有假，心里突然生起了些许疑虑："你怎么证明？"

这话一出，就证实了当年那事确实有她不知道的隐秘。

宋颂以前一直有个习惯，喜欢用手稿，然后会把手稿装订成册，在扫描仪不那么普及的时候，用相机把手稿都拍下来，再存档，数码相机里都会保存时间的记录。

"所以，我那时的手稿很多，记录很频繁，从初稿到定稿，中间所有的版本我都有保留。"

老吴惊讶地看着她，没想到这个姑娘做事这么仔细，寻思了一会儿，谨慎道："可当年小孟跟我说，你看到了她朋友的设计，她朋友已经提交了作品。"

"您就这样相信她的话了？"

宋颂从头到尾都保持克制，现在却无法再掩饰自己的情绪，平白无故被扣上抄袭者的帽子，从十年前起就被人恶意揣测，她受够了这种无中生有的诋毁。

老吴一愣，辩白道："小孟是我大学同学的女儿，我从小看着她长大，她不会拿这种事开玩笑。"

屋子里残存的烟味和老吴说出的话，都令宋颂一阵恶心。

孟之依啊。

就因为孟之依是他信任的好友女儿，而她当时只是个大二的女生，家里欠债穷得快交不起学费，不可能有这种能力做出这样的作品，所以，她就背上了抄袭之名。

"我当时也是为了你考虑，顾及你的自尊心，没有点破，找了其他借口没让你去参赛，不然……"

"不然，这件事早就水落石出了。"

宋颂猛地从位置上站起来，老吴手上的烟灰跌落了半截在桌上，宋颂盯着那一小堆灰烬，抽过一张纸巾，用力一抹，团成一团，丢进了书桌边的垃圾桶。

就好像把她前十年人生中这个最让人恶心的污点擦去一般。

"吴老师，我很感谢当年的自己没有因此跌落谷底，从不自我怀疑，坚信自己没做错什么，相信自己的能力。以后遇到像我一样的学生，请您多点耐心去了解，他们身上也有优秀的品质。"

所以，现在看来，宋颂抄袭事情爆出以后，老吴也回过味来，前后一串，把这事告诉了孟之侬。

宋颂只问了一句："你现在在乔裴卓的公司上班吧？"

"……是。"

"她让你当说客的？"

"她不知道。"

"她还不知道？"

难怪了，见到她还是这么理直气壮。

"宋颂，这事你得听我解释，你别着急……"

"宋颂！"朱皑皑火急火燎地闯进门，拿着手机冲到她面前，直接打断了她和孟之侬之间的谈话。

宋颂盖住话筒，朝朱皑皑使眼色："一会儿说，我在打电话。"

朱皑皑一个劲地把手机递到她面前，用口型冲她说："你老公简直是史上最强老公。"

宋颂一头雾水，顺着她的视线，看到手机屏幕上显示的是单凛的微博，这位大神继自爆自己是某人背后之人后，再次向众人投出了一枚炸弹。

他什么都没说，就发了一张照片。照片里的宋颂风华正茂，青春无敌，正是象牙塔里的一枝花，她手里拿着笔，正在作图，恰好抬头对上镜头，没反应过来的样子，显然是偷拍。

重点是，她面前的桌子上，堆满了设计手稿，依稀可以看出设计图的细节，仔细看不难发现，跟她在开年大秀上的设计有着异曲同工之妙。

单凛：摄于九年前。

电话里，孟之侬还在那儿说："你别急，我会跟你解释的。"

"小侬啊，我觉得没必要了。"宋颂看着不断攀升的评论数，道，"来不及了。"

宋颂坐在小会议室里一直在听各部门的分析，这次紧急会议已经开了两个小时，鉴于最近突发的事件太多，公关部有点扛不住了，市场部的营销策略已经调整了好多遍，线上线下的销量都因为抄袭事件持续下跌。

公关部老大已经联系了多家媒体，也跟梵戈那边碰了头，跟宋颂提议道："宋总，我们要不要趁着这个时候立刻追加一份关于抄袭事件的声明？"

公关部另外一位同事也说："是啊，现在形势倒向了我们这边。"

关于抄袭这个事，自刚爆出来至今，公司里就在一种诡异的气氛中，一边他们相信自家品牌创始人不会做这种事，另一边他们也没有特别实锤的证据证明自己。今天突然爆出的照片，虽然单凛没有说其他的话，但照片自己会说话，网友眼睛多尖啊。可是，乔裴卓动作也很快，马上有一些大V开始带节奏：拿出自己九年前的设计创意，这是穷途末路了吗？

但这一次，宋颂这边已经做了准备。单凛的这一举动就连她也没想到，她看到这张照片后还想了一会儿，才记起是大二的某天晚上她在他家做设计图，她都不清楚什么时候他拿了她的相机把玩，还偷拍了她好几张照片。

很多时候，冥冥之中自有天意吧，那时候又有谁能想到，这张照片会成为证明宋颂清白的证明之一？

宋颂并没有把自己在调查抄袭这件事告诉单凛，单凛出其不意地发难，稍微打断了她的节奏，但另一方面看，也帮她加了火力。

而她又怎能辜负单凛的一番好意呢？

很快，宋颂将早就整理好的照片在微博和INS上都发了出去，配文：一些电脑里的资料，图1、图2、图3是当年参赛发给导师审的设计稿邮件截图，图4、图5是所有手稿照片，图6是这次新系列的手稿。当年因为各种原因，最终作品没能参赛，压了箱底，可实在喜欢，为弥补遗憾，现在拿出来登台亮相。之前已经说过没有抄袭，有人让我拿出证据，不是不想拿，而是我没错，不在乎诋毁。现在站出来只为说一句：原创不易，需要保护。

大反转！她这一条微博的转发量大增，景妍是最知情的人，前段时间也是她帮忙查出孟之侬在帮乔裴卓做事，现在她直接出来表明自己室友的身份，发了一段长文，描述宋颂当年辛苦作图的点点滴滴。舆论迅速形成一阵猛烈的风，把之前笼罩在 SONGSONG 头上的乌云卷得干干净净。她甚至提都没提比赛得第一的作品，可自然有人会把这些都给扒出来，扒得让某些人无所遁形。

要说谁狠，还真不好说。

宋颂把这个设计翻出来，在这么重要的大秀上压轴亮相，早就打定了主意要算账。按她对乔裴卓的观察，乔裴卓应该不清楚她抄袭的人就在眼前，所以能理直气壮地面对她。大秀一出，乔裴卓肯定会忍不住出来挑衅，还会趁此机会利用各种手段把她打压得喘不过气。但她一点都不慌，她手里握着的牌只需要一张张打出去，对方之前卖了多少人设，攒了多少人气，被捧得有多高，就会摔得有多痛，悔得有多惨。

孟之侬一直在电话里跟宋颂说全都是误会，都是她引起的，劝宋颂不要迁怒其他人。宋颂听了只想把这个拎不清的女人一巴掌拍开，抄袭没有任何理由洗白，哪有不是故意一说，若非心存贪恋和侥幸，岂会走出这一步？这是行业的底线，也是做人的底线。她这十年来，一直背着这个包袱负重前行，没有人知道她心里曾经有多憋屈，有多不甘。但宋颂的优点就是不会让自己陷在一个困境里出不来，她很快明白了一个道理，她这样的人只有靠实力，让自己不至于在恶劣的竞争中落下风。

当她在《完美登场》见到乔裴卓时，这位"月光女神"风光无限，靠着背景获得多少人倾尽所有都拿不到的资源。宋颂始终保持微笑与之同台竞技，这并非她的涵养有多高，而是她心中看不上乔裴卓，天道好轮回，总有人会来教育这位品行"高洁"的女神。

教育的日子终于到了，乔裴卓那方还没有任何消息，但她的微博已经被攻陷了，据说她近期受邀参加一场年度时尚颁奖礼，名字已经在出席嘉宾名单上，主办方现在估计头大了。

乔裴卓那边的人直到现在都没联系她，孟之侬也没有再联系。这大概就是硬碰硬的意思了。

宋颂回过神，听到朱皑皑说："发，马上发，那些个本来想跟我们合作的艺人，前段时间一个个退得够快的，好像我们是什么瘟疫，真是一帮有眼无珠的家伙！"

"别人不过是谨慎些，人之常情。"宋颂对此倒是很看得开，"如果人家再找我们合作，千万别拿架子，该怎样还是怎样，让他们心生愧疚，这份情就欠得久一些。"

末了，她说："发吧，置顶发。"

宋颂晚上到家的时候已经十一点，这一天对她来说太忙了，她甚至一下子回忆不全这一天都做了多少事。

明天她还要赶去 B 市跟梵戈会合，接受访谈。

这个点，单凛应该已经睡了，她晚上也跟他说了，自己要加班，所以她开门的时候特意放轻了动作，可刚一进门，客厅的灯突然亮了。

宋颂愣了下，转头看到站在玄关边上的单凛，他里头只穿着一件单衣，外头罩着一件黑色长外套，看起来单薄得有点冷。

宋颂一边把鞋放好，一边问："还没睡？"

"嗯。"

"睡不着吗？"

宋颂任由肩上的包滑落在地，随手丢到一旁，凑上去作势要去搂住单凛。

谁知道某人警惕地后退一步，略反感地皱起眉："外套先换了，身上一股凉气。"

宋颂刚燃起的一点兴奋劲立马被浇了个透，这人不解风情得令人牙痒痒。

宋颂直接在原地脱了大衣，冲他张开手臂："这下可以了吗？"

单凛一愣："我不是这个意思……"

话还未说完，宋颂就一头撞进了他怀里，仰起头从他的下巴开始往上亲。

客厅里的暖气很足，单凛还是一边回应着她的热情，一边将她半搂半抱地带回到二楼卧室。

宋颂特别喜欢他的味道，没有那些男人抽烟喝酒后留下的臭味，清爽冷冽，唇舌相抵，而他身体的反应跟他表面的冷淡截然不同，她立马被刺激得心情大好，自然而然地伸手摸进他的内衣。

讲真，昨晚后，意犹未尽啊。

单凛突然停了，硬是跟她分开了些，说："先洗澡。"

宋颂还沉浸在欢愉里，过了几秒都没反应过来，猛地脑中一炸，怒了，直接翻过身把单凛压在身下，按住他的胳膊，低下头说："我明天就要去B市，你大概有两天看不到我。"

单凛没反抗，只是蹙眉："这么急？"

"是啊，所以还洗什么澡啊，时间宝贵，老公大人，就问你干不干？"宋颂懒得跟他废话，说完就要去脱他的衣服。

单凛躺着任由她把自己脱光，脑子里挣扎了一番，随即搂着宋颂的腰将她压向自己："完了再洗。"

"……"

单凛是个言出必行的人，折腾到凌晨，宋颂已经困得要死不活，无法辨认方向，眼里只有枕头，但还是被单凛拖进浴室。她强烈反抗，全部无用，被人压着在浴室里垂死挣扎了一番，香喷喷地出来的时候，她觉得自己快死了。

宋颂闭着眼睛哼哼唧唧："我以后要跟你分床睡！"

单凛没把她这话当回事，她说的是梦话，手臂很诚实地抱住他的腰，身体紧紧靠着他，过了一会儿便睡去了。

他看了看床头的机械钟，三点二十分。他脑中异常清醒，五感在夜里格外灵敏，轻轻翻了个身，将宋颂搂入怀里，睡梦中的人朝他的方向又挤了挤。

单凛重新看向黑暗，视线缓慢地绕着房间看了一圈，什么都没有。自从和宋颂结婚以后，那个女人就再没出现过，他的情绪前所未有的稳定，郝医生也说他这段时间控制得很好，让他几乎产生一种自己是个正常人的错觉。

他闭上眼，强迫自己安静下来，耳边是她平稳绵长的呼吸声，脑子里亮起几个数字，是时间，在他的脑海里一点点变换，四点……四点三十分……六点……

清晨，闹钟尽忠职守地响起，宋颂一脸痛苦地把头埋入被中。

身边的人已经起床了，她伸手摸了个空，又挣扎了一会儿，长叹一声，起床做人。

单凛坐在楼下的沙发上，对着电脑已经开始处理邮件。宋颂打着哈欠刷牙洗脸，随手抓了抓凌乱的长发，随意地绑成一个团子。

"好困啊……"她一屁股坐到他身边，抱住他的腰靠上去，看起来痛苦得要死。

单凛知道她在撒娇，继续打字，问："行李收拾好了？"

宋颂打算破罐子破摔："随便了，不够到那边再买，让梵戈帮我准备吧。"

单凛关了电脑："收拾下，我送你。"

宋颂抬起头，眯着眼："你一晚没睡？"看他一脸冷清，眼底藏不住的疲倦，她便猜着，"等我回来，跟你一起去见郝医生吧。"

单凛没说好也没说不好。

宋颂以最快的速度把自己收拾妥当，因为经常要出差，所以她的行李物品都有分门别类放好，要用的时候拿取方便。

梵戈叮嘱她上节目要准备一套好看的造型，她从衣柜里拿出早就准备好的衣服，一起塞进行李箱。

两人在小区旁的超市里买了饭团当早饭，宋颂草草咬了一半就吃不下了，开始喝咖啡。

"你还可以再睡会儿。"

单凛开车，从家里开到机场大概需要四十分钟。

宋颂歪着头，看上去没什么精神，正无所事事地伸手感受空调出风口的热风，手立马暖和起来。

昨晚回家忙着加深感情，她都没顾上跟他说微博上的事，想了想，说谢谢的话，太见外了，但单凛这么一个不爱惹是非的人站出来帮她说话，不说又有点不够意思。

"我说，你每次闷声不响干大事之前，是不是跟我说一声啊？"

她一副开玩笑的口吻，当然是不在意这事的，但单凛听后，沉默了一会儿，似是很认真地思考了一番："我打乱你的计划了？"

"那倒没有，只不过没想到你会这么做。"

一般来说，他这一类人都有个特性：人狠话不多。

"我做得不对？"

"不是。"宋颂觉得有点难解释，"就是感觉你不会这么做，却做了。"

"我为什么不会做？"

他今天问题可真多。

"就是觉得你应该特烦这种是非。"

因为知道他烦，所以她不会拿这种事烦他，哪怕微博上吵得再凶，在他面前，她都跟没事人一样。

红灯，他缓缓停下车，侧过头，平淡地说："不烦。"

他这两天在她的监督下，终于吃多了一些，脸颊不再凹陷得那般恐怖，面部轮廓冷峻的线条稍稍柔和了一些，白肤黑瞳，反差很大，给人强烈的视觉冲击力，依然是她心目中最上镜 NO.1，她忽然很想拿起相机为他拍一组照片。

但现在，她只能抬手摸了摸他的脸："好。"

车子到了机场，宋颂摸出准备好的口罩戴上，鬼鬼祟祟地瞄了眼机场的状况，不是她自大，而是现在多一事不如少一事。

宋颂看了一圈，没发现什么异样，回过头说："你不用下车送我。"

单凛看出来她在警惕跟拍的媒体，说："没关系，拍到了让他们发不了就行。"

说完，他先下车从后备厢拿出行李。

"没那么容易，上次你到酒店找我，还有我们回家就被拍到了。"

"我找的。"

"……"

宋颂脑中立刻就想通了，难怪了，还拍得这么清晰，有了照片，单凛才好顺势走入大家的视线，她顿时对她家先生刮目相看。

宋颂非得给单凛也戴上一个口罩，单凛不乐意，但拗不过她的执着，两人并排进了机场。办好手续，她把时间算得很准，马上就要过安检准备登机。

单凛没看到宋颂公司其他人，问："就你一个人？"

"嗯，没什么大事，马上就回了。"

她向来很自主独立。

一大早的机场，人并不多，两人又说了会儿话，宋颂必须得进去了。

"走了，你自己要按时吃饭，吃药，睡觉。"她不厌其烦地提醒他。

"嗯。"他倒也没不耐烦。

宋颂朝周围看了眼，然后向单凛勾了勾手指。

单凛看出她的目的，本能地想拒绝，立马听到她下一句："还记得上次嘴巴磕破了吧，主动点过来。"

言下之意，你不过来，我就用强的。

她看出他眼里的无奈，但很快，他低下头，找准她的嘴唇亲了一下，没有丝毫敷衍。

宋颂坐上飞机后还在那儿回味刚才的吻，虽然这之后，单凛走得很快，也不知道是恼是羞。

结婚真好啊，以前不敢的，现在都可以为所欲为。

手机这时振动了下，一条微信跳了出来。

宋颂以为是单凛，点开看是庄海生：结婚礼物，慢慢欣赏。附了一个贱兮兮的表情。

随后是一个邮箱账号和密码。

邮箱账号她很熟，是单凛的。

宋颂心脏猛地收缩了一下。

两天后，宋颂搭乘最早的航班，从 B 市飞回 S 市。

节目录制很顺利，她不知道播出后会是什么效果，但她想表达的，能表达的，都在节目里说了，以后应该不会再接这样的节目。临别前，梵戈还在那儿絮絮叨叨要宋颂多学些驭夫之术，别总被单凛欺负了。

宋颂义正词严地跟他说道："好好待你姐夫，不准跟他闹脾气。"

她以前对他们俩互相抬杠的事睁一只眼闭一只眼，这回说得不容置喙。梵戈见她神色不对，要吐出去的话硬是咽了回去。

宋颂跟单凛约好了一回来就去郝医生那儿，她没让单凛来接，自己直接打车回家。单凛已经在家等她，他最近减少了工作量，除了紧盯最重要的两个项目，其他事情都交给下面的人处理。

宋颂换了身衣服，单凛站在门口看她给自己重新补妆，她看起来有些疲惫。

"要不改时间？"

宋颂看着镜子里的单凛："约了是今天就今天，走吧。"

单凛开车，两人一同前往郝医生的办公室。

听闻夫妻俩一起来，郝医生也做了充足的准备，特地空出一下午的时间接待他们。他和宋颂不算初次见面，却因为各种因素，这一次见面对双方来说都有着不同寻常的意义。

郝医生一见到宋颂就夸赞道："比以前更漂亮了。"

宋颂快速反应道："医生怎么比八年前更年轻了。"

两人毫不见外地聊了几句，单凛反倒没插上什么话。

三人在会客室坐下，郝医生在他们俩之间来回看了会儿。宋颂这个姑娘他最近也有关注，网上有关她的消息很多，他粗粗扫过，加上自己的印象和单凛的描述，感觉她是个非常有想法、有个性、有爱心的姑娘。再看单凛，这段时间密集的谈话、检查、跟踪，他的情况已经趋于稳定，光看脸色也比年底的时候好多了，不得不说，宋颂的陪伴，对他的帮助是巨大的。

单凛平静地开口道："郝医生，我准备好了。"

他来之前已经和郝医生说过，可以让宋颂完全了解他的情况，不必有任何遮掩。

宋颂今天来更多的是充当旁听者和陪伴者，了解他病情的始末、发病的原因、目前治疗的状态以及她所需要配合的职责。

"最近去看过你母亲吗？"

"没有。"单凛顿了顿，说，"医院告诉我，她还是老样子。"

单凛的母亲一直处于深度昏迷状态，住在医院 VIP 病房。单凛在八年前她发疯的那一晚将她送进医院，到现在，只去看过两次。每一次去，他的精神状态都会出现剧烈波动，所以后来就不再去了，只让医院那边每隔两天反馈一次情况。

郝医生掉转视线，问宋颂："你知道他发病的原因吧？"

宋颂点头。

遗传加应激事件刺激。

郝医生继续深入："你们开诚布公地谈过就好，那么，她还来找你吗，频次是多少？"

从刚进门到坐下，宋颂一直握着单凛的手，他看起来情绪很稳定，但郝医生的这句话还是让他条件反射地紧张。

这件事，单凛没有和宋颂提过，可能暗示过，但没有把它摊到阳光下，一一解剖干净。

单凛静默片刻，低声道："最近没有。距离上一次出现，有半个月。"

郝医生点头，并做记录，顺便问宋颂："你看到过他当时的状态吗？"

宋颂察觉到单凛掌心的潮意，越发用力地扣住他的手，回答郝医生："见过三次，第一次我并不确信，只是有所察觉，后两次确认了。"

郝医生循循善诱："阿凛，你现在能聊一聊第一次见到她时的情景吗？"

单凛对此很抗拒，跟郝医生也只深谈过一次，就是最初确诊他精神分裂的时候，今日再提，郝医生是经过深思熟虑，评估了他的精神状态以及今天宋颂在场的特殊情况。

他愿意打开自己的机会很少，今天是最佳的时机。

单凛低着头没吭声，脸色渐白，他拿起茶杯，又放下。宋颂在一旁看着，忍不住道："不想说也没关系……"

但单凛突然出声，语速很快，像是不让自己有机会躲避："我第一次发病是母亲入院后三天，我在房间里看到她，全身是血，抓着我不放，但她的脸很年轻，我并没有意识到这是幻觉，陷入了很长一段时间的混乱，无法分清现实，精神……濒临崩溃。"

宋颂轻轻屏住了呼吸，要他承认自己快要崩溃，是一件非常痛苦和沉重的事，就如同割开他连着血肉的面具，将他面目全非的脸昭然于世。

单凛盯着茶杯，让自己的情绪与水面保持一样的平静："也就是那段时间，我无法跟你联系，就连我自己都不知道见到的人究竟是真的，还是假的。后来，她几乎无时无刻不在我的生活里，我变得易怒、暴躁、冷漠，但我不得不接受这个事实。只要有她存在，我就无法过上正常的生活。"

精神分裂患者往往会因为幻觉幻听的加剧出现情感和心理、行为障碍，多会伴随情感冷漠、麻木，或者陷入极端暴躁。单凛具有比较典型的病症，他的不近人情和喜怒无常，有时候无法自我控制。宋颂看到的几次并不是最糟糕的状态，在最初发病的时候，郝医生陪着单凛走过的才叫地狱般的日子。

"她随时会出现，随时发疯，把我当作我爸的替代品，是她的玩物，甚至还有其他她变出来的人，我整夜失眠，睁开眼就看到她盯着我看。那种眼神，就像是她当初看我爸的眼神。她想控制我，让我放弃这里的世界，变成她的傀儡。"

"但她不是真的。"宋颂忍不住轻声道。

单凛闭上眼，郝医生这时候接过话，替他解释："对阿凛来说，很难分辨。"

宋颂心中钝痛，一时间不知道自己还能说什么。她想要理解，却很难接受，一个正常人不管怎么想象，都无法体会他痛苦的万分之一。

这几年，他经历过好多次大起大落，游走在疯与不疯的边缘，与身边事物逐渐丧失情感交流，仿佛生命的沙漏在这几年不断加速，企图带走他身体里的灵魂。

但他始终没有倒下，他一次次地站起来，付出了难以想象的代价。

他害怕自己的精神力下降，无法继续工作，所以只要是清醒的状态，他就会疯狂地作图。按郝医生的话说，他简直就是在拿生命换取一个个作品。

因为他不知道什么时候就再也醒不过来了。

一下午，他们对单凛的病状做了深入的剖析，要求他不能像之前那样任性，随意断了药物，必须每天保持心情愉悦，减轻工作量，家人的陪伴很重要。

宋颂恨不得把医生的每一个字都记进心里。

"今天差不多就到这里吧。"郝医生看了看时间，主动提议结束。

郝医生送他们出门，不忘叮嘱："下次需要做个详细的身体检查，你最近多关注他的情绪，还有用药情况，有问题随时联系我。"

"好。"

单凛帮宋颂披上外套，跟郝医生道别后，拉上宋颂离开了医院。

一路上他一直没说话，宋颂在车上偷瞄他两眼。他经常需要一个自我消化的时间，看起来面无表情，实际上脑子里已经一片暴风雪。虽然今天郝医生试图让他放松，但他的脸色始终不好，于他而言，今日并不轻松，宋颂的手被他握得发白。

过了好一会儿，单凛才说："想去哪里吃饭？"

宋颂见他一脸疲惫，知道他这时候其实并不想再待在外面："回去叫外卖吧？"

单凛眉头一皱。

宋颂立马改口："家里有面，回去吃面吧？"

单凛面部线条奇妙地变柔和，轻笑道："你做？"

宋颂立马往边上靠，举手投降："我坐着吃可以吗？"

单凛笑了，回到家的时候，他的情绪好了许多。他先换了衣服去煮面，宋颂慢悠悠地卸妆，顺便查看下手机里的工作邮件，郝医生的电话在这时打了过来。

宋颂第一时间接起，有些意外道："郝医生？"

那头郝医生的声音似乎刻意压低了一些："说话方便吗？"

宋颂下意识看了眼浴室的门："方便。"

"我要说的话，也跟他暗示过，但效果不太好，所以我才避开他给你打电话。那我就长话短说。单凛需要你的陪伴，但是如果他投注在你身上的精力超出一个极限，就有可能起反效果。"

"我不清楚您是什么意思？"

"他的母亲就是前车之鉴，把自己的人生缩小到一个人身上，一旦两个人之间情感的联系出现问题，就会造成不可想象的负面后果。"

"我不会像他父亲那样……"

郝医生温言打断她："我并不是怀疑你对他的感情。实际上，有你的存在，对他来说是幸运的。当年，你也是他的精神支柱，陪他闯过了最艰难的路程。"

宋颂不解："我吗？可当年我什么都没做啊。"

"你的信，姑娘，你以为那些信都石沉大海，可有人在那些年，把那些信看了一遍又一遍，给每一封邮件都写了回信，却没有发出过一封。他到现在还没给你看过吧？如果给你看倒是一件好事，能释放掉一部分危险的感情。"

宋颂呼吸一窒，紧紧抱住自己的胳膊。

庄海生发给她的邮箱账号和密码，她隐有预感，天知道她多想打开，但她忍住了。如果不是单凛给她看的，她绝不会看一眼。她还义正词严地把庄海生骂了一顿，庄总被这对夫妻气炸了肺，一个个不知好歹！

"你其实，一直都陪着他。"

宋颂以为只有自己在那些最艰难的年头，靠不多的回忆换取慰藉，殊不知，他们都在对方最艰难的时候，在各自心里野蛮生长，成为成长路上最坚强的支撑之一。

郝医生话锋一转："但未来的事，我们谁都说不好，一旦你们的关系生变，或者你发生了意外，他马上会变得不堪一击，我们都不希望看到这样的情况。从某种程度上说，他对你有强烈的依赖性，有他母亲的影响，但好在他还能理性判断，知道不能因为这种感情去控制你、占有你，所以他还不会伤害你。"

宋颂哑言，望着镜子里的自己，眼中情绪起伏："我该怎么做？他很敏感，我总不能疏远他，刻意冷淡我们之间的关系。"

"你们之间保持正常的婚姻关系就行，陪伴和支持很重要，但同时，一定要帮助他找到其他幸福的来源，这不是你一个人的功课，我们都要为此努力。"

宋颂洗完澡，站在二楼的楼梯上，看着单凛在厨房里忙碌的背影。他身上系着的围裙是两人逛超市时买的。宋颂之前非得给他套上自己那条嫩黄色的围裙，被他严正拒绝，后来特意买了一条深蓝色的回来，厨房围裙大战才就此结束。他脑子聪明，做事有条不紊，精益求精，就连做饭这件充满烟火气的事，也能被他做得极具观赏性。

单凛将热腾腾的面盛好，端到餐桌，一抬头就看见宋颂坐在那儿托腮看着他。他边解开围裙，边冲她抬了抬下巴："吃饭。"

宋颂得到召唤，立马屁颠屁颠地跑过去，捧起碗就是一顿无脑夸："我怎么就嫁了这么完美的老公，炸酱面都能做得这么好吃。"

"你还没吃。"单凛已经对她浮夸的演技习以为常，顺便给她递醋。

"看着就好吃啊。"宋颂喜欢吃面的时候加点醋，再用筷子拌了拌，大口吃了起来。

单凛自己挑了两筷子就没再动，看着宋颂吃得津津有味，她吃到一半突然抬头："我渴了，冰箱里有没有可乐？"

"吃饭不要喝饮料。"单凛无情回绝。

宋颂不依，在桌子下拿脚踢他："我想喝嘛，好不好，嗯？"

单凛撑着桌面起身，宋颂一脸得逞的小得意，谁知转身单凛就拿着一杯温水回来。

宋颂一脸嫌弃，推开杯子："我要可乐。"

单凛神色冷淡地绕到她这一边，单手扶着她的椅背。宋颂不明所以地看着他，下意识往后缩了缩，这一瞬间，单凛俯下身，在她不安分的小嘴上啄了下，很快直起身，揉了揉她的发顶："吃饭，渴了喝水，我去洗澡，不准偷喝可乐。"

宋颂低头捂着眼睛，好半天才从傻笑的状态里回过神，歪着头捧起水杯，小口小口喝了起来。

晚上两人在各自的领域工作了一会儿，很有默契地在十点的时候结束工作，上床睡觉。

单凛刚躺下，就感觉有人像八爪鱼一样从侧面攻击，紧紧缠住他。

他翻了个身，让她躺得更舒服些，宋颂放松地叹了口气。

黑暗中，他们相拥了很长一段时间，两人的呼吸缓慢，轻柔，相互安抚着，单凛的手掌穿过她的长发，又轻轻握住。

"不要怕我。"

宋颂猛然睁开眼，脑子里一片空白，心疼得胸口发闷，用鼻尖在他的下巴处蹭了蹭，紧接着凑上去咬了一口："说什么呢。"

单凛吃痛，却意外地没反击，只是越发用力地抱住了她。

第二天一早，宋颂在可怕的生物钟控制下醒来，反手一摸，单凛已经起床。她仰天躺在床上发了会儿呆，脑子里是昨晚他那句突如其来，又意料之中的话，心里依然有股无处发泄的气，在床上来回打了个滚。

"再打滚就要迟到了。"某人毫不留情地把她从被子里挖出来，顺手丢来衣服，正好罩在她脸上。

宋颂："……"

这昼夜相差得也太大了，她那点小心疼真是无处安放。

宋颂睡眼惺忪地刷牙，打开手机，邮件提醒今天清晨就有哪个不长眼的给她发了一封邮件。

刷新出来的邮件来自于：ShanLin。

宋颂忘了还含着满嘴的泡沫，激动得手指点了两次才打开这封邮件。

这是一封回复，原邮件是她当初写给他的第一封邮件，当时她急着找他，不停地通过各种渠道给他发消息，邮件里，她问他在哪儿，为什么突然消失，发生了什么事，不管什么事都可以一起想办法解决，求他看到邮件赶快联系她，她很担心。

她终于看到那个时候，他的回复：爸爸死了，妈妈快死了，我疯了。

宋颂全身的血液冲上头顶，后背发凉，她按下手机，把泡沫吐干净，狠狠漱了口，缓了一会儿后，才走出盥洗室。

单凛已经穿戴整齐，坐在沙发上等她，见她出来，神色平静地说："你还有十五分钟化妆换衣服。"

宋颂却走到他边上坐下，盯着他看："邮件我看了。"

单凛喉结滚动了一下，下颌线有一瞬间绷紧："海生跟我说，他把邮箱密码发你，你没有登上去。"

"嗯，那是你的隐私。"

"是我让他给你的。以后每一天，给你发一封。"

"所以，我的每一封邮件你都看了，都写了回信是吗？"

单凛侧过脸，对上宋颂专注的视线："是。"

每一封新邮件都是新的一天他新的希望，三百六十四天，那段日子太过混乱，沉沉浮浮，生生死死，他对人生只剩下怀疑、厌恶、恐惧、悲悯、憎恶、愤怒以及残存的一丝留恋，他把难以承受的痛苦和浓到无处宣泄的感情从身上剥离，寄托在这三百六十四封来信中。

于他而言，这并不是简单的邮件，是宋颂三百六十四份被切割开来递给他的心，是他与现世仅剩的美好连接。直到第三百六十五天，她把最后一份心留给了自己。他知道，这是她最后的底线。

他把她的信当作《圣经》一般默念了无数遍，可所有的回复都停留在草稿箱。

他没有办法回应。

现在，是时候了。

宋颂毫不犹豫地吻上他的眼睛，他的鼻梁，他的嘴角，执起他冰凉的手，亲吻他的指尖："我很期待。"

每一天清晨的那封信，成了宋颂起床的动力。

他们很默契地一个做早餐，一个看邮件，每次看完宋颂的心情都会不一样，这取决于这封邮件的内容。可能是考虑到这些邮件不会发出，所以记录下来的每一个字都过分真实，这份真实现在刻在她的心上，尖锐又用力，留下一道道血痕。

当然，这里头还有他藏在层层痛苦之下的爱恋，他提及不多，更不会直白地像某些痴情男生失恋后把想你爱你摆在最显眼的位置。

他只是偶尔在邮件的最后面写一句：今天是你喜欢的晴天，我的心情也变好了。

宋颂看完会发一会儿呆，让自己消化一下心里汹涌的情绪，然后若无其事地去吃早餐。单凛也从来不会问她看完后有什么想法，但每天她落座的时候，他都会起身，挑起她的下巴亲吻："早。"

就这样一个发，一个看，无形间他们相伴而行，重新走过了那段最艰难的路程。

而在这一封封邮件开启的早晨之后，是一天天疯狂的工作。

宋颂火了，是真的大火了。她自己都没料到，在经过抄袭事件大反转之后，她和梵戈的访谈也恰逢时机地进入了大众的视野。

对她和梵戈而言，这次访谈还挺简单的，因为对彼此足够熟悉，所以对方要说什么，心里都知道，甚至不需要台本就能接下一句。

关于他们完整的童年、少年、青年故事，那本是一只潘多拉盒子，一个人的时候他们不会轻易打开让里头的妖魔鬼怪侵扰到自己，可当两个人在一起的时候，就好像找到了相伴的勇士，披荆斩棘，想要为对方挡下从盒子里逃出来的火龙喷出的烈焰。

说实话，要在大庭广众下把自己过去的难堪和苦难说出来，不是件容易事。宋颂是个比较心宽的人，可在这件事上还是被梵戈做了好一段时间的心理疏导。每个人都有想要保护的隐私，但当有些人恶意利用这种心态，放肆攻击，难道还要继续隐忍纵容吗？

再说，这并不是什么苦情戏码，宋颂和梵戈都不是那种爱卖惨的人。再惨的事，从他们嘴里说出来，都变成了段子。他们提起最窘迫的时候，两个人抓阄、猜拳，然后输的那个要在冬天洗冷水澡。当然，后来还是梵戈顶了下来。还有就是宋颂拿奖学金去 B 市看他，他没敢告诉姐姐自己生病，就骗她说跟同学出去玩了。可当姐的就是那么有灵性，直接杀到宿舍，把快要烧死的人拉去看病，用奖学金帮他买了药。

主持人不知道被逗乐了几次，但回过味来又觉得，谁的人生是容易的呢？梵戈处于正当红的时候，愿意站出来说这一番过往，无非是为了保护亲姐姐，他爱她胜过爱自己，看不得任何人用任何手段诋毁她。宋颂也不希望因为自己的事影响到弟弟事业的发展。其实他们之间并没有那么多肉麻的互相表白，这也不是他们姐弟的风格，但全程看下来，都能明明白白感觉到这对姐弟之间紧密的感情连接。

节目的最后，主持人问：在自己眼里用一种花来形容对方？宋颂还没想好，梵戈已经脱口而出："野百合。"

就连宋颂也很诧异，主持人问："为什么是野百合？"

梵戈看了宋颂一眼，宋颂在他的目光里看到了少有的温柔："她不是温室里的花朵，她很积极、努力、坚韧，但她的本心在这个复杂的世界，其实很简单，要不然她不会十年如一日喜欢一件事，爱一个人。她大概就像是百合吧，但比花瓶里的百合更有生机，那么野百合就挺适合。"

全场唯一的煽情点。

宋颂简直要掉眼泪了，这该死的令人不省心的小子，看上去现场随性想到的一句话就命中了老姐的心房。

节目播出的时候，宋颂没来得及看到，她正在公司里加班，这段时间她接了好多来自时尚杂志和明星的邀请，而宁末离的大戏即将拉开帷幕，她的设计稿必须在一周内提交给宁大神过目。

深夜一点的时候，宋颂拖着疲惫的脚步回到住处，客厅里亮着盏落地灯，是单凛给她留的。

她轻手轻脚地摸去浴室洗漱，以最快速度把自己收拾干净，趁着睡意没有全消的时候，溜上二楼，迅速窝进床里，翻个身抱住单凛。这一天忙乱颠簸的心，总算是找到了安稳落地之处。

单凛睡意很浅，但跟宋颂在一起后，已经大为改善。他迷迷糊糊地转过身，自然地把她揽入怀里，下巴在她的发顶蹭了蹭，含混道："睡吧。"

第二天是周六，宋颂睡到了中午，醒过来的时候，已是正午，外头璀璨的阳光张扬地铺洒进来，在地板上洒落一地金粉。

宋颂随手摸过手机，点开邮箱，开始这一天的晨读。看完后，心满意足地爬起来洗漱，一边刷着牙，一边跑到客厅，看到某人正戴着眼镜对着电脑打字。

宋颂跳上沙发，歪着头靠在他肩上，嘴里还含着泡沫，口齿不清地说："今天搬家吧？搬家公司几点来？"

单凛关上电脑，偏过头："我约了下午。"

言下之意，早料到你要睡懒觉。

宋颂看了眼堆在房间各处的行李，这是前段时间两人一起陆陆续续收拾出来的，因为大家都太忙，所以整理花了很长时间。偶尔收拾到一半，理出个什么相册、笔记本，她又要拉着单凛开始回忆一番，她对这里有着太多不舍，每一个角落都暗藏着一段主人的秘密，她是多看一眼都不行，舍不得。

可是，新家对她而言有着更大的吸引力，那里将会是她新的开始，一段她坚信奔着幸福而去的新旅程。

单凛见她发呆，忍不住掐着她的脸："快去把嘴里的泡沫吐了。"

宋颂屁颠屁颠地跑去漱口，单凛垂眸，拿过茶几上的手机点开微信，置顶的对话框如果被宋颂看到，一定会大跌眼镜。

梵戈给他发来了一段话，时间与昨晚的访谈重叠。

昨晚，他一个人在家，把灯全部关了，将访谈从头到尾看完，仔仔细细，没有错过宋颂任何一个微表情。一开始，她在镜头前有点紧张，但她属于很快能进入状态的人，不出十分钟，就能自如地和梵戈你来我往。

他们说的很多事他知道，也有很多事他不知道，电视屏幕的光芒映在他的脸上，忽明忽暗，也叫他的神色明明灭灭，他面容冷峻，眼里不带感情色彩，好像什么都入不了他眼，入不了他心。对梵戈，他也一贯这个态度。对梵戈这个小舅子，他抱着相看两厌、不如不见的态度，两人的关系实际上并没有那么恶劣，但基于少年时期淤积下来的后遗症，面子上总是有点过不去。

他听到梵戈说，我姐去庙里给我求的平安符，我一直带在身边。

单凛哼笑一声，这傻瓜，以为只有他有份。

想到这里，他突然蹙眉，他们可能都忽视了一个他们最大的共同点，他们同样爱着一个女人，同样愿意为她付出自己的所有。他甚至有些嫉妒梵戈，从出生到死亡，他们永生相伴，血脉相连。

就在这时，他的手机收到了一条来自小舅子的微信：送你一枝野百合，好好待她。不然老子不会放过你。

单凛无视了最后那句，手机被他捏在手里，过了三十秒，屏幕自动休眠。他支着脑袋，面色沉冷，过了好一会儿，重新解锁屏幕，点开微信，回了两个字：收到。

两人心照不宣地握手言和，为了同一个人放下骄傲和锐气，只有他们成为彼此真正的亲人，才能更好地为他们的野百合铺开充满阳光的盛世大道。

搬进新房子的第二天，他们搞了一天的卫生，虽然请了阿姨帮忙，但还是忙碌了一天。直到晚上，阿姨做好了一整桌菜，宋颂有些奇怪地问单凛："我们两个人吃得完吗？"

单凛正从酒窖里挑出一瓶红酒，闻言道："我请了一个人，应该快要到了。"

宋颂没听他提起过，但并没有为这个擅做的主张生气。

能被单凛请进家门的人不多，宋颂在脑子里盘算了一圈，闪过一个人的脸。

宋颂还不太确信，家里的门铃响了。

"来了。"单凛放下醒酒器，亲自出门去接，走到一半，还是回过身，"我想好好谢谢他。"

说到这里，宋颂脑中那个人的面庞定格了。

不一会儿，单凛带着曾佑进来，宋颂立刻迎上前。

2月的天，冬日的劲头依然猖狂，曾佑穿着一套浅灰色休闲西装，外头罩着一件大衣，走进一室温暖，先将手里捧着的一束花递给宋颂。他的头发剪短了些，面容和煦，英俊依然，见到她笑意加深了些："恭喜。"

宋颂是个很少冷场的人，却在这一瞬有些自愧不如，曾佑的表情挑不出一点错，他成熟体贴，张弛有度，可能在他看来，他们的这些事早就捋顺了，朋友还是朋友，朋友妻就是朋友妻。

距离上一次见他有好长一段时间了，这两个月固定的 25 日会面，也因为各种原因，刻意或不刻意地避开了。

宋颂想过要约他出来，但不确定单凛的态度，每次想起又作罢，没想到单凛先她一步有了动作。

曾佑和单凛的关系有些微妙，像是两块都很坚硬的磐石，应该是互相会较劲儿的角色，偏偏彼此欣赏，彼此对照，彼此帮衬。

宋颂对曾佑不能仅仅表达一句简单的感谢，单凛亦然。

三个人围着桌子坐下，单凛替曾佑斟酒，也为自己满上一杯。宋颂刚想开口，看到单凛郑重的侧脸，又悄悄地忍住了。

三个人的相处比宋颂想的要轻松很多，这顿饭吃得还算温情，应该说气氛的掌控者是曾佑，他的高情商已经给这顿饭上了质量保障，而另一位气氛的中枢按钮，今天也格外配合。

"打算什么时候办婚礼？"酒过三巡，曾佑微醺，舒舒服服地靠在椅背上问道。

宋颂和单凛互看一眼，这个话题他们早就聊过，结果在外人看来可能有些离经叛道。

宋颂回答了这个问题："不打算办。"

曾佑晃悠着酒杯的手当即停住，但他没有多问，平静地笑了笑："也是，形式罢了。"

晚餐结束，宋颂收拾碗筷，单凛跟着进到厨房，宋颂没有回头："你去陪他聊会儿吧。"

单凛无声地看着她在那儿忙了会儿。宋颂听见后头没动静，有些奇怪地回头，可还没看清他的表情，就被人从背后抱住，然后在她的侧脸亲了亲，又无声地退了出去。

宋颂盯着水流愣了好一会儿，有些莫名。

而单凛心里还惦记着昨晚节目里梵戈的那句话：她的本心在这个复杂的世界，其实很简单，要不然她不会十年如一日喜欢一件事，爱一个人。

她不是没有选择，她选择了他。而被她所爱的这个人，此刻觉得，如何感恩都不为过。

曾佑坐在客厅的沙发里，欣赏着花瓶里刚插入的花。他来前在公司附近的花店买的，其中有一种花还是提前预订的，老板娘调侃他为了约会真有心。他说，是去祝贺新人乔迁新居。

他回想起来，又是淡淡地笑了下，没什么特别的情绪。

在他们过去将近六年的时光，曾佑扮演着无与伦比重要的角色，他就如一块双面镜，照出他们各自的六年，他是最好的战友，也是最佳的听众。他看着这两个人在时光的隧道里互相追逐对方的身影，敬职地做好自己的本分，一方是很想知道另一方的情况，但他说不得，一方是很想知道另一方的情况，却不让他说。

他哪会不晓得这对新人对待他复杂又忐忑的心情，但真的没必要，他没觉得自己吃亏，在一段刻骨铭心的感情里没有留下自己的姓名，并不足以打击到他，反而让他感慨自己对物质之外的精神力量敬畏太少。

或许以后，他也会试着去追逐一份简单又深入的感情。

曾佑又待了会儿，参观了整栋房子，感慨这又是一栋可以去评奖的作品，然后在气氛最融洽的时候，他自然地告辞，与单凛拥抱，拍了拍他的后背，低声道："兄弟，我一直都支持你。"

单凛顿了顿，后槽牙咬得紧紧的。

就在他们送曾佑出到玄关的时候，单凛的手机响了，宋颂和曾佑没有停步，直到走到门口，发现单凛没有跟上来，回头找人，却见单凛站在原地接电话，因为酒精酿出的一些红晕消失殆尽，脸色苍白，默不作声。

宋颂本能地察觉到不对，走过去想要抓住他，却被他先一步握住手，五指用力，好像宋颂的手是离他最近的浮萍。

他看上去还算镇定，但宋颂还是从他漆黑的瞳孔里看到了极深的阴暗。

"医院那边说，我妈醒了。"

·第十四枝百合·
送你一枝百合，我的姑娘

///

　　任何人对医院的印象都不会太好，那里头充斥着人性中的各种味道：绝望窒息的味道、焦虑不安的味道、烦躁忍耐的味道、麻木淡漠的味道、担忧害怕的味道。

　　当然，也不尽然都是这些负面难闻的味道，还有劫后余生的味道、迎接新生的味道。

　　各种味道交杂在一起，在医院里的每一分钟都变得难熬，脾气再好的人在这里待上一段时间，总会沾染上些许焦虑。

　　宋颂瞥见过道里来往穿行的医生，多数人脸上都戴着医用口罩，可能心底依然保留着悲悯，但露出的眉眼是如出一辙的冷静和淡漠，跟流水线里出来的标准产品一样。

　　每天闻着这些味道，难免被熏陶得不近人情，大概只有这样，才不至于在这些味道里连同自己本来的味道都被埋没。

　　这一晚，宋颂还闻到了另一种味道，名字叫疯狂。

　　宋颂看着医生缠好最后一截纱布，叮嘱道："最近伤口不要碰水，五天后来拆线。"

　　单凛低着头，额发略显凌乱，神色难测。他慢慢地握起左手，突然用力握紧，瞬间绷住的肌肉牵扯着伤口。宋颂一愣，急忙伸出手，搭在他的手腕处。

　　单凛清瘦的手腕缓缓松了下来，他单手拢了拢搭在肩上的大衣。宋颂弯下腰，挡住了医生的视线，她看到单凛低垂的睫毛，一动不动。

"单凛？"宋颂有点不确定地唤了他一声。

单凛听到了宋颂的声音，有些迟缓地抬起头，黑瞳直直地看着她，睫毛下落下一片阴影。

他没说什么，撑着桌面起身。宋颂有些担心，欲言又止。

"我去下洗手间。"

单凛低声说，除了面色依然苍白，他看起来还好。

"好。"

单凛侧过身，抬起没受伤的手，拇指轻轻抚过她的侧脸："我没事。"

宋颂替他理了理乱了的额发："我在外面等你。"

曾佑从后面走上来，递给她一杯热饮："别太担心，他这个样子，比以前好多了。"

宋颂接过奶茶，捂在手里，手指一寸寸划过瓶身，让自己僵硬的身体慢慢恢复。

刚才一切都发生得太快，瞬间她眼前就见血了。

宋颂抓了把头发，脑子里有些乱。

一个小时前，他们抵达医院，还没进到病房，宋颂都没来得及做好心理准备，就看到一个女人身上拖着导管，满头的长发纠结在一起，面容枯槁，跌跌撞撞地冲出来。宋颂压根儿没把这个女人和当初在电梯口遇到的精致女人联系在一起，而单凛第一时间挡在她面前。

女人一整张脸狰狞如恶鬼："你为什么还活着？单莫你不得好死！"

后面的医生像是吓呆了，一时间竟没有冲上来拉住她。

单凛上前一步直接架住她的两条胳膊，用力一扭，想要控制住她的行动。然而这个女人突然诡异一笑，下一秒张开嘴，猛地咬在单凛的手上。单凛倒吸一口冷气，面上极不自然地绷着，硬生生忍下剧痛。而边上的曾佑已经比所有人都先反应过来，冲上去强拉住那个女人。

宋颂几乎看呆了，女人满口都是血，眼球都是红的，像是受了刺激失了人性的野兽，朝单凛咆哮。

三四个医生冲上来压住她，她被按在地上，还挣扎着抬起头，凶狠地看着单凛。

那眼神，根本不是看儿子的眼神。

宋颂忍不住打了个冷战。

"吓到了？"曾佑看宋颂脸色不好。

"我不知道该说什么。"

"对单凛而言，家庭是他最难堪的人生败笔。"

宋颂摇头道："没有人能够选择父母，原生家庭的问题不是他的错。"

曾佑却一针见血道："可他必须承受这样的父母和病痛，这就是不公平。"

宋颂沉默片刻，她承认曾佑说得不错，但所有事都能推给不公平，岂不是太简单了。

"这世上本就没有绝对的公平，纯看自己怎么活。"

曾佑看了宋颂一眼，坦白说，过去很长一段时间里，他一直以为宋颂不知道单凛的病情，所以每次看到她死不悔改地追着单凛，他都觉得挺可笑。一开始他以为宋颂是贪恋单凛的家世背景，可后来发现，宋颂并不清楚单凛除了建筑设计师以外的身份。而后，他又觉得如果这个女生知道单凛的病情，大概马上就会逃走。所以，他没有想到，宋颂实际上在最开始就接受了这个事实。

现在，他越发发现宋颂的心态很积极，在遭到网友诋毁的时候，公司的人都已经上头，她还能一边笑着刷微博一边吃饭，浑然不介意外界的人怎么看。

能说出这样的话，才配拥有精彩的人生。

大概也只有宋颂，能够接受单凛，并把单凛从黑暗的泥沼里拉出来。

后来，郝医生也赶到了医院，大家都没料到单凛的母亲会突然醒来，更没想到她的病情急剧恶化，记忆和认知能力都出现了明显衰退。几名医生对她的病情突然恶化沉默以对，还是郝医生拿出了一个应急治疗方案，但显然，这样的治疗，谁都没有信心保证能把她重新拉回到正常轨道。

单凛在此期间几乎没有发表意见，当郝医生把病历和配药单交到他手上的时候，轻声问："单凛，看着我，你还好吗？"

单凛表情冷淡，看着郝医生担忧的神情，过了会儿才说："我很好。"

宋颂和单凛回到家的时候，已是凌晨，谁能想到，几小时之前，他们还满怀期待地收拾着新家。

单凛先进门，没有开灯，宋颂想去开灯，却听他说："别开。"

宋颂抬起的手又放下，适应了黑暗后，看到他脱下外套，往衣帽间走。

宋颂跟在他身后，看着他在衣帽间里站了会儿，似乎在辨认方向，然后从衣柜里取下衣架，把外套挂了上去。

"你先去休息。"

她只能看到他模糊的背影被黑暗所包裹，有种莫名的距离感。

然而，他的声音平静如常，宋颂扶着门框，未出声，他就那样保持站立的姿势，亦不言语。

过了会儿，还是她先退出，摸索着前往浴室，可走到一半的时候，她突然想起单凛今晚还没吃药，立即返身往回走。

然而，走到一半的时候，宋颂隐约听见衣帽间传来断断续续的说话声，在黑暗中格外清晰。她怔了下，以为单凛在打电话，她又走近了一些，不知为何，一股麻意从脚底蹿上头顶，她被钉在原地，无法再往前一步。

"你都已经醒了，还要跟着我做什么？"

"哦，你要找单莫？"

"他已经下地狱了，你要不要一起去？"

"哪怕我现在杀了你，也不会被制裁吧？谁叫我们都是疯子。"

说到这一句的时候，宋颂听到了令她毛骨悚然的轻笑声。

单凛慢慢转过身，他们之间只有三米的距离，隔着一扇门，衣帽间里没有光源，他像是被黑暗吸进去一般，处于黑色旋涡的中心。

他一直在说话，显然是在和另一个人对话，或者是几个人，宋颂不太确定。

等了好一会儿，声音渐渐轻了下去，黑暗那头的人动了动，宋颂本能地惊了下，看着他朝自己走来，一步一步，黑暗中只有他走路时衣料摩擦发出的细微响声。

她都没有发现自己屏住了呼吸，不知道下一秒会发生什么，但也不想避开。

他在距离她几步的地方停下，过道里，两侧都是墙，她第一次发觉这个地方原来这么狭小，存储的空气快要不够她呼吸。

"宋颂？洗完了？"

宋颂全身紧绷的肌肉在这一刻尽数放松，她刚才竟然紧张到脚底发凉。

她尽量让自己的声音听起来自然些："我忘了拿东西，这就去洗。"

单凛很长时间没出声，宋颂刚放松下来的神经再次绷紧，绷得她太阳穴发疼。

狭小的空间里，她只能听见自己的心跳和呼吸声，她却没有办法让自己的心跳慢下来。

"你在害怕。"他的声音低低响起。

宋颂睁大了眼睛，急欲否认，却听他又说："对不起，今晚很糟糕，不能更糟了。我刚才是不是说了很多奇怪的话？没事的，我能控制住，你不要害怕。"

他的声音清冷克制，宋颂竟然还听出了不同寻常的温柔。

"嘘……"宋颂伸出一根手指抵在他的唇上。

她不知道该怎么跟他解释，她是害怕，但并不是怕他，而是害怕自己无法应对这样的情况。她不知道刚才自己是否能够出声打断他，不知道这么做会让他恢复清醒，还是会加重他的混沌。

她把他搂在怀里，这个高出她一个头的男人，顺从地把脸埋在她的颈侧，深呼吸，感受她的体温和味道。支撑着他的骨架微微发抖，她像是没有发觉一般，亲吻他的耳郭、脸颊，而他一声不吭地由着她抚平他七零八落的情绪。

一夜少眠，第二天一早，单凛原本要赶去参加一个非常重要的会议，不得不取消，而宋颂也放下了手头的工作。

他们今天还得赶去医院。

这个早上，他们很少交谈，行动却很默契，宋颂帮单凛挑选了一套衣服，是她为他定制的，依着他现在瘦下来的三围做的。

她特地选用了淡烟灰，比他以往常穿的深色调轻快了许多，外套款式也选了中长款，线条简明，裁剪利落，一针一线都是她的手笔。

"喜欢吗？"她拉着他站在试衣镜前，满意地替他捋平衣领。

他露出了这个早上第一个笑容，苍白的脸上有了点生气："新系列？"

"不是，孤品。"

只此一件，绝无第二。

宋颂低着头还在帮他挑选搭配的手表，单凛突然在她身后说："你今天不用陪我。"

宋颂回过头："不是说好了吗？"

单凛昨晚几乎没睡，这时候眼底是掩不住的疲惫，薄唇苍白，前两天好不容易养出的一点肉又消失了，裁制的新衣没有想象中合身。

"我不想让你再看到那种场面。"

"昨天她大概是刚醒，所以受了不少刺激，不会一直这样的，对吗？"

单凛漆黑的眼眸越发深沉："听我的。"

宋颂第一时间想到的是昨晚他那句：哪怕我现在杀了你，也不会被制裁吧？

她昨晚一直因为这句话辗转反侧，单凛沉冷的面孔下是否真藏着这样的念头？

宋颂犹疑地问道："你还记得，昨晚你说过什么吗？"

单凛眼波微动："我不会杀人。"他说完，微微翘起嘴角，似乎觉得宋颂这般小心翼翼很是可爱，大概是为了让宋颂放心，他又补充道，"虽然很想，但不会。"

他绝不会允许自己走上妈妈那条老路。

宋颂在反复纠结中，还是听了单凛的话，加上郝医生也电话过来宽慰她，目前的情况，她帮不上忙，甚至很有可能会刺激到单凛的母亲。

她忧心忡忡地出现在公司，朱皑皑等人见到她还吓了一跳，说过家里出事的人，竟然来办公室了。但宋颂没多交代，比平时严肃许多。朱皑皑知道宋颂的个性，该干活的时候一个字的废话也别说，收敛起八卦的心，跟着她开工。

一连三天，宋颂都是按正常的节奏上班，一开始她心里还老惦记着单凛那边，但第一天安稳度过，单凛跟她好好说明了目前的情况。他母亲第二天正常了不少，但她并不能保持很长时间的清醒，一天下来陷入昏睡的时间居多，哪怕是清醒的时候，她的状态也很诡异，并不能很好地与单凛交流，她甚至不太记得自己做过哪些可怕的事情，一直还在那儿喊着要见单凛的父亲，但至少，她没有再把单凛认错。

而宋颂这边强行沉下心完成了宁大神电影服装设计的初稿，宁末离给的交稿时间也近在眼前，她必须要全力以赴。团队成员都是她亲自在全公司里挑选出来的同事，有好几位都是打一开始就跟着她开天辟地，能力都是一等一。在接到宁大神的这个工作合作后，他们已经根据甲方提供的信息，研究了一个半月历史资料，尽最大的可能还原当时的年代造型，还要根据每一个人物的特性，在服装上做设计。

烧脑了一个上午，宋颂总算腾出了点时间休息。

"效果还不错，总算是心里有底了。"朱皑皑在茶水间煮咖啡，靠着柜子舒服地伸了个懒腰，"你这两天加班没事吗，不是说要陪老公吗？"

"嗯，加完今天，我明天得休一天。"

朱皑皑奇怪地看了宋颂一眼，照理说，要是放在平时，整出这么一套方案，宋颂早就开心得飞上天，大手一挥，请全组人吃大餐，但今天她好像格外冷静，或者说情绪不高。

忍了半天，朱皑皑还是问了出来："你家里没事吧？"

宋颂揉着眼睛，沉默地摇了摇头。

朱皑皑也不知道这是有事还是没事。

这两天，宋颂跟庄海生通过电话，他已经知晓了情况，宋颂还没开口，这位仁兄就一口气说了一段单口相声，语气轻松自在，内容丰富多彩，中心意思是：别担心啦，没什么坎过不去。单凛没那么弱，再说他现在有你，比以前好多了。

宋颂知道他这是在宽她的心，她接受了弟兄的好意，加上这三天过得很平稳，单凛的状态也比较正常，她悬起的心也慢慢放下。

这天，她把手头上最紧急的活都交代后，跟专项小组的同事打了声招呼提前回去，刚到公司楼下打算叫辆车回去，突然一辆奔驰跑车横插进来，强横地停在她面前。

宋颂往边上避开了些，谁知这辆车跟着她前移一米，她脑子里登时跳出"来者不善"四个字。

车窗缓缓落下，宋颂看着自己的脸在车窗上的倒影逐渐消失，她没弯腰去看这里头坐了哪位气势汹汹的神仙，她这腰可金贵着呢，哪能说弯就弯的。

宋颂继续拿着手机叫车。

终于，里头的人坐不住了，打开车门，露出了她尊贵的面目。

宋颂看清来人，不动声色地取消了叫车订单。

这位半个月前还是全网"月光女神"，现在被口水淹得快要成为海的女儿。

乔裴卓戴着墨镜，可掩不住她冷漠的神情，她几乎是用命令式口吻对宋颂说："上车。"

事发之后，她没来找宋颂道歉或者求和，两人没正面交锋，却算是彻底撕破脸皮。宋颂原本还有点佩服她，可她现在这个态度倒是稀奇，理直气壮得令人匪夷所思。

宋颂倒也没生气，抱臂站着："凭什么？"

乔裴卓也不跟她废话，调出手机的照片。隔着这么一段距离，宋颂竟然还能看清，不得不说视力保护得真好，但看清后，她本来很从容的心态顿时燃烧到一个快要炸裂的阈值。

"我可得感谢你帮我挡了灾，要让我嫁给一个疯子，这辈子可就完了。"乔裴卓敲了敲车顶，冲宋颂微微一笑，"上车吗？"

宋颂上车后，乔裴卓也不废话，直接开车。路上两人谁都不搭理谁，宋颂只管看窗外，车里头弥漫着乔裴卓身上的香水味，一股甜腻。宋颂皱了皱眉，将车窗开了条缝，冷风灌进车里，乔裴卓立马操作开关，又将车窗关上。

宋颂再开，乔裴卓再关，你来我往了好半天，简直是幼稚大战，可两人偏偏谁都不肯停下来。

直到乔裴卓将车停在一栋大厦前，宋颂慢吞吞地侧过脸，不咸不淡地开口道："最近怎么样？"

乔裴卓光看脸，确实灵秀动人，挺招人喜欢，只不过现在她脸上并没有招牌式的甜笑。她拉上手刹，靠在位置上，这番模样和她在镜头前的温顺乖巧天壤之别，她冷淡地回道："宋颂，做人不要太绝。"

这话倒是让宋颂听不太懂了，她被人阴、被"包养"、下贱、抄袭无耻的时候，那人怎么不手下留点情呢？

"你是为了整我，找上单凛的吧？"

这话宋颂不爱听："我和单凛之间的事，跟任何人都没有关系。"

乔裴卓充耳未闻似的，按着自己的思路继续道："你也不用装，搞定单凛是你的本事。"说完，她指着面前的大厦，"知道这是哪儿吧。"

宋颂偏不顺着她："不知道。"

乔裴卓朝她瞥了一眼："时代集团。我哥为这里付出了所有，是真正的掌舵者，可到头来，太子爷一句话就变天了。说你被包养，倒也没冤枉你。"

宋颂只觉得可笑，她压根儿没想过利用单凛什么，在此之前她都不知道单凛这个身份。

"乔裴卓，别吃不到葡萄说葡萄酸。"宋颂没上她的套，这两句讽刺，她早就在网上见多了，百毒不侵，话锋一转，"你手里的照片是什么意思？"

乔裴卓歪着头，打量宋颂："意思是，你大概没想到，自己上了一艘贼船，下都下不来了。"

宋颂差点翻白眼给乔裴卓看，这人真是爱替人瞎操心，但她不得不对乔裴卓手里目前掌握的信息保持警惕，乔裴卓刚才只亮出一张那晚医院里单凛母亲发疯的照片，可乔裴卓手里还有几张，她不得而知。

她故作轻松地试探道："就凭几张照片，你想说明什么？"

"说明单家的儿子精神不正常，全家都是疯子。"乔裴卓语气讥诮。

宋颂不以为然："得了吧，这种话有谁信，这张照片根本说明不了问题。"

"你以为我就只有这张照片？"乔裴卓自然是有备而来，"你也别硬撑了，以为嫁了个宝贝，没想到是颗定时炸弹。难怪当初叔叔在世的时候说一定要我嫁给单凛，不然不让单凛继承家业，我当时还一阵感动，现在想来，这对父子还真是黑心，想把我们兄妹一起诓进去。"

"你现在没什么资格说我的家务事吧，不用再废话了，我也没时间听。"

宋颂佯装推门要走，乔裴卓当即抓住她的胳膊，似笑非笑道："宋颂，你把我害成这样，就想一走了之？"

宋颂望着她装模作样的墨镜，笑得可爱："你客气了，我看你气色挺好，说明还没反思到位，你抄的是我的作品，造的是我的谣，还要倒打一耙，甚至想抢我的男人，我怎么反击都不为过吧？"

乔裴卓一句一句地撑回去："是你没能力参加比赛，也是你自己行为不端，单凛和我本就有婚约，我哪里错了？"

宋颂简直叹为观止，真该让那些哭着喊着我家女神的网友好好看看他们捧在手心里的白月光这副恬不知耻的样子。

乔裴卓冷淡地勾起嘴角："宋颂，我给你个机会，只要你认认真真地公开跟我道歉，承认之前你污蔑我抄袭，我就不把单凛是个精神病患者的事公布出去。然后，因为单凛跟你结婚违背了叔叔生前遗嘱的意思，他必须立刻转让所有股份，与时代集团划清界限。"

高耸的时代集团大楼近在眼前，这是娱乐圈的巨擘之一，手握众多资源，多少明星被它送上万人追捧的宝座，各路人马都想跟时代有所合作。

虽然宋颂对于单凛是时代太子爷的这件事没有多少真实感，也不在乎他这个身份，但要单凛放弃股份，自损八百还要便宜敌人的事，这笔血亏的买卖，是个人都不会做。

"到底谁是精神病啊？你想象力这么丰富，我都不知道你在说什么。"宋颂忍了又忍，克制住情绪，还是笑眯眯的，一副没把她放眼里的样子，态度很强硬。

乔裴卓今天是攒了一堆大招来，招招致命："难道你就不怕单凛被推上风口浪尖？他自尊心这么强，如果被曝光精神不正常，大概想死的心都有了吧。"

乔裴卓这是往宋颂的死穴上插刀，她算盘打得好，如果宋颂和单凛是真感情，那么宋颂不可能任由人拿单凛开刀，反之，宋颂如果真的只是为了利益抱上单凛的大腿，更不可能让乔裴卓把事情闹大，把单凛拉下水，没有了利用价值，她这婚可就白结了。

在乔裴卓看来，宋颂左右都不是人，这盘棋，宋颂已经被逼到死角。

所以，有句话怎么说来着，天无绝人之路，古人真是有智慧。

宋颂盯着后视镜，看到自己面色如常，十分淡定地回应道："我以为你的格调很高，没想到这种下三烂的手段都会用。"

"好用就行。"乔裴卓浑不在意道，"三天，三天内如果没有看到你的声明，我们微博见。"

宋颂哼笑了一声，再没有回她，开了门就走。

一下车，宋颂整张脸就绷不住了。乔裴卓，她恨不得连带着这女人的名字抽筋剥皮，拆骨入腹，前几天早上她还教育单凛不能冲动，现在她算是能理解为什么有人喜欢暴力，最原始的解决方式能给人最直接的快感，欲望才能宣泄一空。

宋颂铁青着脸，脑子里乱得不行，她必须要冷静，抓紧时间想想办法，绝不能让乔裴卓得逞。

乔裴卓妄想把死棋走活，那她就要想办法让乔裴卓再也上不了棋盘。

然而，想了半天，她还是不能轻易做决定，光靠她一个人没法把这么大的事情解决掉。

宋颂打车赶到曾佑的公司，上电梯前给他打了个电话。

"喂，你在办公室？"

"巧了，正好在。"

宋颂看着电梯间屏幕上升的数字，说："我马上到。"

曾佑有些意外："你怎么突然……出什么事了？"

宋颂走出电梯，恰好碰上迎出来的曾佑。曾佑只看了她一眼，神色微敛，说："跟我进来。"

曾佑靠在沙发上，专注地听宋颂说。宋颂一口气把话讲完，她说得很急，跟刚才在车上和乔裴卓斡旋的样子判若两人。

"太卑鄙了，我的词汇有限，已经不知道怎么形容她，她竟然拿单凛威胁我，我真该当场扇她一巴掌。"宋颂气得声音发抖。

曾佑给她倒了杯水，她草草道谢，捧着杯子喝了口，又说道："这事不能就这么算了，我找你是想商量下对策。"

曾佑单手支着头，眉头紧蹙，他思忖片刻，反问："你不打算告诉单凛？"

宋颂瞪他，不假思索道："当然不告诉。"

曾佑不解："这么大的事，你确定不告诉他吗？他有权知道，该怎么做，他也有权选择。"

曾佑的这番话让宋颂冷静下来，她从头到尾都没想过要告诉单凛，她本能地觉得单凛是需要受保护的角色，他不能知道这件事，她要保护他。

可是，曾佑点醒了她，单凛才是关键人物。

"我知道你不想让他烦心，但这件事关乎他的声誉和财产，你做不了主。他以前很害怕被人知道自己的弱点，所以他几乎不主动与人交往，但现在他是不是还是这个想法？人不可能永远躲在阴暗里，我觉得从他决定要和你结婚开始，他已经在改变了。"

快过年了，街上不少店家都打出了春节优惠活动的宣传，来来往往的行人面带喜气，手里提着采买的年货。宋颂逆着人流往前走，不小心撞到了一位带着孩子的母亲。她忙停下脚步道歉，对方看了她一眼，说了声没事。宋颂站定在原地，天气还很冷，预报里说过两天会有这个冬天的第一场雪，她却身上热得发汗。

年关难过啊。

宋颂踟蹰不定地回到家，单凛与她说好今晚会早到，本来她也特地提前下班，中途被乔裴卓耽误，她不得不找了借口。这时候，单凛不在客厅，宋颂走到二楼书房，看到门缝下的光线，敲了敲门。

里头很快传来脚步声，单凛为她打开门。他穿着休闲的居家服，戴着眼镜，看来正在画图。见到宋颂的一刻，他一副恍然的样子，摘了眼镜，揉了揉鼻梁骨："我都没看时间，几点了？"

"七点了，你吃了吗？"宋颂看到他疲惫的样子，有点心疼，凑上去搂住他的腰。

"在等你。"单凛拉过她的手往楼下走。

宋颂忍了忍，还是没忍住："有件事我要跟你商量下。"

单凛拉着她继续往前走："边吃边说。"

宋颂停在楼梯上："我吃不下。"

单凛这时回过头，看到她一脸焦虑，他上了两个台阶，捧住她的脸："怎么了？"

"乔裴卓下午找我，所以我才晚回来。"

听到"乔裴卓"三个字，单凛神色便冷了几分。

"你要有心理准备。"宋颂组织了下语言，一边观察单凛的神色，一边简明扼要道，"她大概找人跟踪我们，拍到了那晚医院里你妈的样子，调查了你的病情。三天之内，我必须声明我诬蔑她抄袭，不然，她就把你和你母亲的情况公之于众。而且，她还知道关于你爸提出你继承资格的要求。如果你没有娶她，就会失去继承资格。"

宋颂以为单凛听后会动怒，然而，他冷静地听她说完，听到最后面露不屑，是单凛式惯有的漠然："不准发声明，这件事我会处理。先吃饭。"

宋颂愣神，她发愁发火了半天，单凛却像是并不在意。她跟在他身后来到餐厅坐下，视线一直追着他的身影移动，厨房生活的氛围包围着他们，令这位缺少烟火气的男人多了几分温暖。

宋颂接过他递来的筷子，看着他为自己盛了一碗汤。她还在琢磨单凛的心态，刚才的话绝对是为了宽慰她，他不是那种包容和蔼的个性，忍得下这口气，他就不是单凛。

宋颂喝了一口汤，装模作样地捧着碗："你打算怎么处理？"

单凛将口中的食物咀嚼下咽，漂亮的眼眸随着眉峰上挑："她威胁你反倒说明她不敢真爆出去，可她的做法恶心到我，如果大家非要撕破脸皮，我是无所谓，她靠的是乔寒深的资源，但乔寒深敢不敢跟我撕破脸皮。"

宋颂消化了一番："你打算找乔寒深谈判？"

单凛看上去理所当然："他做哥哥的，需要管教一下妹妹。"说完后，他又淡定地继续吃饭。

见他这么冷静，宋颂吊了半天的心也慢慢放下，可能是关心则乱，所以对于局势反而看得不那么清楚。还是曾佑说得对，她太在意单凛的身体和心理状况，潜意识里已经认定单凛无法承受过重的精神压力，可是真正在与病痛斗争了许多年的人，是单凛，他能一个人走过来已经说明他足够坚强。

是她失衡了，她需要用更平常的心态面对单凛。

"就算她真的把我的事公布出去。"单凛忽然开口，宋颂不由得停下动作看他，他冲她笑了下，"我还是要活下去。"

单凛很清楚宋颂在担心什么，她经历过被人追着骂，万人黑，她知道那种有口说不清，憋屈、愤怒又无奈的感受，她不想让单凛也被曝光在众人审视的目光下，遭受嘲讽怜悯。单凛心高气傲，对于家族的病史，在很长一段时间里，他没有办法接受，甚至厌恶自我。

"你还记得余波吗？"

宋颂自然记得，单凛因为打伤了这个人而遭到处分，不得不转学。

单凛不紧不慢地说："我当初打他，是因为他背叛我，把我的事说出去了。以前，我很怕别人知道，把我当作变态或者怪物看。现在，我不会让他们把我逼疯的。"

他的黑发黑瞳，白肤薄唇，过了多少年，依旧如墨画般鲜明，唯一有变化的是，五官像被重描了一遍，线条越发鲜明。不仅如此，毕竟不再是少年人，他周身散发出来的男人气质，沉冷深刻，很容易让宋颂忽略他实际上还比她小的事实。

饭后，宋颂乖乖洗碗。她的情绪已经平复下来，思路也清晰许多。单凛说得不错，乔裴卓手里的底牌未必真有她说的那么神，说是有王炸，指不定只有三个 K，大家现在较量的除了手段，还有心理。

单凛从外面进来，顺手接过她洗好的碗，慢慢擦干，说："现在脸色好点了。"

宋颂有点难为情，嗔道："这不是担心吗。我真是烦死乔裴卓了，什么事都要跟我杠，我惹她什么了？"

单凛偏过头，见她的小表情全写在脸上，眉头皱在一起，是真恼，他淡淡回道："因为你什么都比她好。"

宋颂诧异，单凛可不常夸人，这话从他嘴里说出来，含金量十足。

颂小姐的虚荣心和满足感急速膨胀，眉毛一弯："真的吗，她是嫉妒我？"

看到颂小姐心情靓了起来，单凛再接再厉："知道我最爱你什么吗？"

他执起她的手，低头拿着干净的毛巾替她拭去手指上的水，说完这句他睫毛忽而扇了下，露出底下一双黑瞳，凝视着她。

他放缓的语速和沉下来的声音，像是在她身上施了迷药，令她的头脑发晕，心跳加速，只会怔怔地望着他："什么？"

"你相信明天总会有希望，我现在也是这么觉得的。"

曾佑说他结婚后变了许多，现在看来确实有些不同，比如愿意跟她分享他的想法，比如遇事更加沉稳，比如会试着主动表达感情。

单凛单手蒙住宋颂的眼睛，低头吻住她。宋颂的后背抵着料理台，他空出的另一只手绕过她的身体，轻轻关了水龙头。

室内安静得只剩下唇舌缠绵的甜腻声。单凛明显先动了情，撩拨得越来越有侵略性，双手搂着宋颂的腰，一把将她抱起往外走。

宋颂低声惊呼，长腿本能地环住单凛的腰，还未来得及发问，低头就看到他仰起的脸庞，勾起的嘴角，克制又性感的眼神，像是在向她发出邀请：任君采撷。

宋颂心态立刻就炸了，这要是还不上，她就不姓宋！

第二天，宋颂醒来的时候，除了腰酸背痛，精神上一扫萎靡，果然是昨晚浪够了，心满意足得很。她有些不想动弹，幻想着如果这时候外头下点小雨，她可能就会说服自己今天旷工一天。

某些人可没她这么懒，已经出去锻炼了。宋颂照旧点开邮箱，看一看今日份的邮件。如果每天都能慵懒地醒来，有个爱人在为自己准备早餐，有份值得去奋斗的工作，有个漂亮的好天气，纵使有些生活的小烦恼，也是幸福的附加税罢了。

这三天，宋颂照常去上班，每天单凛开车送她去公司，他们没多交谈关于乔裴卓的事。她见他神色如常，就好像今天也是普通的一天，不值得特别在意。

宋颂的身影进入公司大楼后，单凛看人的目光完全冷了下来。

乔裴卓的这一手真的不值得他紧张吗？

她的这一手弄不好能让他身败名裂，与其说紧张，不如说厌烦，他对用见不得人的手段的人最反感，乔裴卓既然打算往他的要害动刀，他也没有站着挨打的道理。

单凛并没有直接约乔寒深，而是在前两天找了四个人。

先要找人把医院这条线查个干净，他的病历非常隐秘，这家医院的院长和他父亲亦是老友，这么多年一直帮单家做着保密治疗。郝医生不可能泄密，那么治疗小组的医生、护士、护工，一个个都得查。可他们都说没有对外透露过。

紧接着，他找到了单莫的律师。单莫生前确实说过单凛不娶乔裴卓，就不能继承的话，但到底是一时口快，还是真写进了遗嘱，单凛记不太清了。当初律师跟他说过，而他那时候正好是发病期，记忆都是混沌的。

第三个人，令人意想不到，是宁末离。他赶到对方的城市，亲自把宁末离约出来。宁末离虽然跟时代交火多年，但主要跟乔寒深谁都不服谁，至于单凛这个幕后老板，他是没多大敌意的，更何况，这位的夫人是他夫人力捧的设计师，也是他新电影的造型总设计。

最后，他从通讯录找出第四个人的名字。他对家里所有人都心存恶意，唯独对这个人，残存些许善念。他母亲当初用尽手段执意嫁给单莫，不惜要与家里决裂，可单莫娶她，无非看中她大小姐的背景，忍着不跟她离婚，也是看在老丈人的面上。

单凛外公对单凛还算慈爱，曾经想把单凛带到身边抚养，只可惜他突发中风，很快被送往国外休养。这一耽搁，再没有机会。

单凛有些漫无目的地开着车，车里放着宋颂为他挑选的歌单，大多是舒缓的曲目，有些是老歌，有些是新歌，有些据说还是他公司签的歌手的歌。温暖的阳光，合着音乐的节拍，当是兜风的好日子。

然而，单凛并没有这份心情，他驱车来到以前的房子，家里人死的死，疯的疯，这一处沉积了太多怨恨的地方被彻底上了锁。如同他心里构筑的不可见光的古堡，绝不允许任何人侵犯。

他未曾想过有一日，会有人从外面打破他的牢笼。

他也不曾想过，真的面对这一天的时候，他并没有自己想的那么害怕。

"单凛？"

单凛回头，见到一辆黑色 SUV，重点是驾驶座上的人看起来有点眼熟。

这人语气带刺，看他的目光也是探究居多，单凛肃着脸，没有第一时间答应。

"不认识我了？"那人嬉笑地指了指自己脑门儿，"看到这个伤了吗？记起来了吗？"

"我知道你是谁。"单凛开口了，语气很淡。

然后，两人之间一阵尴尬的沉默。

余波看了看单凛背后毫无人气的大门，说："你怎么回来了？"

余波父母也住在这一片，所以以前跟单凛走得近。后来单凛家出了大事，但单家把风声收得很紧，外头的人只知道男主人出了意外，女主人也住进了医院，唯一的儿子很快搬走了。这一栋房子空置了许多年。

单凛不由得想起年少的往事，他曾经也有最好的哥们儿，可惜人与人的缘分，总有时限。

"我打你，是因为你背弃了我对你的信任。换作现在，我还是会这么做。只不过，不会打到你下不了地了。"

余波本来以为自己眼花，过来验证一下，其实他也不清楚自己到底是个什么心态，可没想到单凛上来就不留情面地打他脸。许多年过去了，这人把人磕死的本事一如既往地强悍。

"你……"

"但打人这件事，确实不够体面，就这点，我道歉。其余的，该是你的。"

余波这火啊，上来了又下去了，差点把自己呛死："单凛，你说的是人话吗？当初，徐暖是关心你，都是自己人，我不忍心，才跟她稍微说了一些。你上来就把我打个半死，也不让我解释。你这脾气，怎么到现在还没改，别人关心你一下，你就当人要害死你。"

若是早几年，单凛听到余波这个解释，铁定开启嘲讽技能，什么叫作关心，关心就是拿兄弟的秘密去追喜欢的女生？可现在的单凛以恶看世界的目光淡了，余波的话或多或少被他听进去。成年人的世界可能做许多事都是带有目的性，可少年人的世界，偶尔做的出格的事，所带的目的性可能仅仅是好心办坏事。

年轻气盛，多说一句都觉得是自己吃亏，明明自己没有错，凭什么要低头？拳脚相向无非是内心脆弱的部分被打击的证明。

"当然，"余波嘴硬之后，见单凛没有跟之前那样反应激烈，反倒一副若有所思的样子，气势也缓和下来，"我没想到对于这件事你反应这么大，错算一半……你现在怎么样？"

"如你所见，很好。"

余波看到他手上的戒指，脱口而出："你结婚了啊。"

单凛不由自主地抚上无名指："嗯。"

余波似乎想起什么："十年前吧……好像有个女生到学校找到我，问我要你家地址……"余波警惕地看了眼单凛，"我没说你的事，就是……暗示了几句。她后来找到你没？"

单凛不用多想，会这样费尽心力找他的，除了宋颂还有谁？

"她现在是我太太。"

说到宋颂的时候，他淡漠的脸上才会露出一丝笑容。

余波怔了下，心里不由得暗暗感慨，就算是单凛，也会找到适合自己的另一半，更重要的是，他看到了一个正在与世界和解的单凛。

"那真是恭喜了。她很不错！"

两个人又陷入一阵古怪的沉默后，余波先行告辞，他们也说一笑泯恩仇，或者再也不相见，只是在这个年龄段，面对对方，比过去多了一分理智。分道扬镳之后，还有没有机会再相遇，只有问天了。

被余波打了个岔，单凛加快速度走进屋里，找到单莫的书房。刘律师说单莫确实留下一份遗嘱，但还未来得及公证，他就出事了。而那份未公证的遗嘱就在他手里。既然是一份没有公证的遗嘱，自然不受法律保护，实际上刘律师之前跟单凛提起过，但那时候的单凛状态太差，根本没有放在心上。

刘律师依约将遗嘱送到单家，单凛坐在单莫的书房里等他。刘律师进来的时候，他正站在书柜前，盯着一排排书目看过去，目光冷淡陌生，似乎对父亲的遗物没有多少感情。

单凛听见声音后，没回头："东西带了？"

刘本宁连忙把装有遗嘱的文件袋交给单凛，实际上他接到单凛的电话时很惊讶，心里也不是没吐槽。当初他追着单凛跟他交代单莫的生前事务，单凛搭都不搭理，现在倒好，催着他立马把遗嘱送过来。

单凛接过遗嘱后，一目十行，很快翻了一遍，看到某处的时候停下动作，那里正是写着对单凛婚姻和继承的约束。

"这份遗嘱，还有谁看过？"

"乔先生虽然没看过，但他应该是知道内容的。"

他应该很遗憾，这份遗嘱没有成真。

单凛心道。

不过，乔寒深藏得倒是挺深，一直没有跟他提过这件事。直到前段时间，才介绍他认识乔裴卓。

"乔寒深是什么态度？"单凛问。

"他比较含糊，也没说什么。"

单莫的死因瞒得了外人，瞒不了乔寒深，夫妻之间争执导致的意外伤亡，男的死，女的昏迷，虽然单凛要求封锁所有的消息，但以乔寒深的能耐，想要了解内幕，并不是一件难事。而乔寒深不发难，唯一的解释就是，他想要和单凛保持在一个和平共存的平衡点。

和刘律师分别后，单凛带着遗嘱，前往和乔寒深约定碰面的餐厅。乔寒深在电话里的语气并没有很意外，也没调侃，微妙气息在两人之间弥漫。

另一边，今天宋颂要协助一名一线女星参加年度电视剧颁奖典礼，她是造型设计。闲聊的时候，对方说起《完美登场》，宋颂退赛后，她看得索然无味。

"乔裴卓的设计太好好学生了，最后拿得第一名，明摆着就是给她设的。"

"其实节目的初衷是好的，只可惜越到后面越变味。"

"呵呵，你一开始怎么会想着去，我看这就是为了捧乔裴卓打造的节目吧。"

"那是因为公司的人都说我这个当老板的不尽心，得给自己家品牌打点广告。"宋颂笑道，"名次什么的，我是无所谓，已经有更多人认识我了，任务达成……稍等。"

宋颂的手机响了，是单凛的微信：发。

宋颂愣了下，难道是谈崩了？单凛跟她提过，今天会找乔寒深，她听他指令行事。宋颂不疑有他，调出准备好的声明，打开微博。

这声明一发出去，就没有挽回的余地了。

但是，宋颂相信单凛的判断。

过了二十分钟，新上榜一条热搜：SONGSONG 起诉。

宋颂通过工作室发表声明，近日遭到恶劣言论攻击和来自部分人士的威胁，为保护自身合法权益，保留对抄袭者诉讼的权利。

圈内圈外一片哗然。

此份诉讼针对的抄袭者是谁，不言而喻，而这个抄袭者刚拿下了《完美登场》的冠军。

当时一起参加比赛跟乔裴卓关系亲近的人立马站队。波波直接杠了一句：无中生有，日久见人心。

而马克转了宋颂的微博，竖起了大拇指。

因为宋颂没有指名道姓，所以一些圈内人也不敢直接发表意见，有人发表后又反应过来，急急忙忙地删除——不发表还好，一表示支持乔裴卓，不就暗示了大家都觉得这个"抄袭者"是乔裴卓吗？

这就是宋颂玩的一手文字游戏，潜移默化中，把乔裴卓和抄袭者画上了等号。

宁末离正在家里陪老婆孩子吃饭，沈磬磬这段时间正在抓紧准备他拍的新戏，所以有比较多的时间在家休息。

他习惯吃饭不看手机，他的太太就不一样了，刷了几个热搜，不由得提高了音调："宋颂要起诉乔裴卓。"

宁末离慢慢喝着汤，一点都不意外："单凛让我帮忙打点所有打算诋毁宋颂的媒体，提前把消息拦下。"

沈磬磬迟疑道："现在还有人要整宋颂？她这是被人盯上了。"

"不一定。"宁末离高深莫测地笑了笑，"从我手上的情报看，可能跟单凛有关。所以，这一回，这位单总，打算先下手为强。"

沈磬磬捂着嘴，调侃他："你会跟时代合作？"

"敌人的敌人就是朋友。再说，宋颂的丈夫，不是建筑设计师吗？"宁末离耸了耸肩，不以为然道。

而此时此刻，单凛和乔寒深面对面坐着，两人神色都稀松平常，只不过，谁都没动面前的火锅，滚开的汤底不断冒泡。

两人没有找包厢，坐在比较隐蔽的角落，头顶的灯光只照亮了半边桌子，两人的神情也半明半暗。

服务员送来新的菜品，却发现放在一旁的菜还未下锅。服务员默默放下后，说了句请慢用，两个男人都没出声。

过了会儿，乔寒深接了个电话，他全程在听，只是在过程中，无意识地挑动了下眉头，并迅速看向单凛。

等乔寒深挂了电话，单凛拿起筷子，夹起一块羊肉，蘸了点酱，放入碗里："该说的我都说了。"

乔寒深跟着舀起锅底的土豆片和牛肉丸，笑道："单凛，我知道你不喜欢我，我有现在的成就，都是叔叔给的，我只想做好自己的工作。小裴的事，我想是她意气用事了，我回去说说她。但你这边来找我商量，那头已经先一步要起诉，有点不厚道吧。"

单凛偏了偏头，避开了那道烦人的光束："只是保留权利。我们之间就不要打哑谜了，我不相信乔裴卓有这个本事查到我生病的事。"

乔寒深兀自笑了笑，如果他是单凛，他也会先来一手，占领舆论的高地，这一手还算漂亮，后面哪怕乔裴卓发布了什么言论，也很可能被人冠上报复污蔑的头衔。

他以为单凛不懂人情世故，个性偏激冷漠，不会讨好人，也不吃别人讨好的那一套，但没想到，对方出手就是快准狠。

"我略知一二吧，毕竟我在莫老身边这么多年。但要说确认，也是前不久的事。小裴最近情绪很低落，我只好安慰她，她没有能力照顾你。"

单凛的上半身前倾，双手交握，置于面前，睫毛投射下的阴影令他看起来异常沉冷："所以，你也很庆幸，遗嘱没能生效。"

"其实，我真没觉得你有什么问题。在我看来，你很正常。遗嘱的事，也不是我能操控的，没能生效，是天意。"

乔寒深说话惯于拣好听的，但只有他自己知道，遗嘱的事，他是否遗憾。

单凛对他这张嘴早有免疫："乔裴卓整完宋颂，又想来整我，你这个做哥哥的，要说一点不知道才奇怪，毕竟遗嘱和我的病情，你都能跟她透底。"

乔寒深叹了口气："单凛，我们是一条船上的。"

"当然，我的事曝光了，影响的是时代的股票，大家都没好处。可乔裴卓想毁掉这一切。"

"小裴是冲动了，但你是不是太轻视我了？"乔寒深微微抬起下巴，笑意淡了不少。

"我明白你的意思，时代可以没有我，但不能没有你。"单凛不为所动，"你觉得自己把控了所有资源，但是，你以为你能一手遮天吗？"

乔寒深笑看着单凛，表情一目了然，我能。

单凛视线移到乔寒深的手机上："你今天是不是接到消息，谈了半年都没给过的项目通过了，而半个月前确定的电影档期突然被叫停了？"

乔寒深不禁收紧了下颌，用一种审视的目光，重新打量单凛。

单凛是在警告乔寒深，他可能没有乔寒深在时代的掌控力，但他有其他本事搞定乔寒深搞不定的事，也能阻挠乔寒深得到想得到的东西。

今天，单凛果然是有备而来。

乔寒深不动声色地在评估单凛的人脉，他认识很多人，但关系好到随便一句话就能搞定这么多事的人，会是谁？还是说，他动用了他母亲那条线的关系。那个老头子，说话还是有分量的。

单凛继续道："我是无所谓时代死活，但你不一样，它是你全部心血。她敢曝光我，我会正式对外公布我在时代的身份，到时候焦头烂额的人，会是你。"

乔寒深认可单凛的话，他并不怕真跟单凛对着干，他这些年打下的基业都在时代，单凛可以毫不犹豫放弃，因为单凛对时代没有投入感情和心血，但他不一样。

"既然是需要我们一起维护的平衡，我有个条件。"

"说。"

"把你手上百分之五十的股份给我。"

有了这百分之五十股份，他就是时代真正的主人，单凛就没有办法作为最大的股东左右他。

单凛是无所谓股份，但任人鱼肉的事，他可没兴趣。

"这么多年，你应该了解我，要不是这次碰到我的底线，我根本不来管你怎么管理公司。我可以无条件支持你，但股份，我没打算转让。"

乔寒深对单凛的拒绝没有懊恼，单凛若是轻易答应，他反而会觉得奇怪。他还是出手晚了，如果早两年，没有宋颂这个人，可能单凛会像处理垃圾一样，恨不得把时代马上丢给他。

"那我们算达成一致了。"

"一致。"

晚上，宋颂窝在沙发里听单凛把这几天干的事简要地说了一遍，省去了中间不少曲折。宋颂听完后，好长时间没说话。

一个她觉得快要灭顶的突发事件，他用了三天，基本上化解了。这期间，他还要工作。

见宋颂不说话，以为她还在担心，单凛说："没必要担心，我会处理好。"

"好。"宋颂抿着嘴唇，轻声道。

单凛也没再多说什么，率先起身："刚看你在赶稿子，去忙吧。"

宋颂拉住他的手，朝他勾了勾食指。单凛没犹豫，弯下腰，宋颂朝着他的脸颊亲了一口："辛苦了。"

这之后，乔裴卓没再找宋颂，所谓的三天期限，很快过去了一周。宋颂没道理主动去找乔裴卓，让自己不痛快，她自己忙自己的。直到第十天中午，公司几个人在会议室里吃盒饭，现在的人吃饭都没有一个乖乖吃饭的，古人云食不言寝不语，现在还得多加一条，不准看手机。虞是如吃得快，先吃好，开始刷手机。刷着刷着，她突然愣住了，忙起身走到宋颂身边。

"颂姐，你看。"虞是如手机里的视频点开给她看。

宋颂还在吃咖喱猪排，正好收到一条来自乔裴卓的友好慰问：限制我的社交账号，买断所有媒体，可是，我还能说。

她满头雾水，完全不懂乔裴卓这话什么意思。虞是如又叫了她一声，她斜着眼看去，是一段采访，时间只有三十秒，被采访人正是最近撞了妖风，强捧没上天，眼下很尴尬的乔裴卓，她正在参加一个关爱青少年心理健康的公益活动。

记者问："为什么会来参加这个活动？"

乔裴卓微笑着回道："现在关爱心理健康很重要。前段时间，我认识的一个刚结婚的圈内朋友，发现丈夫有很严重的精神病，她为此不得不退赛……哦，她还放弃很多工作去照顾家人。我也很担心她自己的心理出问题。"

刚结婚，圈内朋友，退赛。

很快，就有人在评论里附上了各种答案，其中不少人答得还很一致：songsong？

乔裴卓这一招鱼死网破不仅让单凛和宋颂陷入被动，更让乔寒深颇为恼怒。他之前把乔裴卓叫到跟前，利害都给她分析清楚了，让她最近安分一些，学会蛰伏，以后未必没有出头之日。当时乔裴卓就不大高兴，眼泪都要掉下来了，质问他做哥哥的为什么不帮她。

乔寒深忍着脾气跟她解释，到最后也有些不耐烦。这个世界不是围绕着一个人转，任性要有个限度，宋颂如果只是个普通品牌设计师，他也不用费这个心，问题是宋颂是单凛的人，别看单凛这个人平时一副死相，少有在意的事，但真的被他在意的事，他绝不允许被触犯。

乔寒深不是个怕事的人，他跟宁末离斗了很多年，没人敢说他落于下风。至于为什么要缓和与单凛的关系，一则单莫对他有知遇之恩，毕竟单凛是单莫的儿子，单莫过去曾交代过他，要关照单凛；二则单凛与他没什么利害冲突，太子爷从来不管他的事，放手让他做了很多创新和改革，这样的老板哪里找？

事发后，他立马给单凛打电话，但一直没人接，他就知道事情闹大了。

实际上，这件事并没有马上引发连锁反应，毕竟乔裴卓没有指名道姓，所有的猜测再像真的，也没法断定。而乔寒深和宁末离方面不约而同开始收拾残局，很快把这个火苗压了下去，转移风向。

只有乔裴卓的粉丝还在那里叫嚣，跑到宋颂和单凛的微博底下喷，几天下来无休无止。

宋颂从宁末离的办公室出来，宁总亲自相送。今天她是来沟通电影服装的事，带来了所有设计稿，宁末离和导演都很满意，会谈出奇地顺利，接下来就是成衣制作。

宋颂在只有他们两人的情况下，低声道："多谢宁总帮忙。"

"小事。"宁末离顺口问了句，"你打算怎么处理？"

宋颂刚才一直专心汇报，现在才开始忧心："宁总有好的建议吗？"

宁末离笑了笑："我觉得没有什么可怕的。"

乔裴卓这一手是狠，但不是所有人都是脑残粉，已经有人跳出来问了一句：大家只关注乔裴卓说的是谁，没注意她这么暴露别人家庭隐私的做法很不道德吗？

然后，立即有人帮忙转发，转发速度还很快，基本上可以断定有人在背后推波助澜。这对宋颂而言是好事，转移了部分视线，但还是有不少人盯着宋颂不放，拐弯抹角想要从她或者她身边人口中打听消息。

其他人她都可以置之不理，但梵戈这边，无论如何都没法打马虎眼。

这小子不该精明的时候，贼精，在这件事发生的时候，就打电话直接来问，说是好多记者都问到他那里去了，到底怎么回事。宋颂本想掩饰一下，却被单凛夺了手机。事到如今，小舅子是自己人，有些事不能再瞒着自己人。

宋颂看着单凛一脸冷静地讲电话，也不知自家小弟在那头是个什么反应。过了好一会儿，单凛才走回来，把手机还给她，说是讲明白了。

这并不是一个让人很好接受的事实，果不其然，很快梵戈发来了微信，字里行间都能看出他的激动，他提到了几年前在医院外头碰到单凛，觉得单凛状态不对，现在回想起来，细思极恐。

"不过，说这么多都没用，你肯定是知道了才要嫁的，这小子哪里来的福气，之前还胆敢这么对你。算了，现在只能这样了，我都不知道该说什么了，根本没法接受。"

他吐槽了一万句后，还是得帮。

宋颂从 Z 城赶回 S 市的时候，天已经黑了，她在路上给单凛打了电话。

"你在公司？哦，那我直接过去找你吧。吃饭了吗？"

"还没。"

"在加班？"

"嗯，在讨论跳水馆的设计修改。"

"那你先忙。"

听单凛的声音，情绪应该没被影响，宋颂稍微放心一些。事件爆发后，她跟单凛紧急讨论了一番，现在外界仅是猜测，他们大可否认，慢慢让这件事淡化。

宋颂到了单凛公司，这个时间点，加班的人不在少数，宋颂来的次数不多，但公司的人对她的存在有所耳闻，单总突然结婚，这么大的新闻不可能不爆。单凛啊，生活里只有工作，眼里没有性别差异，不跟人说废话，几乎所有人都一致默认单凛这种人是不会恋爱的，更何况这样的人，有人敢收？可碍于老总的威压，没人敢多提，只有在私下里八卦，跑去传说中的老板娘微博下悄悄观察，顺便吃了好几个瓜，真是又美又酷一女的。

宋颂来到前台，林蕾已经在等她，想必是单凛打过招呼。

林蕾带宋颂进电梯，有些拘谨地打量她。作为最早见过宋颂的人，林蕾压根儿没想到这位漂亮的女设计师日后会成为老板娘，几个月前她和大 Boss 见面的时候，哪里像是有暧昧，单总恨不得把她丢出去的模样，林蕾可是记得一清二楚。她也偷偷去看了微博，惊诧于他们相识于高中，立马按照她多年看韩剧的经验，脑补了一出破镜重圆的大戏。

宋颂察觉到林蕾的目光，友好地冲她笑了下，她大概能猜出对方在想什么。

电梯在中途停了一次，上来两个人，看到林蕾都跟她打招呼，又朝宋颂看去，只觉得脸生，没太在意。电梯很快停下，刚出去就遇到了庄海生，庄海生正在接电话。

那两人看到庄总，正要打招呼，却发现庄总看向了宋颂，再看一直陪在她边上毕恭毕敬的林蕾，这两人才后知后觉，察觉到宋颂的身份，不由得想要多看两眼，又碍于身份和场合，只能后悔没在电梯里看清楚。

庄海生将手机拿开点："找单凛？"

"嗯，他还在开会？"

"是啊，估计还要一会儿，你要不去他办公室等一会儿？"庄海生边说边招呼林蕾带宋颂过去。

"他今天还好吧？"宋颂拉住庄海生，往边上站了站。

庄海生立刻明白："没事，正常，就是下午跟项目组的人开会，说了几句不好听的。"

下午有人打听单凛的身体情况，毕竟项目的强度很大，主设计师可不能倒下。虽说得很委婉，但会问出这种话，肯定是受到网上流言的影响。

单凛心里明白有人在怀疑他的精神状态。他只回了一句：我所有作品都是靠这身体创作，以前是，以后也是。

他的作品无可挑剔，质询的人无话可说。

可是，宋颂听了还是觉得心里很难受，单凛的才华毋庸置疑，却要为流言受累。

庄海生重新推门进会议室，另外两人跟着他进去。宋颂在外面看到单凛，白衬衣下的身影略显单薄，他神情专注地听着他人发言，并未往门口看。

宋颂没有打扰单凛，独自坐在他的办公桌前。他的桌面很干净，两台显示屏，中间是键盘，右手边搁着无线鼠标和钢笔，一如他的风格，简明、冷峻。宋颂的双手抚过桌面，拿起他握过的钢笔，脑海里是他伏案工作的身影。过去的日子里，他每日除了吃饭、睡觉、治疗，所有的时间都给了工作。于他而言，无法治愈的疾病和永无止境的治疗中，唯一值得感怀的是他做出了自己想要的作品，那些质疑他专业和能力的声音，对他是极大的不公。

可这就是社会和人性，结构复杂，变幻莫测，大多数人都是这其中的一分子，看看热闹已算是仁慈，更有甚者，暗箭难防。在经历了许多误解和争辩之后，宋颂早已明白，与其求人高抬贵手，不如自己坚守内心。

门开了，单凛在门口跟人低声交代了几句，很快走了进来。

宋颂坐在位置上没动，看着他走到自己面前，将笔记本电脑放在桌上，一身白衣，转过座椅，朝她俯下身的时候，黑睫黑瞳。宋颂在他的眼睛里看到自己微笑的样子，怎么还跟少年时一样，看到自己的男神就乐得冒泡。

宋颂一只手搂着他的脖颈，另一只手摘了他的眼镜："还好吗？"

简单的三个字，饱藏暖意和关切，还有彼此之间感受得到的爱意。

单凛直起身，稍一用力，将宋颂从座椅里带了起来。宋颂搂着他，借力站起来，可还未站稳，就被单凛的重量和气息压倒，宋颂单手扶着桌沿稳住身形，随之而来的是耳边响起的低声答应："还好。"

其实是累了，不愿多说，但在你这里，一切都会好起来。

"先吃饭，爸妈的航班还有三个小时才到，来得及。"宋颂摸摸他的后脑勺。

宋颂远在国外的父母赶在春节前回来，原本今年是计划她和梵戈赴美，但没想到年关出了这么多事，做父母的等不及要回来看看自家的孩子。

单凛带着宋颂出门，宋颂还在那儿嘀咕今天给他穿少了。今天降温，外头很冷。说了一半，发现周围很安静，刚才开会的会议室门口，还站着三四个人，正朝他们看来。

庄海生冲他们招手："走了？"

"嗯。"单凛牵着宋颂的手，略微往边上站，"我太太。"

这句话是跟其他人说的，没人料到他会直接介绍，反应最快的那人脱口而出："宋老师好。"

这显然早就查过人家背景，一下就暴露了。

那人有些尴尬地笑了下，宋颂大方地回应："大家辛苦了。"

就连单凛也偏过头，轻轻抿起了唇线。

电梯很快到了，单凛牵着宋颂走了。他们刚离开，这帮人当即面面相觑，眼神里只透露出一个信息：这是单总吗？

只有庄海生淡定地整了整大衣，看透一切似的说："单总毕竟是结了婚的人。"

单凛和宋颂简单解决了晚饭，驾车前往机场。计划接上父母后，先回新家，明天梵戈会请两天假从剧组赶来。

这本不是件什么大事，可没想到第二天就有人放出了机场图，这都没什么，照片上也看不出个所以然，但这个配文实在没有底线：宋颂现身机场，丈夫精神不佳，恐病情加重。

这简直堂而皇之地在恶意中伤单凛。

不用宋颂出手，乔寒深已经找人处理了。

"乔裴卓还在搞事情吗？"宋颂不断地往咖啡杯里加糖，被一旁的单凛阻止了。

他将自己的咖啡杯递到宋颂手里："爸妈在那边看着。"

言下之意是让宋颂情绪别太外露。

宋颂和母亲有很长时间没见了，两人因为母亲再婚的事关系一度降到冰点，好不容易和解，今年又因宋颂结婚的事再次闹出不小的矛盾，母亲一句她在美国，女儿就翅膀硬了，结婚也不跟家里说一声自作主张决定了，男的长得是圆是扁都没见过，怎么让人放心托付终身？

这段时间，宋颂和梵戈一直在做父母的思想工作，还是继父为人包容，从中调和，又把他们当初结婚的事拿来当教材，将心比心，宋颂到最后都妥协了，做母亲的，这时候应该多试着去体谅女儿。

这番话总算是起到了作用，加上单凛这人条件着实不错，宋颂又添油加醋一番，两人是同学，知根知底，到最后，反倒让丈母娘越来越觉得这门亲事算是宋颂撞了大运。

可宋颂这颗心刚放下，事情就来了，自从女儿参加了国内综艺，国外的母亲就成了头号粉丝，大大加强了对国内八卦的关注，注册了各种社交媒体账号，乔裴卓的口无遮拦，宋颂想瞒都瞒不住。

这一顿饭安排在家里，单凛这人话不多，直接亲自下厨，给宋颂长脸。

宋颂父母调整时差，一直在休息，晚上起来，宋颂母亲吴琴也不知是身体不适，还是心里有事，脸色不大好，每次有话要说，看到女婿挑不出错的招待，就是再着急想要跟宋颂发问，也还是忍住。

"他看上去……挺正常。"趁着单凛进到厨房，吴琴凑上前轻声问宋颂，"你好好跟我说说，他的病情究竟如何？"

宋颂听了立马不高兴："他有在好好治疗，生活工作都没问题。"

吴琴并不是个很强势的母亲，对这个女儿，她心存愧疚，女儿十八岁起撑起了家里的半边天，后来女儿在国内发展，她在国外帮不上忙，她最关心的就是女儿的婚姻大事。

宋颂不想在这个时候多说，一旁的梵戈很有眼力见地插话："网上都是造谣，我还不是一天被造七八个绯闻，不值一提。"

吴琴不吃梵戈这套，反手挡住他的嘴巴："你别插话，我要听你姐说。你们说两人知根知底我才放心。现在搞出个精神状况有问题的人，你是婚前知道，还是被骗，婚后才知道？"

宋颂脸色一沉，有点生气了："妈，你说什么呢，这些我都清楚，而且没你想的那么严重……"

"还是我来说吧。"

单凛端着果盘出来，在餐桌旁坐下，拿餐巾擦拭了手上残留的水渍，忽然间整个屋子都安静下来，所有人的目光都集中在他的手上，并非在欣赏他修长的手指有多好看，而是在缓解这短短的尴尬和紧张。

单凛身上有一种很沉冷的气质，让吴琴的声音小了下去。而单凛在这短暂的空当，竟有种等待被命运宣判的紧张感，他回忆了过去，大概只有两次类似的经历，一次是看到了自己最不想看到的幻觉，一次是与宋颂求婚。

但在座的人大概都看不出他有多紧张。

半晌，他开口道："我有病，家族遗传。"

起了头之后，后面的话似乎就容易说出口了。单凛简单将自身的情况和家庭病史陈述了一遍，他语速不快，语调冷静，没有煽情，只是原原本本将情况做了一次白描。

宋颂的双手一直交握着，捏得紧紧的。她不喜欢这种感觉，像是逼着单凛把自己剖开来给他人围观，还要自带讲解，以取得旁人的信任。

他说到当初并不想让宋颂知道病情的时候，宋颂忽然按住他的手，打断道："我早就知道，不存在欺骗，他其实不想跟我一起，是我追着他不放。"

单凛立刻插上一句："是我先喜欢她。"

"不是吧，是我才对。"宋颂诧异地转头看他。

"是我。"单凛很肯定，"当时你还只把我当弟弟。"

"……"

"是我先求婚。"

"是我先要复合。"

这两人你一言我一语，互不相让，吴琴听得脸色一阵红一阵白。

"行了，别撒狗粮了。"梵戈一边喝酒，一边听着，忍不住牙酸，出言打断他们，"你们俩的内心戏我不太想知道，太复杂，听得脑仁疼，反正都结婚了，皆大欢喜，是吧？妈，他们婚都结了，再纠结这些也没用。"

梵戈说到了吴琴的痛点，正是因为他们婚都结了，才令人焦虑。

单凛看出对面宋颂母亲不安的神色，他向来不喜欢多做解释，但这回他一反常态地解释道："我的精神和身体状况近年来维持在比较稳定的状态，偶尔会有反复，但总体上，能够正常工作生活。如果需要，我可以让主治医生开具证明。"

同样不安的还有宋颂，她深知，如果不是为了自己，单凛不可能把姿态放低，说这样的话。

单凛再说下去，她都快急了："妈，可以了吧！大过年的，大家好不容易聚在一起，开心点不好吗？"

吴琴也很矛盾，一边后悔，当初自己沉溺在丧夫之痛，过于关注自己的情绪，没有把更多的精力放在孩子身上，做好女儿情感教育引导工作；一边自省，她也不想做恶人，干扰女儿的婚姻，可越想越觉得女儿可怜，少年起就波折不断，现在嫁人了，还是不顺遂。

吴琴心里头百转千回，最后只能先退一步："我们这次回国，也不急着走，什么时候跟亲家一起吃个饭。小单，你来安排下。"

宋颂心中一紧，这又是一出难题，之前宋颂只是大致说了单凛父亲过世，母亲身体不好，其他的没敢多说。

宋颂只好解释道："他妈妈还在住院。"

吴琴没多想："那我们得去探望探望。"

"她的状态，不太适合去探望。"

吴琴还要说什么，一直没发表意见的继父杨祥温和地先开口道："那还是不打扰了，总有机会。"他朝宋颂悄悄眨了眨眼睛，宋颂立马接收到讯号，报以感激的微笑。

杨祥又说："孩子们都请了假陪你，多难得！明天还有得忙，今天早点休息。"

梵戈也跟着开始念叨明天的行程，把吴琴哄上了楼。

回到屋里，杨祥继续宽慰吴琴："儿孙自有儿孙福，宋颂不是个孩子了，分得清楚。"

"我就是怕她被爱情冲昏头脑。"

杨祥却摇头："他们认识十多年了，哪里是爱情这么简单。孩子们应付外头的事已经很累了，我们做家人的，应该给他们更多的庇护和支持，而不是把他们置于悬崖上，进退两难。"

吴琴听得一愣，倒是听进去一些。

厨房里，夫妻俩开始收拾餐具，宋颂负责洗，单凛在一旁负责擦。

宋颂深深叹了口气，如释重负的感觉，她将一只洗好的碗转手交给单凛，顺便打量他的神色。单凛接过，动作迅速又细致地擦拭完毕。

他察觉到她的目光，问："怎么？"

宋颂关了水龙头："我妈那儿，杨叔会做思想工作，没准明天她就想通了。"

"没关系。"

"嗯？"

"我其实并不在意他们接不接受我。"单凛淡淡地说。

这话说得自私，但出自单凛之口，宋颂并不意外。

他不在意，因为他已经得到了他最想要的，对于随之产生的附加代价，他早已默认。

但他理解，所以他会尽可能让自己看起来不那么讨厌。

宋颂凑上前，腾出两只沾着泡沫的手，用手臂环住他的腰，亲了亲他的下巴："会接受的，他们都是我的家人，也会是你的家人。不过，有一点我要问问明白，你什么时候先喜欢上我的，弟弟？"

单凛低下头，开始用嘴唇描绘她唇线的轮廓："你觉得呢？"

"唔……"宋颂偏过头，故意躲开他的追踪，委委屈屈地噘着嘴，"我一直觉得那时候你不喜欢我。"

单凛禁不住停下动作，定神看着宋颂，好像在判断她在故意撒娇，还是真的委屈。只不过宋颂表情过于真实，他一下子也分辨不出来，唯有反问："所以在你看来，我很闲，闲到晚上十二点跟你在湖边吹冷风？"

"但你看起来不太高兴。"宋颂朝他的嘴唇吹了口气，"不过，我后来知道了，你这人就是表里不一，越是说不，就越是想要。"

单凛这时候反应过来："你在调戏我吗？"

"亲爱的，婚姻生活需要点情调。"宋颂得意地挑起眉毛。

单凛上前一步，将她困在水台与自己之间，埋首于她的耳侧："颂小姐，三天没教育你，有点想念了是吗？"

宋颂听出他的弦外之音，边笑边躲，手上沾着泡沫，又不好推他，只好不断讨饶："哦，这个好说，可以慢慢来……轻点，好了，我错了，停一下。"

"越是说不，越是想要？"单凛拿她的话回她，低低的鼻音充满了暧昧的意味。

宋颂真是给自己挖坑，正在犹豫是该反抗还是卖乖，门口突然传来一个声音："喂，有冰激凌吗？"

画面是这样的，单氏夫妇正在厨房里你侬我侬，悄悄小甜蜜一下，气氛正好。听到声音，两个人一下子僵在原地。下一秒，宋颂本能地推开单凛，满手的泡沫全揩在单凛胸前，单凛面无表情地回头看着闯入者。

梵戈站在门口，飞快地扭过头："哦，我自己去找，不用管我。"

单凛咬着牙克制道："请——滚。"

宋颂趴在单凛的后背忍不住笑出了声。

第二天，宋颂和梵戈陪着父母去景点玩，单凛需要先去处理点公事，晚上跟他们会合。颂歌姐弟使出浑身解数，打定主意要转移老妈在单凛身上的注意力，所以把行程安排得特别满。晚上，吴琴被宋颂带到餐厅的时候，已经累得不行，笑骂自家儿女把她的身子骨累垮了。

梵戈戴着大口罩，走在最前面，宋颂挽着妈妈走在后面，单凛已经在门口等着，也没做什么，就是静静地站着，时间在他身上仿若静止，但当他看到宋颂的瞬间，时间在他身上复苏，整个人生动起来。

从很久之前起，宋颂就喜欢在某一处先观察他一会儿，把他的身影都刻在脑海中，才慢慢走过去，当然，少不了听他抱怨她又没遵守时间。

宋颂眼里只有老公，走过去拉住单凛，笑眯眯地问："今天忙吗？"

单凛回过神："吃完饭还要回去一趟。"

"晚上还要加班啊？"宋颂鼓起半边脸，笑容有点垮。

单凛也无奈，拿手轻轻点了点她的额头："会早点回。"

梵戈有些嫌弃地看着他们："公众场合，注意点。"

"我们很正常好吗。"宋颂斜眼瞪他，"你以后恋爱跟你女朋友保持一米距离，我看你做不做得到。"

"……"

"你看，他们感情好着呢，别瞎操心了。"杨祥在后头悄悄跟吴琴说。

吴琴神色复杂地看着女儿，已经开始有点心软。

这顿饭的气氛比昨晚好一些，梵戈虽然嘴上嫌弃单凛，但行动上还是要拉姐夫一把，开始揭秘这两人的恋爱史。

"他们俩早就有猫腻，还给我装纯洁。"

吴琴嘴上不说，注意力立刻被吸引过去。

宋颂推了梵戈一把："瞎说什么，我们读书的时候本来就很纯洁。"

梵戈得意地挑了挑眉毛："你是逃不过我的火眼金睛的。"回头跟老妈说，"妈，你记不记得咱家的衣柜里有一件白色羽绒服。"

"白色羽绒服？"吴琴想了想，"哦，对，不是说是你的吗？"

"才不是呢，这衣服的正主……就是这位。"梵戈的筷子在空中转了个圈，最终定格在单凛面前，"我还记得那天晚上是宋颂生日，你约她出去，回来她就披着你的羽绒服，你小子不会那时就对我姐有企图了？"

宋颂忍不住捂脸："你瞎猜什么，没有的事。"

梵戈哼笑道："别以为我不知道，就那时候你们已经暗度陈仓。"

宋颂狂给他夹菜，狠狠道："吃你的吧。"

一直没出声的单凛，慢条斯理地来了一句："哦，说起来，衣服还在吗？说了两遍要还我的。"

宋颂："……"

梵戈："哈哈哈，姐夫，你问得好。"

单凛一愣，不由得看向梵戈，这是他第一次这么称呼单凛。

梵戈朝单凛抬了抬眉毛，这番眉目传情得很到位：兄弟，够意思了吧。

吴琴倒是认真回忆起来："我记得还在家里吧？"

"在啦，回头就找给你！"宋颂转头开始给单凛夹菜，"你们俩什么时候这么要好了？"

这一下子，倒是惹得吴琴忍俊不禁，气氛慢慢好起来。

过了两个小时，单凛去买单，宋颂去拿车，梵戈去了洗手间，二老在门口等待。

吴琴还是有点遗憾的，单凛其他方面确实优秀，就那毛病，想起来总是心里的疙瘩。杨祥说人都不是完美的，看他也在积极配合治疗，现在生活工作都很正常，刻意去想，反倒容易适得其反。

吴琴慢慢接受这个说法了，姑娘都嫁出去了，还能怎样？再说，这些天看下来，这个女婿虽然沉默寡言了些，但对女儿是真的不错。

杨祥感叹道："也是个命苦的孩子，还能这么优秀，不容易。"

吴琴差不多快要被说服了，想想也是，以后走一步看一步吧。

老两口又说到白天出去逛的体会，这些年国内发展太快了，一点都不比国外差。说到这里的时候，有人从餐厅里走出来，吴琴余光瞥到一眼，脸色立刻变了，猛地抓住杨祥的胳膊。

杨祥敏感地朝另一头看了眼，神色也冷了下来。他拍了拍吴琴的手背，示意她少安毋躁："没事，马上就走了。"

可他们这边想着形同陌路，那边可不是这么想的，显然宋子强也看到了吴琴，点着烟走了过来。

"嫂子。"

吴琴冷着脸回过头，装作陌生地打量了他一眼。

宋子强笑眯眯地自我介绍道："是我啊，子强。嫂子去了国外，不认识我了？"

吴琴装作恍然："哦，是你啊，变得我都认不出了。"

宋子强看出对方的冷淡，也不计较，依然笑眯眯的样子："刚才我就看到你们一家子，你还是老样子，不对，显得更年轻了。"

吴琴恨不得马上走人，也不知道他在这里不紧不慢说这些废话干吗，他们之间有什么可说的？当初把人逼入死路，现在还来装亲戚？

吴琴打断他道："我们还有事，没什么可说的。"

"哦，本来我也不想来打扰你，可看到了熟人，实在忍不住。"宋子强点了点烟头，"单总跟小颂在一起了？"

吴琴一愣，随即警惕地看着他。

宋子强叹了口气："这个单凛啊，我跟他都是一个圈子的人……"他装模作样地摇了摇头后，继续说，"能把自己母亲监禁起来的人，还是当心点好。"

"我们家女婿好得很。"吴琴当即冷脸。

宋子强没在意吴琴的态度，一副好脾气的样子，继续道："你们别被他的外表骗了。"

"他有没有骗我，我不知道，但你之前怎么把我们骗惨了，我是一点都没忘。"吴琴对这个女婿有很多想法，但对外，自家的孩子自然护得严实。

宋子强噎了下，而吴琴已经转身拉着老伴远离了这个败类。

单凛和梵戈从店里出来的时候，正巧看到这一幕——宋子强笑眯眯地跟吴琴说着什么，吴琴脸色难看至极。

很快，宋子强看到了单凛。自从单凛联手辛梓在行业里暗里狙击了宋子强的各项业务，两人的关系就决裂了。

宋子强起初想不明白，他跟单凛无冤无仇，单凛恨不得把他按死在地上的气势从哪儿来的，为此还托人找了好多关系去打听。后来他明白了，有人要替自家老婆出头，他这是触了大霉头。

他就不信单凛毫无弱点，天道有轮回，这不是被他找到了吗？

宋子强朝单凛笑了笑，这人年岁渐长，脸上的肥肉也越堆越多，加上相由心生，笑起来实在是猥琐得很。

单凛哪里是会正眼看这种人的个性，直接扭过头无视掉了。

一路上，吴琴没说什么，但气氛明显不如刚才餐桌上的好。

一到家，吴琴不顾爷俩的眼色，单独把宋颂拉到房间里，开口就问单凛是不是把自己母亲监禁起来，而且传闻他们家出了凶杀案，之所以没被抓起来，就是因为全家都是精神病。

宋颂看着激动的母亲，本来一下子涌上来的情绪，不得不理性地控制住，两个人如果都带着情绪，就无法有效沟通。

"宋子强说的能信？"

吴琴叹了口气："我当然是不相信的，单凛这孩子，我一开始是接受不了的，可现在看着也心疼。可不管宋子强说了什么，你就告诉我有没有这回事，这事关系重大。"

宋颂坚决否认："不是你想的那样。"

"那好，我要去见他妈。"

"都说了，他妈在医院，不适合探望。"

"是在重症监护室里待着还是怎么了，为什么不能探望？"

"过段时间，等他妈妈状态好点了，我带你去。"宋颂走上前拉住老妈的手。

吴琴终究是很疼女儿的，看到女儿这样，心里已经放软，可又不得不多份担心，说道："你们打算要小孩吗，小孩生下来也被遗传了怎么办？"

她说的都很现实，结婚后总会遇到这些实际问题，不是说一句我爱他就能解决的。

这回，宋颂没有装作没听见或是撒娇糊弄："在他能工作的时候，一定会坚持。真到那一步，他自己会告诉我他的打算。如果真的需要在家休养，也没问题。至于孩子，我们打算顺其自然吧。"

宋颂又安抚了吴琴一会儿，才从房间里出来。客厅里三个男人坐在沙发，随意地聊着，单凛并不多话。客厅的吊灯洒下温和的光芒，正好从他头顶笼罩住了全身，她可以轻易看到他可爱的发顶，而原本容易显得孤高锐利的五官被柔化了，表情里的寡淡似乎没那么明显。宋颂看得出来，他挺高兴的。这情景她从未设想过，现在就在她眼前，显得有些幸福得不真实。

宋颂走到客厅，三个男人不约而同停下了交谈，看向她。杨祥率先开口问道："还好吧？"

宋颂摆出一副无奈的笑脸："她就是这种个性，总是担心这个担心那个。"

"放心吧，我再去说说。"杨祥起身拍了拍宋颂的肩膀，上楼去了。

等他进屋，梵戈立马说："这宋子强吃错了什么药，大家老死不相往来这么久，他这是想干吗？"

宋颂和单凛对视一眼，梵戈立马觉得问题不简单："你们表情不对啊。"

宋颂简单地把她和单凛联手整宋子强的事说了一下，换来梵戈一顿感叹："你们那时还没复合吧，都这么有默契……我该怎么评价你们这对'抢劫'夫妻呢？绝了，单凛，我第一次发现你这人还蛮有正义感的，不枉我叫你一声姐夫。"

单凛赐他一抹漠然的微笑。

"但他怎么会知道……"宋颂欲言又止地看向单凛。

单凛说："他应该调查过了。"

不排除他找到了什么同盟。

"你们又在说什么？"梵戈问。

"说宋子强打算针对单凛的事整我们。你现在比我担心的还多。"

单凛刮了刮她的鼻梁，宋颂没躲开，下一秒伸手把他从沙发里拽起来："出去走走。"

梵戈这个没眼力见的，问："这么晚了，你还出去干吗？"

宋颂直接从茶几上抓过一个苹果丢过去："你快滚去睡觉了，大明星。"

单凛不清楚宋颂这是想的哪一出，原本最怕冷的人，冬天连脑袋都不愿意从被子里钻出来，大晚上的怎么突然抽风要去马路上喝西北风。

不过，老婆大人的命令就是圣旨，他没多问，穿好外套跟宋颂出了门。

这晚气温跌破0摄氏度，宋颂全副武装，只露出一双眼睛，要不是晚上戴墨镜太招人，还容易把自己摔死，她恨不得把眼睛也给防护上。

"开车去吧。"宋颂把车钥匙抛给单凛，"私奔，回我老家。"

她这样子像极了当年那晚在江边，小北极熊的造型，笑得眉眼弯弯，半是撒娇半是威胁地拖着单凛的手。

单凛面上无动于衷，可宋颂知道他吃这一套。果然，他鄙视地看了她五秒后，又看了看天色，这个时间，高速上开两个小时车，到那里得十一点。对于自家老婆经常性的突发奇想，单凛已经很能适应并接受，只不过他还是忍不住吐槽她的用词不当："走可以，但求你正常说话。"

"哈哈。"宋颂高兴地揪着他的围巾，凑上去就亲了一口，"最爱你了。"

单凛："……"

你还能叫我说什么。

两人就这么出发了，除了带着单凛的药和家门钥匙，他们几乎是空手。去那里干吗，好像有什么目的，又好像无所谓，两个人就想在一起做点事，开心的、刺激的、随性的，让困住他们的那些烦恼都随这一夜车窗外的冷风飘向无垠的夜空。

起初宋颂还起劲地跟单凛聊天，过了一半路程，她有点疲了，放下座椅迷糊起来。

车里重回安静，单凛眼前是车灯照射出的高速路，夜路车辆不多，他开得很顺畅。身边的人偶尔动了动，下意识裹紧了围巾，他立刻调高了空调的温度。

就这样过了一个小时，宋颂迷迷糊糊地醒来，喉咙口干得慌，脑袋不太爽利，缓了好一会儿才认清前面已经是通向家的马路。

"快到了？"宋颂重新坐直，揉了揉有点酸痛的脖颈。

"嗯。"

宋颂稍微降下车窗，露出一条缝，冷风立刻钻了进来，宋颂缩了缩脖子，怕冷，但又觉得人清醒了。

这里就是他们母子三人挤了好几年的老家，一开始是租的，后来房东急着用钱置换大房子，打算变卖，价格比市面上低不少，那时候家里情况已经好一些，吴琴觉得没什么意义，可宋颂觉得得买，以后可能还能卖一笔钱。杨祥也觉得可以，他自己的房产已经处理得差不多了，用来购置国外房产，国内留个落脚的地方也好。

后来，这房子就一直留着，好的坏的都在这里经历了，也算是母子三人的一个回忆收纳点。

老小区难停车，绕了两圈好不容易找到了一个车位。

"哟，这两年还搭了电梯，进步了。"

老楼以前都只有楼梯，现在很多小区在改造，外设电梯，方便老人出行。

单凛来过几次，送宋颂回家，第一次当然是记忆最深的，撞见她跟宋子强那帮强盗对着干。他刚看到，就立刻往边上靠，那也是个冬夜，冷风吹得路灯光线时断时续。他低头盯着白色的板鞋，有点出神，下一秒自己的脚好像已经迈了出去，但回过神，他还在原地，或许这个时候应该出去帮她，又或许他更应该在这里等一切过去。

那个女孩不太想在这时看到他吧。

现在回想，可能那时候在他心里，宋颂已经是与众不同。

"想什么呢？"宋颂打开房门，回头看到单凛低着头在发呆。

她上前捋了捋他的短发："赶紧进屋，冷死了。"

单凛抬手想要按下被她拨弄乱的额发，想了想，又作罢。

多少年没人住，屋里难免散发出一股冰冷夹杂腐朽的怪味。宋颂下意识抬手在鼻前扇了扇，另一只手摸索着打开灯。

这间房子一眼可以看尽，客厅里所有家具都被布包着，布上已经积了一层灰，有人进门，惊动了这里头的空气，细微的尘埃在空气中飘浮。

对着门有两个房间，宋颂指了指左边的："那是我房间，我和妈住一间。"

那么还有一间就是梵戈的了。

宋颂径直往梵戈的房间走去，嘴里还嘟囔着："应该还在吧。"

梵戈房里的衣柜不大，老式的两开门，棕色木板，铝制把手。宋颂打开柜门，把头探进去，拨弄了一会儿，立刻探出头来朝单凛露出一个笑。

单凛靠在床边，要笑不笑的样子，好整以暇地看她折腾。

"噔噔！"宋颂从柜子里扯出一件白色羽绒服，用力抖了抖，晾在单凛面前，"完好无损呢。"

单凛偏着头从上到下打量了一番，嫌弃脏似的抬手指了指，道："看不出还是我那件。"

宋颂又抖了抖衣服，底气很足："怎么不是了，就是啊。"

虽然有点发黄了……之前她答应他洗干净了还他，可后来两人都考到了外地，确立了关系，事情一多，想着都是自己人，慢慢还不急，可这一拖就拖到了再没机会。

后来她把这件衣服忘了吗？怎么可能，她只是不知道该拿它怎么办。留着碍眼，丢了不舍，还又还不回去。还回去了，以单凛的个性估计转身就扔了。

这又一拖，就把它彻底封存在了柜子里。

宋颂把衣服披在自己身上，胳膊伸直了，手只露出一截，忍不住笑道："还是那么大。"

她又把自己包裹得像只小北极熊，还往他身上凑。

单凛拿手挡了挡，当然这份力道不足以把宋颂推出去，反倒是宋颂推了一把，把单凛按倒在了床上。她撑开衣服，企图把他包住。单凛没动，任她折腾，可宋颂搞了半天未果，撑起身子，扯开羽绒服，气急败坏："是不是缩水了，算了，不搞了。"

单凛无声笑了笑，越过她把衣服勾了过来，慢慢穿上。这衣服本就是他的，可她还没见他穿过。这羽绒服够长，宋颂穿了能拖到脚踝，但在单凛身上就刚好。他比少年时骨架大一些，更能撑起这件又长又笨重的羽绒服。纵使是已经放旧的衣服，但穿在主人身上，像是重新焕发了新生，没有刚才那么灰头土脸了。

单凛冲直愣愣看着他的宋颂道："过来。"

他朝她伸出了手。

宋颂的手刚放上去，他猛地一把将她拉了过来，宋颂整个人贴了过去，而单凛已经敞开衣襟，将她结结实实搂进自己怀里。

单凛淡淡道："不是裹住了吗？"

两人贴得很紧，宋颂靠在他的胸口，顺势环抱住他，鼻尖是他身上冷冽的气息，她忍不住闷笑："你不嫌弃衣服脏了？"

单凛下巴习惯性地蹭了蹭她的发顶："回去洗。"

怀里的人安静了一会儿，说："我给你打电话的时候，声音有没有抖啊？"

她说的是十八岁生日那晚，被人起哄给单凛打电话，她以为他不会接，没想到他接了，搞得她措手不及。

单凛偏过头，想了会儿，说："被吵醒，心情很恶劣，没注意。"

"你是真的生气了？"

后来她知道他起床气大，想想当初，他是拿着一件羽绒服而不是一把刀来见她，真的是感激涕零。

"气。"

气是气，不过看到来电是谁，这气也是可以压一压的。

"那是我最难忘的一个生日，感觉什么愿望都会实现。"

单凛没答，他知道后来她的生活遭遇了天翻地覆的变化。说什么愿望都会实现，那一晚她心里许多的愿望估计和天上的烟花一般，闪过后便散了。

他低头去找她的唇，深深浅浅地亲吻着。

宋颂在他怀里一点都不感到冷，把手藏到他的衣服里，感受他的体温以及因为情绪而急剧加快的心跳。

"我好喜欢那晚的烟花……还有你。"

这么甜的表白，从她口中说出来，才能抵达他心里。

"我也是。"

这后面一系列流程自不用说，只不过，宋颂在中途突然推开单凛，单凛一脸怒而不发的表情看着她。

"去隔壁吧，这里是小歌的房间，总觉得……"

她话还没说完，单凛已经拦腰抱起她往外走。

两人在老家凑合睡了一夜，毕竟这里设施简陋，能有个暖气就不错了。单凛几乎一夜没合眼，宋颂倒是睡到了天亮。

第二天是周六，两人不急着赶路，在附近的早餐铺子先把肚子垫饱。吃早餐的时候，两人都习惯性地拿出手机刷邮件，处理工作。

宋颂现在挺怕一打开手机就看到爆满的未读信息，前几次的经历告诉她，出现这种情况，绝对就是网上又爆出了她什么"黑料"。所以，今天她看了看还算正常的信息量，稍稍松了口气。

宋颂一边喝着豆浆，一边问单凛："今天梵戈回剧组，我打算带爸妈去看个展，然后吃个饭，下午去买些年货吧。"

"嗯。"单凛表示没意见。

宋颂点开网页，开始上网，这块自留地暂时还没被人发现，她一直蛮庆幸的，所以当她看到突然增多的留言，本能地心里抖了下。

"姐姐加油，别去理那些无聊的人。"

"加油加油，你这么善良，一切都会好的。"

诸如此类的留言在增多，宋颂盯着手机屏幕好一会儿，这块自留地也不太平了，她寻思自己连十八线小明星都不算，这些大V总是盯着她做什么。

单凛开着车，余光看到宋颂越来越不好的神色，伸手拿过她的手机："睡会儿。"

宋颂想去抢回来，但单凛干脆把手机没收放进口袋。为了行车安全，宋颂只好重新坐回位置，她烦躁地揉了揉太阳穴。

"过段时间，我们出去玩吧，去欧洲或者澳洲？"

他不紧不慢地说着计划，声线里带着不易察觉的安抚味道。

"那个跳水馆的工程不是很急吗？"

单凛顿了顿，回道："不急。"

宋颂心里自然有疑问，但见他神色自若，便顺着他的话接下去。

两人在回程的路上一直在讨论去哪儿，宋颂是个闲不住的人，被单凛吊起了胃口，已经开始幻想旅行的场景，但想法太多的后果就是总是定不下来。

两个多小时后，他们重新回到S市，顺利赶在梵戈离开之前做好交接。

"我去下公司，很快回来。"单凛换了套衣服，匆匆下楼跟宋颂道别。

宋颂正捧着羽绒服，打算叫个干洗，听到他这么说，不由得愣了下："这么急？你要不要先洗个澡？"

"不了。"

他的动作很迅速，但看神色挺平静，宋颂跟着他走到玄关，替他把大衣披上："昨晚没睡好，小心开车。"

"嗯。"单凛点点头，刚要出门，又转回身，"过来。"

宋颂依言上前，他俯下身抱紧她，一言不发地抱了好一会儿。他松开手，再次转身出门。

她觉得有些奇怪，但也没多想，跑回厨房跟老妈开始准备午餐。

吴琴看着女儿哼着歌洗菜的模样，欲言又止。她挺想问他们昨晚去哪儿了，可老杨提醒她不要管束太多，家长管得越多，孩子的婚姻越容易出问题。他们马上就回美国，这段时间开开心心最重要。

"小凛总是这么忙啊？午饭都不吃？"

"我们都忙，他最近有项目，事挺多。没事的，回头我帮他叫份外卖。"

吴琴重新专注到自己的做菜事业上，她提议要多给女儿做几顿家常菜，多少算是补偿常年不在女儿身边的愧疚。

宋颂的手机响了，她瞥去一眼，是梵戈。

这人大概是落下了什么东西。

宋颂接起电话就说："喂，钱拿来，我再考虑帮不帮你快递。"

梵戈在那头低沉道："现在可不是你给我钱，而是有人要讹我们钱。"

宋颂一愣，飞快地看了一眼吴琴，她没注意到这边。宋颂擦了擦手，拿着手机走出厨房，飞快地跑到房里。

"有人来讹钱？"

"嗯，有个人发了条信息给我，我转给你。"

宋颂点开微信。有自称是宋颂家内部人士爆料，网上说的嫁了个精神病的圈内人就是宋颂，她父母自始至终都不知道女婿的病情，女儿已经被完全洗脑，不听劝阻，执意嫁人。据了解，女婿是一位建筑设计师，获奖作品颇丰，天赋极高，被誉为最年轻的建筑之神。然而，现在被人挖出他很有可能是靠精神药物获得灵感，更可怕的是，他软禁了自己的母亲，不让自己的家族病史一事外传，实在是用心险恶。这种丑闻一旦爆出，绝对会被行业封杀。

"他知道你是我姐，让我出封口费，不然就把这消息爆出去。"

"无耻，这报料人肯定是宋子强。"

宋颂在屋里不停地踱步，握着手机的手微微发抖。她现在想明白了，并非她有多少价值，而是梵戈有价值，她是梵戈的姐姐，她出丑闻，就是梵戈的丑闻，那些人最爱的炒热度、黑料都可以借题发挥。

"我也是这么想。单凛在吗？"

"他去公司了。"

"你确定？"

"是啊，他跟我说……"

宋颂停下脚步，脑中回想单凛刚才匆匆的身影，是有点不太寻常，她不得不坐下来，让自己迅速冷静。

"你最好现在跟他联系一下。"

"那个人你打算怎么处理？"

"他想要钱，我让他做梦！"

"抱歉，这事牵连到了你。"

"你傻啊，该是那些浑蛋跟我道歉。"梵戈听不得宋颂自责，"妈那头先别说，你注意点。"

姐弟俩匆匆挂了电话，宋颂立刻打给单凛，可电话一直没人接听。

她想了个理由应付老妈，打算这就出门找单凛。他发来了微信：在开会。

宋颂立马回他：我给你打包点中饭过来。

单凛：不用，有叫外卖。

很快，他又补上一条：顾好家里。

宋颂：有事跟我说。

她等了会儿，单凛没再回复。

手机突然来电，她一个激灵，以为是单凛，飞快地接通，然而，只不过是刚才叫的干洗服务。

宋颂心不在焉地把羽绒服交给小哥，听着他的服务告知，付了费用。

"谢谢，你们上门速度挺快。"

"我们同城服务的人很多，兵分几路，准时抵达预约的客人处。"

"服务不错。"宋颂笑了下，然而下一秒，她脑中闪过什么，脸色几乎是瞬间白了个彻底。

小哥带着羽绒服礼貌道别，宋颂都没听清他说的是再见还是拜拜，关上门后，直奔屋里，胡乱抓了件外套，作势要出门。

吴琴正擦着手从厨房里出来，见她火急火燎的样子，连忙快步上前："快要开饭了，你还出去？"

宋颂立即把刚想好的借口丢出去："哦，我来'大姨妈'了，家里没卫生巾了，买一下很快回来，你们先吃。"

吴琴没怀疑，只说快点回来，菜冷得快。

宋颂含糊地应着，出去后，上了车库另一辆车，在车里给乔寒深打了电话，这人的号码还是她找宁末离要来的。

等待铃声有节奏地响起，宋颂的手指不耐烦地敲着方向盘。如果她猜得没错，宋子强绝不可能只找梵戈下手，单凛和她才是害他的主谋，如果她是他，铁定来一手万箭齐发，让谁都不好受。

"喂。"那头终于接起，声音不疾不徐。

"我是宋颂。"宋颂自报家门。

乔寒深好像并不惊讶，很快回道："幸会。"

宋颂也不磨叽，开门见山："单凛出事，对你没好处吧？"

乔寒深应道："嗯，可以这么理解。"

"宋子强和你妹，你打算放任他们造谣生事吗？乔老板资源那么丰富，动动手指应该就能把事情摆平了吧。"宋颂先硬后软，礼貌但不客气。

"小裴做事确实欠妥当，我已经教训过她了，最近她都待在家里反思。"乔寒深这话不知是宽慰宋颂还是敷衍宋颂，"宋子强，他最近捅了那么多马蜂窝，还有时间找别人麻烦，这就很不应该了，放心，我会安排好的。"

乔寒深边说边看着身边的人，免提音开着，单凛也能听得一清二楚。

单凛跟他做了个手势，他心领神会，继续道："我和单凛是一条船上的，祸是小裴闯的，怎么着，我都会帮他摆平的。"

宋颂没再追问，乔寒深挂了电话，朝神色冷淡的单凛叹了口气，感慨道："你老婆不简单，瞒不住。"

他们现在正在医院，刚经历完一场兵荒马乱，正在收拾残局。

就在两个小时前，单凛突然给他打了个电话，要他动用手头的资源，立刻把几家媒体的人给拦住，这些人正打着探求真相的旗帜，要挖单凛软禁母亲的底。

不仅如此，宋子强这个狠人，嗅觉灵敏地找上了乔裴卓，用了点手腕，把自己装扮成她的同盟军，从这个慌不择路的女人口中套出了不少秘密。

好在乔寒深早就监听了乔裴卓的手机，当机立断切断了他们的联系，但宋子强那边已经拿到不少消息，他第一时间把这事告诉了单凛。事情可大可小，就看怎么处理。但现在这年头，要把消息完全摁灭实在太难，网络自由，是个人都能发声，真真假假，黑白颠倒，轻易就能毁了一个人。

乔寒深已经许久不亲自出马，还是收拾烂摊子，要不是因为身边的人，他这身价，哪里请得动。接完电话，单凛去找医生，而他站在走廊上，摸了摸口袋里的烟，看了看医院的禁烟标识，遂放弃。现在没他什么事，可也走不得，漫无目的地看着不远处单凛面色微沉地跟医生说着什么。

他就这样看着单凛，像是找到了打发时间的方式，说实话，他跟单凛的关系总是隔着一层，不是他不肯放下戒备，而是对方比他更戒备。

要问他是否想过取而代之？

别说，有过，也挑衅过，但最终想想还是不划算。

其一，单莫在世的时候，表面上冷着自己儿子，但后路早就铺好了，他要是敢在单莫不在后动单凛，他现在所有的东西都将瞬间倾覆。其二，单莫确实提议联姻，他也心动过，虽然他一眼就能看出单凛并非良缘，还是给妹妹牵线搭桥，可越到后面，他越是看明白，单凛若是不愿意，谁都没法按下单凛的头。可没想到，他打算放手了，乔裴卓上头了，惹出一堆事。其三，单凛这种极端个性，有一种奇特的魅力，单凛自尊心和天赋极高，他作为旁观者，也不禁生出惜才之心。更何况，单凛的身体状况，谁知道能创作多少年。

乔寒深从没把自己定义为单凛的敌人，他情商不错，看得明白形势，只要大家井水不犯河水，他没必要非把那点股份抠到自己碗里来。

现在单凛出事，他帮着挡灾，以后总归能讨回来点好。

他自顾自地想着，直到单凛走到他面前，他立刻打起精神问道："伯母还好？"

"睡下了。"

他说话的声音很平稳，乔寒深打量了他一会儿。单凛学会了控制，把自己的情绪藏得很深，没有人能通过他面部表情窥探出他的心思。

"下一步，做吗？"

单凛摸出手机，点亮屏幕，屏幕的光亮反射在他脸上，白晃晃的光令他的神情越发冷淡，也异常坚决："做。"

单凛和乔寒深两人一前一后出了电梯。

地下车库总是让人迷路，乔寒深走在前面摸索着路线："让我想想，车停哪儿来着，好像是 C 区。"

猛然，不远处突然打来一束远光灯，还闪了闪。

乔寒深抬手挡住刺眼的光芒，这年头还有这么没素质的，很快远光灯灭了，他当即回过头，抬腿就要过去，不料，单凛突然上前拉住他。

车门打开，有人从上面下来，乔寒深看清人后，不用单凛拉，自觉地往后退了一步。

单凛看着那人，低声跟乔寒深说："你先走。"

乔寒深冲那人挥了挥手，算是打过招呼，转身离开。

单凛暗自吸了口气，垂在身侧的手握紧又松开，然后朝着那人走去。

两人在距离只有一米远的地方都停下了脚步，单凛刚才对自己下手没有犹豫，面对眼前这个人，却不知如何开口。

后头有车开过来，他像是被触动了开关，上前一步把她拉到边上。

宋颂反手握住他的胳膊，二话不说，抬起另一只手在他手背上拍了一巴掌："开免提的时候，注意下边上的环境，小护士说话的声音我听得一清二楚。"

单凛的手背都发红了，宋颂这一回舍得下狠手，他动都没动，板着脸，大有你要不要再打一下的气势。

宋颂："……"

不仅是她拿捏住了他的性子，他也是。

宋颂松开手，却被单凛抓住，她挣了两下，没挣掉，他还越来越用力。察觉到他的紧张，她语气不善地问："你早就想好了，所以今天跟我说要去旅行吗？"

宋颂说归说，眼神瞟到这人手背上，他皮肤白，稍微擦一下，皮都得发红，别说她打得那么重了。

可她真的气啊，又气又急，一路上过来，天知道她脑子里乱七八糟想了多少种可能。

连梵戈都懂要知会她一声，他怎么就不明白，他们已经是夫妻一体。

沉默了许久后，单凛终是开口："我没事。"

"我已经看到了。"宋颂气道，"你妈呢？"

既然不是他有事，那就是他妈妈。

单凛还没来得及开口，宋颂的手机响了，她看了一眼，是朱皑皑，她没去理。

"你接吧。"

"一会儿回过去，你先说。"

可这电话就是跟宋颂过不去，朱皑皑的来电刚消停，手机又响了，这回是梵戈。

宋颂抬眼看了看单凛，觉得有什么不对，怎么这些人都在这时候找她？

但她还是没接，转而问单凛："跟你有关吗？"

他不答应，那就是了。

宋颂放下手机："我听你说。"

不论好坏，她只想从他口中知道。

单凛本就没打算瞒她，只不过事发突然，有些事他只好提前做。

"有人来医院闹事，我就发了个声明。"

他说得简单，可宋颂敏锐地察觉到这里头的严重性。

她迅速打开手机，想点进他的微博主页，他盖住她的手："去车上看吧。"

后来宋颂想想，去车上看还是对的，不然站在地下车库路中央哭，实在是太难看了。

在单凛的微博主页，这条置顶的博文下还转发着一条视频。

宋颂点开视频，刚看了两秒，就觉得眼前发黑。

单凛坐在副驾驶座，望着窗外，视频里的声音一点点传到他的耳中，依然能挑动他紧绷的神经，他并不像表面上那般镇定，闭上眼，那些混乱的画面一帧帧从他面前闪过。

有两个"记者"买通了医院保安，又抓住了科室一名有点资历的副主任医生收受贿赂的把柄，混进了病房，画面里有个女人挂着药瓶，虚弱地靠在床上，穿着病号服，肩胛骨突兀地显示着她有多瘦。她看到来人，有些迷茫，眼神浑浊地望着他们。

"你们是谁？"

"阿姨，您别怕，我们是来帮您的，您是不是被人关在这里了？"

女人还是迷茫地看着他们，可眼神开始有些慌乱，挂着水的手臂本能地朝他们挥动："你们是什么人，走开！"

"记者"非但没走开，还朝她走近了几步："阿姨，您儿子是不是把您关在这里？"

"走开，听见没有？"

没得到想要的答案，"记者"换了个问法："阿姨，我们救您出去好不好？"

"我没被关，我儿子找人照顾我，你们在瞎说什么？"

这显然不是"记者"想要的答案，他们开始有些急躁，越发步步紧逼："阿姨，您不用怕，我们会把真相公布于众。"

"你们要对我儿子做什么？什么真相，我生病了，自己要住院。"

"阿姨……"

"记者"话还没说完，画面突然晃动得厉害，有人从后面上来，驾着这两个"记者"往外走，画面里乱七八糟地入镜了医生白大褂的衣角、被打翻的托盘、散落在地的药瓶，还有病床上的女人惊慌的表情。

可这"记者"就是不死心，反复喊着："这里有人被监禁，医院也目无法纪了吗？"

有个医生被气笑了，冲他挥了挥手："小伙子，话不能乱说。这里是医院，住在里头的当然是看病治疗的。"

"记者"当即反击："我们接到消息，这里非法软禁病人。"

然而，他这话，在整个视频最后，显得莫名可笑。

画面一黑，五十秒的视频结束。

而主动转发这条视频的，便是事件的核心人物，除了新闻和自爆，搜不到任何八卦的神秘男人，最近却越来越被妖魔化。

今天，依然是他自己发声。

本是私事，不想扰民，但有人堵到家母病房门口，有几句不得不说。

1. 有病，在治，不妨碍生活与工作。创作与病情无关，未来依旧会创作，至死方休。

2. 我和太太自少年相识，我对太太毫无保留，我的所有亦是太太，感谢太太家人的理解。

3. 已全权委托律师处理本次事件，造谣生事者，追查到底。

@songsong

单凛等宋颂全部看完后，慢慢吐出一句："我妈最近一直犯迷糊，只有刚才，也不知怎么了，突然清醒了。"

下一秒，他就被身旁的人拉过去，死死搂着。原本他做好了心理准备，可压抑在他耳边的哽咽还是一下子扎在了他的心上。

单凛知道她会受不了，也不会同意他这么做，可他并非一时冲动，那些想要他难堪的人，无非是拿准了他的弱点，以为他会因此担惊受怕，不择手段隐匿真相，他越是这样，他们就越能混淆是非。

坦白说，若是放到一年前，他或许会顺着他们的剧本，陷入沼泽无法脱身，可现在的他，已经能够与自己妥协，与世界和解。

他轻轻拍打她的后背："我没事。"

真没事，说出来，都轻松了。

"看得出我哭过吗？"

宋颂快到家，拉住单凛，指着自己的眼睛。

"嗯。"单凛如实相告。

宋颂拿手按着眼睛，把头埋到单凛怀里，别扭地蹭了蹭。

院子里只点着两盏灯，通往大门的石板路上，拖着他们依偎的身影，外头的风还是很凛冽。单凛把人往怀里带了带，什么都没说，等她情绪稳定。

过了会儿，宋颂抬起头，深呼吸了三次，冲单凛点点头："OK，进去吧。他们可能还不知道，别让他们担心，吃了饭，再提吧。"

吴琴和杨祥正坐在客厅对着电视，电视里正放着一档欢快的旅游真人秀，里头的嘉宾笑得前俯后仰，但老两口一点反应都没。吴琴像是听见了门口的动静，立马起身朝门口走去，正好碰见宋颂和单凛换了鞋进门。

宋颂这才想起"道具"没买，正愁怎么圆谎，吴琴先说："一起回来了，饭还热着，就等你们了，快进来吧。"

老妈竟然没多问，宋颂给单凛使了个眼色，两人心照不宣，脱了外套，进入餐厅入座。

吴琴招呼着老杨帮忙端菜，她这可是下了大功夫，样样都是绝活，松鼠桂鱼、笋干老鸭煲、红烧土猪肉、油爆虾、粉丝蒸扇贝、手打牛肉丸，实打实的用料，满桌的菜香气四溢。

宋颂立马拿出手机把这一整桌菜拍下来："馋死那小子，他走得太不是时候了。"

吴琴笑话她都结婚了，还跟弟弟闹。

单凛刚打算坐下，看到吴琴走回厨房，立刻跟了上去，打算帮忙盛饭，可要不要开口叫声"妈"，竟然让他纠结了。

还是吴琴先看到他，立刻把他拦在外头，说："你坐回去，前天你是大厨，今天是我。再说了，大周末的还要加班，这么辛苦，等着吃就行了。"

吴琴进进出出总算张罗好，一家人围坐在餐桌前。宋颂已经迫不及待地动筷子，夹起一块红烧肉，肉已经被炖得很软烂，酱汁极入味，渗透到了肉的每一层纹理，而最上面一层肥肉一点都不油腻，咬下去的瞬间，满口生香。

"好好吃。"宋颂眯着眼，忍不住夸自家老妈。

"好吃就多吃。"

吴琴给宋颂夹菜，一大筷子，像是生怕自家女儿饿着，给女儿夹完菜，她看了眼单凛，夹了一块红烧肉到单凛碗里。

"你太瘦了。"

单凛大概是没料到，愣了下。这么多年，他独来独往惯了，其他人见到他都很有距离感，哪怕关系铁如海生，两个大男人间也不会互相夹菜，后来宋颂会这么照顾他，但在长辈中，从来没有人这么对他。

吴琴做完后，有点后悔，看起来女婿没什么反应，表情有点微妙，不知道自己是不是越界了。

过了半晌，单凛夹起红烧肉，低头咬了一口："谢谢。"

宋颂闷头吃饭，忍不住笑，知道自家先生是有些不好意思了，他对亲密行为还有些不适应。

这算是丈母娘主动抛出的橄榄枝。

哪怕刚才难受得要死，可宋颂现在感觉好多了。

快吃完的时候，宋颂提议道："对了，明天下午，我带你们去我的影展吧。"

二老欣然答应。

宋颂转头问单凛："你有时间吗，一起去？"

单凛很快答应："好。"

宋颂现在虽然是品牌的主设计师，但她一直没放下摄影，随身带着相机已经是她的习惯。关于开影展的想法，还是三个月前曾佑的提议。当时她正在筹备年底的大秀，曾佑觉得可以趁热打铁，开影展能让宋颂的镜头帮她讲述自己和品牌的故事。宋颂征询了圈里几个朋友的意见，立刻获得了许多鼓励。宋颂自己也是说干就干的个性，那时候她正好受了情伤，恨不能多来点工作，有些自虐地前后策划了一个多月，终于在半个月前成功开展。

晚饭后，宋颂跟吴琴在厨房里洗碗，吴琴特地把单凛推出去休息，母女俩有一搭没一搭聊着，宋颂时不时抓起手机看。

吴琴擦着碗，嘴里说道："别老去看了，人家说什么就让人家去说，看了把自己气死，不值得。现在的人真是无聊，每天盯着别人家的事，不知道什么心态，也没碍着他们，怎么没实行实名制，管管这些乱说话的人。

"现在造谣没成本，随便骂，我们也抓不到他们。"

之前宋颂转发了单凛的那条微博，并回复：你是唯一，是最棒的。

很快，梵戈转发了她的微博：你的选择，我永远支持。姐夫很棒，你也很棒！另外，想从爷这里撬走一分钱的兄弟，告诉你没门儿！等着警察叔叔找你谈人生吧。

沈磬磬怒斥：不敢相信还有人如此没有底线，败类！

之后有更多的圈内朋友转发，其中有一条引起了宋颂的注意。这人在转发了单凛的微博后，很刚地打了一段话：现在的风气怎么了，挖人隐私很有意思？天天追着我问高中同学是不是精神有问题，把我打残了。我们是打架了，哪个男生读书时没打过架？省省吧，别像条狗一样乱吠了。

宋颂把这段话看了好几遍，难道这人是余波？她对这人很有印象，单凛就是因为跟他闹翻才转学。这件事对单凛更大的影响是他拒绝让人进入自己的世界，不愿意交流，甚至蔑视人情世故。

宋颂没想到余波会跳出来为单凛说话，但她确实听单凛前段时间提到，在家门口碰到了余波，单凛只说两人聊了几句，当时他态度挺冷淡，宋颂也没追问。这人是单凛少年时心头的缺口，看起来现在已经填上。

除了社交平台，她的好些朋友发了许多微信，怒斥爆料人无耻的有之，安慰她一切都会好的有之，曾佑更干脆，直接给她打电话，有什么事摆不平的，他来搞定。

单凛的发声或许让他们成为风暴的中心，但他们同样也在这个时刻认识到有那么多真正的朋友站在他们这边。

宋颂正刷着这条微博下的评论，听吴琴这么说，随口应了几句。可转念一想，发现不太对劲，吴琴这话里有话。

宋颂放下手机，走到吴琴身边："妈，你看了什么评论？"

"都是些无聊的评论。"吴琴不在意道，"自家人被别人说，我是不答应的。把人逼到这个地步，实在是太过分了。"

宋颂不知道是不是自己过于敏感了，总觉得老妈话里有话。

她放下手机，回到水池边，接着清洗碗。水流顺着她的手背汇聚到碗底，洗洁精的泡沫一个个涌上来，又一个个消下去。

"妈，单凛今天对外公开了自己的病情，我和他都不想再被外界猜疑。与其被小人拿捏了软处，肆意践踏，倒不如自己掌握主动权。你和杨叔不用太担心，总会慢慢好起来的。"

宋颂边洗边说，语气挺轻松，也把道理讲得很明白，想让老妈好接受一些。

吴琴那边没了动静，宋颂回过头，看到老妈手里还拿着抹布，却一动未动。

宋颂连忙关了水，走过去，轻轻拍了拍吴琴的肩膀："妈。"

吴琴回过神，左右看了看，慢慢放下手里的东西，先是叹了口气，眼角的褶皱随着这一声不由得加深了折痕："结婚对女人来说太重要了，嫁的人如果没有担当，不能为这个家遮风挡雨，你会很辛苦。这几天我想了很多很多，我对你选的人，是不太满意，因为我觉得这个人会给你带来很多痛苦和麻烦。可是，我现在看到，他哪怕自己会受伤，也不会让你挡枪子，那么这个人可以。我要气也是气外头的人无耻，亲家母病得这么重，还要被人骚扰，这种时候，我哪里还会帮着外人为难自己女儿。"

老一辈总会有很多传统的观念，但他们的出发点都是为了孩子好，护仔更是本能的反应。

婚姻是什么？对宋颂来说，她还是初学者，老妈经历了两段婚姻，不能说都是对的，至少有许多经验之谈，所以老妈的思虑完全合理。婚姻没有那么简单，凭着一腔喜爱有可能促成两人步入婚姻殿堂，但接下来几十年的相处才是真正的考验。

"谢谢妈。"

宋颂跟老妈不能说不亲，但从她独立以来，很少跟老妈撒娇亲近，加上老妈结婚和自己结婚两次闹得不痛快，母女俩之间的距离总是隔着一堵无形的墙。

而这时候，这堵墙似乎瞬间瓦解。

吴琴抱着女儿，不由得笑出了声："一家人说什么谢，你跟小凛说，放宽心，好好治病，好好工作，我们过好自己的，随外头说去。"

宋颂不住地点头，她心里明白，她和单凛不一定能一帆风顺白头到老，可她相信他们能够共同去克服很多困难，创造许多美好。

这天晚上，宋颂翻来覆去睡不着，心里像是堵着什么似的。她睁开眼，想要辨认床头灯的位置，看了好半天，还是无法辨明，仿佛一切都陷于黑暗的混沌之中。

身后的人长臂一揽，将她整个人拥入怀中，低沉微哑的嗓音缓缓在她耳边响起："睡觉。"

宋颂往他的方向缩了缩，轻声问："吵到你了？"

"没，还没睡着。"

"我也睡不着。"

"嗯？"

宋颂烦躁地翻过身，面对他，黑暗里她伸出手去摸索他的脸。他没动，任由她不安分的手划过眉骨、鼻梁，轻轻的鼻息喷在她的掌心。

"你……"宋颂起了个头，又犹豫了。

"问。"单凛干脆道。

"那个女人，还在吗？"

单凛曾告诉过宋颂，他在病情最失控的时候，会产生妄想、幻觉，从而引发情绪激烈震荡，伤害到自己和身边的人。在这些幻觉中，一直有一个女人，她从未离开，她要把他逼疯。

那个女人是谁？

她是一个极具攻击性的女性，美丽妖娆，任性刻薄，她爱单凛，又恨单凛。她无时无刻不想单凛放下一切陪着她，充满了占有欲和控制欲。她敌视所有要与她分享单凛的人，最强势的时候，能够将单凛的精神世界与外界隔绝，让单凛的眼里只有她；她弱势的时候，哭泣、求饶、撒泼打滚，吵得单凛头疼欲裂。

郝医生曾说，那是单凛的心魔。

从他母亲陷入无止境的昏迷之后，这个女人就出现了，仿若他母亲的化身，他越是想摆脱，越是无能为力。

他没有办法控制，像是永远无法逃脱母亲为他设下的牢笼。这个女人在丈夫身上得不到的东西，全部强加给了儿子。

这么多年，单凛几度崩溃，这段心路历程无异于将他反复虐杀。

宋颂会犹豫也正因为此，下午单凛母亲突然表现出清醒的状态，令她变得不安。这个女人的任何变化，似乎都会影响到单凛的精神状态。

她的手还覆在他的脸上，感受他缓慢平稳的呼吸节奏。

单凛睁开眼，平静地望向宋颂的背后，他并不想吓到她，淡淡道："会。"

宋颂摸索着，覆盖在他的眼上："这样呢？"

她感觉到他的睫毛在颤动，像是在笑，随后，他将她的手拉下，他感觉到她手心里的潮意。

"我这辈子都可能与她共生。"

郝医生第一次跟单凛说的时候，他怒不可遏，现在他努力不让自己陷入情绪的沼泽。他已经明白，如果一定要共生，那么他寻求和平共存。

他揽着她，轻轻拍打她的背，伴着这缓慢的节奏，他低声道："我下午和她聊了聊，她竟然说，我长大了，她都不记得我怎么长大的，然后她又睡了。

"我会再去找她聊聊。"

这是他的心魔。

宋颂埋首在他颈侧："我陪你。"

"嗯。睡吧。"

宋颂的影展本来就是为了兴趣而开，所以并没有搞得很大。她自己在开展第一天参加了开幕，但可能是因为最近她话题比较多，梵戈流量又大，所以带着各种窥视心理来观展的人，反倒多了不少。

后天就是春节，每一条马路，每一座楼宇，都装点上了喜庆的色彩，不知不觉中，已经被一股过节的氛围包围。春运大部队已经启动，返程的人们脸上都带着归乡的喜悦，而留在这座城市过年的人儿，或是和家人在一处，或是无法团聚，独自思乡。

宋颂和单凛陪着二老吃了热腾腾的中饭，四个人来到影展地。远远地，就能看到布满一面墙的海报，上面正是宋颂本人，抱着相机坐在铺满落叶的金色大地上，她慵懒随性地对着镜头微笑，整幅画面和里头的人，都散发着淡淡的金色光芒。

她为自己写下的自白是：爱极了。

这是她这些年的独立宣言，爱极了，不论是对生活、工作、家庭，每一天、每一分、每一秒，她都舍得投入。

我以爱拥抱世界，不论世界予我伤或痛。

单凛看着那张笑脸，默念那三个字，跟着轻轻笑了下。她总是有本事把他心底的那点光明勾出来。

"虽然没你牛，但我也不差。"宋颂靠在单凛身边，指了指落在右下角的介绍，满满当当的获奖记录和人物标签。

太太的小骄傲必须肯定，难开金口夸人的单总、单老师牵住某个小骄傲的手，中肯道："很不错。"

两个老人家走在前面，小两口走在后头，宋颂这次前来没有惊动任何人，和单凛慢悠悠地一幅幅作品看过去。

这些作品的年份跨度很大，是从宋颂近十多年积累的照片中精挑细选出来的，可以看见摄影者一路走来的成长历程，每幅作品下都配有标题和简介，文字全部是宋颂亲自附上。那段时间虽然辛苦，但未必不是一次愉快的体验，循着这些照片的轨迹，她想起了许多被埋藏的故事。

"这幅是我在意大利看秀的时候拍的。这一对老夫妻好有爱，分着吃一支冰激凌，还是巧克力口味的。你不是最喜欢巧克力吗？我当时就想啊，这样的生活真美！"

心中有爱的人，眼里才会有爱。

她现在可以轻松地说出口，可当时她只是久久看着这对夫妻，然后买了一支冰激凌，坐在他们坐过的长椅上，独自品尝。

单凛听她说着，禁不住眯起眼，仔仔细细地看着这幅作品，像是把这幅作品的每一个细节都记在脑中。

宋颂见他看得专心也没打扰，等了会儿后才说："前面还有，我们继续吧。"

她的镜头下很少有灰暗的东西，向阳的光明是绝对的主题，出乎很多人意料，作品与时尚并没有太多关系，被记录下的都是生活不起眼的一角，可不是每个人都能拥有捕捉生活小确幸的能力。

宋颂恰好是这样的一位。

她以这样的能力给了他全部的爱，令他心生欲念，不仅这辈子，下辈子也想要与她同行。

两人又看了几幅照片后，宋颂说："差不多了，我们去找妈和杨叔吧。"

单凛朝前面又走了两步："拐过去还有吗？"

宋颂舔了舔嘴唇，拉着他往回走："没什么了……"

单凛却没动，他看到不远处的一幅作品前围着的人比其他地方多，唯独这幅作品独霸一面墙，可见其特别，但这个距离他看不太清那幅作品上有什么。

那头像是对他有着特殊的吸引力，令他不由得迈步而去。

宋颂神色有点紧张，一副欲言又止的样子，扯了扯他的袖子，可人家没反应。

单凛越接近，越觉得那幅作品眼熟，它的面貌一点点从空隙中流露出来。

这张照片比其他的都大一些，忽然，他站定在距离这幅作品两米远的位置，仰起头，呼吸微顿。

拍照的人，是仰视的角度，镜头里充满了艳阳灿烈，黑发飞扬，少年身上完美的肌肉线条和性感的汗水清晰可见，投篮的手恰好遮住了他的脸，越是看不明晰，越是叫人想一探究竟。

"这张照片好好看啊。"

"可惜看不到脸。"

"但猜猜就很帅。"

单凛投去目光，是两个女生正对着这幅作品发表感叹。

"会不会是她老公啊？你看这个简介。"

这幅作品的标题是"LS"。

简介上写着：爱极了，时光尽头的你。

"好像是的。我看网友说她老公好像这里，"女生指了指脑袋，"有点问题。"

"说是精神疾病，可不是在治疗吗？认识这么多年，应该都能包容吧，这照片估计是十几年前拍的，他们真是神仙爱情。"

是啊，十几年前。

瞬间，他被拉回到那个炙热的中午，操场、呐喊、热血的青春、他失手打落的相机以及那个被晒红了脸有点生气的姑娘。

他那时候其实有些不敢看她，她脸上每一个表情都鲜活张扬，亮过那一天天上的烈日。

他就只能凶她，他那时唯一宣泄情绪的办法，其他人都怕他，可这姑娘一点不怵他。

宋颂站在单凛身后，看到他停在最终的作品前，着了迷一般，好一会儿，突然兀自低头笑了起来，也不知想到了什么。

这幅画面极具有冲击力，跨越两个时空的同一个人，面对面相遇，那个横眉冷眼要她删了照片的少年已经成长为她的丈夫。

站在前头的两个女生像是发现了单凛，时不时朝他看，又看看照片，脑袋凑到一起嘀嘀咕咕好半天，不多时又转过头来看单凛，满脸犹疑又有点蠢蠢欲动。

其中一个女生拿胳膊肘捅了捅同伴，另一个女生吸了口气，挪着小碎步往单凛这边靠来。

单凛并未察觉这边的动静，直到有个女声带着不确定，细声细气地问他："请问，这张照片里的人是你吗？"

单凛偏过头，目光寻到那两个女生，女生兴许是被他不怎么亲善的表情唬到，表情错乱了下，觉得自己说错了话，正搓着无处安放的手指打算找个理由撤退。单凛轻笑了下，说："是。我太太拍的。"

女生眼前一亮："宋颂是我们的学姐，那你是她先生吧？"

"是。"单凛回过头看向宋颂，"为什么不让我看这幅？"

宋颂暗地里吐了吐舌头，走过去先跟两个女生打招呼，很快学姐学妹地叫上了，企图蒙混过关。

单凛哪里是那么好糊弄的，把刚跟学妹自拍完的宋颂拉回身边，微微蹙眉："我记得那时候你把相片都删了。"

"有一张漏了。"宋颂转着眼珠，随口解释。

"是吗？"

宋颂满脸真诚："真的。"

单凛俯下身，盯着她的眼睛："只有一张吗？"

宋颂忍住后仰的冲动，但她的手被他捏着，不敢动，在他目光的威压之下，眨巴了下眼睛："只有一张。"

单凛轻叹："可惜了。"

"嗯，啊？"

"相机修好了吗？"

"修不好了。"

她找了挺多地方，都说没法子。

单凛沉默。他之前叫她把相机给他，他想办法找人修，可她一直也没给，到分手的时候，这件事也就遗落在那日的艳阳之下。

他说："我给你再买一台。"

宋颂连忙回绝："不用，我还有好几台相机，不需要买。"

单凛却坚持："你把型号发我。"

宋颂大概看出来他什么意思了，这人估计在钻牛角尖，非得补偿她。

"我觉得就这么破着也挺好啊，算是我们……"宋颂想了会儿，总算找出个形容词，"不打不相识？蛮有纪念意义的。"

那时候两个人都上头，一步不肯退，可谁又知道，眼前这人后来会成为自己的结婚对象啊。

或许在单凛看来那是一次需要弥补的破碎，残缺美依然是种不可替代的美，我们都需要拥抱生活里的不完美。

"不生气吧？"她悄然凑到他身边轻声道，"我很喜欢这幅照片。这个角度很难拍的，你当时带球过人冲过来的时候，我心都要跳出来了，生怕抓拍不下来。"

单凛淡淡地说："你没拿我裸照出来，我已经很感激。"

宋颂大言不惭道："那怎么可以？那种福利，只能我一个人偷偷看。"

单凛突然有种哭笑不得的感觉。

在引起更多人注意之前，两人悄然离开，往回走去找爸妈。

重新经过那张意大利老夫妻的照片时，单凛忽然问："好吃吗？"

宋颂一愣，眼睛瞄到照片，明白过来："还好，就是分量有点多。"

"我也去过意大利，但没吃过冰激凌。"单凛偏过头，"去吃吗？"

宋颂觉得今天她先生思维跳跃得有点快："你是说这次旅行去意大利？"

"嗯，想去吗？"

"你要跟我分着吃吗？"宋颂弯下眉，笑眯眯地问他。

单凛紧了紧她的手："嗯。"

像是有无数双翅膀带着她的心扑棱，宋颂毫不犹豫地答应："好啊。"

宋子强想搅浑一池水，也要看这池子里的是鱼还是龙。他没想到单凛的反应这么强硬，现在后悔都来不及。业内许多合作公司像是说好了似的，合作一个个断了，几个称兄道弟的大佬对他避而不见，有一两个给他透风：你把人得罪狠了。更何况，他这些年做的事见不得多正规，手上的楼盘频频被曝光有质量问题，媒体连番上线，有关部门时不时要请他喝茶。时代集团在这个时候也不忘出来帮忙加点柴火，义正词严地表示集团新大楼建设项目全面评估合作公司过往的项目情况，才没有采纳他家的方案，不存在暗箱操作。

但这还不是他被人唾骂的最重要原因，后来爆出闯进单凛母亲病房的两个"记者"，收受了巨额贿赂，而在警方的追踪下查明，背后主导这件事的正是宋子强。单凛从未出面，委托了律师起诉，一家企业的大老板做出这种上不了台面的无耻之事，此人和他的企业有多大格局可想而知。

宋子强自身难保，焦头烂额。另一方面，乔裴卓被她哥强行雪藏，送出国进修，自从她爆人隐私，很多人都开始质疑她的人品。抄袭作品、爆人隐私、恶意炒作，简直人设崩塌。

那两人被自己造下的孽反噬。

宋颂和单凛自从发了声明之后，两个人都没再在个人社交平台发声，倒是宋颂工作室官微转发了一条微博，原文写着：见到真人啦，很低调地来看展，姐夫人好好，帮我们拍照啊。虽然他话不多，但看得出对姐姐很好，两人一直牵着手，这么美好的一对，怎么还有人黑？

底下附着两张照片，一张是她们和宋颂的合影，还有一张是他们依偎着看展的背影。

工作室转发时写了一条评论：爱极了，岁月静好，无须纷扰。

随后，宋颂点赞了这条微博。

于他们而言，把现在的幸福延续下去，才是最重要的。

一个月后，单凛受邀参加母校春季开学"大神讲演"系列，成为第一位做客嘉宾，作为传说中长期低调，不愿露脸的大神学长，在经历了各种质疑、诋毁后首次公开讲演。据说，这次邀约很顺利，单凛第一时间答应。讲演当天，他很早就来到现场准备，身边并无他人陪同，十分安静地坐在位置上候场，有不少迷弟迷妹在一旁只敢观望，直到有人鼓足勇气上前请求合影，得到许可后，一帮雀跃的孩子都围了上来。

而他登场的开场白便是："我今天合影的照片，赶得上我前二十几年拍照的次数。"

当然这是玩笑话，却颇具意味，没有格式化的讲稿，比起第一次在教室里跟同学们对话时略显严肃的样子，这一次他面对一个剧场的学生，状态明显放松许多。

他今日穿着SONGSONG冬季最新男装系列，一套深蓝色的西装，偏复古的设计，内搭淡银色的衬衣，与西装领口与袖口暗藏的银线纹路相得益彰。早上出门前，宋颂帮他打理好发型，露出他经得起特写镜头的脸庞。他一上台，底下就都是举着手机拍照的。

"因为小时候的一些原因，我非常抗拒拍照，后来我认识了一个摄影技术很好的女孩，"说到这里，单凛第一次在台上露出一点笑意，引起底下一片低低的惊呼，"在她的帮助下，我可以坦然面对镜头和人生。"

他这次演讲的背景正是那一幅宋颂摄影展展出的最后一件作品：LS（简介：爱极了，时光尽头的你）。

随后的讲演，单凛回归到这次讲演的主题：我与建筑的前半生。

"这个主题，是我太太帮我定的。她觉得我来这儿除了说些专业上的东西，更应该分享一些我的真实经历，她说在别人眼里，我看上去很顺利、很早得奖、开公司，但我并不是个幸运的人。"

"还有长得帅！"

台下有女生来了这么一句，又是一阵全场哄笑。

单凛在台上倒是挺淡然，等这一阵哄笑过去后，他一脸正经地说："谢谢，所以我才能被我太太看上。"

完蛋，万年不开金口的人开启冷面玩笑模式，简直要把人迷死！

单凛说他很不喜欢废话，所以这场演讲应该很难超时，他尽力撑满一个小时，台下的老师和学生都乐不可支。

但实际上，在他不疾不徐的讲述中，一个小时过得很快，他不否认自己因为家里条件可以，所以有经济实力去闯，但比起这个，家里人的不支持是他成长道路上最大的障碍；他不否认他的身体状态最近让很多人关注，他自己都在微博公开了，所以并不避讳，尽可能长时间保持在一个稳定的状态，提高自己的创作能力是他现在唯一的目标；他不否认网上有很多人针对他，但他是个活在自己世界的人，所以一点都不在意。

单凛看了看手表："好像时间到了。"

下面的同学才反应过来时间过得如此快，单凛说话并非有趣，但全都是干货。他要么不说，愿意说的都是真话，所以很多人不知不觉听了进去。

主持人连忙上场提议进入提问环节："我们最后还有三个提问的机会。"

底下这帮同学没等话说完就已经纷纷举手，都是迷弟迷妹，问得也很专业。三个提问后，本以为要收尾了，主持人突然问了一句："听说上一次单老师来讲演的时候，太太也来了，还提问了。"

"那时候她还不是太太。"单凛很老实、认真地补了一句。

"不知道今天太太来了吗？太太在吗？"主持人也不怕事大。

"她没来。"

下面有人在喊："这边。"

底下立马一片骚动，几乎都往后回头。

单凛一愣，不由自主地往声源处看去。

全程只想当小透明的宋颂，此时压了压帽子，暗地里咬着嘴唇，觉得是躲不过去了，只好一手压着帽子，慢慢站了起来。工作人员已经小跑到位，贴心地为她送上话筒，并一再地想请她上台。

宋颂按着帽子站起来，她今天特意穿得很休闲，淹没在学生堆里完美融合，但还是被身边的同学认出来，没办法，谁叫她有个很红的弟弟，她的脸并不让人陌生。

一个在台上抱臂，仔细看不难发现，从看到太太那刻起，这个男人眼里就带上了笑；一个在台下不太好意思地不停压着帽子，几乎素颜的脸上也是微微泛红。

宋颂还是在原位跟大家打了招呼，然后说："我今天来没跟他说，怕他紧张。"

要是别人说了这话，单凛绝对撑回去，但说这话的是自家太太，他只是撇了撇嘴角，没反驳。

主持人很高兴地跟宋颂打招呼："这次来和上次来心情有什么不同？"

宋颂给出官方解释："上次是迷妹，这次是太太，当然不同了。"

她刚才一直很认真地听，那个曾经被困在黑色阴暗房间里的男生，现在能站在众人瞩目之下认真从容地把一小时讲演完成，她又骄傲又感动。

"他是个不喜欢提困难的人。他今天说的，都是小事。我看到过他非常艰难的时候，他更艰难的时候，我不在他身边，全靠他一个人走过来。所以，成功不是一句天赋就能解释的。很多人觉得他太有个性，当然，他确实不太好打交道……"

官方吐槽最致命，全场笑成一片。

宋颂话锋一转："但你看他的作品会发现，他内心是有温度的。对他来说建筑设计不是简单的工作，是艺术，他把有限的温度都给了他最重要的东西。最关键的是，这个人还在不停地进步，包括今天把自己与建筑的前半生同更多人分享，对他来说很难，但正因为他现在做到了，我相信他未来能创作出更多好的作品，我一直都这么相信他。抱歉，我话多了点。"

如果给她时间，她能把自家老公夸上一天一夜，她描述单凛的每一句话都带着百分百真感情。

主持人带头鼓掌："单老师你认同太太说的吗？"

单凛思忖了一会儿，缓缓拿起话筒，低声道："基本同意，但我能有今天，是因为有她的支持。"

主持人立马俏皮地说了一句："所以，成功的关键是找一位能默默支持你的好太太。"

单凛的视线一直落在最后方那个身影上，看不清她脸上的神情，大概又是那种开心又骄傲的笑容。在她心里，他总是最好的，不是她看不到他的缺点，而是她让他变得越来越好。

"对我来说，是的。"

不出意外，这句话应该会被截取为通信稿文案金句。

令人意犹未尽的"大神讲演"第一场在全场的热烈鼓掌中落下帷幕。

宋颂在工作人员的带领下来到后台，单凛正在跟一位看上去年逾六十的老先生做私下交流，看他一脸恭敬的样子，应该是对他很重要的人物。

工作人员想带宋颂过去，她却选择在门口的位置默默等待。

她喜欢在这样的角度看他，他在专业的领域散发他独一无二的魅力。

就连庄海生都发消息给她，说单凛有点变了，比较好说话了，公司里的员工现在觉得每天过的都是神仙日子。

在宋颂看来，单凛还是那个单凛，恃才傲物，说话并不好听，懒得跟不同路的人废话一句，但他开始愿意接受并且表达善意，他心底被锁得最死的那扇门，在向世界慢慢打开。

单凛说话的时候不时朝门口看，很快发现了宋颂。跟面前的老师说了句什么，他很快来到宋颂身边，将她带过去："胡老师，我太太，宋颂。"

这位慈眉善目的老先生笑眯眯地看向宋颂，宋颂本能地站直了身子，连忙鞠了一躬："胡老师好。"

老先生似乎很喜欢宋颂，问了她一些问题。宋颂一一作答，他随后说："我以前还担心他这性子怎么找老婆。呵，白担心！这小子脾气多杠，我可清楚得很，你辛苦了。"

宋颂立刻护短："没有啊，我脾气比较大，老作他。"

老先生呵呵笑出了声，知道这姑娘护夫心切，没反驳："还真是结婚了，变得不一样了，现在他比十年前读书那会儿成长不少。外头啊，太浮躁，你一直是个能静下心的孩子，要继续保持，别管人家说什么。以后有时间可以到我那里坐坐。"

单凛一边送胡老师出去，一边答应着："谢谢胡老师。"

送走胡老后，单凛告诉宋颂，这位导师是他为数不多尊崇的人物。胡老很早就关注到单凛，并在他无法持续学业的那段时间，坚决保留了他作为弟子的一席之地，更是正面引导他。他能顺利按时完成学业，胡老功不可没。

所以，虽然生活不易，但我们身边还是有很多帮助我们的人，一个人迈不过去的坎，有人拉一把，就过去了。

宋颂和单凛慢慢走在街头，春夜将至未至，太阳已经收工回家，但黑暗不会盘踞太久，街边的路灯晕开温暖的橙光，点亮了行人的视线。

宋颂摸着肚子开始寻觅吃的："吃火锅不？好久没吃了。"

"嗯，我可以。"

"我搜搜，看这附近哪里有。"宋颂果断打开 APP 搜索，"川味火锅，好像很辣，不过离我们近，就五百米，去这儿吧？"

宋颂转头，却不见了老公人影，原地转了一圈，总算在街边快打烊的花店前找到了单凛。

"你买什么？"宋颂走过去问。

单凛正打量着一捧百合，直接跟老板说："我全部要了，帮我包装。"

宋颂满头问号，什么奇怪的走向，今天是什么特殊的日子吗？老公竟然要送花给她？

某位平时挺机灵的小姐姐，这回成傻大姐了，一个劲地问："突然买花干吗？"

单凛没答，手搭在后背，开始沿着店里随意看，直到店主捧着包装完美的百合交给他。

"送你。"单凛转身递给她。

求婚的时候，也没有配花，这应该算是第一次。

百合花芬芳高洁，宋颂低头闻了闻："好香！为什么送我百合？"

单凛压了压她的帽子，轻笑了下："你猜。"

宋颂忘了自己刚才有多饿，不停地问："老公，你告诉我嘛！今天是什么日子，我忘了吗……"

问了一半，她忽然停住。

梵戈形容她是野百合，她不是温室里的花朵，她很积极、努力、坚韧，但她的本心在这个复杂的世界，其实很简单，要不然她不会十年如一日喜欢一件事，爱一个人。她大概就像是百合吧，但比花瓶里的百合更有生机，那么野百合就挺适合。

而梵戈，将他最珍爱的野百合，交到了单凛手上。

单凛站在路灯下，侧过身看她，黑发黑瞳，一瞬间，她仿佛再次看到了那个树荫下，令她一见便无法忘却的男神。

送你一枝百合，我亲爱的野百合姑娘，你在我心中野蛮生长，我愿为你铺平未来的路。

·番外一·
想你

///

单凛很早就醒了，或者说他这一夜并没有睡着。

他做了个梦，梦到了六年前，他有一次去美国参加一个业内学术座谈会，正好是宋颂所在的城市。彼时，她即将毕业，经历了各种实习历练之后，开始谋划独立设计品牌的创建。彼时，距离他们分开已有一千多个日子；彼时，他在座谈会后拒绝了聚餐，一个人待在咖啡店。

一公里外，是宋颂的学校，而这里是许多学生热衷造访的地方，进进出出的人流不少，他坐的位置恰好能看到门口。他记不太清续了几杯咖啡，直到打烊，再也没有学生进来，他走进夜幕，一夜无眠，第二天坐最早的航班回国。

彼时，是他们分手后，距离最近的一次。

单凛望向窗外，天还没亮，国内这时候正是傍晚时分，宋颂应该正在准备晚餐，也有可能偷懒点外卖，或者跟公司里的同事一起出去聚餐。

反正也睡不着了，他拿过手机，点开微信，置顶的对话框还停留在五个小时前——

宋颂：你怎么才去到那儿，我就想你了呢？

他甚至能想象她发这句话时，满脸惆怅的表情。

这次，他一个人到了美国参加论坛，走之前她帮他里里外外都打点好，走的时候送他到机场。他刚下飞机，她就打来电话问他药吃了没，接机的人碰到了吗。要知道她那边是凌晨，等他睡下了，她才休息。

现在他刚醒，就看到她说想他了。

他左手握着手机盖在胸口，右手遮住眼睛。静谧的空间里，他能听得到心脏跳动的声音。

她总会让他知道她对他的喜爱每一天都不曾减少，把他放在蜜罐子里，再是坚冰也慢慢与甜蜜同化。

他呢，他不想吗？

单凛从床上起来，窗外天未明，他换了身衣服，独自外出跑步。这个习惯算是患病之后养成的，奔跑令他头脑清晰，更能提供些许愉悦的情绪。

要说"思念"这个词，过去他未曾有过，亲情的淡漠令他对于家的概念停留在居住层面，争吵和谎言更是令他只想逃得越远越好。而情感的表达，在他的印象里永远是母亲的歇斯底里，直白地把情绪说出来，换来的是更多的厌恶，所以，无论如何都不能把感情说出来，说出来只会摧毁一段感情，这种偏激的想法扎根在他的观念里。

纵使在他们分开的那些年，他察觉到思念疯狂地占据他的大脑，他依然未向她泄露丝毫，以他当时糟糕到分辨不清现实和幻想的状态，接近她等同于把她拉入火坑，或许会让她对他残留的那一点点美好的幻想瞬间破灭。

但也就是那个时候，他开始意识到"思念"这个词的深义，它能令人充满力量，也能让人充满悲苦，在她的邮件定格在第三百六十四封的时候，他被"思念"折磨到了顶峰。

他不曾告诉任何人，他有多想她，这对他来说既难以启齿，又厚颜无耻。唯有最亲近的人察觉到了他的异样。他在神志不明的时候，会手抄她的邮件，或是给她写回信，一遍又一遍。他也不知道这样是在寻找清明，还是沉溺幻想，但唯有这样，他才不至于被拉入黑暗的旋涡。

她说在他最痛苦的时候，她不在他身边，她很抱歉，也很遗憾没能陪着他走过来。她错了，她其实一直在他身边。

天微亮，单凛放缓了脚步，她那边大概差不多了。

单凛打了视频电话过去，以为会等一会儿，没想到那头很快接起，宋颂漂亮的脸庞出现在屏幕里，满脸都是笑："你起了？"

"嗯。"他迎着太阳走着，"你在外面？"

宋颂忙说："哦，我跟景妍在吃饭，快吃好了，没关系，你说吧。"

她把镜头一转，对面的人跟单凛打了个招呼。

单凛跟景妍不熟，但知道她是宋颂的姐妹，两人打过招呼后，镜头重新回到宋颂。

单凛："没什么，刚跑完步。"

宋颂撑着脑袋叮嘱道："别太累了，今天还要开一天的会。"

"嗯。"

"吃过早餐了吗？"

"一会儿回酒店吃。"

"今天记得穿那套深灰色的西装，我贴了标签在防尘罩上。"

单凛轻叹："你还写了备忘录。"

宋颂吐舌头："Sorry，但那套真的很合你，一定要在正式场合穿。"

"你继续吧。"

"好，你也多吃点，最近瘦了，太瘦穿衣服不好看。"

单凛："……"

宋颂正要挂电话，单凛叫住她："等下。"

他站在原地，望着还未喧嚷的异国街道，此情此景和他昨夜梦中的场景竟有些重合。

宋颂还在那头疑惑，离镜头近了些："怎么了？"

单凛："不用太担心我，照顾好自己。然后，我尽量早点回去陪你。"

宋颂愣了下，应道："好。"

两人挂断视频后，景妍见宋颂一直还在笑，忍不住道："至于吗，老公来个电话就把你乐的。"

"帅不帅？"宋颂眉毛弯弯，还在那儿乐。

"……你就这点出息。"景妍走职业女性道路，以事业为重，到现在还没结婚，倒也不是真心，就是偶尔想要调侃下宋颂，"你是被他吃定了，都没怎么让他吃苦头就把你追回去了，好歹得让他受点苦。说真的，你那时候怎么咽得下这口气，要我非得作他个三百六十五天。"

宋颂笑得差点呛到，说："你厉害，佩服佩服。怎么说呢，那时候如果我拒绝，他不可能再死缠烂打，他的个性就是那样。"

"就是要挫他那种个性啊，凭什么他虐你这么长时间，一句话就把你套住了。"景妍一直对单凛保留意见，觉得自家姐妹嫁得亏。

宋颂举起水杯晃了晃，回想起那一晚，重新体会当时的感受："我拒绝他，他很可能还是会以他的方式照顾我，但不会再出现在我面前。我之前一直追着他，如果不是他默认这种做法，我根本见不着他。我本来就不是会作的人，况且我喜欢他都来不及，怎么会让他难过。"

景妍不服："可他让你难过呀。"

见姐妹这么气不过，宋颂也开始认真回答："拒绝他，他难过，我也难过；接受他，他的所有都将毫无保留地给我，两人开开心心在一起，你选哪一个？人在爱情面前，真没必要算得那么清，我亏了三滴眼泪，你得给我泪流满面，本利一起算清了，我们再在一起，不是这么算的。更何况，我如果离开他，他这辈子都可能走不出来。"

景妍愣住，她断断续续知晓他们的经历，一直觉得是宋颂在掏心掏肺，也就前段时间才了解到单凛的病情，这么一说，心情不免复杂，她突然觉得宋颂看似很感性，不计得失地付出，好像很傻，但在关键问题上，她比谁都看得明白。

宋颂又说："他刚才说他很想我，你听出来了吗？"

"嗯？"景妍满头问号，她怎么没听出来？

宋颂得意地勾起嘴角："所以我才笑了那么久。"

她说想他，所以他尽量提早回来陪她，但他最后的表情景妍没看到，还有一层潜台词：我也很想你。

单凛回来的时间比他预计的还晚了一天，但他跟宋颂说了他还要过两天回，他想早点回来，选的航班时间不好，就怕她非要来接他。

他下飞机后，自己打了辆车。宋颂提前跟他报备，这一晚跟几个圈子里的人聚餐，结束后会去喝点小酒。她给他发消息的时候，他正在飞机上，开机后立马接收到几张酒吧的现场照片。

宋颂的个性还是比较吃得开，人缘也不错，经常组局玩。后来工作忙了，次数少了，但圈子还在，难免要去交际下。现在毕竟结婚了，凡事都要跟家里人通个气。他们的个性和社交差异在婚前就存在，婚后需要更多的融合与包容。

单凛对此并无意见，他虽说不参与，但尊重并支持宋颂的正常社交，就如同宋颂也不会强迫他一起，两个人既有各自的独立空间，又有相互依赖的时间，这是他们目前寻觅出来的相处之道。

车子并没有往家里开，而是直奔宋颂所在的酒吧，看这个时间她差不多该结束了，单凛没给她定门禁时间，她一般后半场不会超过深夜两点。

单凛坐在车里，街边就是这座城市有名的酒吧。他对这方面完全没有关注，偶尔听宋颂说起，老板是他们圈子的朋友，经常招呼人去捧场。

"要等多久？"司机大哥有点坐不住，见这位哥们儿也没下一步动作，回头问道。

"等到人出来。"单凛没打电话，也没发消息，他不想打扰她。

反正客人付费，司机也不再多言，打起双闪，只是时不时会朝后视镜看一眼，心里犯嘀咕，这个时间点，一个冷脸的男人，等在酒吧门口，八成是捉奸，一会儿有戏看了。

车里只有发动机的声音和司机大哥偶尔在微信群与老乡对话的声音。

单凛像是隐了身，也不玩手机，就这样靠在后座，安安静静地等待，等着他心中的人出现。

过了大约二十分钟，酒吧的门被推开，陆续出来两个人，后头紧跟着三个人，最后一共出来八个人，站在街头，其中有两个喝大了，站都站不住，被人架着胳膊挽扶着，还有几个围在一起做最后的告别，拥抱、握手或是耳语。

司机大哥察觉到后头的人终于有了动静。

他看到宋颂手里搭着外套，只穿了一件衬衣，身形修长，她正挽着女友，笑着靠在对方肩上，冲几个朋友摆手道别。随后，她摸出手机，看样子是打算叫代驾。

然而，下一秒，单凛的手机亮起来，一条微信消息，来自宋小颂：呜，今天有点儿晚了，他们太能喝，我没喝多少，放心啦，很快回去［爱你］。

他按灭了手机，下车，径直朝宋颂走去。

司机大哥：哎哟妈呀，不聊了，好戏开始了。

宋颂还没发现单凛，一直低头在捣鼓手机。手机屏幕的反光照在她的脸上，脸蛋儿红扑扑的，时不时跟边上的人说句什么，又开始笑。

离得近了，他听到她在说：“代驾还要十五分钟才到。”

“反正家里没人等你，怕什么。”

“那不行，他会担心的。”

“……你家单总管你管得这么严。”

“不是，我喜欢有情况跟他说一声。我想干什么，他都随我。”

宋颂穿起外套，目光往右边偏去，这一眼直接把她看愣了。边上有人叫的车到了，跟她打招呼先走，她竟是没反应。

“颂颂，我们先走了啊。”

宋颂匆忙回头应了句：“哦，好，路上小心。”

随即，她又回过头看向另一边，喃喃自语：“我是喝多了吗？”

那边怎么有个男人，长得好像她老公，还穿着她为老公私人定制的外套。

宋颂边说边往那边走去，一旁的朱皑皑没拉住她：“喂，你干吗去？”

宋颂置若罔闻，越走越快，直到站定在单凛面前，上上下下把他看了个遍，傻眼：“你回来了？”

单凛伸手轻轻拍了拍她脑门儿，对这个有点迷糊的太太笑了下：“嗯，比答应你的时间晚了。”

宋颂上前一步抱紧他，她的脸很烫，贴在他胸口，过了会儿又抬起头，看到他身后的出租车，惊讶道：“你一直等着？怎么不告诉我？”

他没说什么，只是重新把她揽到自己身边，打量了一番，酒气不重，还算乖，确实没怎么多喝。

宋颂感觉天都亮了，整个人都精神了：“你等我一下，我跟皑皑他们说一声。"

　　单凛拉住她："过去打个招呼吧。"

　　宋颂怔了怔，还是单凛带着她走过去。那帮人原本歪歪扭扭站着的，此时都默默直起了腰，刚才已经看到宋颂突然走过去抱住一个男人，都在猜是单凛，没想到真是。

　　宋颂回神，跟大家介绍："我家单先生，这几位都是我的老朋友了。"

　　几个人都跟单凛打了招呼，有些跟单凛见过，有些没见过，见过的也没说过话，比如朱皑皑，宋颂有好几次加班，都是单凛来接，她瞄到过几眼，没搭上话。

　　今天借酒壮胆，她主动说道："宋颂说你还在国外。"

　　单凛："嗯，刚下飞机。"

　　然后就直接来接老婆，一直等着给惊喜。

　　别人怎么看待他们的关系，他心里清楚，他并不想让人觉得这段感情他是被动者，这对宋颂不公平，明明是他先动了心，也是他先提出要结婚，只能是宋颂，其他人都不行。

　　几个人没多做停留，叫的车子也一辆接一辆来了。朱皑皑走的时候还冲宋颂暧昧地眨了眨眼：单先生的表现不错啊。

　　送走了众人后，宋颂和单凛回到车上。

　　司机大哥回头在他们身上来回看了一眼，像是在确认他们的关系。

　　"回家了。"宋颂靠在单凛身上。

　　单凛报了个地址，司机大哥这回算是确认了，这就是出差丈夫半夜接老婆回家的恩爱故事，压根儿不是什么狗血戏码。

　　得，瞎激动，司机大哥索然无味地踩下了油门。

　　两人回到家里，各自在衣帽间换衣服，宋颂还沉浸在老公突然回家的惊喜中，衣服脱了一半，跑过去从背后抱住他的腰："骗我哦，哪儿学的这招？"

　　单凛回过身，将她抱起来："开心吗？"

　　宋颂捧着他的脸，眯起眼："超……开心。"

单凛低头正要吻她，忽然看到衣柜上挂了一件婚纱，不由得停下，问道："那是什么？"

"哦，我想设计一个婚纱系列，这个是做着试试的，好看吗？"她走过去，拿下婚纱举在身前，转了个圈。

纯白无瑕的婚纱，衬得她好似在发光。

单凛觉得自己的心脏在发烫，上前重新抱住她，二话不说低头吻住她的唇，舌尖轻巧地顶入，挑起她的下巴，用力地亲吻她。

婚纱不知不觉被单凛拿开，相拥的身体再无阻隔。

这一夜，宋颂累到极致。睡着前，她听到他说："其实……我每天都想你待在身边。"

一个月后，SONSONG 品牌推出第一个私人定制婚纱"想你"系列。

宋颂家中的客厅，也挂上了一幅婚纱照，她的身上穿的正是为自己设计的那套婚纱。

他们亲吻相拥，不分彼此，想在未来的每一天，陪伴在对方身边。

·番外二·
月色与雪色之间，你是第三种绝色

///

世上有一种距离，只是虚拟的里程，眨眼之间，便能抵达目的地。

那是心的距离。

进入婚姻的第三个年头，很多夫妻早已成为生活中最亲密的伙伴，年少时，月光下，牵手的悸动，仿佛已是上辈子的事。岁月带来了柴米油盐，带走了怦然心动。

于是，心的距离，从当初虚拟的里程，被日复一日的平淡拉扯，成为心的距离。

宋颂已经连续两个月各地飞，她的品牌进入全国扩张的关键时期，线上线下同步发力，不仅如此，她经常受邀参加国内外秀场，出席品牌庆典，游走于诸多时尚大刊，忙得不可开交。

她就像一只越飞越高的风筝，在距离太阳更近的地方，尽情呼吸着那热烈明媚的味道。

她这段时间回家住的次数屈指可数，和单凛的联系全靠手机，往往都是趁着休息的间隙，给他打个电话，有时连打电话的时间都没有，微信聊天记录里，对话停留在上午他的询问：明天下午回来吗？

她终于把事情处理完毕后，回到酒店，筋疲力尽地靠坐在沙发上，懒散地回复他：回。

单凛正和一帮熟悉或不熟悉的所谓名流吃饭，看到这个回复后，心中微顿，明明一室茶香声沸，她的头像也很明亮，为何他像是面对山坳里最后一只布谷，手足无措。

自从上次的争吵过后，他们这样的状态，已经有一个月了。每天简单的问候，隔着屏幕看得到的生疏，她在社交平台展示忙碌精彩的每一天，却没有主动跟他提起。

很快有人朝他发来询问，他不得不把注意力转回到酒桌上。

这些年业务不好做，他们的事务所想要连年创造新的成绩，并不是件容易的事。以前，单凛一直很排斥与外界交往，他活在自己的古堡中，只有自由的想象力在他沉闷的世界流动。婚后，他的改变显而易见，比如，当庄海生受邀饭局时，他同意一道前往。

但大多数时候，他是一场酒局的"上帝"，人间皆醉，唯他清醒。

今晚酒桌上的人，分量都不轻，庄海生很喜欢交友，他的宗旨是多一个朋友，少一个敌人，吃饭联络下感情，谁知道明天你会和谁合作，名利场讲究布局，布局要精准撒网。单凛不太爱听庄海生的生意经，但他明白个中道理，他不再是孑然一身，生死无畏的孤独亡灵，他现在需要保护一个家，就必须要让自己承担起责任。

他从他们一张张被酒精抑制住中枢神经的脸上，看到了一个小时前没有的生动活泛。有人跟他举杯，他以茶回敬。一直坐在他左手边的姑娘见他茶杯见底，很有眼力见地主动为他添满。

单凛微抬腕，因为这个动作，灯光下，无名指上的婚戒闪了下银光，他不着痕迹地谢过，自己接过茶壶，慢慢注入茶水。

姑娘不自在地挽了下鬓发，目光留恋地徘徊在他的指尖，最后定格在他的戒指上。

单凛浑然未觉般，自顾自地饮茶。

"单总，听说你前段时间投资了一座新剧场？"对面座位的年轻男人，背靠座椅，酒过三巡后的惬意全然释放，眯着眼朝他这边看来。

单凛和他有过几面之缘，对方是国内做人工 AI 的新贵。闻言，单凛场面上回了两句，对方像是很感兴趣，可话锋一转，提到了他身边的姑娘。

"小夏来给你当助理，大材小用了。"

夏洵芊腼腆地一笑，女孩子灵动的双眼禁不住往单凛身上瞄去，酒醺染的两颊因为这一句话变得越发粉红，她赶忙申辩："能跟着单老师学习，是求之不得的事。"

她从不称呼单凛为单总，喜欢叫他单老师，这个称呼让她与其他人显得与众不同。

"单总，你可照顾好小夏，别太严格了，小姑娘是拿来疼的。"

大概是喝多了，就失了分寸，夏洵芊立马尴尬又紧张地瞥向单凛。

林蕾在三个月前休产假，公司提前为单凛招聘助理，单凛的本意是找个男生，进出跟着方便，但人力部认为这样有性别歧视嫌疑，不合适。于是，夏洵芊在一众候选人中脱颖而出，她是单凛母校现任副院长的女儿，有过不错的工作经历，据说是特地辞职，冲着单凛来的。下面的人自作主张，替单凛做了一次人情。

单凛见到新助理的时候，并没有表露出任何情绪，好或者不好，就像隐藏在冬日积雪之下。他只需要一个能把工作做好的助理，不要给他添麻烦，所幸小夏很机灵，他说过一遍的事，都能记住，不需要他烦心琐事。

大多数过了三十的成功男人，正式开启一生中最巅峰的旅途，名利、财富、声望，都将人心带入新的领域，无须主动，就会有一批一批慕名而来的人抛出橄榄枝，心飘向了空中，失重时只需要稍微适应一会儿，就能体会到其中的快感。

单凛将茶杯放下，黛青色泽在茶水的浸润中不动声色地温文尔雅，现在露出杯底，却是真真切切的冷漠。

"明天开始，你去设计部报到，是时候多接触实战项目了。"

夏洵芊顿时无措："单老师，我还想跟着您多学习……"

单凛不等她说完，打断道："事务所不是学校，我也不是老师。"

他的不解风情，在很多中年男子看来实在无趣，年轻姑娘的追捧，不就是你情我愿的生活调味剂吗？

对面的年轻老总，察觉到自己失言，又不想承认，充当绅士地替夏洵芊解围："单总是器重你，还不赶快敬敬单总。"

夏洵芊心中难受，但场面上，不得不举起酒杯，顺着他的话，敬单凛：
"谢谢单老师，我会好好做的。"

单凛给自己重新斟满茶，并没有应她。

庄海生心中想得分明，手腕一抬，开始和稀泥："单总带的项目，有的
是学习的机会。"

他话语刚出，夏洵芊立马反应过来，委屈地小声说："嗯，以后还请单
总继续多多关照。"

局散，庄海生在前面跟人亲热道别，单凛落在后面，夏洵芊始终跟在他
左右。

简单的白色衬衣，利落的线条仿佛与他天然契合，男人到了一定年纪总
会显得油腻，身体发福，内心自傲，但在他身上有着少见的纯粹，如冬日的
冰湖，不为外界所动，始终冷冽清透。

因为他有一个闪耀时尚圈的太太，所以他也逐渐被人关注。听说他们结
婚几年了，单凛很少出现在公众视野，不常提及他的太太，除了每年生日，
准点微博祝福，他们基本没有在社交平台秀恩爱。

他们没有孩子，聚少离多。

夏洵芊一直以为，单凛的婚姻并不浪漫，她听父亲提起过单凛的原生家
庭，一个缺爱孤僻的少年形象在她心里狠狠扎根。宋颂只是正好在他最痛苦
的时候出现，他恰好需要有人陪伴。

这个人可以是宋颂，也可以是任何人，只要在那个时间出现，甚至能比
宋颂做得更好。她为了事业，成日在外抛头露面，纸醉金迷，已经失去了陪
伴的作用。

男人最在乎女人的知冷暖，何况是单凛这样的孤独患者。

夏洵芊正在兀自琢磨，忽然听单凛说："我送你。"

突如其来的照顾令夏洵芊愣住，回过神，单凛已经上车，她赶忙跟庄总
道别，脸上是掩不住的喜色。

庄海生见状，欲言又止。

一路上，单凛几乎不说话，夏洵芊紧张，怕说错话，也不敢多说，车里

就像是冰窖，沉闷得令人透不过气。

然而，在距离家门前两个路口的地方，单凛开口说："你不适合我们事务所。"

夏洵芊脑子"嗡"一声，下意识握住安全带，问道："是我哪里做得不够好吗？"

"我需要专注工作的员工，而不是专注我的员工。"

这话说得实在自大了，若是其他人，夏洵芊一定直接给人扣一个"普信男"的帽子，但说这话的是单凛。

夏洵芊努力让自己的声音听起来自然些："单总，我是您的助理，自然需要关注您的一举一动，这是我的工作。"

"那我们对助理工作职责的理解有很大偏差。我不需要每天早上的咖啡，也不需要办公室里的花，更不需要有人擅自替我熨烫西服。"

年轻女孩隐在夜色里的脸不断充血，咬着唇，酒精令她充满了诉说欲："我只是想让您察觉到生活里的美好，不想您不开心。"

单凛蹙眉："我不开心？"

"您都不太笑。"

单凛这时有点想笑了。

既然开了头，女生壮着胆子继续道："我只想陪在你身边，别无所求。我能做好工作，也能在你不开心的时候陪你一起吃饭。"

车子恰好在小区前停下，双跳灯闪动的声音，因为车内的寂静被无限放大。夏洵芊爱慕这个才华横溢的英俊男人，哪怕他个性冷淡，但这也不能阻止她为之越加倾倒。

单凛不是第一次遇到这种情况，他不是个体贴的人，拒绝往往十分直接，常被宋颂吐槽没有绅士风度。可这就是他，不喜欢没有必要的亲近，越界的暧昧以及伤害到他感情的任何试探。

夏洵芊说话时，他面前的布谷鸟突然振翅欲飞，脱离他的视线，烦躁如窗外渐起的寒风，卷过心底。

"我也别无所求。"单凛拿出手机，"我只想陪在我太太身边，在她不开心的时候,陪她一起吃饭。我一部分快乐来自工作,剩下的所有,都是太太。"

他在手机上操作好后,说:"明天你可以主动离职。"

夏洵芊眼中雾气蒙蒙:"您为什么这么害怕别人的善意?"

"你的善意,是我的毒药。我不希望给太太造成一丝一毫的困扰,我不能失去她。"

单凛替小姑娘打开副驾的车门,沉默地等她下车。他真的很无情,毫不怜香惜玉。女生不知是委屈还是生气,全身发抖地站在夜幕里,眼睁睁地看着他的车消失在夜的尽头。

他踩下油门,奔向目的地。最后的航班,距离起飞只剩下一个半小时。

宋颂睁开眼,屋子里很安静,厚重的窗帘将一小方世界圈在黑暗中。这一晚她睡得并不踏实,她好像化身为山坳里的布谷,原地打转,想要快乐起飞,却怎么都飞不起来。

她很沮丧。

是的,哪怕收获了年度时尚大典各项大奖,也没能让她的心情好上几分。

她和单凛吵架了,互不相让地争论,让他们在婚后第一次陷入了冷战。但这一次,她不想妥协。

宋颂拿过手机,和单凛的聊天记录还停留在昨晚那个"回"上。他们的对话简练到模式化:吃了吗?吃了。睡了吗?快了。明天会下雨。知道了。

只是这一个月,她从来没有主动过。

结婚后,他们几乎没有过矛盾,单凛嘴上不饶人,可实际上从没让她不开心过,大多数时候,由着她胡闹。她想法多,随时有新点子,大晚上想要去看午夜场电影了,他重新换上衣服,开车带她去;过年的时候,她想要招呼好朋友来家里,他下厨准备了一桌的菜;她爱摄影,他充当她的模特,什么造型都没有意见;她生病加班,他押着她去医院,比她还要紧张;她喜欢随时随地吻他,他不是个外放的人,但不论何时何地,每一次都会放下手头的事,极度认真地回应。

可这一次,她心里憋着一股劲呢,也不知怎么了,大大咧咧没心没肺的人，这一次就是迈不过这个坎。

宋颂蹬开被子，气鼓鼓地从床上爬起来，嘴上骂骂咧咧："讨厌，讨厌！"

他们已经一个月没亲近了，她好想他身上的味道，与他共同沉溺在雪山初阳的木屋里、尼罗河草岸的河船上、沙漠绿洲的屋楼中。

这个点还早，宋颂起床后没有选择在酒店用餐，而是打车到了图书馆附近。这里有家"阿美生煎"，她想念他家的煎包了。以前跟单凛约着学习，她来不及吃早餐，总是在这里解决，有时候他们中午也会来这里吃上一碗小馄饨。冬日外头北风呼呼，屋子里几张小桌，一个个食客低着头喝一口汤，咬一口煎包，被烤得金黄的面皮，发出"咔嚓"的脆响，满口生香，心满意足，看了一早上书，晕晕乎乎的脑瓜子，也瞬间舒畅了。

宋颂沿途寻去，果然看到熟悉的店面，远远看去老板娘右手缠着帕子，握着大号平底锅，专注地烤着煎包。

宋颂赶忙上前排队，好在现在人不多，很快轮到她。老板娘胖了一些，鬓间有了几缕银丝，依然热情，问她吃什么。她要了十只煎包，可付了钱后才猛地想起，今天是她一个人过来，往日里十只煎包，她负责四只，还有六只是单凛的，有时候她肚饱嘴不饱，会大着胆子从他的份额里多挑过来两只。他白她一眼，她赶紧把一整只咽下去，毁尸灭迹，先斩后奏，一脸得逞的表情。

煎包还是那个味道，底部焦脆，肉馅汁鲜，蘸着香醋，别提多美了。宋颂一口气吃下三只，很快感觉到胃慢慢被填满，为难地看着剩下的七只，有点发愁。

"里头座位满了，需要等一下。"

只听，老板娘在前头招呼。

但那人低声道："我找人拼个桌。"

宋颂听得模糊，没多在意，可片刻后，眼前落下一片阴影，头顶响起礼貌的问候："方便拼桌吗？"

这个声音昨晚还在她的梦里出现。

宋颂口中咬着半只生煎，怔了怔，倏然抬头，目瞪口呆地看着这位礼貌的男士，他冲她轻轻笑了下，在对面的椅子上坐下。

"我还没答应呢。"单太太嚼着生煎，噘着嘴不满意道。

单先生左右看了看，重新站起来，再次征询女士的意见："只有这一桌有位置，像您这么漂亮善良的女生，应该会给我一个拼桌的机会吧？"

怎么嘴巴突然这么甜了？

宋颂抽出纸巾，擦了擦嘴角，不紧不慢地点了下头："行吧。"

单凛低头看了看盘子里躺着的六只煎包，问："替我点的吗？"

"谁知道你会来啊。"

她看到他的瞬间，以为吃下去的四只煎包是做梦，这个人为何会从天而降？

单凛从筷筒里取出一双筷子，夹起一只煎包，自然道："我来接你回家。"

宋颂心脏被猛地一击。

有他在，剩下的六只不再是难题。他对吃没有任何欲望，问他喜欢什么口味，他会自然而然地说出她喜欢的菜。

不论过多少年，他好像还是那个少年，眉眼清俊，神情淡漠，与这充满烟火气的小店格格不入。

可他又好像有什么不一样了。

宋颂还有点蒙，单凛跟老板娘要了两杯水，她捧着水杯，眉头紧锁，对面的人解决了三只煎包后，放下筷子，抬眸与她对视。

"味道没变。"

"嗯，老板娘手艺一直很好。"

"早上还有工作吗？"

她看了眼时间，说："还有一组拍摄采访。"

她想，他肯定不是单纯为了接她才来的。

"我们能谈谈吗？"半晌后，他说。

他们走在早上七点的Z城马路上，上班族陆续出动，奔着新一天满满的挑战而去，他们这么悠闲地漫步，很像是异类。

宋颂先表明立场："我不会改变想法的。"

"嗯，我错了。"

"什么？"宋颂停下脚步，以为自己听错了。

单凛在她前面转过身，重复了一遍："我错了。我只是怕拖累你，有我一个麻烦就够了，如果孩子也……你的人生不应该遭受这样的连累。"

这话，他们争吵的时候，他已经说过好几遍，宋颂一听就来气，正想开口，单凛抬手，食指轻轻压在她的唇上。

"我并不在乎是否能拥有自己的孩子，我只需要你，其他人我都不在乎。但我希望你和我一起是快乐的，如果我们的孩子，能让你觉得更幸福，我会去爱他。就像你说的，在健康的家庭环境中成长，他也有可能完全正常。"

他们之前争吵的点就在于，孩子是否有可能遗传他的病。宋颂拿出了不少资料，虽然遗传的概率有，但现在谁都没法认定这个概率有多大。单凛很大程度上是因为幼年时遭到虐待，青春期父亲惨死、母亲昏迷，支离破碎的原生家庭，诱发了他发病。宋颂有信心给孩子一个完整的家，她的乐观与旺盛的生命力，让她无所畏惧。

但单凛连这百分之一的机会都不愿意尝试，哪怕他们婚前说好的，孩子的事顺其自然，实际上，他竟然在没有跟宋颂沟通的情况下，一个人在考虑结扎。

宋颂发现后，当即气炸，于是就有了婚后最激烈的一次争吵。单凛甚至说："我根本不爱孩子。这个世界上，最让人讨厌的就是聒噪的小孩。我不想有这样的麻烦。"

他只是不想让爱的人受苦，在他的生命里，没有人能够替代宋颂在他心目中的位置。

他差点失去她，她选择再次接受他。结婚的时候，他对自己发誓，这辈子要倾尽所有，令她快乐。

那么，如果她不快乐了，就是他的错。

"单凛……"

宋颂忽然有些后悔跟他冷战。他这段时间，不善言辞的人，总是喜欢把心事藏着的人，得多难受啊。

单凛试着去牵她的手，他不喜欢抓不住她的感觉。这段时间，她离他太远了，他愿意让她高飞，但似乎超出了他能承受的范围，他需要让彼此重新联结。

"宋颂，我爱你，别生我的气。"他紧紧握着她的手，低头寻着她的目光，确认彼此的眼中只有对方的存在，他俯身在她耳边轻喃，"我太想你了。"

她终是被他拥入怀中，熟悉的清冽味道将她包裹住，爱意瞬间侵入每一个毛孔，两个人的思念紧紧纠缠在一起。

他是她的单凛，只愿为她低头。

宋颂回到酒店，很快进入工作状态。单凛的出现，让朱皑皑他们有些诧异，但大家都是专业人士，工作场合并没有过多的闲谈。

作为国内最成功的原创设计师之一，宋颂这三年将品牌推到一个新的巅峰，她的极简、人文、优雅，在国际市场亦掀起一股风潮。同时，她还是许多时尚杂志特邀摄影师、明星造型师，跨界身份令这个自信的女生光芒四射。

她刚获得国际时装设计师大奖提名，她的品牌越来越受国际时装周青睐，在跨入三十之后，她的人生似乎开了挂。

访谈最后，被问到对未来的期许，这位看起来充满事业心的女生，视线忽然朝一个方向看去，随即笑出了月牙眼。

宋颂很快回答了问题："我希望未来充满无限可能，但唯一不变的是，我最爱我的家庭，我希望能有更多的时间陪伴家人。"

采访结束，宋颂与杂志方道别，大家在收拾东西的时候，八卦心四起，虽然某人很低调，一直坐在房间的角落，但他的存在实在很难让人忽视。

朱皑皑和虞是如对单凛不陌生，毕竟宋颂结婚三年了，单凛经常接送她上下班，偶尔会拜托她们关照一下身体不好的宋颂，老大爱逞强，不喜欢在工作中因为自己的状态影响大家。但他们交流不多，姐夫不爱说话，与宋颂在一起的他，与独处时的他，完全是两个人。

宋颂迫不及待地找到单凛，问："无聊了吧？"

单凛起身，自然而然地将她揽到自己身旁："不会。"

"姐夫，来探班啊，你也在这边有工作吗？"朱皑皑主动询问，她每次都对这夫妇俩的相处之道充满好奇。

单凛直言："没有工作。"

也就是说，他是特地来看宋颂。边上的人听了，不由得感叹宋颂好福气，老公特地来接她回家。

杂志社的人还没收起相机，看到这一幕，恰好抓拍到。

摄影师禁不住夸赞道："这张太棒了！颂，你来看看，可以放进这一期里面吗？"

宋颂走过去看了眼，确实抓拍得很好，虽然单凛只有一个侧脸，但线条完美，他的脸在镜头里，每一处优点都会被放大。他们之间的氛围感满满，眼里全是对方，脸上是发自内心的笑。

她喜欢他看她时的样子，是烟火里的清冷先生。

可是，单凛向来不喜拍照，宋颂不能替他做决定，她用目光询问单凛。

他浅浅点了下头："我要一份原片。"

后来，这张照片不仅出现在杂志内刊、社交平台采访视频中，还静静地立在单凛的办公桌上。

回家后，宋颂迫不及待地洗完澡，坐在床上等待某人。单凛从浴室出来后，就看到一幅"活色生香"的画面：穿着吊带睡裙、微露香肩的老婆，披散着长发，懒散地侧躺在床上，冲他勾着手指。

宋颂眨了下眼，嗲着嗓子跟他撒娇："老公，明天是周末，我把工作都排开了哦。"

单凛不由得低头笑了，他好像有很长一段时间没看到她发挥"戏精"精神了，他竟然觉得这画面特别美好。

"老婆"都这么敬业了，"老公"自然要全力配合。

可能，小凛凛或小颂颂很快就会在父母的恩爱中降生，迎接他们的一定是充满爱意的世界。